风华尽千年

盛世繁华不如你

网络原名《天才小王妃》

XUESE
SHUJING

雪色水晶 ◎著

上

中国出版集团

现代出版社

图书在版编目（CIP）数据

风华圣手：盛世繁华不如你/雪色水晶著. –– 北京：现代出版社，2016.1

ISBN 978-7-5143-4585-8

Ⅰ.①风… Ⅱ.①雪… Ⅲ.①言情小说 – 中国 – 当代

Ⅳ.①I247.5

中国版本图书馆CIP数据核字（2015）第314409号

风华圣手：盛世繁华不如你

著　　者	雪色水晶
责任编辑	杨学庆
出版发行	现代出版社
通讯地址	北京市安定门外安华里504号
邮政编码	100011
电　　话	010–64267325 64245264（传真）
网　　址	www.1980xd.com
电子邮箱	xiandai@cnpitc.com.cn
印　　刷	三河市南阳印刷有限公司
开　　本	787mm×1092mm　1/16
印　　张	38
版　　次	2016年2月第1版　2020年7月第2次印刷
书　　号	ISBN 978–7–5143–4585–8
定　　价	88.00元

目录 CONTENTS 上册

风华又土手 盛世繁华不如你

楔　　　子 / 1

第　一　章　初遇 / 3

第　二　章　重逢 / 11

第　三　章　南陵楚靖懿 / 27

第　四　章　休夫的权利 / 37

第　五　章　谁输谁赢 / 43

第　六　章　冤家路窄 / 49

第　七　章　几家欢喜几家愁 / 57

第　八　章　我会娶你 / 67

第　九　章　她自由了 / 86

第　十　章　一个答案 / 112

第 十 一 章　相约八年后 / 129

第 十 二 章　八年后 / 143

第 十 三 章　重逢 / 151

第 十 四 章　苦肉计 / 171

第 十 五 章　忌妒 / 184

第 十 六 章　再遇楚惊天 / 196

第 十 七 章　重回咸中 / 205

第 十 八 章　立楚靖懿为太子 / 225

第 十 九 章　保护楚靖懿 / 250

第 二 十 章　亲情的背叛 / 277

目录
CONTENTS

风华 又上乎
盛世繁华不如你

下册

第二十一章　　朱怀义之死 / 301

第二十二章　　皇帝的算计 / 322

第二十三章　　宋惠香之死 / 345

第二十四章　　皇帝必须是你 / 364

第二十五章　　西门泽求婚 / 386

第二十六章　　楚靖懿称帝 / 409

第二十七章　　重回现代 / 436

第二十八章　　误落北冥 / 454

第二十九章　　久盼的重逢 / 477

第 三 十 章　　怀疑她的身份 / 499

第三十一章　　确定她是他的洛儿 / 525

第三十二章　　我的洛儿 / 544

第三十三章　　有孕 / 566

第三十四章　　与北冥开战 / 585

尾　　　声　　／ 596

楔子

这里是西阳大陆，从字面上讲，西阳，指的就是"这里的太阳是从西边出来的"。

西阳大陆分为东盈、南陵、西冀、北冥、咸中五个国家。

除了西冀和北冥两个国家相对独立外，东盈、南陵和咸中并为一国，称为"西阳国"，国都设在咸中的咸城。

五个国家中，南陵的物产最为丰富，西冀则最为贫瘠，西冀王每年都会向西阳国进贡，以换取和平。

而北冥国，是五个国家中疆土最为辽阔的一个，北冥是马背上的民族，人人善战，是个好斗的国家，与东盈、咸中和西冀接壤。

北冥王的野心非常大，只因自己的物产没有南陵的丰富，数百年来，一直想要跳过咸中，夺取南陵，可惜，南陵与咸中合作，将北冥给赶了回去，紧接着咸中又吞并了东盈，组成一国。

虽然北冥败了，但是北冥王仍然不甘心，稍有机会，便会伺机夺取南陵，甚至想统治整个西阳大陆。

相对来说，东盈国是最为弱小的一个。当年东盈王亲自将王位交给咸中王，自己退位下海经商。数百年来，也在西阳国做出了名堂，就是如今的商业巨头慕容世家。

数十年前，南陵王与南陵王妃非常相爱，他们只生了一个女儿，并把这个女儿嫁给了慕容家做大夫人，随后为慕容家生了一个女儿，名唤慕容清若。慕容清若姿容出众，十六岁时被选入宫为妃，正是如今的瑾贵妃。

西阳皇帝楚飞腾与南陵王有约，瑾贵妃生的儿子，会继续继承南陵王位，这对楚飞腾来说很划算，以后南陵终改姓楚。

第一章　初遇

　　她叫朱茵洛，是一名神偷，可惜盗宝失手，结果路遇一个年轻的盲人男子在红灯时过马路，她"看"到，他是该被车撞死的。

　　是的，她有平常人没有的第六感，能看到别人短期的将来，但是看不到自己的。

　　她不忍一个年轻人这么早就丧命，忍不住出手将盲人从人行横道上拉了回来。

　　结果……回到家，才刚喝了一口水，竟然就被呛得浑身不舒服，然后她感到自己仿佛被抽起，肉身却躺在椅子上一动不动，手上的茶杯落在地上，一地的碎片和残茶，使她苍白的脸甚是狰狞。

　　该死的老天爷，她不就是违背天意救了一个该死的人吗？有必要让她接受被水呛死这种惩罚吗？一想到她的尸检报告上写着"被水呛死"，她就觉得丢人丢到姥姥家了。

　　喀喀喀喀……水呛入她的气管，她喘不过气来，难受得快要死了。

　　不断有人拍打着她的小脸，焦急地在她的耳边唤着："洛儿，洛儿，快醒醒，你不要丢下娘呀！"轻柔焦灼的声音里透着浓浓的担心和害怕。

　　一滴滚烫的液体落在她的颊边，她能感觉到那种温度，这衬得她的身体更加冰冷。

　　谁在喊她？妈妈早就过世了，养她的叔叔是个好人，可惜婶婶不待见她，嫌她是个吃闲饭的，在四岁时，丢下她一个人在孤儿院的门口任她自生自灭，幸亏她的神偷师傅救了她，把她领回去养大。

　　她向来珍视自己的生命，她不想死，她不想死！

　　她能感觉到难受，听到声音，难道是……她还没死？

　　"她好像已经死了！"耳边传来得意的声音。

　　"是呀，已经死了，掉在水里淹了这么久，都没气了！"旁边又有人附和。

　　谁在诅咒她死？她要诅咒他全家，她才没死！

　　一股强烈的求生欲望，让她用力把喉中的水吐了出来。

　　"噗"的一声，喉中的水被用力吐了出来，又是猛地一阵咳，喉咙里终于舒服了，刚刚用力过猛，令她浑身虚软，无力地靠在身后舒服的"软垫"上。

　　身后有人将她一把搂紧，勒得她几乎喘不过气来，不断有热热的液体落在她的脸上，激动的声音在颤抖："谢天谢地，我的洛儿，你终于醒了！我的好洛儿，你把娘吓死了！"

吓！谁这么热情，她是自己的，不是任何人的，还说是她娘？

就算是有人想救她，也不至于用这么离谱的方法吧？

古人才唤母亲为"娘"。

但是，她的公寓设计得很巧妙，一般人进不来，此时身边怎么会有这么多人呢？

睫毛轻颤了颤，带着疑惑的漂亮眼睛缓缓张开，首先映入眼帘的是一名满脸泪痕的美少妇，哭得甚是伤心，梨花带雨的模样，我见犹怜。

身旁围满了观众，个个身上都穿着奇异的古代服装，还有一个七八岁的小女孩趾高气扬地站在她面前，用嫌恶的目光盯着她，也是一身的古代装扮。

怎么回事？这是哪里？

她忍不住想要起身，然而，小手才刚刚握住那抱着她的少妇，瞬间便发现了不对劲。

那少妇的手，比她的手大了不止一倍，而她的却是一双小巧白嫩的手臂，还有一对小得可怜的嫩白脚丫子。

她……怎么竟然缩水变成了一个小婴儿？

老天爷，你太太太……太缺德了！

一时之间接受不了这个现实，朱茵洛睁大了眼睛，歪头晕了过去。

"呀，洛儿，你怎么了？你别吓娘呀！"美妇人哭天抢地地喊着。

花了整整六天，朱茵洛才弄明白这到底是哪里。

总归一句话，她仿佛到了另一个空间，而且变成了一个不足八个月的婴儿。

观察了两天，朱茵洛惊奇地发现，这太阳，竟然是从西边升起的，太诡异了！

而她朱茵洛现在所在的位置，正是西阳国咸中城内的朱大将军府。

她的爷爷是当年击溃北冥的护国大将军，她爹朱佟尉也当然继承了父亲的职位，成为了正一品大将军。当然，朱佟尉也是有真材实料的，只是近年北冥没有动作，没有战事发生，朱佟尉这个大将军，也显得有点闲了，所以他娶了四房妻妾，生了一子三女。

而朱茵洛的娘亲，正是这朱大将军的三夫人。朱茵洛排行老四，上面还有一个大哥和两个姐姐，老大和老二是大夫人的孩子，老三是二夫人的。至于四夫人，刚刚怀孕两个月，盼着再生一个孩子的朱佟尉非常高兴，举行了一个家宴庆祝。结果就在家宴结束后回房的途中，这里的朱茵洛意外跌进了池塘里，导致此时的朱茵洛非彼时的朱茵洛。

不知是她幸运，还是上天在作弄她。

不到八个月的孩子，骨头还很软，但是，朱茵洛努力想让自己可以站起来走路，花了整整半个月，靠着坚强的毅力，她学会了走路。

她开心地晃着短小的腿，努力练习走路，这么小不适宜走太远，于是她就走一会儿歇一会儿。

这天，她逃过了丫鬟的视线，自个儿跑去花园中散步。

刚走到花园中，突然看到一个七八岁的小女孩，冲一个低着头唯唯诺诺的男人凶巴巴地斥责："你说你，我让你给朱茵洛那个小贱种下毒，你说不敢；上次我让你推她落水，你怎么敢的？你要是不给她下毒，我一定让爹爹赶你们一家出府。"

想来，那就是她的大姐朱茵琳了，好阴毒的小女孩！才七八岁而已，长大以后还得了？想害她？

看见地上突然有一袋小铁蛋，她突然有了主意。

朱茵洛灵黠的美眸眨了眨，悄悄地闪进了草丛中。

就在那个男人跟朱茵琳准备从原地离开，路过池塘时，他们的脚下不知道什么时候冒出了一连串铁珠子，人踩在上面，立即重心不稳。

朱茵琳刚想返回，脚下一滑，险险地往池塘里面栽去。

她的小脸吓得花容失色，忙去拉那男人的手，结果，两个人同时往池塘里跌去。

扑通一声，溅起无数浪花。

"啊……啊！救……救命……"朱茵琳不会游泳，在水中拼命地挣扎，一张嘴就灌进了一口水。

旁边有下人经过，看到这一幕，赶紧跑过来，将水里的一大一小拉上来。

朱茵琳被人从水里拉上来的时候，浑身湿漉漉的，小脸一片苍白，匍匐在地上，不停地咳着，将嘴里的水咳了出来，看起来相当狼狈。因为太过害怕，吓得她哇哇大哭，哭得好不伤心。

不一会儿，大娘阮梦莲闻讯赶了过来，心疼地抱着自己的宝贝女儿道："琳儿，你这是怎么了？"

"娘！"朱茵琳湿漉漉的小脑袋扑进阮梦莲的怀中："我差点就看不到您了！"

一眼瞥到地上的铁珠子，上面还有划过的痕迹，阮梦莲脸色突变，变得凶狠、残忍，对下人说道："来人呐！去查查，这些铁蛋是谁放在这里的？查到之后，立刻回禀！"

"是，夫人！"下人和丫鬟战战兢兢地齐声答着。

"乖，不哭了！不哭了！"阮梦莲心疼地为朱茵琳擦去眼泪。

小小的身子悠悠地晃了出去，小手不经意地往地上的男人怀里一伸，手法之快，根本无人察觉。

她摆弄着双臂，故意装作惊讶地咿呀咿呀出声，突然，她手里拿着的树枝，在男人湿漉漉的口袋一划，几颗铁蛋就这样掉了下来。

"是你！"阮梦莲凶狠地斥责，回头无情地命令，"来人，把这个人拖下去，敢陷害将军府大小姐，重打二百大板逐出府去！"

二百大板！一百大板就已经要人命了，阮梦莲果然狠毒。

"是！"有人答应着，把那个连声哭天抢地求饶的男人给带下去了。

而朱茵琳依然害怕地躲在阮梦莲的怀中，看向那个被带走的男人。他的眼里噙着怨怼。她不经意的眼神对上了朱茵洛的眼睛，偶然发现，在朱茵洛的眼里，不知何时多了几分狂妄和高傲的神采，竟是那般耀眼。

朱茵洛满意地收回了视线，笑吟吟地看了看朱茵琳，然后离开。

嘴角的弧度始终未变。

想陷害她，门儿都没有！她是神偷，想要移形换影，简直是太简单了。

至于那男人的家人到将军府里吵闹就是后话了，后来听说只用了十两银子就把他的家人给打发了。

古代的下人命就是这样贱。

朱茵洛才回到房里，她这个身体的娘亲宋惠香便焦急地迎了上来，一把将她搂在怀中，搂得她几乎喘不过气来。

"我的洛儿，你跑到哪里去了？快把娘吓死了！"

她不能说话，只能用一双胖胖的手臂轻拍着宋惠香的肩膀，她快喘不过气来了。

把朱茵洛放在腿上，宋惠香的泪水一滴一滴地落了下来，好像有什么伤心事。

在心底里叹了口气，看来在这个时代，她能依附的就只有眼前这个人了。朱茵洛抬起柔嫩的小手轻轻地为她擦掉眼泪。

宋惠香的眼里露出感动的表情，虽然她不受宠，可是有这个女儿就足够了。

突然，一个凶恶的丫头走到门前，也不进屋，就在屋外喊："三夫人，将军说了，明天要带三小姐入宫，让你提前准备好。"

"什么？"

公主刚学会了走第一步，所以皇后特地举办了一场宴会，皇后偶然得知将军府的朱茵洛竟与公主同一天出生，所以要求朱佟尉一定要带着他的女儿朱茵洛一起进宫参加宴会。其实也只是为了炫耀。

宋惠香害怕朱茵洛会出错，跪在地上向朱佟尉哭求，请他求皇后不要让朱茵洛进宫，但是朱佟尉连正眼也不看她，就直接抱走了朱茵洛。

朱茵洛回头同情地看着那差点晕过去、被丫鬟扶起来的宋惠香，心底里多了几分心疼，她真心地向她笑着，挥了挥白嫩的小手。

宋惠香诧异地愣了，她一把抓住旁边丫鬟的手腕，眉眼间都是激动："你刚刚看到了没有？洛儿会对我笑，会对我招手！"

皇宫不比将军府，到处都是高墙，守卫森严的禁卫军，来回的巡逻队，以及行色匆匆的宫女、太监们。

当然，还有那些美轮美奂的亭台楼阁。

皇帝楚飞腾，在龙腾殿宴客。

龙腾殿布置得富丽堂皇，到处都是精致的雕梁画栋，美得让人目不暇接。

朱佟尉是个漂亮的男人，虽然已人至中年，但从他的眉眼间散发出来的英气配上他俊美的外表，仍是一个迷人的男人，路过宫女身边时，许多宫女都会窃窃私语。

朱茵洛因为有着这样英俊潇洒的父亲，再加上她标致得像画中仕女般的娘亲宋惠香，所以才生得出她这个漂亮的女儿。

她照过镜子，虽然只有八个月的模样，从眉眼间却仍能看出几分容貌，长大之后，这张容颜，一定也会倾城倾国。

一路上，朱茵洛待在朱佟尉的怀里，很安静，只有一双慧黠的眼睛，灵动地四处瞟着。

别人进宫，想的是该如何面见皇上，她想的却是……这皇宫里该有多少宝贝呀？看到那些金碧辉煌的宫殿及错落有致的红色琉璃瓦，她立即眼中一亮。

可惜……她现在只是八个月大的小婴儿，倘若她长大了，一定要到这皇宫里走一遭，把值钱的宝贝全偷走。

偷尽天下宝贝，这可是她打小的心愿呢。

才想象着，她的屁股已经挨到了冰凉的木椅，冷得她浑身起鸡皮疙瘩，原来是已经到了大殿内。她的爹就坐在她的身侧，从头到尾没正眼看过她，看来是很不喜欢这个女儿吧。

只见在大殿的九级台阶之上，放着一把龙椅及一张凤椅，长长的桌子，黄金外漆，用玛瑙镶嵌，十分华丽，满目金色，令她不由得想到"满城尽带黄金甲"。

四周早已坐满了各大臣及女眷，众人抱拳寒暄着，有奉承的，有奚落的，全都只透着两个字：心计。

就在这时，有一个小男孩吸引了她的注意力，他七八岁的模样，那是一双清澈中透着忧郁的眸子，瞳孔是美丽的紫色，一身明黄色锦缎、金线滚边长袍，墨色的头发用金冠束起，冠前嵌着一颗同他眼睛一样颜色的猫眼钻石，垂着的睫毛长长的，似乎在想着什么心事。

她就这样直勾勾地盯着他、打量他。

漂亮的孩子。

突然他紫眸抬起，直直地对上她的眼，她的心倏地一惊……

好犀利的眼神！

这人是谁？看起来非富则贵，而在他的身侧，还坐着一位同样美丽的女子。

女子一身宝蓝色绸衣，同样是镶着金边的刺绣，在她宝蓝色的衣裙上，缀满了一朵朵黄色的牡丹。

女子的表情更为忧郁，在她与人打招呼时，嘴角不经意地垂下，表示她并不喜欢甚至厌恶这样的场合。

那个男孩，看起来是那女子的孩子，一般人，是不允许身上绣牡丹花的，可见，这女子的身份也是尊贵非凡。

朱茵洛正想着，突然，门外响起了太监细声细气但还算尖亮的声音："皇上驾到、皇后娘娘驾到！"

紧接着，殿内所有的大臣一致站起，异口同声地向门外的人行礼。

"臣参见皇上、皇后娘娘，皇上万岁万岁万万岁，娘娘千岁千岁千千岁！"声可震天。

"众爱卿平身！"皇帝楚飞腾淡淡地出声，稍稍抬手，尽显天子威严。

"谢皇上！"

一男一女相携从门外走了进来，男人身穿龙袍，头戴金冠，明黄色的龙袍上，绣满了栩

7

栩如生的龙纹，每一根爪子及胡须，甚至翎毛也全绣得跟真的一样，衣袍摆动间，像是无数条金龙在腾飞。

女的穿的则是同样质地的长裙，只不过，女人身上的衣服绣的是凤纹，头戴凤冠，眉细、鼻尖、唇红。

男子与女子都是同样的出色，两人同时出场，霎时，所有的焦点全集中在了这一男一女身上。

据说，这皇帝楚飞腾是西阳大陆上难得的美男子。

乍一看去，果然如此，这楚飞腾真是俊美，而皇后也非常靓丽。

在皇后的怀中，抱着一名七八个月大的小女孩，也是同样的一身明黄色绸裙，上面只是绣着两只白天鹅。

那个，就是传说中的娉婷公主了吧？今天的主角，估摸着就是她了。

只听得，耳边的那些大臣已经开始议论纷纷。

"公主真漂亮呀！"

"是呀是呀，公主将来定是我们西阳大陆的第一美人！"

"没错，而且公主这般聪慧，据说，前天已经可以自己走两步了。"

朱茵洛不由得在心底里冷笑了一声。

这才几个月大的孩子，他们都还没瞧过正脸，就开始议论纷纷，拍马屁的功夫，真是令人叹为观止。

不免让她心生厌恶。

她忍不住又看了看对面的那个小男孩，在他的眼中，果然看到了同样的鄙夷和厌恶。

皇上和皇后两个人已经坐在高台的龙椅和凤椅上了。

皇后苏心蕊的美目转了转，落在朱佟尉的身上，笑吟吟地冲台下问："大将军，在你身边坐的，可是与公主同一天出生的孩子？"

刚进门时，她就已经注意到了朱茵洛，苏心蕊眉眼间闪烁着自信，夹带着几分嘲弄。

"正是！"

"果真是一个标致的小美人儿！"苏心蕊真心地赞着，眼睛里透出母性的温柔。

众大臣一致向朱茵洛的身上望去，看得朱茵洛浑身直起鸡皮疙瘩。

当神偷的，最怕别人将眼睛齐盯向自己。

四周寂静，一个男童稚嫩的嗓音嘲弄地响起："她只是一个会流口水的傻瓜而已！"

"一石激起千层浪"——这一声，迅速在平静的人海中引发震动。

众人皆将目光诧异地扫向那声源处。

在朱茵洛右侧的长桌前，一名美妇，带着一名同样七八岁的小男孩坐着，那小男孩一脸的傲气，眉眼间尽是嘲讽和讥诮，长得倒是精致，只是他的话，真是太恶毒了！

"那是三皇子呀！"人群中不知是谁说了一句。

如果是旁人也就罢了，偏偏说话的是皇帝的三子，而且是众皇子中非常得宠的一个，特别是其母江采琼，有着西阳国"第一美人"的美称，楚飞腾非常喜爱她，自然也就爱屋及乌了。

一身妖艳打扮的江采琼，美丽之余，透着妖艳，额间一朵火红的梅花娇艳绽放，一双似狐魅般的眼，有勾魂夺魄的魅力。

众人皆不吭声。

江采琼正得宠，又是二品丞相之女，而且她如今尊为贵妃，谁敢得罪她？

众人只得同情地望着朱茵洛。

这一次算她倒霉。

这算什么？朱茵洛羞怒地看着那个满脸傲气的三皇子楚惊天。

她朱茵洛，只有她欺负、作弄别人的份，谁也别想欺负她！

当下，她扶着长椅滑了下来，在众人诧异的目光中，她迈着坚定的脚步，一步一步地向楚惊天走去。

大概是被朱茵洛那眼中的威慑力和怒火给吓到了，楚惊天忍不住站了起来，以为这样比她高了，自己的底气就会足一些。

那个被他嘲笑"只是个会流口水的傻瓜"的小女孩，转眼间已经走到他的面前。

然后见她颤颤悠悠地爬上了桌旁的矮凳，瞬间，她就与他差不多平肩高了。

楚惊天板起小脸，刚要开口。突然，那个站在矮凳上的小小人儿，冷不防地抬手，用力地挥出，精准无误地扇在了楚惊天的脸上。

"啪"的一声，既响亮又干脆！

她的眼中毫无畏惧。

被打的人愣住了，打人的却好像无事人一般，再一次颤颤悠悠地离开了矮凳，一路又走回了她的将军老爹朱佟尉的身旁，复坐回她的位置上，与朱佟尉一样的圆眼睛漫不经心地望向众人，那气势，让人不敢直视。

被打的三皇子气愤地握起一双拳头，江采琼也是一脸的怒火，但朱茵洛的父亲是当今一品大将军，她不敢轻易造次，只得将怒气压下。

人群中已有人窃窃私语。

"这朱将军的女儿，真是厉害！才八个月就会自己走路了。"

"谁说不是呢，居然还敢打皇子！"

"不知道她是不是有点儿蠢？"

"不过，你看她，跟将军倒是有得一拼，那架势，果真是一对父女。"

"将军好福气，生了一个这样的女儿！"

你一言我一语，那些话，传到了朱佟尉的耳朵里，听得他心中洋洋得意。

但是，这些话传到了皇后的耳中，却是一种讽刺。

她的女儿八个月会走两步。而那个朱茵洛，也是八个月，不但会走路，还会爬上凳子打人。

今日之宴，倒让朱茵洛出尽了风头。

她心底冷冷一笑，面上依旧优雅慈善。

"这两个孩子倒是投缘，将来一定会是一对欢喜冤家！采琼！"她突然睨向江采琼。

听到唤声的江采琼眉头一皱，慌忙正身狐疑地低头答应着："妾身在！"

"今日，由本宫做主，将大将军的女儿茵洛，就赐给你的天儿做妃子，不知你意下如何？"这不是问，而是命令。

江采琼脸一白，咬紧了下唇，颤着嗓音答应："全凭皇后娘娘做主！"

这分明就是羞辱。

朱茵洛打了她的儿子，却要她的儿子娶朱茵洛为妃。

朱家与江家本就有隔阂，虽然朱佟尉心里不爽，可他还是答应："为臣谢过皇后娘娘！"

一双小手使劲地拍桌，无奈声音太小，根本没人注意她。

朱茵洛气得小脸通红。

还没有人问过她的意见呢。

朱茵洛与楚惊天对视，楚惊天脸上的愤怒不亚于她。

很好！以后她有事儿做了。

这个梁子，一结就是十年。

第二章　重逢

十年后。

只因朱茵洛年龄太小，虽然皇后亲自为他们二人赐了婚，但是朱茵洛仍旧被养在将军府。

事后没几天，皇帝封楚惊天为东盈王，并令其同江采琼一起前往东盈封地。

而十年前与朱茵洛对视的紫眸男孩，则是慕容清若的儿子楚靖懿，一个身上有着咸中、东盈和南陵三国血统的孩子。

楚惊天被封为东盈王前往封地没多久，楚飞腾也依照与前南陵王的约定，封了楚靖懿为南陵王，令其同慕容清若一起前往封地南陵。

楚惊天同楚飞腾有约在先，在楚惊天满十八岁时，需回到咸中来接朱茵洛回封地。

一晃十年过去。又是一年春暖花开。

十年了，那个约定，不知还有几个人记得？反正朱茵洛希望楚惊天永远忘记。

将军府里一片欢腾，到处张灯结彩，满目的大红喜字。

不要误会，这绝对不是她朱茵洛的好日子。

再过几天就是朱将军府大小姐朱茵琳成亲的日子，嫁的虽不是富甲一方的大户，却也是西阳国知名的富商。

前院喜气洋洋，后院也同样欢歌笑语。

小时候伺候朱茵洛的丫鬟均已嫁人。自一年前，换了一对讨喜的丫鬟，一个叫馨儿，一个叫小芳，两个留在听雨楼里照顾宋惠香和朱茵洛母女俩。

自从十年前皇后宴上的那一次，朱茵洛的声名便不胫而走，她的扬眉吐气，也让朱佟尉对她娘俩的态度有了三百六十度的改变，那些下人，再也不敢瞧不起三房了。

更何况，朱茵洛还是三王妃。虽未过门，但早在十年前就已正名。

宋惠香对朱茵洛的母爱，让朱茵洛享受到了人间难得的真情，她也当真将宋惠香当成了自己的母亲，享受简单的亲情。

这天午后，刚下过一场春雨，绿色的树叶，经过雨水的冲刷，展现出嫩绿嫩绿的颜色，煞是惹人怜爱。

在花丛中，一道纤丽的小小人影在快乐地穿梭着，嘴里不停地发出银铃般的笑声。

快乐的童音，清脆、婉转而纯真，让人忍不住也会跟着她笑起来。

小芳和馨儿两个站在花丛外，着急地看着她，不停地唤着："三小姐，您小心一点呀！"

对，此花丛中的女孩，正是朱茵洛。

虽然她的身体只有十岁，但是她实际年龄已经二十多了，只是偶尔童趣一下，缅怀一下过去，还是极好的。所以，她有时候便会像现在这样在花丛里像只蝴蝶一样奔跑。

出了花丛，沾了满身的花瓣和绿叶，两个丫鬟仅十四岁，很是机灵，连忙为她择去花瓣和绿叶。

"三小姐，您要是伤着哪里，三夫人一定会责怪我们！"馨儿嘟着嘴抱怨。

"放心吧，娘不会怪你们的！"朱茵洛小大人似的安慰她们，拍落了身上的花瓣，她忍不住笑眯眯地抬头。

然后，在抬头的瞬间，她被自己所看到的景象吓到了。

在不远处的地上，突然一只鸟儿满身是血地落下，身上还插着一支箭。

可是，当她摇了摇头，再定睛看时，地上却什么都没有。

难道是她眼花了？

正疑惑间，一只鸟儿欢快地在枝头叫着，正欲展翅飞走，她心一惊，下意识地开口喊："小心！"

然而，还是迟了，一支箭"嗖"的一声射了出来，正中鸟儿的心脏。那鸟儿被箭射中，直直地坠到了地上。

掉在地上的鸟儿扑腾了几下就死了，满身是血，身上还插着那支箭。

她的第六感又回来了……

过去的十年，她以为自己的第六感消失了，以为自己变成了正常的女孩，因此暗自欢喜。

可是……为什么……为什么它又回来了？

这说明了什么？

树丛后，一名矫健的男子，身上背着一个箭篓，大汗淋漓地跑了过来。

朱茵洛定睛一看，正是她那大哥朱怀仁，如今已经二十四岁了，只喜欢玩乐，至现在还未成亲，大夫人阮梦莲为他推荐了多少姑娘，他都不乐意。

"原来是大哥！"朱茵洛微笑着唤了一声，低头轻拂衣裙，当是行礼。

整个家里，除了娘亲之外，只有朱怀仁待她最好，有什么好吃的东西，都往听雨楼送。

说实话，她对这个大哥挺有好感的，只不过因为这样，大夫人就经常训斥朱怀仁。

其实，朱怀仁只要有东西就往听雨楼里送，朱茵洛知道，他还有另一个原因。

因为四夫人。

也许别人不知道，但是，她朱茵洛向来喜欢干点鸡鸣狗盗的事儿，特别是近来，她已经长大了，没事儿便出去转悠转悠，看有没有好东西偷。

结果，半夜的时候，她回来看到朱怀仁偷偷地站在不远处，深情地看着四夫人。

至此，她才明白，原来朱怀仁会对听雨楼这般好，到底是何原因。

当下，她扯了他离开，害得朱怀仁一惊，连忙转身，看到是朱茵洛，他才放心了些。

这件事，就发生在两个月前。

如今，四夫人的儿子，名唤朱怀义，刚满九岁，朱佟尉对这个儿子也相当宠爱，下了朝，第一件事就是去对面四夫人的屋里看他们娘儿俩，四夫人正当宠。

当下，仅仅十岁的朱茵洛把朱怀仁训斥了一顿。

朱怀仁保证，以后再也不会做傻事，朱茵洛便放他离开了。

从那件事之后，朱怀仁见了她就总躲开，这一次，难得碰面。

"原来是三妹！"朱怀仁的脸上浮现出一抹可疑的红色，躲开她的眼，窘迫得转身就要离开。

"大哥，你猎的鸟儿，不要了吗？"朱茵洛好笑地指着地上被他射死的鸟儿。

"不要了！"然后朱怀仁从怀中掏了一块紫玉佩，磨磨蹭蹭地靠近朱茵洛，丢进她的小手中，"这个送你了！"

然后飞快地转身逃开了。

这么莽撞！

朱茵洛好笑地摇了摇头，拿着手中的玉佩，眉尖微蹙，这么名贵的玉佩送给她了？

不过也好，留着以后或许有用处。

"大少爷对三小姐可真好，可是其他人就……"馨儿忍不住抱怨。

"对呀，特别是大小姐和二小姐，她们……"小芳还没说完，身侧的馨儿马上用手肘顶了顶她，吓得小芳赶紧住嘴，害怕地低头盯着自己的鞋尖。

馨儿和小芳两个人同时噤声，朱茵洛大概已经料想到是什么事。

果然，一个尖锐的声音陡然嘲讽地响起："我当是谁呢，大哥居然把他喜欢的玉佩送给你这个蠢货！"

一阵浓烈的脂粉气息扑鼻而来。

说曹操，曹操到。

趾高气扬的朱茵琳走了出来，在她身后紧跟出来的就是朱茵蓉——那个二夫人的独生女。她天天跟着朱茵琳，狐假虎威，甚是让人厌恶，她的动作跟朱茵琳简直是一个模子刻出来的。

仇人见面，分外眼红。

不过……

朱茵洛的眼里突然看到一幅美丽的景象。

于是乎，她默默地笑盯着朱茵琳头顶美丽的偏云髻，在心里默默地数着："十、九、八…………三、二……一！"

一只大雁从空中飞过，路过朱茵琳所在位置的上空时，突然拉了屎，这不怪大雁嘛，它旅途劳累，再加上一路奔波，哪有时间给它找地点去拉屎？

而那屎，不偏不倚，恰好落在朱茵琳的头上。

似血一般的红唇，张开刚要冲朱茵洛吐出嘲讽之语，突然头顶被砸了一下，她忍不住蹙

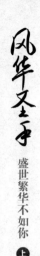

起了眉。

下意识地要用手去摸。

朱茵蓉娇呼着，连忙扯住她的手唤住："大姐，不要，是是是是……"

她结结巴巴的，满脸窘迫，不知道该说什么好。

"到底是怎么回事？"朱茵琳不耐烦了，冷冷地瞪向朱茵蓉。

站在一旁的朱茵洛，微笑着回答："大姐，刚刚大雁在你的头顶落了一坨'黄金'，这可是千载难逢的机遇，您太幸运了！"

话里的讥讽，朱茵琳是听得出来的。

美丽的妆容，出现了污渍，花容失色的她，双手无措地在空中轻晃着，身子不停地打着战，回头向朱茵蓉咬牙切齿地确定答案："二妹，她说的……是真的？"

朱茵蓉怯怯地耸着肩膀，几乎不可见地点了点头，然后轻声回答："是。"

一坨屎，落在了她美丽的头发上，光是想象着这幅画面，朱茵琳就已经要吐了，而且……这一幕，居然被朱茵洛看见，令她的脸色瞬间突变。

窘迫的脸上苍白似霜雪。

丢人……太丢人了！她朱茵琳这辈子没有这般狼狈过。

再也没有任何心情羞辱朱茵洛了，她慌忙转身跌跌撞撞地逃离，哪还有一点儿将军之女的高贵气质和修养？

等到朱茵琳和一脸不甘心瞅着朱茵洛手上玉佩的朱茵蓉走了后，朱茵洛身后的两个丫鬟才敢捧腹大笑起来。

"哎呀，太好笑了！"

"是呀是呀，三小姐，您有没有看到刚刚大小姐的表情？"

朱茵洛莞尔一笑。

刚才的那一幕，的确很解恨，可是她却不开心。

因为，这只是再一次证明了，她的第六感没有错。她的第六感又回来了，她做普通女人的机会再一次被夺走了，她怎么高兴得起来？

这一幕，全被躲在一角的两个人看到。

两个人，皆是黑布蒙面，只露出一双眼睛精锐得像两把利刃。

待花园里的人全都走开了，那精锐的目光才稍稍收回。

"主子，她就是您要找的那个人吗？"矮一些的黑影畏惧地看着自家主子。

"应当是她没错！"另一个高影淡漠地回答，眼里没有一丝温度。

矮影瑟缩了一下："那主子，您可以直接求皇上……"

"不！"

"那主子……"

"我们走吧！"

走……往哪走？他们来不就是为了看某人的吗？

怎么说走就走了？

"主子，您等等我！"矮的追着高影子不一会儿也不见了踪影，整座花园，恢复了宁静。

咸城，百花楼。

百花楼，是咸城乃至整个咸中最豪华的一家花楼，也是最特殊的一家花楼。外面没什么不同，红墙碧瓦。但是它居然有六层，里面的装修风格，更是与其他的地方大不相同。

里面是纯欧式的风格，到处是一片纯白色，最中央是一个喷水舞台，在圆形的舞台四周，布满了一个一个小雀头。雀头里面，不停地往外喷着水，水落进舞台下的水池中，水声叮当脆响，恰似一曲优美的乐曲。

舞台的旁边，放着一圈盆栽花卉。整座百花楼，到处都弥漫着新鲜的花香。

不仅是建筑，连房间也是情趣式设计，布置格局，都属于百花楼里的秘密，只要出了银子，柜台便会给你一打画册，让你选择什么样的房间，让里头的姑娘以什么样的服饰和装扮出场。

而且，房间设计得精巧，隔音和防窥效果非常好。

整座六层，一楼全是侍女、小厮、守卫等，五楼住的是百花楼的花魁和头牌。

相对来说，二楼、三楼和四楼，均是一般的姑娘所在。

而六楼，则相当神秘。

据说，那是专为女子服务的场所。

这消息一传出，瞬间哗然。

百花楼的宗旨是：只有你想不到的，没有我们做不到的。

由于百花楼这般特别，所以闻名而至的客人也是数不胜数，多少人砸下大把的银子，想要一窥真相。

百花楼日进斗金，侍女和小厮们个个眉开眼笑。

但是，比起这些来，百花楼幕后的老板，却是最神秘的。

因为，没有人知道这百花楼的老板到底是谁，百花楼里面的人更是守口如瓶。

有些人想要从一些下人的口中打听，可惜……那些下人，也从未见过他们的老板长什么模样，是男是女、是高是矮、是胖是瘦？

这天，朱茵洛同馨儿一块儿上街买一些娘要的绣花用具，便路过百花楼的门口。

突然，馨儿眼尖地指着百花楼里正搂着一位姑娘出门、浑身酒气的醉汉道："三……三小姐，快看……那……那不是三王爷吗？"

三王爷？他现在不是还在东盈吗？他回来了？

朱茵洛美丽的眼眸微微一眯，难道他是回来接她去东盈的？不过，刚来到咸城就进了花楼。

她在心里鄙夷地哼了一声。

眼不见为净，最好他不是来接她的。

她掉头打算离开，谁知，醉眼迷离的楚惊天已经眼尖地看到了她。

他更加肆意地搂紧了怀中的姑娘，一脸狞笑地拦住了朱茵洛。

"我当是谁呢，原来是本王的王妃，哎呀，要不要一起上去，我们喝一杯？"脸上却是写满了厌恶和鄙夷。

满口的酒气冲天。

她微蹙眉，抬手捂住口鼻，挡住他嘴里飘出的恶臭。

还是跟年少时一样令人讨厌。那姑娘的脸上擦着厚厚的粉，早掩了本来面目，只见那些白色的粉扑簌簌地掉了下来。

两个人同样都令她厌恶。

虽然他们比她高出一大截，但是，她的气势却毫不输给他们。

朱茵洛微笑地扬起下巴，用清脆的声音一个字一个字地说道："我们不是同类，王爷只配跟这些千人睡万人枕的人在一起！"

朱茵洛话音一落，四周顿时哗然，并传来几声惊叹声。

被骂的姑娘，面子上挂不住，脸色苍白如纸，偏偏对方又是将军府的三小姐，而且是东盈王妃，她只是一介平民，哪敢跟她斗？

只能嘤嘤地啼哭着，转身投进楚惊天怀中，一双手轻捶着他的胸膛，不依地嗔叫："王爷，您看看她呀！"

楚惊天安抚地拍了拍姑娘的后背，心疼地安慰："乖，宝贝儿，我是不会让你受欺负的！"

再望向朱茵洛时，楚惊天的脸倏地变色，本来就醉了八九分，再加上他对十年前被朱茵洛甩了一巴掌之事，仍耿耿于怀，他早就想报这个仇了。

他松开了姑娘，姑娘吓得躲在他身后，而楚惊天摇摇晃晃地逼近朱茵洛，脸狰狞凶狠，像是要杀了她似的。

馨儿吓得浑身发抖，慌忙扯住朱茵洛的衣袖道："小姐，我们快回去吧！"

要是小姐出了什么事，她一定会受罚的，而且三夫人一定会很伤心。

朱茵洛不理会她，轻轻将手指按在她的手背上，把她的手压了回去，淡淡地笑着看眼前那个越来越接近的高大人影。

比起十年前，他确实高大了，也长得俊美了，倘若不是人品太差，他倒是一个极品男人，可惜……

他想做什么，打她吗？

这辈子，她最恨的就是喜欢打女人的男人，那种男人，根本就是人群中的败类。

楚惊天离得越近，他身上那股浓烈的酒气就愈浓，刺鼻得紧。

她忍不住眉头皱得更紧，心里对他的恼恨更深了。

就在他晃到她面前时，还没等他的手开始动，突然朱茵洛小小的身子上前。

在楚惊天猝不及防的时候，突然跳上前，用力踩在他的脚背上，然后双手托住他的肩膀跃起，狠狠地将自己的头顶向上冲去。

砰的一声响。

她重重地顶到了他的下巴上，一截舌头被他咬出了血，尖锐的刺痛令楚惊天整个人浑身痉挛，再加上他体内酒精的作用，突然他眼前一黑，重重地倒地不省人事。

昏迷之前，他瞪大了眼睛不敢相信地盯着那张满是自信的小脸，不相信自己再一次被她羞辱。

这个梁子，他们结得更大了。

临走之前，朱茵洛往那万花楼里瞅了一眼，万花楼的鸨子是一个风韵犹存的中年妇人，看到外面的景象，吓了一跳，问了身侧的人一句，瞬间吓得花容失色。

然后，那万花楼的鸨子摆动着她丰满的腰肢从万花楼里走出来，生气地要将那姑娘赶走，姑娘哭着求饶，鸨子说什么也不愿意让她留下。

"为什么？"姑娘泪流满面地问，"妈妈，我自认从来没有做过对不起万花楼的事情。"

"但是，你做错了一件事！"

"什么事？"

万花楼的鸨子低头在姑娘的耳边说了一句，仅这一句，便把那姑娘吓得脸色煞白，震惊地跌坐在地上，一双眼睛惊恐地盯着朱茵洛的背影。

那个仅十岁的孩子，居然就是万花楼的主人。

买完了娘亲需要的东西，朱茵洛同馨儿两个人回程的时候，再一次路过万花楼。

楚惊天已经被人抬走。

这一次，太阳落在了东侧，显然已近傍晚。

过惯了原来那个时代太阳东起西落的朱茵洛，来到这里已经十年，还是有些看不惯太阳西起东落。

这太诡异了。

万花楼十二个时辰营业，每天傍晚时分，万花楼的生意就更好了，人来人往，络绎不绝，里面不时地传出歌舞的声音。

若是仔细往后巷里瞧，还可见几名贵妇面带红晕地下轿，有人护着她们进了万花楼的后门。

那些人是做什么的，朱茵洛一清二楚，忍不住抿唇一笑。

刚要转头离开，突然她的眼前浮现出一幅画面。

那是什么？酒还是油？全倒在了万花楼内部易燃物的上面！然后，她看到有人拿出了火舌子，那人将火舌子丢进了那一堆液体上，其他的，她就再也看不到了。

糟了！

朱茵洛脸色突变，赶紧将手中的东西一起交给了馨儿。

"三小姐，您要做什么？"

馨儿诧异了一下。

朱茵洛捧着肚子，难受地蹙起眉头，她指着不远处的一个石墩说："我肚子好疼，你先在那里等我，我去一下茅厕，马上回来！"

"好！"馨儿相信了，没有半丝怀疑。

待馨儿转身，本来想往右边拐的朱茵洛突然闪身向左，走到了万花楼的后墙，她脸色倏地凝重，然后在后墙敲了三下，停顿了几秒，再敲三下，又停顿了几秒，她复又敲了三下。

整整九下，她面前的墙，突然打开了一道门，好像突然长出来似的，里面是鸨子徐今娘，一脸恭敬地站在朱茵洛面前。待朱茵洛进门，徐今娘便转身将门关上。

"三小姐，您来了！"

朱茵洛没有任何迟疑，板着一张小脸，拉住了徐今娘，出了内厅的房门道："跟我来！"

一刻钟后，在万花楼内的无人处，一道人影鬼鬼祟祟地前行，手里拿着一罐东西，泼在地上，都是浇在了易燃物之上。

待所有的液体都泼完之后，那鬼鬼祟祟的人影从怀中掏出了一根火舌子，吹燃了火捻，然后将火舌子丢在那些液体上。

希望之火，并没有在那人的眼前狂燃，火舌子丢在那些液体上并无任何反应，而且火舌子也被那液体弄得熄灭了，连一丝火星也不见。

怎么回事？

那人蹙眉思索，突然她的心底里浮起一丝疑惑，瞬间脸色大变。

不好，上当了！

她正想着，四周不知何时已经围来了许多护卫，站在最前列的，就是年仅十岁的朱茵洛，但是，她脸上的那抹凌厉和阴狠，是一个十岁的孩子该有的表情吗？

这打扮得如贵妇的女人，看到眼前这么多人，个个用凶狠的目光盯着她，吓得她双腿一软就跪了下去，还不等其他人问，她就已经全招了："我……我我……我是慕容商行的人，我们老板的女儿是当今的南陵太后，外孙是当今的南陵王，你……你们不能杀了我，而……而且，王和太后两天前就已经抵达咸城了，你们若是私自用刑杀了我，他们一定不会放过你们的。"

"是吗？"朱茵洛一双美丽的眼睛笑成两弯新月，眸底闪过一丝贪婪的目光，"那我自是要带你去见见南陵王喽！"

据说南陵王聪慧，善文善武，是个不可多得的全才，最要紧的是，南陵珍宝无数，不知他这次带了何宝物来？

正好去借机偷窥一番，再伺机下手。

在万花楼外等了许久，也不见朱茵洛回来，馨儿很是担心，她在石墩上如坐针毡，不放心地起身来寻找朱茵洛。

三小姐要是有什么事，她可担待不起呀！

寻了一遍找不到，她急得直跺脚，抱得满怀的东西掉了下来，她也不管，哭丧着一张脸，表情看起来就快哭了。

她心里默默念着，小姐不要有事，小姐千万不要有事。

一个人轻轻地拍了拍她的肩膀，她也没反应。

身后的人又重重地拍了一下，她被痛得转过脸来，一脸的凶恶："什么人，你敢……"

一看到身后拍她肩膀的人，她凶神恶煞般如母老虎的模样，马上变成见了猫的母老鼠，狰狞的脸上堆满了笑容。

"三小姐，您可回来了，奴婢急死了！"

朱茵洛抬头笑吟吟地看着她，黑色的大眼睛闪动着灵黠的光亮，嘴角的笑容煞是甜美道："馨儿，你先回去吧，我想一个人去玩会儿，晚膳之前会回到家的！"

"可是……"

朱茵洛马上板起小脸，端起小姐架子："怎么，我的话你都不听了？"

馨儿急了："三小姐，奴婢是担心您的安危。"

她脸色缓和了些："放心吧，我又不跑远，小姐我的本事，你还不知道吗？"她狡黠地眨了眨眼。

这么一说，馨儿焦躁的心马上恢复了淡定，嘴角更是狠抽了几下。

她家小姐，跟别的小姐不一样。别家小姐，喜欢在家里捻针绣花，而她家小姐，喜欢看书，也不知道她的那些书是从哪里弄来的，大概是找将军要的吧，她只能这样想。

更可怕的是，朱茵洛相当聪明。别说别人害她了，这些年，大房、二房不知道陷害她家小姐多少次，可是最后……大房、二房都莫名吃了哑巴亏。不知道她们家的小姐脑袋是怎么长的。

就连她……也被朱茵洛戏弄了许多次。

反正回去之后，朱茵洛没事就会拿她和小芳来戏弄，不如让她戏弄别人去吧。

叹了口气，馨儿不忘忧心地叮嘱："三小姐，您可说过的，晚膳之前，一定要回来。"

"知道啦，知道啦！"她忙不迭地挥动小手说："你赶紧走吧。别忘了，东西都带回去！"

"啊，怎么都掉了！"

馨儿捡起地上的东西，最后担心地看了朱茵洛一眼，头也不回地走了。

待馨儿的身影在人群中消失，朱茵洛稚嫩的小脸上闪过一丝狡黠，回头勾了勾手指："把她给我带出来！"

两名大汉，抓着一名妇人从万花楼的后门走了出来，妇人的嘴巴里被塞了块抹布，痛苦地挣扎着，却只能发出"唔唔"的声音。

朱茵洛带着那名妇人从万花楼离开之后，站在门外眺望的徐今娘缓缓收回视线。

徐今娘的心腹嬷嬷一脸诧异地问："徐姐，这到底是怎么回事？那个小女娃是……"

徐今娘微笑着觑她一眼，压低了声音道："那就是万花楼真正的主人，记住，这件事不准外扬。"

什么？万花楼真正的主人？一个十岁的小女娃？

咸城，离尘雅筑。

离尘，似有远离尘世喧嚣的意思，就好似这里的主人，想要远离尘世烦恼，只想在这里静静地离群索居一般。

只是，身为皇家的一分子，根本就不被允许在任何时候远离尘嚣。

站在离尘雅筑的门前，朱茵洛的小脸仰了起来，盯着门楣上的四个大字，笑了好几声。

身后的小厮忍不住问道："姑娘，你笑什么？"

"我想到了一个成语！"

"什么成语？"小厮好奇了！

她回头瞪了那小厮一眼，朱茵洛的笑容更加放肆了："离尘离尘，说明他心中有尘，既然有尘，却想离尘，这不就是自欺欺人吗？"

什么离尘，有尘又欺人，欺谁了？

小厮满头的问号，什么意思？

笑看两个小厮大眼瞪小眼，一副"你知道吗""我不知道"的表情。

她挥了挥手，指着其中一人道："你到前面去，就说将军府三小姐，有事要见他们王爷！"

"是！"

准备放火烧了万花楼的妇人便由一人捉住，另一个人赶紧跑去离尘雅筑前面。

离尘雅筑前的两个守卫，一听那小厮的话，然后又跟对方说了几句，小厮一脸疑惑地回来。

"怎么？他们不让进？"预料之中的事。

"不是！"小厮摇了摇头，"刚刚我一说是您，守卫就说，王爷说过，只要是您来，马上就让您进去！"

咦？这么好？难道这王爷有未卜先知的功能，早就知道她会来，所以在此等候？这么邪门？

她回头挥了挥手："你们在这里等着，看好她，我进去会会这个王爷！"

"是！"

既然别人让她进去，那她就没什么好客气的了。朱茵洛大摇大摆地走进了门，她发现，里面布置得很别致，走进去，恍若置身于世外桃源，满目的桃花，朵朵绽放，嫣红的颜色，娇嫩得似三月的阳光。

沿着桃花林中的小路一直向前，没多远，便来到了一座小楼前。小楼分上下两层，门外同样有侍卫把守，个个看起来比皇宫的禁卫还要威严。

好样的！

本以为这辈子可能不会再见到那双眼睛。没想到，相隔十年，还会再见到那双眼睛的主人，她忍不住好奇了，那眼睛的主人，到底有什么本事，能知道她会来？

比她的第六感还灵？

这是复式的小楼，二楼长长的观景台上，坐着一名悠闲的少年。他优雅地坐着，背对着她，一身白色锦袍，金线滚边，身上绣着几条鱼和水草，一头墨发用金色的发冠束着，懒懒地倚在椅子上，手指勾着一只耳杯，轻轻地抿了一口。

她的记忆里还残留着十年前的印象，他有着那么一双犀利的眼睛，能撞进人的心底，剜痛人心，现在却能这样怡然自得。

离尘雅筑，离尘……

他果然是自欺欺人。

一眼瞅到旁边有个楼梯，是直通二楼的，她便提裙踏上了台阶，一步一步地走上去，这台阶是用竹子做成的，人踏在上面，发出吱呀吱呀的响声。

走到了台阶上面，一阵凉风吹来，吹在脸上，凉凉的，却不刺骨。

从这里，可以看到外面的风景，亦可以看到门外那两名拖着妇人的小厮。

这里的视野好开阔，怪不得他能这么快知道她来了。

"坐吧！"好听的男声低沉地传来，耳边又传来茶水落杯的声音。

她也不客气，走过去，在他的对面坐了下来，鼻尖闻到杯中的茶香，清新扑鼻，香飘四溢。

"好茶！"她抿了一口道，"叶青，水碧，入口有一股甘甜！余音可绕梁，王爷这茶也可齿颊留香。"

喝了茶，她才细细地打量着这个传说中的南陵王。

然后，她刚抬起眼，立即被他左脸上的一道疤给吓到了。那一道疤，长长的，像蜈蚣一样从上到下，几乎占满了整个侧脸。若非那道疤，他堪称是她见过的最美的男人，比楚惊天那家伙还要美了数倍不止。墨眉如剑，狭长的凤眼，紫眸闪烁，高高的鼻梁下是微带笑意的性感薄唇。

可惜了他长得这副好皮囊。

不过，在打量他之余，她眼睛的余光不时地往旁边的建筑打量，一双贪婪的目光，在寻找哪里有宝物。

一般人，看到他的那道疤，都会吓得退避三丈，连那些经常在他身边的侍卫等人，见到那道疤，也会不由自主地畏惧，唯独眼前的女子。

一个十岁的小女娃，能有这种胆魄，果真与众不同。

楚靖懿薄唇轻勾，狭长的凤眼紫眸微敛，倚在椅子上微笑着打量她。

发现她似乎有些心不在焉。

"你是朱茵洛！"

朱茵洛回头，诧异于他竟然知道自己的名字。

"你怎么知道我的名字？"

"当年的婴儿小王妃，当众甩了三王爷一巴掌，使得西阳国上上下下到处议论，本王当年也在场，自是认得！"楚靖懿说得一脸的理所当然，"按理，本王当唤你一声三嫂！"

三嫂？朱茵洛的脸扭曲着，嘴角猛地抽搐。

为什么，她觉得他唤她三嫂的时候是在笑呢？

既然对方知道她是谁，那她也不用拐弯抹角了，一本正经地看着他，手指了指门外的三人："中间的那位，是慕容商行的人。不过，被我抓到她纵火行凶，对方称王爷您是她的靠山。"

楚靖懿修长漂亮的手指摸了摸下巴，一双深邃的紫眸中隐藏着一抹笑意："三嫂是想讨个说法？不过，你是万花楼主人的事情，倘若传到大将军的耳中，不知朱大将军会有何反应？"

一向视声誉高于一切的朱仝尉，一定会封了万花楼。

薄唇将弧度勾得更深。

"本王就当你从来没有来过离尘雅筑，大将军那里，本王也会守口如瓶。"

朱茵洛的双手狠狠紧握成拳，指关节因用力发出咔嚓的声音，美丽的杏眼圆睁，冒火似的盯着那张漂亮的脸。

怒！

她咬牙切齿："四王爷，您这样威胁一个小孩子，即使赢了，也会觉得很不光彩吧？"

"你是三嫂，照理说，我比你的位分要低。算起来，我们两个到底是谁欺负谁？"楚靖懿微笑着答道，毫无退让，更无一丝怜悯，像一只披着羊皮的狐狸。

那双深不见底的紫眸，里面看不出任何情绪，嘴角的笑容似有似无，整个人看起来深不可测。

见惯了楚惊天那蠢猪一样的男人，她首次感觉到乏力。

对，是无力。

他才十八岁而已，就有这么惊人的魄力，从来没有一个人，能让她感觉到这么乏力过，他是第一个。

三嫂三嫂，他唤她三嫂的时候，嘴角的揶揄，是显而易见的。

她有些不服气。

"下次请唤我三小姐！"

"三皇兄可是会生气的，三嫂还是不要为难四弟的好，况且……三嫂在这儿待了这么久，倘若三哥知晓了，怕是会不高兴！"

怒！她哪来的那么大的弟弟？

她从他的眸底看到"戏谑"两个字。这个像狐狸一样狡猾的男人，看来，她今天是占不到任何便宜的。

她有把柄在人家手上，还拿什么来索偿？

"够了！"她生气地站了起来。

"三嫂生气了？是四弟的不是！"他夸张地抱拳，嘴角的揶揄笑容，始终未退，狭长的凤眼染上了一层邪气。

再在这里待下去，她恐怕会被气死。

怕自己会英年早逝，朱茵洛决定，还是早些离开的好，免得遭殃。

好一个楚靖懿，你够狠！

突然，她眼睛的余光瞥到二楼房间的一角。那里摆放着一只乌木盒子，盒子里放着两颗夜明珠，正散发着柔柔的光。

哗，这么贵重的夜明珠，他居然就这样放在那里，不知是南陵的宝物太多了，还是他根本就粗心大意。

她眸底闪过贪婪的光亮。

放眼望去，整个房间里，就只有那夜明珠最为值钱。

她这辈子还没看过夜明珠到底长什么样呢。

很好！今天他羞辱了她，晚上，她在这个时代"神偷计划"的第二次实施，就挑选在这里了。第一次是偷了咸城首富的百万两银票，建造了如今的百花楼。至今那首富还不知银子去了哪里。

楚靖懿，我让你嘚瑟，等到你宝贝不见了，看你还怎么嘚瑟！

她脸上的怒火，在瞬间一扫而空，优雅地拂裙点了点头："告辞了！"

"不送！"楚靖懿仍然是一副淡漠的神情，笑容依旧，指甲轻抠了一下疤痕的边缘，那疤痕竟生生地被抠起一角，手指按住那一角，瞬间又与底下平整的皮肤相贴，看不出一丝痕迹，好像刚刚的那一角只是幻觉。

朱茵洛走后，楚靖懿缓步走到屋内，把原本乌木盒子里的两颗夜明珠拿走，放在一个普通的木盒内，与同样质地的茶叶盒摆放在一起。

"主子，您这是做什么？"走到屋外的守卫，诧异地看着楚靖懿的动作，脸上透出不解。

微笑着回头，楚靖懿性感的薄唇吐出两个字："防贼！"

朱大将军府

短暂的黄昏后，夜幕降临，走在回朱大将军府的路上，朱茵洛的心里一直惦记着离尘雅筑里的那两颗夜明珠。

刚走到将军府的大门口，突然她的眼前出现了一幅热闹的画面。在那画面中，她还看到了一张肿如馒头的脸。

不对，馒头起码比那人的下巴要白。

府前的侍卫纷纷向她行礼，她点了点头进了大门，拐了个弯，直接往大厅走去。

古代的路面，都是用大理石铺成的，相当滑。一名丫鬟捧了茶盘往大厅走去，只因走得快了些，脚下突然打滑，手中的托盘眼看就要飞出去，走在前头的朱茵洛顺手稳稳地接住托盘。

那丫鬟吃惊地"啊"了一声，以为托盘会落地，吓得她花容失色，想要去接托盘，却是摔得更惨，砰的一声，重重地跌倒在地。

朱茵洛微笑地看着那个狼狈爬起来的丫鬟："大厅里没你的事了，茶我端进去即可。"

"三小姐，那怎么行，奴婢……"

"退下！"

"呃，是！"丫鬟畏惧于朱茵洛那不怒而威的气势，只得退下。

大厅内灯火通明，里面的椅子上坐满了人，丫鬟站在身后不时地添茶倒水。

她一眼便看到了坐在主位上的那名男子，下巴肿得老高。但是他还是一直说话，一动嘴巴，便痛得他整张脸都扭曲得皱起来。

她在心里骂了两个字：活该！

朱茵洛端了茶慢悠悠地晃进去，美丽的小脸上扬起自信的笑容。

她刚走进大厅，原本吵嚷的大厅瞬间变得奇静无比，每个人的眼睛都直勾勾地盯着她，有同情，有嘲讽，还有冷眼旁观。

宋惠香想要站起来嘱咐朱茵洛一声，大夫人阮梦莲冷冷地咳了一声，附带一个警告的目光，将宋惠香逼坐了回去。

她心里发急，但是却六神无主，不知怎么办才好，她身后的馨儿和小芳两个也是心里着急得很。

"爹爹！"朱茵洛优雅地侧身，再把手上的托盘放在桌子上。

"你终于舍得回来了！"朱佟尉脸一黑，冲朱茵洛就是大声斥责。

"女儿出去了一趟，不知大家今天都聚在这里，有何事？"她笑吟吟地问，脸上毫无畏惧，一双美丽的眼睛扫过在场的众人，大房、二房和四房，人都到齐了呢。

"茵洛，将王爷打成这样，还问何事，来人呐，将她拖出去打！"大夫人阮梦莲得意一笑，扬手就要招人。

"等等！"朱茵洛美眸流转。

"你还有何话要说？"

"请问大夫人，您是用什么身份跟我说话？"朱茵洛冷笑着睥视阮梦莲。

阮梦莲的脸一下子铁青，气得一拍桌子站起来："老爷，你看她，真是反了！"

朱佟尉默不作声，深沉的眼打量着一脸自信、气势傲然的女儿。

"大夫人，我看你才是反了！"朱茵洛冷笑着勾起嘴角，"我是皇上和皇后娘娘钦封的东盈王妃，即使我还未回东盈王府，但是我与三王爷的夫妻关系是实，君上臣下，大夫人是不是想藐视皇上和皇后娘娘？"

大夫人吓得浑身哆嗦，她没想到朱茵洛会突然抬出皇上和皇后来。她嗔叫着转向朱佟尉："老爷！"

朱佟尉仍是默不作声，低着头不知道在想什么。

朱茵洛冷冷一笑，指着楚惊天身后的侍卫。

"你，把王爷送回住处，这是我们的家务事，不要在这里，让大家看笑话！"朱茵洛睨了楚惊天一眼，从齿缝中吐出鄙夷的四个字："丢人现眼！"

丢人现眼！

四个字，令楚惊天不敢置信地瞪大眼睛，那个仅仅只有十岁的小女娃，这样差辱他，他差点气绝。

不顾自己的下巴还疼着，他指着朱茵洛的小脸就一阵怒吼："你给我闭嘴！你……啊啊啊……疼死我了！"

楚惊天刚吼完，一张脸疼得皱成一团，双手抱着自己的下巴，但是却又不敢碰，整个人像个小丑似的在原地跳着。

身侧已有几人捂嘴窃笑。

朱茵洛翻了翻白眼，一脸的不耐烦，挥挥手："你还不快把你们王爷给扶回去？丢脸都丢到姥姥家去了，他不要脸，我还要呢！"

"你……"楚惊天才刚开口说出一个字，立即又疼得嗷嗷叫，根本不容他开口，一口气蹿上头顶，突然眼前一黑，倒地昏了过去。

跟着楚惊天的两个侍卫赶紧上前去扶楚惊天，不敢再在将军府久留。

好一会儿，大厅里都没有一个人说话，大家大眼瞪小眼，不知道各人的心里到底是什么心思。

大夫人吃了哑巴亏，噤口不敢言，只用一双眼睛怨怼地望着朱茵洛。

朱茵洛也相当不客气地回瞪。

大夫人幽怨地看向朱佟尉。

朱佟蔚终于开了金口。

"好了，今天大家都累了，洛儿，你还没用膳吧？惠香，你先带洛儿回去用膳！"

宋惠香赶紧起身，毕恭毕敬地怯弱答应："是，老爷！"

说完，宋惠香赶紧拉着朱茵洛离开，火烧屁股似的走得很快。

死死地瞪着朱茵洛的背影，大夫人还是不甘心，她是家里的掌权者，当年宋惠香只是一个丫鬟，凭借她的姿色，迷惑了朱佟尉，后来生下了这个女儿，坐上了小妾之位。现在她女儿还做了王妃，而自己的女儿就只能嫁给普通的富商。

"老爷，那个贱人她竟敢在老爷您的面前放肆，她……"阮梦莲阴狠地要告状。

"够了！"朱佟尉厌烦地冷喝一声。

"老……老爷！"阮梦莲吓得缩起了脖子。

"刚刚你被教训得还不够吗？她是本将军的女儿，也是当今的三王妃，如果你再不知分寸，下次这个当家主母，也该换人了！"

心一颤，阮梦莲自知说错了话，扑通一声，从椅子滑落到地上跪下："老……老爷，您别生气，我知道错了，知道错了！"

"哼……"朱佟尉气愤地甩袖离去。

留下一屋子的诧异。

他们明白一点，三房要翻身了，各自都非常慌乱。

经过了大厅里的那一幕，宋惠香早吓得浑身虚软，若不是有馨儿和小芳两个人扶着，她恐怕走不回听雨楼了。

有那么一瞬间，她以为朱茵洛就会被大夫人给害死。

回到房间后，朱茵洛安慰她，给她漱洗后就让她睡了。

而经过了今天的诸多事情之后，朱茵洛更是明白了一件事，如果想不被人欺负，手上就必须要握有权力，否则，你就是地上的蝼蚁，谁想踩都可以踩一脚。

她料想，这楚惊天一定很恨她，指不定会怎么陷害她。

甩了甩头。

现在想这么多做什么，既来之则安之，她就见招拆招。

看着窗外皎洁的明月，如此美丽的夜空，正适合偷盗。

她的心里还惦记着那两颗夜明珠。

十年来，她每日都苦练神偷师傅曾经教导她的一切。她的功夫，再加上特制的工具，不一会儿就已翻身上墙，矫健的身影，像黑夜里的精灵，悄悄地出了朱大将军府。

第三章 南陵楚靖懿

夜晚的咸城，异常的安静，在一道身影跃上屋顶时，几户人家的屋角处响起几声犬吠，甚至惊醒了一个初生的婴儿，口里不断地发出响亮的哭声。

不断地有窗子打开，人头往外面望，那道屋顶上的人影并未因此停顿。

夜空下，凉风习习，远远的往离尘雅筑内望去，皎洁的月光下，离尘雅筑内的桃花盛开，花瓣在月光的映照下，散发着一阵阵清冷的光芒，却仍是非常的美丽。

她的目光从桃花的美景上，稍稍往上移，直勾勾地盯着离尘雅筑的二楼，在右侧的第二间拐角处，乌木盒子中，两颗夜明珠就在那里。

二楼没有守卫，在底下的几个守卫没精打采地坐着靠成一堆。

白天守卫那般森严，一到了晚上，这些禁卫，一个个就全成了没有骨头的烂泥。

心里不免对他们鄙夷了一番，却又有一丝窃喜，他们这般，也正好合了她的意，她可以趁机将她想要的东西偷到手。

她朱茵洛向来是有恩必报、有仇必报之人。

白天的那一幕，她仍记忆犹新，他戏谑地唤她"三嫂"。

既然他唤她三嫂，那当嫂子的来"拿"点东西，这也没什么过分的吧？她为自己的行为找了个美丽的借口。

乌亮的眼睛在夜空下熠熠生辉，如同天上闪烁的星星，贼贼的笑容，令她露出两排洁白的牙齿。

楚靖懿，明天早上你丢了东西，一定会气爆了吧？

想着，她又贼笑了一声，小小的身子在屋檐上缩了缩，手中自制的弹簧器往墙头上一射，细细的线异常的结实，再一按收紧的按钮，小小的身子便已经飞快地蹿上了墙头。

然后，那小小的身子，趁他们不备时，悄悄地又飞上了二楼。

在方才小小的身子刚刚离开的屋顶，两道黑影迎风而立，二人的目光皆盯着那屋顶瞧。

矮影微笑着道："王爷，您果真料事如神，三小姐真的来了！"

高影头未回，月光映着他完美的右侧脸，如神祇一般，性感的薄唇勾起玩味的弧度，却没有说话，深不见底的紫眸目光如炬，盯着远处的那道人影。

从她进去到出来，仅仅几秒的时间，这个时间，她根本就来不及去打开看里面的东西，他嘴角的笑容勾得更深。

倘若她打开盒子的话……

朱大将军府，听雨楼

回到自己房间的朱茵洛，兴奋得合不拢嘴，把乌木盒子丢到榻上，她先换上衣服，洗了把脸，再搓搓双手，然后把烛台移到榻边，小心翼翼地打开盒子。

打开盒子的瞬间，她的眼珠子差点掉了下来。

盒子里，哪里还有夜明珠的影子，根本就是个空盒子！怪不得她一路上总觉得盒子很轻，但是她当时太过兴奋，没有去深思，以为夜明珠本来就是这般轻。

这就是无知的错呀！

她嘴角狠抽了好几下，捧着乌木盒子的双手用力将盒子握紧，眼中冒出了熊熊怒火。

他是不是觉得放在这个盒子里太显眼，所以收起来了？她绝对不会去猜测，是因为他知道她会去偷，所以故意藏起来的。

盗窃失败，白白费了她一晚上的工夫。

正气愤不已的她，突然看到在乌木盒子里还躺着一张字条。

她忍不住蹙眉。

这字条……

她拿出那张字条，一把将乌木盒子丢到榻上，迫不及待地将字条打开。打开字条的那一瞬间，她的眼珠子当真突了出来。

字条上只有三个字："敬盗贼！"

她不相信，她绝对不相信！

可是，该死的，楚靖懿真的知道她会去盗，所以将夜明珠转移了？还故意留下空盒子让她去盗？说不定……她去偷的时候，他就站在某个角落在嘲笑她。

嘲讽和戏谑的笑容，在她的眼前挥散不去。

怒！

她竟再一次被他戏弄，她不甘心，不甘心！

一夜无眠，早上当馨儿端了水盆进门的时候，朱茵洛睁大了眼睛躺在榻上，在床下躺着一堆碎木头，而朱茵洛的眼睛里布满了血丝，眼睛上挂着两只大大的黑眼圈。

"呀，小姐，您这是怎么了？"馨儿担心地扶起她。

"没事！"她坐起身来，对着铜镜一照。

呀！她一脸的憔悴。

怒，这都要怪某个人。

"对了，三小姐，老爷刚刚派人来传话，说今日是皇太后六十岁寿辰，东盈王和南陵王都会特地赶回来为皇太后贺寿，大将军也会到场。大将军说，您是三王妃，所以，您也要去！"

"什么？我也去？"她声音陡然拔了个尖，不敢置信地指着自己的鼻子！

"对，而且这次北冥也派了使臣过来，对方还指定要见'婴儿小王妃'。"

朱茵洛一听，脸色马上又不好看了。

当她是什么？马戏团的小丑？

"知道了，大姐和二姐她们谁去？"这种场合，都会带家眷的。

"大小姐就快出嫁了，是二小姐和您一同去。"

原来是这样，突然她眯眼道："你刚刚说，南陵王也会去？"

"是呀，他前两天回来的，就是为了给皇太后贺寿！"

"很好！"她笑得露出两排洁白的牙齿，圆圆的漂亮杏眼中，溢满了猩红的火光。

很好？

"不过，三小姐，您昨天羞辱了三王爷，今天您肯定要跟他碰面的！"馨儿担心地看着她。

那个草包？

朱茵洛鄙夷地冷哼了一声，她正有火没处发，若是他今天敢招惹她的话，她一定会让他竖着进来，横着出去。

午膳才刚过，馨儿和小芳两个便忙着为朱茵洛梳妆打扮。她穿上了一套由宋惠香几天前亲自为她定做的粉色衣裙，上面绣着几只翠鸟，一根根发亮的羽毛，鲜艳夺目，再配上一对同样款式的金钗、金耳环和金项链，整个人满身的贵气。

朱茵洛承认，她是很喜欢宝物，但是她不喜欢这些俗气的东西，特别是晃眼的金色。

一看到这些金饰，她就忍不住想念离尘雅筑里的那两颗夜明珠。

一想到夜明珠，她的火气就一下子冲到嗓子眼，恨不得将离尘雅筑给翻过来倒过去找三遍，把夜明珠给找出来。

楚靖懿非一般之人，她要做什么，全在他的预料之中。不仅知道她是万花楼背后的主人，更知道她晚上会去偷盗，还提前在盒子里藏了一张字条，就等着她去盗。

长这么大，她终于知道机关算尽是什么感觉。

对，是想报仇的感觉。

"哎呀！"她烦躁地扯下金钗和金耳环道："我不要戴这些东西，俗气死了！"

馨儿赶紧拉住她的手，不让她乱动，好言相劝："三小姐，今天二小姐也会去，您是王妃，可不能被她给比了下去呀！"

馨儿把金钗和金耳环给她重新戴上，满意地笑道："这样就好了。"

听了馨儿的劝说，朱茵洛也不作声，她不在乎自己在装饰上逊色，可是馨儿她们不这么想，罢了，就随她们吧！

宋惠香担心地握着朱茵洛的小手，不安地交代她："洛儿，你才十岁，很多宫里面的规矩都不懂，但是记住，一定要少开口，像十年前的那种事情，这次千万不能再发生了，知道吗？"

"娘，你放心吧！"朱茵洛温柔地握住宋惠香的手，微笑着安慰道："我知道分寸的。"

宋惠香点点头："你从小心思就比别人多一些，娘对你是放心的，可是你的性子太过冲动，还有……三王爷毕竟是你的夫君，等王爷这次回去，就要带你一块儿回去了，你记得，一定要给他留些面子，毕竟……妻从夫纲，这些……"

朱茵洛一听，就知道宋惠香想要给她说那些唯夫命是从的大道理，她的耳朵顿时嗡嗡作响，赶紧嬉笑着握紧宋惠香的手："娘，您说的我都懂，我有分寸的，再说下去，我可是要耽误进宫的时间了！"

"呀！"这么一说，宋惠香果然住了嘴，急忙拉住她，"那我们赶紧出去吧！"

"好！"呼，终于松了口气，不至于听得耳朵长茧。

什么妻从夫纲，她不屑。

朱茵蓉如她所料，穿戴了一身金银珠宝，打扮得像棵圣诞树，浓艳的妆容，带着冲鼻的脂粉香气。

与她同坐一辆马车的朱茵洛一路上被那脂粉味熏得差点想跳车逃走。

到了皇宫后，她终于松了口气。

还未进皇宫的大门，突然另一支队伍到来，朱佟尉带着大夫人、朱茵蓉和朱茵洛退在一旁。

镶金边的华丽马车上，穿着华贵锦服的男子走出来，一看就是朱茵洛昨日才见过的楚靖懿。

右脸绝色，左脸那道疤，赫然在目，他也不遮一下，就这样袒露在众人面前。

楚靖懿下了马车，一眼便瞥见了朱茵洛，微笑地走上前来，饶有兴味地看了朱佟尉一眼，直接向朱茵洛抱拳行礼："四弟给三嫂请安！"

"见过四王爷。四王爷之前见过小女？"朱佟尉一脸的诧异。

朱茵洛脸色倏变，冲口而出："没见过，没见过！"

说完，朱茵洛愤愤地瞪了楚靖懿一眼以示警告。

她有些慌张地瞥向朱佟尉，后者用狐疑的目光盯着她，她赶紧恢复镇定的表情，以免被他看出破绽。

而楚靖懿笑得一脸邪肆，左颊上那狰狞的伤疤，似一条蜈蚣在冲她张牙舞爪，又似乎在嘲讽她。

浑蛋！他今天若是敢将事情抖落出来，让朱佟尉知道万花楼的事情，她就算是死，也会拉他来陪葬。

楚靖懿似笑非笑地看着朱茵洛，目光微微睨向朱佟尉，意味深长地说了两个字："见过！"

朱茵洛的一双眼睛倏地瞪圆，冒火地瞪着楚靖懿，心里早将他咒骂了一千八百遍，将各种难听的话，全部都吐了出来。

他就是这个世界上最该死的人！

她的心在颤抖，在滴血啊。

她的万花楼，她的钱袋。

一双眼睛死死地盯着楚靖懿，牙齿磨得很响，就当是在磨他的骨头。

下一秒，楚靖懿微笑着吐出了一句话："十年前曾经见过！"

呃？朱茵洛的心咯噔了一下，下一秒马上松了一口气，再狠狠地剜了他一眼。

他就快吓死她了，刚刚他说曾经见过她，她还以为他会说出万花楼的事情。

看来，他还没有她想象中的那么坏。好吧，她将刚刚在心里骂他的那些话收回。

她明白，这是他给她的一个下马威，也是在警告她，他的手上有她的把柄，只要他一开口，随时都能将她踢下地狱。

"原来如此！"朱佟尉恍然大悟，"那王爷，您先请！"

"朱大将军也请！"

朱佟尉和楚靖懿两人热络地互相请着往前走，而朱茵洛等人走在后头。

朱茵洛一直愤愤地盯着楚靖懿的背影，而楚靖懿临转身之前，更意味深长地扫了朱茵洛一眼，右脸的美丽及他优雅的转身动作，该死的迷人！

希望以后跟他不会再有什么交集，希望他给这皇太后过完了大寿，就赶紧滚回他的南陵，再也不要回来。

举行皇太后六十大寿的地方，正是十年前朱茵洛曾经来过的地方。

只不过，这次比上次更加热闹。

她眼尖地发现有个人的衣着，跟在场的其他人有些不一样。不仅如此，身材也更高大、魁梧了许多，三四十岁的样子，一脸的凶悍、傲慢，下巴扬得老高，头戴毡帽，身上的袍子，垂着牛羊佩饰。

想来，这就是北冥的使臣了。

在别人的土地上，也敢这么傲慢。

正想着，突然看到一对母子走进了大殿内，两位真是一样的出色。这对母子，她并不陌生，有着和北冥使臣一样傲慢姿态的东盈太后江采琼，另一个就是脸色相当不好看的楚惊天。他的下巴还有些微肿，与人对视的时候，只是点头致意，并不开口。

在他看到了她之后，径直朝她走来。

然后他铁青着脸在她的身侧坐下，阴森森地侧过脸来压低了声音道："本王的原则是有仇必报！"

她眯眼："彼此彼此！"

楚惊天才刚坐下，楚靖懿母子也坐在了他们的对面。楚靖懿的母亲，如今的南陵太后慕容清若，虽已近四十岁，但是容颜依旧年轻，精致的妆容，再加上额间点上的梅花痣，更显得她美丽动人，优雅得似二十来岁的大姑娘。她的嘴角始终挂着淡淡的笑容，但是眸底却是冷意一片。

楚靖懿惊讶的一声"啊"，吸引了无数人的注意力，众人皆诧异楚靖懿在惊讶些什么。

然后只听楚靖懿又戏谑地问："三哥，你的脸怎么了？下巴怎么肿得这般厉害？"

八卦！

本来没有注意楚惊天的，这一句话，全将视线吸引到楚惊天的脸上，在楚惊天俊美的脸上，下巴肿了一大块，红肿的痕迹依稀可见，他下意识想拿手遮，却已经迟了。

无数道目光盯着他的下巴，他的下巴像着了火似的滚烫。

"没什么，只是不小心碰到了！"楚惊天冷冷地回答，黑眸含怒地瞪向楚靖懿，警告他最好不要得寸进尺。

"是吗？不过三哥，你这下巴碰得很特别，不知是什么东西碰的？"楚靖懿微笑着问，问出众人心中的疑问。

"本王昨晚被几十名杀手包围，本王虽打败了他们，但是下巴被碰到了，这有什么问题吗？"楚惊天淡淡地回答，一脸的傲慢。

噗！朱茵洛正拿着茶杯喝茶，才抿了一口，就听到楚惊天这番雷人的说辞，一口水全喷了出来。

被几十名杀手包围？还打败了人家，但是下巴却被碰到了。

这故事听起来很通顺，但是，事实不是这样的。

他为了保留自己的尊严，居然扭曲事实，她忍不住猛翻白眼。

今天，她总算是见识到何谓睁眼说瞎话，而且能说得这般理直气壮、铿锵有力，说得好像是真事似的。

楚惊天斜眼警告地看了她一眼，她最好不要说出事实来，否则他一定会掐断她的脖子。

不过，楚靖懿并没有打算放过楚惊天，他似笑非笑地斜趴在桌子上，一双紫眸闪烁着妖冶的光芒，性感的薄唇吐出一声轻笑，慢悠悠地笑问朱茵洛："三嫂，据说，昨天你同三哥在一起，不知三哥说的，可是真的？"

他是故意的！

朱茵洛咬牙切齿地瞪着他，楚惊天现在就坐在她的身侧，她知道两人实力悬殊，这个时候若是踢了楚惊天的台，她占不到便宜的。

她只得违心地陪笑，露出两排洁白的牙齿："是真的，是真的！"

这还差不多！楚惊天傲慢地扬起下巴。

不过，楚惊天没有得意几秒，突然人群中有一个童稚的男声不知死活地叫了起来："不对不对，昨天我带着家仆出门，看到三王爷是被三王妃踩了脚，三王妃用头把他顶晕了，被人抬走的时候，我看到他的下巴已经肿了，我看……"小男孩还未说完，就被父亲用手捂住了嘴巴，后来只能发出"唔唔"的声音。

这话一出，在场的所有人全部惊讶出声，抽气连连，有嘲笑声，有担忧声。

开口之人，正是当朝一名四品文官的儿子。那四品文官吓得帽子掉在地上，扑通一声，拉着儿子跪在地上，惶恐地向一脸阴鸷的楚惊天求饶："王爷，犬子有口无心，请王爷恕罪，恕罪！"

那文官吓得全身哆嗦，双手伏地，不敢起身，头重重地磕地。

坐在楚惊天和朱茵洛身后的东盈太后江采琼一听，脸色更难看。

"天儿，事实是这样的吗？"

看来，他还骗了江采琼，朱茵洛心里想着，这下太解气了。

楚惊天咬紧下唇，嘴角因怒而抽搐着，没有回答江采琼的话。

人群中已经开始议论纷纷。

"所谓童言无忌，小孩子从不说谎，看来这件事是真的了！"

"哎呀，这三王妃才十岁的年纪，就将三王爷的下巴弄成这样，三王爷这下面子可丢尽了！"

"这还不止呢，我听说，昨天晚上三王爷到了将军府，也被三王妃给气晕了，是被侍卫给背回住处的。"

"真的？十年前，他就已经被三王妃打了一个耳光，三王妃小小年纪果真是驭夫有术！"

众人你一言我一语，听在楚惊天的耳中，就是一种羞辱，他回头恼怒地瞪着朱茵洛。

朱茵洛微笑着，一脸的无辜，双手摊了摊，肩膀耸了耸，那表情好似在说："这不是我说的！你怪不到我头上。"

坐在左侧主位上，打扮得更为华丽的一对男女，男的沉稳，女的温婉。

"好了，议论就到此为止，皇祖母马上就到了，你们想让皇祖母生气吗？"太子楚云寂睨了众人一眼道，再瞪向跪在地上磕得额头出血的文官："大殿之上流血不吉利，下去领二十板子，回家吧！"

"谢太子殿下！"那文官千恩万谢地拉着儿子和惊魂未定的妻子离了殿，然后有宫女上前将地上的血渍擦干净。

太子楚云寂，二十岁，向来以慈悲闻名，身穿一身太子华服，上绣金色蟒纹，面目清秀，唇红齿白，一副书生相，有着一股贵气，却无威慑之力。

他若是将来成了皇帝，不敢想象国家会变成怎样。

楚云寂是有才，可惜他的才，只是在诗词歌赋上，只因皇帝楚飞腾深爱前皇后，可惜前皇后在太子刚满周岁时病逝。一国不可无后，三年后，楚飞腾又立了苏心蕊为后。

奚落楚惊天的话，大家以为就到此结束了。

没想到，一直沉默不语的北冥使臣突然开口："这位就是十年前，曾经打了三王爷一耳光的婴儿小王妃吗？"

朱茵洛的视线转向坐在对面楚靖懿旁边桌子的使臣。

心里相当狐疑，此人打的是什么主意？

她客气地点点头："使者大人好！"

"想不到朱三小姐竟然如此美貌，当属贵国第一美人，三王爷实在不配你，我国的小王爷今年十七岁，属意于朱三小姐，想纳你为妃，不知你意下如何？"

一时之间，众人哗然。

这不仅羞辱了楚惊天，还羞辱了朱茵洛，更是羞辱了西阳国。

听他的语气，根本无一丝诚意，用的是"纳"字，而非"娶"。纳只能为侧室，非正室。

朱茵洛脸色倏变，众人皆等着她如何回答。

她并未如大家所想的那样，生气得暴跳如雷，而是先站起身，优雅地冲使臣点了点头："使者大人，听到您如此说，茵洛真是受宠若惊！贵国的小王爷，那是人中之龙，能嫁给她，是茵洛三生修来的福气。"

众人诧异。

朱茵洛答应要嫁了？

众人议论纷纷，皆用鄙夷的目光望着朱茵洛。而最为生气的则是朱茵洛身侧的楚惊天，他冷笑着端起桌子上的一杯酒，一仰头饮尽，再将杯子重重地放在桌子上。

瓷杯"啪"的一声碎裂，杯子的碎片映着他额头上突起的青筋和阴寒黑沉的脸。

唯有楚靖懿，还悠闲地坐在椅子上，性感的嘴角勾起邪肆的弧度，微笑着望着朱茵洛美丽自信的小脸。

楚惊天生气地弄碎了杯子，有宫女上前来，赶紧换了一只新的杯子，各大臣及家眷议论纷纷。

就在这时，朱茵洛平静的脸上闪过狡黠的光亮，笑吟吟地继续又道："不过……"

"不过什么？"使者一脸的得意，甚是嚣张地昂起下巴，大手一挥，相当大方地说："你是想要多少聘礼？回去之后，在下会禀报小王爷，到时候再将聘礼送过来！"

"使者误会了，"朱茵洛低头咯咯地笑着，"我刚刚的话还没说完。"

"那你想说什么？"使者相当有耐心地问。

"使者大人，茵洛只是将军府庶女，配小王爷，会玷污了小王爷，再说了，茵洛已为人妻，我们西阳国有古语云：'非夫死，女不得另嫁他人'，虽然……丈夫不是个东西！娘更教我，身为一名女子，要遵守妇德。更何况，我的婚事是由皇上和皇后娘娘钦定的，茵洛若是答应了，那就是自作主张，所以……这门亲事，茵洛不能答应，否则，就是不贞、不孝、不忠、不义之人！"

一番咬文嚼字，朱茵洛低头微笑着侧了侧身："请使者大人回去转告小王爷，谢谢小王爷垂爱。若小王爷执意要茵洛做那不贞、不孝、不忠、不义之人，茵洛自当以死谢罪！"

朱茵洛的一番话，先褒后贬，说得句句在理，更让北冥使者说不出话来。

而中间有一句"虽然丈夫不是个东西"，前一句还说得有模有样，后一句令楚惊天立即眯眼。

她这是故意在骂他的吧？

只不过，当着这么多人，他要保持他的王爷形象和风范，不能发作，只能将这句话暗暗记在心底，暂时先放过她。

"如此，那便真的可惜了！"使者相当惋惜地说着，看向朱茵洛的目光是欣赏的。

一名十岁的小女娃就如此聪慧，倘若真的可以嫁到北冥来，对北冥定是有益的。

想到此，那人低着头开始算计着什么。

朱茵洛端起了一杯茶，目光盯着平静的水面，她的眼前突然出现了一个画面，惊得她骤然瞳孔缩紧，然后就见她噌的一下从椅子上站起来，飞快地奔出了大殿的门。

朱茵洛的表情引起了许多人的注意，好奇的人看到朱茵洛跑出殿门，也跟着跑了出去，其中也包括楚惊天和楚靖懿两个人。

只见朱茵洛出了殿门便一路往御花园的方向奔去。

御花园此时守卫正松，朱茵洛轻易地就进到了御花园内。

在御花园内有一个小池塘，她还没跑到地方，便听池塘中传来"扑通"一声。

坏了，她还是来迟了。

她着急地跑过去，到了池塘边，便看到有人在水中上下浮沉着，不时地露出脑袋想喊救命，却喊不出声的痛苦模样，因为他刚一张口，嘴里便涌进大量的塘水，呛得他猛咳，却无能为力。

她奔过去，捡起地上的一根树枝想要够到那池塘里的人，可惜树枝太短了，根本就够不到那个人。

气死她了，就在她着急得想要跳下水救人时，突然一道人影晃动，足尖点水一起一落，池中的人已被抓到了地上。

朱茵洛愣了一下，却见那人脸上狰狞的蜈蚣冲她张牙舞爪，而他的衣袍上却一滴水渍也未沾染。

被救上来的人，浑身湿透，干燥的地面，也迅速晕染了大片的水渍。

赞！他的武功好高，她第一次对他有了欣赏。刚刚他的动作之快，好像只是一阵风飘过一般，嘿嘿……不知他愿不愿意收徒弟呢？

不过现在救人要紧，她赶紧低头把地上的少年放平躺好。

少年乌黑的头发，散乱地披散在脸上，身上的衣裤，看起来价值不菲。

她白嫩的手指，拨开那少年额前的头发，露出一张相当俊美的脸来。

好俊俏的少年！

这里真是盛产美男啊。

看躺在地上的人不醒，朱茵洛拿手背拍了拍他的脸："喂，醒醒，醒醒！"

跟过来的人群中有北冥使臣，一看到地上躺着的那人的脸，错愕地尖叫："小王爷！"

刚刚还傲慢得不可一世的使臣，跑到少年的旁边，慌张地捧着他的双臂摇晃："小王爷，小王爷，你可千万不能有事呀！"

关键时刻，只知道在那里喊叫，管什么用？

该死的！看来只能她亲自出马了。

她不耐烦地拨开使臣的手，双手学着之前师父教的溺水急救方法，按在少年的胸前有规律地挤压。

好一会儿，也不见少年醒来。

她一咬牙，捏住他的嘴巴，对准他的嘴唇用力地吹着气，深呼吸，再吹气，再深呼吸，再吹气……

众人皆愣！

如此几次之后，地上平躺着的少年，终于用力地咳出了几口水来，幽幽地醒来，睁眼看见朱茵洛灵黠的双眸，一双乌黑的眼睛诧异地望着她，冰凉的手指轻抚自己的唇，上面似有滚烫的温度，脸更加滚烫得厉害。

"好了，终于醒了！"朱茵洛庆幸地说着，转身便扬长离去，嘴里还不耐烦地嘀咕着，"下次再也不救人了，吃亏可吃大了！呸呸，古人都不刷牙的吗？"

少年仍是愣愣地盯着朱茵洛的背影，一双眼睛里有着迷惑。

使臣高兴地在少年身侧问出疑惑："小王爷，您可醒了！可是小王爷，您怎么也来西阳国了？"

少年似没有听到使臣的话，愣愣地望着朱茵洛的背影轻声问："她是谁？"

"哪个她？"

"刚刚那个女孩是谁？"

本欲转身的楚靖懿缓缓回头，邪魅慵懒的笑容染上了一丝妖冶："她是朱茵洛，可是……她永远不会是你的。"

"你是谁？"少年的眼中射出敌意。

楚靖懿露出左脸上那条嚣张的疤痕，姿态狂傲，气势浑然天成，居高临下地睨视他，性感薄唇轻启："南陵楚靖懿。"

第四章　休夫的权利

突然到来的北冥小王爷，真是意外之客。北冥使臣在自家小王爷身边，气势略显低了些，一直唯唯诺诺。

他的双眼一直盯着朱茵洛，后者只顾着摆弄身上累赘的东西，那些首饰太重了，考虑着要不要将它们扯下来，一张小脸揪成了一团。

从池塘边回来后，楚惊天的一张脸一直铁青着，因为……自家王妃当众给他戴了绿帽子。

皇上和皇后两个首先到场，众人向他们行礼。两人还是同十年前般，龙袍凤袍加身，一身的贵气，只不过，十年后的今天，皇后的怀中少了个婴儿。

据说，娉婷公主相当任性，刁蛮傲慢至极。

朱茵洛敏感地发觉，在皇后苏心蕊路过她的身侧时，眼波流露出了恨意。

十年前的那件事，原来这皇后还记着呢，果真是个爱记仇的女人，跟她一样。

这也难怪，十年前，皇后的女儿只会走两步。而茵洛不但会走，还会打人，这让皇后的面子往哪搁呀，因此这皇后便一气之下将她赐给了楚惊天做王妃。

整整十年未见，这皇后的眼睛依旧犀利，一下子就认出了她。

看到皇后的眼神，她忙低下头去，以免这皇后再捉她的把柄来陷害她。

皇后满意地走过朱茵洛的面前，朱茵洛这才松了口气。

皇上和皇后两人刚坐定，门外便又传来高呼："皇太后驾到！"

所有人一起站起来，齐向门外望去。坐在高台上的皇上和皇后两个人也同时站了起来。

皇太后苏明卉，身着暗红色凤袍，虽已六十岁高龄，看起来却仍相当健康。一双暗褐色的眸子，炯炯有神地直直望向前方。左臂由宫女扶着，脸上虽有岁月的痕迹，却仍掩饰不住她年轻时美丽的痕迹。精致的妆容，将她衬托得更加尊贵非凡，头顶垂着一只大大的金凤钗，随着她的动作，微微摆动，看起来像是要展翅高飞。

再看她的右臂，朱茵洛这才发现，苏明卉的右臂还挽着一名十岁左右的少女，一身鹅黄色长裙，腰间系着一块上好的羊脂玉佩，皓白的细腕戴着一只羊脂玉镯，头上则缀着几只牡丹金钗和金步摇，耳间和颈间亦是同款金饰。眉眼间皆是傲气，嘴角挂着一抹淡淡的笑容，昂着下巴同苏明卉一同向高台走去。

苏明卉和楚娉婷两个人经过朱茵洛面前，皆转过头来望了她一眼。

朱茵洛浑身直起鸡皮疙瘩。

怎么着？今天都对她有意见吗？好吧，既然都对她有意见，那就全部放马过来吧！她全接招就是。

苏明卉刚坐下，那北冥使臣突然站了起来，双手在空中拍了拍。

在众人诧异的目光下，十余名健壮的男子，抬了一块足有一两吨的巨石进来，挡在了整座大殿的门口。

朱茵洛微眯双眸，眼尖地发现在那使臣的脸上浮现出阴谋的光亮。

同样诧异的还有坐在高台上的苏明卉及楚飞腾、苏心蕊。

楚飞腾和苏心蕊两个人对视了一眼，同时向身侧的太监刘宣福使了个眼色，刘宣福会意地点了点头，然后上前两步，礼貌地微笑着问："北冥使者，不知你这是何意？"

北冥使臣一脸的笑容，他解释道："此石为我国境内天降的奇石，上面有一'寿'字，这是一块寿石。我国陛下有旨，倘若有人可将这块奇石从殿外搬到殿内，我国陛下便将这块寿石赠予贵国！"

什么？北冥国是来送礼的，现在转眼，他们倒要求西阳国的人将这大石搬进来方可。

那就是说，不能帮忙？

在场的所有人都面面相觑，谁能搬得动？

两吨的重量，又不是一两百斤。

苏明卉、楚飞腾和苏心蕊三个人的脸色均不好看。

北冥国这次太过分了，欺负到他们的头上了。

可是，在场这么多大臣，他们坐高位的也不能做些什么，只能耍耍脸色。

楚飞腾轻咳了一声，朝台下的众人问："在座哪位爱卿，可以将这块巨石从门外挪进来？"

坐在椅子上的楚靖懿，突然从手中弹出一根筷子，在众人不注意的时候弹向了那块巨石，银筷穿透巨石，那块巨石竟被那力道震得晃了晃。

别人没有发觉，但是眼尖的朱茵洛却发现了，她眯眼瞅着楚靖懿，后者却如无事人般端着茶杯悠闲地喝着茶。

——他懒得管。

众人交头接耳，不约而同地全部摇头。

看到这副场景，那北冥使臣更加猖狂了，一张脸傲慢地扬得老高。似乎这一幕，早就在他的预料之中。

楚飞腾的脸色更不好看了："有没有人可以举荐能人异士，只要能搬得动这块寿石，朕赏赐黄金万两！"

赏万金，这是多么大的诱惑呀！一时之间，大殿之内议论纷纷，嘈杂如菜市场。

西阳国这么大的国家，不可能连一位能人异士都没有吧？

楚飞腾的脸上现出一丝窃喜，或许有人能举荐人来，到时候……

就在楚飞腾的心里打着小九九的时候，台下的各位大臣及家眷，再一次纷纷摇头，良久无人开口。

楚飞腾额头的青筋暴起，一掌重重地拍在桌子上，霎时整座大殿寂静无声，目光刷刷地齐聚在高台之上的楚飞腾身上。

只见他手臂上的龙袍衣袖翻飞，指着台下的众大臣怒喝："你们平时那么多话，今天怎么一个都不吭声？"

各大臣一致垂下头去，不敢望向楚飞腾，生怕被当出头鸟给打了。

北冥使臣满意地看着众人，用相当可惜的语调叹了口气才道："既然贵国无能人，那这寿石，我就只能再抬回北冥国了。"

"等等！"一直沉默的朱茵洛突然娇喝了一声，脆脆的嗓音响彻了整座大殿，吸引了所有人的目光。

北冥使臣愣了一下，望向那个仅有十岁的小女娃，以为自己听错了。

他嘲讽地戏问："你不会告诉我，你能搬得动吧？"真是天大的笑话。

"丢人现眼！"楚惊天鄙夷地哼了一声。

四周哄笑声突起，均对着朱茵洛小小的身板指指点点。

一群废物！朱茵洛在心里骂着，唯一能搬得动的人却事不关己地喝茶。

她也不想管，可是她气不过北冥使臣瞧不起人的模样。

明亮的大眼眨了眨，闪动着慧黠的光亮，自信地勾唇笑答："如果我说，我可以呢？"

"你？"北冥使臣不敢相信地睁大了眼睛，一脸的鄙夷，以为朱茵洛只是故意说大话，便微笑着说道："朱姑娘，我知道你很想搬动它，可是，这种事情，不是开玩笑的，到时候你的面子丢尽了，找我哭鼻子，我可担待不起！"

此话一落，哄笑声又起。

楚惊天只觉得面子快挂不住了，她还嫌今天丢脸不够多吗？一把扯住她的衣袖，压低了声音警告她："不要再胡闹了，坐下！"

她甩开他的手，一脸的坚持："我没有胡闹！"

一直饮茶的楚靖懿终于抬起头来，一双紫眸深幽地望了一眼朱茵洛，微笑着冲楚惊天道："三哥，何不让三嫂试试？"

刚刚就是楚靖懿挑的头，才会让他现在这般难堪！

楚惊天气得额头青筋暴突，从齿缝中一个字一个字地拒绝："这是我的家务事，无须你管！"

有人出头，楚飞腾觉得心中相当欣喜。

不管她是不是真的会，但是总有一丝希望，就算搬不动，也是出头之人的过错。

所以楚飞腾在楚惊天的话落之时，便狠狠地瞪了他一眼，一脸慈善地望向朱茵洛："懿儿说得没错，天儿，你太过武断了，就让你的王妃试试，朕倒觉得，你的王妃可以！"

"父皇！"楚惊天诧异地叫了一声，这算什么？今天所有的人都针对他吗？

"够了，朕心意已定！"楚飞腾武断地决定，不管楚惊天答不答应，如今面子比较重要。

"皇上！"朱茵洛脆生生地开口唤了一声，小脸上满是甜美的笑容，"我有一个要求！"

"什么要求？说来听听！"

"万两黄金对我来说，并不重要！"况且她还有一个万花楼，"若我今天赢了，我想请皇上封我为郡主！"

哗的一声，众人纷纷再一次陷入混乱之中，交头接耳。

这朱茵洛太过放肆，居然要求做郡主。

只有诸侯之女或是番王之女才可称为"郡主"，而朱茵洛，只是一介将军之女，胆敢请封郡主。

皇后苏心蕊坐不住了，一双眼睛充斥着愤怒的火焰："皇上，不可，她已经是王妃，倘若再封郡主，那……"

楚飞腾冷冷地扫过一眼来道："你能搬得动那块巨石？"

苏心蕊的话被噎了回去。

"她只是一个十岁的小女娃，又怎么能搬得动，所以……"

苏心蕊还想劝说，这个时候，坐在他们身后的苏明卉猝然平静地插嘴："就因为她只是一个十岁的孩子，倘若她真的赢了，封她一个郡主之衔，也未尝不可！"

"可是，姑姑……"

"够了，就这么定了！"楚飞腾一脸的不耐烦。"朱茵洛，朕决定了，只要你能赢，朕就答应你，封你为郡主！"

朱茵洛满意地笑眯了眼，这才转身望向北冥使者："使者大人，我有一个要求！"

"什么要求？"

"这块寿石你放在门外我无法挪进来，但是……我有办法将寿石从殿内移到殿外去。"

话落，再一次引起所有人哗然，纷纷猜测着朱茵洛会怎样移动那块巨石。

而一直坐在朱茵洛对面的楚靖懿略显诧异地望着朱茵洛，嘴角缓缓勾起上扬的弧度。

好一个朱茵洛，果然够聪明！也够胆魄。

北冥使臣一脸疑惑地睨视朱茵洛，嘴角浮起冷意："此话当真？"

朱茵洛自信地扬起下巴，小手扫过众人，盛气凌人地高声道："这里所有人都是证人，大家都看到了，对吧？"

"是呀是呀！"众人附和着齐声答。

北冥使臣低头沉思了一下，不过，他心里真的很好奇，朱茵洛到底会怎么来移动寿石。

所以说，好奇心有时会害死一只猫。

"怎么样？"朱茵洛微笑着望着使臣问："现在使者大人，是不是可以相信茵洛了？"

摸了摸光滑的下巴，北冥使臣沉思了一会儿，然后扬手道："来人呐，把寿石搬进来！"

使臣一声令下，方才抬那块寿石的十个人，重新回到寿石边上，随着"嗨哟""嗨哟"的声音落下，寿石已从门外搬进了大殿内。

砰的一声，寿石稳稳地落在地上。

眼睁睁地看着寿石落在殿内，朱茵洛嘴角的弧度拉大，眼中有着阴谋得逞般的笑意。

一直坐在北冥使臣身侧的小王爷西门泽发现了不对劲，而看到朱茵洛盯着搬进门内的寿石笑容越来越灿烂时，他的大脑迅速地思考着。

使臣说搬到门内就算赢，而朱茵洛说，她只会将寿石搬到门外，不会搬到门内。

突然，西门泽的脑中叮的一声，马上反应了过来。

就在寿石落在地上的同时，他睁大了眼睛，大声尖叫："不要放下！"

可惜，他的话吐出得晚了，"砰"的一声，令他的希望破碎。

那使臣还不知大错已铸成，不明所以地看了一眼自家主子，然后向朱茵洛指着道："寿石已经抬进了大殿，现在你说说，你到底要怎么样将它弄出去？"使臣还一脸得意洋洋，一副"你弄不出去了吧"的表情。

朱佟尉诧异地望着朱茵洛。

那是他的女儿吗？此刻她独立而仁，气势傲然，宛若高高在上的王者，又似他当年那般霸气而不可一世。

楚惊天觉得面子挂不住了，一把扯住朱茵洛的衣袖，用强硬的语调逼迫她："你还嫌今天丢人丢得不够吗？马上坐下！"

他还有脸吗？

她的回应，只是冷冷地扫他一眼，而她对面的楚靖懿一脸邪笑地盯着她，冲她竖起了大拇指，并点了点头。

身后的人也是议论纷纷，她微笑着冲楚靖懿点了点头，然后笑着回头冲使臣大声宣道："使者大人，我赢了！"

全场哗然。

那北冥使臣茫然道："你还没有搬呢，怎么就赢了呢？"

还真是蠢啊！在他身侧的西门泽早已铁青着一张脸瞪着他，不知道在心里怎么骂他蠢呢。

朱茵洛好心地为他解释："请问使者大人，刚开始，您是怎么说的？"

"只要能将寿石搬进大殿之内便可！"这没什么错的呀！

还真是蠢，还没反应过来，在场的其他众人皆已恍然大悟，暗暗地赞叹朱茵洛的智慧。

"使臣大人，那请问，现在寿石在大殿之内了吗？"

"在啊，可是，是你说你可以将寿石搬出门外，我才命人将寿石搬进来的！"使臣仍不觉有什么错。

蠢到极点了！

朱茵洛半眯起眼眸，这北冥敢派此人来这边做使臣，不知道他是怎么被选中的。

在场的其他人开始议论纷纷，使臣的心越来越慌："你告诉我，你到底是怎么赢了？"

"使者大人，刚开始您跟皇上的约定是将寿石搬进大殿之内，可是，你没有说用何办法来搬，寿石现在既然已经在大殿之内，当然是……"她笑眯眯地转头冲高台之上微微行了一礼道："皇上做到了！"

楚飞腾心中欣喜，脸上掩不住高兴的神情，大手豪迈地一拍桌子，清了清嗓子才道："茵洛，你用计戏弄了使臣，还不快跟使臣道歉！"

翻了翻白眼，朱茵洛非常不情愿地转身冲使臣也行了一礼："茵洛只有十岁，使者大人，还请您大人有大量，不要跟我这个小人一般见识！"

使臣的面子挂不住，却也无法，没想到自己竟然栽到了一个十岁的小女娃手上，心里相当不甘。

西门泽直勾勾地盯着朱茵洛，缓缓站起身微笑着抱拳冲高台上的楚飞腾举了举："这寿石本来就是送给贵国皇太后的寿礼，既然贵国已将寿石移到殿内，这寿石便是贵国的了！"

"好！"苏明卉笑得合不拢嘴！

低头一看，那石头上，浑然天成的一个"寿"字，像极了八卦图案，看了后，会觉得身心舒畅。

"来人呐，将寿石移至太后寝宫院内！"楚飞腾一扬手下令道。

立即有侍卫上前来，将寿石移走。

使臣在朱茵洛的手上栽了，一直耿耿于怀，死死地盯着朱茵洛，脸上的怒火许久未退。

朱茵洛在寿石移走后，赶紧站起身，笑眯眯地抬头问楚飞腾："皇上，我已经遵旨赢了，皇上是不是也可以兑现方才的承诺？"

扳赢了一局的楚飞腾，心里正开心，他身侧的苏心蕊虽然心里不爽，却木已成舟，只得冷眼旁观。

"朕现在就赐你为茵洛郡主，三日后，北冥与我西阳有一场比试，到时候你也一起来，朕将你的郡主玉牒做好后交与你，如何？"

"好！"朱茵洛笑眯眯地点头答应。

众大臣一起齐声向朱茵洛行礼："茵洛郡主千岁千千岁！"

朱仝尉开心地望着自己的女儿，大夫人和朱茵蓉眼中冒出忌妒的火光，高台上，那与朱茵洛一般年纪的娉婷公主眯起眼睛打量她。

"大家，都起来吧！"朱茵洛颇有气势地扬手。

不得不说，居高临下的感觉，好极了！

或许有人说她是贪恋郡主的权势，但是她要的只有一样：郡主有休夫的权力。

第五章　谁输谁赢

无聊的宴会，无聊的人，无聊的对白。

在这寿宴上，朱茵洛只能用"无聊"这两个字来形容。

不知古老的祖先们，为什么要发明宴会这种东西，将一群互相看不顺眼的人聚在一起，看着谁比谁更无耻，谁比谁更会耍手段、玩心机、拍马屁。

看着前后左右觥筹交错，朱茵洛只想要尽快离开这里，她最讨厌的就是这种场合。

场中央歌舞声起，她就更觉得烦躁，一双眼睛茫然地盯着舞台，突然她望见对面的楚靖懿拿出了一只盒子来，稍稍打开里面便现出柔柔的光。

她的眼睛一下子看直了，那是——夜明珠！

只见楚靖懿向她瞥过来一眼，意味深长地一笑，然后嘱咐了身后的人一句，再将那盒子交给了身后的人，便见那人绕过他的桌前，递到了高台上。

太后看到夜明珠，似乎很满意地点点头，便收下了。

她只能眼睁睁地看着她看中的夜明珠进了别人的口袋，而她只有干瞪眼的份儿，这对她神偷来说，是一种羞辱。

而楚靖懿脸上那道像蜈蚣一样的伤疤更是肆意地对她张牙舞爪。

"砰"的一声，她重重地拍了一下桌子，气呼呼地站起身。

其他人的目光皆投在舞台上那些面容姣好、身材婀娜的舞伎身上，没有人注意到她。

就在她路过某个大臣身侧时，恰好看到那名大臣背着他人，手伸向身侧年轻女子的腰间，正想要占那人的便宜。

她眼尖地瞥到那大臣的腰间挂着块上好的羊脂玉佩，不管是色泽还是质地，都属上乘。

她贪心顿起，趁着两人欲苟且之时，她悄悄地蹭过去，然后飞快地逃出了大殿。

然而她才出了大殿到了无人处，想要将那块玉佩拿出来欣赏时，突然一只手更快地将她手中的玉佩抢走，伴随着一阵戏弄的笑声："茵洛郡主这是在做什么？这块玉佩好像是御史大人的！"

还未看清对方，一道张牙舞爪的蜈蚣印即已跳入她的眼帘，不用看也知道是谁了。

她的脸一下子板了起来，气冲冲地冲他伸出白嫩的小手："把它还给我！"

"这是御史大人的，不是你的！"楚靖懿挑起眉梢，幽暗的紫眸散发着妖冶的气息，嘴角似笑非笑的弧度，让朱茵洛很生气。

"我说是我的，那就是我的！"

"你叫它一声，倘若它答应的话，它就是你的！"

他的手扬得很高，她试图跳着捉住，无奈她十岁的小身板，跟他一米八几的个头差得太多了。可恶，长这么高，是故意想要气她的吗？

"我不要了！"她气得吼了一句。

正好一名禁卫走过，楚靖懿一把将那玉佩丢到那禁卫的手中道："这是御史大人掉的，进去还给他！"

"是！"那禁卫捧着玉佩，在朱茵洛不敢置信的目光下，走进了大殿。

她恼怒地瞪着他。

楚靖懿一脸无辜，笑容更加邪魅，一缕长发半遮那道如蚯蚓般的疤痕，极美与极丑的一张脸，妖艳至极："是你说不要的。"

是，她是说不要，可是没说要他把那玉佩还给别人，那块玉佩是她偷的，是她的，是她的！

她差点气炸了肺。

她偷到的东西，从来没有说过还要还回去，这太羞辱她了。

"你堂堂一个王爷，欺负我一个弱女子，不觉得很没面子吗？"她怒了。

"哦，不，你现在已经是茵洛郡主。你堂堂茵洛郡主，却做那些鸡鸣狗盗的苟且之事，不觉得更没面子吗？"他也不气，只是带着玩味地勾起唇，笑眯眯地盯着她。

"那是我捡来的！"什么鸡鸣狗盗的苟且之事，把她的形象完全扭曲了。

"捡来的？"他似笑非笑地勾起性感的薄唇，笑声震动着他的胸膛，她似乎能听到他胸膛震动的声音，浑厚且好听，他从鼻子里溢出一声轻笑，"可是，我亲眼看到，是你从御史大人的腰带上解下来的！"

她惊得瞪大了双眼，不敢置信地看着他。

她的动作明明很快，一般人根本就发现不了，而眼前这个男人，居然看到她从御史大人的身上解下玉佩。

不可能的，她不相信！

"你一次又一次地戏弄我，到底有何目的？"她皱眉冷冷地看着他。

那双紫眸，总是夹杂着太多她看不懂的情绪，让她感觉到他的深不可测，还有带给她的压力。

是的，站在他的面前，她感觉自己就像透明人一样，那双幽暗的紫眸，似乎能窥探到她的心底，让她感觉自己就像个透明人一般。

她一次又一次地与他对峙，好像全部都在他的掌控之中，这让她慌乱，好像自己已经成为了他囊中的猎物。

这种感觉，让她很不爽。

"这个应该要问茵洛郡主你。昨天晚上，离尘雅筑失窃，我丢了一只夜明珠，有侍卫发现，茵洛郡主你昨晚曾经悄悄地到过我存放夜明珠的二楼。"

她的脸色倏变，心尖刺痛。

一双美丽的杏眼怒瞪他："你什么意思？你怀疑是我拿走了你的夜明珠？"

他只给皇太后献了一颗夜明珠，她原本以为他是故意私心藏了一颗。

夜明珠明明是他自己收起来了，却怀疑是她拿走的，盒子里那张纸就是铁证。

"现在只是怀疑，昨晚你确实到过离尘雅筑二楼，而夜明珠确实是在你离开之后遗失，这不得不让人怀疑！"

她气炸了肺，扯着嗓子用力怒吼："我没有拿，若是我拿了，我就一定会承认。"

"是吗？"他不慌不忙地轻笑着道，"可是，刚刚你明明解下了御史大人身上的玉佩，你不也没承认？"

突然感觉自己掉进了陷阱。

她气得捏紧了一双粉拳，想要打掉他嘴角的笑容。

他是故意诬赖她的。

但是，她发现，她越是生气，他嘴角的弧度就越大，她不由得慢慢平缓了一下心情，冷淡地望着他："捉奸拿双，捉贼拿赃，既然你没有证据，就不能诬赖我！"

"这个呀，本王早就想到了！"楚靖懿笑眯眯地倚在身后的假山石上轻道，"朱大将军知晓离尘雅筑失窃，极力邀请本王到将军府暂住，本王……答应了！"

"什么？"朱茵洛错愕地睁大了眼睛，整个人在风中凌乱了，"你……你要住进大将军府？"

"本王是为了找证据！"他淡淡地笑着回答道，慵懒地欣赏她纠结到扭曲的嘴角。

"你要住就住，不过……"转念一想，她的心情又平静了，她冷笑了一声，"王爷您不是过两天就要回南陵？"

只要他走了，她哪还用受他的气？没关系，就两天而已，她可以忍，大不了每次看到他，她就绕道走，不管他有什么目的，只要他走了，两个人就不必再碰面。

她在心底里将他祖宗十八代全问候了一遍，咬牙切齿地恨不得将他的筋和骨头一根根地全咬下来。

"很不幸，父皇要我与三哥在使臣离开之后才能回国！"

使臣要在这里待七天，那就是说……他要在将军府里住七天？

七天，不是七个时辰，也不是七小时，更不可能是七分钟。

她双手紧握成拳："即使你住七十天，七百天，那东西也不是我拿的！"她生气转身回了殿内，留下一脸莫测高深表情的楚靖懿依旧站在原处。

小甲本来在不远处守候，看到朱茵洛走了，好奇地走上前来："王爷，您跟她说了什么？"

觑他一眼，楚靖懿不禁莞尔："本王只是告诉她，本王即将入住将军府！"

"什么？您要住将军府？为什么？"小甲暗自擦了一把额头上的冷汗。

45

将军府能有离尘雅筑安全？

这一次，楚飞腾借由皇太后的寿宴，召楚惊天和楚靖懿回来，表面上是为皇太后贺寿，但是明眼人都知道，此次他召楚惊天和楚靖懿回来，绝非表面上那么简单。

早在两年前，楚飞腾的身体便已经每况愈下，而楚飞腾打算将皇位交给楚云寂。

但是，谁都清楚，楚云寂并非好政事之人，倘若他执政，只要楚惊天和楚靖懿两个人有任何一个谋反，楚云寂都将抵挡不住。

楚惊天虽有莽智，却也不愧为将才，打起仗来绝不含糊；楚靖懿向来不喜纷争，但是他暗地里做了什么，谁也不知道。

所以，这次楚飞腾召这两个人回来，其一是为了试探两人有无夺位之心，其二……即是想削弱他们的势力，甚至夺回兵权。倘若某个人有谋反之心，楚飞腾会毫不犹豫，为了自己最爱的儿子，杀掉其中一个，或是两个。

而朱佟尉就是皇上手下的一条狗，说不定随时会扑过来咬楚靖懿一口。

楚靖懿竟然自己送上门去让人咬？

“本王自有本王的打算，这件事，你不必再问，不过……本王倒有件事要你去打探！”楚靖懿脸上已经有了不耐烦的情绪，表示这件事他不想多说。

既然他不想说，小甲也不敢再多问。

“不知王爷有何吩咐？”

“本王要朱茵洛的资料，十年来所有的资料，越详细越好！”

“呃……是！”

坐回自己位置上的朱茵洛，越想越气。

被楚靖懿戏弄了不说，还把她偷来的东西，给还了回去。

这口气，她怎么也咽不下去。

不行，她一定要报仇。

楚靖懿悠闲地晃回了他自己的位置上，就坐在她的对面，大咧咧地看着她，妖冶的极美与极丑，摄人心魄，让她忌妒得发狂，她的脑子里面只有一个念头——

她要报仇。

刚想着，她身侧的楚惊天突然戳了她一下。

“做什么？”她没好气地瞪了他一眼。

“你为什么一定要郡主的身份？”

她从鼻子里哼出了一口气，斜眼睨他冷笑了一声，似笑非笑地勾起眉梢：“你……真的想知道？”

“当然！”

她狡黠地勾了勾手指，示意他的头凑过来一些。

心里好奇的楚惊天果真凑过头去，朱茵洛看着那凑近的耳朵，眼里闪过戏谑，笑吟吟地在他耳边一字一顿地说：“我、偏、不、告、诉、你！”

楚惊天恼怒地瞪着她。

人就是这样，越是得不到的，越是想得到。在被人戏弄之后，会让人几欲发狂。

他气得浑身血液上升，一掌拍在桌子上，而朱茵洛淡定地坐在他身侧好像无事人一般。

看到这一幕的观众们又开始议论纷纷，朝着他们指指点点："这三王妃果然驭夫有术，三王爷被气得说不出话来了。"

"三王爷这次惨了，以后定是'气管炎'！"

而江采琼的一句，更是将楚惊天当场气昏："看来以后指望儿子是不可能的了。"

可怜的楚惊天被随从的侍卫抬出了大殿。

江采琼知晓，这个儿媳妇不可小觑，端起茶杯冲她举了举，朱茵洛僵硬地扯了扯唇角示意地回敬了一下，然后将茶杯放在唇前抿了一口。

人心果然难测。

向江采琼敬完了茶，朱茵洛眼尖地看到朱茵蓉正一眼怨怼地望着她，眼里充满了不快。

朱茵洛乌亮的眼珠子慧黠地骨碌碌转。

只见她提裙跑到朱茵蓉的身侧，朱茵蓉一脸警戒地看着她。

"你来做什么？"

"二姐！"朱茵洛谄媚地望着她，热络地往朱茵蓉的长椅上蹭着坐了个边角，神秘兮兮地凑到她的耳边，"二姐我告诉你！"

然后朱茵洛不知道在朱茵蓉的耳边说了些什么，朱茵蓉的一张小脸竟娇羞地红了，她羞涩地垂下头，不经意地望向楚靖懿的脸，然后又惊慌地缩回目光："你……你说的是真的？"

"当然是真的！"朱茵洛拍了拍胸脯保证道，"刚刚王爷特地把我叫到门外说的，还能有假？"

朱茵蓉再一次羞涩地垂下了脸，羞答答的看起来有些不大好意思："可是，你让我……"

"二姐，只要你按我说的做，我保证一定会成事……"朱茵洛非常好心地劝道。

最终，朱茵蓉下定决心似的点了点头："好！"

"二姐，祝你成功！"朱茵洛神秘兮兮地笑道，然后一路跑回自己的座位上，抬头便对上楚靖懿那双深不可测的眼。

她半眯起黑眸，挑衅地冲他扬起下巴。

打扮华丽的朱茵蓉扭扭捏捏地同身侧的大夫人阮梦莲说了些什么，阮梦莲也相当认同地冲她点了点头，便把她推了起来。

坐在自己的位置上看着这一幕的朱茵洛，嘴角的弧度更加拉大。

然后，朱茵蓉悄悄地绕到众人身后，走到了对面楚靖懿的身旁，悄悄地在慕容清若的耳边说了些什么，慕容清若质疑地看了眼儿子，没有吱声，旋即离开，沿着朱茵蓉方才走过来的方向，去到朱茵蓉的位置上坐了下来。

楚靖懿深幽的眼扫了表情狡诈的朱茵洛一眼，再看了看身侧一脸娇羞、红晕满颊的朱茵蓉。

朱茵蓉也不开口，羞怯地看了他一眼，乖巧地在他身边坐下来，殷勤地为楚靖懿斟酒，在他额上出汗时，她送上自己的香帕。

楚靖懿顺手接过，刚反应过来，又把香帕递了回去，朱茵蓉已激动地用颤抖的手将手帕接了回去。

看到这一幕的大臣及家眷们开始议论纷纷。

这种事情，最是易引起人的八卦本能。

"你们看，这南陵王同朱家二小姐是不是太亲密了些？"

"果然，虽然南陵王脸上那道疤难看了些，但他身世显贵，同朱家二小姐倒是很相配！"

"说不定这次南陵王回来，就是为了娶朱家二小姐过门的！"

"要我说，他们两个恐怕已经快成亲了！"

"那我们是不是要准备一份贺礼了？"

流言就是这么传开的。

朱茵蓉只是跟楚靖懿一块儿坐了那么一会儿，外界就已经将两人看成了一对即将成亲的夫妻，甚至有人开始打探朱茵蓉同楚靖懿的婚期，他们好上门拜贺巴结。

听到耳边的谈论，朱茵洛相当满意，而对面的楚靖懿脸色倒不怎么好了。

跟她斗，栽了吧？朱茵洛得意地笑着冲他扬起手中的茶杯，满意地仰头一饮而尽，这茶味道真好。

楚靖懿脸紧绷着，突然他离开席位。

朱茵洛诧异间，楚靖懿已经坐在了她的身侧。

他的气息危险地靠近她，他右颊绝美的半边脸妖惑人心："你很得意是吗？"

她贼贼一笑，也靠近了他一些，笑眯眯地答："我这是为了王爷的幸福着想，像王爷这般年纪的人，还没有娶亲，是不多见的。况且……我二姐花容月貌，配给王爷您，当真是郎才女貌，相配极了。"

楚靖懿妖冶的容颜，面无表情地看着她，深幽的紫眸像是无底的黑洞，看不出他的情绪。

"你要我娶你二姐？"性感的薄唇轻启吐出轻不可闻的声音。

"你跟我二姐挺配的，我很不介意唤你——姐夫！"她狡黠一笑，美丽的眸子闪动着慧黠的光彩。

他盯着那双眼睛，瞳孔缓缓收紧，不疾不徐地缓缓说道："这恐怕不能如你所愿！"

"什么？"

还没等她反应过来，下一秒，楚靖懿突然伸手揽住她，将她托起半趴在他的身上，她的唇精准无误地吻上了他的脸颊，她错愕地睁大了眼睛，眼前狰狞的疤痕提醒她发生了什么。

而从其他人的方向望去，是朱茵洛强吻了楚靖懿。

现场陡然寂静，歌舞声也停了下来。

谁输谁赢，还不一定呢！

第六章　冤家路窄

皇太后的寿宴结束，华灯初上。

朱茵洛原本打算直接打道回府的，心里有气，想要回去好好想想惩治楚靖懿的办法，这个时候，皇帝身边的太监刘宣福突然来找到她，只说要跟她商量郡主玉牒的形状，要她选择。

便将她带到了御书房。

御书房外守卫很松，这让朱茵洛很诧异。

难道这皇帝就不怕有人刺杀他吗？

带着这些疑惑，她走进了御书房内。

皇帝楚飞腾，如今已四十来岁，他坐在御书房内，一只手托着下巴，微眯着眼睛，看起来似睡着了一般。

刘宣福进去后，低着头唯唯诺诺地轻声唤道："皇上，三王妃来了！"

"哦，来了吗？"楚飞腾微微张开眼睛，声音有些嘶哑。

若是仔细看去，朱茵洛发现楚飞腾的脸上有着浓浓的疲惫，脸色也很苍白，好像生病了似的。

朱茵洛蹙眉，还是学着之前学过的礼仪半侧身向楚飞腾行礼："茵洛参见吾皇，万岁万万岁！"

"平身吧，你现在已经是茵洛郡主了，坐吧！"

朱茵洛也不客气，随便找了个位置坐下来，然后就打量起御书房来，除了书架就是桌椅，楚飞腾面前的桌子上堆满了山一样高的折子。

古代皇帝命都不长，恐怕就是这样过劳累死的。"不知皇上唤我来有何事？应该不只是商量玉牒形状这么简单吧？"聪明的朱茵洛，一下子就猜出来，这楚飞腾一定有别的事情找她。

楚飞腾及刘宣福均是一愣，然后只见楚飞腾神色凝重地紧绷着脸，冲刘宣福挥了挥手，刘宣福会意地为朱茵洛奉了杯茶就出门去了。

这期间，谁也没有说半个字，空气中的温度一度降到冰点。

待刘宣福出去后，楚飞腾紧绷的脸才缓和了一些。

"你说得不错！"楚飞腾微哑着嗓音打破了沉寂，"朕确实是有其他的事情找你！"

"不知皇上有何事需要茵洛做？"

楚飞腾的一双眼睛危险地看着朱茵洛："朕知道你聪慧，朕想你也知道，朕这次特地召天儿和懿儿回来，并非只是为了给母后贺寿！"

朱茵洛眯眼。

其实这件事，她在某一天晚上出去溜达路过书房的时候，听朱佟尉与他人商议过，这楚飞腾是想对付自己的两个儿子。

"皇上让茵洛做的，恐怕茵洛做不到！"她虽然喜爱盗宝，但是他们偷盗界也有自己的法则，即该拿的拿，不该拿的绝对不拿，人的性命，就是属于不该拿的范畴之内。

楚飞腾并没有因为朱茵洛的拒绝而生气，反而带着一丝欣赏地看着她："朕很欣赏你，既然朕开口了，话就不会收回，为朕监视懿儿，配合朕在将军府里安排的细作，朕会保证，朱将军府所有人都会平安无恙！"

他是在威胁她！

朱茵洛的双手用力握紧，第一次，她感觉到了人性的可怕，一位父亲要对付自己的亲生儿子，更让她明白了皇室的残忍和无情。

她一直想躲避宫廷斗争，没想到她只想为了自己的一己之私出风头，却卷入了她欲逃避的纷争，还搭上了整个将军府的性命。

她有得选吗？

事实告诉她，她现在是俎上鱼肉，没有选择，只能任人踩踏，除非她够强大，强大到没有人可以威胁到她。

将军府！

楚飞腾真正要对付的……是楚靖懿，原来楚飞腾也明白，能威胁到皇位的人，就是他，那个总是将自己隐藏得很深的男人。

"是，茵洛遵旨！"

当天晚上，朱家的马车早就走了，害得朱茵洛相当怨恨，一定是朱茵蓉怨恨她骗了她，所以让马车先走了，皇宫里派出了一辆华丽的马车，送她回了家，让她相当受宠若惊。

怎么说，这皇帝给的待遇还算不错，再加上她对楚靖懿这个人相当没有好感。

回到家，她就听到宋惠香在她的耳边像唐僧般念着，说她在宴会上怎样失礼，不但气晕了楚惊天，还被当众指责红杏出墙，亲吻丈夫的弟弟。

这不但是出墙，还是违背伦常。

本来她在大殿之上赢得相当光彩，可最后的一幕，却让她的威名一落千丈，成了万夫所指，承担了无数骂名。

而这一切的罪魁祸首，都是楚靖懿那个浑蛋。

她始终算错了这个莫测高深的男人，他的狡诈是她不能敌的，而他一次次地戏弄她，更让她怒火中烧。

旧账加新账，在她的心底里越聚越多，她现在就恨不得马上将这些账跟他算清楚。

既然这皇帝想惩治他，她为何不顺水推舟呢？这样既能保住将军府，更能惩治那个男人。

有句话说得不错，叫"不入虎穴，焉得虎子，不入狼穴，焉知狼意？"

所以，她决定在晚上，先到楚靖懿所居住的屋顶去探听虚实，到时候她再想应对之策。

宋惠香一直在她的耳边念个不停："等下次三王爷再来，你千万要记得，先跟他道歉，然后……"

又来了！朱茵洛掏了掏耳朵，将宋惠香的话左耳朵进右耳朵出。

要她跟楚惊天道歉？下辈子甚至是下下辈子，都不可能。

好不容易等宋惠香念得累了，朱茵洛昏昏欲睡的时候，宋惠香才停了下来，心疼地扶起朱茵洛："好了，今天就先到这里，你先去睡吧！"

"好，谢谢娘！"朱茵洛马上来了精神。

"明天我再跟你说怎么跟三王爷道歉！"

……

明天的事情明天再说吧！

夜晚的听雨楼，在灯火熄灭时，一道黑影悄悄地蹿出了窗子迅速跃上屋顶，矫健的身形悄悄地往客苑的方向而去。

客苑，如她所料般灯火未熄，依稀可见里面几处人影晃动，从对面的屋顶观察，其中坐在椅子上的人，有着一双深不见底的幽暗紫眸，浑身所散发出来的凌厉的王者气息，是他人没有的，也让朱茵洛一眼便看到。

大晚上的，还在议论纷纷，鬼鬼祟祟的，没有鬼才怪。

难怪皇帝会防他！朱茵洛小声地嘀咕了一声，旋即悄悄地绕过守卫，沿着她熟悉的环境，轻易地跃上了客苑的屋顶。

然后她学着电视上面的样子，摸索着瓦片，悄悄地掀开了一片。

屋内明亮的灯光有着瞬间的刺眼，不过也只是瞬间而已。

待她适应了屋内的灯光，她忍不住探头往屋内望去，轻易地便将屋内所有的事物全部锁入眸底。

而她的视线第一眼看到的，就是在楚靖懿身后桌子上小木盒中的东西。

是夜明珠！

她不由暗喜，很好！

他不是诬陷说她偷了他的夜明珠吗？她就偷给他看。

她眼睁睁地看着那颗夜明珠就近在咫尺，可惜……她没办法拿到它。

看到这颗夜明珠，就更证明了楚靖懿那个浑蛋在撒谎。

正想着，屋内传来了对话声："王爷，您住在大将军府，着实不安全，朱大将军随时会抓住您的把柄，向您下手，我们还是回离尘雅筑吧！"

"本王自有本王的安排，他若是想抓，也得抓得住才行！"楚靖懿一脸的无所谓，事不关己般地悠闲喝茶。

原来这家伙已经知道皇帝想对付他，还故意住进将军府？他到底有什么目的？

正在这时，突然她感觉到两道锐利的目光正向她射来。可是，没有人向上看呀，但是那股强烈的视线是从哪里传来的？

她奇怪地在屋内寻来找去，突然……正对着她的茶杯中的水，映着她一双慧黠的双眼，而在那杯茶水的映照下，一双犀利的紫眸正一眨不眨地盯着她。

她倏地心惊。

不好，被发现了。

她惊得连忙起身，手指不小心碰到了方才掀起的那块瓦片，瓦片与瓦片之间的碰撞，发出细碎的声响，同时也惊动了屋内的人。

小甲第一个警觉，耳朵竖了起来，头霍地向上抬起："什么人？"

话落，小甲已经飞快地从窗子蹿出。

朱茵洛也不含糊，慌忙地起身离开原地。

小甲的武功不低，朱茵洛才刚刚离开，他便已经跃上屋顶，飞快地紧追在朱茵洛的身后。

眼看着身后的人越来越近，朱茵洛微蹙眉。

她不慌不忙地从怀中掏出一个黑乎乎的东西，对准了身后的小甲。

小甲看到朱茵洛的动作，下意识地想躲。

想躲也得躲得掉才行！

朱茵洛笑眯眯地看着他，利索地扣动自制手枪的扳机。

一声轻响，枪膛中一个东西射出，正中小甲的小腿。

可惜……略偏了一些。

虽然射偏了，可还是成功地制止了小甲追逐的动作，他没及时躲避，被朱茵洛手中的暗器射中了小腿，腿一酸，他险险地落下了屋顶。

眼看着小甲落下屋顶，朱茵洛抓紧时间消失在了夜幕中。

小甲一瘸一拐地回到客苑中，痛苦地哀号着，跟随的王宫太医，用医用镊子为他拔出了腿间的东西。

"木头！"太医相当不敢置信地说。

楚靖懿接过那个削得尖尖的木头。

这要多大的力才能将它射进人的皮肉中，没有十多年的内力，是不可能的。

听着小甲的叙述，推断出是朱茵洛手中的暗器射出来的。他曾不经意地探过她的脉搏，确定她并无一丝内力，那她又是怎样将这枚木头射进小甲腿中的？

朱茵洛，这个让人摸不透的小女娃，她到底还有多少本事没有使出来？她身上又有多少秘密呢？

他捏着那块木头再回到大厅时，桌子上放夜明珠的盒子……不见了。

皇太后的寿宴已经过了一日。

日出西山，金色的朝阳带着炫目的美丽，细碎地洒在她的窗棂纱上，映进了满室淡淡的柔色。

早膳过后，书桌上，一个小小的人儿，拿着一支毛笔在一张纸上努力地画着。

她小小的手指，有些握不住毛笔，所以她每一笔落得都非常吃力。

映着窗外洒进的日光，她又一幅画落成，画上是一支手枪模型，每个部件都标明了尺寸、材质和制作方法，她相当有成就地扬起眉梢，一双小手拿起画纸，吹干上面的墨迹。

虽然有了郡主的头衔，可是经过前天在御书房里的那件事，她明白了一件事，想要自保，就必须要有防身之物。

在这个时代，身处高位，面对的就是重重危险，倘若她有朝一日完不成任务，皇帝会放过她吗？

他不会明杀她。

在这个时代，暗杀是那些高位之人惯用的手段，所以，她必须要有防身之物。

而手枪，就是最好的防身武器。

昨天晚上她第一次用了那把她自制的手枪，发现仍然会有偏差，她必须要将它设计得更精确一些。

馨儿从门外敲了敲门走了进来，手上端着一杯茶。

朱茵洛的小手马上从画纸下抽出一张白纸，将画纸遮住，一双小手还不放心地压住了那张白纸，抬头甜笑地看着馨儿："茶就放在外面的桌子上吧。"

手枪是古代没有的东西，会吓到馨儿的。

"您已经画一天了，不知道您画的是什么东西？"馨儿好奇地看着朱茵洛双手覆盖的纸，可惜，看不到任何东西。

她随便扯了扯嘴角："没什么，东西放下，你就可以出去了！"

"啊，对了！"馨儿似想起了什么，猛然拍了一下脑门，低头从衣袖里抽出一封信来，上面没有署名，然后放在了朱茵洛的桌子上，"这是有人送来的，指名说是给三小姐您的！"

信封上的拐角，有一抹金黄。

朱茵洛的眉头皱起，这怕是皇帝细作给她的。

她拿过信，面色沉重地看了一眼："你出去吧。"

"是，小姐！"

展开信纸，信上只一句话：将南陵王引至花园！

看来，那些细作是想进楚靖懿的房里搜东西了。

她能说不愿意吗？

她苦涩一笑，叹了口气，把桌上的图纸折了起来压到书下，这才整理了一下衣裙起身出门。

早在信送到朱茵洛的手上之前，楚靖懿就已经得到了消息。

小甲面带怒容，腿还是瘸着的，他怒发冲冠："王爷，属下现在就去把那细作给杀了！"

"急什么！"楚靖懿懒懒地倚在椅子上，"本王倒要看看他们有什么本事。"

侍卫从门外着急地进来，单膝叩拜："王爷，三王妃说要见您！"

性感的嘴角勾起慵懒的弧度，眸底闪过妖冶的光芒："走着，回她，就说花园见。"

"是。"

楚靖懿竟然答应了她的邀请，而且还说在花园里见，这让朱茵洛很疑惑，这家伙怎么会突然邀请她到花园里见，难道他真的有未卜先知的能力？

不管如何，还是将他骗到花园里再说，起码……皇帝的探子暂时还不能得罪。

刚出了门，宋惠香就迎门走过来，看她要出门："洛儿，你到哪里去？"

"我去花园有点事，娘，你神色这么匆忙，有什么事要告诉女儿吗？"

"还说呢，这不……三王爷来找你了！"宋惠香的一张脸惨白惨白的，一双手拉住朱茵洛，"洛儿，你和娘去跟三王爷道个歉，过几天你就要跟他回东盈了……"

他来做什么？

"哎呀，娘！"朱茵洛安慰地抚摸她的手背，"三王爷那边，你就说我不在，这件事呢，我回来再跟你说，我现在真的有急事。"

楚惊天来找她，能有什么好事。

"洛儿，洛儿！"宋惠香着急地唤着朱茵洛，朱茵洛已经转身飞快地跑开了。

望着朱茵洛的背影，宋惠香只得无奈地叹了口气。

待朱茵洛到了花园的时候，楚靖懿已提前到达，一个人悠闲地坐在花园中的四角凉亭里喝着茶。

春风拂过，杨柳依依，惊起枝头的几只鸟儿，争先恐后地往其他树荫中寻找躲避港湾。

踏着脚下被春风吹来的几片花瓣，朱茵洛踏上了凉亭的九级台阶，来到凉亭中。

凉亭上的人稍稍瞥过一眼，左颊的蜈蚣疤痕向她张牙舞爪地问候，让她心里特别不爽。

她的双手紧握成拳，看到那只蜈蚣，她就想到昨天……他强迫她压在他身上，她的唇吻在他的脸上，吻上的就是那道蜈蚣，怒火蹭蹭地上升。

"你来迟了！"楚靖懿好听的声音不带有任何温度。

她拂裙优雅地坐在他对面，非常不客气地抢过水壶，让他的手摸了个空，再翻开一只桌上的茶杯，倒了满满的一杯，嚣张地当着他的面仰头一口饮尽。

楚靖懿也不生气，微笑地看着她，复倒了杯水给自己："你唤本王来，就是为了抢本王的茶？"

"你不是说要查我的吗？查出什么了吗？"她狡黠地问。

"正在查！"他垂眸，晃了晃杯中碧绿的茶水，放在鼻前嗅了嗅，清香扑鼻。

"昨天晚上，你的房里没有丢东西吗？"她奸笑着，眸底闪过奸诈的表情。

"三嫂这样问,难道知道本王丢了什么东西?"

"当然不知!"她笑眯眯地否认,偷东西的人,怎么可能会说自己偷了别人的东西呢?

"唉……"楚靖懿煞有其事地叹了口气,"其实也没什么,丢的只是一只假夜明珠而已。"

她刚喝进嘴里的茶"噗"的一声吐了出来。

一边用衣袖擦嘴,一边不可置信地瞪着他,结结巴巴地问:"你……你说什么,假的?"

他笑得相当无辜:"难道我还摆一颗真的夜明珠在外面,等着盗贼来偷吗?"

盗贼?

她脸色倏变,纤纤玉指指着他的鼻子就怒吼:"楚靖懿,我警告你,你少把'盗贼'两个字挂在嘴边,滚滚滚!不要让我再看到你。"

"哟,三嫂生气了,四弟告辞!"

楚靖懿笑容拉大,转身作势就要离开。

不对,他要回去?

"等等!"

她着急地伸手去拉扯他的衣袖。

"嘶啦"一声。

两人皆是一愣,楚靖懿的左边袖子竟被她的小手生生地扯下一半,露出半截有力的小臂肌肉,她在风中凌乱了……

看着衣袖半挂在手臂上,难看得紧,他蹙眉干脆把它扯下来,随手将那被撕扯掉的衣袖扔在了地上。

而他仍像无事人一般回头邪笑着看着她:"三嫂要做什么?"

……

怒火顿时全消,朱茵洛尴尬地扯了扯嘴,看他准备又要走,她赶紧狠下心拉下面子一脸热络地望着他。

"四弟,你不要那么急着走嘛!"她虚伪的笑声,连她自己都觉得浑身鸡皮疙瘩成串。

喊出"四弟"这两个字时,她还忍不住搓了搓一双手,搓下一地的鸡皮疙瘩。

"不是三嫂你让我走的?"楚靖懿无辜地看着她。

装!她在心里狠狠地骂了他一百句,脸上仍然装作相当热情地邀请他:"我们毕竟是亲戚,以后不知何年何月才能再相见。"

呸,他们以后最好再也不相见!她在心里补了一句。

"原来是三嫂舍不得四弟,刚刚三嫂还说要永远不见四弟了!"

那是她的心里话!但是嘴上不能这么说。

"哪里哪里,刚刚只是气头上的话,不作数的,不知四弟喜欢什么?围棋会不会?"她谄媚地问。

"三嫂为什么认为我会下围棋?"

围棋都不会?鄙视!

"那象棋?"

"象棋是什么？"

这个时候象棋还没有出来吧？好好好，既然不会，那她就再换。

"琴棋书画，你会什么？"

"那些都是女孩家的玩意儿！"他满口的嫌弃。

浑蛋！他是故意刁难她的吧？怒火盈满了胸口，蹿上头顶，她恼羞成怒："你到底会什么？"

他又笑了，笑容看起来比花园里那些早开的花朵更加妖艳，唇凑近了她一些，气息喷在她额头："你觉得我应该会什么？"

呀……靠那么近做什么，她吓得赶紧撤后了些身子，掩饰骤然狂跳的心。

她怎么会知道他会什么？

今天的他看起来，好像就是故意为了耍她似的，纤纤十指握紧，指甲深陷入掌心，有着尖锐的刺痛。

她恨不得撕掉他脸上的笑容。

眼前的这个男人，深不可测，幽暗的紫眸尤其有蛊惑人心的魔力，让人不由自主地被他所吸引。

但是，他却是一个地地道道的恶魔，吃人不吐骨头的恶魔，在那张妖艳的面皮下，不知道藏着一颗怎样的心。而且，她明白一点，那心绝对不可能是善良的。

就拿他诬陷她盗窃夜明珠这件事来说，就是一个很好的例子。

她生气地吼了回去："你就只会吃！"

"没错，人都会吃！"楚靖懿仍是一脸的无辜。

花园美景怡人，她本想借由这花园中的美景，来转移他的注意力，但是这楚靖懿偏偏不让她得逞，破坏这样的美好风景，让她的心情变得相当恶劣。

她现在明白，什么叫"话不投机半句多"。

算算时间，那些探子想找的东西也该找得差不多了吧？她着实不想再看到那张令她厌恶的脸。

捏紧衣袖的双手缓缓松开，她深吸了口气，换气，吸气再呼气，心情平复。

刚准备要离开，眼角突然瞥见，在花园的一角一道人影走了过来，目光与她撞个正着。

楚惊天？

他还没走？居然还跑到花园里来了。

寿宴上的事情楚惊天不知道，早上才得知，原来他的王妃强吻了楚靖懿，一时之间，他顿感头顶戴了顶绿帽子，看到朱茵洛竟同楚靖懿在一起，感觉到自己头顶的绿帽子更绿了。

他冷笑："本王只当你不在府中，原来你是在花园里同四弟私通！"

私通？说话真难听。

冤家路窄，他是故意撞她枪口上的，这可不怪她。

第七章　几家欢喜几家愁

"王爷身子可是好了？昨儿个在寿宴上昏过去，可是让人很担心呢！"朱茵洛冷笑着说，声音里夹杂着冷嘲热讽，嘴角扯出的阴鸷弧度，表明她一点儿担心也没有。

"担心？"楚惊天从鼻子里哼出了声，脚踏着地面，发出闷闷的声音，每一脚都踩得极重，脸上的五官有几分扭曲，看得出来，他很生气。

"当然了，你可是茵洛的丈夫，茵洛不担心你担心谁？"朱茵洛笑得相当灿烂，眼睛里看到的那一幕，让她眉开眼笑，嘴角的弧度越来越大。

"是吗？"他眯起眼睛，相当怀疑她话里的真实成分有多少。

"王爷上来喝杯茶，如何？"朱茵洛难得温顺地微笑着邀请，更是难得地对楚惊天和颜悦色。

楚惊天相信了。

再怎么说，朱茵洛以后也是要跟他回东盈国的，况且，一个十岁的小女娃，想红杏出墙，楚靖懿也不可能看得上她吧？

想到这里，他被踩在脚下的自尊终于又升到了头顶，下巴高傲地扬了起来，背着手得意地往凉亭上走去。

看着他越来越靠近，朱茵洛的笑容越来越灿烂，她的眼睛死死地盯着他的脚下，小嘴里数着："十、九、八……七、六……三、二、一！"

在朱茵洛数数的同时，楚靖懿一脸奇怪地看着她。

不知道她到底在数什么。

然而，在朱茵洛数到最后"一"的时候，奇迹发生了。

凉亭的一角突然掉了下来，整个一角就落在了楚惊天的头顶，那边角的石头落得又准又快，楚惊天根本就来不及躲闪。

砰的一声，伴随着楚惊天凄惨的尖叫声："啊……"

朱茵洛的身子下意识地瑟缩了一下，双眼微微眯起，欣赏楚惊天被砸倒在地气息奄奄的模样。

跟着楚惊天一起来的两名侍卫见状，赶紧跑上前来。

朱茵洛也非常"担心"地跑到台阶下。

"哎呀，王爷你怎么就这么不小心呢！"

楚惊天两只眼睛瞪大了望着天空，嘴角用力地抽着，喉头上下浮动，嘴唇动了动想要说些什么，却半个字也吐不出来。

"王爷可是很痛？你们两个，还不快点把王爷抬走，快唤大夫来！天呐，太丢人了！"

丢人？

楚惊天一口气上不来，翻白眼又昏了过去。

后天就是北冥国与西阳国不知什么比赛的时候，她已经能预见楚惊天头顶包裹着纱布时的囧样。

想想都觉得解气。

她蓦然回头，面对着楚靖懿的时候，眼中有着狐疑。

不可能……不可能的。

不知是想到了什么，她的全身似乎都在颤抖，一只手扣住他的手腕，用力地闭上眼睛。

黑暗、恐惧及一系列可怕的字眼全向朱茵洛的身上涌来。

黑暗，一片黑暗，一望无际的黑暗，让人惊悚且害怕的黑暗。

为……为什么会这样？

关于在楚靖懿身上所看到的景象，朱茵洛一直百思不得其解。

她的第六感，向来是百试百灵，可是，在楚靖懿的身上，她却只能看到黑暗，代表阴森诡异的黑暗，这到底是为什么？

难道说他没有将来？

不可能呀，这已经过了一天一夜，她特地远远地观察过，楚靖懿活得好好的，并没有一丝即将死亡的痕迹，难道是她的第六感出错了吗？

什么时候不出错，偏偏这个时候出错？上天要告诉她什么讯息？为什么她一点儿也感觉不到？

在房间里，她甩了甩头，将脑中那些问号全部甩去。

昨天那些细作，也不知道在他的房间里找到什么没有，最好是没找到。

不然的话，她一定会内疚，小人行为，向来是她所不齿的，而她昨天偏偏做了一次那种小人，虽然是不得已的。

做了就是做了，做错的事情，她向来都敢于承认。

回到房间后的她，查探了一下自己没来得及仔细观察的夜明珠，发现那珠子果然是假的，看起来与真的无异，实际上只是一块涂了夜光粉的石头而已，气得她当场把那假夜明珠摔得粉碎。

宋惠香大清早跑去楚惊天住的地方要去跟他道歉，硬是被朱茵洛拦了下来。她现在正一脸愁容地唉声叹气，朱茵洛安慰了她一会儿，才出了宋惠香的房门，就见小芳一脸焦急地在门外等着。

"有什么事？"

"三小姐，是北冥小王爷来了，他说要见您！"

"北冥小王爷？"她聪明的小脑袋迅速运转，马上浮现出一张俊美的少年脸蛋来。

她想起来了，就是在御花园里，被她救了的那名少年嘛。

"他来做什么？"

"小王爷说，是为了答谢您当日的救命之恩，还送了好些礼物来呢，是将军让奴婢来唤您的，要您换件得体的衣裳再到前院去。"

"知道了，你先过去吧，我马上就来。"

送礼物的？她笑眯了眼，不知有什么宝贝，有礼物往外推，那可不是她朱茵洛。

换好了一身适宜的衣裳，望着镜中的自己，甚是满意地露出一抹甜甜的笑容。

现在这张脸，才十岁便已美丽非凡，将来又不知是如何美丽，来到这个世间之后，唯一捡到的最大便宜，就是这副好皮囊。

换好了衣裳，她转身出门，刚出了听雨楼，就见不远处的花园边上，黄秋凤母女正走到花园中。

冤家路窄。

正准备从左侧往前厅走的朱茵洛，转身便欲从右侧绕远去前厅。

不过，天不如她意。

她刚欲转身，二房的黄秋凤母女已经看到了她，尖锐的声音猝然响起来："你给我站住！"

是朱茵蓉的声音。

只见朱茵蓉怒气冲冲地向朱茵洛这边走来，脸上的青筋一条条地竖起。

她走到朱茵洛的面前，居高临下地怒瞪朱茵洛，右手手掌高高地扬起，眸中闪过狠戾的光亮。

想打她？

朱茵蓉的手还未落到朱茵洛的脸上，只听"咔嚓"一声，朱茵蓉的脸色瞬间惨白，嘴里发出凄厉的叫声："啊……"

黄秋凤紧张地跑过来，扶着痛得全身痉挛的女儿："蓉儿，你怎么了？"

手腕的疼痛，令朱茵蓉痛苦得神经绷紧。

她不敢相信，她的手还没有落在朱茵洛的脸上，甚至没看清朱茵洛是怎么出手的，她的手腕便被她给弄折了，害得她没报得了仇，还弄得一身伤。

黄秋凤动容地怒视朱茵洛："茵洛，再怎么说，她也是你的姐姐。"

"姐姐？"朱茵洛从鼻子里发出一声冷哼，"就是因为她是我姐姐，所以我才打她这一巴掌！"

"你太过分了，走，蓉儿，我们去找大夫人和老爷评理去！"

找朱佟尉评理？那就太好了。

"走就走！不过，我要事先提醒二娘和二姐，您可知道打了王妃和郡主，该判什么罪吗？如果你们二位想好了，现在我就跟你们一起去找爹评理！"她微笑着，脸上毫无惧意，字字不卑不亢，宛若高高在上的王者。

……

二夫人母女，果真不敢再说话。

之前大夫人已经因为这件事，在朱茵洛的面前栽过一次，她们可没有那么笨，自己送上门去让她耍。

朱茵蓉眼睛红红的，捏着自己疼痛难忍的手腕直跺脚。

好好的一个女孩儿，手折了怪难看的！朱茵洛发善心地捏住朱茵蓉的手腕，将她折了的骨头捏回原处，朱茵蓉疼得抽气连连，眼泪直流。

"好了！"朱茵洛拍了拍手。

"三小姐，您还在这里呢，将军派小的来催三小姐，要您快点过去，北冥小王爷已经等您很久了！"

"好，我这就来！"

朱茵洛答应着，不紧不慢地往前走。

朱茵蓉眼明手快地拉住了那小厮，一脸精明地问："你刚刚说北冥小王爷来了？"

"是呀！"

太好了！把小厮打发了，朱茵蓉拉住了黄秋凤从另一条路飞快地往前厅走去："娘，这北冥小王爷一表人才，而且尚未娶亲呢！"

"那就一定要去看看，你一定不能比茵洛那小贱人嫁得差，我们要比她先到前厅。"

当朱茵洛到达前厅的时候，黄秋凤母女已经到了，前厅内摆了几个大箱子，朱茵蓉一脸羞答答地揪着自己的衣带，眼睛不时地对坐在左侧主位上的西门泽暗送秋波。

让她错愕的是，楚靖懿和楚惊天两个人竟然都在。

在她进门时，朱茵蓉向她投过来愤恨的目光，突然伸出了一只脚来。

想绊倒她？

她故意假装被她绊倒，灵活的手指扯住朱茵蓉颈间兜衣的衣带，并以迅雷不及掩耳之势探到她衣下，将她背后的带子也解开。

朱茵洛的身子没有重心地往前跌去，恰好落在楚靖懿的怀中，在朱茵蓉宽松的上衣里面，一片淡绿色的贴身布料缓缓滑落。

在那片绿色的布料从朱茵蓉的身上滑下的同时，所有的人都愣住了。然后，瞬间，在场的所有男性一致别过头去。

朱茵洛没有发现自己在楚靖懿的怀中，忍不住找了一个舒服的位置坐好。有一双手自然地环住她，她没觉得有什么不对，注意力都在朱茵蓉的身上。

她舒服地向身后靠了些，小手指着朱茵蓉惊呼："哎呀，二姐，从你身上掉的，那是什么？"

脑中空白的朱茵蓉顿时凌乱了。

黄秋凤第一个反应过来，赶紧捡起地上的布料，用自己的身子挡在朱茵蓉的身前。而朱茵蓉早已脸色苍白，不知道怎么办才好。

然后朱佟尉充斥着怒火的声音响起："丢死人了，还不快滚！"

"是是是！"黄秋凤惊惶地捏着手中的布料，慌忙地就拉朱茵蓉离开。

罪魁祸首的脸上却是掩不住的笑意，满意于自己所做的一切。

两道锐利的目光射来，朱佟尉下一秒冷冷地喝道："洛儿，你还不快下来！"

下来，下哪里去？干嘛用那副叫死人不偿命的目光瞅着她。

再往其他人的脸上看去，楚惊天更是额头青筋条条，一副捉奸成双的表情，而西门泽则是一脸不信地看着她，第四个人呢？

她稍稍低头，腰间那两只长长的手臂是谁的？而那身上上好的锦色料子及金线描边的袖子，提醒着她那主人到底是谁。

脑中"轰"的一声。

刚刚她没发觉，自己是何时倒在楚靖懿怀中的，只感觉椅子挺舒服就直接坐了上来，觉得椅背挺舒服的，就放肆地靠着，没想到……她刚刚竟是……

头顶他滚烫的呼吸吹拂过她的额头，犹如一道道寒风刮过，冷得她浑身哆嗦，她犹如被火烫了似的，飞快地拉开了楚靖懿环在她腰间的大手跳了下来，窘迫地扯了扯嘴。

而朱佟尉的一句话，更是让朱茵洛差点将早上吃的东西全吐出来："你糟蹋南陵王还没糟蹋够吗？"

朱茵洛嘴角猛抽着。

将军老爹，您说话能不能不要说得那么……粗俗。

"爹，不是我糟蹋的他，是他糟蹋的我！"朱茵洛不满地冲口就反驳。

"不管是他糟蹋的你，还是你糟蹋的他，现在你给我站好了！"

"是……"好吧，今天她理亏。

糟蹋来糟蹋去的，这是在糟蹋所有人的耳膜。

特别是楚惊天。

他的脸一会儿青一会儿绿的，一双眼睛里燃起猩红的火焰，若非在场这么多人在，他的怒火早已爆发。

西门泽的双手紧握着椅子的扶手，仅剩下楚靖懿，他好像没事儿人似的，坐在椅子上，似笑非笑地扫了她一眼，又径自喝茶。

每次都是这种表情，喝茶，喝死你！

她在心中诅咒他，该死的，刚刚他也不提醒她。

前厅内的气氛突然变得很诡异，朱茵洛一双乌溜溜的大眼睛在每个人的脸上都扫过一遍，最后在西门泽的脸上停下来。

然后她狠狠地瞪了他一眼。

似乎在用眼神警告他：不是你来感谢我的吗？把我叫过来让我罚站是什么意思？

大概是接收到了朱茵洛的警告，西门泽这才轻咳了两声清了清嗓子开口道："朱大将军！"

"小王爷？"

"是这样的，本王这次到贵府，是专程为了感谢朱三小姐的。您看，是不是让她坐下呢？她这样站着也挺累的！"西门泽微笑着替朱茵洛求情。

这还差不多！

本来，她是可以用自己王妃和郡主的身份来压住朱佟尉的，不过，为了她那可怜的母亲不天天在她的耳边念她不孝，她就只能寻求其他的方法。

动了动站得发麻的腿，她欣喜地以为自己可以坐了，谁知她的脚丫子才移动了一步，便听到主位上的朱佟尉凌厉地喝道："不许动！"

转身却是一脸客气地向西门泽解释："小王爷，让您看笑话了，小女太过鲁莽，犯下诸多错事，须得好好教训教训！"

教训！

朱茵洛咬紧了牙关，愤恨地瞪向西门泽，后者爱莫能助地看她一眼，最后叹了口气，只得站起身与朱茵洛一字站成排。

"小王爷这是何意？"朱佟尉皱起眉头。

四双眼睛盯着他，西门泽抱了抱拳："三小姐是本王的救命恩人，她既然受罚，那本王便只得跟她一起受罚。"

"这……"朱佟尉为难地开口。

这招好！

朱茵洛稍稍地靠近西门泽，用手肘顶了顶他的大腿，可怜啊，十岁的她，只到西门泽腰侧偏上一点，然后她小声地窃喜道："多谢你呀！"

"这是应该的！"西门泽绽开了一抹喜悦的笑容。

朱佟尉的目光求助地望向楚惊天和楚靖懿，前者哼了一声，看向对面，假装没看到，后者微笑着喝了杯茶，饶有兴趣地打量着面前的二人，目光在看到西门泽看向朱茵洛眸中的颜色时，他的眸子微眯。

但他基于身份，还是淡淡地开口道："小王爷毕竟是贵客，将军还是让他和三嫂快些坐下吧。"

"王爷说得是！"朱佟尉松了口气，楚靖懿的这句话正好让他有了个台阶下。

他的脸依旧酷酷的："好了，你们都坐下吧。"

"谢谢爹！""谢谢大将军！"

西门泽坐回自己的位置上，朱茵洛跟上去，坐在他桌边的另一只椅子上。

紧接着，朱佟尉又宣布了一个消息，犹如一颗炸弹在朱茵洛的脑中炸开："洛儿，从今天开始，在你跟三王爷回东盈之前，三王爷和北冥小王爷，都会住进将军府，你记得要收敛你的小聪明，少给爹丢脸。"

"什么？爹，您当将军府是动物收容所吗？"看样子，在他们离开之前，她是不得安生了，谁敢招惹她，她就废了谁。

几近傍晚时分，西阳大陆的太阳已经落到了东侧，代表渐近黄昏。

细碎的金阳洒落在大地上，给大地蒙上了一层梦幻的金纱，所有的建筑，在那金纱的掩映下，若隐若现。

而将军府，也比之前更加忙碌了。

当今的东盈王、南陵王，还有北冥小王爷全都住进来了。

在将军府里，没有人敢造次客苑。

偌大的客苑里，除了守卫的禁军之外，所有的下人和丫鬟等都禁止入内，守卫之森严，让人望之便心生畏惧，更别说想要进去一探几位贵客之真容。

有许多禁卫进进出出将一些生活必需品搬进去。

客苑分成几个房间，每个房间外面的守卫衣裳颜色都不一样，各自凌厉地瞪着对方，只要其中某个房间里发出声音，另外房间门口的禁卫就会立即握紧手中的剑，全副武装地进入备战状态。

几家欢喜几家愁。

将军府，秋水阁

"呜呜……"断断续续的哭声，不断地从阁里传出来，那哭声凄凉中还带有几分幽怨。

若是不知情的人，路过听到了那哭声，便会被吓得魂飞魄散，以为是闹了鬼。

微风勾起一卷纱帘，依稀可见在那秋水阁内，一名女子坐在桌边，捧着手帕梨花带泪地哭个不停。

旁边的妇人不停地劝着她："蓉儿，你就别哭了。你再哭下去也不是办法！"

"不……不是的，娘……女儿……女儿当众……掉下肚兜，小王爷……他们都……都看到了，我怎么能不伤心？"朱茵蓉哭得声音抽搐，一双美丽的大眼睛早已肿成了两颗核桃。

"你哭到现在已经哭了一天，再哭下去，整个将军府上下就都知道了！"黄秋凤猛皱眉，脸上有着恨铁不成钢的怒意。

"但是……但是……"

"你再哭下去，也于事无补，不如现在好好地想办法，怎样弥补才是正事！"黄秋凤毕竟是过来人，当初，她也是使了美人计，才让朱佟尉对她神魂颠倒，继而娶了她做二房。

霞光映着朱茵蓉哭红的眼睛，突然，她不哭了，眸底闪过阴毒的光亮，嘴角更是狠绝地勾起："娘……你说得对，我现在是该好好想想办法！"

"对嘛对嘛，这样才是我的乖女儿！"黄秋凤松了口气，女儿终于开窍了。

"啪"的一声，朱茵蓉一掌重重地拍在桌子上："我要是输给朱茵洛那个小贱人，我就不叫朱茵蓉！"

黄秋凤满意地点了点头。

"女儿，这样就对了，你一定要比朱茵洛强，这样才是娘的好女儿！"

"娘……她不是过几天要回东盈吗？倘若她在回去之前，突然暴病死了，我们将军府是不是要赔一个王妃给东盈王？"朱茵蓉开始打着小算盘。

黄秋凤脸色微变。

"女儿，你不会是想……"

"娘！"朱茵蓉冷笑着狠绝道："她不仁我不义，难道你觉得有她在，就算大夫人以后不行了，将军府的当家人，能轮到你来做吗？"

本来听到要杀人就胆怯的黄秋凤听到朱茵蓉的解释，确实如此。

一狠心："正好，我娘家的小外甥小令在府里做总管的副手，主要负责膳房的事务，这件事交给他来做。"

"好，就这样！"

晚膳时分。

天气有些闷热，是下雨的前兆。

丫鬟馨儿端了膳食来到听雨楼，她擦了擦脸上的汗水，把装着膳食的食盒交给小芳，小嘴里满是抱怨："累死了，我正想要端膳食回来，那个叫黄小令的只是一个副手，却让我帮忙搬东西，累死我了！"

小芳把食盒接过，看她满头大汗的样子，一脸的无奈："再怎么说我们也只是丫鬟！"

"下次，他再使唤你，告诉你家小姐我，我替你好好教训教训他！"一个声音突然冒出来，吓了馨儿和小芳一大跳。

馨儿瞪大了眼睛，身子一僵，翻了翻白眼："三小姐，您下次出来能不能先出个声？"

朱茵洛慧黠的眼睛眨了眨："我这不是出声了？娘刚刚说饿，所以我出来看看你把膳食送到哪里去了！"

晃了晃手中的食盒，小芳微笑着回答："三小姐，膳食在这里呢，咱们进去吧。"

"好，对了，今天厨房有没有做我爱吃的笋子？"

"有有有，三小姐你要吃，厨房特地备下的。"馨儿忙着打开食盒，先把朱茵洛要的笋子放在桌子上——朱茵洛的面前。

"真香！"朱茵洛鼻子在笋子上嗅了嗅。

"快坐下吧！"宋惠香疼爱地摸了摸朱茵洛的小脸。

"是，娘！"

所有的膳食都已经上了桌，满室的饭香，桌子上燃着的烛火，灯光映着桌子上可口的饭菜，让人食欲大开。

馨儿和小芳两个人正准备退下，迎面却差点与欲进门的两个人撞到。

"看起来，我们来得正是时候！"西门泽笑眯眯地走到门外。

"原来是小王爷！"朱茵洛诧异地望着来人，"不过，我们？"

话落，另一道高大的人影从外面走了进来，那双令人难忘的紫眸与脸上似蜈蚣般狰狞的疤痕，已经昭示了他主人的身份。

宋惠香慌张地站起来，紧张地向二人行礼："民妇见过北冥小王爷和南陵王！"

"不必多礼！"西门泽一脸的笑容，双手扶起宋惠香，一点儿小王爷的架子也没有，

"我们两个只是过来蹭张桌子，没问题吧？"

看着西门泽身旁那张莫测高深的脸，及那双让人浑身不安的紫眸，朱茵洛很想拒绝，不等她拒绝宋惠香已经热络地招呼二人："二位王爷快请坐，馨儿、小芳，添椅子和碗筷！"

"只要两个凳子即可，其他的东西，我们都已经带来了。"

西门泽慌忙在空中击了一掌，有几名丫鬟端了八菜两汤从门外进来，各式美味，沁人心脾。

西门泽命人端上来的，全是上等珍品。

朱茵洛看得眼睛都直了，忌妒的火花在她眼中浮现。

这是不平等待遇！

一张圆桌上摆满了各式菜肴，宋惠香和西门泽两人坐在朱茵洛的左右，而楚靖懿则坐在朱茵洛的对面，自始至终，朱茵洛也未正眼看过楚靖懿一眼，只想将他当成影子。

"我们两个只是来蹭桌子的，三夫人也不必拘谨！"西门泽客气地向战战兢兢的宋惠香道。

"好好好！"虽然是如此说，宋惠香还是很小心。

朱茵洛拿起筷子夹了笋子放在宋惠香的碗中："娘，别管他们，快吃吧，菜一会儿就凉了。"

有了朱茵洛的安慰，宋惠香紧张的心平静了许多。

宋惠香拿起筷子，将碗中的笋子送进嘴里，其他人见状，纷纷动筷。

然而，朱茵洛拿起筷子，还未吃东西，便转头向西门泽八卦："你怎么会跟三王爷一起来将军府的？"

"我们……"

就知道她会问，西门泽挑眉刚要回答，在看到宋惠香的表情时，脸色倏变。

怎么回事？

朱茵洛诧异地回头，惊恐地发现宋惠香痛苦得皱起了脸，嘴角溢出一丝黑血。

"娘……你怎么了？"朱茵洛慌了，双手握住宋惠香的手，她的筷子已经掉到地上，握在她掌心中的宋惠香的手，冰冷地在发抖。

楚靖懿第一个反应过来，好看的剑眉蹙起，吐出几个字来："她中毒了！"

"什么？中毒？"朱茵洛陡然睁大眼睛，惊恐、无助狂涌上她的心头，看到宋惠香的身子摇摇晃晃的，她赶紧将她搂住，紧紧地握住宋惠香的手。她的声音惊惧地颤抖，她慌乱地喊着："娘……娘……你不会有事的，有人吗？有人吗？来人呐，快叫大夫！"最后一句，几乎是用吼的。

什么人？什么人给宋惠香下毒？

馨儿和小芳两个人吓得从门外跑进来，看到宋惠香的模样，吓了一大跳，全慌成了一团，两个人害怕得哭了。

"三夫人，怎么办呢？怎么办呢？"

小芳愣了一下："我……我我去唤大夫！"

"好好好，你快去！我……我去找将军！"馨儿和小芳两个急急忙忙地跑了出去。

西门泽气得额头青筋暴突，朝门外怒喝："来人呐，去膳房查一查，今天的膳食是谁做的！"

两名禁卫跑进来，答应着下去了。

随着时间的推移，宋惠香的身体抖得越来越厉害。

朱茵洛聪明的小脑袋在这一刻变成一片空白。

宋惠香是她在这西阳大陆唯一的亲人，不管她做了多大的错事，宋惠香都会包容她，用她虽然懦弱却坚强的双臂，温柔地包容她的一切。

一直以来，她与宋惠香两个人相依为命，与宋惠香早已建立起母女间的感情，而宋惠香对她的母爱，更让她享受到了人间最难得的温暖亲情。

不不不……她不能丢下她。

即将面临失去亲人的恐惧，让朱茵洛害怕得全身颤抖，只能紧紧地抱住宋惠香，抱住这个她唯一的亲人，似乎只有这样，她才能将她留下。

楚靖懿的眉头紧锁，看着宋惠香那越来越青紫的脸，眸底闪过阴郁的光亮。

突然他一把将宋惠香从朱茵洛的怀中扯了出来。

"你做什么？把我娘还给我，还给我！"朱茵洛疯了一般冲楚靖懿喊着，看到楚靖懿把宋惠香拉进内室，朱茵洛立即奔上前去。

榻上，宋惠香盘膝而坐，楚靖懿坐在宋惠香身后，双掌合十，突然将双掌推于宋惠香的背后。

"你做什么？"朱茵洛睁大了眼睛，双手抱住楚靖懿的手臂。

但是两人的力量悬殊，她拉不开他，情急之下，她毫不犹豫地张开牙齿，对准他的手臂狠狠地咬了下去。

她的舌尖尝到了血腥的腥腻味道，可他还是没有松动半分。

就在这时，坐在榻上的宋惠香，突然噗地一声吐出了一口鲜血，楚靖懿晃了晃手臂，示意朱茵洛松口。

紧跟在身后的西门泽忙扶住浑身虚弱的宋惠香。

看到宋惠香的脸色逐渐变好，朱茵洛瘫软在楚靖懿怀中，还好……还好娘没有离她而去。

宋惠香最后食的是笋子，而那笋子平时只有朱茵洛吃，下毒的人想对付的是她，却误打误撞毒了宋惠香。

朱茵洛的眼中凝聚起怨恨的光亮，手指掐入楚靖懿的手臂中，眼中有晶莹的光亮闪过，她从齿缝中吐出了两个字："帮我！"

这一次，朱茵洛学会了一件事：对敌人慈悲只是对自己残忍。

也是第一次让她感觉到了恐惧，失去亲人的恐惧。

他怜惜地将她脆弱的身体搂入怀中，然后他听到自己用微弱的声音说了一个字："好！"

第八章　我会娶你

楚靖懿让西门泽留在听雨楼陪着朱茵洛，他则面无表情地走出了听雨楼。

门外的小甲和小乙马上围了上来。

"主子！"小甲和小乙恭敬地立在道路两旁，不敢抬头。

即使没有抬头，两个人依旧可以感觉到楚靖懿身上所散发出来的强烈煞气，阴冷得让人感觉周身被冰块覆盖，连自个儿呼出的气体，他们都要怀疑会不会在瞬间结成碎冰。

幽暗的紫眸扫了面前的两人一眼，邪魅如斯的脸上，表情相当诡异，嘴角依旧挂着笑容，却有着一股让人难以靠近的压迫力。

他微微一笑，却是皮笑肉不笑地从两人之间穿过往前走。

两人亦步亦趋地跟上。

前头的人，高大的身躯，在夜空下，像是一道暗夜下的幽灵，突然他头也不回地厉声喝令道："动用将军府所有的人，本王要在半个时辰之内知道是谁下的毒，背后是谁指使！"

半个时辰，他疯了吗？

小乙立即不满地开口反对："王爷，倘若我们动用将军府的人，会被皇上的细作发现，到时候……"

冷魅的目光猝然射了过来，小乙吓得心里咯噔一下，他甚至没反应过来，原本走在他身前的那道人影已经移形换影般地站在他的面前，性感的薄唇勾起邪魅的弧度，笑意依旧挂在嘴角，吐出的字眼却寒冷如冰："本王只需要一个回答：'是'！"

死亡的气息迎面扑来，小乙头皮一阵发麻，看着那张近在眼前的诡异脸庞，血液似乎在瞬间凝固，他害怕地抖着唇，用力从肺中吐出一口气："是。"

"很好！"

伴随着这两个字，压迫在小乙面前的压力骤失，那张诡异的脸孔已经移开。

半个时辰后

将军府一个阴暗的角落，正准备钻狗洞的男子被人当场抓住，夜空映照出杂草丛中那张惊恐的脸孔，肩头背着的包袱落在地上，金银首饰等物撒了满地。

草丛四周围着的男女有六七名，与此同时，一名鬼鬼祟祟的瘦小男子也一同被抓来。

黄小令害怕地看着四周的人，仍然大着胆子指着他们："你们……你们要做什么？我姨娘可是将军府的二夫人，你们……"

"我们怎么样？"邪气好听的男声，从暗处传来，一道高大的人影缓缓地闪现出来，左颊那道狰狞的疤痕，令人感觉到恐惧。

黄小令腿软了，用力地吞了吞口水，结结巴巴地唤着："南……南陵王！"

"看来你还识得本王，可是……你知道本王最讨厌什么样的人吗？"他笑眯眯地走上前来，每一步都紧紧地压在黄小令的心头，直至他走到了黄小令身侧的瘦小男子身旁。那瘦小男子见无处可逃，极力想要威慑住南陵王："我是皇上派来的细作，专门派来监视你的，你要是杀了我，皇上一定不会放过你。"

幽暗的紫眸射出妖冶的光亮，嘴角噙着笑容，冰冷的字眼一个字一个字地吐了出来："撒谎的人和……威胁本王的人！"

吐出最后一个字，修长的手指撩开右臂的衣袖，露出漂亮的五指，猝然袭向那瘦小男子的颈项。

一落一起，咔嚓一声，瘦小男子的头与身子瞬间分离，重重的跌落声，犹如锤子砸在心头。

小甲拿出白色的锦帕递给楚靖懿。

即使杀了人，他那张邪魅的脸依旧妖冶而惑人，嘴角笑容仍在。他漫不经心地认真擦拭着每一根手指，缓慢地抬头，邪笑着露出两排整齐的洁白牙齿，声音淡若清风："明白了吗？"

在将军府前厅

四周围着一圈禁卫，西门泽、楚靖懿和楚惊天三个人坐在前厅内。楚靖懿自顾自地喝着茶，西门泽怒气冲冲，唯独楚惊天哈欠连天，整个人有些不耐烦地看着场中央跪着的瘦小男人。

朱茵洛被楚靖懿的人请到前厅，刚走到前厅，便望见了跪在厅中央的那个男人，身着仆人衣裳，身形瘦小，一双眼睛不安地盯着自己的膝盖，浑身瑟缩着，双手不安地揪着衣摆，看起来很是害怕。

他的眼睛不时地瞄向椅子上的楚靖懿，然后再将目光害怕地缩回来，即使双腿跪得酸麻，也不敢动弹半分。

楚惊天一下子站了起来，不耐烦地问楚靖懿："说吧，到底发生了什么事，非要把人这么大清早地喊起来？"

楚靖懿微微一笑，放下茶杯："昨晚，四弟与小王爷一起去听雨楼用膳，结果，三夫人被人下毒，是四弟救了她，经过一番盘查，竟是这厮下的毒。正准备逃走时，被我的人拦了下来！"

"是他？"朱茵洛蹙眉。

楚靖懿颔首。

楚惊天冷冷一笑，吐出风凉话："竟然没死，命还真大。"

"你什么意思？"朱茵洛气得额头青筋凸起，双手握得死紧，一双眼睛愠怒地瞪向楚惊天。

后者冷笑着靠在椅背上，讥讽地一字一顿道："为什么那毒没有把你们娘俩一起都毒死？"

怒了！

小小的身躯，一步一步上前，在楚惊天未反应过来之际，小小的手掌突然抬起，狠狠地在楚惊天白皙的脸上甩了一个巴掌。

楚惊天愤怒地瞪着朱茵洛毫无畏惧的小脸："你敢打本王？"

朱茵洛笑着将自己的手掌露了出来，一只死苍蝇躺在她的掌心中："不好意思，我刚刚只是在打苍蝇。"

她要是在他回东盈前不休了他，她就不叫朱茵洛。

"你……"楚惊天气结。

不理会他，朱茵洛突然抽出楚惊天随身的佩剑，雪亮的冷锋直指那瘦弱男子的下体，冷酷的声音一个字一个字地从她的齿缝中发出："我数到十，说出谁指使你的，否则……我就让你断子绝孙！"

明亮的黑瞳中，凝聚起无情的杀气，像是战场上杀敌无数的战将，那剑锋上，满是敌人的鲜血，冰冷地抵上他的身子。

她说得出，就做得到："十、九……五、四、三……"

他正犹豫着，坐在椅子上的楚靖懿漫不经心地撩起衣袖伸出手指，修长的手指握住茶杯，性感的薄唇勾起妖冶的笑容，冰冷的气息犹在耳边，胆怯的黄小令浑身打了个激灵，冲口而出："是……是二夫人。"

前厅。

主位上，坐着一脸威武的朱佟尉，他的脸色很不好看，楚靖懿的手下小甲和小乙两个人分别将二夫人母女抓来了前厅跪着。

黄秋凤和朱茵蓉两人的神色皆有一些惶恐，在看到朱茵洛也坐在厅内时，她们的脸上同时出现怨愤的神情。

而在她们看到地上跪着浑身颤抖的黄小令时，黄秋凤的神色终于慌乱了。

她双腿一颤，陡然扑通一声跪了下去："老……老爷！"

朱茵蓉努力让自己镇定，稍稍俯身向众人行礼："女儿见过爹，茵蓉见过东盈王、南陵王和北冥小王爷！"

"都起来！"朱佟尉冷冷地喝道。

黄小令的身子颤抖着，双手伏在地上，始终不敢抬头。

跪在地上的黄秋凤缓缓地站起身，身子还是止不住地战栗，朱茵蓉平静地拉起她，轻握住她的手安慰她。

好不容易身体不再颤抖，黄秋凤才用低哑的声音小声地问："不知老爷……唤我们母女俩来，到底有何事？"

手指指向地上的黄小令，朱佟尉凶狠地问："知道他是谁吗？"

"他……他是……"黄秋凤结结巴巴地答不出来。

"不知道是吗？我替你来答，她是你娘家的外甥，对吗？"

"是是……是……"黄秋凤硬着头皮回答，头垂得很低。

朱茵蓉镇定地小声问："爹，出什么事了吗？"

"这件事，要问你娘！"一掌拍在桌子上，一只茶杯险险地掉落在地。

"砰"的一声，在整个大厅内，显得异常响亮。

那响声，更是让黄秋凤吓得魂儿都出来了，双腿一软，"扑通"一声再一次跪倒在地，但她努力装作不知情："老……老爷，我不知道做错了什么，老爷要这样问。"

"不知道做错了什么？"

"你来说！"朱佟尉生气地指着地上的黄小令命令。

地上的黄小令被小甲押着起来，见眼前一双紫眸凌厉的目光闪过，强势地压迫着他的呼吸，那冰冷的危险话语似乎还在耳边，他不敢有半丝隐瞒地全盘托出："是……是二夫人，昨天傍晚来找小的，说恨三小姐抢尽了风头，还阻挡她日后成为将军府的当家人，所以给了小的一包药，说只是巴豆粉，小的觉得巴豆最多只是让人腹泻，便接下了药粉，谁知后来听说，三夫人差点被毒死了，小的连夜逃走，被……被南陵王的手下拦了下来。"

事情败露，黄秋凤只觉自己的脸被甩了一个耳光。

她心慌意乱，六神无主，脑中精光一闪，指着黄小令就恶言指责："我给你的只是巴豆粉，肯定是你自己换成了毒药，老爷，我冤枉啊，你千万不要相信他，他是想嫁祸给我的呀！"

双手紧握成拳的朱茵蓉，忍住心头狂涌而上的怒火，瞪着朱茵洛。但是她装作痛心的样子，望着黄秋凤悲痛地喊道："娘……您怎么能这么糊涂呀？就算是为了女儿，您也不能做傻事呀！"

晴天霹雳，黄秋凤愣了一下，脑中一片空白，看着满脸狠绝的女儿，只觉凉意刺骨。

突然，黄秋凤笑了，笑得甚是悲凉。

"对……是我做的，全是我做的，是我看不惯那对贱人。是我，宋惠香只是小小的贱婢，凭什么当三夫人？"

朱佟尉最恨的就是有人当着自己的面玩心机耍手段，当下一拍桌子："来人，把她拉下去，打断她的双腿，关在后院柴房里，没有本将军的允许，谁也不许去看她。"

朱茵蓉咬牙站在一旁，没有为她求情。

黄秋凤被侍卫带走之前，最后深深地望了女儿一眼，转眼间，一滴清泪从眼角滑落。

是痛心，也是绝望。

朱茵洛冷笑，为了生，原来什么都是可以牺牲的。

这次朱茵洛没有继续追究，并不代表她会放过朱茵蓉。

她很清楚野火烧不尽，春风吹又生，斩草必须要除根。

罪魁祸首朱茵蓉依旧独立地站在大厅内，表情很无辜，好像所有的事情都与她无关一样。

坐在主位上的朱佟尉重重地叹了一口气，肩膀垂得很低。

朱茵洛微微抬头，发现朱佟尉脸上的皱纹，似乎更深了，步入中年的他，不仅要跟朝廷上那些文臣争斗，家里的妻子儿女也互相斗争，耗了他不少心血。

看到这样的朱佟尉，朱茵洛不免同情他。

这么多年了，她一直无法将朱佟尉与"父亲"两个字联系起来，今天，她终于在他的脸上看到了一丝父亲的痕迹。

"茵洛，走，我陪你回去看看你娘！"

"好！"朱茵洛点了点头。

难得朱佟尉愿意去看宋惠香。这一次，宋惠香恐怕会乐上好几天。

在朱佟尉离开听雨楼后，榻上的宋惠香睡得很香，嘴角的笑容显露出她很欣慰也很开心。

朱佟尉已经许久没有来看她了，这一次中毒，她说是祸中得福。

小小的手掌轻抚宋惠香的脸颊，朱茵洛的眼里有着不舍和心疼。

这样一个古代的女子，脑子里就只有自己的孩子和丈夫，从来就不顾及自己。

在朱佟尉的面前，她总是唯唯诺诺，但是……她决定，她一定不会重蹈娘的覆辙，她绝对不会嫁给楚惊天。

眼看着日子还剩下五天，这件事情，不能再迟疑了。

蓦然想起晚上的事情，小小的眉峰又蹙紧。

楚靖懿！这三个字蹿进她的脑中，让她忍不住又烦躁了起来。

在宋惠香中毒差点死去时，是他帮助了她，找出了背后的黑手，但是那个"谢"字，面对他时，她却怎么也说不出来。

谁知她当初竟鬼使神差地让他去找幕后主谋。

罢了，她朱茵洛向来是公私分明之人，既然他帮助了她，她过去说一声谢，这好像也不为过吧，免得他又背后说她。

她命馨儿和小芳两个在屋内守着宋惠香，如果有什么事，就去客苑唤她。

她自己则往客苑中走去。

到了客苑前一问，楚惊天、楚靖懿还有西门泽三个都被朱佟尉请去不知道商量什么，她便直接进了楚靖懿所在的房间等他回来。

一名丫鬟送上了茶，她端坐在椅子上。

不远处，站在门外，一直用怨怼目光瞪着她的那个男子，腿还有些瘸。看着她时，骨节分明的手指轻拂着自己的小腿，眼中的怨愤更甚了。

这就是那天晚上被她的枪伤到的男子。

她的眼睛不经意地在桌子上发现了一打信件。

那门外的人似乎对她不以为意，不知道他们是无意还是故意为之，上面明显标注了咸中的一些军事地形等，还有一些东西，都属于国家机密类的信件。

或者……是他们以为一个十岁的孩子看不懂这些东西，才会大咧咧地摆在那里？

这个想法很快被她给推翻了。

楚靖懿那个男人，莫测高深，能看透人心，处理事情极为细心，不可能这么大意，除非……他是故意将这些信件摆在这里，而且还预料到她会来。

但是……这是为什么？

她按捺下急躁的心，坐在自己的位置上，慢慢地等楚靖懿回来。

不等她再多想，耳边便传来了一阵对话声。

西门泽、楚惊天两人走在前头，一脸优雅的笑容，嘴角挂着邪肆弧度的楚靖懿走在后面，三人分别走向自己的房间。

身材高大的楚靖懿，在另外两个同样出色的男人面前，仍显得鹤立鸡群，有种让人无法忽视的高贵气质。

走到门外，看到屋内坐着等待他多时的朱茵洛，他仅抬起眼皮微笑着扫了她一眼，似乎没有一丝意外。

修长的双腿迈进屋内，他浑身散发着冷鸷的气息，能将四周万物冻结成冰块，但是脸上那抹淡淡的笑容，却犹如春风般，将满屋的冷气吹散。那张极美与极丑相间的脸，有着妖艳的气息，更让人看不透，他到底是怎样的一个人。

即使如朱茵洛这般有着原来时空智慧的人，也看不透眼前的这个男人。

多少次，她将那些博物馆等地的警察耍得团团转，在这个时代，她更是活得风生水起，无人能与她匹敌。可是自从遇上了这楚靖懿，她被他一次又一次地耍弄，而她没有一次能看清，他到底是怎样出手的，甚至想不出任何应对他的对策。

所以在一次又一次与他的交锋中，她输得一败涂地。

基于礼貌，朱茵洛微笑着冲他点了点头，当是打了招呼。

楚靖懿优雅地抱拳，嘴里发出的声音有一丝笑意："四弟见过三嫂。"

三嫂？

朱茵洛的嘴角抽搐了好几下，简单的两个字，有着戏谑，让她听在耳边极其讽刺。

"麻烦你下次唤我茵洛郡主！"朱茵洛没好气地提醒道，她特别不喜欢"三嫂"这个词，硬是将她跟那个浑蛋楚惊天拧到一块儿，她跟败类不是同类。

修长的手稍稍扬起，在空中画起一道美丽的弧度，门外一名丫鬟，尽职地走上前来，奉上了一杯茶。

他端起白瓷茶杯，抿了口茶坐在椅子上，这才转过头来看着朱茵洛犀利的目光回答："假如是这样，郡主是要向本王行礼的！"他也提醒道。

向他行礼？

朱茵洛的嘴角抽搐得更厉害了。

怎么说都是他比较有理，看他得意洋洋地跷着腿悠闲坐在椅子上的模样，就让她来气，让她向他行礼，门儿都没有。

虽然"三嫂"两个字听着不舒服，好在，他必须向她低眉折腰。

"当我没说！"识时务者为俊杰。

摆下茶杯，空气中有着一股奇怪的气息流过，两个人好一会儿没有人开口。楚靖懿突然转过头来，左颊上的那道蜈蚣疤痕相当惹眼，性感的薄唇勾起玩味的弧度："三嫂来，不会是想陪四弟喝茶的吧？"

她没好气地瞪他一眼。

当然不是，她是来道谢的，可是总得让她酝酿一下情绪吧？

一眼瞥到桌子上放的那些资料，美丽的杏眼眸光流转，流泻下聪慧的光亮，小小的手指随手捻起一张信纸，笑眯眯地冲他晃了晃："我倒想请问一下四弟，这是什么东西？"

"信呀！"他随口答，一副漫不经心的样子。

"只是信吗？"朱茵洛诡异地笑问，一双慧黠的杏眼眨了眨，"要不要三嫂我为四弟你念一遍呢？"

长臂一伸，轻易地便将那封信接了过去，紫眸淡淡地瞟了一眼，随手又丢在桌子上："那又如何？"

"只要我告诉皇上你在……"

不等朱茵洛说完，紫眸的眸底闪过邪坏的笑，漫不经心地吐出三个字打断她："万花楼。"

……

在这个时候，他提万花楼做什么？

朱茵洛的脸色微变，危险地盯着他："你什么意思？拿万花楼来威胁我吗？"

他不以为然地挑挑眉梢，淡淡的声音几不可闻，稍稍向她瞥过来一眼，妖艳的姿态，魅惑横生："三嫂，好像是你先威胁我的！"

"我……"刚说一个字，朱茵洛泄气地把所有的话全都吞了回去。

没错，刚刚确实是她先开口的，而且是她威胁的他，所以他才会拿话反过来威胁她，这很公平。

虽然很公平，可是在朱茵洛的心底里却是大大的不公平。

皇帝知道他有反意，最多只是夺了他的兵权，他还是南陵王，仍然继续尊贵一生。但是……倘若她是万花楼背后主人的消息一传出去，万花楼不止被封，她还有可能被逐出将军府，甚至在整个西阳大陆没有任何立足之地。

怎么算，都是她比较吃亏。

"三嫂还有何话说？"

"没有！"她生气地一拍桌子，指着他的鼻子怒骂，"你不要以为抓住了我的把柄，我就会怕你！"

"三嫂，我们两个现在是拴在一条绳上的蚂蚱，只要你不出卖本王，本王自然也不会出卖你！"

"你……"她想说她是小孩子，可是忽然想起，这个理由并不管用，卑鄙的楚靖懿，眼中没有大小的分别，只有利用和被利用。

想到这一层，她只得气哼哼地坐回自己的位置上，额头上的青筋一根根地突出，双手紧紧地握住，恨不能现在就杀了他。

"三嫂，这样吧……不如我们互帮互助，三嫂帮我隐瞒这件事，我也可以帮三嫂你一件事。"

帮她？

她从鼻子里不屑地哼了一声。

他能帮她什么？他最喜欢的就是坏她的事，不让她为难她就已经谢天谢地了。

"你的信用太差，我很难相信你。"

"就看在我救过三夫人的分上，我想这桩交易也是成立的。"

唔……这个理由倒是可以考虑一下。

不过，要是他能帮忙的话，她倒是真的有一件事需要帮忙。

放在桌子上的五根手指有节律地敲打着桌子。待五指聚拢，她一口爽快地答道："可以，不过……你刚刚说过，你也必须要帮我的。"

"三嫂请说，只要四弟做得到的，一定会鼎力相助！"他意味深长地笑着。

她的眸底闪过算计的光芒。

"我要你做的，很简单，不难……"

"哦？"

"我打算今天晚上宴请你跟北冥小王爷当是答谢，你赴宴的时候，麻烦把东盈王也叫上！"朱茵洛笑眯眯地说。

"这事儿不难，然后呢？"他扫一眼淡淡问道。

"还有……"她笑了，笑得奸诈且危险十足，"我要你把他灌醉，而且是灌得越醉越好！"

性感的嘴角好看地扬起，紫眸忽闪："可以。"

咸城，福禄酒庄二楼雅间。

福禄酒庄是咸城内比较有名的一间酒庄，每天生意都非常红火，人来人往的客人很多。像这样人声嘈杂的地方，小二们基本上都非常的忙，在一楼忙个不停，来回可见那些小二忙得腿儿都不敢歇。

二楼当然是有专门的小二来伺候。

楚惊天黑着一张脸，头上的发冠底下露出一截纱布来，脸色看起来非常不好看，被楚靖懿和西门泽两个人左右将他架着往酒庄里走来。

本来他是心不甘情不愿来的，但是楚靖懿同西门泽两个硬是将他给拉来，说是什么叙叙感情，毕竟东盈、南陵和北冥三个国家是西阳大陆的骨干，也算是拉拢关系。

进了酒庄，楚惊天这才不挣扎了。

"我说我自己能走，你们可以放开我了！"三个大男人拉拉扯扯成何体统？他不耐烦地扯回自己的手臂，脸上有着厌恶的情绪。

"三哥，楼上请！"楚靖懿微笑着邀请。

虽然不情不愿，可楚惊天还是一步一步地往前走。

雅间的门开了，在看到雅间内坐着的人时，楚惊天的脸色倏变，转身就想离开。

幸亏身后的楚靖懿和西门泽两个人将他拦住。

一个说："东盈王，你人都已经来了，现在就不要走了吧！"

另一个劝："三哥，菜都上来了，不吃就亏了！"

楚惊天现在知道自己上了他们的当，他们一个个都被朱茵洛给收买了，否则怎么会将他拉到朱茵洛摆的宴席上来？看到那张脸，他就满腹的恨意。

在外面拉拉扯扯，惹得路过的人好奇地观望着。

雅间内，朱茵洛端坐在椅子上，冷笑地看着这一幕，冷不防地开口嘲讽道："王爷不敢进来，难道是怕了茵洛不成？"

挣扎的动作骤停，楚惊天眼中闪动着愤怒的火花："我会怕你？"语气极冲，怒意横生。

话落，他怒气冲天地推开楚靖懿和西门泽两个人走进了雅间内，挑在了朱茵洛的对面坐下。

西门泽和楚靖懿两个人对视了一眼，走进去，在两个人的中间面对面而坐。

楚惊天相当没耐性，看着朱茵洛的一双黑眸冷冷地眯了起来，嘲讽地问："怎么？本王坐下来了，你还有什么话要说？是不是想跟本王道歉？要道歉就要有道歉的态度，如果你给本王下跪磕一百个响头，本王会考虑原谅你，回东盈之后，好好待你！"

呸！她现在最想做的就是甩他几个耳光。

朱茵洛笑容可掬，美丽的小脸上闪动着慧黠的神采，客客气气地道："今天我也是受两个王爷的邀请才会来的，并不是为了向你道歉，再说了，我又没错！如果你怕见我的话，你可以现在就走！"

"啪"的一声，一掌拍在桌子上，十分响亮，楚惊天气得脸红脖子粗："谁说本王怕你了！"

"那就好！"朱茵洛眸底闪动着笑意。

美丽的眼睛向左右两侧的楚靖懿和西门泽各使了一个眼色。

两人会意，同时向楚惊天举起酒杯。西门泽热络地开口："为了我们几个第一次在一个餐桌上用膳，我们先干一杯。"

楚惊天哼了一声，拿起酒杯，在两人的酒杯上各碰了一下，仰头一饮而尽。

朱茵洛眯眼：很好！

席间，楚靖懿和西门泽两人不停地向楚惊天敬酒，大约半个时辰之后，楚惊天已有几分醉意，喝酒也越发地自觉起来，一手执着酒壶，一手端起酒杯，豪迈地跟楚靖懿和西门泽两个人碰杯。

"我们几个人，难得聚在一块儿，喝喝喝，我们今天不醉不归！"

西门泽看着楚惊天的醉模样，心中有些不忍。

"东盈王，你已经喝了许多，就……"

朱茵洛目光瞪过去，下巴紧了紧，美丽的瞳孔闪动着危险的光芒，似乎在说："不要管他，让他继续喝。"

剩下的话，西门泽只好硬吞了回去，在朱茵洛强烈盯人的目光下，不敢再多说一句话。

反正，他和楚靖懿两个今天被请来，目的就是为了将楚惊天灌醉。

但是，还没一会儿，西门泽就非常不争气地醉了："我不能再喝了。"说完趴在桌子上醉得睡了过去。

楚惊天越喝越凶，眼睛里看起来已有几分迷离，突然端起酒杯冲朱茵洛伸了过来："来，你是我的王妃，我兄弟和北冥小王爷陪我喝了这么多酒，你也应当陪我喝几杯！"

"当然，不过，我是女流，我要是喝一杯的话，王爷你这酒杯喝着就太小气了！"朱茵洛的眸底闪过精光。

"你想怎么样？"

从背后的小橱柜中端出了一只大碗放在他的面前："用这个！"

醉眼迷离的楚惊天拿起碗来，眯眼瞅了一会儿，酒气冲天地出了一口气："这么大的碗！你当本王是什么？"

"王爷不敢吗？"朱茵洛笑着挑起眉梢。

"谁说本王不敢的？"朱茵洛一句话又戳中楚惊天的软肋，指着朱茵洛的鼻子就是怒骂，"你这小女娃，谁说本王不敢的？"

难闻的酒气恶臭扑鼻而来，朱茵洛一手捂着鼻子，一手执起酒壶为他倒了满满的一碗，然后才拿起自己的小酒杯，跟他的酒碗碰了碰："王爷说话要算数！"

楚惊天不耐烦地看了她一眼，大手端过酒碗，仰头咕噜咕噜，只见他喉间的喉结上下浮动着，一碗酒不一会儿已经下肚。

以衣袖遮挡酒杯的朱茵洛，悄悄观察着楚惊天，杯子一倾，酒水倒在地上。

如此几碗后，早已有了醉意的楚惊天，终于晕了过去。

她满意地笑眯了眼睛，随手丢掉手中的酒杯，可怜的酒杯被她像垃圾一样丢出去，"啪"的一声摔在地上，瞬间成了一堆碎片。

灯光映着朱茵洛满是阴谋的小脸，浮现出狰狞的画面，她的嘴角阴险地勾起。

"来人！"朱茵洛向门外唤了一声。

立即有几名侍卫推门进来，威武地一字排开，异口同声地大声应道："属下在。"

"把小王爷和东盈王都抬回将军府去！"

"是！"

两个人被抬走了，留下楚靖懿和朱茵洛二人在雅间内。

雅间内一度寂静。

"你打算怎么做？"楚靖懿突然开口，打破了沉寂，深凝她一眼。

她微笑，仰头望进他的眸底，慧黠地眨了眨眼："明天你就知道了！"

明天吗？

性感的薄唇微勾，结果显而易见，他拭目以待。

风华又三手

盛世繁华不如你

上

将军府

夜晚的风有些凉，并不刺骨，走在风里，闻着花香，让人心中陶醉，不由自主地想要沉睡在这花香中。

两名侍卫扶着满身醉意的楚惊天一路往客苑走去。

在路过后院门口时，一声娇喝唤住了二人："等等！"

两名侍卫回头看是朱茵洛愣了一下，又赶紧垂头行礼开口："三王妃！"

手向自己后院指了指，朱茵洛笑眯眯地命令："先把王爷抬到听雨楼去，我那里有些解酒茶，待他醒了酒再回去。"

"这？"两名侍卫有些犹豫，二人对视了一眼，谁也不肯往后院走。

"我是你们王爷的王妃，若是你们不听话，休怪我回到东盈王宫后对你们不客气！"朱茵洛阴柔地威胁，美丽的眼眸中凌厉乍现。

两名侍卫吓得倒抽了一口气，谁也不敢再犹豫，赶紧把楚惊天往听雨楼的方向抬去。

待到楚惊天被放到了听雨楼内的椅子上，朱茵洛给了二人各一两银子："你们两个回去休息吧，待会儿我会派人送他回去！"

"是！"两名侍卫眉开眼笑地退出了门去。

见钱眼开！朱茵洛啐道，难怪了，有什么样的主子就有什么样的手下。

打发了那两个侍卫，朱茵洛回头打量着坐在椅子上的楚惊天，灯光映着他那张俊美的脸，朱茵洛贼笑了一声，拿手背用力地拍了拍他的脸颊："王爷，王爷！"

"做什么？"沉醉中的楚惊天没意识地回答。

"王爷，在这儿您睡着不舒服，奴婢扶您回房间歇着去！"朱茵洛故意捏着嗓子说道。

"好！"楚惊天仍然是没有意识地回答着。

果然是蠢猪！

朱茵洛从鼻子里发出一声冷笑，然后将楚惊天往秋水阁的方向扶去。

现在时间已经晚了，秋水阁里灯火熄灭，朱茵洛准确地找到了朱茵蓉的房间，把楚惊天往那房间里随便一放，然后悄悄地将自己事先准备好的东西放入熏炉中，再捂着口鼻飞快地离开。

一路上没有遇到任何人，这都是楚靖懿的功劳，不得不说，有时候权力还是很有好处的。

本已熟睡的朱茵蓉，闻到自己的香炉中有着一股奇异的香味，钻入她的鼻中，令她全身火热了起来。

窗外，一道小小的人影满意地踏着微凉的月光离开。

客苑。

卧室中，一盏油灯亮着，一道绝代风华的人影坐在椅子上，背对着门外，半侧的左颊，平滑如镜，性感的薄唇淡淡地勾起，慵懒得魅惑，妖艳中透着沉静，轻舞动衣袖，却又张狂得像是危险的野兽。

小甲默默地走到他身后，在静得针掉在地上都清晰可闻的房间内，小甲的心突突跳着，只怕自己稍稍不小心会惹怒了眼前那高贵的人。

"王爷！"小甲试探地唤了一声。

"嗯？"空气中响起轻淡好听的嗓音。

小甲紧张的心松懈了一些："朱三小姐已经将东盈王送到二小姐的房间里去了。"

"知道了！"小甲并没有立即退下，楚靖懿绝美的左颊又侧过来几度，"还有事？"

小甲点了点头："您杀了细作的消息，已经被皇上知道了……"他小心翼翼地试探着说。

"那又如何？"

小甲急了："您要是不采取行动的话，您的生命可能会……"

"你以为本王现在怕这些吗？"

"可是……"

"本王已经决定了！"楚靖懿莫测高深地轻笑了一声，修长漂亮的手指扬了扬："下去吧！"

小甲不敢再多言，张了张嘴，把欲开口的话吞了回去，向楚靖懿抱了抱拳转身离开。

在小甲离开后，坐在椅子后的男人缓缓地转过身来，绝美如神祇的脸上，不见一丝缺陷，狭长的凤眸妖冶地挑起，性感的薄唇勾出慵懒的弧度，笑容风华绝代。

他做的事，向来没有后悔过。

等了那么久，他终于等到了这一天。

怕吗？五指微微收拢，嘴角带着狞笑，一只茶杯在他的手中成为一堆粉末落在桌子上。

要怕的人，恐怕不会是他！

听雨楼

大清早的，秋水阁内传出了一阵嘤嘤的哭声，不绝于耳，吸引了许多人的注意。楚惊天衣衫不整地从里面奔了出来，脸色很不好看。出了秋水阁，火气冲冲地闯进了听雨楼。

朱茵洛已经起身，坐在椅子上学着楚靖懿平时的模样悠闲地喝着茶，看模样似乎已经等待他多时。

楚惊天闯进来后，那些观众好奇地围在了听雨楼的门窗旁。

"这是怎么回事？"楚惊天暴怒地吼道，一大清早就发现自己跟一个女人睡在一块儿，这是多么震惊的一件事。

"王爷是指，昨天晚上玷污了我二姐这件事吗？"朱茵洛讥笑着问。

"我……"

楚惊天话未说完，朱茵洛已经怒不可遏地指着他的鼻子骂："你这个禽兽不如的东西，虽然我知道你暗恋我二姐，可是没想到你做出这种畜生不如的事来，我朱茵洛不会嫁给你这样的男人！"

门外的观众抽气声连连。

"你以为本王就想娶你了？本王恨不得现在就休了你。"楚惊天也生气，声音比她更大。

她诡异地笑了，美丽的小脸上闪动着聪慧的神采，缓缓地从手底下拿出一张纸来扔到他的脸上，字字珠玑："甚好，茵洛早就准备好了，请王爷看清楚，是我休了你，我朱茵洛休了你东盈王楚惊天，希望你我此生永不复见！"

"慢着！"一个预料之外的声音突然在门外响起。

众人一致唏嘘着望向那突然出声的人，一名美妇从门外走进来，一双蛾眉倒竖，七窍生烟。

进了门，又出声道："我不同意！"美目一眨不眨地盯着朱茵洛，口气非常冲。

是江采琼！

没想到江采琼在这个时候会突然出现，而且她还说……

"我为什么要经过你的同意？"朱茵洛握紧双拳，她好不容易计划好的事情，不想就这样被破坏，她等这一天，不知道等得多久，盼得脖子都变长了。

江采琼生气地瞪了楚惊天一眼，后者面无表情。她哼了一声，再回头生气地冲朱茵洛呵斥："这桩婚事，是皇上和皇后钦定的，哪能你们两个说休就休？再说了，自古只有丈夫休妻子，哪有妻子休丈夫的？"

江采琼辛辣地说着，双手热络地抓紧朱茵洛的小手，语重心长地劝说："茵洛，虽然我不是你的亲娘，可我早就已经当你是我的亲生女儿了，这张休书……"

亲生女儿？

朱茵洛浑身抖了抖，一身鸡皮疙瘩掉地。

江采琼一把将休书从楚惊天的手中抽出来，塞回朱茵洛的手中，将她的手握紧，方才还是怒气冲天，马上一副温柔的表情，柔声劝说："你还是收回去撕了它吧，让人看了会笑话的！"美丽的眼眸往门外扫了一眼示意着。

现在是怎样？

她可是记得，这江采琼在她八个月大的时候，就非常讨厌她，甚至在她打了她的儿子之后脸上出现了憎恨的表情。

现在的她，脸上那抹真诚，不像是作假。

耳边倏地溜进了一句话："看来以后指望儿子是不可能的了。"这是前两日皇宫大殿之上江采琼说的话。

江采琼当时会那么说，是因为她觉得楚惊天太过窝囊，所以想把朱茵洛收为己用，顺便拉拢将军府？

倘若是这样的话……她这个夫就更非休不可了，她不可作为别人争夺权力的棋子。

她不着痕迹地将自己的小手从江采琼的掌心中抽出来，干笑了两声，皮笑肉不笑地答："王爷昨天晚上已经与我二姐有了夫妻之实，二姐是我的姐姐，与我有血缘关系，我自然不会亏待她，我二姐不论任何一方面，都比我更合适做东盈王妃。"

江采琼蹙眉，危险地眯起眼睛："倘若……本宫不许呢？"

威胁她？

朱茵洛的脸色微变，从鼻子里哼出了一声，显然不把江采琼的威胁放在眼里："将军府的二小姐，也不是随便什么人都能糟蹋的！"

说到这一点，江采琼已经有了完美的计划，马上提议："可以你做大，你姐姐做小！"

"我不同意！"朱茵洛大声反对，楚惊天坐享齐人之福？做梦！他也不撒泡尿照照自己，站在她眼前她都觉得碍眼。

"理由？"江采琼眉头皱得更深，仔细地打量着这个朱茵洛，她觉得她提的条件已经是很好了。再说了，做王妃有权有势，还有什么比王妃的身份更风光？难道……她妄想做皇后？如今的太子已经有了正牌太子妃，她是不可能得逞的。

江采琼的眸底闪过一丝鄙夷。

朱茵洛何等聪明，从江采琼的目光中已经看出了一丝端倪，也大概猜出了她的心里在想什么。

自己十岁，与他们的身高差距太大，总觉得少了些气势，她忍不住爬上椅子，居高临下地睥视江采琼。

她不卑不亢地一字一顿道："我要求我的丈夫，这一生只能有我一个妻子，假如他要娶我，这辈子都不能碰别的女人，否则……"她冷笑了一声，小小的手指向楚惊天的下身，手掌做了一个"咔嚓"的手势，居高临下的她气势像女王，紧接着狞笑着，"我一定会阉了他！"她故意咬重了"阉"字的语调。

那般狰狞且危险的字眼，犹如一道冷风扫过，在场的所有男人均下意识地捂住自己的下身。

江采琼生气了，美丽的脸孔有些扭曲，一甩袖，生气道："倘若，本宫不答应呢？"

又威胁她？

她朱茵洛也不是被人威胁着长大的。

"东盈太后，您是有身份的人，当着这么多人的面，欺负我一个只有十岁的小女娃，传出去，您的脸上也无光吧？"

"假如本宫就是要欺负你，就是要逼迫你，那又如何？"

"东盈太后，您似乎还没有问过本王的意见！"另一个邪气的声音从门外传来，众人让出了一条路，楚靖懿缓缓地从门外走了进来，高大的身形，形成一股无形的压力和气势，让现场一度寂静，俊美与丑陋的脸说不出的邪魅，眉眼间的冷凛更夹杂着无声的威严，宛若一名王者，睥视众人的目光更加肆无忌惮。

目光所到之处，那些围观之人均被他的气势吓到，纷纷垂下了头不敢直视。

江采琼的美目中溢出怒火。

"这是我们的家务事，关你南陵王何事？"

"怎么不关本王的事？"楚靖懿笑吟吟地走到朱茵洛的身侧，意味深长地一笑，低头睥视怒气冲冲的江采琼，"况且……她将来会嫁给我！"

吓！不仅是江采琼和观众被吓到了，连朱茵洛也被吓到了，她诧异地睁大了眼睛抬头，望着他脸上右颊的美好线条，怒从心起，刚要开口，突然一只大手横了过来，握住她的肩膀，手指有意无意地抚弄她的肩膀，他的手指在她颈间流连时，她颈间的穴道被他给点住了，顿时她张开了嘴巴，却是半个声音也发不出。

他……他他他……点了她的哑穴。

狭长的凤眸懒洋洋地垂下，低睨怀中的朱茵洛："对吧？洛儿。"

卑鄙！下流！无耻！她用力地摇头，差点把脖子摇断了，嘴巴不停地动，用口型在怒骂他，却是一个字也吐不出来。怒火在胸间燃烧，血液上升，涨得她的小脸一阵通红。

"她在摇头！"江采琼抓住这一点。

"错！"他的笑容妖艳似火，"她是太过激动了，才会这样！"

蓦然，他眉心微蹙，腰际传来一阵刺痛。

原来是某个小人儿，拿着一枚银针扎在了他的腰间，那点儿痛，对他来说并不算什么，他的脸上依旧笑若春风，绝美与绝丑形成极致的视觉冲击。

他的手一把把她抱了起来，让她与他的视线平行，他的唇暧昧地贴在她的耳边，眉眼间满是笑意，用只有她才能听到的声音威胁："假如，你说没这回事，本王保证一定会让你和三哥白、头、偕、老，还有你的万花楼也……"

她不敢置信地瞪大了眼睛，回头瞪着那张含笑的邪魅脸庞，小脸刷地苍白了。

她这叫什么？

才出狼窝，就掉入虎穴吗？

相比之下，楚惊天虽然憎恨她，却是个脑袋单一的家伙，但是这楚靖懿却……是个极其腹黑、阴险的家伙。

不论哪一个，都不是她想嫁的人。

但是，目前好像局势对她很不利。若是答应嫁给楚惊天的话，四天内就会跟他回东盈；假如嫁给楚靖懿的话。

唔……似乎还有拖延的余地。

识时务者为俊杰，他有张良计，她有过墙梯，现在先把休书解决掉了再说。

美丽的黑色眼珠子滴溜溜地转着，最后拿定了主意，然后她的头几不可见地点了点。

近在咫尺的俊脸，鼻尖是他的呼吸，属于他的男性气息，围绕在她身体的四周，抱着她的双臂长而有力，将她稳稳地抱在怀中，这种感觉，很诡异。

极少跟男子贴得这样近，难免会让她觉得不大适应，小脸上泛着可疑的晕红，双手不安地贴在他的胸前，用来隔开他们两人之间的距离。

看着两人这般亲密的模样，江采琼大动肝火，指着楚靖懿的鼻子就骂："清若就是这样教你夺兄之妻的吗？"

楚靖懿微笑着侧过脸，一双幽暗的紫眸有着无形的气势，让江采琼的士气骤然下降："本王记得，方才洛儿已经将三哥休了！"

洛儿？鸡皮疙瘩掉满地，他们什么时候这么亲了？

"那封休书无效，她……"

"东盈太后，她现在已经是茵洛郡主，本王记得，郡主有休夫的权力，太后不会是忘了吧？"楚靖懿不慌不忙地说道。

"我没忘，可是现在她还没有拿到郡主的玉牒，这封休书就不作数！"

属于他的气息再一次撩过朱茵洛的脸颊："本王记得，是今天拿玉牒吧？"

朱茵洛的大脑有着瞬间的空白，愣愣地点头。

楚靖懿转过头去："等她拿到了玉牒，那太后是否就会承认这封休书了？"

"那得她拿到再说！"江采琼阴狠地说道。

"如此便好！"楚靖懿淡淡地回答，嘴角的笑容始终未退。

从头到尾，只有江采琼一个人同楚靖懿在辩驳，而当事人楚惊天始终沉默，目光在楚靖懿和朱茵洛的脸上来回探索。

江采琼拂袖离开，路过楚惊天身边时，羞怒地瞪了他一眼，嘴里咒骂了一句很不合身份的脏话，不过没人听得懂。

在江采琼生气地拂袖离开时，他仍然是不发一言地跟在了她的身后离去，不知道他的心里在想些什么。

不过，在他临走之前，瞅了楚靖懿一眼。

楚惊天和江采琼走了，屋外的观众一个个还想要得知下文，不肯轻易离去。

不过，里面的人当然不希望自己被当作马戏团的小丑。

凛冽的目光危险地扫过众人，似一阵阵阴风吹过，冷得窗外的人瑟瑟发抖。

楚靖懿狰狞的左颊面向众人，冷冷地道："将军府的人都不用做事的吗？既然不用做事，不如把手脚剁了！"

手脚剁了？

窗外的观众，一个个瑟缩地缩起了自己的双手和双脚，一哄而散，谁也不敢再在窗外停留。

因为太危险了。

朱茵洛脸上的笑容在所有人消失后，也跟着骤然消失。一双美目冒火地瞪着楚靖懿，小脸依旧是涨得通红，因为无法说话，嘴巴不断地张合，她指了指自己的颈间，示意他快些将她的穴道解开。

楚靖懿幽幽地转过脸来，不慌不忙地走到她身边，修长的手指伸了出来。

朱茵洛迫不及待地将自己雪白的颈项伸了过去。

漂亮的手指在她的颈间点了一下，她的嗓子瞬间恢复了自由，难听的字眼，从她的喉咙中迫不及待地溜了出来："南陵王，你这个卑鄙小人，下流、无耻、龌龊，我祝你吃饭噎死，喝水呛死！"

最后那句话，是十岁的女娃能说得出来的吗？愣了一下，他狭长的眼眸勾起一丝邪笑："你这么早就想当寡妇了吗？"

寡妇？

呸！她什么时候说嫁给他了？

"南陵王！"朱茵洛皮笑肉不笑地扯了扯嘴角，"不过，你刚刚说，我曾经说过要嫁给你，不知道我是何时说的，何地点说的？可有人证物证？"

坐在她的身侧，修长的双腿懒懒地跷了起来，手指摸着桌子上的茶杯。

想喝茶？

她没好气地把茶杯夺了过去，用力搁在自己的面前，一双美目冒火地瞪着他："楚靖懿，你不要想逃避，你今天不说清楚，就别想安稳！"她威胁道。

面对她的威胁，他仍然不慌不忙，笑意嫣然："本王何时逃避了？"长手轻易地把茶杯又拿了回去，朱茵洛想抢回来却不如他的动作快，只能气呼呼地看着他倒了杯茶喝了下去。

她按捺住性子。

在他的面前，她不能失去理智，不能让他看她的笑话，最后只能一脸怒火地坐回自己的椅子上。

看着他喝完了茶，她的手扶在桌子上，明显有些急躁的情绪在里头，楚靖懿仅淡淡地瞥了她的手一眼。

"茶也喝过了，你是不是可以说了？"

"这件事呀！"他漫不经心地靠在椅背上，闭目养神，懒洋洋地吐出一句，"本王忘了！"

什么？！

火气一下子蹿到头顶，看到他悠哉地坐在那里，好像没事儿人一样，她努力握紧双拳，把火气努力压下，好不容易才持平了音调："楚靖懿，你是在故意耍我吗？"

"有吗？"他不以为然地睁开眼睛，觑了她一眼。

"等会儿进宫，我会告诉皇上，你刚才说的都是假的。"

"哦，没关系！"他靠在椅背上懒懒地蹭了两下，唇中逸出一声舒服的轻吟，才又开口，"本王会请示父皇，请他下一道旨，让你和三哥永远不得休了对方，相信父皇一定不会拒绝的！"

卑鄙，无耻！

"你敢……"

他轻笑，又觑她一眼，看着她的眼睛，笑眯眯地吐出几个字来："你可以试试！"

他那双紫眸有着威慑的气势，说话间，眸底精光绽放。

她明白，他一定敢。但是，她就不明白一点。

"我说南陵王，你到底为什么想娶我？"

他缓缓地坐起来，垂头低首，似在沉思，幽暗的紫眸，有着鹰般的锐利，转过头来，吐出的字淡淡的："你吻了本王，当日大殿之上所有的人都可以作证，本王的清白被你毁了，你要负责！"

吻了他？清白毁了，要她负责？

一口唾沫差点呛死自己，她扶着桌子猛咳了两声，脸色却很不好看："南陵王，请你弄清楚好不好，当日是你自己抱着我，故意让我吻你的，吃亏的是我！"

她没好气地解释。

听了后，他颇为同意地点了点头，相当认真地看着她。

"有道理，既然如此！"他无辜地露出两排洁白的牙齿，用漂亮修长的手指摸着下巴又说，"本王就对你负责好了。"

对她负责？

她恨不得咬断自己的舌头。

这楚靖懿不是脑子坏了，就一定是神经有问题。

深呼吸，让自己的情绪慢慢恢复平静，美丽的小脸上，小嘴用力扯出灿烂的笑容，努力劝说他："南陵王，我们俩实在是不合适，你看看啊！"

她站起来，小手在自己的身上比画了一下："看看我的身高，看看我的年纪！第一，我这么小，你若是有什么特殊需要，我可是帮不了你；第二，人家年龄相差三岁就是一个代沟，我们俩相差将近三个代沟，以后生活一定不安稳；第三，我要求我的丈夫只能娶我一个，你是王爷，将来不可能只娶一个，我今天会休了楚惊天，将来也可能休了你；第四，嘿嘿……你也知道，我是一个不安分的女人，你就不怕你的王宫被我给掀了？或是将来我给你找几只绿帽子戴戴？"

为了扭转楚靖懿的思想，朱茵洛不惜扭曲自己的形象。

看他再一次低眉沉思，她的心里雀跃着。

反悔吧反悔吧，她才不要做什么劳什子的王妃，又烦规矩又多，她一个从原来时空来的女性，追求的是自由无拘无束的生活，才不想像金丝雀一样被困在王宫的牢笼中。

等了许久，他终于再一次抬起头来。

望着那双深沉的眼，朱茵洛微笑着面对他，在他还未开口时便急忙抢着说："你放心，东盈太后可能已经去找皇上了，到时候我跟皇上解释，我会把所有的事情都揽到我自己身上，绝对不会牵扯到你！"

这个结果，他总该满意了吧？

她的脸上陪着笑，心里早已狰狞地将他从头到脚骂了不下上万遍。

她朱茵洛还没有做过这样赔本的生意，这一次算是亏大了，不过能将这瘟神送走，亏点本也值。

大不了……等将来，到他的王宫里偷些值钱的宝贝，再给他的饮食里放些毒不死人却可以让人生不如死的东西，这样她就可以赚回来了。

女子报仇，十年不晚嘛。她朱茵洛可是有仇必报之人，现在不急于一时。

她的心里打着小九九，一直等待着楚靖懿的回答，只等着他头一点，她马上进宫去拿了玉牒，把楚惊天给休了。

接下来，就是她海阔天空的日子，想盗谁就盗谁，西阳大陆还不都是她的天下？

光想到此，她的心里就已经美滋滋的，迫不及待地将她的爪子伸向西阳大陆的各地。

等了许久，等到花儿都谢了，西边的阳光挂到了半空中，有些刺眼，楚靖懿终于看着她了。

她心底里雀跃着，激动着。

"你的条件是不错！"性感的薄唇勾起邪魅的弧度。

她心花怒放，太好了，脸上仍然努力保持镇定，不要太过激动，这样会被他发现端倪的："既然王爷已经想好了，我现在就进宫把一切都说清楚，这样……"

不等她说完，楚靖懿微笑着伸出一只手打断她的话："我还没说完。"

"你还想说什么？"她按捺着激动的心情，等待着他的下文。

他不慌不忙地站起来，居高临下地睨着她，半弯下腰，笑眯眯地将那张极丑和极美的脸凑近她，属于他的气息，完全笼罩着她。

他要做什么？

她用力吞了下口水，一双美丽的杏眼呆呆地望着他。

薄唇勾出完美的笑容，一字一顿地回答道："第一，你早晚有一天会长大，至于本王的需要，"他暧昧地瞟了她一眼，"待你十五岁及笄之后也不迟，时间也不久，只五年。"

她倏地睁大眼睛。

他坏坏地一笑，看着她继续说着。

"第二，你说的代沟问题，本王以为并不是什么大问题；第三，本王娶你，就是为了不想娶其他的女人，一个就已经够麻烦的了；第四……"说到此，他幽深精湛的紫眸在她浑身溜了一眼，鼻子里轻嗤出一口气，嘴角的弧度更加邪坏，"你想找其他的男人，本王保证一定会让你永远没有找其他男人的力气。"

没有力气去找其他的男人！

这句话怎么听怎么暧昧。

对着一个十岁的女娃，他竟然能说得出这样的话。

不知为何，当她抬头，看到那双深不可测的紫眸注视在她身上时，她不由得颤了一下，那目光太过灼热，再加上他的气息如此之近，小脸刷地一下飞红，犹如傍晚的霞光，心脏扑通扑通地跳着，几乎要跳出她的心口。

他说的每一句话，都像是一把锤子将一根根钉子钉进她的心头，堵得她哑口无言。

但是，他要娶，她就非嫁不可？

她冷笑着，最后狡诈地要求："你说要娶我，只是口头上，我怎么知道你是不是真的想娶我？"

"你想怎么样？"狭长的眉梢挑了挑。

"聘礼！"她笑吟吟地朝他伸出了手，手指头勾了勾，"你以为朱大将军的女儿是那么好娶的？"

没有聘礼，她就……

他的手缩进衣袖中，再拿出来，一颗柔亮的珠子躺在他宽大的掌心中。

她一双眼睛看得直了。

夜明珠！

第九章　她自由了

　　为了那颗夜明珠，她连续盗他两次都没有盗到，心里早就痒痒的，一直想要得到它，现在就近在眼前。

　　她的眼睛不仅看直了，也看呆了，看痴了。

　　这是真正的夜明珠呀，一直听闻关于它的传言，传说它价值连城，她一直不知道这珠子到底贵在哪里。

　　不管如何，它很名贵就是了。

　　要还是不要，她内心在进行着强烈的心理挣扎。

　　假如不要，她可能会后悔、遗憾一辈子。

　　但是要了它的话……这可就是她的聘礼，她就要嫁给眼前这个危险的男人，跟他相处一辈子。

　　她想过，假如要了这颗珠子，她反悔的话，他一定有办法让她失去的比这颗珠子还多，他太过腹黑，也太过危险，跟他在一起，她恐怕会一直活在紧张和刺激当中，每天要猜想着他到底在想什么。

　　脑海中不禁又想到之前看到的画面。

　　黑暗，一片黑暗，有着危险且神秘的黑暗。

　　不得不说，她对楚靖懿充满了好奇，也想知道他到底是怎样的人。

　　仔细一想，除了楚靖懿之外，其他确实没有什么好的选择，将来她始终是要嫁人的，她的将军老爹一定会指定一门有益于他自己的亲事，不乏那些无能鼠辈。

　　思来想去，嫁给楚靖懿，似乎也是个不错的选择。

　　纠结的心慢慢归于平静，攒起的眉也渐渐舒展开来。

　　她大方地接过夜明珠，握着珠子在掌心中温温凉凉的触感，她的心陡然一颤。

　　这么久，她终于到手了。

　　"你刚刚说的那些东西，我一个字都不信，除非你白纸黑字写明，再按上手印，否则……这夜明珠就当是赔偿我的精神损失了！"她笑眯眯地说，眼中毫不掩饰她对夜明珠的贪念。

反正嘛，夜明珠到了她的手上，就甭想再从她的手中拿走。

他微笑："可以！"

很好！

皇宫，御书房

今天不仅是朱茵洛拿郡主玉牒的时刻，更是北冥国同西阳国比试的大日子。

大清早的，便有无数禁卫严阵以待，守护在皇宫的四处。到处守卫森严，不过像朱茵洛这样身份的人，还是畅通无阻的。

朱茵洛眉开眼笑，身侧站着高大的楚靖懿，唯一让她不满的是，他太高了，站在他的面前，她就像一个小孩。

不过，转念一想，她现在只有十岁的身形，生理上来说，的确是一个小孩子。

远远的，还没到御书房，朱茵洛便与北冥的使臣碰个正着。

使臣的身后跟着两名随从，同样是头戴戎帽，身着羊角等式样佩饰的服装，个个用带着敌意的目光看着朱茵洛。

很显然，对于上次大殿上朱茵洛耍小阴谋赢了寿石之后，这件事就在使臣的心底里扎进了一根心头刺，每每想起来，都会痛得钻心。

朱茵洛愣了一下，并没有逃避，而是大方地看着使臣，走上前去，笑眯眯地低头当是见礼："使臣大人好！"

使臣鄙夷地看她一眼，下巴高傲地昂起，声音里满满的讽刺道："东盈王妃向本使臣问好，本使臣可承受不起！"

"使臣说的是哪里话，茵洛岂是不知礼数之人？使臣您远道而来，就是贵客，再说了，像您这样威武不屈且优秀的男人，可是不多了呢！"朱茵洛笑吟吟地陪着笑道。

说完，她在心底里将自己恶心了一遍。

千穿万穿，马屁不穿。

听得朱茵洛将自己夸了一番，那使臣的嘴角忍不住上扬，目光傲慢地放到了头顶，轻咳了两声，脸色缓和了一些。

朱茵洛见状，趁热打铁，紧接着又道："所以，像使臣这样优秀的男人，一定也很大度，并不会跟我这个小孩子一般见识的，对不对？"

使臣豁达地张开了双臂甩了甩："这是自然，我们北冥的人都很大度，本使臣又怎么会跟你一般见识？"

她真想上去踹他两脚，脸上的表情却是相反地陪笑着："当然当然，使臣您是很大度，对了，使臣大人，您现在是要去哪儿？"

"当然是去禁卫操兵场了，即将比赛了，本使臣要去准备了，东盈王妃若是有兴趣，也可以来一观，看我们北冥骁勇的勇士，是怎样打败你们西阳禁卫的！"使臣相当狂妄地扬言道。

朱茵洛嘴角抽了好几下："若是茵洛一会儿没事，一定会去瞧瞧的，那使臣大人慢走！"

"东盈王妃也慢走！"

待那将目光放到头顶的使臣走了以后，朱茵洛冲着他们的背影嫌恶地啐了一口唾沫，回过身来，她用手肘顶了顶身侧的楚靖懿："北冥国实力到底怎样？"

他觑她一眼："要听实话？"

她猛翻白眼："当然，否则我问你干吗！"

"稍高一些！"

"不是吧？"朱茵洛咂舌，偌大的西阳国，居然比不上北冥国，难怪北冥的人这么嚣张。突然她目光忽闪，贼笑着靠近他，吃力地扬头仰视，"那你比他们如何？"

"你觉得呢？"他意味深长一笑，拔腿往前走，朱茵洛翻白眼跟在他身后。

不过，由她观察他在当初晚宴上的表现，这楚靖懿应当不差，想到这里，她才满意地勾起唇角紧跟在他身后。

他走得快，她在后面跟得吃力，突然他停下来等着她，跟着她小小的步伐龟速地向前走，她故意走慢，他也跟着走得很慢。

除了他的嘴巴毒了一些，英雄救美，体贴又有良好的家世和武功，嫁给他，还当真是个不错的选择。

突然她握住他的大手，他诧异地低头看她。

她笑眯眯地仰头看着他，嚣张地宣告："倘若你想娶我，以后，除非我放开你的手，否则……你不许放开我的手。"

他微笑，瞳孔的颜色加深："好！"

离御书房很近了，他们两个在外面，已经能看到御书房内的情景。

皇帝楚飞腾坐在书桌后，面前那一摞摞如山高的奏折，让人看着都觉得很累。

在左侧坐着江采琼和楚惊天母子，江采琼的下巴扬得很高，笑容也很瘆人，得意的表情，好像在对她说："我赢了。"

朱茵洛眯起了眼睛。

谁输谁赢，现在都还是未知数，即使她现在暂时赢了，也不代表最终也是她赢。

反观楚惊天，他半死不活的一张死人脸，脸上面无表情。

他应该是生气的吧。

一位堂堂的王爷，东盈之主，被一个十岁的女娃当众宣了休书，这么大的屈辱，他的心底里一定也打着什么算盘，不知道他想怎么对付她呢？

皇帝楚飞腾的眸子半眯着，目光盯着门外，看向她与楚靖懿的身上，一双眼睛深沉内敛，心思深沉，眼中有算计的光芒忽闪忽现。

再仔细一看，她家的将军老爹朱佟尉居然也在，那张向来喜形于色的脸，含怒地瞪着她，两只手，十根手指用力地握紧椅子的扶手，似乎在等着她进去自投罗网。

此时的御书房内，风起云涌。

朱茵洛有了一种赴鸿门宴的感觉。

兵来将挡、水来土掩，她朱茵洛始终相信，这个世上没有过不去的坎。

今天的这个夫，她是休定了。

小手被用力地握了握，她抬头看着头顶那双邪魅中透着几分温柔的眼，他轻笑着问她："怎么？会害怕？"

她白他一眼，她朱茵洛怎么会害怕？只是会有点紧张而已，毕竟今天的这一战，关系着她日后的幸福。

此仗，不容有失，只许胜，不许败！

她戏谑地笑问："假如我害怕的话，你会帮我吗？"

"不会！"他淡淡地吐出了两个字。

真无情！不过她也笑了，虽然无情却也是吐出他的真心。

"所以，就算我害怕，我也不能表示，否则……"她打趣地损他一句，"你的夜明珠可就白白地浪费了。"

他不以为然地笑笑。

"不过，你真的愿意让你的二姐做王妃，日后你向她屈膝行礼？"

东盈王妃的身份，仅次于皇后和太子妃。

说到这件事，她笑得相当阴险狡诈："你觉得，我是那种搬石头砸自己脚的人吗？"

她当然不会，伤害过她的人，她会让对方十倍偿还。

走到御书房内，便感觉到一股股的压力从四面八方传来，重重地压在她的心头。

朱茵洛倔强地扬起下巴，微笑望着四周的人，一点儿也不怯场。

"茵洛见过皇上，皇上万岁万万岁。"朱茵洛优雅地侧身向长桌后的楚飞腾行礼。

"儿臣拜见父皇！"楚靖懿不慌不忙地半跪着道。

楚飞腾有些不悦地瞪着面前的二人，重重地哼了一声："起来吧。"

"谢皇上！""谢父皇！"二人异口同声地答，声音洪亮。

起了身的朱茵洛，美眸流转，半带笑意地问朱佟尉："爹爹，不知您怎么会在此？"

"茵洛，你是不是有什么事情要向皇上说呢？"江采琼冷冷地说，嘴角挂着阴鸷的笑容。

小小的身板挺得很直，动作依旧优雅不见一丝慌张，她转头微笑看着江采琼："茵洛当然有事情要说！"

然后她又姿态优雅地向楚飞腾行了一礼，笑吟吟地问道："皇上，您答应过要给茵洛的玉牒是不是已经做好了？"

"喀喀！"楚飞腾捂着嘴巴轻咳了一声，冲身侧挥了挥手。

太监刘宣福捧着一块金牌走向朱茵洛，恭敬地交给她，谄媚地笑着："郡主，这是您的玉牒，还请收好！"

"谢谢皇上！"朱茵洛笑着又行了一礼，美目如丝般流转，狡黠地道："皇上，茵洛这次来，其实是有事相求！"

"说！"楚飞腾的声音里略带一丝疲惫，目光微扫了江采琼一眼。

江采琼似乎有些慌张，刚刚刘宣福把金玉牒交给朱茵洛的时候，她的眼睛都看直了。

楚飞腾竟然把金玉牒交给朱茵洛了。

楚飞腾会把玉牒交给自己，很显然，朱茵洛也有一丝诧异，她以为这楚飞腾听了江采琼的小人之言，会刁难她一下，没想到……他会这么大方。

既然大方的话，就大方到底："皇上，昨天晚上，东盈王把我二姐给糟蹋了。"

"什么？"本来还怒气冲冲的朱佟尉错愕地愣了一下，眼睛直勾勾地盯着朱茵洛，"你刚刚说的是什么意思？"

"爹！"她觑他一眼，原来他还不知道，怪不得她一进门，他就用一副想要大义灭亲的目光瞪着她，她微笑着添油加醋地说："原来您还不知道。东盈王昨天晚上闯进了二姐的房间，听说当时二姐哭喊着要东盈王放开她，可是，二姐哪是东盈王的对手？东盈王不顾二姐的哭喊，就玷污了她。二姐呀，被东盈王折腾得人不像人鬼不像鬼，现在正在家里哭着呢！哭得叫人听着就心疼呢！"

她一副认真的表情说完，屋内一片寂静，谁也没有开口，只听她重重地叹息一声："唉……造孽啊。"

楚惊天坐在椅子上，双手握拳，脸上平静，不知道心里在想什么。听着朱茵洛的话，他却一个字也不反驳。

楚惊天的窝囊，让江采琼更为恼火，"啪"的一声拍桌站起来，怒火在她的眼中狂燃。

"朱茵洛，你不要造谣生事，昨天晚上的事情，绝对是子虚乌有！"

冷笑了一声，朱茵洛微挑眉梢，凌厉的黑眸望着江采琼一字一顿地质问："东盈太后，昨天晚上，人证物证都有，东盈王是抵赖不掉的。况且……毁的是我二姐的清白，我又怎么可能会信口雌黄？"

"天儿都说了，昨天晚上，是你故意设计陷害他的！"

摊了摊手，朱茵洛带着笑容无辜地眨了眨眼："东盈太后，你想诬陷我的话，请拿出证据来，谁看到是我陷害他了？"

从今天早上闯进了她的房间到现在，楚惊天一个字都没有说过，犯了错，就躲在江采琼的身后，他什么事儿都不做，一直在冷眼旁观。

这种男人，太过窝囊，心底里对他的鄙夷更强烈了。

"是没有人看到，但这是你设计的。朱茵洛，别以为你巧言善辩，就可以推卸责任。"

"哦？"朱茵洛微笑着转头，"那以东盈太后的意思，就是想说这件事作罢？我二姐的清白也无所谓，将军府的二小姐，被东盈王玷污，最后却因为说是被人设计陷害的，就想不了了之，东盈太后，您这是故意在羞辱我们将军府吗？"

朱茵洛故意把目光投注在朱佟尉的脸上。

后者脸色铁青，暴怒的火光凝注在眼底。

"本宫没有！"江采琼被气得浑身发抖，"你不要血口喷人。"

"如果您没有羞辱我将军府，还请东盈太后下旨，即日起，东盈王要迎娶我二姐！"朱茵洛笑眯眯地说道，字字铿锵有力，下巴扬得老高，气势非常。

"胡说，只有正妻才能娶，天儿怎么可能会再娶她呢？再说了……"

一直沉默，气怒而起的朱佟尉突然一拍桌子。

江家与朱家本就有旧怨，听得江采琼这样说，朱佟尉的脸色更难看了。

"你什么意思？你是觉得我的二女儿配不上东盈王吗？"

一声暴怒的质问声，响彻了整个御书房。

江采琼被朱佟尉那一阵吼声给镇住了，吓得缩了缩头，欲脱口的话全咽了回去。

朱茵洛满意地看着这一幕，更为朱佟尉的那一声虎吼所震撼。

这样的男人才像是个男子汉，虽然听起来有"河东狮吼"的味道。

"当然不是！"很小声地回答，江采琼刚刚还一副"我要跟你拼了"的表情，在朱佟尉的"河东狮吼"之后，一下子变成见了猫的老鼠，只剩下轻声呜咽了。

"既然如此，那本将军二女儿的清白，就这样被东盈王白白地给玷污了？"越说朱佟尉就越生气。

"当然不是！"江采琼惨白着一张脸，心中一阵慌乱，手扶着桌子，让自己的腰挺得更直一些，"只是，现在已经有了茵洛，茵洛是正妻，那茵蓉就……"

说得正好，她要等的就是这个时刻。

楚惊天欲享齐人之福，做梦。

朱茵洛小小的身子上前，软软的手掌握住朱佟尉粗糙的手掌，轻轻地按住他，奇异地制止了朱佟尉暴躁的情绪。

"爹爹！"她抬头冲他甜甜一笑，"让女儿把话说完好吗？"

"说吧，有些人也不敢不让你说！"朱佟尉冷冷地瞪了江采琼一眼。

后者气得坐在椅子上，握拳重重地捶着桌子。

"谢谢爹爹！"有了靠山，她还怕江采琼不成。"爹爹，请问你可知晓，当时三王爷刚来咸城的时候，去的是哪里吗？"

"哪里？"

"花楼！"朱茵洛笑眯眯地补充道，"而且还是咸城里最有名的万花楼！女儿才十岁，他就让女儿进万花楼！"

"胡说，我只是让你进去喝酒！"当事人突然吼了一句。

所有人的目光悠悠地转到楚惊天的脸上，后者一呆，顿知自己上了朱茵洛的当。

朱茵洛在心底里笑了一下，然后继续说："爹爹，您可知道，万花楼是什么地方？是女子不能进去的地方，他让女儿进去想做什么？如若当初不是女儿机灵，顶伤了他的下巴，说不定……女儿我的下场，可能比二姐还要惨！"

说到这里，朱茵洛的表情有些怨怼了："后来，他还到了我们家里去告我的状，爹爹，女儿当真是冤枉。对了，说到这里，女儿要提醒爹爹两句，回去之后，麻烦带一名御医，王爷经常流连于花街柳巷，不知道有没有传染到什么病！"

朱佟尉的脸色凝重了："好！"

这一番说辞，不仅让众人对楚惊天的形象改观，连江采琼也下意识地将自己的身子往旁边撤了些，那模样，好像真怕楚惊天身上有什么东西会传染她似的。

再看楚惊天，他早已气得青筋暴跳，杀气腾现，若不是眼前有人，恐怕他早就已经跳起来去掐死朱茵洛了。

所有人都用一种质疑的目光看着楚惊天。

在这个时候，朱茵洛倒有些同情他。

借着这个时机，朱茵洛优雅地朝桌后的楚飞腾柔柔地道："皇上，茵洛年幼，还不能伺候王爷，所以，茵洛已经写下休书，还望皇上成全！"

朱茵洛的一番话，已是顺理成章。

像楚惊天这样的坏蛋，朱茵洛再嫁给他，就是将她推入火坑，一个十岁的孩子，难免会让人心疼。

连江采琼的心都在动摇了，甚至怀疑自己的儿子是不是真的有病，心里盘算着，要不要也带个御医回去给楚惊天好好地诊诊，看看他是否得了病。

就差拉着他问"你是不是真有病"了。

"皇上，不行呀，这桩婚事，是皇后娘娘亲自指的。皇后娘娘不在，这件事就……"江采琼立即张口，想要挽回这件事。

该死的楚惊天没事儿人似的坐在那里，也不说话。

皇后亲自指的？

朱茵洛的眸底闪过聪明的光芒，慢吞吞地问："东盈太后这么说，难道是说皇后娘娘比皇上的级别高，皇上做什么决定，都必须要问过皇后娘娘不成？"

惊悚！

江采琼咬紧了牙关，怒视朱茵洛。

再看楚飞腾的脸色也没有好到哪儿去，可见朱茵洛的话，对他已经起了作用，若是江采琼再说一句，楚飞腾恐怕会立即下旨，让朱茵洛休了楚惊天。

"这件事，朕看的话，就……"楚飞腾几经思索，已经有了决定。

在朱茵洛万分期待中，只等着楚飞腾下旨确定她的休书，谁知道这个时候，一名禁卫慌慌张张地跑到门外。

"皇上！"看到屋内这么多人，那禁卫怯怯地不敢进御书房内，但是情况紧急，他又不得不开口。

"什么事？"楚飞腾的脸色明显不好看。

那禁卫稍微大了些声："皇上，不好了！太子带人跟北冥国的比试已经输了！"

"输了？"楚飞腾倏地站了起来，手拍着桌子，"怎么可能会输？"

楚飞腾怒气冲冲地一吼，吓得禁卫缩起了脑袋，赶紧盯着自己的脚尖："皇……皇上……可是……可是，确实输了！北冥小王爷和使臣让属下来问皇上……我……我们西阳国，还有没有能人异士？"

太欺负人了。

楚飞腾气得额头冒烟，恨不得现在就下令将北冥的人全部都杀了。

可是，以现在西阳的兵力和实力，对付北冥还很吃力，倘若真的打起来，要是有人反起来，或是西冀趁机攻打过来，西阳国就会处于弱势，这一仗，暂时还不能打。

但……这北冥国确实欺人太甚，倘若不赢过他们，他难平心头恶气。

北冥国好战，这是所有人都知道的事情，现在这个时候，硬拼恐怕打不过，就只能……智取！

如今，那北冥国士气正盛，他若是出手，那么只会让北冥的气焰更加嚣张，除非……有一个聪明的人，可以代替他出手，而且这个人必须要足智多谋。

只是……一时之间，恐怕难以找到这样一个人。

他那双忧心的眸子不经意地扫过朱茵洛慧黠的眸子。

有了，眼前不就有这样一个人吗？

心底涌上了一股算计，心也不慌了，他缓慢地坐下，微笑地盯着朱茵洛。

楚飞腾的目光带着不怀好意的光亮盯着朱茵洛，让她不由得心底里发麻，感觉有什么不好的事情要降临到她的头上。

双手搓掉手臂上的一层鸡皮疙瘩："皇……皇上，您干吗这样看着茵洛？"

她故意双手捧着小脸："人家会害羞的！"

她会害羞？差点令在场的所有人都笑掉大牙。

她家的将军老爹则是非常不给面子地当场把茶水给喷了出来。

还非常不给面子地骂了一句："你要是会害羞，全天下就都是淑女了！"

"爹！"朱茵洛嗔怪地跺脚。

这对父女，一唱一和，是想怎样？楚飞腾现在有着自己的计划，当然不能让她再胡闹下去。

"茵洛，从古至今，从来没有女子休男子的惯例！"楚飞腾清了清嗓子才说。

"皇上，您不是如此迂腐之人吧？再说了，那惯例是人定的，您是天子，应该也可以破例的吧？您……不会想看到我这一名弱女子，被东盈王给糟蹋了吧？"说着，她那张委屈的脸看起来就要哭了。

要命！楚飞腾轻咳了一声，赶紧转过脸去，免得被她的表情所误导。

唯有楚靖懿从头到尾都是用欣赏的目光看着她，看着她表情万变，看着她以一敌四，应付得绰绰有余。

她现在还小，倘若长大了，一定是一颗万众瞩目的璀璨明珠！

"茵洛，不要再狡辩了，如今，你想休夫，也不是不行，但是……"他的眸子微沉，算计在眼角浮现。

这浑蛋皇帝，是想把这件事情拖到几时？

今日这夫不休，将来，她可能就再也没有机会了。

硬着头皮上了："不知皇上有何要求？只要是茵洛做得到的，就一定会做到。"

"好！"楚飞腾爽快地拍了拍桌子，笑意在眼角浮现，"只要你能赢了北冥国，朕就准了你的休夫请求。"

"皇上，不行呀！"江采琼惊慌地站了起来，"还请皇上收回成命！"

楚飞腾烦躁地挥了挥手，不耐烦地说："这件事，朕已经决定了，你下去吧！"

"可是皇上……"

厉眸骤然冷酷地眯起，危险地瞪向江采琼："东盈王似乎做得太闲了，朕召他回咸中述职，如何？"

那岂不是要收回楚惊天东盈王的身份，倘若有其他的王爷顶替了楚惊天的位置，那她江采琼也会跟着降级。不行，最后她只能咬牙不情不愿地答应："是，臣妾遵旨。"

朱茵洛咬牙切齿地望着楚飞腾。

他这是在故意刁难她。

倘若她输了，他会毫不犹豫地给她扣上罪名，说不定还会要了她的命；若是她赢了，这荣耀，是归他楚飞腾的，只会说他楚飞腾知人善任。

好奸诈！

她是朱茵洛，只是朱大将军府小小的三小姐，哪能跟他斗？

怨气只得往肚子里吞。

"茵洛也遵旨。"

"好了，你们都出去吧，懿儿留下！"楚飞腾坐在椅子上，眉梢略显疲惫，星目灼灼地望着楚靖懿。

禁卫领了朱茵洛离开，朱佟尉也忙着想要回去准备自己二女儿的嫁妆，至于江采琼母子，则是愤愤地瞪着楚靖懿，从他的身边离开，然后独留下他一个人站在大厅内，独领风骚，高大的身躯宛若昂首的飞鹤，正欲展翅高飞。

楚飞腾端起桌上的茶杯，亲自为自己倒了一杯茶，徐徐的茶水从壶嘴中流出来，流到茶杯中。

水很快已经倒了满杯，可是楚飞腾并没有停止倒水，水不断地从壶嘴中露出来，袅袅的白烟腾起，杯满水溢，碧绿的茶水，蔓延到杯子下，又沿着桌子流到桌下，滴滴答答的水声不绝于耳，滴在地上，就像人的心跳声，屋子内，静得就只剩下那滴水声。

楚靖懿仍然挺胸而立，目光盯着楚飞腾的茶壶。

"这杯水很烫！"楚飞腾突然睨了他一眼开口。

"是，父皇！"

"倘若朕继续倒下去，那水迟早要烫到朕！"楚飞腾淡淡地说着，在倒在地上的水沾到他的鞋子之前停止了向杯子注水，而后他抬头，仍然是面无表情地望着楚靖懿，"最好的办法就是，在那水烫到朕之前，停止倒水。"

"父皇英明！"

楚靖懿仍然淡淡地说道，一副似懂非懂的表情。

楚飞腾从鼻子里哼了一声，眸底一片冷意，他挥了挥手："你下去吧，你母后说要她原来宫里的梳子，朕已经让人将那梳子放在了她原来寝宫的桌子上，你去取吧！"

楚飞腾的眸底闪过的，明明就是杀气。

"是！"楚靖懿不慌不忙地答应着，面色平静，转身便离开。

望着楚靖懿的背影，直到消失，突然楚飞腾脸色倏变，暴怒地伸出手臂，把桌子上的茶杯扫到地上。

"啪"的一声，杯子的碎片散落得满地都是。碎片映着一张恐怖狰狞的脸。

朱茵洛随着禁卫一路往皇宫操兵场走去，路上经过一处茂密的灌木丛时，忽听里面传来声音："皇上已经在南陵太后原来的寝宫内布下了天罗地网，准备杀了南陵王呢。"

准备杀了南陵王？

听到这句话，朱茵洛浑身一震，脚步也突然停了下来，美丽的小脸紧紧地绷起。

在前头领路的禁卫，一路向前走着，以为身后的人会一直跟着他，到了拐角处，蓦然回头，恭敬地向身后道："茵洛郡主，前面再拐个弯就到……""了"字还在喉咙中，身后空荡一片，哪里还见半只人影？空荡荡的身后，一股阴寒的冷风吹来，吹得那名禁卫浑身直打战。

人呢？去哪里了？

突然看到不远处，两名太监交头接耳地从灌木丛后走出来，禁卫黑着脸走过去。

看到禁卫手持佩剑威武地踏着石板而来，两名太监吓得战战兢兢的，一下子给他跪下了。

其中一个泪流满面："禁卫大爷，我们只是太内急了，所以才会在这边解决，求求您，就得饶人处且饶人！"

另一个吓得说不出话来，结结巴巴的："我……我们……下下……下次再也……不不……不敢了！"

禁卫皱眉，差点气结，黑着脸看着二人，冷冷地问："你们刚刚看到茵洛郡主了吗？"

"茵洛郡主？"两人皆愣了，对视了一眼，茫然地摇了摇头，胆大一些的陪着笑问，"茵洛郡主刚刚在吗？"

"就在刚刚，茵洛郡主跟我一块儿从这边过来的，难道你们没有看到她去了哪里吗？"

刚刚？茵洛郡主不见了？

听到这句话，那两名太监忽然对视了一眼，两人从各自的眼中都感觉到了不好的气息。

难道是刚刚他们的对话她听见了？

另一个纠结地皱起了眉：应该是。

那要对禁卫说实话吗？

当然不行！我们会被杀头的。

两个人眉来眼去，模样看似暧昧不清，最后两个人一致冲着几欲发火的禁卫摇了摇头道："我们没有看到她！"

"真的？"禁卫很怀疑，危险地眯眼。

"当然了，我们怎么敢骗您呀！"眼睛不小心瞄到他怀中的佩剑，然后笑吟吟地陪笑着说，"就算我们敢，也不敢骗您的剑，您说是不是？"

说着，一只手便轻轻握上禁卫的手，身子故意贴过去："这位禁卫爷，您若是不忙的话，到我们那里喝喝茶？"暧昧地挤眼，看似邀请。

娘娘腔的声音听着让人想吐。

那名禁卫浑身打了一个冷战，嫌恶地把他推开，看到那名太监跌倒在地，禁卫一脸的凶狠："你再敢碰我试试。"

说完，禁卫怒气冲冲地离开了。

待他离开了，两名太监才双双虚软地坐在地上。

各自拍着胸口：好险好险！

其中一个诧异地盯着对方，纳闷地问："你说，这茵洛郡主，是去找南陵王了吗？"

另一个连连摆手，肯定地说："不可能，她只是一个十岁的小女孩，那种危险的地方，去了会送命的！"

"说得也是，我们快走吧，千万别被刚刚那个禁卫发现我们撒了谎！"

"走走走！"两人鬼鬼祟祟地左顾右盼，摸索着匆忙离开了原地。

他们刚离开，在他们不远处的草丛中，一名娇小的身影站了出来，慧黠的双眼闪动着异样的光亮，异常的凝重。

看来……皇帝是真的想对楚靖懿下手，楚靖懿一个人能对付得了那么多人吗？

她的心里不免又为他担心，真心不希望他死。

可是，她又不想沾惹这样的事情，楚靖懿死不死，跟她有什么关系？正好可以还她自由！

进行着强烈的心理斗争。

但是她那颗善良的心，一直向她招手，她不能见死不救。

良久之后，她皱眉烦躁地咒骂出三个字："该死的！"

果然，她还是不能放下心中那颗怜悯的心，救他一次，希望他日后会知恩图报。

想到这里，她毅然地向传说中的清若宫走去。

希望他还没有死。

几近中午，阳光已从西边的天际升到头顶，太阳有些毒了，走在阳光下，会有灼热的感觉，走快一些，就会感觉浑身开始流汗。

在金碧辉煌、高大巍峨的皇宫之中，若是寻常之人，恐怕会迷路。

不过，对于方向感特别敏感的朱茵洛来说，想要寻找到正确的位置并不难。

从太监和宫女们的口中问出了清若宫的准确位置，她把这些消息在脑中拼凑成一张地图，连接起来，并迅速找到可以最快到达的路线。

按下左手腕上特制金属手环的按钮，一根细得几乎不可见的银线射向了屋顶，再按下收线按钮，小小的身子像轻盈的飞雁般腾空而起，一身轻纱衣裙轻飘飘地在空中飞舞，从远处看，就像是飞在空中的婀娜仙子。

不一会儿，她就已经到了清若殿对面的屋顶。

她趴在屋顶，谨慎小心地往对面的清若殿望去。

以她锐利的视觉和敏锐的感觉，发现在清若殿的屋顶和屋内，四面八方都布满了人，大约有二十人。

这残暴的皇帝，这一次他是下了血本。

她用力地闭上眼，想要用意念"看"一下楚靖懿到底能不能脱身，不过尽管她用力闭上眼，用意念努力地"看"，却还是只能看到一片黑暗。

最后，她只能放弃。看来，她还是看不到楚靖懿的未来。

罢了！

她泄气地睁开眼睛。

楚靖懿的武功不知道有多高，不知道他进去有没有危险。

唉……

不知道这家伙现在到了哪里。

趴在屋顶上，柔软温热的掌覆在略显粗糙、冰凉的瓦片上，她忍不住战栗了一下，小手缩进了衣袖中。

屋顶风呼啦啦地吹着，太冷了。

她在屋顶焦急地等待着，果然见到不远处，楚靖懿的身后跟了两名禁卫往清若宫的方向来了。

终于来了！她眼中一亮，屋顶的冷风吹得她小脸微红，一双眼睛半眯了起来。

她到底要怎样提醒他，不能进到那宫殿内呢？

心底里一个声音响起：不能见死不救，不能见死不救。

该死的，她也想救，可是她也得能救才行。

一双焦急的美目流转着，突然她眼中一亮。

有了！

从那屋顶上小心翼翼地爬下，小小的身子灵活地蹿到了楚靖懿和那两名禁卫的身后不远处的拐角。

她从地上捡起两块石头，再把手腕上的手环拆下来，将手环掰开，一根细细的线，在缺口处闪动着异常的光亮。

洁白的牙齿咬紧了下唇，把石子放在细线上，轻轻地拉开，瞄准了其中一名禁卫的颈后。

倏地松手，石头飞快地射了出去，准确地打中了其中一名禁卫的后颈。

那禁卫被打中，身子晃了晃就要昏过去，小手飞快地把另一块石头也放到了线上，准确地对准了另一名禁卫。

嗖的一声，飞石射了出去，另一名禁卫也被打中。

"太棒了！"她脱口小声地赞道。

看到四周没人，她悄悄地从那些清若宫屋顶禁卫看不到的地方逼近了他，小手用力地向他打手势，小声地劝道："南陵王，快来！"

楚靖懿若无其事地走过去，狭长的眼瞥她一眼，再回头扫了一眼身后被她打倒的两名禁卫，邪笑地勾起性感的嘴角："你可知晓，打昏了皇上的禁卫那是什么罪？"

她猛翻白眼，高大的他令她不得不仰起头来，她很累地扶着自己的下巴，没好气地瞪他。

"我来救你，你还奚落我。对了，我刚刚听说，皇上要在清若宫杀了你，你不能进清若宫。"

"为什么？"他眸中有着她看不清的情绪，紫眸很灼很亮。

"你要是进去就会死，还问为什么？保命要紧，你还是赶紧走吧！"朱茵洛小声地提醒他。声音略显急迫，一双眼睛还不停地向旁侧打探有没有人过来，然后她又指着身后的一个方向："刚刚我看过了，那条路比较安全，你就从那里走吧！最好出了皇宫之后，马上回南陵！"

"为什么？"他凝视她，薄唇中重复地吐出这三个字。

"什么为什么？"她茫然了。

"你为什么要来救我？"

她又翻了一个白眼，表情有些不耐烦了："算我倒霉吧，怕你死了之后向我索命。"

他深深地望着她。

她是一个十岁的女娃，可是她做的每一件事都不像是十岁的孩子会做的事情，她嫉恶如仇，却也非常善良。

盯了她半晌，看她不耐烦地要离开，突然他双手把她娇小的身子探抱入怀，灼热的鼻息喷薄在她耳边，深幽的紫眸绽放奇异色彩，一字一顿地吐在她耳中："在你嫁我之前，我是不会死的。"

她被吓住了，突然而来的怀抱，让她有些措手不及，耳边他的气息热热的，还有些酥麻的感觉，在他低沉好听的嗓音贯穿她的耳膜时，她的浑身仿若穿过了一丝电流，全身酥软无力，连心跳也快得不像样。

他的双臂很有力，同朱佟尉的不一样，让她有了安心的感觉，让她贪婪地想要索取更多。

不过他很快就把她放下了，高大的身躯仍往清若宫走去。

站在原地的朱茵洛，双腿酥麻得好一会儿站不稳，颤颤悠悠的她，一阵冷风吹来，令她浑身打了个寒战，思绪也瞬间清醒。

在看到楚靖懿毅然地往清若宫走去时，她愣了一下，赶紧追了两步，气急败坏地低吼了一句："喂，你是想去送死吗？"

他没有回头，高大的背影脊梁很直，身上那股让人无法忽视的威严，让他的形象更加高大，双腿沉稳而有力地支撑着他的身体向前走，她记得……他的双臂也同样有力。

噢……她思想邪恶了。

前头的他，头也不回地答了一句："母后让我拿的东西在里面。"

为了拿东西，连命都不要了吗？"可是里面有埋伏，我刚刚已经打探过了，里面至少有二十名禁卫，你进去的话，随时可能会死！"

她着急地提醒他。

往前走的他，骤然回头，半边右脸绝色妖艳，性感的嘴角半勾，吐出的字眼滚烫："你放心，在你及笄的那一夜之前，我是不会死的。"

及笄？

古人十五岁及笄，是谓成年。

他暧昧的话语，让她的双颊一阵滚烫，一下子想到他之前所说过的话，他说……要应付他的需求，需等她及笄，这暧昧的话语，表现得太明显了。

虽然她自小便很开放，可她从未让人越过雷池一步，她还是个黄花大闺女呢。

可是，他还往前走，他是不要命了吗？

"喂，你别去，你要什么东西，我帮你拿！"她急急地在他身后喊。

"你去操兵场，我一会儿就到。"

"喂！"她继续喊着，他头也不回地继续往前走。

该死的，他是真的不要命了呀！

该死的，她就真的会放下他不管吗？

转身欲离开的脚，刚走了两步就停了下来，嘴里咕哝着咒骂："我发誓，这次之后，再也不管闲事了。"

为了他的安全，她只得悄悄地跟上前去，一双美丽的眼睛慧黠地打量着清若宫内，她能看得到，那些清若宫内的人已经临阵以待，手中握着明晃晃的剑，只等着他进去。

进去，就是送死。

而楚靖懿仍然不慌不忙地往清若宫内走去，姿态优雅，没有一丝畏惧，神态更是自然，好像无事人一般。

躲在暗处的朱茵洛暗骂着，明明知道里面有危险，还故意走进去，找死！

楚靖懿才刚走进去，她就发现在门旁的两个人已经悄悄地从门框之上蹿了下来，每人手中一把明晃晃的剑，折射出寒冷的光芒，一点点向屋内的人逼去。

她眯眼。

再一次从地上捡了几颗石子，把手环弄成弹弓的样子，用石子瞄准了那些禁卫的后颈，准确地射了出去。另一个发现自己的同伴发出一声闷响被击中，下意识地转过头来，与此同时，一颗石子再一次射来，他也跟着被击中，软绵绵地倒了下去。

抬头间，她对上一双不怀好意的眼，一名禁卫正站在屋顶处对着她冷笑。

不好，被发现了！

她笑眯眯地冲对方笑了笑，那人突然跃了下来。

很好！

她飞快地从腰间掏出自制手枪对准了那名禁卫。

那名禁卫并不识得朱茵洛手中的手枪，以为只是普通的可隐刀剑，在他从屋顶落下的瞬

99

间，朱茵洛果断地扣住了扳手，稍稍用力。

　　轻轻的一声微响，一枚小小的银针从枪膛中射了出来，正中那名禁卫颈间的穴道。

　　那名禁卫在倒下之前不敢置信地望着朱茵洛，他始终不明白，自己怎么会栽在一名女娃的手上。

　　敢对着她的枪口，胆儿不小！朱茵洛吹了吹枪口，脸上洋溢着迷人的笑容。

　　解决了这一个，朱茵洛发现又有人注意到她了，那人很快地就往她这边靠近，同样的一声轻响，她一枪将对方打中。

　　太棒了！她摸了摸枪身，心里得意着，这次改了之后，准确度大大地提高了。

　　她正得意着，另一个人马上又靠了过来，她举起手枪便要对准对方，那人却更快地闪过她的枪口，用奇异的步伐向朱茵洛靠近。

　　鸡皮疙瘩从她的脊背上一颗颗地掉落，这人是幽灵吗？身形怎么这么快？

　　几秒后那人便已经靠近了她。

　　该死的禁卫，她只能强硬地跟对方对阵，果断地用两个回旋扫将对方逼退，可惜十岁的孩子，力气跟一个正常男人比起来还是有差距的，几个回合下来，她已吃力地气喘吁吁。

　　她始终低估了对方，在越来越吃力的情况下，她抽出了手枪想对对方射过去，对方的手更快地把她的腕扣住，眼看一把明晃晃的剑就要压下来，她吓得赶紧缩起脑袋。

　　突然，那名禁卫举着剑的姿势定住了，眼睛惊恐地突出。

　　然后嘴角缓缓地流出鲜红的血液，越流越多，突然那人在朱茵洛的面前倒了下去。

　　剑落了地，"啪"的一声，很是响亮。

　　那人也倒了，在那人的身后，不知何时已经出现了一名高大的人影，左颊上张牙舞爪的蜈蚣正在向她招手，与那右颊的极致妖艳形成强烈对比，那双妖冶的紫眸中腾起一片慑人的杀气，他的五指在半空中，仍旧保持着半握的手势。

　　刚刚那个人的颈骨被捏断，他……把人给杀了，他杀了人。

　　空气中透露出沉闷的气息，她甚至闻到了腥腻的味道。

　　血，到处都是血。

　　她"看"到了。

　　在清若宫里面，到处都是鲜红的血，那些禁卫都被他用极其残忍的手段杀死了。

　　一扇牡丹屏风上，被血染红的花朵，火红火红的颜色，妖魅得震撼人心。

　　这才短短的时间，整个清若宫内，就已经变成了那副惨样，她绝对不敢相信，那些人，都是被他所杀。

　　手段更是残忍。

　　她意外地发现，他原本穿在身上的灰色外衣不见了，现在身着的是一件银白色的外衣。

　　她用力地摇头，想要将那些画面挥去，残忍的画面几乎令她疯狂。

　　太残忍了，太残忍了。

　　她惊恐地看着他。

　　而他也看到她眼底的恐惧，猜想着，她大概是知道了，一张妖艳的脸上浮起一丝冷意：

"怕我吗？"

他一步步向她靠近。

危险的气息一点点地朝她逼近，稀薄的空气，让她的呼吸更加困难，她被逼到了死角，前无逃路，后无可退，只能微颤着身体望着那张愈加妖艳的脸。

他的手温柔地抚在她的脸上，冰凉的指尖，摩挲着她脸上柔嫩的肌肤。感觉到她皮肤的僵硬，他淡挑起性感的嘴角："茵洛，你将来是要嫁给我的，你……不该怕我的，明白吗？"他温柔地笑着，吐出的字句却冰冷得没有一丝温度。

对，她是害怕，甚至现在立即想要逃走，逃出眼前人的魔爪。

他是地狱里的魔鬼，有着尖锐的獠牙和能将人撕碎的爪子。

她努力让自己不害怕，倔强地半扬起下巴，皮笑肉不笑地强硬道："谁说我怕了？"

他冲她迷人一笑，薄唇一张一合："很好！"

很好什么？现在她的大脑一片空白，很想现在就逃离他的魔爪。

突然，一只魔爪向她伸来，她下意识地想缩起身子，但身后是冰凉的墙壁，她无处可逃，被他轻易地抓了起来，铁臂紧紧地将她锁在臂弯中："我们走，本王要看看你到底如何赢北冥那帮人。"

被禁锢在楚靖懿铁臂中的朱茵洛无法挣脱，只得乖乖地待在他的怀中，到了操兵场的时候，她一把将他推开。

原本带领朱茵洛的那名禁卫也恰好来到操兵场，看到朱茵洛的那一瞬间，禁卫虚软地跪倒在地，对着朱茵洛委屈地喊着："茵洛郡主，属下终于找到您了，您自个儿过来，怎么不告诉属下一声？"

"好了好了，你下去吧，跪在这里成何体统，丢人！"朱茵洛心情不好地挥了挥手。

"是是是，属下这就回去复命！"那禁卫颤颤悠悠地爬了起来，再瞄了一眼楚靖懿，眼中有着疑惑，便小心翼翼地陪笑着问，"王爷怎么会在这里？"

"本王在哪里，需要你过问吗？"阴冷地一瞥，危险的气息骤然压过来。

好凌厉的一双眼，禁卫连连摇头，脊背冷汗冒出："属……属下告退，属下告退！"

那禁卫被楚靖懿一吓，屁滚尿流地赶紧跑开了去。

滑稽的样子，让朱茵洛看得相当开心，她觑了楚靖懿一眼，打趣地笑道："你把人家给吓到了！"

妖冶的紫眸懒懒地觑过来："还是你希望我做更残忍的事？"

她的脸唰地一下苍白，声音也颤抖了几分："别……别开玩笑。"

更残忍的事，楚靖懿这恶魔一定做得出来。

楚靖懿温和一笑，没有再说什么，紫眸半眯起望着那个向这边走来的西门泽。

西门泽对朱茵洛，那可不是普通的关心呢！紫眸微微下垂盯着满是沙子的地面，嘴角微微勾起一丝几不可见的弧度。

远远的，人未到声已先到："茵洛，茵洛！"

听到有人唤她，朱茵洛诧异地闻声望去，便见西门泽一身戎装骑马奔来。到了场边，潇洒地从马上跨下，动作一气呵成，帅气得很。

俊美的脸庞上，有几滴汗珠落下，更显得他英气浑然。

她向来对美男没有多少抵抗力。

也相当热情地冲他招手："小王爷，哇，帅气！"她由衷地赞着。

他有着阳光的笑容，帅气的面容，是个迷人的小伙子。

听到朱茵洛的夸奖，西门泽的脸上现出一抹不自然的红色，像锅里煮熟了的虾子，声音也不正常了："哪……哪里！"他不好意思地摸了摸后脑勺。

好可爱的少年，在朱茵洛的心里，早就将西门泽当成了弟弟，她总是忘记自己现在只是十岁的小女娃而已。

"不要谦虚，我夸你，可是真心诚意的！"朱茵洛板着脸说道。

"谢谢！"西门泽的脸更红了，还不敢看朱茵洛的眼睛。

北冥使臣看到朱茵洛来了，也从摆着钟鼓的高台篷下走了下来，猖狂的表情，眼睛几乎挂到了头顶，看着朱茵洛挑衅地说："看我国的将士怎样？你们西阳国的将士，很快就被我们打败了。"

太嚣张了！

朱茵洛陪着笑脸答："贵国果然是人强马壮，甚好甚好。"

朱茵洛的目光往操兵场上望去，远远可见北冥使臣一个个精神抖擞，而西阳国的士兵无精打采的。

在士气上，西阳国已经输了一大半。

"那是当然！"使臣傲慢地昂起下巴。

眼睛都要长到头顶上去了。

朱茵洛淡淡地笑着说："这次皇上下了旨，要茵洛来当西阳国这边的指挥，那待会儿还请使臣大人手下留情！"

"哟，你们西阳国真的没人了，居然派一个十岁的娃子来！"

"够了！"西门泽听到有人羞辱朱茵洛，马上就不高兴了，"既然西阳皇上派了茵洛郡主来，自然有西阳皇帝的意思，小王倒是很期待茵洛郡主的表现！"

识货！

朱茵洛笑眯眯地看着他："谢谢小王爷的赞赏，不过……能否让茵洛回去打探一下现在的状况，然后再比试，如何？"

"随便去打探，我们北冥国的人，在这里等着你们！"使臣豪迈地扬手，丝毫没将朱茵洛放在眼中。

一个十岁的娃子，能有什么建树？

她仰起小脸，半眯起黑眸，最讨厌那种瞧不起别人的人。今天这一仗，她还非得赢不可。

转过身，笑脸骤然巨变，阴鸷一片，给楚靖懿使了一个眼色，似乎在说：我们走。

西门泽站在原地，望着朱茵洛傲然的背影，看得有些痴，一道高大的人影突然挡住了他的视线，面对他的是半边狰狞的蜈蚣疤痕，吓了他一大跳。

"原来是南陵王！"西门泽深吸了口气，满眼的敌意，"不过，我想问南陵王，你为何总缠着茵洛？"

"有事？"他半抬起眼皮，一副懒懒的神态。

"她毕竟是女子，而且现在她还是东盈王妃，你跟她在一块儿这样会有损她的清白！"大殿之上，他强迫朱茵洛吻她的那一幕，他还记忆犹新，甚至还记得，在塘边他被朱茵洛救起时，楚靖懿对他说的那些话。

楚靖懿笑了，右半边脸露了出来，绝美与绝丑，强烈的对比，让西门泽又吓了一下。

他该死的魅惑，即使有那道疤痕，依旧让人无法轻易移开视线。

"小王爷的意思是，只要你跟茵洛在一起，就不会毁了她的清白吗？"

"当然！"

"可是，本王一点儿也不相信！"看那双几近痴狂的目光，能单纯到哪儿去？他淡淡地说着，转身刚要离开，突然又回头似笑非笑地看着他一字一顿地道，"只要茵洛赢了你们北冥国，皇上就批准她的休夫请求。而她在今天早上已经跟我约定，将来，她会嫁给我！"

什么？

西门泽傻眼了，大声吼道："我不相信！"

相对于他的失控，楚靖懿一点儿诧异也没有，狭长的眼勾起魅惑的弧度，嘴角淡淡地扯起："你爱信不信。"

留下气得全身发抖的西门泽，楚靖懿扬长离去。

听到西门泽的声音而停顿下来的朱茵洛，疑惑地蹙起了蛾眉，见楚靖懿一副漠不关心的表情，她板起脸问："你跟北冥小王爷说什么了？"

"没什么，本王只是说，你一定会赢。"

她不信："然后呢？"

"他说不会输给一个小女娃，本王说他一定会输，他说他不相信。"他撒起谎来脸不红心不跳。

这一次，朱茵洛半信半疑了。

笑睨她一眼，楚靖懿认真地问了一句："难道你觉得你会输？"

"谁说的，我赢给你看！"禁不住他的一激，她生气地回嘴，气呼呼地往另一边的高台走去。

楚靖懿眉梢扬起，嘴角勾起淡不可见的弧度，再回头扫了一眼同样气呼呼的西门泽，他的笑容更加邪肆了。

他拭目以待。

走到西阳国这边的高台上，就见高高的椅子上坐着神情沮丧的楚云寂。

"茵洛见过太子殿下！"

楚靖懿也来到，拱手抱拳："南陵王见过太子殿下！"

楚云寂随意地挥了挥手："都起来吧，你们怎么来了？"

"是皇上派茵洛过来的！"朱茵洛笑眯眯地说道，"不知道现在战况怎么样了？"

旁边一名侍卫忍不住脱口抱怨道："从头到尾，我们都没有赢过！"

没有赢过？这么惨？

楚云寂一脸的落寞，深深地吸了口气，温文尔雅的脸上有着懦弱的表情。

"这一次，我们输定了，你们就回去告诉父皇，就说我们赢不了了，然后……"

"什么？"尖锐的女声骤然响起，吼得楚云寂愣住，"有你这么当指挥的吗？你这样根本就是认输！"

楚云寂没有生气，头缩了缩，双手摊了摊："可是我们根本就不可能赢呀！"

她火大了。

怪不得士气这么差，都是这楚云寂搞的鬼，自己的头儿都认为这仗会输，大家又怎会拼上全力？

有他在，连她都觉得自己要输。

心一横，她冷冷地朝他身侧跟着的侍卫和太监道："太子殿下得了风寒，还不快扶太子殿下回去休息！"

什么……

"大胆，你敢咒太子殿下？"一名太监马上跳了出来，凶巴巴地冲朱茵洛吼。

听到这句回去休息，楚云寂的眼中一亮，赶紧咳了两声，当作自己是真病了，然后阻止那名太监道："茵洛郡主果然是火眼金睛，好吧，本宫就先回去，这儿就交给茵洛郡主和四弟了。"

"太子殿下慢走！"朱茵洛微笑着冲那名凶巴巴的太监扬起鄙夷的嘴角。

果然是软弱无能，今天她总算是见识了。

她现在严重怀疑，他将来能不能治理好西阳国。

等楚云寂一行人走后，只剩下一些在操练场的侍卫，朱茵洛伸手招来了一名看起来机灵些的侍卫询问情况。

那侍卫听说过关于朱茵洛的传闻，觉得朱茵洛就是西阳国的救星，便一五一十地把事情的真实情况跟她说了。

"我们两个国家，比的主要就是骑射和武斗，不管我们怎么努力，我们的实力都比他们要差一些，特别是他们那个最厉害的，三两下就把我们的统领给打败了。"

说着，那名侍卫还指了指对面不远处的一名膘肥大汉，此人双目精湛，内力深厚，身高与楚靖懿差不多，光在气势上就已经将对方吓到，难怪这边的人会输呢。

如果她想要漂亮地赢，就必须要好好地动动脑筋。

突然，她很快就发现了对方一个奇怪的地方。这一发现让她很开心。

她招来了参加比赛的三个人，三个人都非常泄气。

她还没有开口，统领就开始抱怨了："郡主，跟我比试的那个人太厉害了！我根本就打不过他。"说着，目光还瞅着对面那个最强的人，只看了一眼，心就颤了。

还没开始比赛就开始灭自己的威风，看来他们是被打怕了。

另外两个也开始跟着附和："是呀，我们都准备死在沙场上，死在自己的土地上，太窝囊了！"

她猛翻白眼，还没有开口呢，他们三个人就七嘴八舌地说开了。

双手做了一个停的手势："我说你们三个，怎么长他人志气灭自己威风呢？"

"可是郡主，他们实在是太强了，我们没办法呀！"

"是呀是呀！"其他人又跟着附和。

"还没再试过一次，你们怎么知道就一定会输？既然你们都和对手较量过，可知晓对方的长处和善于使用的部位？"

三人对视了一眼，同时点了点头。

朱茵洛会意地咧嘴一笑，小手勾了勾。

"那就把你们比试的详情告诉我，本郡主保证……"她诡异一笑，"你们一定会反败为胜！"

沙场上一阵风吹来，风沙扬起。与此同时，钟鼓声如雨点般响起，声声撼动人心，整个操兵场一片寂静。

一名举着一面令字旗的侍卫站在场中央，西阳国和北冥国各自派出了一个人，相对而立。

在他们的周围有一个直径十米的圆圈，谁先出圈就算输。

曾经战胜过对手的北冥国武者，相当鄙夷地看着对手，有着很不屑的表情。

第一次指挥这样比赛的朱茵洛也有些紧张地站在高台边上，她的双眼死死地盯着场中央的两个人。

楚靖懿悄悄地走到她的身侧。

"你准备让他们怎么赢？"楚靖懿稍稍转过头来问道。

"待会儿你就知道了！"朱茵洛微笑着答道，虽然她也不是很有把握，不过她把自己所掌握的本事，已经全用上了，成不成，马上见分晓。

喊令的人举起旗子，在所有人期待的目光中，用力一挥，大声喊："现在开始！"

比赛开始，朱茵洛的心突突地跳着，期待地望着场中央的人。

西阳国派出的人，对北冥国明显有一丝畏惧，大概是心底里还残留着刚才输掉比赛的阴影，他的手中拿着两柄短剑。

跟他比试的北冥国人使的是长枪，轻蔑地看着西阳国人，嘴里吐出一连串他人听不懂的话语来。

两人开始交手，西阳国派出的人，刚开始就轻易地避过北冥人的长枪，改用近身攻击，兵刃交错，发出激烈的火花，北冥人的长枪适合远程攻击，对手的近身攻击，让他感觉有些慌乱。

西阳国人趁机攻击北冥人的腋下难防处，渐渐地占了上风。

北冥人节节后退，自信没了，轻蔑也消失了，西阳国人一脚踢在对方的腹部，就把北冥国人踢出了圈外。

赢了！西阳国的士兵们轰动了，叫好声成片。

赢了的那名西阳国侍卫更是激动，跑到高台上，激动地向朱茵洛叩拜行礼，已是心悦诚服："多谢郡主指点。"

鼓声再一次响起，一声声地敲进朱茵洛的心中。

这一次，西阳国的士气比第一场要好许多，而对方是使双铁球的，那铁球远远地便能将人打中，而且力道极猛。

朱茵洛让一个使长枪的人上阵，并不与对方正面相对，而是不断地变换路线，攻击其双腿。

一时之间不分上下。

站在高台上的朱茵洛愁眉深锁。

"这一场也是必赢，你为何愁苦？"楚靖懿戏谑地笑她。

"我在想那个人，到底要怎么赢他！"朱茵洛稍稍指向那名目光精湛、内力深厚的北冥国人。

"何必在乎他？你赢了这场，就已经是赢了！"

"那不一样！"朱茵洛矢口反驳，小下巴扬得老高，"我朱茵洛要赢的话，就要赢得漂亮。"

低眉思索了一下，楚靖懿收敛起戏谑的表情，嘴角扯出邪魅的弧度："要赢，也不是不可以。"

"怎么？你有办法？有办法怎么不早说？"望向他的一双黑眸绽放出惊奇的光亮。

"你没问本王！"楚靖懿无辜地说。

她咬牙切齿。

他总是能轻易地挑起她的怒火。

忍！这个时候，她还要靠他赢得这场比试呢，只能陪着笑脸露出两排洁白的牙齿，笑容灿烂，她温柔地问："那不知王爷到底有何办法？"

觑她一眼，楚靖懿也不再卖关子，缓慢地回答："他叫鲁钝，是北冥国的第一勇士！在西阳国向来所向无敌！"

她猛翻白眼："我是让你帮忙来着，不是让你帮倒忙，你全都讲的是他的优点，缺点呢？"

"知己知彼，方能百战不殆！"他悠悠地回答，又不慌不忙地道，"只因为他所向无敌，所以他特别的高傲！"

似乎有点意思了："然后呢？"

"他有一个外号。这个外号，是他未成名之前别人给取的，几乎无人知晓！"

几乎无人知晓，偏偏让他知晓了。他这是在故意炫耀他知道得多吗？她按捺着即将爆发的怒火，保持微笑："然后呢？"

"只要唤他的外号，他就会失去理智，继而暴露他的短处，到时候只要攻击他的短处，自然可以将他打败！"楚靖懿仍然不慌不忙地解释。

她快要爆发了，额头上黑线一条一条的。

说了这么多，可是他还没有说到点子上去。

最后按捺住怒火，她的话从齿缝中一个字一个字地蹦出来："他的外号到底是什么？"

"蠢牛！"

噗！不行了，她差点就要笑出来了。

蠢牛啊，很好，这下她有办法了。

她赶紧招来了即将跟那头叫"蠢牛"比赛的将领，然后在他的耳边嘱咐了几句。

那将领一听朱茵洛的计策，吓得脸色唰的一下苍白，冷汗一颗颗地冒了出来。

"郡……郡主，一定要这样吗？"

"放心吧，听我的，没错！"

话落，场中央北冥国人使的长铁球的链子绊住了自己的脚，摔出了场外，模样甚是尴尬。

西阳国又赢了。

北冥使臣咂舌，不敢相信自己这方又输了。

使臣生气地冲"蠢牛"点了点头，"蠢牛"笑着走向场中央。

被朱茵洛那个计划差点吓破胆的将领走到了场中央，鼓声响起，他还无法鼓起勇气去喊。

朱茵洛在高台上急了，就差拿把刀架在那将领的脖子上威胁他了。

但那将领还是一动也不动，朱茵洛气得压低了声音向那将领威胁："还不快开口？否则，你要是输了，我会先砍了你，再砍了你全家老小来给你陪葬。"

将领绝望了。

看来……这件事是没有回旋的余地了。

他就只能拼死一搏了。

对着那"蠢牛"他就扯开了嗓子大声喊着："我听说，贵国有个人叫蠢牛，听说这蠢牛不仅长得丑，而且连身子都像头牛一样，不知今天那蠢牛是不是在呢？蠢牛蠢牛，你在哪里？"

刚开始的时候，那将领还有些怯弱，喊到最后，越喊越激动，那最后几个"蠢牛蠢牛"，喊得那叫一个畅快。

喊完，那将领就后悔了，因为那"蠢牛"已经气得七窍生烟，几欲将他撕成碎片。

然而"蠢牛"才刚走了两步，身子便晃了晃，突然重重地往后跌倒，口吐白沫昏了过去。

现场一片寂静。

当裁判宣布西阳国赢了的时候，现场轰动了，朱茵洛惊喜地跳到楚靖懿的身上，捧着他的脸亲了一下。

如此开放的动作，让现场再一次一片寂静。

朱茵洛想跳下楚靖懿的身体，不过并未成功，他的大手成功地搂住了她的腰，将她半吊在空中，那双幽暗的紫眸中有着她看不懂的情绪，灼热的目光令她脸红。

她这时才想到自己刚刚的动作有多么惊人，她更看到其他人的惊奇目光一道道地全向她射来。

而楚靖懿的动作更让她心焦。

"喂，你还不放我下来，想让别人看笑话吗？"她红着脸道。

性感的薄唇微勾，紫眸闪动着妖冶的光芒，低头睨着她，气息喷吐在她脸上："如今本王的清白被你给毁了，这下你是赖不掉了。"

这个时候提这件事。

"楚靖懿，放我下去，欺负一个十岁的女孩子，是不道德的行为！"她怒了。

他挑眉，轻轻地把她放到地上。

赢了的将领，一边擦着额头上的冷汗，一边颤颤悠悠地走到高台之上，一脸敬佩地看着朱茵洛，双手抱拳半跪在地上，向她行了一个大礼："茵洛郡主，我服您了！"

众人交头接耳地议论纷纷，均在议论着朱茵洛方才的表现，纷纷向她投来赞许的目光，表示对她的肯定。

有一种方法，叫不战而屈人之兵。在某种程度上，朱茵洛的方法，既可以不用伤了对方，却也能赢。

"好了，这位将军，你也起来吧！"

"谢谢茵洛郡主！"

朱茵洛点了点头："对了，这禁卫军里头，可有骑射特别好的？"

"有是有，可是……都没有北冥国的厉害！"统领的头又垂了下去。

不是吧？这么窝囊？怪不得之前楚靖懿会说西阳国的实力抵不上北冥国了，原来真的这么烂。

方才的那三场比试，若非她用了小聪明，恐怕是不能赢的。

这骑射比赛的话……

突然小小的身子向前："传下去，骑射比赛，我亲自上阵！"

"什么？您去？"那名统领不敢置信地看着朱茵洛。

虽然朱茵洛的父亲朱大将军是征战沙场的将领，可是，这朱茵洛自小被养在将军府里，可能会有些训练。但是军中的人，个个骑术高超，都不确定能赢，她小小年纪又怎么会赢？

"怎么，不行吗？"黑眸危险地眯起，皮笑肉不笑地瞪着那名将领。

"不……不是不行！"统领怯弱了，太窝囊了，居然被一个小女娃威胁，但朱茵洛的气势让人不容忽视。

"你一个人骑射太危险了！"楚靖懿在旁边淡淡地吐了一句。

救星呀！

统领连连点头，差点把脖子扭断："是呀是呀，南陵王说得对，郡主，您现在是金枝玉叶，您就……"

"本王陪你一同去！"

什么？

统领的话尾突然被截断，嘴角用力地抽着。

"你陪我一块儿去？甚好，我瞄准，你拉弓！"她正嫌那些弓太紧了她拉不动呢。

"可以！"

"你也别跪着了！"朱茵洛指着地上颤抖着又跪倒在地的统领，"去派人通知北冥国，骑射我来，南陵王负责替我拉弓。"

"好！"他能说不行吗？

那名统领派了人去传话，传话的人很快就回来了："北冥小王爷说了，南陵王只能拉弓，其他的事情必须要由茵洛郡主完成，倘若作弊，西阳国就算输！"

"没问题，击鼓吧！"

一匹高大的红色骏马站在朱茵洛的面前，看到这匹骏马，朱茵洛心里由衷地感叹："好高的马儿！"

同样高大的楚靖懿走过来，轻易地把她捞上马，他温热的身躯随后落在她身后，有力的手臂搂着她细小的腰肢，一个士兵送上一只箭篓和一把弓，还有……一块黑色的丝巾。

百米外，放着几只靶子，中间有红色的圆点。

北冥国的人也跨上了马，是一名目光精锐、隐藏着深厚内力的家伙。

那个家伙上马来后，鄙夷地看了朱茵洛一眼，嘴里吐出嘲讽的字眼："看来西阳国真的是没有人了，居然派个女娃上场！"

羞辱她？

朱茵洛没有生气，脸上绽放出灿烂的笑容："想必这位勇士是志在必得了？不过呢，我想声明一下，我们西阳国只是觉得你们远道而来，没必要非要伤了和气。茵洛来呢，只是陪您练练手，您先请！"

那北冥国的骑射手嘴角勾起狞笑。

谁都知道，先出手的必会先赢，朱茵洛此举无疑是将先机给让了出去，底下又有人开始议论纷纷，觉得朱茵洛必输无疑。

北冥国的骑射手也不客气，拿着弓箭就开始骑射，边骑着马奔跑边拿出手中的箭往靶子上射去。

五个靶子，除了第一个稍稍偏了些，其他四箭均射中了红心。

就这点能耐呀？

朱茵洛微眯着眼睛，那名北冥国的人射完了便拿着弓箭傲慢地站回原地，冲朱茵洛使了个眼色，告诉她该她上场了。

楚靖懿用黑色的丝巾蒙住了双眼，系在后脑勺上，手中握着弓箭。

首先是第一个靶子，朱茵洛骑在马上跑着，脊背完全靠在楚靖懿安全的胸膛中，一边握着楚靖懿的手，一边瞄准靶子，樱唇微抿，骤然吐出一个字："放！"

箭"嗖"的一声射了出去，正中红心。

北冥的那名弓箭手愣了一下，皱眉心里想着，应该只是巧合，巧合而已。

第二箭。

朱茵洛从楚靖懿的怀中撤了出来，身子绕到了弓身的另一侧。弓在她的身后，她的一双小手往身后探去。

在他人的诧异声中，朱茵洛瞄准了第二只靶子的红心，用力夹紧了马腹，在马儿奔跑中以维持平衡。

"放！"

"嗖"的一声，箭又射了出去，与那北冥国人的箭并列，同中红心。

第三箭，她一手拉着缰绳，颤颤巍巍地站在了马背上，马儿奔跑时，她的身子在风中摇摇晃晃，看得人热血沸腾。

这一次，楚靖懿拿出的是两支箭，朱茵洛调整好两支箭的角度和距离，然后再握紧楚靖懿的手，她吃力地瞄准，然后又是一声"放"。

原本对朱茵洛不抱任何希望的人们，此刻却特别期待朱茵洛的表现。

马儿在奔跑中，两只箭"嗖""嗖"地飞了出去。

观众的视线一致从朱茵洛的身上往两个靶子上移去。

"唰"，正中红心，而原本在靶子上的两支箭被朱茵洛的箭冲撞，竟生生地掉落在了地上。

北冥国的使者震惊了！

就剩最后一个了，所有人都期待着朱茵洛会有什么表现，还有没有惊喜。

最后一箭。

朱茵洛侧挂在马上，手臂紧了紧缰绳来支撑她小小的身子，双手握住弓箭示意楚靖懿拉满了弓。

瞅准了方位，朱茵洛满意地勾起唇角："放！"

箭落到靶子上了吗？靶子上似乎只有一支箭。

北冥国的使者没有看清楚朱茵洛是怎么发箭的，看到靶子上只有一支箭，他马上笑开了花，嘲讽地笑道："方才那四箭是当真的漂亮，可是这一箭就太……"

不等那名弓箭手笑完，靶子上传来一阵清脆的声音引起所有人的注意。

北冥弓箭手的目光也随之望了过去。

原来的一支箭竟然裂成了好几瓣，在它的中央又长出一支箭来。

那支箭，才是朱茵洛真正射出的箭。

嘲讽朱茵洛的北冥弓箭手终于笑不出来了，这朱茵洛实在是太厉害了！她真的……只是一名十岁的小女娃吗？

结果已经显而易见。

过于激动的裁判反应过来后，马上跑上前来宣布："骑射，西阳国胜！"

赢了，终于赢了！

楚靖懿扯掉脸上的黑布，看着靶子上那一根根的箭，再看着眼前洋溢着自信神采的小小人儿，他迷惑了。

　　宣布她赢了的那一刻，朱茵洛彻底松了一口气。

　　她终于赢了，虽然赢得很辛苦，可是总算是赢了！

　　她在乎的并不是这场比试的输赢，她只在乎一件事。

　　她赢了，从今天开始，她就可以不再做三王妃，更不是东盈王妃，也不用跟楚惊天回东盈国了。

　　她……自由了！

第十章　一个答案

朱茵洛这边赢了，马上就有禁卫惊喜地一路奔跑着，跌跌撞撞地跑向御书房报喜，一路大声地喊着："皇上，赢了，赢了，茵洛郡主跟北冥国的比试赢了，茵洛郡主赢了！"

御书房内。

皇帝楚飞腾认真地批阅着奏章，江采琼母子则坐在御书房内桌前的椅子上静等着比赛的结果，中间楚飞腾一眼也未抬起过，无视眼前的母子二人。

时间一点点地过去，江采琼倒平静多了，只是坐在御书房内，在楚飞腾的面前，总觉得全身像长了毛毛虫似的，如坐针毡。

她现在已经不再担心朱茵洛的输赢问题。

因为……不管朱茵洛是输是赢，这个儿媳妇她都已经得不到了，赢了，她会休了楚惊天，输了……皇帝能饶得过她？必会拿她做替罪羔羊。

没错，她已经什么都得不到了，唯一想要的只是她和儿子可以平安返回东盈。

在楚飞腾又批阅完一份奏章时，江采琼下意识地开口唤了一声："皇上！"

"何事？"楚飞腾头未抬，淡淡地出声，又拿过一份奏章翻开。

"臣妾思来想去，天儿跟茵洛的婚事便作罢吧，只怪天儿没有福气娶朱家三小姐。"江采琼诚恳地说着。

楚飞腾的头还是没有抬起来，仅淡淡地答了一句："这件事等两国比试之后，自有分晓！"

"可是……"江采琼咬紧牙关还想说些什么，她不甘心，若是比赛结束之后，不仅楚惊天丢人，将来她在慕容清若的面前也抬不起头来。

"不必再说，朕已经决定了！"楚飞腾冷酷的一声令道，冰冷的声音没有一丝感情。

楚惊天悠哉地望向门外，似乎心不在焉，不知道他的心里真正在想什么。

"皇上，这件事……"

江采琼拼命想要争取，就在这个时候，外面一阵阵的大喊声传来："茵洛郡主赢了！"

楚飞腾惊得抬起头，马上露出喜悦的神色，搁下手中的毛笔，激动地望向门外。

"茵洛郡主赢了！"这喊声由远及近，终于到了御书房门前，那禁卫早已累得气喘吁吁，扶着门框爬进了门内，跪在地上双手伏地，"皇上，茵洛郡主赢了，北冥国被我们打败了。"

"太好了！"楚飞腾高兴得一拍桌子，这朱茵洛果然不负他望。

不同于楚飞腾的惊喜，江采琼则是惊愕。

居然赢了？她以为朱茵洛会输的，没想到她赢了！这个小女娃果然不简单。

"恭喜皇上，贺喜皇上！"江采琼在一侧恭敬地向楚飞腾侧身行礼。

"起来吧，起来吧，都起来吧！"楚飞腾喜色满面，手指着那名禁卫，"快去，把朱茵洛叫过来，还有大将军刚刚也去了操兵场，把他也一起叫过来，朕要好好地赏赐他们父女俩！"

"回皇上，茵洛郡主和南陵王已经打算要回来向皇上报喜了，属下就先回来了，让皇上先提前高兴高兴！"禁卫赶紧说着。

"原来如此！"楚飞腾点了点头，骤然他听出了话中的不对劲，眸子骤然眯起，危险地望着那名禁卫，"你刚刚说谁？茵洛郡主还有谁？"

"是南陵王呀！"

"懿儿？他怎么会在那里？"楚飞腾的眼睛细眯成一条线质问，双手握紧，眸底闪现出危险的光芒，他不是已经安排了人在清若宫中等着他，他怎么会去操兵场的？

"不知道！"禁卫浑身抖了抖，不明白为何楚飞腾会突然变了脸色，"茵洛郡主同南陵王是一块儿出现在操兵场的，属……属下还以为是皇上要南陵王陪同茵洛郡主去的。"

楚靖懿和朱茵洛竟然会同时在操兵场上出现，这是怎么回事？

楚飞腾怒不可遏，忽又见一名禁卫捂着胸口一脸难过地出现在门外，步调不稳，看到屋内有人，他悄悄地退下了。

"你们先出去等着！"楚飞腾睨向江采琼。

精明的江采琼当然知晓这里面一定有文章，也不敢多言，便俯了俯身子，带着楚惊天一起退了出去。

待御书房内只剩下楚飞腾一个，他把门外一脸狼狈，脸上沾满血污的禁卫召唤了进来。

"皇……皇上！"那人一进来，就痛哭了起来。

"怎么回事？朕让你们送懿儿去清若宫，现在懿儿人在操兵场，到底是怎么回事？"楚飞腾气得直拍桌子，额头上血管暴突，怒目圆睁。

那名禁卫浑身抖了抖，哭着回答道："回皇上，属下不是故意的，可是属下陪南陵王还没有进清若宫，就被人打昏了，当臣醒来的时候，南陵王已经不见了，臣……就去清若宫查看，结果……"

说到这里，禁卫全身抖得更厉害了，捂着嘴巴差点吐了出来。

他这模样，引起了楚飞腾的厉目逼视："到底怎样？"

"他们……他们全死了！"禁卫颤抖着唇说道，眼前惊恐地浮现出一幕幕血腥的画面，"他们……都死无全尸啊皇上！"

到现在，他的身子还残留着将死的恐惧，他……差一点可能就会成为那些人中的一员。

死无全尸？

楚飞腾惊讶地睁大了眼睛，怒火又起，这些……都是楚靖懿做的吗？

门外的守卫进来汇报，眼睛瞅着自己的脚尖不敢抬头："皇上，南陵王、茵洛郡主和朱大将军求见！"

"知道了，先出去，等会儿再让他们进来。"

"是！"

待那名守卫出去，楚飞腾脸色阴鸷地盯着地上的禁卫："除了你之外，还有其他的人活着吗？"

"回皇上，跟属下陪同南陵王一起的，因为太害怕，属下就先让他回去休息了。"

"你识得他？"

"当……当然！"那名禁卫望着楚飞腾的脸色，心咯噔了一下，有了不好的预感。

一个白色的小药包突然丢到了地上："把这个放到他的酒水里，你可以先下去了。"

禁卫的脸色骤然苍白，颤抖着手把地上的药包捡了起来，不敢违逆地退了出去。

那名禁卫出去，刚好与楚靖懿碰个正着，骤然瞄到他脸上那抹邪魅慵懒的笑容，吓得他手中的药包落地。他匆忙捡起来，向楚靖懿弯腰行了一礼匆忙跑开了。

江采琼母子俩看到楚靖懿同朱茵洛进了御书房，也随之进来。

朱佟尉一脸的神气，冲着女儿满意地点了点头。

朱茵洛笑容满面地望着书桌后神情有些不大好看的楚飞腾。

"皇上，茵洛不负圣望，已经赢了与北冥国的比试。"朱茵洛用清脆的声音响亮地说道，眉梢扬起自信的角度。

楚飞腾的目光在望向楚靖懿时，冷光乍现，再回到朱茵洛身上时，脸色缓和了些，露出一抹真实的微笑："做得好，朕会重重地赏赐你！"

"皇上，不知您还记不记得您曾经答应过茵洛的事情？"朱茵洛狡黠地笑着，冷冷地睨了楚惊天一眼，后者一脸愤怒地回瞪她，她并不以为意。

"当然！刚刚采琼也正与朕商量此事，你的休书，朕同意了。采琼，你还有何意见？"楚飞腾斜了江采琼一眼，阴沉的嗓音有着危险的气息。

江采琼咬牙硬着头皮扯出一抹僵硬的笑容答道："采琼无异议。"

"既然如此，那么天儿就接过茵洛手中的休书先回去吧。"

羞辱！

江采琼更是气得跺脚，却无从反驳，楚飞腾的意思，谁敢违逆？

楚惊天赌气久久不肯上前，朱茵洛则把休书打开，盖上了玉牒走到楚惊天面前塞进了他的衣袖里。

江采琼脸色苍白地拉着一脸愤怒的楚惊天，向楚飞腾行了一礼，便离开了。

楚飞腾细眯着眼打量着朱茵洛，眼中有着欣赏。

"朕已经遂了你的心意，满意了吗？"

"茵洛谢皇上万岁，不过……茵洛还有一个请求。"

114

"说！"

"茵洛既然已经休了东盈王，茵洛姐姐的清白毕竟是被东盈王所毁，所以，还请皇上替茵洛的姐姐做主，请东盈王迎娶了茵洛的姐姐。"

楚飞腾沉思了一下："这个不难，你的大姐，是后天出嫁吧？"

朱茵洛点了点头。

"这样吧，朕下旨，让你二姐在同一天出嫁，由天儿迎娶她回东盈拜堂成亲，这样你满意了吗？"

"臣这就回去告知小女！"朱佟尉喜色满面，忙不迭地离开。

看到朱佟尉离开，朱茵洛的眼底闪过算计的光芒，笑容异常的灿烂。

"可是，茵洛想请求皇上，封茵洛的二姐为……东盈王的侍妾。"她笑得一脸奸诈，"而且，东盈王此后不得休弃我二姐。"

楚飞腾愣了一下，她果然是有仇必报，侍妾，没有名分，连侧妃都不如。

"朕准了你，后天吉时前下旨，满意了吗？"

"谢皇上，皇上万岁万岁万万岁！"

解决完了朱茵洛的事情，楚飞腾把目光投注在了楚靖懿的身上，后者表情自若，如无事人一般。

这个儿子，让他突然感觉很陌生，很恐怖。一个人，在短短的时间内就血洗清若宫，他到底是怎么办到的？为什么他的细作里没有人说他的武功有那么高？

朱茵洛同楚靖懿两个人看起来姿态甚是亲密，而且方才禁卫又说楚靖懿和朱茵洛两个人是同时出现在操兵场的，难道……他们两个人之间有什么关联？

"茵洛，朕问你，你在去操兵场之前，去了哪里？"倘若朱茵洛真的跟楚靖懿之间有什么关联，那这件事就大大不妙了。

"皇上不是派我往操兵场上去的吗？对了，我半路上碰到了南陵王，他跟我一块儿过去的，有什么问题吗？"朱茵洛无辜地睁大了眼睛问。

她当然知道皇帝问的是什么，她还没那么傻暴露自己曾经去过清若宫，那会被杀头的。

她的表情看起来不像是假的。

楚飞腾低头思索了一下，朱茵洛只是一个十岁的女娃，没有内力，怎么可能会在那么短的时间内跑到清若宫，帮助楚靖懿杀人？

看来……这一切果真只是巧合而已。

既然她跟楚靖懿真的只是偶然，那么很好办。

"懿儿，你先回将军府吧，待朱家两位小姐出嫁之后，你便跟清若一起回南陵吧！"楚飞腾淡淡地说着，眸底闪过精明的光芒。

"是，父皇，那儿臣告退！"

"去吧！"

"茵洛也告退！"说着，朱茵洛往后退着就想要离开。

楚飞腾倏地脱口阻止："茵洛郡主先留下来！"

"咦？皇上还有什么事要吩咐茵洛的吗？"朱茵洛睁大了眼睛，清澈的眸子，像宝石一样纯净，这样一个单纯的丫头，利用她，他当真有些于心不忍。

"对，朕需要告诉你关于郡主能做和不能做的事情。"楚飞腾撒谎道，手指不自然地点了一下额头。

这个动作，是心虚的表现。

朱茵洛挑眉："是！"

楚靖懿离开了，朱茵洛用敏锐的目光盯着楚飞腾，发现在楚靖懿离开了后，楚飞腾的瞳眸中骤然散发出阴险的神采，嘴角勾起一丝冰冷的弧度。

朱茵洛美眸流转着，想想，这楚飞腾要她留下来，大概是跟楚靖懿有关。

楚飞腾可以说是一位有魄力的君主，当机立断，该出手时绝不手软，可谓残忍，所以他在位的这么多年，国家安定，北冥不敢轻易来犯。

有时候，残忍也有残忍的好处。

可是一位残忍的君主，注定……不会是一位慈父。

所以才会出现现在这样的状态。

而他竟然也真的狠得下心，派人去杀了自己的亲生儿子。

虎毒尚不食子，楚飞腾的残忍已经到了令人发指的地步！这样的他，太过无情，只专注在算计和被算计上，才会注定一辈子孤单。

仅仅四十多岁的他，鬓角已有许多华发，额头上深深的皱纹及他脸上那苍白的痕迹，还有他疲倦的容颜，都已经像是五十多岁了。

即使是这样，他还是活在算计中，为了让自己心爱的儿子继承王位，连自己的亲生儿子也不放过。

这就是帝王之爱，宠你时，可以为你做任何事；但是不宠你时，就连你活着，都是一种错。

楚飞腾疲惫地按了按太阳穴，声音略沉，显出疲态："茵洛，你过来！"另一只手向她招了招。

朱茵洛乖乖地上前了两步，在龙案前停住，诧异地望着楚飞腾，尽量让自己的表情显得天真又无知。

在天子的面前，只有你会装傻，才会活得久。

楚飞腾从龙椅下摸出了一个像牙齿一样的东西递给了朱茵洛。

看着那只牙齿，对动物知之甚少的朱茵洛一时之间还认不出这是什么牙齿："皇上，这是什么？"

通体黑色，如她的小指一般长。

楚飞腾的眸底闪过一丝慌乱，但一瞬间就恢复了平静，不慌不忙地解释："这只是一种调料，是懿儿从小就喜欢的，朕对他的关爱太少了，以致于他对朕的误会很深。懿儿很挑食，只要在他的汤碗里用这个调一下，汤就会很有味道，他就会吃得很香！"

调料？

鬼才相信那是调料。

这楚飞腾是想要借她的手，去杀楚靖懿才是真的，表面上还说得这般冠冕堂皇，以慈父之态来哄骗她。

美眸流转着，她用自己的手帕小心翼翼地把那牙齿放入其中，然后认真地放在自己的衣袖中收妥，这才抬头拍着胸脯保证道："放心吧，这件事，茵洛一定会办妥的，等王爷问了，我再说这是皇上您让茵洛做的，到时候王爷就会知道您对他的父爱了是吧？"

"茵洛真乖！"楚飞腾连连点头，表情一下子凝重，谨慎地叮嘱她，"切记，这件事，不可以让其他人知晓，明白了吗？"

她郑重地点了点头："茵洛明白。"

"好了，你下去吧！"

"是，茵洛告退！"

楚飞腾满意地眯眼。

只要朱茵洛得手，那么楚靖懿就必死无疑。

本来……他是没想楚靖懿死的，可是……楚靖懿的威胁实在是太大了，他必须在非常时期用非常手段。

懿儿，就别怪父皇了！他微垂眸，无事般地拿起一份奏章打开，继续批阅。

回将军府的途中，朱茵洛弃了马车，选择骑马回去，但是，她总感觉身后有人跟着她，可是，当她回头时，却发现身后无一人，别说人了，连只鸟儿都不见。

真是奇怪！

她骑着马回头溜了一圈，还是不见半个人影。

大概是她太多心了吧？

她蹙眉掉转了马头，继续往将军府的方向走去，在掉头的瞬间，她的视线扫过墙角，一只金丝绣鞋露了出来，里面的金线丝袜和半条腿也清晰可见，裙摆下小腿上的裹裤是金黄色的里子，虽看不到脸，可那一下子躲起来的娇小身形，大约十岁的年纪。

金线丝袜和里衬，向来都只是皇宫御用，其他普通百姓都不得使用，除了皇族的王爷就是一些得宠的大臣，被皇帝指定可穿黄色才可以穿的。

一个小女孩，身上穿着御用的衣裳，虽然还没有露出脸来，朱茵洛也已经大概猜出了对方的身份。

她挑眉微笑，不再管其他，骑马很快地离开原地，直奔将军府。

将军府

朱茵洛刚走到将军府内，便见有几名小厮抬了两个箱子出来搬上了一辆马车。

她下了马，把缰绳交给一名小厮，奇怪地问道："这箱子是做什么用的？"

"东盈王已经搬走了，这是东盈王派来的马车，过来拿行李的。"

走了呀，那真是太好了！终于不用再对着那张让她极度厌恶的脸了。

她眉开眼笑地走进了将军府内，直奔客苑。

客苑内，北冥小王爷西门泽还没有回来，大概是在商量回程的事情，她直冲进了楚靖懿的房间。

刚进去就看到他在换衣服，裸露的上半身，肌理清晰，六块腹肌有力地收紧，无一丝赘肉，古铜色的皮肤，健康透着男人的魄力，让她看得有些痴了。

楚靖懿看到她进来盯着他的身体瞧，他性感的薄唇勾起邪魅的笑容，故意慢慢地穿起衣服，待穿好了才走到她面前，戏谑地捏了捏她的小下巴："原来本王还不知，茵洛郡主有这般嗜好。"

她的小脸微红，小小的手掌拍掉捏疼她下巴的手，气呼呼地坐在椅子上，斜睨了一眼："我是来救你命的，你居然还说风凉话。"

"救我？"

"皇上要我在你的饭菜里下毒，只要你现在就走，皇上就算知道了也没办法！"朱茵洛提议道，这样是最好的办法了，只要他走了，她下不了毒，这可跟她没关系了。

"不行！"他慢悠悠地吐出了两个字，优雅地端起茶杯。

喝喝喝，关键时刻只知道喝。

她抢过他的茶杯，指着他的鼻子怒骂："喂，你还要不要命了？"

"要，但本王还是要留下，刚才大将军来过，请本王喝明日你两位姐姐的喜酒，本王已经答应了！"

他是在开玩笑吗？他居然答应了？

难道他不知道，这根本就是在送死吗？

她气炸了肺，倏地站起来，把手中的杯子一甩摔到地上，"啪"的一声，碎片炸得满地都是。

"我不管你明天要不要喝喜酒，你今天就走，马上就走！"

"时间未到，我为什么要走？还是你担心你完不成任务，父皇会杀了你？"楚靖懿微笑着问，脸上并无一丝惊惶之色，轻易地便挑起了朱茵洛的怒火，看着她鼓鼓的双腮，只觉得很可爱，让人忍不住想要捏一把。

他心里想着，当然也是这样做的，伸手便掐了掐她脸上水嫩嫩的皮肤。

她怒火中烧，一巴掌拍掉他在她脸上乱摸的大手，美丽的杏眼几乎突出，没好气地威胁他："你若是留下来，就得死，难道……你真的就不怕死吗？"

他微笑，笑得怡然自得，那张脸缓缓地靠近她，冲着她的小脸，笑吟吟地吐出一句："死在你的手上，本王很荣幸。"

可恶！

他是料定了她不会亲手杀死他，所以才故意戏弄她的吧？

是她的善良，让他有机可乘。

浑蛋！她用力踢了他一脚，突然不知道什么东西打中了她的后背。

她怒了，大声往身后吼道："谁打我？"

又一颗石子打中了她的肩膀，尖锐的疼令她脸部表情扭曲，抽出怀中的手枪，一双美丽的眼睛往暗处寻找攻击她的人。

一片衣角引起了她的注意，她抽出手枪，对准那衣角，清脆的一声响，一根银针射了出去，伴随着一声闷哼，一道娇小的女孩身影从一人高的花瓶后面狼狈地走了出来。

美丽的小脸上满是怒火，一只手摸着自己的屁股，摸出了一根针，看到上面有血渍，美丽的小脸怒火更盛。

"你居然敢伤我，我要教训你！"尖锐的女声响起，一根银鞭嗖地射了出去。

哇……好长的鞭子。

对于这娉婷公主，她们两个的渊源可就深了，从八个月大开始，她们就已经见过面，然后就是前些日子在大殿之上见过，这娉婷公主似乎对她有很大的成见，大概是受她母后指点，知道当初她曾经抢了她的风头，所以故意想要找她的碴儿吧？

不管她是什么目的，但是她很怕疼。

"喂，娉婷公主，有话好好说，能不能不要动鞭子？"

朱茵洛险险地闪过鞭子，不管她躲到哪里，那条灵活的鞭子总是如影随形地跟着她。

不一会儿，整个房间内已经被抽得不像样子，外面的侍卫也像没看见似的，根本没有打算进来看看发生了什么事。

唯一能出手的人，悠哉地坐在自己的位置上喝茶，仿若他早已置身事外，身边发生的所有事情，他都置若罔闻。

"喂，她是你妹妹，你管管她吧？"又险险地闪过了一鞭，她焦急地向楚靖懿喊道。

他似没听到般，继续喝着茶，一双紫眸欣赏着杯中的茶叶，性感的嘴角微微勾起慵懒的弧度，只在鞭子不小心抽到他椅子的时候他闪了闪身子，然后再平静地坐了回去。

浑蛋！他是摆明了不愿意帮忙，她的眼睛瞅着门外，赶紧向门外奔去。

小命要紧。

"我看你往哪跑！"楚娉婷当然不会放过朱茵洛，灵活地挥动手中的鞭子抽向朱茵洛。

每一下都非常狠，足以置人于死地。

刚出了外面，朱茵洛就后悔了，外面到处都是空地，想躲也没地方躲。

正想着，一道人影从客苑的大门外走了进来，看到那人，朱茵洛就仿佛抓到了救星，忙躲到那人身后。

一根鞭子抽来，险险地就要抽到那人身上，那人的手突然握住那鞭子，不让鞭子的主人有机会再将鞭子收回去。

"喂，你是谁？放开我的鞭子！"楚娉婷生气地命令，颇有皇家风范，字字透着威严。

西门泽刚进门，就看到朱茵洛小小的人影往他身后钻，一道鞭子射来，他下意识地握住，为她挡住危险。

"你是什么人？茵洛郡主你也敢打？"西门泽也生气了。

躲在西门泽身后的朱茵洛赶紧扯了扯他的衣裳，小声地在他的耳边提醒道："你仔细看清楚，她就是娉婷公主！"

"公主？"西门泽睐了睐眼打量。

楚娉婷下巴昂起来，一脸的傲慢："怎样？害怕了吗？害怕了就把鞭子放开！"

"既然是公主，为何不在皇宫里待着，偏要跑到这里来撒野？"西门泽握住鞭子，硬是不放，冷笑着讥讽她。

楚娉婷气急败坏地骂道："我想在哪里就在哪里？你管得着吗？你再不放开我的鞭子，我就让父皇抓了你去喂狗！"

朱茵洛非常好心地从西门泽的身后探出一颗小脑袋，笑眯眯地指着西门泽向楚娉婷介绍："很不幸，娉婷公主，这位是北冥小王爷，你要是把他抓去喂狗，说不定你父皇会把你也抓去一块儿陪葬！"

朱茵洛话一出，楚娉婷愣了一下，也不再使劲地扯着鞭子，只是上下打量着西门泽，看到他那般威武地站在朱茵洛的面前，英俊的面孔，冷酷竖眉的表情，倒显得格外俊朗。

她还是第一次看到不怕她，还这样无情对她的人。

但是，这西门泽这么护着朱茵洛，让楚娉婷一下子又不快了。

纤指指向朱茵洛质问西门泽："你同她是什么关系？"

一看楚娉婷那一脸醋酸的模样，朱茵洛意味深长地一笑，便从西门泽的背后站了出来，大咧咧地冲楚娉婷解释道："哎呀，公主，前些日子北冥小王爷落水，是我救了他，我是他的救命恩人，而且还有一吻之缘，这样解释，够明白了吗？"

一吻之缘？

原来她还记得？西门泽一张白皙的脸马上飞上了两抹不自然的红色。

楚娉婷气得怒火上升，趁西门泽恍惚之际，猛地一下子抽开鞭子，用力地向朱茵洛的那张花容月貌的脸抽去。

鞭子刚刚挥动，却一丝儿也动不了，鞭子在身后似乎被人抓到了。

楚娉婷回头，便对上楚靖懿那双幽暗的紫眸："四……四哥！"

楚靖懿高大的身形在众人中间鹤立鸡群，他邪魅地笑着，漫不经心地握着鞭子的一端，手指轻轻一抽，便轻易地把鞭子从楚娉婷的手中抽了过来。

楚娉婷想要去抢，楚靖懿却是突然扬手一扔，鞭子便被扔到了屋顶。

楚娉婷生气地跺脚，恼羞成怒地大声吼道："四哥，连你也帮着那个小孽种？"

倏地，一股阴风从楚娉婷的身侧吹过，冷得她浑身发抖，那冰寒的气息，令在场的其他人都感觉得到。

只见楚靖懿的手指缓缓伸出，漂亮的指尖轻轻地按在楚娉婷的肩头。

那个动作，像是一个一个的慢镜头在朱茵洛的脑海中回放，当初，他也是这样，就轻易地将敌人的脖子弄断的。

面对那双妖冶的紫眸，一股阴鸷的死亡气息迎面扑来，楚娉婷想逃，一双脚却像是被钉在地上，不能动弹，双腿已经在打战了。他的鼻息冷冷的，比冰块还要冷，魅惑的妖艳脸上依旧挂着慵懒的笑容，性感的薄唇一张一合，温柔的嗓音却有着冰冷的温度，一个字一个字地砸在她的脸上："不要再让我听到'孽种'这两个字。"

按在她肩头的手指，有着强烈的压力，压迫着她的血管，她感觉到自己的血液在那一瞬间似乎停止了流动。

　　她只能乖乖地点了点头，全身的汗毛都竖了起来，害怕地颤抖着。

　　压力一点点地离去。

　　楚靖懿一步一步地走到朱茵洛的身侧，一把将她从西门泽的身后扯了出来。

　　"你放开我，好痛！"她握着被他握紧的手臂，他的手指用的力气很大，痛得她叫了出来，一张绝美的小脸痛得皱成一团。

　　他不发一言地拉着她转身向屋内走去，身后的两个人，没一个人跟上去。

　　喂喂喂，他太嚣张了吧？

　　她向西门泽投去求助的目光，后者被两道冷慑的目光喝退，投给了她一副爱莫能助的表情。

　　她的眼前突然出现一幅画面，却让她皱起了眉头。

　　鲜红的衣裳上面染满了鲜血，她却怎么也看不清那衣裳的主人，那是谁的血？

　　被吓到的楚娉婷在楚靖懿离开后，扑通一声坐在地上，哇哇大哭起来。

　　太可怕了，真是太可怕了！

　　咸城一处客栈，拍桌声猝然响起，震得整个房间都有些颤抖。

　　江采琼气得浑身发抖，咒骂声不断地从嘴里吐出来："这个朱茵洛欺人太甚，气死我了，我以后要是不整死她我就不叫江采琼，凭我江家的势力，我会怕她朱家不成？我现在就让爹找人做了朱茵洛这个小贱人。"

　　楚惊天一脸沉默地走进屋内，脸上淡淡的表情，被休这件事，仿若对他没有一丝影响。

　　看到楚惊天那副样子，江采琼就来气。

　　"天儿，你也真窝囊，怎么就让朱茵洛那个小贱人骑在你的头上，现在你被休了，我的脸也没地方搁了。"

　　"但是……母后，您现在还是东盈的太后，不是吗？"楚惊天突然淡定地慢腾腾吐出一句，脸上不再有不耐烦的情绪，看着与之前恍若两人。

　　"是没错，可是朱茵洛那个小贱人，把我们娘俩踩在脚底下，难道你就不生气吗？天儿，你太让母后失望了。"

　　"母后！"突然一只手伸过来，按在江采琼的手背上，淡淡的声音没有一丝温度，"其实母后应该觉得很高兴才对。"

　　"高兴？"江采琼鼻子里哼出一口气来，"母后差点没被气死，还要高兴？"

　　"母后不要忘了，这次父皇召我与四弟回来，并非只为了给皇祖母贺寿。说来说去，他还不是为了大哥！"楚惊天脸色有些阴郁，狰狞的脸夹杂着愠怒，片刻间又恢复平静，"可是现在，父皇应当觉得儿臣没有任何威胁了吧？"

　　江采琼愣了一下，仔细地咀嚼楚惊天的话。她眉尖深蹙，认真地回想着这些日子楚惊天的表现，窝囊又无能得至极，难道是……

"天儿，母后真是错看你了，这些日子以来总是指责你的不是！"江采琼愧疚地说着。

"母后，若非这样，父皇又怎会相信儿臣当真对皇位没有威胁呢？等到后天一过，我们就可以……回国了！"

江采琼激动地点了点头，用力握紧楚惊天的手。

"好好，我们回国，到时候……"她诡笑着，"我们再回来，就要让朱茵洛那个小贱人尝尝被人羞辱的滋味。"

"母后，她是您的儿媳。"

蹙眉，江采琼怀疑地看着自己的儿子，不会是她心里想的那样吧："天儿，难道你还想要她？"

楚惊天微笑着，目光望向门外，一字一顿地回答："只有她……才配。"

一名侍卫急急忙忙地跑来，带来震惊的消息："王……王爷，不好了，皇上有旨，说要让您后日纳了朱家二小姐朱茵蓉为侍妾，终身不能休弃，然后才能回国！"

侍妾？这应该是她的意思吧？

楚惊天冷冷一笑。

这样更好。

"什么？"江采琼气得七窍生烟，"让天儿纳了他朱家的女儿？本宫不同意。"

"母后！"楚惊天淡漠地唤了一声，眸中有着残忍，"您不是恨朱家吗？她嫁到了东盈王宫，还不是您想如何做都成？"

"当真？"江采琼的火气消得一干二净。

"反正……是一个没用的女人，就交给母后您吧！"楚惊天无情地说着。

"好！"江采琼指着那名侍卫命令道，"让人回去禀报皇上，就说后天我们一定会——派马车带她回国！"

不是用花轿接，只是用一顶普通的马车带着她回国。

过了一天一夜，朱茵洛也没有看到红衣上面的鲜血，难道是她"看"错了吗？难道她的第六感也会出错了？

这不禁让她有些半信半疑，是不是她的第六感又要消失了？

早晨刚起来，便听到外面锣鼓喧天，热热闹闹的声音传到后院，让朱茵洛听着耳边嗡嗡作响。

朱茵琳和朱茵蓉两个都要出嫁了。

她的脑海中不禁想到楚靖懿那张半妖半绝色的脸孔来，令她的眉头蹙得更深，她怎么会突然想起他来呢？

这些日子，他总是喜欢戏弄她，把她戏弄得体无完肤，特别是她手腕上的伤，到傍晚时分才终于消退，现在她的左手腕上还泛着一丝丝的疼，都是拜他所赐。

也不知道他说要娶她的事情，到底是真是假。

不过，应该是假的，他不会娶一个祸患回去吧？他之前所说的那些话，恐怕也只是戏弄她而已，她又何必当真？

再说了，谁会心甘情愿地去找一个十岁的小女娃来当妻子？除非是那人疯了。

今天的阳光格外明媚，站在清晨的西阳下，暖暖的阳光照在她小小的身上，有着暖暖的味道，她忍不住眯眼深嗅着清晨清新的空气。

她一身白衣，沐浴在金色的阳光下，美丽出尘的她，身上似乎镀了一层金色，如神如仙。

馨儿和小芳两个端来了洗漱用品，冲朱茵洛唤了一声"郡主早"，然后进去服侍宋惠香起身。

朱茵洛瞅着她们两个进门，锐利的目光，突然瞄到门外有一道人影若隐若现，只看那身上的棕色长衫的一角，她就已经能猜得出对方的身份。

她笑着唤道："是大哥吗？"

大门外人影闪动，一道挺拔的身形走了出来，表情有几分尴尬。

果然是朱怀仁。

"大哥大清早过来，是有什么事吗？难道……是想找四娘？"朱茵洛戏谑一笑，不远处，水烟母子俩也已经起身，正在梳洗。

这一戏弄，让朱怀仁有些慌乱了起来。

"没有，没有的事！"他赶紧别开了眼，"我……我只是过来看看你们准备得怎么样了，今天前头事忙，可能无暇顾及你们，所以我就过来看看，你们有什么需要的！"

朱茵洛玩心大起，忍不住又戏弄地眨了眨眼："大哥，你是想问问四娘有什么需要的吧？"

"你这丫头！"朱怀仁无奈地看着她，偏又拿她无法，深深地叹了口气，"其实不是这样，我是打算……明天就要出远门了。"

"出远门？"朱茵洛错愕地问，"大哥要去哪里？"

"是北冥与咸中边关，现在紧缺良将，爹已经举荐我去那里先做副将，待时机成熟，再转做将军，男人嘛，总是要建功立业的。只是……这一走，恐怕就不知道什么时候才能回来了！"

建功立业！

朱怀仁的形象在朱茵洛的心中一下子提升了。

在她的心目中，那些威武的将军，飒爽英姿地迎风骑在马上，挥动手中的军旗，身后大批的队伍随着号令一齐上阵杀敌，那种场面，看着就感觉振奋人心。

"大哥，我支持你！"朱茵洛崇拜地看着他，"可是大哥，你去这么多年，我岂不是见不到你了？还有啊，我要是想你了怎么办？"

朱怀仁的眼中泛着一丝柔色，微笑着答："你这丫头就是嘴甜，我这一去，没有三五年回不来，也许……要七八年，不过，大哥答应你，在你及笄之前，大哥一定会回来。"

"真的？"朱茵洛眼中一亮！

朱怀仁点了点头："当然。"

"拉钩，大哥不许赖账！"朱茵洛将小手伸到他的面前。

朱怀仁翻了一个白眼，小孩子都喜欢这些玩意，不过他还是与她拉钩，拇指盖印。

但是，朱怀仁失言了，在她及笄之时，他并未能赶回来。

"要跟四娘告别吗？"朱茵洛柔声问，眼睛瞄了瞄屋内忙碌的人影。

朱怀仁摇了摇头，拿手指敲了敲朱茵洛的额头："你这丫头，不要再取笑大哥了。大哥知道，以前只是自己太过冲动，错把迷恋当爱恋，我跟她始终是两个世界的人，我也想通了，男人嘛，不应该只禁锢于儿女私情上，我现在唯一的心愿就是可以领兵沙场，抛头颅，洒热血！"

"好！我支持你大哥，我永远都支持你。"

"记得，我不在的时候，一定要好好照顾自己，还有身边的人！"他的目光有些不舍地望向另一边的屋内。

朱茵洛蹙眉。

他不是说已经想通了吗？情这一关，果然还是难过。

"知道了！"

朱怀仁苦涩一笑，转身头也不回地离开了听雨楼。

他的背影，看起来是那么的落寞。

但是，朱茵洛知道，待他在外面征战了多年后，就会真正理解生的意义，也将会更加成熟了吧？

她倒有些期待朱怀仁归来后的模样。

外面唢呐声阵阵，她有些期待今天的婚礼上，朱茵蓉收到圣旨时的表情了。

突然一个小厮鬼鬼祟祟地走了进来，跑到一身警戒的朱茵洛身边，把一张字条塞给了她，然后就急急地跑开了。

什么字条？

她打开字条，字条上只有两个字："调料。"

朱茵洛的手一颤，字条差点落在地上，她又赶紧把字条收回，放进衣袖中，以免被他人看到，脸上一片凝重。

这是皇帝给她的指令，若是说那只黑色的牙齿，只是调料，皇帝楚飞腾又怎会大费周章地派人来提醒她？

他当别人都是傻子吗？

不管他当别人到底是不是傻子，她现在必须要想出对策来了。

杀或不杀，都在她的一念之间。

下午时分，将军府中贺客盈门，礼品太多，堆得库房到处都是。

那些宾客，个个说着违心的祝福，听着便会耳朵长茧。

朱茵洛在旁边看了一会儿，便不想到人群中去了，那些祝愿福禄安康、儿孙满堂的话还不绝于耳。

看着这么多人，突然她就想到前天她"看"到的画面。

红色，染着血的红色衣裳。

她的脑中轰然一响。

那个人，不会是今天的新郎或新娘吧？或者……只是其他的人？

又想到皇帝的命令，她心烦意乱，直想逃开这种场合，想要找一个安静的地方坐坐。

她刚要转身，一只手搂住她小小的腰肢，强迫她无法转身，并拖她入人海。

她生气地觑他一眼，用力掐他腰间的肉，用的力气很大，可他还是不痛不痒，好像无所谓似的，一脸的平静，倒让她掐得无趣，只能罢手。

不断地有人冲朱茵洛拱手抱拳，口中恭敬地唤着："茵洛郡主！"

才几天的时间，她茵洛郡主的名号，就已经传遍了大街小巷，多少人想要一窥她的真容，当她是猴子？还要被人戏耍？她可没那闲工夫。

她想要挣脱开某人的钳制，无奈她小小的力道跟他有天壤之别，挣扎了只会让自己气喘吁吁，这个念头她也只是想想而已。

她有些生气了。

"你干吗非把我扯过来？你想全身都染黑，我可不想！"她没好气地啐道。

他觑她一眼，对她的比喻很受用的样子，邪笑着扯开他性感的薄唇："既然我们将来会是夫妻，当然要同样的黑才更相配。"

歪理！他总是狗嘴里吐不出象牙。

她哼出一声："可是我倒是知道一句话！"向她行礼的人，她微笑着点了点头当作听到，然后才继续说："夫妻本是同林鸟，大难来时各自飞！"

"你真无情！"他笑了。

"我是跟你学的！"她狡黠的乌亮眼珠转动着，辛辣地反驳。

"可是还有一句，夫妻本是同林鸟，床头吵架床尾和！"

她怀疑地眯眼："有这句吗？"

"当然有！"他理所当然地回答。

歪理！

两个人争论不下时，一骑快马奔进了将军府，一只手中托着一卷明黄色的卷轴，那人下了马，对着众人大声唱喝："圣旨到！"

终于到了。

听到"圣旨到"这三个字时，朱茵洛眉开眼笑，一双美丽的杏眼弯起，仿若两弯新月挂在了她的脸上。

众人一听圣旨到，皆哗然，纷纷对着圣旨跪了下去，连声呼着："皇上万岁万岁万万岁！"

来人是皇帝身边的太监安作宜，也被唤作小安子。

小安子比刘宣福机灵，但毕竟年纪小，处事不够沉稳，所以经常为皇帝出去传圣旨什么的，皇帝近身的侍候，基本都是刘宣福在做。

但是，即使是这样，小安子的位置也已经是很高的了，被很多人羡慕着，不少人在他宣旨后都会奉承他几句，给他些赏钱，顺便巴结。

所以，小安子在外面的气焰也比较嚣张。

望着众人，小安子臭着张脸，尖锐着嗓音生气地问："怎么朱府的二小姐不在？"

一名小厮连忙回答："回公公，今天是二小姐的大喜之日，二小姐正在等待吉时，王爷的花轿一到，就会上轿了，暂时不方便见客，不吉利！"

"怎么？"小安子的声音里含着怒火，"皇上的圣旨她也不愿意接了？罢了，本公公也懒得跟你们多舌，记着，这二小姐不用等花轿来了。"

"呃……什么意思？"

小安子冷笑了一声，展开圣旨，依着上面的字朗朗念道："奉天承运，皇帝诏曰，今将军府二千金朱茵蓉，婚前失贞，朕特赐朱茵蓉为东盈王侍妾之名，今日起赴东盈，不得有误，钦此！"

听到圣旨来的消息，就欣喜地慌慌张张从自己的房间跑出来奔到前院的朱茵蓉，前脚刚踏进前院，就听到了小安子的那句"赐朱茵蓉为东盈王侍妾之名"。

侍妾？

她脸上灿烂的笑容，骤然僵硬，嘴角的弧度慢慢滑下，努力消化"侍妾"这两个字。

今日的阳光格外的刺眼，很暖，微风拂面，春季的气息已经很浓郁。

可是……她为何觉得，这个春季这般的寒冷？

她不能相信这个事实，她的身上，甚至还穿着华丽的嫁衣，这是她亲自花了数千两银子定做的。

可是……

为什么是侍妾不是王妃？这个消息，让她如遭五雷轰顶，一下子就蒙了。

在场的其他人，看到朱茵蓉的身影，一致向她投去或同情或讥讽的目光，更多的还是嘲讽。

人性的劣根，就是喜欢在你站在巅峰时捧你一把，在你落到地上时，狠狠地踩你一脚。

议论声不绝于耳，声声刺激着朱茵蓉的耳膜。

"茵洛郡主休掉了东盈王，现在皇上却将朱家二小姐赐给东盈王做侍妾，这待遇差别真大啊。"

"你没听到吗？说是婚前失贞，她现在已经是残花败柳了。"

"我听到的消息却是，她自己给东盈王下药，爬上了东盈王的床呢。"

"哎哟，听你这话，怎么这么酸呢？是不是你也想朱家二小姐爬上你的床？"

"我也想，就是不知道人家肯不肯！"

够了，她听不下去了。

朱茵蓉强撑着身体镇定地向小安子走去，用力地扯出一弯嘴角，露出虚弱的笑容："安……安公公，您……是不是弄错了？不是……王妃吗？"

小安子鄙夷地看了一眼她苍白的脸，尖锐着声音把圣旨递给了她："是真是假，看了圣旨就知道了，既然你出来了，那就接旨吧！"

她慌乱地摇头，身子向后撤，想要逃开这个地方，她咬紧了牙关，疯了一般地吼着："不，不可能，不可能是这样的，我不接受，我不接受！"

"把她拦住！"朱佟尉生气地命两名手下，各抓住了朱茵蓉的一条手臂。

朱茵蓉疯了一般地挣扎，头上的珠钗落地，一头乌发散落了下来，整个人像是一个疯子。

"爹……我不要做侍妾，为什么朱茵洛可以做王妃，我就只能做侍妾，我不要！"

朱佟尉的面子挂不住，在场这么多人，全用看好戏的目光盯着他，他的脸色铁青着，望向小安子时，脸色缓和了些："安公公，是不是皇上不小心写错了，能否……"

"怎么着？你们还怀疑这圣旨是假的吗？如果大将军不相信的话，可以随本公公进宫向皇上问问去？"小安子冷哼着，鄙夷地看着他们，也不想再多留，直接把圣旨丢到了朱佟尉的怀中，回头冲身后的禁卫扬手，"走，我们回宫。"

小安子和身后的四名禁卫扬长离去，留下身后众人交头接耳的声音。

朱佟尉的脸色不好看，大将军的威名绝非浪得虚名，又是当今一品，其他人纵使心底里想要嘲讽，也不敢当着他的面，只有在心底里暗暗地笑着。

虽然他们嘴上没有说出来，脸上的表情却已经透露了他们的心声。

展开圣旨，上面赫然写着"侍妾"两个字，已是铁证如山。

纵然他心里再不甘，再不情愿，也不得不认。

"爹，爹，女儿……女儿不想做侍妾！"朱茵蓉小声地看着朱佟尉说着。

"由不得你！"朱佟尉生气地看他，把圣旨丢到她的怀中，她头发披散着，脸上精致的妆容因为泪水变得狰狞。看着她一副蓬头垢面的模样，朱佟尉更是气不打一处来："东盈王的马车估计快来了，去把自己收拾了，免得丢人现眼！"

"爹……爹……女儿……女儿愿意一辈子留在您的身边好不好？"不是王妃，也不是侧妃，只是一个没名没分的侍妾，她留在东盈王宫会有什么地位？谁能看得起她？

"你想抗旨吗？就算是你想死，也不要拉整个将军府来做陪葬！"朱佟尉无情地甩袖转身进了房间，再也不理会伤心的朱茵蓉。

朱茵蓉绝望了。

倘若连朱佟尉也不愿意为她求情，那她就非去不可了，抗旨……那更是杀头的死罪，她……还不想死。

她颤颤悠悠地爬起来，一眼瞄到人群中朱茵洛那张美丽灿烂的笑脸，她更觉得那是讽刺。

说不定……她被封为侍妾这件事，就跟朱茵洛有关系。

怒火在她的心底里一点点地上升，她缓慢地走到朱茵洛的面前，低头睨视她，眼中有着愤怒和恨。

"恭喜二姐！"朱茵洛微笑着侧身算是向她行礼。

恭喜？

朱茵蓉双手紧紧地握起，指关节因为她的用力发出咔嚓的声响，附近的侍卫来到朱茵洛的身侧，准备随时保护朱茵洛，朱茵洛一脸的自信，毫无畏惧，那股气势，不容忽视。

朱茵蓉也被她的气势威慑到了。

打她吗？打她只会让她的声名更难听。

她缓缓地将自己的怒火压下，看着朱茵洛，原本污了的脸更加的丑陋狰狞，她充斥着怨恨的黑眸目不转睛地望着她，一字一顿地宣誓："朱茵洛，你今天在我身上加诸的耻辱，来日我一定会双倍奉还。"

双倍奉还吗？

有志气！就怕她没这个机会。

朱茵洛笑眯眯地仰起小脸："茵洛等着二姐！"

一咬牙，朱茵蓉镇定地抬起头，一步步坚定地往回走去。

不能输，她不能输，现在若是认输，她就再也没有出头之日了，不就是侍妾吗？只要王宫里没有任何一个嫔妃，她就是唯一的王妃，就算不是正妃，那又如何？

看着朱茵蓉的背影，朱茵洛的嘴角缓缓地垂下。

她说过，她是有仇必报，报了仇，她的心里却没有想象中那么痛快。

朱茵蓉这一去东盈王宫，江采琼那只母老虎还不吃了她？

"怎么样，心里舒服了吗？"身侧的高大身形靠了过来，大手在她的脸颊上捏了一把。

"别动手动脚的！"她生气地把他的大手拍掉，附带赠送两只白眼，"你还不打算回国吗？"

"为什么一定要我回去？很快会有酒宴，等本王吃了喜酒再走！"

吃喜宴？

她捏紧了衣袖中的那颗"毒牙"。

"难道你就不怕吃喜宴送掉了性命？"她就不明白了，这人挺聪明的，一直以来都知道皇帝要害他，他还总赖着不走。

妖艳的俊容冲她邪魅一笑："本王在等！"

"等什么？"

狭长的眸子微垂，淡淡地吐出两个字："一个答案。"

第十一章　相约八年后

一个答案?

这让她听了之后，马上竖起了八卦的耳朵，好奇地问："什么答案?"

他邪魅一笑，淡扫她一眼，神秘兮兮地回答了两个字："秘密!"

兴奋感一下子下降，她从鼻子里哼了一声，秘密，她还不屑听呢，反正知道了结果，总是没好处，不知道会不会又陷进他布好的陷阱中，还是不要管他的事才能长寿，因为知道了反而会被他戏弄得火气攻心，提早爆血管而亡。

好奇诚可贵，生命价更高。

这个时候，门外的唢呐声响起，听着这声音，大概是朱茵琳家的未婚夫来迎亲了。

现场的气氛好了些，毕竟今天朱家并非只有一个女儿出阁。

人群开始热闹了起来。

大门外，花轿停下。

朱茵洛同楚靖懿的目光一同向大门外望去。

只见一匹高头大马在门外停下，一身红色喜服的新郎，胸前挂着条大红绸带，上面是一朵可笑的大红花。

新郎下了马，在观众的围绕下，缓慢地向将军府的大门走来。

虽然朱茵琳人并不怎么好，不过她能出阁，嫁给一名还算优秀的男人，朱茵洛还是为她高兴的。

看着那男人一身大红的新郎服，朱茵洛的眼前突然再一次浮现出两日前看到的画面，血……妖艳的鲜血，一滴一滴地落在红色的绸布上，在红色的绸布上迅速地印染，像是一幅抽象的水墨画，让人看了，视觉上有着相当的冲击感。

她又看到了，为什么……为什么会在这个时候看到?

她怔怔地看着新郎身上的红色长袍，突然发现，他身上的喜袍的料子，竟然与她"看"到的一模一样。

难道……难道那个满身是血的人……是新郎? 可是……不管她怎么用力用脑子去"看"，她也看不见半丝人影出来，四周没有杀手啊? 既然没有杀手的话，新郎是怎么遇害的?

这么诡异的事情，令她浑身的毛发不由得竖起，双眼惊恐地瞪大，下意识地往身侧高大的人怀中靠了一些。

感觉到她的身体在发抖，楚靖懿蹙眉搂住她，担心地看着她的脸，疑惑地询问："你怎么了？脸色这么差？是不是哪里不舒服？"

说着，他的手指还探上了她的脉搏，并未发现她有一丝异样。

她苍白着小脸摇了摇头，红唇微颤着吐出虚弱的词来："没，我没事，只是想到了晚上做的噩梦！"

他温柔地抚摸着她的后背安慰她："那只是梦魇，不要害怕！"

"嗯，我是不怕，可是突然想起来，会感觉被惊了一下！"她头也不抬地回答，一双眼睛仍然死死地盯着新郎的喜服。

到底是怎么回事？她百思不得其解，那血……是从哪里来的？或者说……那根本就不是他的血？

一系列的疑惑在她的脑中一个个地盘踞着，她的脑子越来越乱，最后令她头痛欲裂，她按了按酸疼发胀的太阳穴，甩了甩头，将脑子里那些想法全部甩掉，她想得太多了。

就算是出了什么事，这也不关她的事，她想这么多做什么？还是放宽心好了。

她静默地等待结果。

一名小厮传来消息，说是新娘子的盖头突然不知道放在哪里了，让新郎再等一会儿。

新郎也不着急，在场这么多人，多数都是达官贵人和各级官员，新郎便热络地与人打招呼，以拓宽将来自己的商路。

这边到了朱茵洛和楚靖懿的面前，那新郎看着楚靖懿脸上的那道疤突然仰头笑了起来。

"我当是谁呢，看到这块疤，我就认出来，这一定就是南陵王了吧？果然如传说中一般，相当的丑呢！"

众人唏嘘，这新郎胆子好大，不知是胆子大，还是蠢。

脸长得不差，就是这嘴巴很坏。

听到有人说楚靖懿长得很丑，朱茵洛就忍不住冷冷地出口讥讽："难道你觉得你自己长得很美吗？"

那新郎口无遮拦，听到朱茵洛的挑衅，他立即高傲地扬起下巴，不顾身后小厮的劝告，放肆地讥讽道："一个小女娃而已，懂得什么是美什么是丑吗？不过你长得挺漂亮的，长大以后一定是位大美人，不如今日我连你一块儿纳了如何？做我的小妾，我日后一定不会亏待你的！"

娶了她的大姐，还想要她做他的小妾？

他也不撒泡尿照照自己的那副德行，给她提鞋都不配。

"想纳了我，你也得有这个本事才行！"朱茵洛戏谑地扯开嘴角甜甜一笑，眼中满是冷意，一双明亮如黑曜石般的眸子闪动着狡黠的光亮。

"怎么？要什么本事？"

"第一，身高八尺；第二，体重不能超过七十公斤；第三，家产不低于五千万两；第四……"她每说一条，眼前男人的脸色就黑一分，说到第四的时候，朱茵洛嘲弄地讥笑了一声才笑嘻嘻地继续，"打不还手、骂不还口，我说话的时候，要低着头，明白了吗？"

等朱茵洛说完，四周已传来了一阵嘲笑声，当然了，嘲笑的对象可不是朱茵洛，而是那当今的新郎官。

都知这新郎官是富贵之后，却也是个初生牛犊，都说初生牛犊不怕虎，他不仅敢嘲笑南陵王，还敢纳茵洛郡主。

男人的脸一阵红一阵白。

"你当我是傻子吗？我要是纳了你，你就只配给本少爷擦鞋洗脚！"新郎官气疯了，一口气涌到了嗓子眼，整张脸憋得通红，吐出的话不经过大脑，根本就不在乎在场有这么多人看着。

"哦？是吗？可是，你连给我提鞋都不配，你觉得……我会插在你这坨牛粪上？"这人果真是狂妄，看起来二十岁都不到，说话幼稚、易冲动，还很好强，非要逞口舌之快，刚开始对他那副优雅的姿态的好感，现在完全消失。

若非嫌打人手会疼，她早就上去扇他一个耳光了，更要紧的是，沾了他只会脏了她的手。

这新郎官气急了，气急败坏地指着朱茵洛就破口大骂："你这贱人，我要纳了你，那是抬举你，你居然……"

新郎官身后的小厮见状，再望向朱茵洛怀中若隐若现的郡主玉牒，吓得赶紧拉住了自家主子，小声地提醒他："少……少爷，那是茵洛郡主。"

"什么郡主，我……"新郎官冲动的话刚吐出了一个半，舌头突然卷起，在嘴里打了个转，眼睛骤然瞪大。

"你是茵洛郡主？"

"是呀？"朱茵洛漫不经心地回答。

茵洛郡主在咸城中，那可是炙手可热的人物，而且他连皇帝都不怕，前天更是赢了北冥国，她的威名可是很大呢。

新郎官的气势一下子在朱茵洛的面前低了下去。

"我……我不知你是茵洛郡主，还请茵洛郡主……"

朱茵洛微笑着扬起眉梢，轻蔑地看着他，冷冷地打断他的话，字字犀利刻薄："听你在吠，你配不上我大姐，麻烦你现在就滚出将军府！"

迎亲当日被新娘的妹妹轰出府？那会是多难堪的场景？

新郎官气得一下子咳了起来，竟然就咳出了一丝血来，可见他被气得不轻："今天是我大喜的日子，等我迎娶了我未来的娘子，我自然会滚！"

"你还没听明白吗？我让你……"朱茵洛笑眯眯地吐出阴鸷的字眼，"滚！"

新郎官被气急了，抬起手来，狠狠地就要冲朱茵洛甩一个巴掌。

打女人的男人，更不可要。

在他的手掌还未落到朱茵洛的脸上之前，朱茵洛身侧高大的人影适时地伸出手来拦住了他的手腕。

那妖艳的蜈蚣疤痕放肆地冲新郎官张牙舞爪，性感的薄唇微扬，淡漠地沉声命令："她让你滚！"

"你这个丑八怪，有什么资格命令我？"新郎官被气得全身发抖，被握住的手，疼痛难耐，感觉手腕就快要断了。

丑八怪？

楚靖懿邪笑着眯眼，当着所有人的面，缓缓地摸到脸上伤疤的下部，慢慢地向上揭起，露出底下完美的皮肤。

撕掉伤疤的脸，绝色的脸令在场所有人全都失色，妖邪的笑容勾起，对着新郎官笑眯眯地问："还丑吗？"

在楚靖懿拿掉脸上那块伤疤的瞬间，所有人都震惊了，也包括朱茵洛。

她盯着他左半边脸上光滑的皮肤好久，几乎想将他的脸皮盯穿，也不敢相信，那块伤疤，居然是假的。

她是一个小偷，有时候她也研究造假，造出的假物几乎可以乱真，但是……她居然没有发现，楚靖懿脸上的那块伤疤是假的，这太侮辱她了。她在风中差点就凌乱了，谁能告诉她，他的造假术是从哪里学来的？

不过，除去那块伤疤后，那张绝色的容颜，美丽得让人不敢移开眼睛。

天下间……为什么会有这样一个妖孽绝色的男人？这……这这这……这让女人怎么活啊？

她一直认为，自己的这张脸挺美的，但是……在楚靖懿的面前，马上就给比下去了，太气人了。

被气到的，也并非只有朱茵洛一人，新郎官一见楚靖懿那张绝美得让人神共愤的俊容，愣了好几秒，突然口中喷出几口鲜血来，染红了他身上红色的衣袍，鲜红的血在他的身上迅速地晕染开来。

这画面，正是朱茵洛曾经见到的画面。

吐出了几口鲜血的新郎官，摇摇晃晃地站不稳，突然扑通一声倒地，再也没有爬起来。

小厮慌乱地唤着："少爷，少爷！"

两名小厮把新郎官扶了起来，然后将已经奄奄一息的新郎官背走了，整个将军府现场，一片混乱。

朱佟尉听到声音才从屋内走出来，刚走出来就看到小厮把昏迷的新郎官背走的画面，刚刚好了的脸色一下子又黑了下来："怎么回事？"

"爹……新郎官得了咯血症，大家都可以作证，刚刚旧病复发，所以下人将他带回去治病了！"朱茵洛把方才那一场混乱说得云淡风轻，更把一切责任都推到新郎官的身上。

"什么？咯血症？"

犀利的目光扫过众人。

众人沉默了一会儿，几乎是异口同声地回答："是这样，是这样的！"

听到新郎官有咯血症，朱佟尉的脸色更难看了，暴怒地吼来了自己的手下："来人呐，

132

去把媒婆找来，这桩婚事，取消！"

"是！"

整个婚礼，在混乱中结束，朱茵洛连同楚靖懿一起将众人都疏散了，再回到前厅中，朱茵琳一身嫁衣坐在地上，已经哭成了一个泪人，嘤嘤的哭声不绝于耳。

主位上坐着朱佟尉，他脸色铁青，一双眼睛全被怒火充斥着。

今天……他的脸，算是丢尽了。

大夫人阮梦莲坐在朱佟尉的旁边，不停地看着自己的女儿唉声叹气。

朱茵洛和楚靖懿两个人进了屋内，便听到朱佟尉扯着大嗓门在生气地训斥朱茵琳："不要再哭了，再哭的话，本将军连你一块儿送到东盈国做东盈王的侍妾！"

一声威胁，吓得朱茵琳再也不敢哭了。

虽然那句话，只是一句气话，但是朱茵琳可不敢冒险去触摸朱佟尉的底线，生怕会真的激怒了他，到最后一发不可收拾。

朱茵洛和楚靖懿两人刚踏进屋内，一名小斯也跑了过来汇报说："东盈王派来的马车已经到了，二小姐已经上了马车。"

朱佟尉深深地吸了口气，挥了挥手："下去吧，本将军知道了。"

造孽啊。

今天他的两个女儿，一个被一道圣旨嫁作他人的侍妾；另一个，新郎官在迎亲时，突然吐血倒地，才被发现得了咯血症。

他的老脸，可算是丢尽了。

骤然间，朱佟尉又显得苍老了许多，手无力地向众人挥了挥："好了，你们都下去吧，我想一个人静一静！"

"是，老爷！"阮梦莲赶紧把朱茵琳扶了起来，急忙离开了前厅。

"那女儿也告退了，爹爹，您要是有什么事的话，可以交给女儿去做！"朱茵洛柔声安慰他。

朱佟尉欣慰地看着她，还好，他还有这个乖女儿，虽然他对朱茵洛娘儿俩从来就不怎么好，可是……关键时刻，总是朱茵洛为他争光，在他落寞时，朱茵洛更能安慰他。

他的脸色好了一些，声音中有几分嘶哑和疲惫："你也回去吧，去看看你娘，待会儿我也去！"

"好，爹，娘见到您一定会很开心的！"朱茵洛甜甜地答着，拉着楚靖懿离开了前厅。

出了前厅，太阳已经渐渐东斜，灿烂的斜阳，洒落在人的身上，甚是柔和。

踏着斜阳透过树叶投落在地上的影子，走在林荫小道上，朱茵洛重重地叹了口气。

难得见她叹息，她身侧的楚靖懿邪笑着看着她道："小孩子家也有心事了？"

"不要说我是小孩子！"她恼得全身的汗毛都竖了起来。

"那不知茵洛郡主到底在烦心些什么？"

"当然是你呀！"矛头一转，落在了他的身上，看到那张完美的俊颜，她就来气，"你能不能解释一下，你脸上这块疤是怎么回事？"

"等你嫁给我之后，我再告诉你！"他故意戏谑地冲他眨了眨眼，狭长的紫眸，充满了诱惑。

不得不说，除去了那块伤疤，他的脸该死的好看，让人忍不住看得痴了。

她倏地顿住脚，没好气地冲他啐道："呸，你这个骗子，大骗子，不知道你哪一句真哪一句是假，我们之前的约定，还是作罢吧！"

"你怕嫁给我不成？"他紫眸闪烁。

她猛翻白眼："我知道你想用激将法，可是现在这招没用了，我是不可能被你一次次地骗了。"狼来了喊多了，就不管用了，"现在不谈这个，说正事，你到底什么时候回去？"

"只要你答应嫁给我，我就回去！"他无赖地回答。

"喂，楚靖懿，我是跟你说真的，不是跟你开玩笑，你留在这里没好处，现在皇上给了我毒药，让我毒死你，难道你真的想死吗？"她气得猛瞪他，真不知道他那颗聪明的脑袋到底去了哪里。

狭长的眸子眼皮微敛："我说过了，只要你答应嫁给我，我自然会回去。"

"凭什么？"她气得直跺脚，他就吃定了她吗？

大手轻轻地摩挲着她柔嫩的脸颊，她要闪开，他的手指立即捏住她的下巴，强迫她转头望进他的眼。

从他的眼睛里，她看到自己清晰的影子，有一丝丝的惊慌。

"洛儿，只有我才配得上你！"他狂妄地宣告。

又是一个自大的家伙。

她火大地拍掉他的手："你够了没有，楚靖懿，我没有时间跟你玩文字游戏，你到底走不走？"

"除非你答应嫁给我。"

"我为什么要嫁给你？我现在才十岁！"

"你早晚有一天会长大。"

这人是故意的，存心想让她生气的吗？

娶一个十岁的女娃，有毛病。

但是，他若是真留下来，她就必须要出手杀他，杀人啊！

心一颤，她咬紧牙关，横了心答应道："好，我可以嫁给你，但是我有一个条件！"

"什么条件？"他不疾不徐地问。

"我不喜欢成亲那么早，你要娶我的话，就等到我十八岁生日时，你来提亲，到时你的宫中还无一名妃嫔侍妾的话，我就答应嫁给你。"她狡黠地道，心底里开始算计着。

八年的时间，可以改变很多事情，十八岁的她，还会受人摆布？天下任她盗，她还会乖乖地在将军府等他来？

做梦！

无视她算计的目光，他徐缓地点头，幽暗的眸子颜色更深了几分，嘴角微微勾起，几不可闻地吐出了一个字："好。"

看着她那副自信的表情，他嘴角的笑意更深。

她想什么，他还不清楚？

其实……他一直没有告诉她，他会读心术，她心里想什么，只要他想知道，就会一清二楚。

八年后，那就拭目以待。

皇宫，御书房。

时间已将近深夜，月明星稀，御书房外禁卫森严，个个持剑站立，天子脚下，他们个个精神抖擞，不敢有一丝懈怠，御书房的守卫向来是考核最为严格的，也是待遇最高的，但……也是最危险的。

想要暗地里行刺皇帝的人，多了去了，所以他们必须时时刻刻保持警惕。

御书房内，灯火仍很通明，一直守在御书房外的太监刘宣福不时地抬手打着哈欠。

刘宣福是最累的，只要皇帝不睡，他就不能睡，外面的禁卫起码还能三班倒呢。

只要里面楚飞腾出声唤他，他就要马上进去看看他有何需要的。

这会儿天更晚了，这个时辰，楚飞腾会需要一杯热茶，想着便转身去泡茶。

刚走到御书房门前，忽地一阵邪风刮来，吹打在脸上，割得皮肤泛着丝丝地疼，恍惚中，似乎有影子在闪动，但也只是瞬间而已，那影子便消失了。

御书房外有片刻的纷乱，但马上就恢复了平静，只以为刚刚是个幻觉而已。

刘宣福吓得浑身颤抖，捧着茶杯的手摇晃着，瓷杯在他手里的托盘中打着战，茶水被溅出了几滴来。

今晚的夜空，诡异得很，虽然月亮很大，但仍显得整个夜色昏暗昏暗的。

但是这么多禁卫在，他怕什么？

他捧着茶镇定地往御书房中走去，屋内的亮光照亮了他的脸，他准备轻轻地走进去，然而……他刚走去，骤然发现，在御书房内，不知何时已经多了一个人。

他吓得错愕地睁大了眼睛，刚要张嘴惊叫一声，那人影骤然蹿到他的身侧，点住他颈间的哑穴和定身穴，他害怕得全身发抖，双手一松，手中的托盘便掉落下去。

一只大手适时地出现，接住托盘，杯子稳稳地在托盘上。

那道人影微笑着端着托盘走到御案前，轻轻地放在桌子上："父皇，您的茶！"

楚飞腾由始至终，面无表情地望着对方，眸中有着错愕和怒意闪现。

"你怎么进来的？"楚飞腾冷冷地问，夹杂着怒火。

"当然是走进来的！"楚靖懿邪魅一笑答道，脸上没有了那道疤痕的他，绝美、妖艳得紧，也更加绝尘出众。

看到那张脸，楚飞腾的脸更难看了。

"原来……你的疤是假的！"

"曾经是真的！"楚靖懿淡淡地答，嘴角闪过一丝苦涩，不过瞬间而已，已换成了阴鸷的冷酷，"而且……是拜父皇您所赐。"

"朕不知道你在说什么！"

"不知道吗？"修长的指在脸上轻轻划过，薄唇勾起性感的弧度，一缕碎发挂在他的鬓角，配上那副绝色的容颜，就像是一个妖孽，那般惑人，"父皇不知道也罢，只是，这样东西，父皇还记得吧？"

他摊开一只手帕，上面躺着一只黑色的牙齿，那牙齿，楚飞腾当然不陌生，这就是前天他交给朱茵洛的那只，这味道，是他人做不出来的。

看到这颗牙齿，楚飞腾动了一下身子，握着椅子扶手的两只手不安地握紧，脸上仍然保持镇静，看不出一丝异色。

"这个，不记得！"

"不记得？"楚靖懿冷笑着，"父皇的撒谎功力实在是越来越厉害了，可是这些，儿臣都不计较。"

楚飞腾蹙眉抬头望着他，不知楚靖懿到底想做什么，生气地质问："你夜闯御书房，难道不怕朕大喊一声，那些禁卫就会进来杀了你吗？"

"怕，当然怕，不过……"他从鼻子里嗤出一口气来，"刚刚我进来，不是一个人都没发觉吗？"

紫眸闪烁，危险的气息蔓延开来。

楚飞腾的气焰马上低了下去。

楚靖懿的武功很高，就算是外面那些禁卫进来，恐怕也不是他的对手。

楚飞腾生气得怒火上升："你现在……是想要谋杀亲父吗？"

"不！"楚靖懿淡淡地回答，嘴角扯出嘲讽的弧度，眼角不经意地瞥过楚飞腾握着椅子剧烈颤抖的手指，原来……他也是怕死的，"我没有父皇您这么残忍。"

听到楚靖懿说不会杀他，楚飞腾心中的恐惧缓和了一些，气势也升起一些："既然你不是想杀朕，那你现在是想怎样？威胁朕吗？"

"不……父皇……儿臣只求一个答案，父皇为何一定要杀了儿臣？只是为了大哥吗？"

"不是！"

"那是为什么？要不要我来说？"楚靖懿半眯起眸子，"其实父皇……您根本就没病，您只是假装自己生病，利用大哥做幌子，想要除去所有对您有威胁的人，是吗？"

"不是！"楚飞腾恼怒地拍桌而起，与楚靖懿对面对持。

"不是？"楚靖懿性感的嘴角勾起，紫眸中染上了一丝笑意，"那父皇你到底为什么要杀了我们？能够杀了自己亲生儿子的人，到底还有什么做不出来？你杀不了我，却把那两个送我去清若宫的人暗杀了！这不是心虚是什么？"

"不是不是不是！"楚飞腾气得浑身颤抖，激动得嘴角剧烈地抽搐着。

"我今天来，只是想告诉你一件事，你这个皇位，我不屑！我要说的就是这么多，在你有生之年，我不会再踏进这咸中半步！"

本来还怒火冲天的楚飞腾听到楚靖懿的这句话，突然平静了下来，他低头深思，似乎不相信他说的话。

"朕要怎么相信你？"

楚靖懿冷笑。

楚飞腾在说这句话的同时，就已经证明了他的观察不错，他早就跟随一位御医学过医术，身体状态到底怎样，他靠近对方用内力一探便知真假。

当他靠近楚飞腾时，明显感觉到楚飞腾气血流畅，并无半丝虚弱之意。

他欺骗了所有人。

"我要朱茵洛！"

"朱茵洛？"楚飞腾缓缓地坐了下来，半抬眼皮，嘲讽地道，"她……朕留着还有用！"

"只要父皇将她赐给儿臣，儿臣保证日后不会觊觎父皇您的皇位！"

楚飞腾眼中精光绽放，一双眼睛精明地眯了起来，坐在椅子上，手指敲打着桌面，慢腾腾地微笑道："你也知道，他是大将军的掌上明珠，她的聪明才智及她的美貌，将来对我很重要，你凭什么以为我会将她交给你？"

"其实……父皇您最大的敌人，就是儿臣！"楚靖懿淡漠地出声道，拿起桌子上的茶杯，轻轻地握住，稍稍用力，整个茶杯和杯中的水全化成一阵烟雾……然后缓缓地消失了。

这一幕，惊住了楚飞腾。

"可是，现在朕不能让你带她走。"

"等到她满十八岁那天，儿臣再来迎娶她，父皇满意了吗？"

大脑迅速运转。

朱茵洛可以说是一个绝妙的筹码。

楚靖懿看上了她，相约八年后再来迎娶她，八年的时间，朱茵洛就相当于是一名人质在他手中，谅他也不敢随便动手，而且……八年的时间，能改变的事情太多了，谁知道八年后会发生什么变故？

只想了三秒。

楚飞腾便抬头，笑着答了一个字："好。"

"对了，北冥小王爷，前天在比赛结束时，也来找过朕，想让茵洛和亲，两国缔结友好，倘若你八年后没有来，那么朕会将茵洛嫁到北冥！这样你有意见吗？"

到时候，天罗地网，你还逃得出去？楚飞腾心底阴鸷地盘算着。

他的那点小心思，楚靖懿已探得一清二楚。

他最后一丝丝希冀，也被楚飞腾的想法给击碎得干干净净。

他真的是为了别人吗？不……他为的是他自己。

"儿臣一定会准时赶到，绝不让父皇有半丝为难！"

"好吧，既然如此，你就退下吧。走时，不用再向朕禀报了！"楚飞腾轻松地甩了甩手。

"儿臣告退！"楚靖懿恭敬地最后向他鞠了一躬，这……可能是他最后一次这般诚挚地向他行礼。

最后一次！

傍晚时分，一个消息传进了大将军府。

朱茵琳的未婚夫在回到自家的府后不久，便吐血而亡。

听到这个消息，朱茵洛愣了好一会儿，似乎有些消化不了这个事实。

这新郎官这般不经吓，竟然被楚靖懿的"美貌"给吓死了，新郎官一家忙着办理丧事，与大将军府再无关系来往，这又是后话了。

听雨楼。

朱茵洛刚准备要睡，房门咚咚地响了起来。

幸亏她还没有睡，听到敲门声，她便走出去开门，旁边房间的宋惠香听到声音也起来了。

"娘，您睡，我来开！"朱茵洛示意宋惠香回去继续睡。

"不要太晚睡了！"宋惠香叮嘱道，她明白这个时候敲门的，定是找朱茵洛的。

"知道啦！"朱茵洛甜甜一笑回答道。

吱呀一声，宋惠香轻轻地合上门，朱茵洛便走出去开门。

今晚夜色有些凉，她多披了一件披风，打开门，果见一人站在门外，似乎已经等候她多时。

"你怎么这个时候来，你……"她眨动着美丽的杏眼，话未说完，抬头看到一张微笑着的俊脸，话又噎了回去，讶异地瞪大了眼睛，"咦？怎么是你？"

听到朱茵洛的话，西门泽心里难免失落，但是仍然保持镇定，微笑道："我马上要去驿馆了，明日一早就要出发，所以……临行前，来跟你道别！"

"原来是这样呀，那个，我娘在睡觉，我们出去说吧！"她指着听雨楼外不远处的花园道。

"好！"

坐在微凉的石椅上，皮肤瞬间被凉得起了鸡皮疙瘩，慢慢地适应了温度，坐在树下，春季夜晚的露水很重，不一会儿便感觉雾气蒙蒙，身上有些潮了。

朱茵洛与西门泽并肩而坐，许久，西门泽都低头盯着自己的脚尖不说话。

气氛有些尴尬。

夜晚，花园里一片黑暗阴凉，旁边又坐着个这样闷着气不说话的人，怪瘆人的。

把她叫出来，他又不说话，是要怎样？

她不耐烦地拍了拍他的肩膀，待他木讷地转过头来，她不耐烦地直接问："喂，小王爷，你大半夜把我叫出来，不会就是让我陪着你出来乘凉，顺便数数天上有几颗星星的吧？"

"呃，当然不是！"

"那是什么？如果你再不说的话，我可要回去了！"太闷了，她起身就要离开。

他赶紧一把抓住她的手腕。

总算有行动了。

她乖乖地坐了回去。

看到自己握住她手腕的手，西门泽忽地目光微闪，手指像被火烫了似的赶紧缩了回来，不敢直视那双清澈美丽的大眼，生怕会被她吸引。

又不说话了。

她气得叉腰站在他的面前。

"西门泽，你这个人很闷，你知不知道？"

"你不要生气，不要生气！"西门泽慌了，双手不知所措地在空中悬着，想要拉住她，却又不敢沾到她，手指不安地收紧，最后只能平放在自己的双腿上，"我……其实我是有一件事想要说。"

"什么事？"总算回归正题了，她的脸色缓和了些，双手环胸地站在他的面前低睨他，目光居高临下，这样的感觉还不错。

被她这样火热的目光盯着，他的神色又慌张了起来，说出的话结结巴巴："是……是……我想……我想娶你！"最后咬着牙吐出了一句。

娶你两个字，他用了很大的力气才说出来，说完，他就松了口气，抬手擦了擦额头上因为太过紧张而冒出的冷汗，一双眼睛仔细地端详朱茵洛，打量她的反应。

娶我？

朱茵洛倏地睁大眼睛，不会吧？

她一本正经地伸出手来，在他的额头了试了一下，温凉的小手，柔柔软软的，在他的额上刚覆了一下就离开，然后看到她把手放在了她自己的额头上，非常认真地蹙眉低吟了一句："奇怪，没发烧呀！"

嘴角用力地抽了一下，西门泽纳闷地解释："我没有发烧！"

那奇怪了！

楚靖懿那家伙要娶她，多数是为了戏弄她，但是这西门泽要取她，就很奇怪了，她……什么时候变得这么抢手了，唯一的解释就是……

"那你为什么要娶我？你不会有恋童癖吧？"她一本正经地问他。

这一次，他不仅嘴巴在抽，心更是抽得紧。

"不是，你不要误会我，我是……我是真的想娶你。"

"为什么？"她要的只是原因，一个人想娶另一个人，不可能什么原因都没有，忽然她想到一幅画面，诧异地瞪着他，"你不会是因为在湖边我做人工呼吸救了你吧？"

古代的人真麻烦，怎么一个吻就想要她负责？若是她多做几个人工呼吸，是不是她也要建立一个后宫了？女尊时代虽然很诱惑，但是她只崇拜一段爱情，只是一生一世一双人，绝对没有想要建立美男后宫的打算。

说到那个吻，月光下西门泽的脸泛着可疑的红色。

不是吧？朱茵洛翻了翻白眼，赶紧解释："咳咳……西门小王爷，我想……有些事情，你可能误会了，当时……你是溺水了，有一种解救方法，叫作人工呼吸，就是嘴对着嘴巴吹气，这样可以给你输气，但是……那不是吻，我只是为了救你。"

她认真地解释着，一双小手挥舞着，这般卖力，只是为了让他知道，她对他并没有一点儿意思。

"我承认，第一次是因为这个，但是这些日子我们的相处，我想娶你的心意就更强烈了。"

她不敢置信地指着自己的鼻子："我才十岁，你还说你不是恋童？"

"我……我我……我等你长大之后，再来娶你！"

又一个要等她长大的。

她深吸了一口气，看到这单纯的小王爷一脸紧张地看着她，她就觉得真是造孽，以为他不会对一个十岁的女娃有期待，但是她错得离谱。

她努力用平静的声音，缓慢地解释道："我想你误会了，我这样说吧，就算我想嫁，我的婚姻，也由不得我做主，皇上他……"

"这个你不用担心！"说到皇上，西门泽马上兴奋地说道，"皇上已经答应了，待你年满十八岁时，准你和亲！"

年满十八岁，和亲。

这是皇帝什么时候定下的，她怎么不知道？她的一辈子就这样被人给卖了？

"咳咳！"她差点被口水噎死，"你刚刚说……是皇上说的？"

"对呀，你刚刚说，你的婚事是由皇上来定，那是不是……只要我向皇上求你，你就愿意嫁给我了？"西门泽有些雀跃地问，以为这件事成了。

"这个嘛，皇上不是说等我十八岁吗？那就等到我十八岁再说吧！"她已经够烦了，又加上一个西门泽，头更痛了。

"太好了，太好了，那等到你十八岁的时候，我会派人送聘礼过来。"

"好好好，你说什么就什么吧，只是我现在头有点痛，我想回去睡觉了。"

"去吧去吧，等到你十八岁的时候，我一定会来娶你的！"西门泽一脸认真地看着朱茵洛一字一顿地保证。

天哪，她痛苦地呻吟一声，不要再说要娶她的话，她一边往回走一边摆摆手离开了。

待她回到房间，她还是很生气。

摸着黑进了自己的房间，摸到了榻，刚要躺下来，却跌进了一具胸膛中，吓得她脱口就要尖叫。

一只手准确地捂住了她的唇，她张口的话只变成了"唔唔"，有贼！她慌忙挣扎。

"是我！"黑暗中，一个好听低沉的声音在她耳边响起。

这个声音成功地制止了她的所有挣扎，一双乌亮的眼珠子慧黠地眨了眨，透过月光，果见一张绝色的俊脸映入她的眼中，不是楚靖懿还能是谁？

她气不打一处来，拍掉嘴巴上他的手，生气地指着他的鼻子就骂："你以为你们当王爷的就可以随便欺负人吗？我警告你，下次你再敢闯进我房间，我就阉了你，让你下半辈子做太监。"

火气这么大？他幽幽一笑，月色下他那张俊美的容颜更显妖艳邪魅，嘴角挂着慵懒的弧度，用散漫的语调戏问："怎么？谁惹我未来的王妃生气了？"

"别口口声声叫我王妃！我还没有嫁给你们呢！"

你们？他会意地点了点头："刚刚你出去见他，他说要娶你的事了？"

"你也知道？"她不敢置信地睁大眼睛，"敢情你们两个是合计好地耍着我玩儿吗？"

无视她的指责，他只是淡淡地出声叮嘱："我不在这里的时间，你自己要小心，万不可事事强出头，还有，大将军始终是父皇的手下……"

"我不是说这个，我是说……"

不听她的，他幽暗的紫眸灼灼地凝视她，继续说他自己的："为了牵制我，他们极有可能会利用你，到时你要自己懂得判断是非，只要等到你十八岁那一天，我就会带你离开这个地方！"

略粗糙的手指轻抚她柔嫩的脸颊，泛着丝丝酥麻感，令她欲脱口的话全咽了回去，水汪汪的大眼无助地望着他，眼中有着迷惑。

他眼中的情绪，是心疼和不舍吗？

除了宋惠香之外，第一次有人这般关心她，心中不由得袭入一股暖流，柔软的心理防线被击溃，她不想抗拒。

他说……要带她离开这个地方。

她板着小脸辛辣地反驳。

"这里是我的家，这里有我的家人，你让我离开自己的家人，真是残忍。"

性感的薄唇中吐出低沉的笑，暧昧的气息洒在她的脸上，麻麻痒痒的。

"到时，你们可以搬到南陵来，我不会让你和你的家人受到伤害。"

她注意到，他现在自称都是"我"，而非"本王"。

听起来，似乎条件不错，再加上他之前所说的那些话，嫁给他，稳赚不赔。

不过她仍然阴郁着一张脸，嘟起小嘴耍赖："这个我还是要考虑考虑。"

他轻笑着，好看的眼睛微微弯起，温热的大手宠溺地捏了捏她的小俏鼻："从明天开始，你将有八年看不到我，你有八年的时间可以好好考虑。"

"哼……"她从鼻子里哼出了声，傲慢地扬起下巴，"八年后，早已物是人非，我长得这么漂亮，长大之后一定很多人追求，我并非只选你不可！"

小不要脸的。

他的话更狂妄："这个世界上，你再也寻不到一个比我更优秀的男人了。"

朱茵洛的嘴角抽了几下："你就这么自信？"

看着外面的天色越来越晚，他站起身，高大的阴影在屋内，显得屋梁有些矮了。

"我送你的那颗夜明珠，是祖母的珍爱之物，祖母的夜明珠有一对，送给皇太后的是前些日子得的，祖母的另外一只夜明珠还在我的手上，只要你乖乖等着，另外一只自然……也是你的！"他邪魅地诱惑道。

还想要说些什么的朱茵洛忍不住愣了一下。

还有一只夜明珠！

他他他……

太奸诈了！

趁着她愣神之际，他捧着她的小脸，在嫩嫩的脸颊吻了一下，低笑着在她耳边叮咛："乖乖地等着我回来的那一天！"

说完，他黑色的人影已经从窗子跃了出去，转眼即已不见。

气息的突然接近，令她的脸唰地红了一下，还没有反应过来，屋内就只剩下她一个人。

可恶。

"王八蛋！"她对着窗子羞怒地骂了三个字。

卑鄙、无耻！可是……还有一只夜明珠！而且还是珍藏版！

……

第十二章　八年后

八年后。

如楚靖懿所料，八年过去了，楚飞腾依然坐在那张龙椅上。

这天，天空万里无云，湛蓝如洗。

在树木的掩映中，露出一座金碧辉煌的宫殿来。

这座宫殿处在西阳国咸城外凤凰岭半山腰上。

慕容世家的产业越做越大，三年前，慕容家的当家，命人在这凤凰岭上建造了一座固若金汤的宫殿，专门供慕容家的人在此享受、度假。在山中挖出了一个藏宝洞，悉数珍宝尽藏其中。

这个消息，很快就传遍了大江南北，多少高手及江湖上的盗贼、探宝之士，皆想到此一游。

为此，慕容世家更不惜花重金，聘请了许多高手及官府的士兵来坐镇，更设下了重重机关、陷阱。

那些探宝者，纷纷被那些护卫及官兵拿下，被迷药迷晕了送到大牢里去吃牢饭，可谓是得不偿失。

但是，越是难进去，招来的人就越多，多少人想要一探究竟，所以一个个前仆后继。

仅仅半年的时间，官府的大牢，几乎都被那些好奇盗宝者给占满了。

那些盗宝者，还有许多是江湖上赫赫有名的盗贼，甚至是一些官府告示上悬赏之人，让朝廷少了许多力气去到处抓人。

传言，也同样是在三年前，突然传出这样一则消息，江湖上出现了一名女盗贼，一身白衣，白纱蒙面，黑色的长发只用白色的丝线束住，所到之处，牡丹花香阵阵，香气袭人，在众人被牡丹花香之气迷住之时，那些守卫守住的宝物，却在他们清醒之时，便已经无影无踪。

这女盗贼，偷盗之时，只露出一双眼睛，似一双勾魂桃花眼，婀娜的身形，看上去美艳不可方物，那些男子看到她时，只想去摘掉她脸上的面纱，哪还管什么宝物？

所以……至今还未有人见过这白衣女盗贼的真实模样。

只因她出现时，牡丹花香气漫漫，所以，人们给这女子起了一个绰号叫牡丹仙子。

江湖上不禁有人斥道："一个盗贼，也配叫牡丹仙子？"

但是只因无人知晓她是美是丑，再加上她偷盗从未失手，那般高深的手段及手法，还有她旁人不能及的速度，配上这个名号，也当之无愧。

在这凤凰山上的那些守卫，自然也听过这牡丹仙子的名号。

在他们守护在凤凰岭上的这些日子，既期待看到这传说中的牡丹仙子，一睹真容，却又怕见到她之后，会守不住身后的财宝，那么他们可都是死罪呀。

所以……他们每一天都活在期待和恐惧之中，只怕随时会掉了他们头顶的那颗脑袋。

对于牡丹仙子的传闻，传闻始终是传闻，到底真相是怎样的，却没有人清楚。

所以，关于这牡丹仙子的传闻，这一天，有一名高手跟一名捕快吵了起来。

"我说这牡丹仙子，根本就是个丑八怪，所以才会蒙着脸，不敢见人！"捕快一脸正直地说。

"要我说，她一定是倾城倾国的大美人，否则怎么会有这么多人都拜倒在她的石榴裙下？"高手色迷迷的眼睛绽放出淫邪的神情。

"就说你们这些高手，根本就是吃闲饭的，关键时刻你们都不动手，都是我们这些捕快拼了命上去，才把那些盗贼抓住！"捕快心里不爽，忍不住讥讽地抱怨。

高手冷冷地看着他，高傲地轻笑着："我们是高手，当然是只有你们顶不住的时候才会出手，倘若你们都能对付得了，那都是些下三流，何需我们这些高手来出手？"

"你……你们……"捕快被气得额头上青筋暴突。

其他有几个捕快听到了，也跟着围了上来。

两边两句话不到就吵了起来。

就是些关于谁出的力多，谁出的力少，谁的功劳大，谁的功劳小，还有谁该得的报酬多谁该得的报酬少的问题。

两边吵起来，多数都聚在了一块儿，两边对峙着，比着谁的嗓门儿大。

就在这时，不知道是谁叫了一声，吓得所有声音都停住了："快闻闻，是不是牡丹花的味道。"

牡丹花的味道？

所有人都停止争吵，诡异的气息在人群中流窜。

对！

是牡丹花香气，浓郁的香气，让人闻着便沉沉欲醉，那味道，更让人如痴如狂。

那些个自以为是的高手，闻到那些牡丹花香气，便全身都软了，一个个的嘴里发出淫邪的声音："果然是牡丹仙子来了。"

"你们记住，这牡丹仙子是我的，我倒要看看这牡丹仙子是怎样的绝色！"有人抢着说。

"不行，是我先发现有花香味的，我应该排第一个！"

站在一旁的捕快们，听到那些所谓的高手，心心念念惦记着的只有牡丹仙子，一个个气得脸黑。

敢情这些高手即使每天守在这里很无聊，也每天准时来报到，并非只是为了守住里面的财宝，而是……想要看看这牡丹仙子的真容，想一亲芳泽吧？

那些捕快，对这些高手的印象就更差了。

"所有人都打起十二分精神，备战！"一名看起来比较沉稳的领头模样的捕快，沉声命令道，一双眼睛飞快地在四周搜索。

而那些高手，也迅速地去寻找牡丹仙子的方向，并非为了抓贼，而是为了女人。

香气越来越浓郁，那些高手，像是闻到雌性激素的发情公狮子一样，雀跃着等待牡丹仙子的到来。

然而，他们在原地等了许久也不见人来，个个严阵以待，奇怪着，这牡丹仙子，难道是看到这么多人怕了不成？

几名高手也急了，忙四处查探，捕快们守在门外，严禁任何人进出，只希望能快快找出人来。

就在这时，大殿的一角，突然不知道被什么东西炸掉了，轰隆隆的声音响起，依稀可见在那大殿的一角，被炸出了一个洞。

所有人都被惊动了，便惊喜地指着那大洞道："牡丹仙子肯定在那里！"

朝廷悬赏五万两捉到牡丹仙子，抓到她，那可就是五万两啊。所有人都兴奋地向着那大洞奔去，那些高手更是迫不及待地想要看到牡丹仙子的真人。

却在这时，一条灵活的白色人影，像轻雁一样飞进了大殿之内，却无人知晓。

那条人影进去，再出来时，依然无人发觉，只有一人不小心瞄到一条白色的影子，忍不住指着那影子叫道："刚刚那个过去的白影子，是不是就是牡丹仙子？"

"怎么可能？我们再找一找，她一定就在附近。"

众人正寻找着，突然从大殿之中，传来一阵碎裂的声音引起了众人的注意。

那些原本还在原地寻找牡丹仙子人影的人全好奇地往碎裂声的方向走去。

原本紧闭着的藏宝库大门竟然是开着的。

藏宝库大门开了，那就是说牡丹仙子来过了？而刚刚那声音似乎是从这里发出来的。

所有人都惊呆了，有几个贪婪的人推开门进去，准备趁人不注意也偷些宝贝走，但是……刚进去却看里面一片狼藉，所有东西全变成了碎片，房梁上高高地悬挂着一条白布，依稀可闻到淡淡的牡丹香气。

在那长长的可以垂到地上的白布上，可见几个娟秀的字迹如牡丹花般盛开："全是赝品。"

全是赝品？

所有人都傻眼了。

难道……他们半年来，守护的那些价值连城的东西……全部都是赝品？这让他们情何以堪？

白色的倩丽人影，在凤凰岭高大的树林间自在地来回穿梭，远远看去，就像是飘荡在树林中的仙子。

人影在凤凰岭脚下停住。

白色的长裙衬着她曼妙的身形，纤白的皓腕上，是一只羊脂玉镯，纤长的玉指，优雅地解开脑后的面纱绳结。

在金色的阳光下，一张美丽出尘的脸映着阳光，晶莹得发亮。

白皙的脸，弯弯的眉，大大的桃花杏眼，如黑曜石般的眼珠子骨碌碌地转着，闪动着灵黠的光亮，细腻高挺的鼻梁下，是小巧的樱桃红唇。

眉不画而黛，唇不点而朱。

丰润的樱唇微微勾起不屑的弧度，美目如丝般流转，她嫌恶地拍了拍身上的灰尘，连声抱怨着："还以为慕容家藏了什么宝贝，原来只是些废物，害我白跑这一趟。"

此人不是别人，正是如今西阳大陆鼎鼎有名的茵洛郡主，但是，谁也没有想到，这茵洛郡主竟然就是江湖上人称牡丹仙子的女盗贼。

令拥有宝贝的人家闻风丧胆的牡丹仙子。

而在南陵国，让人闻风丧胆的却是另有其人。

这是一个昏暗的房间，房间内，一名高大的男子背对着房门而立，那高大的身形给人一种无形的压力，只是站在他的身侧，已经能感觉到他身上所散发出来的那强烈杀气，让人不敢靠近。

一名将军模样的人从门外走了进来，看着屋内背对着房门而立的男人，他的脸上闪过一丝异样的光亮，然后端着一个托盘，上面放着膳食，一步一步地向那高大的男人靠近。

"王爷，咱们出来狩猎，您也累了一天，该用膳了！"

"搁在桌子上，出去！"高大的男人背着身子，淡漠地吐出一句。

"是！"那边将军模样的人，把托盘放在桌子上，突然，他抽出托盘下的一把匕首，眼中腾起杀气，锋利的刀尖直往那高大的男人身上刺去。

眼看就要刺到那男人，却在刺到他的那一瞬间，高大的男人骤然闪开。

那将军模样的人愣了一下，还没有反应过来，他的喉咙已被五爪扣住，冰冷危险的气息砸向他的头顶："想刺杀本王，嗯？西冀国到底给了你多少好处？"

死亡的恐惧，吓得那将军模样的人，全身瑟缩着，颈间那冰凉的五爪就扣着他颈间的命脉，他一动也不敢动，脸色瞬间苍白，嗫嚅着唇，连声吐出求饶的声音："王……王爷饶命！"

"说！"冷冷的一个字。

"是是是……是十万两银子……"

"很好！"楚靖懿俊美的脸上狰狞地笑着，突然他放开了手中的人，冷冷地道，"滚！"

那男人一听楚靖懿要放了他，便赶紧向门外奔去，然后向门外的人打了个手势，与此同时，那名将军打扮的人还没有逃出门外，血染红了他胸口的衣襟，他的心脏瞬间停止了跳动。

二十余名黑衣杀手从屋顶破瓦而入，楚靖懿仅是冷冷一笑，诡异的身形，在那些黑衣杀手间来回穿梭，仅仅一个回合，那二十余名黑衣杀手顿时一动不动地站在原地。

片刻间，他们纷纷倒地，一颗颗心脏，慢慢地静止了。

那一次，楚靖懿出门狩猎，出去时带了二十余人，回来时只有他一人。

对于背叛者，他从不留情。

倘若心背叛了，那留着人，还有何用？

早晨的南陵王宫，沐浴在金色的阳光下，一缕缕金光洒遍王宫各处，早起的知了在枝头肆意地唱着永不变调的歌曲。

在南陵王宫内有一座非常大的池塘，塘中栽种着满池的荷花，此时是盛夏，塘中荷花盛开，朵朵莲花高高地伫立着，层层叠叠的叶子点缀在这些荷花之下，印满了整座池塘。

偶尔一只蜻蜓飞过，薄薄如蝉翼般的翅膀沾了水，停驻在荷叶上歇息，再飞起时，嫩绿的荷叶友好地向它挥手送别，片片荷叶间，一颗颗露珠透着晶莹的光亮，一阵风吹来，滴滴水珠在荷叶间调皮地滚动着，一个不小心就滚落到了池塘中，溅起一丝涟漪，与塘水混为一体，终致不见。

阳光炙烤着大地，花园外酷暑难耐，在这花园中却是别致的清凉。

南陵王宫的人都喜欢在这边乘凉。

南陵王宫，南书房。

在南书房的拐角处，小甲匆匆忙忙，满头大汗地捧着一壶冰镇莲子粥往南书房走去。

南书房门外，一个个身穿铠甲的守卫在这酷热的早晨严阵以待地把守着，没有一个喊热喊累，伫立在那里，像是一尊尊石像，表情也木讷至极。

路过这一尊尊"石像"，小甲只是淡淡地扫他们一眼，便直奔南书房的门口，到了南书房的门前，敲了敲门，里面传出一阵低沉声音："进来！"

南书房内，楚靖懿坐在书桌后，看着桌子上的一封书函，稍抬起头望向门外。

小甲捧着东西往门内走，一路战战兢兢，生怕洒了手中的东西。

楚靖懿懒懒地倚在椅子上，稍抬起头淡淡地瞥了他一眼，姿态慵懒，眼皮稍稍抬起，紫眸中蕴藏着犀利的光芒。

此时的他，比八年前多了几分成熟，只是一举手一投足都散发着王者气息，一道冷慑的目光，足以将眼前数米之内的人吓得屁滚尿流。

小甲端了东西小心翼翼地放在桌子上，不敢太过靠近楚靖懿，小心翼翼往门外退去。

"这是什么？"楚靖懿漫不经心地问了一句，眼睛也懒得瞟一下。

"回……回王爷，这……这这……这是冰镇莲子粥，是是是……是慕容姑娘亲手做的，让……让小的……"双腿在发颤，声音也在发抖，缓慢地往门外走去。

冷冷的一声打断了他的话。"端出去！"

声音努力大了些："那那个……是太……太后让属下端来的。"

危险的紫眸半睐，射出阴鸷的气息，将还未退到门外的小甲给吓了回来，慌忙去把东西捧回来，嘴里还忍不住抱怨地念叨："太后若是知道您不吃的话，她又要说属下了。"

"赏给你吃了！"

"真的？"小甲眼中一亮，马上眉开眼笑，"谢谢王爷！"

"别高兴得太早！"淡淡地扫他一眼。

一张脸垮了下来，刚才还笑容满面，现在就开始垂头丧气："就知道没好事，有什么事，王爷您吩咐吧！"

"紫琴说明日要去祈福，你陪他去。"

什么？小甲的手指着自己的鼻子，瞪大了眼睛："我？"

"对！有意见？"危险的紫眸半睬。

身子颤了颤，他岂敢不从："属下不敢。"

"西冀国要派使臣来南陵的消息，查得怎么样了？"

说到这件事，小甲马上正经了起来，这次来，实际上主要就是为了这件事情："王爷，西冀国因为上次有人刺杀您的事情，说是内部有人故意想挑唆两国的关系，所以来南陵国是以示友好。"

以示友好？

这西冀国虽然是一个贫瘠的小国，但是最近他们的动作似乎越来越大，妄想试图在南陵的边境作乱。

"然后呢？"

"据查，这西冀国的使臣是个女的，他们还带了西冀国的宝物万年冰玉来。"

万年冰玉？

"本王知道了，你下去吧，顺便传令下去，沿途为西冀国人放行。"

楚靖懿的话，在南陵，无人敢不从，他治国的手段与治人的手段都相当高超，而且奖罚分明，从不徇私，因此南陵国的百姓对他非常尊敬和爱戴。

"是！"小甲满口答应着，扫了一眼桌子上的信函，小甲不禁插了一句嘴："西冀的宝物不知道是什么呢，不会被盗贼给惦记上吧？"

"盗贼？"

看到楚靖懿没有危险的迹象，小甲马上开始八卦了起来，那张嘴如喷涌的泉水般："最近出了个名盗，叫牡丹仙子，专盗宝贝。除了南陵之外，其他的国家都失过窃，被偷的可都是那些价值连城的宝贝，据说，慕容家用的障眼法埋藏的赝品被她给查了出来，后来真品在三天后被偷了个精光，差点没把慕容老爷子给气死……"

说得越来越得意的小甲，突然发现楚靖懿的脸色有几分阴郁，他赶紧住了嘴，端起手中的冰镇莲子粥："那个……属……属下先告退了，明儿个属下一定陪慕容小姐去祈福。"

识时务者为俊杰！

小甲离开了，留下楚靖懿一个人在南书房内。

外面太阳炎热，书房内放着两大盆冰块儿，散发着阵阵凉意，屋子内一阵凉意袭人。

突然，他从右边一摞奏折的最下层抽出了一只巴掌大的紫檀木盒子，那盒子落了锁，他掏出一把特制的钥匙插进了锁眼里，轻轻一旋，锁就开了。

打开那紫檀木盒子，里面躺着一方雪白的锦帕，从上面传来一阵牡丹花香，气味袭人。

这锦帕是用特殊的香料泡过的，香味经久不散。

这方锦帕是两年前，楚靖懿在南陵和东盈的国界处不经意捡到的，那时……正好有一家富户发生了盗窃案，牡丹仙子将那家富户的一座飞天鹤金雕给偷去了，惹得一时轰动。

　　打开锦帕，那股牡丹香气更浓郁了，上面一朵红色的牡丹花，妖艳地绽放，干干净净的，看不出一丝玄机。

　　看着那块锦帕，楚靖懿的脸上浮现出一丝赞许的笑容，然后从右手边的抽屉中取出一个酒壶来，稍稍倾斜，透明的酒从白色的瓷壶中倾了出来，落在锦帕的右下角。

　　随着那酒壶将锦帕浸湿，在锦帕的右下角，竟出现了一个淡淡的橙色的字来——"茵"！

　　再把锦帕翻过来，也在右下角滴了两滴酒，同样一个字印了出来，正是"洛"字。

　　普天之下，叫茵洛的人，他皆查了出来，但是……唯一有嫌疑的，就只有一个人。

　　那就是如今西阳国赫赫有名的茵洛郡主。

　　那个在八年前与他有了婚约的小女娃。

　　不对！如今，八年过去了，她也该长成一个十八岁的大姑娘了。

　　已经整整八年没有见过她了，可是关于她的事迹，却仍源源不断地传进他的耳朵里。

　　十一岁时，擒了一名采花大盗。

　　十二岁时，打了嫔妃，嫔妃被废。

　　十三岁时……

　　十七岁，狩猎时，智取猛虎，护驾有功赐茵洛郡主府。

　　如今她已十八岁，正值妙龄，据说皇帝有意赐婚，众人最期待她将来的夫婿会是何许人也。

　　据楚靖懿查探，在三年前，朱茵洛经常行踪不定，不知她去了哪里。

　　可是，由这方牡丹手帕来瞧，这三年来，她到底做了什么事，那就不言而喻了。

　　依稀还记得，八年前，她的慧黠与狡诈，还有那一张犀利的嘴。

　　八年了，八年未见了，他无时无刻不想到她，八年了……她是否还记得当初的那个约定？八年了……她是否有在深夜寂静无声时喃喃念着他的名字？

　　这些年，虽然活在朱仝尉和皇帝的严密监视和禁锢下，她却仍然活得风生水起。

　　再高的墙，再多的守卫，也挡不住她那颗蠢蠢欲动的心。

　　她会乖乖地等他去娶她吗？

　　她会回答一句：不可能。

　　就从她今年连续半年不归郡主府的行为便可得知。

　　西冀献宝的消息甚为隐蔽，倘若这一消息传到她的耳朵里，她会放过一条大鱼吗？

　　他勾唇邪笑，在一张字条上写下了一行字，招来了守卫送了出去。

　　看着守卫匆匆离去的背影，那双幽暗的紫眸眸底闪动着阴谋的笑意，他已经迫不及待想要与她重逢了。

两个时辰后。

万花楼的某个角落响起低低的诅咒："西冀王这小老头儿，居然有万年冰玉？还要送给南陵王那个小人？我不盗了它，我就不叫朱茵洛。"

第十三章　重逢

在西冀国前往南陵国的路上，遍地都是一望无际的大草原，现在是盛夏，草原上却是凉风阵阵，清新怡人。

天空晴朗，有几朵害羞的白云急匆匆地从天空上飘过，蔚蓝的天空，与绿草连接成一线，蓝与绿，形成强烈的对比，像一幅唯美的水墨画，美得像是人间仙境。

在这草原上，多的是放牧的牧民，那一匹匹白色的羊儿，还有那一匹匹膘肥健壮的骏马，在大草原上自由地嬉戏，但是半人高的放牧犬在旁边警戒地匍匐着，绝不允许自家主人的牲口跑得过远，否则就会飞奔过去龇牙咧嘴地对峙，把那些牲口都逼回去。

这时间愈久，那些牲口也越来越听话。

所以，这草原上的牛羊们都很乖，只围着一个圈儿转，绝对不会跑出放牧犬的警戒线之外。

牧民们哼着悠扬的小调，随风飘荡得很远很远。

一列马车队，从天地一线连接的方向由一个点然后变得越来越大。

马车用的材料很简单，但很坚固，它里面是用钢铁铸造的，马车的帘子用的是竹帘，可以通风。

风起，吹动竹帘，里面一片昏暗，看不清到底有什么。

在马车的四周，大约有四十名守卫，个个手持弯刀，如放牧犬看守牛羊般地守卫在马车四周，警惕有人靠近。

牧民们，知道那马车上一定有重要的人，但是他们都是本本分分的百姓，所以……看到这马车，便赶紧躲得远远的，以免惹祸上身。

在那些守卫的最前方，是一名身形较为高大的男人，一双眼睛精深内敛，目光直视前方，不时地提醒身侧的人要小心。

眼看马上要出了草原，进入林荫大道，那高大男人的脸绷得就更紧。

因为，愈是树木茂盛的地方，危险就愈大。

夏日的天气，说变就变，刚刚还是万里晴空，这不……从西北角，突然涌来大片乌云，乌云至，大风骤起，吹动树叶，发出密密的沙沙声响。

这种大风天气，让人更难辨别敌人的方向。

那高大男人的脸色一下子就黑了。

他挥手命令队伍停下来，嘴唇一张一合，威严地发出命令："抓紧速度向前行，我们需要马上找到地方避雨！"

"是！"众人异口同声地大声答。

那高大男人满意地点了点头，扬手命令大家继续往前走。

终于，这一行队伍，在大雨赶到之前，来到了一家客栈休息。

这边才刚刚把马安顿好，人进了客栈，外面哗啦啦的大雨，便滂沱地泼了下来。雨很大，能见度很低，众人在心里庆幸着。

马车停驻后，一个女子头戴淡粉色头巾从马车上走了下来，整个头巾包裹住她的上半身。

这么热的天，居然包裹住整个上半身，难道不热吗？这是客栈伙计的第一个感觉。

"几位客官，是要打尖还是要住店？"伙计热络地上前问道。

高大男人脸色不好看地冷酷说道："你只要弄些菜给我们大家吃就好，等雨停了，我们就上路！"

"好嘞，几位客官稍等，我这边就让后厨准备些好酒好菜来，客官，你们请坐，请坐！"小二忙碌地招呼着众人。

就在这个时候，一名身形姣好的白衣女子从外面捧着个斗笠进来，她的裙摆已经被打湿，进门时，先是把斗笠在门外空了水才进来。

她的脸上覆着一层白色面纱，只露出一双美丽的乌溜溜的大眼睛，那两只大眼，就像是两汪清水，很透很净，美丽得……让人着迷。

那双慧黠的美眸在高大男人及他身后的二十余名守卫的身上扫了一眼，美目流转间，妖媚动人，清纯中透着妖娆，足以令男人疯狂。

特别是她那令人遐想的婀娜身段，更让那些男人身下立即起了反应。

太太太，太诱人了。

只有那名高大的男人，始终保持警惕地注视着那个女人，并没有被她的神秘所迷惑，而是注意着她的动作是否对他们的队伍有所威胁。

但见那女人只是问那个被她迷得神魂颠倒的小二，店里的特色菜时，他方将视线收回。

那名女子吃得很慢，待其他人的菜都上齐了，差不多吃完了的时候，她才慢吞吞地放下了筷子，优雅地从衣袖间掏出了碎银子放在桌子上。

屋檐的水槽滴下最后一滴水，阳光已经穿透厚厚的云层，向大地绽放出了灿烂的笑容。

女子微笑着看向门外，大概是准备要离开了。

突然那女子好像是被吓住了，尖叫了一声"蛇啊……"然后直直地跌向了蒙着头纱的女子怀中。

果然，在桌子底下，一条浑身长着青斑的长蛇，盘旋着，戴着头纱的女人吓得连忙站起来。

白衣女子赶紧从戴着头纱的女人身上爬起来，连声道歉："对不起，对不起，我失礼了！"

说完，她就匆匆忙忙离开了。

高大冷酷的男子把那条蛇弄了出来，砍掉了蛇头，却不见半丝蛇血，他疑惑地将蛇头拿起来，却发现这蛇居然是——假的。

可恶，这是刚刚那个女人故意的吗？

冷酷的高大男人被气坏了。

戴着头纱的女人低声提醒："出门在外，切忌太过惹人眼。"

"是。"

其他人吃完了东西，休息得差不多了，冷酷的高大男子回头瞟了一眼众人，便扬手吩咐道："雨停了，我们快些动身吧！"

他的话音才刚落，戴着头纱的女人发出一声惊呼："不好，寒玉不见了！"

这一声喊，吓坏了其他的所有人。

冷酷的高大男子马上镇定地询问："再仔细找一找，是不是真的不见了？"

那虚弱的女声听起来似乎快要哭了："是真的，就在刚刚，我还摸过的，可是这一转眼就不见了！"

"刚刚你做了什么？"冷酷的高大男子刚问完，倏地他的脑海中浮现出一幕，顿时脸色大变，"不好，一定是刚刚的那个女人偷的。"

其他人马上乱了起来："这怎么办？陛下吩咐过了，这玉是要送给南陵王的，这玉没了，我们该怎么办？"

有人已经显出了哭腔："护宝不利，这是死罪呀，我家有老母，还有妻子儿女的，我不想死呀！"

"够了！"冷酷的高大男子不耐烦地怒吼，"大家不要忘了，那冰玉的表面是浸了毒的，除非用药水洗掉，不用东西包裹着，是会马上中毒的，她应该还没有跑远，我们立刻追！"

其他人一听这话，马上就振奋了精神，拿起随身的佩剑，一个个忙着出去搜人。

一众人热火朝天地忙着搜人，却不知在他们所在的屋顶上，一道娇小的人影，气定神闲地坐在那里，不慌不忙地拿了一只小坛子出来，里面装着她特制的药水。

朱茵洛一边欣赏底下人四处搜查的身影，一边把刚刚偷来的玉石，扔进小坛子中，再仔细地盖上盖子。

端起白瓷小坛对着太阳仔细地看了一会儿，眯了眯眼，能明显看到小坛子中的玉石。

浸了毒的是吗？以为她不知道？可惜呀……她的第六感早就已经感觉到了，还用得着他们提醒？

她悠闲地坐在那里，等着寒玉表面的毒素被化掉。

许久之后，众人回到了客栈中。

结果……当然是毫无所获。

"没有找到那个贼！"

屋顶上的朱茵洛不高兴了。

什么贼？人家是牡丹仙子好不好？贼这个字眼太难听了。

"到处都搜遍了，一点蛛丝马迹都没有！"

那当然了，我现在就在你们头顶上呀，你们怎么可能会在其他地方找到我的蛛丝马迹嘛！

"现在怎么办？找不到她的话，可就没有寒玉进献，是回去还是继续往南陵王宫？"

那就不好意思啦，没有东西，还去什么南陵国？回你们的西冀国去吧。

"不行，我们这一次来，虽然是为了献宝，没有了宝物，此行却还是要继续的！"虚弱的女子竟不卑不亢地吐出一句，坚定了众人的目标。

"是！"

屋顶的朱茵洛乌亮的眼珠子灵黠地转动着，悄悄地离开了屋顶。

南陵王宫

当晚，黑夜笼罩了整个南陵王宫，王宫内到处灯火通明，王宫内的宫女和太监、侍卫们来来往往无数。

其中的一角，两名小宫女在议论着自个儿听闻到的趣事。

"听说了吗？西冀国的人已经到了！"其中一名小宫女连忙说着自己初听到的消息。

"真的吗？西冀国可是出美人呢，不知道来的这位是怎样的绝色佳丽！"

"长得肯定不会差了，毕竟……"小宫女压低了声音道，"这是进献给我们南陵王的！"

"是呀是呀，不过，你知不知道这西冀国的人是被安排到哪里了？"

"这个我打听到了，说是住在东客殿呢，还派人了好生伺候，说不定这东客殿的客人，以后就要成为我们的王后了！"

"这倒是有可能的！"两人一边说笑着一边走开。

两名小宫女却不知道，她们的对话，全部被屋顶的一个人儿听进了耳中。

屋顶的人儿在听到东客殿三个字的时候，便悄然离开了屋顶，熟门熟路地直奔东客殿的位置，不一会儿，便已经来到了东客殿的屋顶之上。

东客殿坐落在南陵宫的东侧，分别为东、南、西、北四个客殿，专供各国贵客歇息之用。

站在东客殿的屋顶之上，朱茵洛俯耳在屋顶，仔细地辨认了一下，确定说话的声音在客厅，她便悄悄地跑到客厅的屋顶，然后掀开了一片瓦片，从瓦片的缝隙往里头看去。

在那瓦片的下方，恰好便是客厅，在她正中央位置坐下的便是覆着白纱的女子，在那戴白纱的虚弱女子面前，站着的便是那名冷酷的高大男子。

冷酷的高大男子恭敬地冲虚弱女子抱拳。

"公主，我们现在已经来到了王宫，接下来该怎么办？"

公主？朱茵洛摸了摸下巴。

西冀就只有一位公主，名叫左梦云，是西冀王的掌上明珠。公主来访，朱茵洛嗤之以鼻，这楚靖懿艳福不浅。

左梦云捂唇轻咳了几声，立即有宫女上前来为她捶背抚气。

"木格尔，大家都疲了，都去休息吧，南陵王不是派人来说了嘛，明天还要为我接风洗尘！"

"是！公主殿下！"冷酷的高大男子毕恭毕敬地答应着便退了下去。

然而，左梦云还没有转到卧室，突然慕容紫琴带着几名宫女和太监闯进了东客殿中。

刚进了东客殿，目中无人的慕容紫琴大摇大摆地走到客厅中，一眼便瞅到了左梦云，便立即含妒地盯着对方。

"你就是西冀国这次送给南陵王的女人？"

木格尔不高兴地拦住了慕容紫琴，冷酷的脸上抹了一层寒霜。

"你是什么人？居然……"

左梦云微微抬手，示意木格尔不要说话，木格尔忍气吞声地退到一旁，却是满目敌意地看着慕容紫琴。

看及此的慕容紫琴更加目中无人。

"我告诉你，不要以为你来了南陵王宫就可以成为南陵王后，以你的资质，顶多只是一名嫔妃！"

左梦云的眼底闪过一丝阴险，微笑地看向慕容紫琴。

"想必，你就是太后娘娘的外甥女了吧？"

慕容紫琴骄傲地昂起下巴："是，太后娘娘就是我的亲姑姑！"

"慕容姑娘好，以后还请慕容姑娘多多关照才是！"

宣示完自己的主权，慕容紫琴的虚荣心得到了满足，昂起下巴即要向外走去，却在路过门槛的时候，不小心被门槛绊倒，整个人狼狈地跌倒。

"啊！"伴随着一声惨叫，慕容紫琴身侧的宫女立马上前去扶她，却是来不及了。

被扶起的慕容紫琴，摸了一把自己的鼻子，摸到了一把鲜红的血，而她的脸竟被石头划破了一块皮，鼻梁也被坚硬的地面撞断了骨头，疼得她浑身痉挛。

只是来宣示主权，怎么就让她毁容了？

接受不了这个事实的慕容紫琴，承受不住被毁容的事实，眼前一黑昏了过去。

那些宫女和太监慌乱着，七手八脚地将慕容紫琴抬离了东客殿。

众人皆以为慕容紫琴是自己不小心摔倒的，在屋顶的朱茵洛却是看得最清楚的人，她的眼睛含笑地盯着坐在椅子上那个看起来最虚弱的左梦云。

一场闹剧结束，东客殿内的人渐渐地散了。

然后左梦云被宫女扶到了卧室去。

屋顶的朱茵洛见此，也转移了阵地到卧室的屋顶，找了个最佳的舒适位置。

卧室中，宫女服侍左梦云梳洗完毕后，伺候她上了榻，左梦云眯眼靠在床头假寐。

"你先出去吧，有什么事我会唤你的！"左梦云有气无力地说着。

"是！"

最后一名宫女也出去了，卧室中就只剩下左梦云一个。

卧室中点着一个香炉，香炉中散发出淡淡的百合香气，有着独有的味道，能令人的神志不清。从八岁就开始闻得各种迷香的朱茵洛，自是对这种迷香有着抵抗力。

那香炉的香是左梦云特地命人点上的，也就是说……

屋顶的朱茵洛眼珠子骨碌转了一圈，旋即轻盈地从屋顶落下，几下从窗子跃了进去。

卧室内躺在榻上的左梦云微微睁开双眼，似乎并不意外朱茵洛从屋顶落下。

"梦云公主好！"朱茵洛笑吟吟地冲对方打招呼，一双美眸笑弯成两弯新月。

左梦云那双略显虚弱的眼中，流露出无声的厉色："冰玉是不是在你手中？"

"冰玉？"朱茵洛故意从衣袖间掏出了之前盗得的那块玉佩，大摇大摆地拿在手里晃了晃，"你说的是这个吗？"

刚看到那块冰玉，左梦云的眼睛便被那玉佩吸引住，眸中的渴望更强烈了几分。

"把它还给我！"左梦云的声音里略带几分凌厉。

好大胆的偷儿，偷她的东西，还这么明目张胆地出现在她面前，更甚至……那块冰玉竟没有对她造成任何影响！

"还给你？"朱茵洛立马摇头，"那可不行，这可是我好不容易拿到的。"

"是从我这里偷去的吧？"

朱茵洛抬起一根手指摇了摇："啧啧，公主这话可就不对了，我这可不是偷，是顺手拿的，而且还是当着公主的面，从你的怀里拿到的！"

这话激怒了左梦云。

"你最好马上还给我！"

眼角张狂地扬起："不还给你，你会怎么样？"

只见那左梦云的脸色在瞬间阴郁，她的双手缓缓抬起，瞬间有似幻影般的东西朝朱茵洛的脸袭击而来。

朱茵洛迅速闪身躲过。

奇门遁甲之术，这个西冀公主不简单。

在左梦云又使出招数时，朱茵洛以更快的速度逃出了左梦云的卧室，独留下还晃动的窗帘，而朱茵洛已经不见了踪影。

收回了双手，左梦云皱眉。

对方居然能挣脱出百合迷香的幻觉，还会从她的手中逃走，这个小偷果然不简单！

太气愤了，她从未失手的幻术，今天居然输在了一个小偷的手中。

东客殿前的那一摔，将慕容紫琴摔得毁容，自惭形秽的她，一直躲在房间里哭泣，不见任何人。

所有人都说慕容紫琴的那一摔，是她自己自作自受，上门挑衅，居然毁了容，女子没有了容貌，自然就没有了争宠的资本，也难怪她要以泪洗面。

慕容紫琴的脸毁了，慕容清若大为失望，只让太医将她的脸医好，尽量不要留下疤痕。

只有朱茵洛知道，慕容紫琴的脸，并不是她自己摔坏的，而是被那个传说中十分虚弱的西冀公主左梦云所害，可惜，她慕容紫琴这辈子都不会知晓。

上午时分，从王宫的膳房里偷些东西吃饱了肚子，朱茵洛闲来无事，就换上了宫女的衣裳又易了容，在王宫里四处走动。

在这之前，朱茵洛早就不知来过王宫多少次了，对王宫的环境非常熟悉，她熟门熟路地找到了许多楚靖懿会路过的地方，均看到了楚靖懿与他人交谈。

易容的她，楚靖懿根本未有半分察觉，偶尔楚靖懿移开视线往这里瞟来一眼，她能更快地躲过他的视线，而楚靖懿的视线很快就会移开。

楚靖懿怎么可能会将目光在一个宫女的身上停留。

如往常般，楚靖懿与身侧的人交谈着，似乎在商量着什么。偶然间，耳尖的朱茵洛听到了楚靖懿说到纳妃二字。

纳妃？他要纳妃？

楚靖懿同身侧与他商议的人持续向朱茵洛靠近，朱茵洛立马垂下了头，离得越近，他们交谈的声音听得也愈清晰。

这一次，朱茵洛听清楚了。

"一会儿南陵王您在诏书上盖上王玺，这封妃的诏书一下，仪式就算完成了！"楚靖懿身侧的人恭敬地道。

"嗯，你把诏书拟好之后，送到南书房来，本王会亲自盖上玺印！"

"是！"

后面他们再商量什么，朱茵洛便听不见，脑子里只回荡着那两个字——封妃！

在与她有过八年之约后，楚靖懿这个浑蛋居然还要娶别人，当她是什么了？他想坐享齐人之福不成？

她气得转身就想离开。

八年了，他楚靖懿会忘了她也在情理之中，她就不该总是有事没事地牵挂他，来看他，结果，他看到了人家美人就心动了。

谁会把跟十岁孩子的约定放在心上？

刚走了两步，朱茵洛又觉得气不过。

他想下诏封妃她是管不着，可是，她就这样被人吊了八年，也太不甘心了，如果就这样离开放过了他，也着实不是她的作风。

离开之前，送他一份礼好了！

愤愤地瞪着他的背影，然后转身离开。

在朱茵洛路过王宫花园的假山处时，她的眼睛不经意地往假山中瞟去，与一人的脸对个正着，朱茵洛皱眉，那张脸怎么这般熟悉？

对方看到自己是一名宫女，脸上没有太过慌张，佯装自己是侍卫在巡逻般，从朱茵洛的眼前走了过去。

朱茵洛也佯装不认识对方，与对方擦肩而过，待走过去之后，朱茵洛摸了摸鼻子，意味深长地笑看对方的背影。

那张脸她这辈子都不会忘——楚惊天！

真是冤家路窄，她居然会在这里碰到他，不知是机缘还是巧合呢？

楚惊天偷偷混入南陵王宫会有什么好事？

不过，他与楚靖懿之间的你争我夺，不关她的事，她也没有心情去管，就由他去吧。

现在，最重要的是另一件事。

南书房。

在房梁上倒挂着的朱茵洛，黑白分明的眼珠子骨碌转了一圈，一眼瞅到了桌角上镏金的木盒子。

偷窥过无数次的朱茵洛，每次都是见楚靖懿从那里面把王玺拿出来的。

看到那王玺，朱茵洛心底里的不快一扫而空。

她飞快地跃下，轻盈地一个旋转便稳稳地落地，把那只盛着王玺的木盒子抱入怀中，飞快地又腾空而起，转眼间消失在了窗外。

朱茵洛刚走，那边楚靖懿同他身侧的礼部官员也来到南书房内。

礼部官员手里拿着的就是那所谓的诏书。

正准备让楚靖懿盖王玺的礼部官员，奇怪地盯着桌角："南陵王，您的王玺，是没有拿出来吗？"

发现王玺消失，楚靖懿并未如那礼部官员一样奇怪。

嗅了嗅空气中，淡淡的牡丹香气，沁人心脾。

楚靖懿直接坐在玉案之后，轻松地挥了挥手："这件事以后再议，你先下去吧！"

"是！"

礼部官员莫名瞅着楚靖懿意外高兴的脸，不知他是在高兴什么。

礼部官员离开后，南书房内便只剩下楚靖懿一人。

楚靖懿嘴角微微勾起。

这么多年，她终于对南陵王宫下手了，只是……她可能又要生气了，不知道她现在生气的模样是怎样的。

南陵王宫一处无人的角落。

如同楚靖懿所预料的那般，那无人的角落中冷不防的发出一声怒吼。

"太过分了，太过分了！"伴随着怒意的一声声咒骂，"楚靖懿这个浑蛋，居然放一个假的王玺在这里面，他上辈子是造假货的吗？"

是的，朱茵洛这次从南书房中盗出的那只王玺在经过鉴定之后，才发现居然是假货。

不对，根本就不需要鉴定，那只王玺根本就是用木头雕刻的，而且还是用的非常普通的梧桐木。

拿着那只梧桐木雕刻，朱茵洛的手气得直发抖，手指用力握紧了梧桐木，怒火一直居高不下。

这梧桐木的雕刻，是对她最大的侮辱，还是……他根本就知道有人会偷，所以故意放了一个假的在里面？

举高了手，刚想把那雕刻丢掉，朱茵洛突然看到那雕刻的底下居然有几个字。

有字并不稀奇，只是，那字的其中两个是：茵洛。

举高的手僵在半空中，朱茵洛眯眼死死地盯着假王玺底下的几个字。

茵洛，这是赝品！

王玺底下就是这几个字。

朱茵洛彻底被气到了。

原来楚靖懿这个王八蛋早就知道她会去偷，所以才会摆了一个赝品在那里。可惜，她的自以为是，以为那是真品，连看都没看一眼就将东西偷走了。

就一如八年前她去偷他的东西，结果被他摆了一道一样，八年后，她居然再一次上了他的当。

太可恶了。

等等……他怎么知道她会去偷这王玺？

难道，他知道她在王宫？

不会吧？

为了验证自己的心中所想，朱茵洛在傍晚时分，偷偷潜入了楚靖懿所在的宫殿，听人说，楚靖懿之前回到他所在的宫殿之后就没有出来过。

偷偷地潜进去之后，四处看了一圈，奇怪的是，楚靖懿所在的宫殿中，竟不见半个人影。

奇了怪了，人呢？

朱茵洛小心翼翼地四处找着，确定这宫殿里没有任何人，她才大胆地走在里面，叉着腰嘟嘴生气地嘟囔。

"这人都死哪去了？怎么一个都看不到？"

她刚刚嘟囔完，突然感觉到身后有气息靠近，那强烈的存在感，令她无法忽视，那气息数次从她的身前掠过，她再熟悉不过。

她身后的人……不会是楚靖懿吧？

"洛儿，你这是在找本王吗？"楚靖懿低沉好听的嗓音从身后传来，声音中还伴随着几分揶揄，可不就是楚靖懿？

朱茵洛浑身僵住，只感觉头顶一群乌鸦飞过，还有一股股冷冽的寒风，从身体的四面八方吹来。

居然真的是他。

朱茵洛不敢回头，尴尬地干笑了两声："南陵王，奴婢只是进来打扫的，现在已经打扫完了，奴婢告退！"

"慢着！"不等她有动作，楚靖懿威严地将她喝住。

朱茵洛心里暗叫了一声不好，只是，此时她的脸上还易着容，他应该发觉不出来才是，于是乎，她就笑吟吟地转过头来，硬着头皮面对楚靖懿，恭敬地半垂着头。

"不知南陵王还有何吩咐？"

话落，楚靖懿不发一言地靠近了她，朱茵洛的心脏剧烈地跳动着，心里祈祷着他别再靠近了。

可惜，老天并没有听到她的祈祷，楚靖懿的双脚落在她面前，修长的手指捏住她的下巴，将她的下巴抬起，此时，她的整张脸毫无遁形地落入了他的眼中。

与此同时，朱茵洛也终于可以近距离地打量楚靖懿了。

他的脸与八年前没有多大变化，只不过轮廓变得更加有形，那双幽暗的紫眸更加深邃迷人，更多了几分成熟稳重。

气息的靠近，令朱茵洛一时不适应，她忍不住想移开下巴，他却固执地捏着她的下巴，不容她移开。

好看的眉头皱了一下，伸手在她的下巴寻找不平的部位。

意识到他在做什么的朱茵洛，欲伸手阻止，却已经迟了。

找到了准确的位置，楚靖懿非常果断地将一层薄如蝉翼的人皮面具，从朱茵洛的脸上撕了下来，露出她美丽的本容。

薄唇勾起一抹弧度。

"洛儿，果然是你！"

朱茵洛气呼呼地把人皮面具从楚靖懿的手里夺了过来，白皙的俏脸染上了一抹黑，樱桃小嘴嘟得老高，杏眼中亦含着些怒意。

觑了他一眼之后，冷冷一笑。

"南陵王好本事，茵洛佩服！"朱茵洛字字含讥带讽，手里把玩着那张人皮面具。

她生气时的模样，煞是可爱。

八年不见，她倒是脾气见长。

"茵洛郡主也是好本事，竟来到本王的王宫偷王玺，偷王玺的罪名可不小哦！"

朱茵洛眯眼笑了一下，没好气地冲他喊道："你哪只眼睛看到我偷你的王玺了？"

"难道茵洛你真的没偷不成？"

"没偷！"朱茵洛斩钉截铁地回答。

外面一阵脚步声传来，朱茵洛脸色微变，准备躲起来，可惜他身侧的楚靖懿更快一步地搂住她的纤腰，如铁钳般的手臂，令她无法挣脱。

来人是楚靖懿的亲信，在瞥到朱茵洛时，表情略显诧异，片刻间恢复了镇定："殿下，今天晚上安排了为西冀贵客的接风宴，您差不多该出发了！"

"本王知道，你退下吧！"楚靖懿淡淡地说道。

"是！"

其间，朱茵洛一直想挣脱开楚靖懿，可惜没有机会。

挣扎间，只是让两人的身体靠得更紧，她又羞又恼，她还没有跟任何男人这样亲近过呢。

"人都走了，你快放开我！"朱茵洛气急败坏地推开了楚靖懿，好不容易从他的怀里挣脱出来，朱茵洛大口地喘气，刚刚的挣扎，消耗了她太多的力气。

手指轻轻地揉搓了两下，想象着她刚刚在他怀里的感觉。

她……确实长大了！

"你要去参加接风宴，我就先走了，后会有期！"朱茵洛觑了个空打算离开，今天晚上她可没打算与他见面的。

楚靖懿突然扬了扬手："洛儿，你不想要这个了吗？"

什么东西？

回头看了一眼，朱茵洛的眸子瞬间睁大，她摸了摸自己的衣袖，东西果然不见了。

而楚靖懿手里的那个东西，正是她前两天辛辛苦苦偷到的寒玉。

她恼了，冲他伸手："这不是你南陵王宫的东西，还给我！"

楚靖懿不慌不忙地把东西收到自己的怀里。

"想要它可以，你陪本王一起参加接风宴！"

朱茵洛不敢信地瞪大了眼睛，手指着自己的鼻子："我？"

"对！"楚靖懿微笑着又道，"只要你陪本王参加了接风宴，本王就把这个东西还给你，而且……还不会让他人知晓，当朝的茵洛郡主，就是有名的'牡丹仙子'。"

太过分了："我去！"

前朝殿，这是一个小小的宫殿，只有十余个位置，仅供迎接外宾贵客之用。

当楚靖懿和朱茵洛两人到达的时候，西冀的使臣已经在殿内等候，朱茵洛一眼便看到了那蒙着白色面纱，看似虚弱的西冀公主——左梦云。

然而，在踏进门槛的那一瞬间，朱茵洛的神情微变，不由得在原地愣住了。

她的头一阵眩晕，她"看"到黑暗中两个人在说话，但是却看不清那两个人的脸，隐约中似乎听到一句话："必要时，杀了他！"

杀了他，杀了谁？

她"看"到的两个人，一个背对着她，另一个被那个背对着她的人给挡住了，所以，她根本就看不清那两人是谁。隐约中，她似乎看到，那个背对着她的人，是一名身形较为高大些的男人。

后面的人突然露了头，那张脸，居然是左梦云。

她的第六感又在作祟了。

而左梦云的目光与朱茵洛的在空中交汇，左梦云的瞳孔骤然缩紧。

朱茵洛挑眉，看来，左梦云已经认出了她，果然是个厉害的角色。

朱茵洛被安排在同楚靖懿坐在一块儿。

楚靖懿微笑地指着朱茵洛向左梦云介绍："公主，这位是大将军府的茵洛郡主，洛儿，这位就是西冀的梦云公主！"

"梦云公主好！"朱茵洛先向左梦云打招呼。

"茵洛郡主好！"左梦云微微低头，后缓缓抬头，"茵洛郡主与南陵王似乎关系很好。"

朱茵洛尴尬地笑了笑，拍了拍楚靖懿的肩头。

"我与南陵王是故交，我们认识十八年了，他跟我就像亲叔侄一样！"

叔侄？楚靖懿的紫眸微眯了几分。

"原来如此！"

"是呀是呀，不过，梦云公主这次来南陵王宫，是不是为了嫁给南陵王呢？"

"郡主说笑了，当然不是。"

"是我说笑，梦云公主还不好意思说？"

整个现场的气氛很诡异，不管是楚靖懿身后的太监小四，还是西冀梦云公主身后的侍卫木格尔，皆能感觉到空气中那股压抑且紧张的气氛。

朱茵洛悄悄地打量着左梦云。

这个左梦云，是西冀王的独生女，因西冀王左敬隆同妻子兰芙甚是相爱，在兰芙过世之后，一直到现在，西冀王尚未纳过任何一名嫔妃，只是守着一个女儿。

偏偏，这个左梦云自小得了一种怪病，任何名医都治不好，身体较为虚弱，不能见风，所以……只要在外面，她就必须要蒙着脸，以免招了风邪惹病上身，就要躺上好些日子了。

这左梦云集了父王诸多宠爱，倒没有像娉婷公主那样娇纵，却是十分乖巧懂事，温顺娴静，这是西冀王左敬隆最欣慰的事。

左敬隆最爱好和平，从不与其他国家纷争，再加上西冀土地贫瘠，西冀王又软弱无能，所以西冀国一直以来相安无事。

不知为何，他会突然骚扰南陵国。

现如今，还派了自己的亲生女儿过来南陵做使臣。

其用意，难免让人怀疑他的动机。

还是左梦云自己想嫁楚靖懿？

朱茵洛瞅着左梦云那张温柔的清丽脸孔，再将这张脸与她第六感画面中的人像结合起来后，立马把上面的猜测推翻了。

在她的第六感画面中，她看到，左梦云对那个背对着朱茵洛的男人的目光，是深情的、诚挚的，而那个男人，绝对不是楚靖懿。

她喜欢的是别的男人，却要来南陵国见楚靖懿。还有，那个男人口中的"杀了他"，是要杀了谁？杀了楚靖懿吗？

好一会儿后，朱茵洛转移了话题："梦云公主自小身子就弱，当真是所有的神医都束手无策吗？"

"事实确实如此！"左梦云微笑着回答，低头轻咳了两声，却是中气不足，倒增添了几分可信感。

朱茵洛笑容可掬地站了起来，缓缓地走向满脸警戒盯着她的左梦云，到了她面前，朱茵洛伸手便要握住左梦云放在桌子上的手。

"你做什么？"左梦云惊得赶紧把手缩回。

朱茵洛脸上笑容依旧，热情地解释："因为茵洛曾经学过一些医术，对于一些疑难杂症，颇有研究，梦云公主不妨让茵洛瞧瞧，说不定茵洛见过，或许……"

左梦云连忙双手握紧，置放于胸前，身子微侧，挡住朱茵洛的视线，虚弱着声音委婉地拒绝："这个就不麻烦茵洛郡主了！"

"这怎么能麻烦呢？你过来西阳国就是客，我就……"

说着，朱茵洛的小手一伸便要将左梦云的手抢过来。

左梦云吓得花容失色，尖叫着后退，她身后的木格尔适时地上前来以自己的身躯挡住了朱茵洛的手。

然后毕恭毕敬地向朱茵洛行礼："茵洛郡主，还请自重！"

朱茵洛悻悻地缩回了自己的手，可惜地看着左梦云。

她确定，这左梦云一定没病。

"既然公主信不过茵洛的话，明儿个请宫里的御医来为公主诊脉，这南陵王宫的御医可都是极好的，相信就算治不好公主，也不会有什么坏处，公主说是不是？"

左梦云的脸一下子又白了，脸上明显有着怒火，额头上青筋一条条的，但当着这么多人的面，她又不好发作，只能咬紧牙关，淡淡地说道："既然郡主这般坚持，梦云也当不负郡主的关心，一定会亲自去让御医诊脉，这样郡主放心了吗？"

朱茵洛挑眉微笑："那明日茵洛陪公主一块儿去如何？"

左梦云微愠地转过脸，保持镇定，嘴角勾起一抹僵硬的笑容："如此的话，梦云便多谢郡主了。"

"不客气，这是茵洛应该的！"

朱茵洛身侧的楚靖懿冷不防地凑到她耳边，带着几分酒气的气息温热地袭来，有些痒痒麻麻的。

突然的气息靠近，朱茵洛竟觉心跳有些加快。

"叔侄？"

他找她秋后算账来了！

朱茵洛睁大了美眸，无辜地眨了眨眼："你说什么？我不明白！"

装傻！

"日后本王会让你明白的！"楚靖懿在她耳边吐出意味深长的一句。

淡淡的嗓音，带着浓浓的威胁，令朱茵洛浑身打了个寒噤，她怎么不知楚靖懿这几年来越来越危险了？

她干笑着，嗓子里一阵干涩，她喝着茶润嗓，避过了他的话锋。

茵洛郡主住进南陵王宫的事情，大清早的便传遍了整座王宫，也传遍了整座南陵城。

"你们听说了没有，茵洛郡主昨天晚上住进王宫了呢！"

"当然听说了，原来你也已经知道了呀，我还听说，这茵洛郡主是王爷的未婚妻，等到茵洛郡主十八岁的时候，两人就会成亲呢！"

"真的假的？"

"这是我听王爷身边的小四说的，还能有假？昨天晚上，王爷跟茵洛郡主还说说笑笑的，到了大半夜郡主才回房间去休息呢。"

对于那些流言蜚语，朱茵洛便佯装没听到，如此住了两日。

当她四处转悠的时候，却意外看到了熟悉的人。

远远地，对方也看到了她。

"茵洛！"

朱茵洛张了张嘴，看着那张已经比八年前更加成熟俊美的脸。

"西门泽？"

西门泽格外激动地看着她："没想到你还记得我！"真是受宠若惊呢。

激动的西门泽，欲上前来抱住朱茵洛，被朱茵洛嫌恶地躲开，西门泽看到她躲开，甚是失望。

"你那张同八年前一样笨的脸，我怎么可能会忘？"

西门泽有些不大高兴地板起了脸。

"怎么，生气了？"朱茵洛没好气地用手指戳了一下他的胸膛，"刚刚我是开玩笑的。"

"我哪里会生你的气。"西门泽扑哧一笑。

"可是，你怎么会在这里？"

"我是恰好来南陵，听说你也来了南陵王宫，所以就特地来看看你！"西门泽面色略带几分羞涩地道。

"太好了！"朱茵洛高兴地跳了起来，"我一个人正嫌无聊呢，你来了正好！"

两人聊得正欢，在一旁被冷落的楚靖懿脸黑了一大片。

"吩咐下去，打扫西客殿给小王爷暂时休息之用！"

"是！"

小四答应着就下去了。

"多谢南陵王！"西门泽看向楚靖懿，赶紧向他道谢。

"啊，南陵王，今儿个中午，就让西门跟我们一起用膳吧！"朱茵洛立即冲楚靖懿要求。

唤他"南陵"王，却唤西门泽为"西门"，这差距可真大。

"好！"楚靖懿的脸越来越黑了。

西门泽却有些疑惑，觉得楚靖懿同朱茵洛之间有些暧昧不清的感觉。

朱茵洛高兴地马上拉起西门泽就往膳厅的方向走去："走走走，我告诉你，南陵王宫有不少好吃的。"

眼睁睁看着两个人从他的眼前消失。

楚靖懿的脸彻底黑了，他被无视了！

东客殿一角的暗处。

这已经是朱茵洛第三个晚上在这儿偷窥了。

这里是左梦云的住处，这个女人的城府颇深，不知道她的葫芦里到底卖的是什么药。

在这东客殿的守卫较多，朱茵洛只能躲在暗处，不敢轻举妄动去窗边听声音，只能等待。

她第六感的那个地方，是一个类似于山洞的地方，在这东客殿内，并没有类似于山洞的房间，所以……这左梦云一定会出来。

她在草丛里等着。

大约等了两刻钟之后，平静的东客殿终于有了些动静。有几名守卫被惊动，卧室的窗子边上守卫跑去查探怎么回事，开着的窗子忽见窗帘晃动，一道人影从窗子内跃了出来，那身形矫健，体形与左梦云相似，特别是那双让人一见难忘的眼睛，让朱茵洛一下子认出来，对方就是左梦云没错。

看她的动作，轻功极高，一下子便跃到了树枝上，飞快地消失于夜色中。

这般高的内力，她会是真的有病吗？

她朱茵洛别的不会，就偏爱调查真相，爱管闲事，更是她的专长。

看着左梦云离开，朱茵洛不慌不忙地按下自己腕间的按钮，纤长的身体也随着左梦云的身影跃上树枝，紧跟在左梦云的身后。

天边的西北角，突然涌上来一大片的乌云，原本平静无波一动不动的树枝，渐渐被乌云带来的狂风吹得左摇右摆，树枝上的树叶发出沙沙声响，这声音更便于隐藏。

那道身形，在屋顶上飞蹿，来到了花园后，身形飞快地往假山的方向移去。

朱茵洛随后落地，悄悄地跟在左梦云身后，然而在她走到假山的旁边之后，她却发现，左梦云不见了人影。

黑白分明的眼珠子骨碌转动，一双眼睛警觉地打探着四周。

狂风吹起花草树木，狂风所到之处，都引起来一片骚乱，这样的环境，让她根本无法打探左梦云的准确位置。

这左梦云，像一条泥鳅一样，溜得还真快。

没关系！她笑眯眯地扬起柳眉，轻轻合上眼睛，努力集中精神，闭上眼睛随着脑海中的方位向前走着。

她在迷宫一样的假山中拐了好几个弯之后，于一个稍微大一些的假山石后停下，眼皮睁开，露出那双美丽的杏眼，慧黠的眼珠子骨碌碌转，耳朵竖了起来，倾听着这附近的声音。

"你来得有些迟！"一个阴郁的男声，陡然响起。

是了，就是这个声音，就是她第六感里听到的那个男声。

她的后背，赶紧贴紧了假山石，心突突直跳，但是现在她必须要平静，不能激动。

紧接着，左梦云的声音淡淡地从里面传了出来："遇到了点小麻烦，所以来迟了！"

遇到了点麻烦？这个麻烦是说她的吧？朱茵洛心里想着。

因为她之前故意拖着左梦云去看太医，但是左梦云一直推脱着。

"事情办得怎么样了？"

"现在才刚来，这里我还没有熟悉，要等我熟悉之后，才能确定！"左梦云的声音仍然是淡淡的。

不过，朱茵洛敏锐地发现，这里左梦云的声音比之前她听到的，要有力得多。

她装病果然是真的。

可是她为什么要装病？

"必要时，杀了他！"

"知道。"

"你要抓紧时间，拖延时间只会误事！"男人的声音里带着威严。

"那是自然！"

空气中的声音有着片刻的停顿，在石洞里突然传出了一阵女子娇柔的低呼："不要这样，这还是在南陵王宫！"

石洞内，男子一身黑衣，头戴玉冠，只露出一双阴险的黑漆漆的眼睛，他盯着怀中的女人，低头在她的红唇上啄了一下，大手捏了捏她的脸。

左梦云红着脸推开他："你坏死了，不理你了。"

"不理我，那你是想理谁？还是……你已经迫不及待地想要爬上楚靖懿的榻了？"

"狗嘴里吐不出象牙，我已经是你的女人，怎么会看上他？再这样，我就真不理你了。"左梦云的声音里带着怒气。

男人重重地吻了她一下，邪气地笑了："你舍得吗？"

左梦云虚弱地推开男人。

"你就是料定了我会不舍得你。好了，你也快走吧，别被南陵的人发现了！"她嗔怪地骂。

男人也没反对，伸手拉过左梦云，又在她的嘴上吻了一下，才推开恋恋不舍的左梦云，拉好脸上的黑布："记住！你要小心。"

"你也要小心！"左梦云靠在男人怀中。

男人温柔又疏离地推开她："好了，我该走了，有什么事，记得用我之前教过你的方法联系我！"

"好！"

朱茵洛稍稍探出头，一眼看到了那石洞中男子的侧脸。

居然……是楚惊天，楚惊天与左梦云有一腿？

石洞外的朱茵洛，在外面听了好一会儿儿童不宜的声音，心里暗骂着这对男女，她还是纯情的姑娘好吧？

　　这两人的谈话，就是左梦云与人密谋谋杀的证据，可惜这里没有录音机，她没办法把这声音录下来当证据。

　　听着里面的声音，楚惊天要离开了，她警觉地想要后退，突然感觉身后四道目光，像寒冰一样穿透她的身体，让她似乎被寒冰浇透了一般，脊背一阵发凉。

　　敏感且警觉的她，知道背后有人，骨碌碌的大眼睛转了转，假装不知道，双脚在地上蹭了蹭。

　　狂风又起，在月亮被乌云彻底掩盖住之前，她看到地上有个影子举剑正朝她砍来，她的双腿来了个脚底抹油，向反方向逃离。

　　她刚跑开，便听到身后有人发出懊恼的声音："这个贱人，别让她跑了，否则主子会怪罪的。"

　　紧接着，便听到耳后一阵凌乱的脚步声正向她靠近。

　　她拼命地往前跑，按照记忆中的方向往假山外奔。但是这假山地，她不熟，跑了一圈儿，还是没有跑出去，在她迷乱找不到出口时，紧跟着她的两个男人已经追了上来，而且一前一后挡住了她的去路。

　　一前一后夹击，她现在已经没有办法再逃，看来，就只能硬拼了。

　　自从来到这个世界，她还很少打人呢。

　　她紧了紧腰带，把衣袖挽上了一些，傲慢地扬起下巴。

　　这时乌云已经遮住了月亮，假山内一片漆黑，只能靠依稀的星星光亮辨别人影。

　　朱茵洛的心里难免会有一些紧张，不过片刻便恢复了镇定。

　　她强装胆大地笑着面对众人道："你们是西冀人吗？难道你们不知道我是什么身份吗？"

　　其中一个人对着另外一个人严厉道："我们快将她给做了，否则主子怪罪下来，我们的家人都会有事！"

　　"这还用你说？"

　　朱茵洛蹙眉，另一个人话落，那两个人便同时向朱茵洛出手，出手迅速，招招狠辣。

　　朱茵洛险险地躲开这两个人的攻势。

　　很快，朱茵洛便发现了不妙，这两个人都是高手，她那点三脚猫的功夫，根本就无法与之媲美，只能吃力地抵抗，险险地逃生。

　　突然，她的肩头一痛，她的肩膀在后退时撞到了身后突出的假山石，顿时痛得她浑身痉挛，追上来的人持剑毫不犹豫地向她砍来。

　　她赶紧闪开，但是动作还是慢了，眼看那剑就要砍到她，突然一道人影闪动，她被人用力推开，一声闷哼在她耳边响起，预料中的疼痛并没有向她袭来。

　　怎么回事？到底是谁救了她？

　　她抬起头来，只见在星空下，一道人影在她的面前站定，弯下腰来，扶起她，而刚刚那两个欲砍她的男人已经被击退，男人关切地扶起她问："你怎么样了？没事吧？"

朱茵洛惊魂未定地摇了摇头，身体有着连她自己都未发现的颤抖。

说不怕是假的，刚刚有那么一瞬间，她以为自己死定了，可惜天不亡她，不愿意收她，将她的命还了回来，现在她还活着。

听着这声音，好像是……

"咦？西门泽，怎么是你？"

"是呀，我本来是去找你谈天的，没想到就看到你出来了，所以就跟上来看看！"西门泽捂着自己的肩膀解释道。

朱茵洛松了口气："还好你跟踪过来了，不然你可能以后再也看不见我了！"

现在她对西门泽是甚为感动，倘若不是他，她现在已经被剁成肉泥了，死相肯定会很难看。

这个时候，她担心的不是自己死不死的问题，而是她死的时候是美是丑。

西门泽无奈地低头望她一眼，听到她的抱怨，只能无奈一叹。

跟踪，她就不能用个好点儿的词。

肩头突然一痛，是朱茵洛打了他一下，她催促道："快点，那两个废物又追上来了，你快点把他们都给杀了！"

"我……"西门泽的手指了指自己的鼻子。

看着那两人走得越来越近，朱茵洛的心又提了起来，赶紧拿手又拍了拍西门泽，焦急地命令道："你还不快一点，他们就又要上来了。"

"可是……可是……"西门泽结结巴巴地吐出了两个字，半天也没说下去。

"可是什么？"她已经不耐烦了，他也太啰唆了吧，都什么时候了。

"可是我打不过他们呀！"西门泽无奈地吐出了一句。

什么？顿时朱茵洛脑中星星闪亮，脸也僵了几秒，有些不敢置信地望着西门泽，吞了下口水之后，她才又不敢相信地继续问："你……你刚刚说，你打不过他们？"

"是呀！"他肯定地回答。

"你不是武功挺高的吗？"问这句话的同时，朱茵洛感觉自己突然变得白痴了。

"但他们的武功更高。"

眼前这两个人的武功，朱茵洛是知道的，确实很高，刚刚她连一招都抵不过就差点挂掉了，而且他们看起来有很深的内力，若是硬打，恐怕是打不过的。

她她她……她还以为西门泽出现了就可以救她，没想到，只是拖延了她被杀的时间而已。

当下，她只能猛翻白眼，心再一次提到嗓子眼，在那两个人未靠近他们之前，她拉起西门泽的手，三十六计，走为上策，大声地吐出了一句："那还不快跑？"

西门泽反应了过来，反拉过朱茵洛在假山石间飞奔。

与此同时，朱茵洛扯着嗓子便大声喊："来人呐，快来人呐，有刺客，有刺客……"

身侧的西门泽忍不住插了一句嘴："这个时候，还是留些力气逃跑吧！"

她转过头来啐了一口，脚下没有丝毫停顿，与西门泽在假山中逃窜。

"你看好路就行，我没有力气了，不是还有你吗？"刚说完，她就忍不住开始咒骂着抱怨了，"这楚靖懿也太浑蛋了，居然把花园里的假山造得那么大，像个迷宫一样，让我逃不出去。"

西门泽再一次无语问苍天。

也只有朱茵洛这个时候会想那么多没用的东西。

他们两个人一直往前走，眼看已经看到了出口处花园中的一处路灯，两人眼中一亮，急忙奔去，但是在他们奔出假山林之前，两道人影突然挡住了他们的去路，让他们无路可逃。

朱茵洛甩开西门泽的手，指着眼前的两个人就破口大骂："你们两个一点儿道德、同情心都没有，根本就是冷血无情的冷血动物，杀了我，我就是做鬼也不会放过你们，半夜挂在你的窗口血淋淋地看着你们。"

朱茵洛的骂声，只是更加激怒了那两个人。

西门泽想要捂住她的嘴巴也迟了。

"茵洛，先别说这么多，你先走，我来挡住他们两个！"他现在唯一能做的，就是保她安全。

什么？

朱茵洛的心咯噔了一下。

西门泽说，他要留下来，阻止这两个人，然后让她逃走？

这么多年，她是第一次感动，有人愿意用自己的生命来换取她的逃离，刚刚被她踩在脚底的西门泽，在她心目中的形象一下子光辉高大了。

本来，她是打算丢下他一个人先跑的，一听到西门泽这样为她着想，她现在先跑，反而显得太不够意思。

"你一个人哪挡得住，你是因为我才出来的，我自然也得让你平安地回去，我可不想死了还要背负一个妖女的罪名！"

"茵洛！"西门泽急了，他最看不得的就是朱茵洛受到任何伤害。

"不要再说了！"朱茵洛重重地拍在他的肩头。

她这一拍，却拍得西门泽肩头一痛，肩膀瑟缩了一下，朱茵洛奇怪地收回自己的手，意外地发现自己的掌心不知何时染上了黏糊糊的东西，在星光下依稀可见上面黏稠的液体。

那是什么？

倏地，她睁大了眼睛望着西门泽，后者痛得用另一只手抓住肩膀，嘴里发出一声闷哼。

她手上的……是血，而且是西门泽的血。

她记得，之前西门泽刚刚出现时的那一声闷哼，恐怕就是因为这肩头上的伤吧？

若是她猜得没错，他肩头的伤，也是因为她才受的。

"你受伤了！"她既自责又内疚。

"西门泽，我们一定不能死，我朱茵洛不喜欢欠别人的债，我们两个一定要活下去！"她扶着他的肩膀，看着他的伤口，却又不敢碰。

"当然！"

话落，那两个男人再一次扑了上来，西门泽和朱茵洛两个人险险地闪过，剑锋从他们的身边擦过，凌厉的剑气与风一起打在脸上，有丝丝寒凉的气息。

两方人马，四个人互相缠斗着，渐渐地，西门泽和朱茵洛两个人就处于了下风。

本来跟西门泽打斗的男人，在砍向西门泽的时候，剑锋突然一转，向旁边的朱茵洛挥去。

"小心！"西门泽喊着，赶紧推开朱茵洛，他的右肩再一次挂了彩。

"西门泽！"朱茵洛惊呼，赶紧扶住又被刺了一剑的西门泽，心疼得无以复加，自责和内疚在她的心底里蔓延，她今天就不该出门的。

"我没事！"西门泽安慰着她，拍了拍她的手，一脚踢开其中一人，带着朱茵洛就要逃走。

骤然一道黑影闪动，从朱茵洛的身侧晃动过去，才一瞬间而已，紧追而来的两名男子异口同声地发出凄惨的尖叫，然后双双倒地。

朱茵洛和西门泽两人停了下来，在看到那个一下便将两名男子打倒在地的男人后，朱茵洛讶异地发现，对方竟是楚靖懿。

突然空中一只飞镖飞来，楚靖懿的身子凌空一闪，便避过了，一道黑影从假山顶上蹿了出来，黑衣蒙面，身形异常的快，轻盈地落地与楚靖懿两个人交手。

狂风来临，那黑夜中的两个男人衣袂翻飞，在假山的出口处缠斗着，几个回合下来，楚靖懿占尽了上风，楚靖懿的身手变幻莫测，江湖上几乎没有人能与他匹敌。

那个男人感觉到自己打不过楚靖懿，突然一甩手，几只飞镖射了出去，方向是朱茵洛。

楚靖懿神色一凛，立即抬起衣袖，卷起那些飞镖，就在这时，身后的黑衣蒙面男人再一次出手，这一次射出的镖，是数倍于方才的数量。

楚靖懿明白，此人的目标其实是他，便飞快地闪躲，但又怕那些飞镖会伤了朱茵洛，在他的衣袖裹掉的飞镖中，有一只蹭破了他的掌心，他飞快地转身，把那些飞镖还回去，再连续出拳。一个回合下来，那人便无招架之力，最后低咒了一声，疾速离去。

那人刚离开，楚靖懿感觉到被飞镖蹭破的掌心隐隐泛着疼痛，他皱眉，飞镖上有毒，而且毒性还很大。

朱茵洛扶着西门泽，看到楚靖懿站在旁边挡着路，她匆匆地道了句谢："谢谢，请你让一下！"

她不等楚靖懿他回答，便把他推开，扶着西门泽匆匆离开。

她的心里只有一个念头，那就是西门泽不能死，却忽略了楚靖懿在风中微颤的身子。

第十四章　苦肉计

朱茵洛匆匆地扶着西门泽离开，身后的楚靖懿因为没有及时止住毒性的蔓延，身子一晃，扶着旁边的大石面无表情地站在那里，望着那两人离开的方向，妖冶的紫眸中，看不出什么情绪。

风更狂了，似乎有大雨即将落下。

在假山石上的小甲看到楚靖懿的异状，连忙从假山石上跃下，焦急地奔到楚靖懿身侧，担心地望着楚靖懿略显阴鸷的脸："主……主子，您怎么了？"

楚靖懿的目光缓缓收回来一些，这时才突然伸手点住手臂上的穴道，面无表情地吐出了一句："中毒了而已！"

然后他原本高大的身躯，竟然摇摇晃晃、不稳地向前走，看得身后的小甲心惊胆战。

小甲忍不住嘴角抽搐着。

他能说什么？

但是……他中毒了啊，中毒了！这是什么概念，这楚靖懿居然还一副无事人的样子往前走。

小甲护主心切地上前去扶住楚靖懿，预料之外，楚靖懿并没有反对，而是将自己身子的重量移到他的身上。

虽然很重，可小甲还是非常称职地扶住他，以免他跌倒。

路中，小甲抓到一名侍卫，吩咐那人赶紧去唤御医，就一直扶着楚靖懿回宫。

一路上，只听闻楚靖懿越来越粗重的呼吸，还有他浑身因暴怒而突起的青筋，那一块块的肌肉都绷紧了。

他是在生气。

既然他这么生气，又为什么……

小甲忍不住开口关切地询问："王爷，您为了茵洛郡主受了伤，您为什么不告诉她呢？"

"为什么要告诉她？"

他脑袋是石头长的吗？小甲耐心地解释："王爷，您只要告诉她您中了毒了，她才不会只顾着北冥小王爷丢下您不管哪！"

朱茵洛虽然总是嘴巴很坏，但她就是个刀子嘴豆腐心，吃软不吃硬，楚靖懿这般强势，难怪她会弃他而选北冥小王爷了。

谁知，楚靖懿下面一句话，把小甲所有的话全逼得吞了回去："如果当时本王就把毒给逼了出来，她还不是一样会带着西门泽离开？"

小甲愣了好几下，嘴巴张大了数秒没有反应过来，转念一想，若是……楚靖懿现在毒气侵体，变得这般虚弱，不就……

小甲暗暗地捏了一把冷汗："王爷！您想施苦肉计，可是，您不怕到时候解不了毒的话就……"

"本王不会让这种事情发生的！"这是嚣张的语气。

这么自信！

小甲的嘴巴抽了好几下，才暗自骂着自己。

"可是王爷，您打算什么时候让人去通知茵洛郡主？"小甲又多嘴了一句。

转眼已经走到了楚靖懿所住的寝殿。

小四见楚靖懿回来，又被小甲扶着，担心地也上来扶住他，重量移到小四身上后，楚靖懿那张妖冶的俊脸转过，冲着小甲淡淡一笑："现在去通知她！"

"什么？"小甲一时没反应过来，"现在？"

"对，现在、立刻、马上！"命令的口吻不容他拒绝。

"呃……是，属下马上就去！"

小甲放开了楚靖懿赶紧离开。

心里却一直在想着，这楚靖懿太阴险，太腹黑了，为了得到他想要的可以不择手段，甚至用苦肉计这种卑鄙的方法。

遇上楚靖懿，朱茵洛恐怕是在劫难逃了。

西客殿。

朱茵洛扶了西门泽回到西客殿，西门泽的两名贴身侍卫马上迎了上来，从差点累倒的朱茵洛肩上扶过西门泽，赶紧进了房间。

北冥国这次来南陵，还特地带了一名大夫，那名大夫被唤了过来，利索地拿出药箱和药酒，为受伤的西门泽清理伤口。

西门泽大半的衣服被撕开，面对着朱茵洛，苍白的脸上有着一抹可疑的红，他有些不好意思地看着朱茵洛。

"茵洛，我现在在上药，已经没事了，你就先回去吧！"

朱茵洛回应他的，是狠狠地瞪他一眼，凶巴巴地骂道："还说没事，伤口那么大，你真是勇气可嘉，为我挡剑，你可知道，那把剑要是真的刺偏了，可能你的小命就没有了！"

听着朱茵洛凶巴巴的咒骂，西门泽不怒反笑，苍白的唇勾起开心的笑容，双眼略带激动地望着她。

"你……是在担心我吗？"

"谁担心你了，我只是怕你死了，我会背负杀人凶手的罪名！"她依然不给他好脸色看，一双美丽的杏眼瞪得几乎凸了出来，很显然，不同意西门泽的说法。

"好好好，随你怎么说！"西门泽连连答着，心中却是窃喜不已，这说明，朱茵洛的心里还是担心他的，不是吗？

朱茵洛现在和楚靖懿还没有成亲，或许，他还有机会。

想到这里，他的心底里再一次燃起希望的火花。

他低头傻笑着。

朱茵洛不知道他在笑什么，便拿手指戳他的手臂，结果碰的是他受伤的手臂，笑脸瞬间扭成一团，朱茵洛自责地赶紧缩回自己的手。

"对不起对不起！"

"没关系，你不要担心。来人呐，拿张椅子来，让茵洛郡主坐下！"西门泽看朱茵洛也站了许久，应该很累了。

"是！"

一名侍卫答应着，下去搬了把椅子过来，又奉了一杯茶在床头柜上，朱茵洛伸手可得。

在外面等了这么久，她也确实渴了，便喝了一口水，她一口水还没有吞下去，外面就听到小甲哭天喊地的声音，听着好不凄惨："郡主，茵洛郡主，您在哪里呀？"

一口水差点呛到了她，朱茵洛用力把一口水咽下去，将茶杯放下，一双手搓着手臂搓掉了一层鸡皮疙瘩，这才幽幽地转过脸去，看着那个急奔而来的身影，人未至，她就没好气地骂了一句："喊什么喊，郡主我还没有死呢，喊得像哭丧的一样。"

小甲窘迫地扯了扯嘴角。

朱茵洛说话就是这样尖酸刻薄，他也习惯了。

"郡主，属下有话要说！"

"有什么话，等一会儿再说，没看到这边小王爷受伤了，正在包扎吗？有这个时间跑来哭丧，你不如去查一查王宫里有没有来了什么刺客！"朱茵洛连串珠炮似的吐出，不给小甲任何说话的机会。

呃……"刺客？有刺客吗？"

"不然你说小王爷的手臂是谁给刺伤的？"

原来说的是这件事呀，可是他现在要说的不是这件事："茵洛郡主，现在这件事不重要，重要的是……"

不重要？朱茵洛的脸一下子板了起来，冷冷地打断了他的话："什么叫这件事情不重要？王宫里出了刺客，你就该马上让人去调查刺客，否则刺客就跑了。小甲，不是我说你，虽然你平时懒懒散散也就罢了，但是……刺客这么大的事情，你也能将它说得这般轻描淡写，王宫养你们这些人，是为了保护王宫的，不是让你来吃闲饭的，倘若你连基本的工作都做不好，那么也没有必要再留下了！"

局势突然逆转。

被朱茵洛一番数落，他小甲这般辛苦、努力为主子办事的人，到头来，变成了一个吃闲

173

饭、一无是处的人了。

一股气堵在嗓子眼，他不吐不快，顿时也忘了楚靖懿的嘱咐："茵洛郡主，您刚刚说的那番话，属下不同意，我们睡得比狗晚、起得比鸡早，我们……"

"行了行了，你不就是想说你们很忙吗？是是是，你们很忙行了吧？我知道你很忙了，那现在麻烦你继续去忙，别来烦我！"朱茵洛已经不耐烦了，挥挥手就要赶人。

小甲气得全身都在发抖。

好吧，人家都说，唯女子与小人难养也。

而这朱茵洛更是女子与小人兼备的极品，跟她斗嘴，只会让他折寿。

好男不跟女斗！都说女子无才便是德，如今想来，这句话，太有道理了。

流氓不可怕，就怕流氓有文化，就是这个道理。

他只有不与她相争，才能活得更久。

深呼吸，冷静，深呼吸，再冷静。

待他彻底平静了下来，小甲才非常平静且认真地吐出一句："我们王爷中毒了。"

中毒？

朱茵洛嘴角的笑容缓缓滑下，心尖抽痛了一下，柳眉轻蹙，怀疑地看着小甲："你们王爷中毒了，你不是该去找御医的吗？来找我做什么？"

这小甲跟楚靖懿两个人狼狈为奸，不得不让朱茵洛怀疑小甲来的真正目的。

被朱茵洛一双犀利的眼睛注视着，小甲明显有些架不住她的气势。

在楚靖懿的淫威之下，他更是不得不面对朱茵洛，即使她的那双眼睛是真正的刀剑，他也不能退缩。

至理名言：惹谁也不能惹楚靖懿。

虽然朱茵洛怀疑他的目的，可现在楚靖懿是当真中毒了，他还能表现得更从容一些："茵洛郡主，听说王爷是为了您才被暗器划伤中毒，属下来唤郡主，是想问问郡主当时的情况，顺便告知郡主，毕竟……王爷是为了郡主才会……咳咳……"

小甲故意捂着嘴巴没有继续说下去，一双眼睛无辜地看着朱茵洛，剩下的不用他再说了吧？

心里太开心了，他实在是太佩服自己的反应能力了，唬得朱茵洛一愣一愣的。

朱茵洛摸着下巴，一双美丽的杏眼微微眯起，咬紧了下唇仔细打量小甲的表情，想从他的脸上看出些什么端倪来。

身后善良的西门泽却是赶紧开口了："茵洛，不如你就去看看他吧，他毕竟……是为了救我们两个才会中毒，等我这边包扎好了，一会儿我也过去！"

朱茵洛点了点头，眉梢稍稍舒展，松了口："那好吧，我就去看看！"

路过小甲时，朱茵洛的眼睛犀利地瞪他一眼，狠狠地警告："倘若让我知道你是在故意玩什么花样，我一定不会饶过你！"

"属……属下哪敢！"暗自擦了一把冷汗。

朱茵洛的整人方法让他的命都几乎丢掉了一半。试想一下，你吃东西的时候，突然吃出几条蛆来，一觉醒来，却发现自己与两条蛇同榻了一夜……

诸如此类，不胜枚举。

"不敢就好！"朱茵洛收起犀利的目光，眸底闪过一丝担忧。

倘若楚靖懿真的是为了救她与西门泽受了伤中的毒，那当初……她扶着西门泽推开他的时候，他的身子晃了一下，是不是那时候就已经中了毒了？而她却只顾着西门泽的伤，将他推开。

想到这里，她的心就抽得更痛了，忍不住加快了脚步往楚靖懿的寝宫走去。

夜晚的路上很暗，她心急地走着，身后的小甲一直紧跟着她，望着她焦急的背影，小甲心里窃喜着，打着小算盘。

只要朱茵洛去了楚靖懿的寝宫，他的任务就算完成了。

待朱茵洛到了楚靖懿寝宫的时候，恰好同慕容清若碰个正着，慕容清若从里面出来，身后跟着一群宫女和太监，凤眼微眯，瞪了一眼朱茵洛，然后离开。

朱茵洛佯装没看到似的掏了掏耳朵。

等慕容清若走了之后，朱茵洛才踏进了楚靖懿的卧室。

第一眼，就看到楚靖懿略显紫气的脸。他躺在榻上，少了平时的强势气焰，慵懒地靠在床头，衣衫松垮垮地挂在身上，半敞着，倒多了几分性感和蛊惑。

一个人在中了毒的时候，可不可以不要这么妖孽？

朱茵洛的心莫名疼了一下。

"郡主，小的没骗您吧？"小甲悄悄地说着，然后向楚靖懿投去邀功的眼神，楚靖懿以眼神示意小甲退下。

小甲会意地将所有人都带了出去，独留下楚靖懿和朱茵洛两人在卧室内。

楚靖懿动了一下，打算起身。

"你受伤了，要做什么？"朱茵洛快一步上前来按住他的肩膀。

指了指桌子上的茶杯："渴了！"

"我给你端！"

朱茵洛想也不想，就把茶杯端了。

一杯水喝下了肚，楚靖懿觉得这是他喝过的最甘美的茶。

"你中毒了，之前怎么没说？"朱茵洛闷闷地问了一句。

"你的眼里只有北冥小王爷，哪里还有我？"楚靖懿从鼻子里哼了一声。

空气中弥漫着一股酸酸的醋味，朱茵洛摸了摸鼻子尴尬地笑了两声。

"怎么？觉得对不起我了？那今天晚上就由你一个人好好地照顾我吧！"楚靖懿兀自下了结论。

"我一个人？"朱茵洛不敢相信地睁大眼睛，"我一个人怎么照顾你？"

"我这毒是为了你中的吗？"

"是！"

"既然是为了你，由你照顾，是不是理所当然？"

他是学绕口令的吗？

这一次换朱茵洛的脸黑了，可是，心底里却还隐隐地有一丝甜。

连续两天，朱茵洛都待在楚靖懿的寝宫中照顾他，只因楚靖懿总是故意把罪名套在她身上，令她不得不待在那里。

好不容易出了他的寝宫，朱茵洛打算舒服地逛一圈。

好久没有出去寻宝了，她的手都有些痒了。

恰好朱茵洛逛到了花园附近，花园凉亭里的慕容清若远远看到了朱茵洛。

这几日楚靖懿对朱茵洛的宠爱程度，慕容清若早就有所耳闻。这一次，楚靖懿还允许她在他的寝宫中照顾两天。

最重要的是，楚靖懿这一次中毒更是因为朱茵洛。

慕容清若对朱茵洛是有成见的。

男人二十六岁还未娶亲的，在整个西阳国，也就楚靖懿一个了，偏偏楚靖懿好像无事人般，根本就不在意，每次当她提到要给他立妃纳妾，他就顾左右言其他。

八年前，还在西阳国的时候，楚靖懿曾经跟她提过要娶朱茵洛，当时他还年轻，她以为他只是欣赏朱茵洛，一时说笑，没想到他竟然玩真的。

八年后，还把朱茵洛给弄到王宫里来了。

关于朱茵洛的传言，她没少听闻，关于她的事迹，她更是没少听闻。

朱茵洛在未出阁前就已经这般厉害，来到了南陵王宫后，岂不是都是她的天下了？再加上楚靖懿待她甚是宠爱，若是她将来进了王宫，那还有她这个太后什么事儿？她要的只是慕容紫琴这样对她敬畏而且又言听计从的儿媳。

所谓一山不能容二虎，二虎同坐一山，必会相斗，除非……在此虎未入山前，就将她入山的路给斩断。

她绝对不会容许任何人动摇她的位置，绝对不容许。

慕容清若身边的宫女召来了朱茵洛，朱茵洛不情不愿地随着宫女往凉亭中走去。

一身雍容华贵的慕容清若，由两名宫女服侍着坐在凉亭中喝茶。

远远地看到朱茵洛过来，慕容清若那双犀利的眼微眯着，双手抬起挥了挥，身后的两名宫女便应声而退，独留下慕容清若一人在凉亭中等待着朱茵洛的到来。

那两名宫女经过朱茵洛身边时，恭敬地向她行了一礼，朱茵洛面无表情地从二人中间穿过，稳步走到凉亭中。

走到凉亭中，朱茵洛坦然地对上慕容清若探视的双眼，礼貌地侧身优雅地行了一礼："茵洛见过南陵太后！"

现在倒是挺知礼！

慕容清若淡漠地看她一眼，没有立即让她起身，而是抬手去端起石桌上的茶杯，缓慢地掀开杯盖，把茶杯移到唇边轻抿了一口，姿态悠闲。

朱茵洛蹙起眉头，好一个南陵太后，她刚来就给她下马威。

"太后，茵洛可以起来了吗？"朱茵洛微笑着直视慕容清若。

慕容清若平静的脸微闪过不悦，把茶杯重重地搁在桌子上，不情不愿地冷冷一声："起来吧。"

"谢太后！"朱茵洛这才站起身。

一双检视的目光在朱茵洛的身上上下打量。

果然是个大美人，那张绝色的脸，是所有男人都无法抗拒的，也难怪楚靖懿会看上她，在她的眼中，男人嘛，最先看到的，则是女人的皮相。

"朱茵洛，你知道你为什么会被唤来吗？"

"太后不说，茵洛自是不知，还请太后明示！"朱茵洛幽幽地笑了。

朱茵洛那副漫不经心的表情，激怒了慕容清若，突然她愤怒地站起来道："后宫之事，向来由哀家掌管，没有哀家的同意，任何人不得随意入住后宫。"

"我入住这里，是南陵王亲口允准的，太后若是想知道为什么的话，还是直接去问南陵王吧！"

"你说什么？"

朱茵洛笑吟吟地冲慕容清若施施然地侧身道了福。

"南陵王要我出来一下下就要回去，我现在得回去了，茵洛告退！"

说罢，朱茵洛头也不回地从慕容清若身前离开，气得慕容清若直指着她的后背说不出话来。

这个朱茵洛，太狂妄了！

回程的途中，朱茵洛眼前"看"到的一幕，让她惊愕在了原地，浑身的血液似在瞬间被冻结，脊背一阵发凉。

怎么……怎么会这样？

她看到，一个极像西门泽背影的人，被人用刀从身后插进了左胸，然后推进了一个枯井中，瞬间人落井中，只见黑乎乎一片。

是她看错了吗？

她害怕得全身在颤抖，一双眼睛瞪得老大，双唇因为惊恐而颤抖。

是谁……是谁要杀西门泽？

不不不……她不会让这种事情发生的，绝对不会！

人人羡慕未卜先知的神仙。

但是，那些人却不知，能未卜先知，却是一种悲哀和痛苦。

因为……你已经知道了结果，那个结果却是你最不想看到的，而你却不能改变，这就是最悲哀之处。

对于朱茵洛来说，她最害怕见到的就是自己身边的朋友或亲人突然离开自己。

她的第六感，就像是一面窥视未来的镜子，她无法改变，只能眼睁睁地看着他们走向死亡。

西门泽是一个单纯又善良的人，自始至终总是选择相信她，在她差点被坏人抓到的时候，他挺身而出，保护了她，还为她不惜降下尊贵的身份去求人。

这样的他，是该得到好报的，不该这么早就死掉。他还年轻，才二十五岁，而且还是被奸人所害。

正往前走着，突然一道人影出现在她的面前挡住了她的去路。

虽然她精神恍惚，可是潜意识里还是躲闪过对方往左边去。

她刚转身闪开，那道人影的主人也随着她的脚步往左边去。

蛾眉微蹙，朱茵洛往右边移去。

诡异的是，那人影也随着她往右边移去，如此四次之后，朱茵洛的怒火终于爆发了，抬头生气地怒骂："好狗不挡道，你这个人是存心的吗？"

才抬头，就对上楚靖懿那双邪肆探视的眼。

他挑了挑眉梢，没有生气，好笑地看着她气鼓鼓的可爱小脸，宠溺地拿手掐了一下。

他的手指可是没有一丝温柔地捏着她的脸蛋，毫不留情，捏得她很痛。

她龇牙咧嘴的，张口便要去咬他的手指，他却已经把手指移开，害得她气呼呼地直瞪他。

"你是故意来气我的？"她的眼睛里满满的都是怒火。

指了指头顶的太阳，他好脾气地笑道："马上到午膳时间了。"

"是哟，这个时候，你不是该去处理公务的吗？跑来找我做什么？"真是奇怪了，身为南陵之主，他也太闲了吧？

在她的心里，已经开始把他跟昏君联系在一块儿了，整天无所事事的男人，怎么可能治理得好一个国家？

知道她心里在想什么，他也不解释，他当然不会告诉她，只有碰到她的事情时，他才会很闲，其他时候，他几乎连用膳的时间都没有。

也只有她，能让他闲下来。

手指勾起她的下巴，又被她愤愤地一掌打掉，坚决不让他碰她，他只是淡淡地笑着，然后才回答："人都是要用膳的，中午想吃什么？"

"吃你！"她生气地冲口而出，聪明的脑袋一下子反应过来，发觉这两个字有歧义，脸一红，她忙补充了两个字，"的肉！"

邪魅的紫眸微眯。

"我很乐意你吃我！"头暧昧地俯至她的耳边，低哑的男声夹杂着他灼热的呼吸喷在她敏感的耳后，引得她身子微颤，然后听到他的声音，"绝不反抗！"

唰的一下，她脸上的红晕一直蔓延到耳根子，目光不经意地扫过他低头间敞开的领口，露出他精壮的胸膛，让她一下子想到今天早晨的旖旎画面，她的脸更红了。

她的嗓子一阵干燥，虚火上升，导致她浑身不安，双手一搓手臂，掉下一地的鸡皮疙瘩。

风华又生

盛世繁华不如你

上

该死的楚靖懿，他是故意曲解她的意思。

她用力咳了一声，清了下嗓子才回答道："谁要吃你了，不要曲解我的意思！"

紫眸微垂，嘴角邪坏的笑容依旧："本王还以为，你比较想吃——本王！"

脸上的红晕刚刚退去，复又回来，她的脸红得像煮熟的虾子，她像个跳脚的狮子般大声纠正："我没有想吃你。"

"本王还满心欢喜，以为你要吃我，唉……"他看似落寞地低声叹了口气，高大的身躯一下子低了不少，此时的他看起来就像是被人抛弃的孩子。

嘴角猛抽了好几下，朱茵洛确定，这楚靖懿是在她面前演戏。

亏得她早已对他那些无耻的伎俩免疫了，否则，等到她同情心泛滥，又被他拐到他的圈套里面去了，她可没那么笨。

忽地她促狭一笑，笑眯眯地打趣道："我对你是没兴趣，不过有人对你可是有兴趣的！"

"你的双胞胎姐妹？"

火气再一次上升，他是故意的，努力把怒火压下，从齿缝中蹦出两个字："不是！"

"其他人本王没兴趣！"

"你的表妹可是等你等很久了，只要你说一声，她会很愿意吃你的！"

他表示不赞同地摇了摇头，眸底的颜色深了几分："本王对送上门来的没兴趣，只想要你这只难驯的狐狸！"他的目光灼灼地望着她。

又是一个陷阱。

他总是一句一个陷阱，难道他不觉得累吗？

"很抱歉，我对你这只大尾巴狼没兴趣！"她笑眯眯地回答。

不知是不是她眼花了，她看到楚靖懿眸底的颜色倏变，变得深不可测，让人恐惧："那你对谁有兴趣？西门泽？"

"你突然提他做什么？我对谁有兴趣，不关南陵王你的事吧？"朱茵洛没好气地瞪了他一眼。

突然他的手稍稍用力一扯，她娇柔的身子重心不稳倏地撞向他，毫无预警的动作，吓得她蓦然一惊，心脏差点跳出了嗓子眼。

知道是他故意吓唬她，她生气地推着他的胸膛，啐道："楚靖懿，你知不知道，人吓人吓死人，吓得我魂儿都快飞了！"她拍着惊魂未定的胸口道。

他的手将她钳得很紧，滚烫的热度，由他接触她的那一点传来，手指稍稍用力，便捏得她的手腕很疼，她被迫紧贴着他。

然后，他修长的手指，扣紧她的下颚，强迫她的下巴抬起，让她直视他的眼睛。

只见他幽暗不见底的紫眸闪动着妖冶的光芒，像夜幕下的繁星般熠熠生辉。

她不明所以地睁大眼睛看着他，他近在咫尺的俊容，是那么的蛊惑，让她无法移开视线，随着他气息地缓缓靠近，她几乎无法呼吸。

直到他邪魅冰冷的字眼一个字一个字地吐在她的脸上："你有兴趣的人——只、能、是、我！"

她的心脏陡然漏跳了一拍，她艰难地呼吸着，赶紧将他推开。心脏却从未有过地加速跳动，脸颊的热度久久不退。

"我突然发现好饿，我要去吃东西了！"她低头着急地跑开了。

回到自己房间的朱茵洛，心里一团乱。

一想到自己可能有点喜欢楚靖懿，而且可能不止是一点点的时候，她就郁闷得抓狂。

她一遍一遍地问自己，楚靖懿那浑蛋到底是哪点儿好，她怎么可能会喜欢上他？一定是她疯了，或者是楚靖懿给她的脑子里装了什么东西，所以她才会这么失常。

午膳时间，楚靖懿派小四来唤她，要她去陪楚靖懿用膳，当下她又怒起。

传她去作陪，怎么听怎么觉得她似乎是个受宠的妃子，爱宠的时候，他宠她如斯，当他厌倦了她，自会视为敝屣，弃而远之。

当下，她狠狠地甩了一句："要吃让他自己去吃！"

什么从来没有过其他的女人，只是他欺骗女人的伎俩而已，她还差点就真的信了。

宫女端来了午膳，她只吃了两口就让她们匆匆地撤了下去，然后她又手绘了一幅记忆中的王宫地图，再在地图上标记着那些宫殿的大致用途。

其中，有两座院子比较神秘。她寻找枯井时，路过那院子的门口，门口守卫重重，当时就是因为这个，所以她一直没有去里面找。

那个院子，似乎被传说是整个王宫的机要所在，一般人是不能进去的。

看着外面的宫女正端着水盆走进来，打算擦拭桌椅扫地，朱茵洛眼疾手快地把图纸收起来吩咐道："把笔墨都放回去吧！"

宫女诧异地望了她一眼，一双眼睛好奇地盯着朱茵洛手中的图纸，心里有着疑惑，身为一名下人，她只能看不能说，便默默地去收拾笔墨。

另一边，因为朱茵洛拒绝了陪楚靖懿用午膳，小四战战兢兢地站在一旁，等着楚靖懿的骂声，意外他只是邪魅一笑，笑容格外温和："就由她去吧。"

呃，不生气？"那您的午膳？"

"你陪本王用！"

……

早晨时分，朱茵洛打算去找西门泽会遇害的那口井，不小心到了一处隐蔽的地方。

一道人影突然挡住了她的去路，那脸上阴险的笑容，朱茵洛觉得有几分陌生，那张脸……正是左梦云。

朱茵洛停下了脚步，眯眼看着她，警戒地后退了一步。

这左梦云一看就是来者不善。

"那天晚上，是你吧？"左梦云阴险一笑，问朱茵洛。

朱茵洛笑眯眯地看着她："啊，梦云公主跟东盈王的关系似乎很不错！"朱茵洛也没有否认。

左梦云的笑容更阴险了。

"既然被你看到了，那就不能让你活着了。"

"哦？梦云公主要杀了我不成？"

"如果我说是呢？"

朱茵洛眯眼笑了笑，旋即准备出手，诡异的是，身后突然一根树干撞了过来，一下子撞到了朱茵洛的后脑勺。

坏了，她忘了这左梦云会奇门遁甲之术！她飞快地离开原处，可惜迟了。

左梦云手法诡异地靠近了朱茵洛，一把刀子突然抵在了她的颈项间，令朱茵洛瞬间无法动弹。

朱茵洛心里暗叫了一声不好。

"茵洛郡主，这儿不方便，咱们到其他地方吧！"左梦云阴险地拖着朱茵洛往前走。

太窝囊了，她朱茵洛在这里混了十八年，今天要栽在这里了吗？

这个时候不知道楚靖懿在做什么？

这个时候，她想楚靖懿做什么？

只是，想到以后再也见不到他，心里觉得很失落。

在左梦云的强迫下，朱茵洛被迫跟在她身后，来到了花园的一处偏僻地方。

忽地，朱茵洛眼尖地看到在那附近有一座枯井，草木掩映着，旁边还有一块大石，与朱茵洛第六感中看到的一模一样。

这就是她发现西门泽被人一刀穿透了后背从那里推下的枯井，难道……西门泽又跟上来了？

想到这一点，她的心骤然抽紧，目光紧张地向四周掠去。

果然……她发现了在一块大石后，稍稍露出的一点翠色的绸布衣角，一根手指扒在石头旁边，那露出的衣角，赫然与西门泽身上的布料一模一样，因为那翠色的绸布相当名贵，一般人穿不起，而楚靖懿从来不穿这种料子。

除了西门泽之外，她再也想不到其他人。

这个西门泽，难道不知道什么是危险吗？现在这个时候，他居然出现在这里，让她心里很不安。

"你快走！"朱茵洛大惊。

左梦云狰狞一笑，突然抓过那人，一刀插进那人后背的左心脏，随手将那人推进了枯井。

看到这一幕的朱茵洛被吓到了，一股力量在她的胸臆间凝聚，她骤然挥掌向左梦云。

左梦云冷笑着出掌抵挡。

诡异的一幕发生了，左梦云的手掌被朱茵洛推开，朱茵洛又连番几个挥掌，掌力击中左梦云的腹部，一口鲜血从左梦云的嘴里吐了出来。

左梦云最后被朱茵洛的掌力迫得倒地不起。

左梦云似乎还没有反应过来到底是怎么回事，捂着腹部痛苦地拧眉。

一道人影突然从头顶跃下，与朱茵洛相互对掌了几下，对方同样被朱茵洛逼退，那人后退了两步，冷眼微眯，扶起地上的左梦云，突然跃进了石林中不见了。

是楚惊天！

看着那只枯井，朱茵洛的心蓦然抽了一下，心痛得无以复加。

她一直想要救西门泽，没想到竟然还是失败了。

她趴在井口，望着深井，不禁生气地拍着井口哭骂："你这傻瓜，谁让你冲出来的！西门泽，你这个笨蛋。"骂着骂着，鼻子一酸，泪水如断了线的珠子一样滚落了下来，想到以往西门泽对她好的种种，眼泪不禁越掉越多。

她哭得越来越凶，蹲在井边大声地哭着，惊飞了附近树枝上的鸟儿："你就是个蠢货，大笨蛋，哪里有危险，你就偏往哪里去，你当你是什么？超人吗？还是救世主？"

忽然一阵轻笑声从她的身后传来："你是在骂我吗？"

正哭骂得起劲的朱茵洛，突然听到西门泽的声音，吓了一大跳，嗖地一下弹站了起来。

泪眼蒙胧中，她似乎看到西门泽高高的身影就站在她的面前，身上只着一件白色的中衣，笑脸依旧，如她记忆中的一样。

咦？是幻觉吗？

她揉了揉眼睛，擦了擦眼泪，缓缓地走上前，迷茫的眼神望着那张笑容，伸手用力捏了捏他的脸。

"痛！"西门泽痛呼了一声。

"你没死？"她有些纳闷地吐出了三个字！那她刚刚哭了那么一会儿，是哭的什么？

西门泽不高兴了，脸一板："你希望我真的死？"

"那刚刚里头是？"她指着枯井，她明明看到那人穿着他的衣裳，然后被左梦云用刀插在了心脏推下去的，一转眼，人又活着站在她面前。

"那个人是跟踪你的，刚刚被我抓到，我把它点了穴，然后披上我的衣裳，把他推出去，准备趁机救你走的，谁知道……"

听着西门泽认真的解释，还有那副单纯得手舞足蹈的模样，朱茵洛的鼻子又是一酸，感动袭上了心头。

在西门泽猝不及防的时候，突然扑到了他的怀中，双手绕过他的背后，用力拍着他的后背，放声地大哭着，又是哭又是骂："你这笨蛋，你什么时候能学会保护自己，总是让我感动，我恨死你了。"

呃……

西门泽有些丈二和尚摸不着头脑，听着朱茵洛的哭声，还有她片刻间就染湿了他衣裳的泪水，他更加手足无措，不知道该怎么安慰她："你没事就好了，不要哭呀！"

"不要说话，你就听着我骂！"朱茵洛凶巴巴地斥责，手更加用力地敲着他的后背，嘴里的咒骂没有停，"你知不知道，我快被你吓死了，我还以为你死了……"

西门泽的心底里浮起一丝丝甜意，却又无语抬头望天：苍天啊，女人都是这样喜怒无常吗？

而这一幕，都被紧随而至的楚靖懿看个正着。

他就站在十米远外，朱茵洛不停地抱着西门泽又是哭闹又是骂，西门泽怜爱地低头看着她，手掌安慰地轻轻抚摸着她的肩头，那一幕是那样的温馨且刺眼。

绝代俊容瞬间阴云笼罩，他四周一丈内的花草树木被他身上所散发的寒气所侵，全蔫了。

一掌击在大石上，大石应声而裂，而紧拥的二人却丝毫没有发现。

第十五章　忌妒

东客殿。

一名宫女，端了茶进了偌大的内厅，一人独坐在屋内，手指按着太阳穴，闭目养神。

那名宫女看着这幅画面，忍不住放轻了脚步，然后慢慢地走进去，然后轻轻地走到桌边，用极轻极缓的动作，把茶杯和茶壶从托盘上放在桌子上。

最后放下茶杯的时候松了口气，不小心触动了茶盖，发出叮当的脆响。

那一声响在偌大的空旷房间内显得异常响亮，这一声，也触动了那宫女心底里的警戒之弦，整个人的脑中嗡嗡作响，心下一惊，这下坏了。

她吓得赶紧后退。

才刚退了两步，那在椅子上假寐的女子已经醒来，一双含怒的厉目射向宫女，迸射出愤怒的火花，脸色瞬间陡变，尖锐刻薄的声音阴鸷地吐出："本宫正休息的时候，谁让你进来的？"

那宫女吓得浑身一哆嗦，手上的托盘，不小心脱手掉在地上，更响亮的声音传来，宫女吓得双腿一软，跌跪在地上，双手用力地按在托盘上，以免托盘再发出声响，头不敢抬起，害怕地抖着肩膀，不停地颤声求饶："公主饶命，公主饶命，奴婢下次再也不敢了！"

哗啦一声，左梦云一把将桌上的茶杯扫落到地上，碎片撒得满地都是，那碎裂的声音，更加的响亮刺耳。

"还有下次？"左梦云阴毒的声音发出，生气地朝门外唤道，"来人呐，这宫女居然在本宫面前放肆，把她拖出去重打二十大板！"

"公主饶命，饶命啊！"那宫女吓哭了，带着哭腔的求救声让人听了好生怜惜。

"啧啧……"一个戏谑的声音在门外响起，一道纤丽的人影靠在门框上，笑看屋内的画面，嘴里发出啧啧声，美丽的杏眼勾起漂亮的弧度，眉梢眼角满含笑意，"梦云公主可真是赏罚分明，不过，二十大板，也太重了些！"

一看到朱茵洛那张笑脸，左梦云就更加愤怒，火气一下子蹿到头顶，下巴扬得老高，气焰嚣张地怒骂："这是本宫的事情，本宫想罚谁就罚谁，关你什么事？"

掌伤之仇，她可是记得清清楚楚。

"可这是南陵王宫，并不是西冀王宫，而且这里是西阳国，不是你们西冀国，梦云公主不会是想要越矩来殴打南陵王宫的宫女吧？难道公主不怕传出去，您的声名尽毁？或是……被西冀王知道了，恐怕他会不高兴吧？"

她每说一句，左梦云心头的火气就更加涨上一分，气得脸色发黑，额头上青筋暴突，一双手紧握成拳，因太过用力，指关节泛着丝丝白色，让人看了触目惊心。

那宫女可怜地夹在中间。

进退无法。

朱茵洛笑吟吟地看着左梦云，脸上无一丝惧意，挥了挥手笑道："你先出去吧！"

那宫女像是得到了大赦般，激动地向朱茵洛磕头行礼："谢谢郡主，谢谢郡主，奴婢告退！"那宫女抓起地上的托盘，半刻也不敢停留在大殿内，飞快地逃出了门去。

看到朱茵洛私自放走宫女，左梦云的脸色由黑转青又由青转白，嘴唇气得发白颤抖道："朱茵洛，你不要欺人太甚！"

换作以往，若是朱茵洛这样嚣张，左梦云恐怕已经狰狞着脸威胁她了，可惜……如今风水轮流转，她左梦云也有今天。

"欺人太甚？"朱茵洛淡淡地勾起唇角，鼻子里发出一声冷哼，轻蔑地扫她一眼，幽幽地走进内厅中，"不知到底是谁欺人太甚，我可记得，今天早上，是谁拿着匕首来威胁我，公主……您的记忆力何时变得这般差了？"

左梦云气得浑身发抖，纤细的指尖指着大门，声音也同她的身体一样在发抖："出去，马上给我出去！"

"在西阳国，我是主，你是客……既然客人有要求的话，主人自然是不能违背的，那我便出去了，马上就要到晚膳时间了，茵洛会吩咐厨房多做些好吃的给公主送来，还请梦云公主好好地享受在南陵的日子！"

说完，朱茵洛转身就要离开。

"等一等！"突然，左梦云大声吼住朱茵洛。

优雅地转身，脸上不见一丝怒气，朱茵洛笑容满面，笑吟吟地挑起眉梢问："不知梦云公主还有何要求？"

一只手伸到朱茵洛的面前，左梦云冷笑了一声，脸上的表情依然难看："把东西交出来！"

一头雾水的朱茵洛笑容未变，双肩耸了耸。

"茵洛不知梦云公主要的是什么，又怎么交给你？"

左梦云盛气凌人地站在朱茵洛面前，脸上有着嘲讽："你以为我不知道吗？万年冰玉在你的手上，之前就是你将万年冰玉从我的身上偷走的！"

原来说的是这个呀。

不过，她要的话，她可就不一定给了。

她学着楚靖懿平时的模样，无辜地睁大了眼睛，邪气地笑着，摊了摊手："我完全不知道公主你说的是什么意思！什么万年冰玉，茵洛根本就没有听说过，又怎么会在我的手上呢? 公主, 这件事非同小可, 可不能随便诬赖人的, 除非你有证据, 否则……这就是诬蔑! 我是可以反告你的! ”

朱茵洛狡黠一笑, 优雅地冲脸部肌肉剧烈颤抖的左梦云点了点头, 感觉到左梦云的怒火, 朱茵洛心底里更加得意。

她也有今天!

她朱茵洛从来就不是什么正人君子, 人若犯我, 我必犯人, 总有一天, 她会将别人加诸在她身上的东西讨回来。

唔……万年冰玉是真的挺贵重的, 这次只是让她气得几天睡不着觉, 当作小惩大戒了。

要回万年冰玉? 做梦!

到了她朱茵洛手上的东西还想要回去, 门儿都没有。

她优雅地一步一步走出了东客殿, 身后瓷器落地碎裂的声音不绝于耳。

从左梦云那里出来, 楚靖懿就派了人来传话, 让朱茵洛晚上到他那里用晚膳, 朱茵洛毫无疑心地去了。

楚靖懿以前些日子被朱茵洛照料为理由, 不停地向朱茵洛劝酒。

本来她是不想喝的, 但在楚靖懿的连番劝说下, 她不知不觉喝了不知道多少。

然后她醉了, 躺下了。

窗外响起了一声声鸡啼声, 这让浅眠的朱茵洛被惊醒, 她睁开千斤重的眼皮, 长长的睫毛轻颤着, 露出里面乌亮的眼珠, 黑色的瞳孔非常的美丽慧黠, 灵动的美眸眨了眨, 似乎在向早晨招手。

头好沉, 里面似压着一块大石般, 让她的头沉重得难受, 深深地呼吸了一下, 便感觉头更重了, 忍不住发出了一声呻吟。

该死的, 一定是昨晚喝了太多的酒。

都是楚靖懿那个坏蛋灌她, 让她喝了那么多, 现在又害得她酒醉难受。

今儿个头太痛了, 更感觉到一股从来没有过的疲惫, 好想要再多睡一会儿。

身子才动了一下, 便听到她自个儿的骨头像散架了似的咔嚓声, 似乎在抗议她的过度使用。

她痛得蹙起眉尖。

这不动不知道, 她试图挪动身体, 身体的每个部位都向她传来了警铃声, 让她不要太过用力地移动, 她甚至连抬起一根手指头都觉得异常的疲惫和无力。

这是从未有过的感觉, 怎么像……

她的心中涌起不好的预感。

熟悉的气息笼罩在她鼻尖, 更有那熟悉的有力心跳, 就贴着她心脏的位置, 这样近, 近到两人的心跳是同一个。

怎么会?

朱茵洛的脑中一片空白, 小手下意识地往她腰间的那只大手握去。

握到一只手，她愣了一下，不死心地沿着那只手向后摸去，果然摸到了人的手臂和胸膛还有脸。

如遭五雷轰顶，炸得她脑中嗡嗡作响。

昨晚……她并不是做梦看到楚靖懿，而是他真的就出现在她面前。

昨晚……她并不是做梦，而是……真的把自己的第一次交给了楚靖懿。

至今，她的身子还疼着，更是提醒着她，昨晚的一夜，是真实的存在着。

天哪！

她抱头绝望地呻吟着。

她到底都做了什么呀？

她一定是疯了，才会对楚靖懿做出那种事情，现在清醒了，心里全是后悔和自责。

不管如何，她的清白没有了，楚靖懿夺走了她的清白，他也不吃亏。

她是朱茵洛，是从那个时代来的女子，那时代的人嘛，就算是跟人做了，也没有什么。

她心里这样安慰着自己。

但是……她真的很懊悔，就算要献身，也是西门泽那样的纯情男，不该是楚靖懿这只大尾巴狼呀！

她完全不知道，她心里想的事情，她身后的某个男人，全听得见。

在刚开始的时候，楚靖懿还暗自窃喜，但是听到最后一句，他的脸色马上就变得铁青，妖冶的紫眸里染上了一层怒色，寒着一张脸，嘴角噙着冰冷的弧度。

又是西门泽！

在她已经成为他女人的情况下，她的心里想的，居然还是其他的男人。

看来，昨天晚上的事情，还没有让她彻底明白自己的处境。

楚靖懿突然翻身，伴随着朱茵洛的一声惊呼，早晨的战火拉开了序幕。

依稀间，朱茵洛听到楚靖懿在她耳边低喃："本王会尽快送聘礼到咸中将军府，然后尽快地娶你过门。"

就在这个时候，西门泽宣布，打算明天就离开南陵国，理由是他出来得太久了，该回国了。

这边西门泽要走了，那梦云公主也因为找不到什么留下的理由，怕朱茵洛会说出什么对她不利的话，一直想借机除去朱茵洛，可惜，这楚靖懿对她的保护实在是太好了，让她根本就没有任何机会接近朱茵洛。

午后的阳光毒辣得很，走在路上，都能感觉到那一股股烫人的温度，让人根本不敢在阳光下暴晒。

看着那些在阳光下依然兢兢业业把守王宫的守卫，朱茵洛瞬间觉得肃然起敬。

她现在不由得庆幸，自己是来到了现在这具主人的身上，才让她衣食不愁，每天饭来张口，不用为了生计日晒雨淋。

而能维持这个国度正常的运行和发展，却少不了那些底层的人，他们是最需要别人尊敬的。

花园的凉亭是避暑的绝佳场所，在她到花园的凉亭之前，慕容清若也在那里，看到她来，慕容清若便脸色倏变地甩袖离开，很显然，她并不想见朱茵洛。

朱茵洛恭敬地向她点头行了一礼，慕容清若也似未看到般，从她身边头也不回地走了过去。

慕容清若不想见她更好，她也不想跟她牵扯不清，有些事情，是解释不清的，她也不想解释，而且……她并没有做错任何事，无须受到任何人的指责。

如此想来，她便心安理得地倚在凉亭之上悠闲地望着亭下的荷塘。

身前十六名禁卫，个个身穿紧身禁卫服，目光精锐，一看都是内力深厚的家伙。

因为昨天晚上的事情，朱茵洛气楚靖懿设计自己，一怒之下说想离开，一句话召来了十六名禁卫，气得朱茵洛七窍生烟。

花园里的空气很清新，绿叶掩映在池塘四周，绿色的枝叶倒映在水中，水天一色，湛蓝如洗的天空中有朵朵浮云经过，让整个花园看起来就像是一个人间仙境。

在她来的那个现代，这样美丽的风景，恐怕是不多见了，而且……像这样纯净的蓝天，更是难以找到。

靠在栏杆边上，欣赏着蓝天白云绿叶碧水，心情颇佳，如果身边没有那一双双眼睛像盯贼一样地盯着她，那就更好了。

可惜，她身侧的那些人，是不可能如她所想的。

她只能对着池塘中不时跃上水面欢快舞动的鱼儿叹着气。

看着那些鱼儿，她忍不住生气地嘟起了小嘴。

它们对着她这么欢快地跳舞，是故意来嘲笑她的吗？嘲笑她没有它们自由，嘲笑她没有它们开心。

心里越是不开心，她就越想骂楚靖懿。

这浑蛋不知道到底在忙些什么，把她一个人晾在这里，就真的这么相信她身边的这些禁卫，不怕她逃脱了吗？

远远的，左梦云戴着头纱，由一名宫女搀扶着向凉亭这边走来，看她那副孱弱的样子，好似一阵风就能吹倒似的。

朱茵洛眯眼欣赏左梦云伪装的病态，眸底有着讥笑和嘲讽。

但是，不可否认，她骗了许多人。

眼睁睁地看着左梦云往这凉亭上走来。

她细眯起眼，轻轻地合上眼仔细地想着，忽地她的眼前浮现出一幅画面，让她倏地睁开眼睛，再细细地去打量左梦云。

扬了扬手，朱茵洛烦躁地别过脸去，淡淡地出声命令："我想一个人在这边待着，其他任何人都不要接近我！"

"是，郡主！"一名禁卫得令，恭敬地退下了，然后走到左梦云的面前，笔直地伸手拦住了她的去路。

扶着左梦云的宫女脸色倏变，瞪大了眼睛喝令："大胆，也不看这是谁，你也敢拦？"

那名禁卫面无表情地点了点头，脸上无一丝惧意，口气客气了些："南陵王有令，郡主的命令就等同他的命令，郡主现在不想任何人打扰她。"

好一个朱茵洛！

左梦云气得浑身发抖，扶着宫女的手指用力掐进宫女的手臂中，目光阴毒地望向朱茵洛，她的身子晃了晃，柔弱的身子似经不起折腾："既然我已经来到这里了，就让我坐一会儿，歇一会儿，就回去！"

"这……"禁卫为难地沉吟着。

"放心吧，只是坐一会儿，不会让你为难的，郡主若是责怪，本宫替你担着。"

"那好吧！"终究是难敌柔弱女子的要求，那禁卫心软地放了左梦云上凉亭。

朱茵洛狠狠地瞪了那名禁卫一眼。

这左梦云看起来甚是柔弱，但是，看到美女腿就发软的男人，她朱茵洛虽然鄙视，但这样的男人比比皆是。

既然她来了，那她也不能让她空手而回，朱茵洛笑着挥了挥手，冲众禁卫命令道："公主有病，不能在人多的地方，你们就退在凉亭下等着吧，我是不会跑的！"

众禁卫一听，这似乎也无不妥，便齐声答应着下去了。

待左梦云被宫女扶着坐了下来，左梦云吩咐了宫女也在下头等着，等到那名宫女也与禁卫一同在凉亭下站着，朱茵洛方笑吟吟地托着下巴，有趣地盯着左梦云懒懒地问："公主这次来南陵王宫，不知是否还记得西冀国？"

"你想说什么？"

"公主应当是背负着西冀和平的使命来的吧？"朱茵洛笑了笑，提议，"我有办法，可以让西冀换来和平？"

左梦云狐疑地盯着朱茵洛："真的？你有什么办法？"

"很简单！"朱茵洛直视左梦云的眼睛，一字一顿地道，"你把那个男人交出来！"

左梦云脸色倏变。

"不可能！"

朱茵洛耸了耸肩："那我们就没什么好谈的了！"

左梦云气得转身离开。

坐在凉亭上的朱茵洛，望着左梦云被宫女扶着离开的身影发呆。

她的身体比刚才来的时候抖得更厉害了，她犹记得，当她说出要求左梦云将那个男人交出来的时候，她面纱下那错愕的表情。

但是，她只是沉默了半晌，然后默默地离开了，什么也没说。

女人哪，总是容易被爱情冲昏了头脑，做出不理智的行为。

唉……可惜了。

"何事唉声叹气？"

突然一个温润的男声传来，打断了她的独思。

听那声音就知道是谁了，抬头间，西门泽的身后带了两名贴身侍卫，正向凉亭这边走来。

今天的他，一身藏青色长袍，同色系的鞋子，目光深敛，比起前些日子见到的那个还很稚嫩的西门泽，显得沉稳了许多。

她欣赏地挑眉，打趣地回道："多日不见，西门你越发的俊美迷人了！"

西门泽同他的侍卫才要上前，突然那些禁卫亮出了明亮亮的冷剑，挡在了他的身前，阻住了他的去路，并冷声威胁："王爷有令，不准任何人接近朱茵洛。"

不准任何人接近她？

西门泽诧异地抬头，望向朱茵洛的时候，望见她眸底的不悦，心不由得一紧。

而朱茵洛的表情，让他更加确定了想要上前去看看她的决心。

他站在原地，与禁卫对峙好几秒，也没有想到对策，正苦恼之时，朱茵洛突然灵机一动地开口喊着："小王爷明天就要回国了是吧？"

西门泽皱眉，还是顺口答了一个字："对！"

"那就上来吧，你们几个，小王爷明天就要回国了，我要说几句祝福的话，你们让他上来，你们在下面守着，我又不会插上翅膀飞了！"

那禁卫与同伴对视，还想要说什么，却没有说出来，只做出一个让步："小王爷可以过去，可是他们两个不能过去！"禁卫指着西门泽身后的两名侍卫。

"为什么？我们要保护小王爷！"西门泽的两名侍卫不爽了，生气地与禁卫对峙，两边剑拔弩张的样子，似乎快要打起来了。

"够了，你们两个留在这里！"西门泽头痛地看着护主的两名侍卫，最后下了命令。

"这……"两名侍卫犹豫着，但西门泽这样坚决，他们也只得遵从道，"是，小王爷！"

西门泽迫不及待地走上台阶，一双眼睛仔细地打量着朱茵洛，刚坐下，他便嗓子一紧，一看到她，他的眼睛便移不开了。

"对了，听说……你要回国了是吗？"

说到回国，西门泽突然露出古怪的表情，然后默默地点了点头："打算明天上午就走。"

"这么快！"她感叹地叹了口气，目光幽幽地望向远方，"原来时间过得这样快啊！"

"你舍不得我吗？"他深深地凝视她。

朱茵洛淡淡一笑，没有注意到西门泽深情的视线，她的目光紧紧地望着天空中突然飞过的两只白色大雁，它们自由地遨游在天际，是多么的自在啊。

然后她听到自己近乎呢喃的声音："当然舍不得了！"

西门泽眼中一亮，惊喜地望着朱茵洛，想要上前去紧紧地握住朱茵洛的手，却又怕因为自己的唐突惊了她，他有些紧张地望着四周，特地压低了声音小声地问："那你，愿意跟我走吗？"

"跟你走？"朱茵洛蓦然收回视线，思索回归了现实，嘴巴张了张，好半晌没有合上，"你是什么意思？"

他怜惜地望着她，字字真心。

"你就像刚刚天上的两只大雁，是该在天空中自由翱翔的，像这样被人监视，只会折断了你的翅膀。"

朱茵洛扑哧一笑。

"西门你什么时候说话这么有内涵了？"

西门泽心里甚窘。

"我是真心的！"

"哎呀，我没有被人监视，等会儿我就让南陵王把他们撤了！"

"你真的没有被人监视？"

朱茵洛翻了一个白眼："我的话你还不相信吗？放心吧！"

西门泽的心情更加失落，这样说，就是朱茵洛不愿意同他离开了。在她的心里，果然还是楚靖懿更重要。

他来到南陵也是有事，现在他还有其他的事情，必须要回国，倘若朱茵洛现在不跟他一起回去，他们俩以后怕是就更没可能了。

"你真的……不愿意跟我离开吗？茵洛，我……"西门泽鼓起勇气，"其实我真的很想跟你在一起，只要你跟我离开，我会对你很好的！"

他的话音刚落，朱茵洛一下子愣住，好一会儿没有反应过来。

待她反应过来，西门泽已经握住了她的手，情绪颇为激动："从小时候开始，我就对你一往情深，我一直忘不掉你，茵洛，跟我一起回北冥吧！"

吓！西门泽在向她表白。

她一直没想过要跟西门泽在一起，一直拿他当姊妹看的，也一直以为他们的关系会这样下去。

但是，她也不想伤害他。

朱茵洛还没有想好怎么回绝他，骤然一道冷风逼近，只见一道人影闪过，那道人影一下子将她与西门泽紧握的手分开。

"没有本王的允许，洛儿是不会跟你走的！"楚靖懿冷冷地一字一顿宣布。

"茵洛要去哪里，她有自己的想法，不是南陵王你说不让她走就可以的！"西门泽怒道。

"现在不一样了！"楚靖懿意味深长地一笑。

"怎么不一样了？只因现在是在南陵王宫？若是茵洛不愿意，即使拼上我的性命，我也会带她离开。"

楚靖懿大方地搂住朱茵洛的肩膀，异常温柔地转头笑着对上朱茵洛的美眸。

"洛儿，你还没有告诉小王爷吗？"

朱茵洛无辜地眨了眨眼睛："告诉他什么？"

"告诉他我们两个即将成亲的消息呀！"楚靖懿微笑着提醒她。

"嗯？我们两个要成亲吗？我怎么不知道？"朱茵洛睁大了眼睛，无辜地回看他。

"茵洛说没有，你又想耍花招！"西门泽怒了。

"哦……"楚靖懿恍然大悟地点了点头，一本正经地道，"差点就忘了，昨天晚上你太累了，我说这句话的时候，你已经睡着了，所以你才会不记得！"

一句暧昧的话，当着众人的面说出来，众人皆羞红了脸。

连西门泽听了也觉得面红耳赤。

朱茵洛的脸红了，也恼了。

她生气地掐了一把他的手臂。

"谁让你提昨晚的？"

"洛儿别恼，你不让提，本王就不提了，只不过，因为你刚刚说不记得了，我特地提醒你而已！"

"我现在已经想起来了，不需要你提醒了！"

楚靖懿的嘴角勾起邪肆的弧度。

"真的吗？这么说，你是当真想起来了？包括你答应本王，要同本王成亲的事情？"

"我没有答应你，我记得我说过，要想娶我，得先经过我爹和皇上的同意，婚姻大事乃父母做主，而我又身为当朝郡主，自己的婚姻大事，自己可是说了不算的！"朱茵洛伶牙俐齿地反驳。

楚靖懿叹了口气。

"那好吧，本王就先得到岳父大人的同意，再向父皇请旨，这样满意了吧？"

"暂且就先这样吧！"反正暂时也想不到更好的办法来。

两人你来我往地说着，完全将西门泽晾在了一旁。

而他们两个的对话，他一句也插不进去。

等他们的谈话结束，西门泽也已经完全明白了自己如今的处境，他跟朱茵洛……是完全不可能的了。

西门泽颓然地垂下了头。

眼尖瞥见西门泽的这个动作，楚靖懿的嘴角勾起意味深长的弧度，与他抢女人，也不好好掂量掂量自己到底几斤几两。

"好了，这件事我们回房去再商量，现在西门小王爷要走了，我们是不是该好好地送送人家？"

"不必了，我出了王宫就要去办其他的事了，不需要王爷和茵洛你们送！"西门泽忙拒绝。

他现在已经很受伤了，不想再看到那二人你侬我侬地向他挥手示意，那只会让他更觉自己失败。

"这样呀！对了，过段时间我也打算回咸中，到时候你要是也来咸中的话，记得来找我，到时候我再好好地招待你！"

"好！"西门泽苦涩地应了一句。

西门泽走了，朱茵洛一个人在南陵王宫里待着，整天被人伺候来伺候去的，闷得不得了，西门泽不在，她也找不到人欺负，闷得快要疯了。

她的职业是小偷，现在天天闲闲地待在王宫里，而不去尽她的本职，那就是她的失职了。

192

于是乎，她准备在夜晚来临时，到南陵城里去逛逛。

晚膳过后，朱茵洛探得楚靖懿晚上有事情要处理，她悄悄地拿出了准备好的夜行衣，准备换上后到南陵城中去。

在那之前，她的房里还有宫女，她便佯装躺在榻上假寐。

不知不觉间，还当真有了几分意识不清。

眼前似乎浮现出一幅温馨的画面，楚靖懿陪在她的身边，与她一同骑马并肩驰骋于广阔的大草原上，蔚蓝的天空下，碧草连天，两人不时地互相对视一笑，那画面，真的很温馨。

她真的很喜欢这样的场景。

心里想着自己与楚靖懿之间的事，她当真是想与他在一起的。

楚靖懿绝对不是那种安分的男人，他有野心有企图，他将来只会做这南陵王吗？以她对他这段时间的观察，那是绝对不可能的。

楚靖懿他霸道、高傲，绝对不会屈居于人下的。

据她所知，八年前，他离开咸中之前曾经去过皇宫，而且还与皇帝定下了协议，这一切都是她花了重金得知的消息。

具体协议的内容她不知道，但是有一点她肯定，这个协议的内容恐怕就与皇位有关。

八年前，楚飞腾的病是假装的，但是，这两年楚飞腾的身体每况愈下，是旁人都可以看得见的。

曾经，她"不小心"为楚飞腾诊过脉，楚飞腾的身体很特殊，每天强装着健康，却只是用某种药支持着。

她又花重金，在江湖上搜索那种药物的药性和作用等，最终让她发现，楚飞腾虽然现在表面上看起来健康，实际……已剩下不到半年的性命。

最近的一年，所有的国家似乎都在蠢蠢欲动，最为明显的就是南陵和北冥，南陵私下练兵的事情，她也经过特殊的渠道打探到了。

楚靖懿的野心，太过明显了，她深深地知晓。

也就是因为如此，她才更加担心他们的未来。

假如楚靖懿当真坐上了西阳国皇帝的位置，那么将来，她将面对的是后宫争斗，永无天日的日子，还要失去自由，被迫承受宫廷礼仪的束缚。

她朱茵洛，向来自由惯了，让她在那种环境下，成为笼中的金丝鸟，想想都觉得恐怖。

一道人影悄悄地出现，宫女看到来人，恭敬地行了一礼便退下了。

楚靖懿的手里拿着一只乌木盒子从门外走了进来，一眼便瞧见了榻上假寐的朱茵洛。

在朱茵洛翻身的时候，楚靖懿冷不防地出声。

"洛儿……"

寂静房间内的突然出声，犹如平地的一声雷，吓得朱茵洛一下坐了起来。

瞧见那吓她的人是楚靖懿时，她惊魂未定地拍了拍胸口。

"吓死我了，怎么是你？你今天晚上不是在南书房有事情要处理的吗？"

"再忙也不能冷落了你！"楚靖懿微笑着答。

"你所谓的不冷落，就是故意趁我睡着的时候，突然吓我吗？把我的魂儿都快吓掉了，要是真把我吓傻了，你可赔不起！"

"本王可不舍得！"

楚靖懿一边笑着一边把手里的乌木盒子递到她面前："你的命我赔不起，倒是赔得起这个。"

"这是什么？"

楚靖懿把盒子打开。

两只散发着柔亮光亮的珠子一起送到她的面前，一只散发着柔柔的绿光，一只是纯正的白色。

那两只珠子在她的眼前晃了晃："将它们送给你，如何？满意吗？"

满意？当然……而且是非常满意！

方才她心中的怒火在这一瞬间烟消云散，哪里还有一丝怒意，早烟消云散了，眼睛里只剩下贪婪的光亮，死死地盯着那两颗夜明珠。

这两颗夜明珠是她一直渴望得到的，现在就在眼前，只要她伸手就唾手可得，她岂能不心动。

她心花怒放，两只手就要伸出去拿，伸到一半又缩了回去。

他挑起眉梢，吻了吻她的额头，低沉的笑声从他好看的薄唇中传了出来："怎么了？你不想要吗？"

她质疑地瞪他："你把这两颗夜明珠突然送给我，不是想要算计我什么吧？"被他算计的次数太多了，她不得不防，说不定这一次，他又是想要找理由来算计她。

望着那双认真的眼眸，楚靖懿微眯着眼："你想怎么办？"

她笑了，露出两排洁白的牙齿："白纸黑字，就说是你南陵王送给我的。"

"可以！"

她欣喜地爬了起来，跑去拿来了纸笔，写下了一行"南陵王赠两颗夜明珠予朱茵洛"，兴高采烈地跑到了楚靖懿的面前，把笔往他的手里塞："就在这下面签上你的名字。"

动作还挺快！

也只有这种时候，她的笑容是发自内心的，因为触动了她贪婪的本性。

楚靖懿微笑着接过笔，在朱茵洛期待的目光中，却是久久没有落笔，看得朱茵洛心急地催促他："你怎么还不快点画押……不……签名呀？"

楚靖懿似低头思索了一番，才认真地答了句："现在还不急签字！"

"那什么时候急？"她眸子危险地溜了一下，生气地瞪他一眼，"就知道你又是骗我的，出去出去，以后不要再来找我。"

"本王来看自个的王后，你说了也不算！"楚靖懿笑眯眯地回答。

王后？朱茵洛瞪大了眼睛，眼中冒火地瞪着他，一字一顿地道："我告诉你，我说不见就不见，我也不做你的王后！"

不做他的王后？那要做谁的王后？

楚靖懿的眸底闪过阴鸷的光芒，脸上保持平静，嘴角挂着他惯有的邪魅笑容，突然坐在椅子上，长臂一伸，轻易地把她捞进了怀中。她欲挣扎，他便大力地搂住她的腰，让她无法逃脱，笑声传进她的耳："当然是你了！"他理所当然地回答。

　　她怒斥他，瞪着他妖冶的紫眸，毫不退缩："我没答应你！"

　　楚靖懿脸上的邪笑更甚。

　　"不着急，我们可以慢慢商量！"

　　商量不用把灯灭了吧？

　　就知道他今天晚上别有所图，她昏昏沉沉地想着。

　　可惜的是，今晚无法去城里溜达，不过，得了两只夜明珠，也值了。

第十六章　再遇楚惊天

早晨，朱茵洛无聊地在王宫里四处游荡，坐在一块大石上看了会儿风景，刚准备起身。

突然，一个人带着阴鸷的阴影笼罩住她，笑容有几分熟悉："茵洛郡主，好久不见了！"

再看那张脸，她有片刻的错愕，因为那张脸不是别人，正是楚惊天，冤家路窄呀。

那张笑脸，与八年前不同，尽现阴狠和算计，他是一个腹黑阴险的家伙。

看到楚惊天，她身上所有的警惕神经全复活了。

这楚惊天与左梦云联手，到底是想做什么？而且……他跟左梦云的关系，更是暧昧非常。

眼前的楚惊天跟八年前那个总是被她欺负的楚惊天，已非同一人，或者是，八年前的楚惊天根本就是装的，目的是为了掩盖某些事实，还有那颗贪婪的心。

之前他来了那么久，也没有在她面前出现。现在突然出现，不得不让她警惕。

双手悄悄握紧，右手暗暗地从衣袖中握住了一把短匕首。

"原来是东盈王啊，还真是巧，居然在南陵碰到东盈王，不知东盈王突然拦住茵洛所为何事？"脸上虽然在笑，可是她的心里早不知道把他骂了多少遍。

不知是不是他倒霉，八年前，总是被她欺负，八年后，虽然当年他是装的，可是前几天她猛攻他的那几掌，同样将他击退，他注定不会赢她了。

看朱茵洛这般悠然，楚惊天也不急着回答："不知茵洛郡主这几年过得如何？"

朱茵洛笑得很虚："托东盈王的福，过得很不错，吃得饱，睡得好！"

楚惊天惊艳于朱茵洛更惑人的美貌，欲靠近她，被她闪躲开了。

"茵洛郡主现在就这么拒人于千里之外？"楚惊天缓缓地靠近她，他比她高了半个头，居高临下地俯视她，望着那张异常美丽的小脸，他的心弦轻轻被拨动。

她长大了，她真的出落成了一个美丽的姑娘，那曼妙的身姿及绝美的脸蛋，令任何男人看了都会为之发狂。

他的目光如火，心思很明显。

他想要她，即使她现在已经是楚靖懿的女人，他还是想要她，她果真是一个妖女。

八年后，当他第一眼看到她的时候，眼前就蓦然一亮，现在凑近了看，才发现，她比他想象中更加美，也更加惑人，还有脸上那副如八年前一样的自信和傲慢，也同样让他想要征服。

她是一个让男人想要征服的女人。

男人，果然都是禽兽，她鄙视他。

"东盈王，男女授受不亲，茵洛觉得，我们还是保持距离的好。茵洛倒是想问，二姐如今可好？"朱茵蓉嫁他也有八年了呢。

"她？"楚惊天的眸底闪过厌恶，故意岔开了话题，"本王倒是更加想知道茵洛郡主刚刚在想什么？"

看来，二姐过得并不好呢，楚惊天厌恶她，所以出来偷腥，再加上江采琼这个阴柔狠毒的女人，够她受的了，当年她加诸在她身上的仇，算是报了。

她冷冷一笑："这个好像不是东盈王能管的事吧？"

"倘若，本王非要管呢？"

斜睨他一眼，朱茵洛鄙夷地道："东盈王未通报南陵王就擅自闯进南陵王宫，这可是犯了大罪，难道你就不怕我告发你？"

"告发本王？只要茵洛郡主不怕将来后悔的话，尽管去告！"楚惊天胸有成竹般地说着。

她眯眼瞪他。

"后悔？我朱茵洛还没有做过什么后悔的事情。"忽地，她促狭地看着他，"啊，不对，倒是有后悔的事情，就是后悔当年没有更加无情地修理你！"

楚惊天努力控制自己的情绪，让自己不要生气。

"本王只是想跟茵洛郡主谈一桩交易而已！"楚惊天火热的目光，紧盯着朱茵洛因怒泛红的小脸，真是越看越觉得这个女人像是个妖女，让人舍不得移开目光。

"交易？我们两个似乎没什么可谈的！"她嗤之以鼻，冷冷地转过脸去，不屑与他对视，更讨厌他那双有所图的眼睛，虽然他现在还规规矩矩地站在那里，但是他那眼神已经在放肆地扒她的衣服了。

这种男人，是她最讨厌的。

最让她诧异的是，这楚惊天，八年前与八年后，竟有如此的差别。

"茵洛郡主似乎话说得太早了，当我说了一件事之后，茵洛郡主一定会想与我合作的。"

"什么事？"

"茵洛郡主有没有觉得，本王的四弟总是能在第一时间探得别人的心里在想什么？"楚惊天挑挑眉问。

这一点，她早就发现了，一个善于观察的人，都有特别精锐的洞察力。

"那又怎么样？"

"那又怎么样？"楚惊天戏谑地笑了，"有人被耍了，居然还不自知！"

她生气了："你什么意思！"美目里盛满怒火，

看到她气呼呼的样子，楚惊天的眸底深处又藏了几分笑意，眼睛直勾勾地盯着她，一字一顿地道："因为……他会读心术！"

读心术？"什么意思？"

"读心术，顾名思义，就是他会读心，是他自小的能力。只要他愿意，你在他面前想些什么，他都可以窥探得到，明白了吗？"说完，他带着玩味的笑，打量着朱茵洛越来越发白的小脸，知道她在生气，他便继续添油加醋地煽风点火，"所以你在他面前，根本就是透明人，他一直在偷窥你的心思，否则……以你的聪明才智，怎会一直栽在他的手上？"

她斜了一眼楚惊天，冷冷一笑，傲慢得扬起下巴："就只有这些？还有没有其他什么新鲜的？"

楚靖懿那个浑蛋居然会读心术，岂不是她所有的心思都被他窥去了，看来，她得找个机会好好地教训他一番。

"难道你就甘心被他利用？"

"我朱茵洛，不屑与你合作。楚惊天，若是你识相的话，就应该知道，你不该来找我！"

雪亮的匕首，掩不住冰冷的锋芒，与它主人一般。

"刚刚我只是说了四弟会读心术，但是……我有办法破了他的读心术，他这样欺骗你，以你的性子，难道会既往不咎，任由他再去欺骗别人吗？"楚惊天急忙表明诚意。

眉头微皱，握着匕首的手松了一些，她危险地眯眼盯着他："你有办法？什么办法？"

朱茵洛的气势，确实不容小觑。

他平静地解释："其实不是我，是梦云公主有办法，她带了两颗西冀的珍宝，可让四弟的读心术对你无用，甚至……你可以误导他，让他知道你想知道的事情。"

"真的？"她从鼻子里喷出一口气，"我怎么会相信你说的是真的？"

"你可以先试一试，试过之后，自然就知道本王说的是不是真的！"楚惊天不慌不忙地说，然后递出了一块玉佩，"这块玉佩是公主交给我的，只要你拿去试一试，就自然知晓，本王绝不骗你，况且……本王还想与郡主你做交易！"

那是一块白玉的玉佩，玉佩上同样有一只麒麟，那玉的温度比她的体温要低一些，半截小指大小的玉佩，放在她同样凝如玉脂般的掌心中，那块玉佩更显得晶莹剔透，看不出一丝瑕疵，凉凉的，在这夏季握着很舒服。

"要怎么试？"她冷笑着问，如果他说不出一个试验的方法来，说不定就是骗她的。

"方法，需要郡主自己去想，如果是我说的方法，郡主一定会认为是本王在作弊！"

朱茵洛嫌恶地把玉塞了回去。

"很抱歉，我对你这块玉佩，没有兴趣。"

"难道……你想被楚靖懿牵着鼻子走？"

"我不想被他牵着鼻子走，但是，也不想因为这个就跟你做交易，在我的心情很好之前，你最好离我远一点，否则，我手里的匕首可不饶人！"

被朱茵洛一番警告，楚惊天心里恼愤，却只得离开。

看着楚惊天离开，朱茵洛的鼻子里哼了一声。

拿一块玉佩就来糊弄她？

南陵城的客栈中。

月光清凉地照进了满室的旖旎。

窗子窜进来一股股的凉风。

健壮的男性身躯坐在榻边稍稍休息了一会儿，这才伸手把地上自己的衣裳捡了起来，一件件地穿上。

才穿上中衣，只见两条手臂从他的身后窜出，从背后搂住了他的腰。

他伸出长臂，回头捏住她的下巴，轻轻地啄了一下她的唇，低声嘱咐道："你再睡会儿。"

女声轻笑着，戏弄地笑问："你就这么舍得我离开？"

他穿衣的动作又停了下来。

低头咬了一下她的脸颊："妖女，你想让我死在你手里吗？"

左梦云笑着缠住他，双眼散发着迷人的媚色，娇嗔地笑问："你会一直爱我吗？"

"当然！"

"不会伤害我吗？"

"当然不会！"

楚惊天嘴角浮起一丝冷意，冷淡地离开她，穿上外衣大步离开房间，身后还传来左梦云的叮嘱："你一定要小心呀！"

爱？楚惊天望着头顶黑暗的天空冷笑，他爱的只有自己。

楚惊天出了客栈，在黑暗中，一道娇小的人影看着他离开，便紧紧地跟在他身后。

南陵边境的一个小城镇外，几辆马车，还有两列骑兵在烈日炎炎下前进。

毒辣的太阳，放肆地释放着它的光辉，地上的花草树木因不堪它的光亮，蔫得垂下了枝叶。

士兵们经过了一天的奔波，晚上也只休息了四个时辰。吃完早膳，便背上了行囊，又开始上路。

夏日烈日炎炎，此时已将近中午，行驶了半天，他们早已疲惫，饥肠辘辘。

看到前面有村庄，西门泽便派了探子前去打探，确定了饭庄的位置，那探子便兴奋地前来禀报："小王爷，大约还有三里地，就有一家比较大的饭庄！"

掀开了帘子，西门泽面带疲色，挥了挥手："那就加快脚步，快些前进。"

"是，小王爷！"

众人听到有吃的，可以歇脚，便兴奋地赶紧加快了脚步，往饭庄的方向疾去。

在前往饭庄的路上，到处树木参天，野草遍地，一阵风吹来，那些及人高的野草便一方倾倒，如海浪一般。

这般高的野草，最易让人埋伏。

骑卫们个个谨慎地握住了腰间的剑，目光警戒地望向四周，以免有人埋伏偷袭。

马车吱呀吱呀，马蹄声踏踏，干燥的土地，因着马蹄踏过，扬起来道道尘烟。

眼看着离村庄只有二百米，众人的眼睛兴奋得发亮，更加快了脚步。

就在这时，突然从队伍的四周蹿出了数十个人，个个手中握着一把明亮的剑，将西门泽的队伍四周围得水泄不通。

众人急勒紧缰绳，剑光四射，强烈的杀气，引得马儿嘶鸣声阵阵。

马车骤停，令马车内的西门泽心里一阵慌乱，掀开了车窗帘，望见窗外数十名黑衣人，他的眼睛倏地瞪大，忙拿下挂在车壁上的玲珑宝剑，拔下宝剑，掀帘而出，高高地站在马车之上。

自马车上居高临下地向四周望去，那些黑衣人正往他们这边靠近，个个黑衣蒙面，看不出到底是何方人马。

居于最前头的骑卫，举剑严词呵斥那些黑衣人："你们可知这是谁的队伍？你们这些盗匪也敢劫？"

"当然知道，所以……"一名黑衣人嘲讽着回答，"就是因为知道是谁，所以我们才拦住你们，而且……我们不是劫，而是奉命……要杀了你们！"

"奉命？奉谁的命？"

"等你们到了阴曹地府，自然就知道了！"黑衣人危险地嘲讽道，手中的剑稍稍扬起。

"那我们就看看谁先到阴曹地府！"骑卫被激怒，扬起手中的剑，回头朝众人喝令，"大家保护小王爷，杀呀！"

黑衣人扬剑同样高声大喊："杀！"

顿时，嘶喊声成片，黑衣人同北冥骑卫开始混战了起来。

站在马车之上的西门泽森冷地看着众人，很是生气，跃下马车加入了混战。

不断有刀剑无情地划破对方的身体，插进对方的胸膛或是砍掉对方的四肢，鲜红的血，很快便染红了土地。

西门泽吃力地与黑衣人对抗。

突然他发现，这些黑衣人个个都很强悍，每个人都训练有素，身手不凡。

很快，北冥的那些骑卫便慢慢地减少，当北冥的骑卫只剩下不到半数的时候，那些黑衣人才死了不到十人，实力的悬殊，渐渐变得明显。

剩下的骑兵，将西门泽围成了一个圈儿，他们身上和脸上皆沾满了血，手中的剑端还有血液正在往下滴，但是他们个个顽强地支撑着，面对面前多他们一倍的黑衣人，没有一点畏惧。

西门泽已经有些慌了，担心地看着四周拼死保护他的那些骑卫。

"大家一定要记得，要保住性命，不要只管本王，要记得，你们的亲人都在家里等着你们！"

"小王爷，我们的任务就是保护您。小王爷，有机会，您一定要逃走！"突然有一名骑卫半侧过脸提醒西门泽。

"不行，要走，一起走！"西门泽着急地道，因为自己要害他们死，他做不到。

"小王爷，这次我们是走不掉了，我们只能护送您一个人逃出去，但是……小王爷，您一定要记住，要替我们报仇。刚刚属下发现，他们有的人身上戴着南陵士兵的令牌，他们都是南陵兵！"

南陵，又是南陵！

西门泽的眼睛里溢满了愤怒的火光。

楚靖懿已放了他们，但现在却出尔反尔，派人半道上劫杀他们，太卑鄙了。

恨意在他的眸底喷薄。

"既然南陵不仁，我们也只能不义！我们一起杀出去！"

"不行，小王爷，我们护送您走！"众骑卫异口同声地大声道。

"不行！"

不等西门泽拒绝，那些黑衣人已经开始喊着杀冲了过来。

没有时间再思考了。

那些骑兵各自对视了一眼，然后点了点头，同时向一个方向攻去，再把西门泽送上马，趁着黑衣人有空洞的时候，西门泽所骑的马如利箭般急冲而出。

众黑衣人一看，迅速地便想要冲上去，而那些骑卫更快地挡在他们的身前，拼死抵抗，不让他们有机会冲上前去。

就在这时，人群中有一名较为高大的人，目光瞅准了西门泽的方向，突然从身后捞出了一把弓箭，箭头对准了西门泽的后背，恨意在那人的眸底闪现，然后他突然松开了箭弦，箭飞一般地射了出去，正中西门泽的右肩。

西门泽中箭，痛得趴在马背上东倒西歪，最终还是消失在了拐角处。

一名纤细的身影凑近了他，愤愤不平地啐道："竟然让他给跑了！"

男人拉开脸上黑布，露出一张俊脸来，楚惊天的眸底闪动着愤怒和算计："我是故意放了他的，本来我是想让他完整无缺回去的，可是他的出现，坏了我的大事，这一箭，真是他活该。"

纤细的人影也把脸前黑布扯开，露出左梦云怨愤不平的脸。

"早知道我再补他一箭，都是他害的我……"

突然，一个北冥骑卫持剑向楚惊天的胸前刺来，楚惊天因肩膀受伤，一时无法躲避，在这千钧一发的之时，楚惊天一把拉过左梦云挡在了他的身前。剑在瞬间插入左梦云的左胸，一剑穿心，一截剑尖在她的身前露出，鲜红的血从剑尖滴落在地上。

左梦云倒抽了一口气，一双眼睛瞪大了看着胸前的那截剑尖，身体里蹿进一股股的凉意。

而在刚刚的那一瞬间，是楚惊天拉她来为他挡剑的。

她的眼睛不敢置信地望向楚惊天，她嗫嚅着唇，想要说些什么，却半个字也说不出来。

她身后的那人突然抽剑，还想要再刺来，一名黑衣人已将那名北冥骑卫从背后斩杀，左梦云的身子软软地往楚惊天的怀中倒去。

用尽了全身的力气，她才吐出了可怜的几个字："为……为……为什么？"

楚惊天的脸上有一瞬间的不舍，仅仅也只是一瞬间而已，便变成厌恶，嘴角的冷意让人心寒，吐出的字眼，更让左梦云魂断梦碎："因为你对我已经没有任何利用价值，不过，看在你对本王一往情深的分上，本王不会让你暴尸荒野！"

左梦云脸上的血色很快退去，听到楚惊天的话，她更加不能自已，愤怒的她狰狞着脸想要骂什么，却是一口鲜血吐出，胸口亦是有鲜血涌出。

一名北冥骑卫看到楚惊天的脸大惊，指着楚惊天的脸，怒不可遏："东盈王，竟然是你，你欲陷害我北冥国同南陵为敌！"

楚惊天推开身侧的左梦云，任由她倒在地上，闭上眼睛含怨而终，笑对那名唯一还活着的北冥骑卫。

"对，就是本王！"楚惊天大方地承认，眼睛横扫四周，那些黑衣人一起持剑围住了那名骑卫，骑卫无路可逃。

"东盈王，你一定不得好死！"

"是吗？"楚惊天从黑衣袍下，掏出一块南陵令牌，丢到一名骑卫的尸首上，狞笑着下令，"本王要让你也死不瞑目！"

手抬手落，数十把剑一起刺向那名骑卫，骑卫愤怒地望着楚惊天，至死始终瞪大了双眼。

回头望着地上左梦云浴血的尸首，轻叹了口气："来人呐，把梦云公主抬走，找个地方埋了！"

"是！"

不能留下左梦云的尸首，只是因为有了她的尸首，会被南陵或西门泽发现这次刺杀的真相。

傍晚时分。

马车晃晃悠悠地在宽阔的官道上行驶。

傍晚了，路上人很少，所以马车一路畅行无阻。

车夫坐在马车的前方驾着车，宽敞的马车内，摆放着舒适的褥子，上面躺着浑身包扎得像粽子一样的西门泽。

朱茵洛坐在马车内，疲惫地托着下巴靠着马车闭目休息。

车内弥漫着一股浓烈的药味，刺鼻得很。

傍晚的霞光，火红火红的，斜阳映着马车，在地上投下了长长的影子，车辘辘发出吱呀吱呀的声响，和着马蹄声，甚是和谐。

马车上一脸苍白的西门泽，梦中突然看到一把剑刺来，他倏地被惊醒，一下子睁开了眼睛。

看到四周的环境，不由得一时间诧异，目光向上，又看到朱茵洛紧闭双眼的美丽睡靥，心仿佛被轻轻地撞了一下。

似乎感觉到了他的注视，睡梦中的朱茵洛幽幽地醒来，卷翘的长睫轻颤了颤，黑曜石般的眼睛睁开，里面满满的温暖笑意。

"你醒了？要喝水吗？"朱茵洛关切地望着他。

西门泽受宠若惊地脸红了一下，然后点了点头。

朱茵洛扶住西门泽，拿水袋给他，他喝了几口之后，推了推水袋，浑身疼痛得他又被迫躺了回去。

"怎么会是你？"西门泽惊讶地看着眼前意外出现的人脸。

朱茵洛放回水袋，凉凉地睨了他一眼。

"如果不是我的话，现在你早就已经见阎罗去了！"朱茵洛随口答着，手指掀开车窗的窗帘往外面看去。

"是你救的我？"西门泽记得自己逃走之后，不知道逃到了哪里，人便晕倒了。

"是呀，算你命大，也是命不该绝碰到了我！"

事实上，朱茵洛心里念着楚惊天的那个东西，想着半夜去偷来着，结果碰到楚惊天商量要杀了西门泽。

正好她心里气愤楚靖懿会读心术而不告诉她，不想留在南陵王宫。

所以就毅然地奔来搭救西门泽。

只是，她仍然是知道消息太晚，只来得及搭救西门泽，而其他的人，她赶到的时候，就只剩下了一堆尸首。

看着马车，西门泽迷惑地问朱茵洛："我们这是去哪里？"

"现在已经到了咸中境内，明天中午就可以到咸城了！"

咸中？

突然西门泽脸色突变，不顾身体的疼痛骤然坐了起来，焦躁的他，像一头困兽："不行，我不要去咸中，把车掉回去！"

朱茵洛生气地硬把他的肩膀按了回去："我说现在去咸城，就去咸城，你的身体需要好好地休养。"

"不，他们是跟我一起来的，我要带他们一起回国！"

固执的家伙！

朱茵洛按不住他，而他肩头的箭伤，因他的剧烈运动又开始渗血，看得她心中恼火，抬手狠狠地甩了他一巴掌，恼火地怒喝："西门泽！你闹够了没有，他们都是为了你而死的，你现在的任务就是好好地休息！"

朱茵洛这一掌打得很重，西门泽白皙的左脸上瞬间出现了几道鲜红的指印，西门泽也被打得蒙住了。

看他终于不发疯了，朱茵洛坐在马车上喘息，一双眼睛凌厉地瞪住他："西门泽，我救了你，如果你现在回去的话，就是对不起我，如果你回去，以后我们再也不是朋友！"

西门泽躺在褥子上，空洞的双眼瞅着车顶发呆，眼眶红红的。不一会儿，有泪水从他的眼角滑落，那是伤心、痛苦的眼泪。

那双黑眸渐渐变得发红噬血："我发誓，总有一天，北冥会踏平南陵！"

朱茵洛倒抽了一口气，看着满脸仇恨的西门泽，脸上有着错愕。

这是她第一次在他的脸上看到这样疯狂的恨意。

"西门泽，事情不是你想的那样，这件事……"

"不是什么？"西门泽冷冷地打断了她的话，恨意喷薄，冰冷的字眼一个字一个字地蹦出来，"那些人的身上都带有南陵的令牌，他们说是奉他们王的命令，楚靖懿，他欺人太甚。"

西门泽的恨，让朱茵洛觉得可怕。

虽然一切的证据都指向楚靖懿，但是她深刻明白这件事背后的罪魁祸首，就是楚惊天。

楚惊天怕是就想达到这个目的，才会设计这一切，就是为了让西门泽对楚靖懿产生恨意。

"西门，听我说，这件事跟南陵王无关，是……"

头剧痛，西门泽烦躁地闭上眼睛，"够了，我不想再听了，茵洛，我累了，你让我休息一会儿，好吗？"

张了张嘴，朱茵洛还想说什么，看西门泽顽固的表情，又把话咽了回去，只得开始动手为他重新清理伤口。

这个时候，他在气头上，根本什么都听不进去。

这个可恶的楚惊天，她一定要查清楚所有的事情，然后还楚靖懿一个清白，那个浑蛋楚惊天，她一定不会放过他。

第十七章　重回咸中

整整一日一夜，西门泽再也没有跟朱茵洛说过一句话。

马车在午时前赶到了咸城。

热闹的咸城，来来往往的人，络绎不绝，繁华的城市，并没有因为她的离开，而发生一丝变化。

马车一路穿过人群，在高墙碧瓦的一座院子前停下。

朱茵洛驾着车，在门前停下，门楣上"郡主府"三个字高高地挂起。

美丽的杏眼微微眯起，望着那三个字，她的嘴角勾起愉悦的弧度。

伸长手臂，伸了一个舒服的懒腰，她对着门前的守卫大声喊："你们的郡主回来了！"

"郡主！"守卫们全数恭敬地向朱茵洛行礼。

"嗯！"路过大门时，朱茵洛对左右守卫们笑眯眯地道，"你们都辛苦了！"

总算回来可以好好地睡个懒觉了。

大清早的，一阵吵乱的声音在她的房间里响起，还有人推她、摇她，让她睡得不安稳。

她烦躁地推开那人的手，翻了个身便继续躺着。

突然一阵惊天动地的敲锣声响起，震得整个房子都在动，吓得朱茵洛以为是地震了，一个反射弹跳了起来。

"地震了，快逃！"

她才起身，就看到馨儿若无其事地把手中的铜锣丢在榻上，再把她的衣裳递过来。

"郡主，先穿了衣裳再出门吧！"馨儿毫不畏惧地看着朱茵洛，好像刚刚的那番躁动与她无关一般。

看到馨儿，还有那只熟悉的铜锣，朱茵洛抱头痛苦地呻吟着躺回床上，大字形躺着，拉过薄被合上眼，抱着枕头侧脸斜睨馨儿："馨儿，你下次能不能换一个方法来喊我起床？"

好不容易回到自己熟悉的大床上，只想好好地睡一觉，偏偏这馨儿就是跟她过不去，用这过分的方法来唤她，害得她的瞌睡虫一只只全跑光了，现在想睡也睡不着了。

大概又是娘想让她陪着用早膳了吧？

馨儿跟朱茵洛的时间愈久，就愈被她带得越来越大胆，每日早晨唤醒她的方法也从开始的轻声细语，变成了现在的敲锣打鼓。

每天早上，郡主府里响起敲锣声，整个府上上下下都知道，他们家的主子茵洛郡主尚未起床。

偏偏她又不舍得惩罚馨儿，再加上有宋惠香撑腰，这馨儿就更加无法无天了。

只因馨儿忠诚，所以在当初搬进了郡主府时，朱茵洛便带了她一起出来。

结果就是她噩梦的开始，起码在将军府，馨儿还有顾忌，那旁边是四娘，她不敢造次，但是在这郡主府里，只有她跟娘。

所以，除了她们两个之外，就她最大。

她还能不嚣张？

朱茵洛后来大呼自己当初做错了决定，可惜馨儿就偏偏赖定了郡主府，发誓一辈子不离开她，有这样一个忠诚的丫头，唉……就让她继续留着吧。

不就是每天早上少睡一点嘛。

馨儿为她掀开被子，坚决不让她继续睡："郡主，该起床了，夫人都已经起来了。"

她顺手再把被子扯回来，准备再赖一会儿，呓语般的声音轻轻地道："娘本来就起得早，我一会儿就起，一会儿就起！"

馨儿唤她，而她每日早上的赖床经也念得越来越溜。

"郡主，这次您非起来不可了！"馨儿也坚持。

眼睛悄悄地张开了一条缝，不以为然地又合上："有什么事能比我睡觉更重要的？"

馨儿忍不住白了她一眼："郡主，是北冥小王爷啦！"

西门泽？

一个激灵，朱茵洛一下子睁开眼睛，坐了起来："他怎么了？"她担心地问。

昨天回到郡主府之后，她就安排西门泽在后院的客房里休息，又让馨儿安排了丫鬟去照顾他，她以为已经安排妥当了。

"不是啦，他没事，是夫人她啦！"

"娘怎么了？"朱茵洛白她一眼，真是的，说话说一半，害她白担心。

"是夫人在跟小王爷商议你们的婚事。"

婚事？

晴天霹雳！

娘呀，您能不能不要这么积极地安排我的婚事呀！

从十五岁开始，朱茵洛便拒绝了一个个登门拜访的媒婆，用的方法，那叫一个惨，所有的媒婆被她吓得再也不敢登门。

所以……从十六岁开始，便再无媒婆拜访，大概是拜那些被她吓到的媒婆所赐。

所以……从十六岁开始，宋惠香就天天开始念叨说她嫁不出去了。

想她朱茵洛虽然不是第一美人，却也算是闭月羞花、国色天香，再怎么样，也不会落到嫁不出去的地步。

而且……才十几岁，在原来那个时代她还未成年呢，在这里，她就已经被念嫁不出去了。

老天，这真是天壤之别。

并不是她不想嫁，只是那些相亲的，十来岁的都还是孩子，知道什么叫老公吗？

二十多岁的，基本上都已经要娶二房了，她更不可能去委屈做人妾！

再加上她有皇帝的暗旨做挡箭牌，除非等到十八岁以后，否则，她的婚事不由自己做主。

如今，这西门泽出现了，宋惠香恐怕是跟她商量那十八岁之约。

老天爷。

她手忙脚乱地把衣服穿上。

"馨儿，你这坏蛋，怎么不早提醒我？"

馨儿偷笑地站在一旁，指着朱茵洛扣错的扣子："郡主，扣子扣错了！"

果然错了！

她赶紧又把扣子重扣了，随便把头发梳了梳，绾了个髻，就慌慌张张地出门了。

再晚一点，恐怕宋惠香跟西门泽把聘礼都要谈妥了。

郡主府后院，有个小花园，花园中唯一的四角凉亭，是用白色大理石砌成的。凉亭坐落在池塘中间，四周皆有小桥通往其中，池塘中种植着她最爱的荷花，四周又植满了四季花卉，一年四季皆有花盛开。

这也是朱茵洛自己设计的，当初特地开辟的一处小天地，令她可以在闲暇时玩耍。

宋惠香也是住在后院，临近花园，除了冬季特别寒冷之外，她每日早上都会来此喝早茶、用早膳。

凉亭中有一只石桌，边上放着四叶圆凳，因朱茵洛的需求，特地在凉亭中还加了一只躺椅和一个长桌。

夏季太热时，她便在这凉亭中休息，顺便画画写写打发时间。

不过，朱茵洛向来是夜猫子，白天大多数都在房中睡觉待着，极少出门。

所以，当朱茵洛大清早慌慌张张奔出房门时，还把两名打扫的下人给吓到了。

她一路奔到小花园中，果见在四角凉亭中，一身锦衣华服的宋惠香同肩膀上吊挂着白布手臂的西门泽，正在对面而坐。

西门泽背对着她，从她的方向望去，正好可以看到宋惠香那张热情的脸，一双眼睛打量又赞赏地望着西门泽，不时点点头，似乎对他很满意的样子。

西门泽背对着她，看不清他的表情，但见他也不时地点头，不知道两个人在说些什么。

但是，一听到馨儿说到商议婚事，她的脑中一个个的警钟便响了起来。

她踏上了石桥，慢慢地走到凉亭中。

正对着她的宋惠香的眼睛，仍然一个劲地盯着西门泽，像根本没看到她似的。

这会儿，朱茵洛不禁有些忌妒西门泽了。

"娘！"她脆脆地唤着，然后坐在两人中间的石凳上，美丽的笑容里掺杂着几分危险，望向宋惠香，笑里藏刀，"娘……您怎么跟小王爷坐在这里呀？"

"还不是为了你？"宋惠香责怪地板起脸，"小王爷住进府里，你也不告诉娘一声，要不是今天早上我听馨儿提起，还不知道北冥小王爷已经进郡主府了！"

"哎呀，娘，人家小王爷是来养伤的，又不是画舫里的歌伎，有什么好知道的？"朱茵洛幽幽地说道。

听得朱茵洛的比喻，宋惠香就一阵头疼，她总是口无遮拦，虽然一次次在皇上面前立功，又赏了郡主府，也难免有一天会祸从口出。

"小王爷，您别介意，茵洛就是这样，总是口没遮拦的。"

西门泽的脸色已经恢复了些，微笑着回答："没关系，这样才是真正的她。"火热的目光回头凝视朱茵洛。

他太过热情的目光让朱茵洛浑身不安，双手搓了搓手臂，搓掉一层鸡皮疙瘩。

"娘！"她嗔怪地瞪她，"您这会儿该用早膳了吧，不如传膳吧，我饿了！"

听到朱茵洛说饿，宋惠香这才紧张了些，赶紧扬手下令："传膳！"

呼！朱茵洛长长地吁了口气，只要不说婚事就行。

这西门泽也是，还正儿八经地跟宋惠香瞎扯，她斜瞪他一眼，桌子底下伸脚踢了他一下，后者无辜地笑了笑，无事人儿一般。

宋惠香满意地看着这两人的互动，忍不住低头偷笑了起来。

很好，她算是放心了。

才用完早膳，一名门外的守卫急急地来报。

"郡主，郡主……"

"什么事？"

"将军府来人说，您的大哥今天回朝，已经先去见了皇上，被封了三品左翼将军，大将军让您和夫人午时前回府迎接。"

朱茵洛惊喜地站起来："大哥回来了？"

不过，朱怀仁被封了三品将军，大娘一定会更得意了吧？

午时之前，朱茵洛和宋惠香二人盛装打扮，宋惠香一身蓝青花朵的绸裙，戴着雕花发簪、耳环、项链、手镯等物，皆与她衣裳的颜色和图案相配，相得益彰，盈盈之态，更显华贵。

朱茵洛则是一身宝蓝色长裙，头戴珠簪，耳垂明珠，颈间的银链上缀着一颗羊脂玉环，左手腕间戴着羊脂玉镯，更显她的肌肤白皙胜雪。

一双白色的绣花鞋，上面各缀着一朵蓝色妖姬。

朱茵洛同宋惠香二人的衣服和服饰，均是同色系，甚是讲究。

宋惠香风韵犹存，朱茵洛美丽正值青春年少，两人站在一块儿，像是两朵花儿，一朵是华贵的牡丹，一朵是妖娆高雅的蓝色妖姬。

两人刚下了马车，进了将军府，那些下人们便将目光都投注在二人的身上，多数是称羡和忌妒。

朱茵洛和宋惠香二人相携进了前厅，前厅内，朱家的人都已经在那里等候。

已经出嫁的朱茵琳也在其中。

朱茵琳身穿紫色长裙，头戴金钗，脚上却穿了一双粉色的鞋子，俗气。

朱茵琳的丈夫是个唯唯诺诺的男人，一身青灰长衫，金冠束发，虽看起来是个有钱的男人，但一看就是个妻管严，平时被朱茵琳欺负惯了，头半点也不敢抬起。

再往大夫人阮梦莲的身上望去，她已年近五十，穿了一身黑灰格子的绸衣，身上也同朱茵琳一样，戴满了金钗，金饰，不仅俗气，更显得老气。

满室，最素雅的就是四娘水烟，一身淡青色的长裙，只简单地戴了一只青色的发钗，左手腕上还是十八年前朱茵洛便已经见着的那只碧玉手镯。

虽是如此，水烟却仍是素雅高洁，像朵水仙，虽说她已经三十多岁了，却还不见几道皱纹，他身旁坐着的安静少年，就是水烟的儿子朱怀义。

越过众人朱茵洛走到最中央的男人面前停下。

朱佟尉，明年便是他的五十寿诞，两鬓更添白发，已不复当年英勇风姿。威慑的脸，还有着几分气势，一身深青色家服，端坐在主位上，有着一家之主的威严。

朱茵洛吟吟一笑双手抱拳，有力地拱手，大声唤道："茵洛见过爹爹！"

宋惠香盈盈侧身行礼，柔柔地唤道："惠香见过将军！"

"起来吧！"朱佟尉面无表情地看着二人，对朱茵洛满脸的不满。

见状，朱茵洛扶着宋惠香在水烟的右侧坐下，这才朝向主座上的朱佟尉笑道："爹爹，皇上夸女儿，说女儿有当年爹爹您的风采，今日看来，女儿还是及不上爹爹，爹爹风华依旧，将军风范十足，女儿以有您这样的爹爹为傲！"

千穿万穿，马屁不穿，就是自己的家人，也一样。

本来心里还不满朱茵洛出了将军府搬进郡主府后，几月不归一次家。

现在听得朱茵洛这一番赞颂，心底里一阵喜悦，紧绷的脸缓和了些，扬了扬手："还不快给郡主和三夫人上茶？"

"是！"两名丫鬟答应着，给朱茵洛和宋惠香各端了一杯茶。

主座上，同朱佟尉并排而坐的阮梦莲，脸板着，双眼直勾勾地盯着朱茵洛，眼睛里有着浓浓的恨意，那目光，似要将朱茵洛给吃了似的。

这小妖精，靠着一张嘴巴，每次她在朱佟尉枕边煽风点火，朱佟尉在准备教训朱茵洛之后，这小妖精两句话，便可将朱佟尉的火消得干干净净。

她不服！

这小妖精，一定不是人！她在想着，下次要不要请个道长回来做法事，让这小妖精永远不能再在将军府使妖法。

突然，朱茵洛的目光倏地转过来，美丽的杏眼危险地眯着。

"大娘，您这样看着茵洛，是有什么事情要说吗？"朱茵洛笑眯眯地问。

后者脸一白，感觉到众人的视线看过来，连忙转移了视线，心慌地摇头，结结巴巴地回答："没有，没有！"说话间，她狠狠地瞪了朱茵洛一眼，似在警告她不要太过分。

"娘，上次三姐姐说要带我去郡主府玩，您说我还小，这次让我跟姐姐一起去郡主府玩，好不好？"朱怀义怯怯的声音响起。

"怀义！"水烟担心地望着四周，压低了声音做了一个嘘声的手势，"不许胡闹！"

"这有什么，四娘，您别太管着他了，偶尔玩一玩没事的。"

"娘……"朱怀义眼中一亮，撒娇地摇了摇水烟的手臂。

水烟无奈，见朱茵洛开口了，也只得点头答应："那好吧！"

"太好了！谢谢娘，谢谢三姐姐！"

"不用谢，我们是姐弟嘛！"朱茵洛笑道。

见三房与四房的关系这般好，阮梦莲眼中的妒意更甚。

"左翼将军到！"突然一声高喝在将军府外尖锐地响起。

阮梦莲面露喜色，没关系，他还有一个能干的儿子。

众人一听这喊声，纷纷起身，往大门外走去。

朱茵洛的心里也有些雀跃。

这朱怀仁离开已有八年之久。八年前，他还只是一名二十四岁的青年，现在已经三十二岁了，建了功，立了业，必是意气风发。

来到了门外，只见传声的人在，朱怀仁还未到。

在将军府外，看热闹的人已经挤满了，议论声纷起。

看到这么多人，阮梦莲不停地跟人招手："左翼将军是我儿子！"

这般炫耀！朱茵洛默不作声地在旁边看着。

难得朱怀仁翻身，她才有机会得意一番。

随着一阵马脖铃声响起，有两骑人马先从前方不远处的巷头拐进来，紧接着又出现了几名身着骑卫兵服的士兵行来。

众人翘首期盼地望向那一处。

在众人期盼的目光中，终于一骑较高些的马走了出来，一身银色铠甲，在阳光下发亮，朱怀仁稳稳地骑在马上，目光沉稳地望向前方，嘴角挂着淡淡的笑容，对着路两旁向他挥手打招呼的老邻居点头致意。

在数十名骑卫的护送后，还跟着六辆马车，每个马车上面皆放着一口口的箱子，用锁紧紧地封着，有四箱还贴了皇家封条。

十几骑人马，还有那六辆马车，均在将军府门前停下。

朱怀仁望着将军府前那一张张熟悉的脸，不禁激动了起来，恨不得马上跃下马。

待马停稳后，他迫不及待地跃下马，看到自己亲人的脸，多年的思念决堤，热泪盈眶地在朱仝尉和阮梦莲面前扑通一声跪下。

"不孝子朱怀仁回来了，儿子给爹磕头，给娘磕头！"

整整磕了三下，磕得头有些青了。

阮梦莲已经激动地流下了泪，颤抖着把朱怀仁扶了起来。

朱仝尉欣慰地同她一起把朱怀仁扶起来，老泪纵横，拍了拍朱怀仁的手背："平安回来就好，平安回来就好！"

"大哥！"朱茵琳扑到朱怀仁的怀中，惊喜的声音在颤抖，"大哥，你终于回来了，妹妹好想你。"

"乖，都嫁作人妇了，还这么不懂事！"

"哥……"

朱怀仁的视线在人群中一眼便看到了朱茵洛母女。

目光有些疑惑，确定宋惠香的身份，再望向朱茵洛那双灵黠的美目，不敢置信的目光从一米左右的高度往上直视朱茵洛的眼睛，先前的不敢置信慢慢变为清晰，嘴角的弧度慢慢拉开。

"你是茵洛！"朱怀仁确定地指着朱茵洛道，不是疑惑，而是确定。

美丽的杏眼眨了眨，慧黠的光芒，已告诉了朱怀仁正确的答案。

"大哥，你迟到了！"

"呃……"

"你说我及笄的时候，你会回来的，可是……你迟到了三年！"朱茵洛毫不客气地数落。

"是大哥的错！"朱怀仁低低一笑，变戏法似的从腰间掏出了一个小长方形的盒子递了出去，"不过，大哥当时不能回来，为了致歉，今天特地带了第一次胜仗时的战利品回来送给你，以作补偿！"

"是什么东西？"火气全消，朱茵洛一把抢过。

"打开看看！"

不会是首饰吧？她对那玩意可没嗜好。

这朱怀仁可不是有那种浪漫因子的家伙。

她不带有任何希望地打开。

打开的那一瞬间，她的眼睛变直了！

在那旧旧小木盒子里躺着一支毛笔，是狼毫笔，笔身是金丝楠木的，毛细而柔，一看就非常珍贵，正适合她用。

旁边有认识的，看到那狼毫笔后，倒吸气地赞叹："这可是上好的狼毫笔呀！"

"是呀是呀，这种笔在市面上已经很难看到这般好的了。"

本来，阮梦莲母女还以为，朱怀仁送给朱茵洛的只是普通的毛笔，只是为了哄哄她而已。

没想到啊没想到，这朱怀仁送的，竟然是名贵的狼毫笔。

朱茵琳忌妒地望着那只笔，委屈地窝进阮梦莲怀中，愤愤地摇晃阮梦莲的手臂，一双眼睛里写满了不满。

阮梦莲也无法，毕竟，那笔是朱怀仁自愿送的，是她无法左右的。

她的夫君被朱茵洛哄得团团转，现在……连她的儿子，也被朱茵洛唬得一愣一愣的，还把这么珍贵的东西送给了她。

似想到了什么般，朱怀仁马上回身，又拿出另一个同样的盒子，恭敬的双手奉到朱佟尉面前："爹爹，这支同那支一样，都是战利品，也送给爹爹！"

"好好好！"朱佟尉将稍显忌妒的目光收回，连连点头接过。

朱茵琳气不过了："大哥，我和娘的礼物呢？"

朱怀仁随口答道："后面那前面的两个箱子，是我带回来的，里面有许多礼物，娘和妹妹你们两个随便挑，剩下的我再送别人！"

要她们自己去挑？太没面子了。

人群中已有人注意到朱茵洛，并一声声地赞美道："郡主真是美呀！"

"是呀，将军的三个女儿，就数郡主最美！"

朱茵洛最美？

朱茵琳气得浑身颤抖。

今天她特地打扮的，风头却全被朱茵洛给抢光了，而她却只能怒不能言，太气人了。

朱怀仁并不在意这些，只是随心所欲地安排，不懂女人之间的那些忌妒心思，回头颇有气势地嘱咐身后的众人："来人呐，把六个箱子都搬进府里来！"

"是，将军！"

众人异口同声地抱拳答应，然后便一起抬箱子往将军府里走。

众人见箱子抬了进去，相携一起进府。

还未见踏过门槛，却听见一阵马蹄声传来，一人急匆匆地穿过人群，在朱怀仁面前扑通一声单膝跪下："左翼将军，末将乃东盈人，我东盈王路过咸中时，听说将军封将，特来贺喜，这是我东盈贺礼，我王还有一刻钟到！"

东盈王？

楚惊天？

朱茵洛脸色由青变黑。

他来做什么？

宋惠香因思念朱佟尉，便留在前厅与众人应酬。因厌倦了前厅那些人一贯口不对心的嘴脸，朱茵洛便携同馨儿一同到了将军府的花园。

刚坐下，馨儿就噼里啪啦地抱怨开来，像机关枪似的："郡主啊，大夫人说话真是越来越刻薄了，大少爷被封了将军，你没看她的表情，还故意想要压过郡主您，可是……您是郡主，若非大将军是您的生父，将军都要向您请安行礼的。大夫人也越来越过分了，再在前厅里待着，馨儿一定会受不了，幸亏郡主您说不舒服逃开了，还有……"

越说还越没完了。

这馨儿果真是被她给惯坏了。

朱茵洛做了一个"嘘声"的手势，白了她一眼："我说馨儿，你以前不伺候得好好的？现在倒抱怨起来了，还是你跟我在外面过得太舒坦了？想回将军府里好好待着？"

馨儿愣了一下，谄媚地低头娇嗔道："郡主，奴婢也只是一时有感而发，奴婢这辈子都离不开您！"

搓了搓双臂，搓掉一层鸡皮疙瘩，浑身一个激灵："若非我俩都是女儿身，我还以为你喜欢上我了呢！"

"郡主，您怎么知道奴婢喜欢您呀？"馨儿娇羞地蹭了她一下，"郡主，您可不能不要馨儿呀！"

真是越说越离谱了。

"少贫嘴！"她啐道。

纤细的指尖，揉了揉太阳穴，里面一阵酸涩发胀。

今天头有些痛，再加上花园里的凉风一阵阵地吹，她浑身有些发冷，不知是不是昨天晚上睡觉的时候半夜踢了被子冻着了？

花园的花丛中，突然传来了一阵动静，馨儿敏感地发现，厉声娇喝："谁？不出来我可叫人来抓你了。"

一道人影从花丛中蹿了出来，身上沾了些许花瓣，朱怀义连连向朱茵洛招手急道："不要叫人，是我呀！"

"咦，二少爷？"

朱怀义从花丛中走了出来，有些不好意思地要往凉亭中走，看到朱茵洛抚额皱眉的模样，以为她在生气，吓得不敢走到凉亭中，胆怯的低头垂首："三……三姐，你是不是生气了？"

"哪有！"朱茵洛抚了抚额，感觉头痛好了些，脸上绽放出一抹温柔的甜笑，"别站在那里，过来坐！"

"谢谢三姐！"朱怀义马上跑过来，在朱茵洛面前坐下，他身形已比她高出了许多，却仍是稚气未脱。

馨儿为朱怀义倒了杯茶，朱怀义顺手端起，仰头一饮而尽。朱茵洛微笑着亲手又给他斟了一杯，笑问："你怎么不在前厅待着？"

朱怀义先是摇了摇头，又把茶仰头饮下，目光望着朱茵洛，眼神闪烁，嘴巴张了张，却又半个字也吐不出来，好似有什么难言之隐。

朱茵洛又为他斟了一杯："二弟，有什么话，不妨直说！"

听见朱茵洛问，朱怀义的眼睛有些担心地望向馨儿。

朱茵洛微笑着，向馨儿使了个眼色，馨儿会意地向她侧行俯了俯身，乖巧地退下，站在了花园的边上为二人把风。

见馨儿走了，朱怀义紧张的表情缓和了些，一双眼睛发亮地望向朱茵洛，身子倾压在桌子上，双手紧张地伏着桌面："三姐，你……你能不能求求爹，让我出府，我不想待在将军府，让我待在郡主府吧，就是当个小小的侍卫也可以，行不行？"

朱茵洛皱眉，乌亮的眼珠子骨碌碌转，不动声色地打量他："二弟，你怎么突然有这种想法？"

"我不想待在将军府，娘每天逼着我要忍让。你不知道，那些丫头和下人，欺负我和我娘软弱，又没有地位，大娘对我们母子的态度你也看到了，现在大哥又升为将军，我的地位就更薄了！"

朱茵洛端起茶杯轻抿了一口："嗯……不过，你若是走的话，你娘会同意吗？"

"娘为了不让我受欺负，她一定会同意的！"他急迫地开口，嘴角浮起一抹兴奋的弧度，"三姐这样说，是愿意把我调到郡主府了吗？"

摇了摇头，朱茵洛见他的表情一下子失望，便笑吟吟地又开口追问："二弟，不是我不想让你去郡主府，只是……你待在郡主府，那是委屈了你，你应该向大哥学习，建功立业，到时候你可以带四娘出将军府，而不是你逃走了，把四娘一个人留在府里受人白眼，明白吗？"

"可是……"

自私的人，只想着自己不会受欺负。

朱茵洛严词厉声呵斥道："你有没有想过，若是你不在了，谁来保护四娘？她生你养你那么大，难道你忍心让她受人欺负？"

"可是……"

"没有可是，二弟，逃避不是办法，你每日也有练功，也算是小有所成，我可以告诉爹爹，让你进军队好好地训练训练，只有你将来出头了，你和你娘才不会受人欺负，明白吗？"

"我不明白，三姐你这样说，只是不想帮我而已！"朱怀义拍桌而起，脸部表情扭曲，生气地指着朱茵洛道，"你不帮我，以后就再也别当我三姐了！"

"二弟！"朱茵洛也不高兴了，板着脸低斥，"你要懂事，我这是为你着想！"

"什么为我着想？你只不过是怕了大娘，所以不敢把我调到郡主府！你不帮我，我去找别人帮忙！"

"二弟！你太让我失望了！"朱茵洛也生气了，一双美丽的眼睛恼怒地圆睁，眼睛里有着失望的表情。

朱茵洛冷酷的表情，让朱怀义有些害怕，但是话已出口，收不回来，只得青着脸甩袖离去。

见朱怀义这般幼稚负气，朱茵洛气得头顶冒烟，一掌拍在桌子上。

馨儿担忧地走回凉亭中，轻抚她的肩膀："郡主，您别生气，二少爷只是还小！"

"小？十七岁了，还小？"

馨儿低头嘴巴动了动，其实她想说，哪有人像朱茵洛这样聪明绝顶，十六岁就已经搬出将军府了？

十七岁，都还很意气用事的。

生气归生气，朱茵洛还是很担心他："馨儿，你去找人盯着他，别让他做出什么出格的事来，到时候爹爹罚了他，可就没人能救他了！"

"是！"馨儿听令赶紧离开去追朱怀义。

本来今天她的心情还很好的，让朱怀义这么一闹，什么好心情全被破坏光了。

一阵风吹来，吹得她头昏脑涨。

纤细的指按了按额头，轻轻地揉了一会儿，才感觉好了些。

才刚抬头，却见一道男子的身影已经来到了凉亭的台阶之下，正缓步走上来。

来人，不是别人，正是楚惊天。

楚惊天这个阴险小人，昨天才杀了人，今儿个却跑来将军府，不知他有什么目的。

在楚惊天的身后还跟着满脸焦急的馨儿，她的眼睛偷偷地瞧着楚惊天，表情看起来似有什么话想说，见朱茵洛的目光看过来，她偷偷地指了指楚惊天，用口形告诉朱茵洛："二少爷被东盈王的人带走了！"

朱茵洛脸色微变，下巴努了努，馨儿会意地退下。

"东盈王真是好兴致，前两天还在南陵，今天居然来了咸中，真是好忙呀！"朱茵洛冷嘲热讽道。

"再忙，也抵不上茵洛郡主你忙！"楚惊天不请自坐，自发地端起一只扣着的杯子倒了杯茶自饮。

朱茵洛冷眼横扫过他，脸上满是戒备，没给他半点好脸色，冷冷地说："请放了我二弟！"

这楚惊天能干什么好事？说不定北冥那些人惨死就跟他有关系！

"放了他？这从何说起？"楚惊天一脸的无辜。

嫌恶地瞪了他一眼："刚刚不是你把二弟带走的吗？"

"哦，你说的是这件事，不过……"他低低一笑，幽幽地说道，"请郡主注意用词，我根本就没有抓他，何来放了他之说？"

"是吗？"

"事情是这样的！"他的目光灼灼地望着她，扫过她的全身，"是令弟说想去我东盈看他二姐！"

他要去东盈！这小子，还真跟她犟起来了。

"请东盈王不要答应他，他的事情，我会处理！"

看来这件事，她非处理不可了，说完她起身就要离开，一只手却挡在了她的身前拦住了她的去路，她蹙眉回头瞪住楚惊天。

后者缓缓起身，高大的身躯挡在她的身前："我们两个何须那么见外？别忘了，我们曾经是有婚约的！"

婚约？

那双邪气的目光，一直在她的身子上下横扫，那目光已经泄露了他的心思。

就那点花花肠子，还以为她不知道他在想什么？

忽地，朱茵洛似娇羞般低头轻笑，缓缓抬头，眼睛里有着鄙夷和不屑："王爷不提这件事的话，茵洛差点就忘了，当初是茵洛休了王爷的。"

见楚惊天一瞬间脸色风云突变，非常难看，朱茵洛便趁机推开他的手臂扬长离去。

虽然他不是真的蠢，但是，跟她斗，他还不够资格。

家家都有一本难念的经。

朱茵洛自认聪慧，人情世故也处理得十分合宜，对身边的人更无一丝薄待，所以，恨她的人，会更加恨她，喜欢她的人却更加地喜欢她，而恨她的人，远远没有喜欢她的人多。

在朱怀义的面前，她一直扮演着好姐姐的角色。

水烟懦弱，从不争宠，所以，朱佟尉从来都很溺爱朱怀义，他从小是在别人的宠爱中长大的。在朱茵洛十六岁之前，都非常地护着他，没人敢欺负他，在朱怀义的心里，朱茵洛宠爱他是应该的。然而，现在这个宠爱突然消失了，他便变得急躁，少了依靠，迫不及待地想要寻找另一个依靠。

他这样没心没肺又自私，真让朱茵洛没辙了。

还狂妄地当着她的面威胁她，倘若不让他进郡主府，他便去东盈。

以致她不得不把这件事告诉朱佟尉，让他严加管教朱怀义。

朱佟尉让人看守他，不准他出听雨楼，急得他大骂朱茵洛是个蛇蝎心肠的女人。

朱茵洛离开将军府之前去看过他，他的表情很委屈，一双怨怼的眼望着她时，那股恨意刻骨铭心。

他恨她，而且很恨她。

她知道这样做也许不对，但是，让他恨她，可比让他跟着楚惊天去东盈要好多了，楚惊天那个畜生，会把他吞得连渣都不剩。

不管他日后会不会明白她的苦心，她也不会后悔今天的决定。

不曾料想，今天的决定，将会给她以后留下祸根。

出了将军府，朱茵洛便心神不宁。

楚惊天的突然出现，让她有了不好的预感。

这楚惊天，突然来到将军府，到底有什么目的？不知道他下一步会做什么，更让她感觉茫然。

她想要用第六感查看一下，却是全身无力，没有办法使用第六感。

料想着，她大概是不久前感染了风寒，并未全好，再加上这两日日夜兼程回咸中，然后又累着了，以致风寒复发。

刚下了马车，一阵风吹来，她浑身发冷，脸前一黑，身子软软地跌倒在马车的一侧。

昏迷前，她听到宋惠香和馨儿两个人紧张的叫声，恍惚中，似乎还看到了楚清懿的身影。

她努力想要睁开眼睛，把他的身影看清楚，意识却被黑暗吞噬，沉沉地昏了过去。

待她睁眼醒来，已经是黄昏过后。

屋内明亮的烛光晃眼。

她不安地蹙了蹙眉尖，缓缓地睁开了眼睛，光亮那一瞬间的刺眼，让她有些不大适应，片刻适应了屋内的亮光，她的眼睛才舒服了些。

烛影中，一道人影绰约离去，鼻尖闻到一股熟悉的味道，让她眷恋不已。

刚刚醒来，她的视线还很模糊，她揉了揉眼睛，再睁开的时候，眼前却是什么都没有，空荡荡的。

她的眼睛急切地看向四周，除了外面的风吹起窗帘外，哪里见半个人影？

她的心突然空落落的，好像被人挖了一块般失落。

嗓子干痒难耐，她爬起来靠在床头，看到床头杯子里满满的水，她心中一喜。

这大概是馨儿放的吧。

她伸手去端，手肘转回来，突然手腕处一痛，捏住杯子的手忽地一松，杯子"啪"地一声落地，杯中的水与碎片散了一地。

听到声音，急忙从屋外赶进来的馨儿，看到这一幕吓了一跳，赶紧冲过来叫着："郡主，您要喝水，就唤奴婢，我给您端杯水来，您躺着别动！"

馨儿手忙脚乱地重新拿了只杯子，倒了杯水，固执地要求不准她动手，无奈之下，只能由着馨儿喂她喝下水。

一杯水喝下，她的嗓子好了许多："你这管家婆，这么啰唆，小心日后嫁不出去！"朱茵洛微哑着嗓子戏谑地啐道。

"嫁不出去更好！"收回杯子，馨儿开始低头拾地上的碎片，一边抬头嘿嘿地笑答，"嫁不出去了，奴婢就一辈子跟着郡主，郡主要负责养奴婢！"

她虚弱一笑："你呀，我可养不起！"

"反正你到哪里我就到哪里！"她又跑去拿了扫帚和簸箕，把碎片扫干净了。

"怕了你了！"朱茵洛起身坐在榻边，揉了揉太阳穴，感觉神志清醒了些，但是想到刚刚睁眼时的情景，心尖一痛，她吞吞吐吐地问馨儿，"馨儿，除了你和娘之外，还有没有人来过？"

拿了簸箕正要离开的馨儿，忽地眸光一闪，神色古怪地瞅着朱茵洛："没有呀，郡主问这个做什么？"

"没什么，没什么！"她心虚地轻笑了一声，赶紧转过目光，生怕被馨儿看出些什么。

她摸了摸额头，不由得又摇了摇头自嘲地笑了。

她大概是病昏了头，才会产生幻象。

现在楚靖懿在南陵王宫，哪里会管她的死活？

所以，在她昏迷的时候，还有她醒来看到的，一定都是幻象。

"对了，郡主，北冥小王爷走了！"

"什么？走了？"吃惊地站起来，"什么时候走的？他走了，你怎么不告诉我？"

馨儿从袖子里拿出了一封信出来，无奈地叹了口气，嘴巴努了努："这是他留给你的信，离开之前，看到郡主您还昏迷着，只说不让我们打扰您，他就走了！"

这倔强的西门泽。

胆儿真是大了，居然敢瞒着她偷偷地溜走。

而且，他身上还有伤。她生气地指责馨儿："你也是，他身上有伤，怎么能让他走呢？"

那么重的箭伤，若是路上碰到了坏人，岂不悲惨？

馨儿委屈地双手捏住耳朵，一双眼睛含着亮亮星光："郡主，奴婢也不想的，可是小王爷说了，他一定要走，不过……他有一句话怪吓人的，说什么，伤口越痛就越能让他记住那痛。"

这可恶的西门泽，根本就是在气她，气她为楚清懿说话吧？

现在他走了，她连解释的机会都没有。

唉……罢了，走就走吧，不然他留在这里，娘不知道又要烦她到何时，到时候真的把两人的亲事定下了，那才糟了。

夜晚，朱茵洛只吃了点粥，喝了药便沉沉地睡去。

药里有几分安眠的成分，所以她睡得特别的沉，以致有人闯进了她的房间，她也不知晓。

窗子吱呀一声开合，白色的窗帘在风中摇曳多姿，一道挺拔的身形如鬼魅般一路走到榻边。

屋内伸手不见五指，只有窗外淡淡的月光透进来，流泻进满室的银亮。月亮的光华，照在榻上，映着她美丽的小脸，更显她的肤肌晶莹剔透，就像一个睡美人。

鼻息微微，面目恬淡，她睡得很香甜。

即使他来到了她的身边，她也无所觉。

月光映着她削尖的下巴，看似比前几日瘦了不少。

修长的指摸了摸她的脸颊，看不清他的脸，只有两只妖冶的紫瞳在夜空下显得更加明亮，里面有着温柔的颜色。

榻上的人儿似乎感觉到了有人，冷不防地翻了个身，鼻息急促了一下，唇中逸出一声轻喃，轻轻地吐出了一个字："懿……"

以为她在梦魇，那只大手抬起，轻轻地搁在她的额头，感觉到她正常的体温，空气中响起一个放心的叹息。

好在，她的身体并无大碍。

心疼她消瘦的脸颊，不舍地望了她一眼，再起身极缓地离开。

窗子吱呀一声打开，又吱呀一声合上。

窗子打开的时候，榻上的朱茵洛突然被吵醒，迷蒙的双眼隐约望见窗子边上有人进出。

熟悉的身形晃了一下，窗子便恢复了平静。

她揉了揉眼睛，打了个哈欠，想要看清楚时，却是什么都看不到，窗子好好地关着。

"看来，我是又出现幻觉了！"她嘟囔着，合上眼睛，倒头继续睡着，便是一瞬又进入了梦乡。

才两天不见，她眼前竟出现了他的幻觉，看来是她太想他了！

夏季的夜晚，湿气很重，夜空像是一张密不透风的网，罩在头顶，让地上的人们感觉到那股湿闷的气息，沉重地压在心头，感觉快要透不过气来。

一片片云彩飘来又去，头顶的月亮调皮地跟人玩捉迷藏。

在这样的夜晚，两道人影在咸城上空诡异地穿过，那动作太快，地上的人抬头望去，还以为只是两只大雁飞过。

那两道人影在城内的一角偏僻处落下。

他们落下的地方，早有一人在等待。

听到身后有声音，黑暗处高大的人影缓缓地转过身来，一双妖冶的紫眸直勾勾地望向二人，他的身上散发出让人不敢直视的气势，两人同时垂头不敢抬起。

"查得怎么样了？"高影淡淡地开口，低沉的嗓音没有一丝温度，连空气也变得寒冷。

"据说，皇上已经立下遗嘱，还写了一份密诏，上面写……写着……"小甲胆怯地看了楚靖懿一眼。

紫眸微眯，迸出森冷的寒光："说！"

小甲的肩膀抖了抖，不敢有所隐瞒，硬着头皮说下去："一个月之内，让您和东盈王在这个世界上消失。"

在这个世界上消失？

楚靖懿冷冷一笑。会有这样的结果，早在八年前，他就已经知道了。

八年前，他也做过同样的决定，只是……当时他先下手为强，所以楚飞腾并没有机会下手。

如今，八年过去了。

虽然八年前他与楚飞腾有过约定，但是楚飞腾甚是中意太子，所以，他势必会为太子扫平障碍，甚至……不惜暗中与北冥合作。

楚飞腾啊楚飞腾，心机深沉的一个男人，宁愿信任外人，也不愿意信任自己的亲生儿子。

见楚靖懿好一会儿不说话，小甲稍提高了些声音大胆地问："王爷，接下来怎么办？"

小乙用手肘撞了一下他，低声提醒他："你傻了，我们王爷的武功已经出神入化，整个西阳大陆，没有人是我们王爷的对手，到时候，来一个杀一个，来一对杀一双！"

小甲懊恼地敲了一下自己的头："是我忘了，我怎么这么笨！"

"是呀，你是越来越笨了！"小乙冷嘲热讽地讥笑道。

"你说谁笨呢？刚刚我们出皇宫的时候，是谁不小心碰到了瓦片，差点被人发现的？"小甲毫不示弱地反击。

"谁没有不小心的时候？"小乙辩驳道。

"就说你笨，只有你笨才会……"

这两人就不肯有一刻的安稳吗？

"够了！"楚靖懿低吼了一声，打断了二人的争辩，后者被楚靖懿森冷的气息吓得噤声，但是仍然不服地暗瞪着对方。

楚靖懿的思绪有些乱。

心里想的还是朱茵洛。

本来，他这次来是想将她迎娶回南陵的，但是咸中的局势已经越来越紧张，她回家是对的，只有这样，她才能免遭政变的牵连。

等到一切结束，他能给她安定的生活之后，他将会风光地迎娶她过门。

如今……只是时间的问题。

好一会儿，楚靖懿没有说话，空气沉闷得像是他们进了一间密封的房子，随时有让人窒息的危险。

小甲轻咳了一声，大胆一些地出声打断了楚靖懿的思绪。

"王爷，您有没有去见过郡主？"

八卦！

小乙竖起了耳朵，忍不住也附和小甲问："王爷之前去了郡主府，一定是去见了郡主，郡主一定会说：几日不见，甚思君兮！"

"呕！"小甲嘴角抽搐，嫌恶地啐他，"呸，也只有你能说出这么恶心的话来。"

"我又没说你，你凭什么评价？"

这两个，看来是他对他们太好了，胆子变得越来越大了。

"你们两个，北冥骑卫遇袭的事情，都查好了？"冷冷的声音打断了二人的对话。

声音戛然而止。

二人同时愧疚地垂下头："暂时还没有！"

"那还不快去查？"

"是！"

二人胆战心惊地答应着，你推我挤地冲楚靖懿行了一礼："属下告退！"

二人一边转身离开，一边还吵个不停。

"都是你不好，刚刚你插什么嘴？"

"我怎么了？我问得好好的，你偏偏给我打岔！"

"都是你不好！"

"是你！"

"都是你！"

两人的争吵声越来越远，空气中渐渐地只剩下了一片宁静。

这两个人！唉……

昨日，他得到南陵边境刺杀事件的消息，随后才一个时辰，西冀的车马队也在西冀与南陵的边境遇袭，全军覆没，一个不剩。

这两桩事件，都是针对他而来，若是他猜得没错，这件事背后的始作俑者，有可能就是……他！

希望不是他！

神色一凛，鬼魅般的身形迅速跃上屋顶，朝着城东的方向而去。

城东客栈。

已经过了子时，城东客栈三楼一个紧闭的窗户内，里面的灯依旧亮着，依稀可见几道人影晃来晃去。

楚惊天坐在书桌后，他的面前还有三个人，气氛显得很僵硬。

"王爷，据我们的探子回报，皇上已经决定要除去您，难道我们现在还坐以待毙吗？"其中一人沉不住气地问。

其他两个人马上开口附和。

"是呀，如果我们再不采取措施，那就真成砧板上的鱼肉，任人宰割了。"

"王爷，您就下令吧，只要您一声令下，我们就派人去杀了那个昏君！"最后一个说话的人口气特别地冲。

杀了昏君？

楚惊天的脸色微变，狞笑的目光盯住最后一个说话的人："你刚刚说什么？再说一遍！"

最后一个人，以为楚惊天赞同他的话，为求立功，赶紧又道："只要王爷您同意，我这就派人去杀了那狗皇帝！"

"狗皇帝？"楚惊天的脸色更难看了，吐出危险的声音，"你说他是狗皇帝？那本王是什么？"

"王爷……"那人一时舌头打结，害怕得浑身汗毛孔竖起，这才知道自己说错了话，扑通一声跪在桌前，战战兢兢地磕头求饶，"王爷饶命！"

那人以为自己死定了，吓得浑身冰冷，整个房间内瞬间寂静下来，静得只能听到他的心跳声。

死一般的沉寂，让另外两个人也皆是心惊，头垂下不敢抬起，生怕受池鱼之殃。

死亡的气息逼近，压在每个人的心头。

心怦怦地跳，等待着。

"起来吧，你也只是为了本王着想！"脸上怒气退去，楚惊天微笑着抬手。

那人惊讶地抬头，双手用力抱拳，感激地看着他："谢谢王爷！"那人赶紧爬起来坐回原来的位置上，摸了一把额头，上面已经渗出了密密的汗水，手放下扶住膝盖，依旧可以感觉到膝盖在颤抖。

刚刚的那一幕实在是太可怕了！

眼前三人畏惧的表情，满足了楚惊天心底里的那股虚荣感，让他觉得自己无比威严，绝对不输楚靖懿。

"你们刚刚说得不错！"楚惊天靠在椅背上，拿起桌子上那封密信，上面写着楚飞腾即将要对付他与楚靖懿，"倘若，本王再不行动，只会变成砧板上的鱼肉。"

"就是这样！"其他三人附和着。

"你们三个，都是本王的爱将，你们可有什么好的计谋？"楚惊天微笑着问眼前三人。

三个人你看看我我看看你，面面相觑。

最直接的办法，他是不会同意的。

楚飞腾虽然打算杀了楚惊天，但是他总归是楚惊天的生父，所以楚惊天……是不忍杀他吧？他们心里这样想着。

刚刚楚惊天那吓人的一面，似还在眼前，三个人不敢造次，生怕再惹恼了他。

然后三个人同时摇了摇头。

果然是这种反应！楚惊天冷笑了一声。

"本王倒是有个主意！"

"什么主意？"三个人同时问道。

楚惊天微笑，眉梢闪动着阴谋的光亮："明天，派人去请茵洛郡主来，本王有事与她相商！"

"可是……"

不等其中一人开口，楚惊天狞笑着打断他："到时，派三十人埋伏，本王……有用！"

早晨，乌云密布，阴沉沉的，雾气很重，压得人喘不过气来，连枝头的蝉儿也疲于鸣叫，声音又嘶又哑，听得人心中也是沉闷，整个郡主府的人都无精打采的。

这样的天气，怕是酝酿着一场大雨呢。

朱茵洛早上醒来，人已经好了大半，脸色恢复了红润。

馨儿服侍她起身，梳洗了后，精神好多了，但一早上她胸口闷闷的，总是心神不宁，沉闷的天待在屋子里很是难受，她决定到花园里去乘凉，赏赏荷花。

谁知，才出了房门，一人迎面急奔而来，此人是门外的守卫。

朱茵洛皱眉，见来人神情慌张，心里突然有了一种不好的预感，心口似被针扎了一下。

她捂着胸口，感觉到胸口处一阵沉闷。

"什么事？"

守卫递上一封书信："郡主，这是东盈王派人送来的。"

东盈王！

怪不得她一早上心神不宁，原来是瘟神上门。

纤细的指接过信，衣袖拂过，轻挥了挥："好了，你退下吧！"

"是！"

一阵风吹来，吹乱了她的刘海，纤白的素指把碎发勾至耳后，这才把信封拆了抽出信笺，打开信纸，看到上面的字迹，朱茵洛的眉头皱得越来越紧。

信上只有一句：城东客栈见，有要事相商，不见不散。

落款是楚惊天。

握紧了信纸，她蹙紧眉尖，灵黠的眼珠子骨碌骨碌转，咬牙决定。

去吧，她倒要看看这楚惊天还有什么能耐。

"馨儿，备车！"

"咦？郡主要去哪里？"

城东客栈。

在朱茵洛到之前，城东客栈就已经不允许进出，当朱茵洛到的时候，就只见城东客栈内外有许多人把守，客栈的伙计都在里面闲闲地坐着，掌柜的拿着一只苍蝇拍无聊地赶着蚊子。

看到朱茵洛的马车到了门前，眼尖的掌柜，飞快地跑了出来，身后还跟了四名伙计。

掌柜四十岁上下，长着一张尖嘴猴腮的奸佞嘴脸，看到朱茵洛便涎着一张脸谄媚地低头

222

哈腰："郡主，您终于来了，里面请，东盈王已经等候您多时了！"

城东客栈是属于街区，来来往往的人比较多，这一会儿的时间，身后已经聚集了不少观众。

这样的阵仗，让朱茵洛有些不大适应，讨厌看到这么多人。她皱着眉头，敏感的她，稍稍抬头往楼上望去。良好的视力，让她一下子就看到三楼窗户边上，一个拿着茶杯冲她招手的男人，正是楚惊天无疑。

这个浑蛋，不知道有什么事，不过他若是敢招惹她，别怪她让他好看。

朱茵洛冷冷一笑，回头冲身后的车夫吩咐："去通知官府，就说是本郡主的命令，派人来这客栈外候着，明白吗？"

"是，郡主！"

车夫答应着，赶紧驾了车离开。

吩咐完毕，朱茵洛再往楼上望了一眼，从容不迫地走进了客栈。

"郡主，里面请，里面请，请小心台阶！"客栈的掌柜，一副讨好的嘴脸，让朱茵洛看了心里堵得慌。

这样虚情假意的人，遍地都是，在你富贵或是有权力时，将你捧上天，对你点头哈腰，只要你有朝一日落下来，便会立即一脚踩在你的后背，把你贬低成地上的泥巴。

楚惊天在三楼，掌柜送她到了三楼的门口。

聪明的朱茵洛，敏锐地感觉到在这客栈中，除了屋内的楚惊天之外，其他的地方还潜伏了不少人。

她现在身体还未完全恢复，只能隐约中，看到一些刀剑亮出的画面，雪亮的冷剑，散发着阵阵寒芒。

果然有埋伏。

楚惊天疯了？难道他不知道这是谁的脚下？不过……她若是想捉她或是对她不利，那对他一点好处都没有吧？

她是茵洛郡主，也是当朝大将军的女儿，还是皇帝器重的人。

还是……刚刚她隐约中看到的画面，不是她现在将遇到的事情？不管如何，今天若是楚惊天敢对她耍花招，她也绝对不会客气。

紧闭的门，里面隐约传来杯子放在桌上的声音。

客栈的掌柜点头哈腰地指了指门，以嘴形吐出了几个字："请进去吧！"

朱茵洛皱眉，不过还是选择了开门。

门吱呀一声开了，她一眼便看到了坐在窗边悠闲喝茶的楚惊天，一双美目在屋内和房顶扫视了一圈，没有发现什么异常。

她皱眉，难道是她的感觉错了吗？

掌柜冲里头的楚惊天点了点头，待朱茵洛走进了房内，便把门关上，就离开了。

坐在位置上的楚惊天优雅地起身，为朱茵洛拉开了一张椅子，笑吟吟地指着道："坐吧！"

"谢谢！"朱茵洛淡漠地答应着，脸上无一丝表情，眸子里满是警惕。

楚惊天瞅着她，看到她眼中的戒备，识趣地走回自己的椅子上。

朱茵洛这才放心了一些走过去，坐在椅子上，与楚惊天面对面坐着。

"说吧，找我来什么事？"朱茵洛冷着脸开门见山地问。

无事不登三宝殿，好事不传郡主府，他楚惊天找她，更不会有什么好事。

楚惊天低头微笑，嘴角挂着一抹邪恶的笑容，一双眼睛毫不掩饰自己的目的直勾勾地望着她。

"怎么？难道我们就不能像普通的朋友那样一块儿喝喝茶、说说话了吗？"

"普通朋友？不过……"朱茵洛笑意更深，目光稍稍瞥了一眼她面前的茶杯，"你这个朋友的茶，我可是一滴都不敢沾，谁知道你的茶里下了什么东西，我喝出了什么问题，可没有人负责的！"

朱茵洛把话说得这样直白，楚惊天的表情略微诧异一下，旋即笑开了："茵洛你可真会开玩笑，我就算下药，也不敢在你的茶里下药，而且……就算下药，也不会在这里下药！"

杏眼危险地眯起："可我还是不相信你。"

"既然你不相信的话，那也没办法！"他耸耸肩，一副无所谓的态度。

她不动声色地坐在椅子上打量着他，见他还没有说话的意向，朱茵洛待得有些不耐烦了，动了动腿准备起身："如果你没有其他事的话，我要先……"

"别……"楚惊天忙起身，以手势让她坐回原处。

总算回到正点了。

"说吧！"她一副"就知道你有事"的表情，嘲讽地冷笑，"我这个人不喜欢拐弯抹角。"

手指摸了摸下巴，楚惊天锁紧眉头，然后从袖中掏出了一封信函递到了朱茵洛的面前，下巴努了努。

"看看吧！"

"什么东西？"朱茵洛蹙紧眉尖，迟迟没有出手去碰。

楚惊天低笑一声，亲自把信封拆开，从里面拿出一封信来，让朱茵洛看上面的内容。

朱茵洛不带有任何兴趣地扫了一眼。

第十八章 立楚靖懿为太子

但是，她不小心扫到了几个字"立楚靖懿为太子"。

咦？

她忍不住皱眉低头认真地看那张纸，没有放过纸上的任何一个字。

等她看完，一张小嘴已经惊讶得合不拢了。她睁大了眼睛错愕地瞪着楚惊天，脸上已有几分愠意，生气地问："你这是什么意思？"

"没有什么意思，只是想让郡主您代我向皇上传达我的意思！"

她从鼻子里哼出一声："你想请求皇上立楚靖懿为太子，为什么？"

楚惊天理所当然地回答："因为四弟比当今的太子更有资格做太子。四弟如今在南陵的兵力，已与咸中不相上下，如此能干的四弟，与整日和一群文官以诗会友的太子相比，当然是四弟更适合做未来的皇帝！"

楚靖懿适合？

她看其实是他自己想做太子吧？

皇帝的目标是楚惊天和楚靖懿两个人，楚惊天的这封信，是将楚靖懿推作出头鸟，让皇帝与楚靖懿两个人斗，而他楚惊天就可坐收渔翁之利。

这封信，会直接导致皇帝以为楚靖懿有夺位之心，而他楚惊天只是楚靖懿身后的一名小小支持者。

楚惊天好卑鄙！

朱茵洛冷眼看着，眼睛里满是鄙夷。突然她站起身来，拿起桌子上的那封信函，狠狠地甩到楚惊天的脸上，毫不留情面，一字一顿冷绝地冲他吼道："我现在明明白白地告诉你，这封信，我是绝对不会帮你代传的。"

"真的吗？"

"我说一百次，也是真的，这封信，我绝不会代传，你……就死了这条心吧，就算你递上了这封信给皇上，皇上也不会信你！"

朱茵洛冷冷地说完，转身就要离开。

"等等！"楚惊天突然唤了一声。

"做什么？"朱茵洛生气地回头，她现在真不想再看到他的脸。

自从十八年前看到他的那一刻开始，她就已经讨厌他了，直到现在依然如此。看到他一次，她就觉得火气腾起一次，到现在，她的火气已经到了随时会爆发的地步。

话落，朱茵洛身后的门吱呀一声打开，伴随着数个凌乱的脚步声，冰冷的气息从她的身后袭来，有着强烈的杀气。

再看向楚惊天，后者的脸上扬起嘲讽的笑容，眸底闪过算计："这可怎么办才好，我暂时还不想让你走！"

"楚惊天，你这王八蛋，你想绑架我不成？"

楚惊天睁开眼睛，微笑地摇了摇头。

"绑架你？你是茵洛郡主，又是朱大将军的掌上明珠，在父皇的面前也颇有地位，这件事若是传出去，第一个会死的人……"他故意拖了"人"的长尾音，坏坏地冲她侧了侧身，贼亮的眼中有着阴谋，"会是我！"

"那你想做什么？"

"我只是想借你一会儿，请一个人来而已。"

她的两只手缩进了衣袖中，各摸了一把枪，摸到枪的那一瞬，她乱跳的心平稳不少，眼睛里染上了自信的光彩："恐怕……我不能令你如愿！"

话落，她飞快地转身，同时扣动枪的扳机，眼睛眨也不眨一下。两声轻响，两名侍卫应声闷哼一声倒地。

正当她准备再按一下时，耳后一阵冷风逼近，一把明晃晃的剑，已经抵住了她的颈子，冰凉的触感抵在她的喉间，那薄薄的刀锋，随时就能割破她纤细的脖颈。她呼吸一下，便能感觉到刀锋几欲割断她的喉管那般让她毛骨悚然，死亡的恐惧袭向她。

朱茵洛错愕地睁大了眼睛。

不可能的！不可能的！

他的速度不可能这么快。

刚刚进门的男子，其中一人上前来接住了楚惊天的剑柄，继续抵住她的喉咙。

"浑蛋楚惊天，你现在绑了我，难道不怕我爹和皇上杀了你吗？"朱茵洛恼火地怒瞪着一脸悠闲的楚惊天。

楚惊天自嘲一笑，目光直直地望着握剑抵住朱茵洛颈子的男人："若是有人问起，就说是你对郡主起了贪念，郡主不从，所以你才绑架了她，知道吗？"

"知道！"两个机械式的字眼响在耳边。

"卑鄙！"朱茵洛恼火地骂，恨不得把楚惊天撕成两半，忍不住挣扎着试图想要逃开那剑锋的逼迫。

楚惊天眼中浮现一抹温柔，甚是认真地望着她："这个世上，我最不愿伤了你，今天的事情过后，本王定会对你加倍补偿！"

"呸！"

挣扎间，颈间一痛，朱茵洛痛得抽了一口气，颈间已被划出了一道口子，殷红的血流了出来。

楚惊天一看那伤口，心疼地脸色微变，怒斥握剑的男人："你竟然这么不小心。"

话音刚落，一道人影突然从窗外蹿了进来，一脚踢飞了朱茵洛颈间的剑，有力的手臂搂住她的腰，熟悉的气息蓦然袭来，低沉的磁性嗓音落在她耳边："别怕，我带你离开！"

"哼！来了就别想走！"楚惊天冷冷一笑，连拍了三掌，数十名持刀男子骤然蹿进来，把客房围得水泄不通。

朱茵洛的双眼环顾四周，看到那一把把亮晃晃的剑直指向她。

而把她搂得紧紧的人，不是别人，正是楚靖懿。

他怎么会突然出现的？而且是在这种时候来，看楚惊天的这架势，今天他会把她请来，就是冲着楚靖懿来的。

楚靖懿心疼地低头看着她的伤口，幽暗的紫眸中，怒火一点点地燃起，越来越旺，手指轻柔地触了一下她的伤口，她疼得皮肤绷紧了一下，脖子下意识地往他怀里缩紧。

看到这一幕，楚靖懿的脸色更难看了。

紫眸迸射出危险的寒光，横扫过眼前的众人。

厉光扫过，他威严的气势，令在场的所有人皆是浑身一激灵，握着剑迟疑着各自后退了一步。

最后，楚靖懿的目光落在刚刚握剑伤到朱茵洛的那个男人身上。

那个男人被楚靖懿的目光盯住，吓得浑身颤抖，双腿发软地跪在地上。才一眨眼的工夫，那男人所跪的地上，湿漉漉一片，目光向上扫了下，他的衣裤正以迅猛的势头晕染中。

没用的懦弱男人！

不过，也不能怪他，没有几个人能承受得住楚靖懿的气势，无不被他吓到。

即使如此，但是以寡敌众，那么多人，他又能有几分胜算可以全身而退呢？更何况……还有她在。

"你怎么来了？"

他留下才是最危险的。

一双阴鸷的紫眸危险地扫过众人，压低了声音在她耳边警告："不管你为什么突然离开南陵王宫，眼前……先离开再说！"

"呃，我想家了，回来看看！"她干笑了两声。

楚靖懿冲楚惊天微笑着勾唇，性感的薄唇勾起慵懒的弧度，虽然身处危险，那懒散的态度，还有脸上那抹悠闲的笑容，看起来仍旧非常自信，倒让楚惊天的心里多了几分嘀咕。

"三哥，两日不见，越发神采飞扬了！"楚靖懿语带双关笑吟吟地道。

两日不见？楚惊天愣了一下，旋即缓缓地勾唇微笑。

楚靖懿竟知道他去过南陵王宫。

"四弟也比往日更加有气势！"

紫眸扫了一眼四周的持剑兵将，嘴角噙了一抹意味深长的邪魅笑容，性感得让人着迷："三哥是想这样招待四弟吗？"

楚惊天处变不惊，笑容依旧："三哥本来是想好好地招待四弟的，只是……父皇有令，任何人不得随意闯进咸城。如今，四弟没有任何事，又未经父皇的召唤，就私自进咸城，三哥只是想依照国法，请四弟到皇宫走一趟而已。"

到皇宫走一趟？

朱茵洛嘲弄地冷睨他，她才不相信这楚惊天会真的抓了楚靖懿往皇宫里送。

在南陵，他就已经处处算计楚靖懿。他最终的目的也只是如今楚飞腾屁股下的那把龙椅罢了，而楚靖懿就是他最大的敌人，他会容得下楚靖懿？说不定半路就把楚靖懿给杀了，然后再给他安个莫须有的罪名，让他从这个世界上彻底消失。

这种事情，是每个夺嫡之人，都懂得的。

只有让对方再无呼吸的机会，他自己才能攀上最高的位置。

楚惊天更是其中极品，无所不用其极，手段卑劣至极、令人发指。

不过，他楚惊天想算计他，他楚靖懿也不会轻易地让他算计。

"是吗？那四弟恐怕不能让三哥如愿了！况且……"楚靖懿优雅地笑着，如狐狸般地笑着，低头望着怀中的小女人，手臂将她挣扎的身子钳得更紧，见她抬头，他危险地瞪她一眼，迫得她不敢再挣扎，然后缓缓抬头才继续说，"这一次，我也不是来见三哥你的！"

"你以为你能出得去吗？"楚惊天嘲讽一笑，慢慢地坐到椅子上，那双眼睛直勾勾地盯着楚靖懿和朱茵洛两人紧紧相依的动作，眸中跳动着两簇火焰，手指算计地敲打着桌面。

"怎么？难不成……三哥你是想杀了我？"楚靖懿似笑非笑地说着，居高临下地俯视楚惊天，"或者是……今天只是三哥你想杀我？并不是奉了父皇的旨意？"

被揭穿心思的楚惊天恼羞成怒，一掌重重地拍在桌子上，噌地一下站起来指着楚靖懿的鼻子恶骂："你不要血口喷人。"

楚靖懿微微一笑，脸上无一丝表情变化，嘴上挂着他惯有的邪魅笑容，不慌不忙地解释："三哥，有话好好说，如果不是的话，也不必这么生气，毕竟……我们也是兄弟，对吗？"

兄弟？

楚惊天自嘲地冷笑，眸底一痛。

从他们呱呱落地的那一刻起，当他们的母亲庆幸生的是儿子的时候，他们的命运就已经注定了。

那些所谓的父子、母子及兄弟之情，都可以拿来利用出卖。

皇家无亲情，这句话太对了。

就因为他们的血液里流着皇帝的血，骨子里就注定安分不得。

胜者为王、败者为寇。皇家的败者，只会成为阶下囚，甚至被推上断头台，这是千古不变的法则。

他楚靖懿现在提"兄弟"两个字，让楚惊天突然觉得很好笑。

他夸张地仰天大笑，笑得前仰后合，笑得整个屋内的人都觉得他莫名其妙，以为他疯了。

癫狂的笑声过后，楚惊天慢慢停止了笑，脸上的表情由冷酷变得凶残，紧咬的牙关，发出令人恐怖的声响。

"四弟，你可真是我的好四弟呀！"楚惊天冷笑着说。

"楚惊天，你够了没有，你现在马上放了我们，否则，我将来一定不会饶过你！"朱茵洛凶巴巴地冲楚惊天命令。

"不会饶过我？"楚惊天嘲讽一笑，双臂抱胸做了一个害怕的姿势，面露恐惧地冲朱茵洛讥笑，"我好怕哦！"

恶劣的男人！朱茵洛决定将他鄙视到底。

"你是不愿意放了？"

"当然……"楚惊天眯眼，从白森森的齿缝中吐出两个字，"不放！"

"你这个王八蛋！"朱茵洛气得怒骂。

腰间的手臂倏地紧了紧，楚靖懿熟悉的滚烫气息落在她的耳边："待会儿，有机会就跑！"他刻意压低了声音，一双紫瞳警惕地盯向四周。

她瞪大了眼睛，生气地抬头："都是你，谁让你来的！"

他轻笑着，抬起她的下颌，当着众人的面，在她粉嫩的红唇上啄了一下，令她羞得满面红云。

色鬼楚靖懿，当着这么多人的面也敢亲她。

爱抚她羞红的脸，他邪魅一笑，满意地抬头："三哥，怎么办才好，洛儿急着想回家，那我们就先走了！"

"只要你能出得去！"脸上带着狰狞的笑，忽地抬手，又狠狠地放下，伴随着一声大喝："都给我上！"

话落，一众持剑兵将集体向楚靖懿围攻。

可恶！

楚靖懿的手松了些，朱茵洛赶紧抽出双手，掏出手中的手枪，对准她身前的两个人。

按下扳机，唰唰两声，两个人应声倒下。

她身侧，楚靖懿抽出怀中软剑，软剑如灵蛇般挥出，只一下，围在他们四周的人，倒了一圈。

几声闷哼后，四周的人倒了一片，而朱茵洛和楚靖懿两人毫发无损。

楚靖懿搂着怀中的朱茵洛向门外走去，而那些持剑兵将看到已经损了几人，个个不敢再靠得他们太近。

两人小心翼翼地后退。

朱茵洛同楚靖懿眼看就要退到门边，一直站立在一旁的楚惊天眸底闪过阴谋的光亮，突然抬手向朱茵洛那边的空当攻去。

朱茵洛的枪口对准了她身侧的人，没注意到楚惊天的动作，而楚惊天的动作太快太急，待她发现时已经晚了。

楚惊天的动作极快，掌力全攻她的左侧。

她急忙掉转枪头，但是她的速度还是比不上他的，眼看就要被他打到，朱茵洛心倏地一沉，却在这时，楚靖懿搂住她的腰把她从原地扯离了些，还未见站稳，突然楚惊天夺过一名兵将手中的剑，疾速地向朱茵洛砍去。

这火光电石间，楚靖懿搂着朱茵洛再把她扯到另一边，而那疾速向朱茵洛砍去的剑却突然掉转了头，向楚靖懿划去，剑锋极快，朱茵洛甚至能感觉到一股凉风从耳边刮过。

楚靖懿为护朱茵洛，手臂不小心被划破了一道口子。

他护着朱茵洛到了安全的位置，阴鸷的紫眸森冷地射向一脸得意的楚惊天。

楚惊天的目标是他！楚靖懿很明白这一点。

刚刚他故意刺朱茵洛，知他会护着朱茵洛不想让他伤害朱茵洛，然后剑锋突转，转向了他。

今天，这楚惊天，看来是真的想置他于死地。

敏感的朱茵洛，鼻尖闻到了一股血腥的味道，她焦急地转头，便看到身后楚靖懿的肩头被划开了一道血口子，那腥腻的味道，就是从那里传来的。

"你受伤了！"她蹙眉惊呼，眼睛里满满的担心，她毫不犹豫地把颈间的手帕扯掉，为他包扎伤口。

看她担心的眼神，楚靖懿的嘴角微微勾起，温柔却强硬地阻止她的动作，又把她的手帕系回到她的颈间，霸道地吐出四个字："我不需要！"

两人这互动的动作，刺着了某个人的眼。

楚惊天生气地挥动手臂，冷冷地一声令下："还不快上？捉住了南陵王，本王赏金百两！"

重赏之下，必有勇夫。

那些兵将一听有百两黄金，个个赤红了眼睛，拔剑一步一步地向楚靖懿和朱茵洛二人靠近。

这些人，都是见钱眼开。

卑鄙的楚惊天。

众人又围了上来，这一次比刚刚的阵势要凶猛了许多。

朱茵洛举枪，一次次地按下扳机，楚靖懿的一剑横扫，逼退了他们，他们却又赤红着眼睛，贪婪地再一次次逼近。

朱茵洛从容不迫地举枪，虽然她没有楚靖懿的武功，可是她的枪，百发百中，而且射程又远，只一眨眼的工夫，就已经射倒了七八个，楚靖懿也干掉了十几个。

两人回头深凝了对方一眼，来不及再多想，连忙又开始对付身侧的人。

虽然忙着对付眼前的人，朱茵洛仍能感觉到楚靖懿搂着她的那只手臂，在微微地颤抖。

是他伤口的问题。

她的心一阵阵地疼，忍不住偷瞄着他的侧脸，却见他吃力的表情。

那些兵将很坏，大概知道她是他的弱点，所以每个人都故意攻击她，楚靖懿只得抱起她，一次又一次地为她扫清障碍。

朱茵洛感动地看着他。

他冒险从南陵赶过来，他的心里是在意她的，否则，楚惊天的计谋根本就不会成功。

但就是因为这样，她就更生气了。

他这个笨蛋，明明很聪明的，早就该料到这是个套。

等离开这个鬼地方之后，她要好好地给他上一课，下次要摸清楚状况再动手。

她眼前的人不断地向前，她明明射了枪了，那人怎么会没事？她皱眉，用力地按下扳手，连按了好几次也没有动静。

坏了，没子弹了，她突然想到。她的枪膛里，各自只有五发子弹，来之前忘了多放几颗子弹了。

大概是发觉了朱茵洛的不对劲，楚靖懿一把捞过她，一剑横扫过去，那些差点砍到她身上的剑被击落。

才刚刚落地，原本准备偷袭的楚惊天趁着这个空当，又飞快地向楚靖懿逼近，剑剑刺向朱茵洛，招招致命。

楚靖懿本来是比楚惊天的武功高，但是怀中有朱茵洛，不时地用剑挡住楚惊天的攻势，渐渐地就处在了下风。

楚惊天的剑总是在忽然要落在朱茵洛身上时，突然转而攻向楚靖懿，若非楚靖懿反应快，有好几次差点被楚惊天刺到。

该死的楚惊天。

朱茵洛担心楚靖懿，见他一次次地抵挡，于心不忍，担心他会不会被楚惊天的剑伤到。

突然想到她现在有些内力，就算不能击退楚惊天，也可以挡住他的一些攻势。

楚惊天再一次出手，朱茵洛倏地伸出手，猝不及防，楚惊天被朱茵洛一脚踢中，被迫后退了两步，痛得身子稍微向左侧了一下。

见是朱茵洛，楚惊天的眼中闪过阴鸷的光芒，手中的剑变幻莫测地攻向朱茵洛，直击她的心脏。这个时候，又有兵将靠近，多方受袭，楚靖懿只能抱起朱茵洛闪开，回身扫向，几名兵将被他的剑锋扫到，躺倒在地。因护着朱茵洛动作稍慢，楚惊天的剑如影随形，偏过朱茵洛的身子，突然刺中楚靖懿的腰侧，又迅速抽出。

这一剑，直让楚靖懿节节后退。

愤怒的火焰，在他的眸底喷薄，他怒视楚惊天。

而楚惊天眼里的冷酷决绝，更让楚靖懿寒心。

"懿，你受伤了！"朱茵洛看着他的伤口，心如被揪住一般地痛，眼见鲜血汩汩地流出，她慌乱了，赶紧扯下颈间的手帕，可手帕才刚为他堵住伤口，鲜血就将它染红了，而且还在源源不断地流出来。

她的心更乱了，不行，他现在必须要接受治疗。

"不碍事！"他温柔一笑，唇角已有几分发白，却仍然固执地护着朱茵洛，连挥了好几下剑，让那些兵将不敢靠近他们。

他护着朱茵洛退后了两步，直视楚惊天："三哥，你就这么想让我死吗？"

楚惊天毫不掩饰他的目的，持剑一步步向他逼近："不是我想让你死，是天不想让你活！"低头看了一眼剑尖的血渍，楚惊天的眼眸似也在瞬间染成了血红色，嘴角的笑容狰狞且恐怖。

朱茵洛生气的声音激动地发抖："楚惊天，你疯了，再怎么说，你们也是兄弟，难道你们就非得这样自相残杀吗？"

"自相残杀？将来若是本王落到他的手中，他只会比本王更残忍！"楚惊天毫无悔意。

身侧的楚靖懿身体突然踉跄了一下，朱茵洛吓得心一颤，双手连忙扶住他，担心地看着他越来越苍白的脸："懿，你没事吗？"

他淡淡一笑，脸上挂着他惯有的笑容，轻描淡写地回答了一句："没事，只是小伤，死不了！"

这么大的伤口，还说是小伤！

鼻子一酸，眼泪在眼眶里打着转。

她用力吸了吸鼻子，横臂擦掉眼睛里的泪水，骄傲地昂起下巴。

现在不是懦弱的时候，方才一直是楚靖懿保护她，现在……该她保护他了。

灵巧的脚尖勾起一把剑，她顺手握在手中，娇小的身躯挡在楚靖懿身前："你们若是想杀了他，先过我这一关。"

楚靖懿眉头微蹙，不满她的行为，吃力地一把将她拉在身后，幽暗的紫眸危险地扫过众人，腰间的伤口，让他有些行动不便，手中的剑仍带着冷冽的杀气。

该死的楚靖懿，都什么关头了，他还逞强。

楚靖懿的身后也有兵将，眼看有人的剑要砍过来，她立马扬手迎剑，兵刃在空中相碰，发出激烈的声响，朱茵洛用自己学过的招数，抵抗着那些兵将。

就这样，楚靖懿和朱茵洛二人背抵着背，同时抵抗那些兵将。

楚惊天见两人渐渐处于上风，神色一凛，即挥剑刺向楚靖懿。

他招招狠辣、致命，楚靖懿吃力地抵抗，眼看就要支撑不住。

就在这时，突然又蹿进了两个人加入了战局，一个扶住楚靖懿，另一个扶住朱茵洛的手臂。

"什么人？"朱茵洛下意识地欲反抗，抬头却看到一张熟悉的脸，"咦，小乙？"

小乙神色凝重地冲朱茵洛点了点头，下巴向窗外努了努："郡主，我们护送你们走！"

"好！"朱茵洛连连点头，但是，这两个人来得也太慢了吧，让她窝火，他们若是早些到，楚靖懿就不会受伤了，"你们刚刚在做什么？怎么现在才过来？"

"郡主，不是我们晚到，是王爷不让我们出手，这里人多，我们快走！"

某个人想要英雄救美，结果挂了彩，他们不得已才出现。

小甲同楚靖懿一同将楚惊天击退，趁势在人群中破了个口子，小甲和小乙二人一人携一个，带着朱茵洛和楚靖懿一起逃出了客栈。

东街上的人很多，他们四人混进人群中，一会儿就不见了踪影，那些紧追而来的人看着茫茫人海，已追不上。

客栈中，楚惊天气得浑身发抖，甩了前来汇报的人一个耳光，响亮的巴掌声响，令在场的其他兵将的身子皆颤了颤。

"一群废物！"他怒骂。

外面人影晃动，楚惊天的目光急切地在人群中搜寻着，哪里还能看到半个人影！

他一掌拍在窗子上，"啪"的一声过后，窗子咔嚓一声，被他拍碎。

狰狞的表情，如同恐怖的魔鬼，露出洁白的獠牙，在刺眼的阳光下，折射出冰冷的寒芒，憎恨的字眼一个字一个字蹦出："楚靖懿，我不会让你这么快逃脱的。"

小乙带着朱茵洛逃走，在拥挤的人群中同楚靖懿和小甲被人群冲散，小乙和朱茵洛两人躲在角落的两个空筐中，待了许久也不见追兵，两人这才动了动，掀开空筐，从里面钻了出来。

一出来，朱茵洛就急了。

"你们家王爷呢？"

"不知道，应该是刚刚被冲散了！"

"那我们快去找！"说着，朱茵洛就又要冲进人群中。

"等一下！"小乙赶紧拦住了她的去路，看她满脸不悦，怒火即将喷薄的模样，他赶紧解释，"郡主，现在您不能去，您先回郡主府，待属下找到王爷之后，再去郡主府通知您！"

"不行！"朱茵洛焦躁地低吼，"他受伤了，要是被追到……"

小乙也生气了，假如不是朱茵洛，楚靖懿就不会受伤！

他冲朱茵洛责怪："郡主，如果您在的话，只会让王爷更加分神！"

想要说些什么来反驳的朱茵洛，也自责着。

小乙指责得没错，都是因为她，楚靖懿才会受伤，假如不是她的话……

她自嘲一笑，情绪低落地扯出一抹僵硬的笑容，用力握紧双拳，让自己不要太冲动，尴尬地嘱咐小乙："你们一定要保护好他！"

"这是属下的义务，郡主，告辞了！"

说完，小乙面无表情地挤进了人群中。

朱茵洛原本不信任何鬼神的，这一次也忍不住双手合十，虔诚地合上双眼祈祷："希望他会平安……无事！"

在人群中寻找了大半个时辰，跑得满头大汗的小乙，仍然没有放弃。

赶至城东客栈的官兵，被楚惊天一声令下，满城寻找他们的下落，再加上楚靖懿极少到咸中来，所以那些官府认不得对方是楚靖懿，便满城找人。

而且……楚靖懿这一次是偷偷潜入咸中，不能亮明身份，被楚飞腾知道了，一定会下旨捉拿他。

所以，楚靖懿的画像便被官府拿到处询问。

堂堂的南陵王，竟成了通缉犯。

小乙担心地四处搜索，终于在一个角落里找到了楚靖懿和小甲两人。

此时，楚靖懿已经满脸苍白地停在墙边，闭目养神，小甲焦急地守在他的身边。

小乙看到这幕情景，赶紧跃至巷子中。

小甲看到他很兴奋。

"你总算来了！"

"王爷怎么样了？"小乙担心地看向楚靖懿，见他腰间只用了一条白布包裹着，血仍然在不断地涌出。

说到楚靖懿的伤，小甲便心如火燎般："王爷的伤口还在流血，必须要找到大夫医治，可是……现在，我们成了通缉犯，那些药铺和医馆更是不能去，到处都有官兵把守，所以……"

小甲担忧地看着楚靖懿的伤，顿时手足无措。

原本坐在地上闭目养神的楚靖懿，听到小乙的声音，蓦然睁开了眼睛，往日炯炯有神、神采飞扬的眸子，现在却变得暗淡无光，让人心疼。

"是小乙？"

"是，王爷，是属下来了！"小乙愧疚地单膝在楚靖懿面前跪下，"都是属下不好，属下来迟了。"

"无妨！"他的眼睛直勾勾地望住小乙，"茵洛呢？茵洛没事吧？"

"郡主没事，属下让郡主先回郡主府，才来找的王爷！"

"这就好！"他放心地吁了一口气，合上眼睛，"这样我就放心了。"

"王爷！"小乙忍不住为楚靖懿打抱不平，"郡主当初离开您，现在您却还为她受了伤，王爷……"

"够了，本王不想听到关于她的任何负面流言！"

"王爷，可是她害得您……"

紫眸倏地张开，里面迸射出阴鸷的寒芒，蕴藏着怒意。

眼看楚靖懿要生气，小甲连忙把小乙拉开，打着哈哈岔开话题："现在不是讨论这些的时候，现在最要紧的，是先找到一个安全的地方落脚，王爷的伤也需要马上医治，等晚上的时候，我们再混出城。"然后他狠狠瞪了小乙一眼。

真是没眼色。

楚靖懿对朱茵洛的感情，已经很深了，不是他们这些旁人能看得清的，小乙斥责朱茵洛的同时，就是在斥责楚靖懿，任何一个男人都不会容许其他人侮辱自己的心上人。

收到小甲传来的警告，小乙才赶紧住了嘴，不敢再多言。

楚靖懿没有异议，双臂抬起："扶本王起来！"

小甲和小乙二人忙上前，一人扶起他的一只手臂，把他扶了起来。

然而，倔强的楚靖懿刚站起来，高大的身躯突然在空中晃了晃，跌倒在小甲的身上。

"王爷！"小甲惊叫着。

"王爷！"

郡主府

时间已经过了午后，朱茵洛满头大汗地站在屋内，不停地来回踱步，午膳放在桌子上，纹丝未动。

从她回到郡主府到现在，已经有两个时辰了，一次次传来的消息让她的心一点点地沉入谷底。

首先是现在满城都是通缉令，后来说差点追上了对方，结果被对方给跑了，据说个子最高的人受伤严重，已经昏倒了。

形势越来越严峻，朱茵洛的心里也越来越紧张，越来越担心，越来越在屋内坐不住。

宋惠香听说朱茵洛还未用午膳，担心地来看她，看到桌子上那些膳食，她脸上一阵担忧。

"洛儿，怎么还未用午膳？你身体才刚好，不吃东西，身体怎么会康复呢？"

朱茵洛按捺下心中的焦躁之火，平心静气地握着宋惠香的手安慰她："娘，我没事，只是太热了，暂时吃不下，一会儿我会吃的！"

"再热也要吃东西，我看着你，先吃些东西，我再走！"宋惠香也坚持。

朱茵洛无奈，只能任由宋惠香把她拉到桌边。

宋惠香盛了些饭，又体贴地夹了菜放在她的碗中，温柔地催促道："洛儿乖，快拿筷子吃些！"

看她这般坚持，知道她是担心，朱茵洛为了让她不要担心，只得拿起筷子硬着头皮把宋惠香夹在她碗中的菜一点点地夹起来，慢吞吞地送进口中。

这些饭菜，都是平时她最喜欢的，现在吃起来，却味同嚼蜡。

她不想吃，而宋惠香看她咽了饭才放心了些，关心地继续往她的碗里夹菜。

朱茵洛硬是咽下去了许多，吃了一半，她便叫停，娇嗔地挽着宋惠香的手臂："娘，我今天真的不怎么饿，已经吃了这么多了，可以了吧？"

"可是……"

"娘，我真的不想吃了！"她委屈地嘟起小嘴。

宋惠香扑哧一声笑了出来，宠溺地捏了捏她的鼻子："你哟，还是这么顽皮，到底什么时候才能长大呀！"

"在娘面前，女儿永远都是孩子呀！"她干脆扑进了她的怀中。

"行了行了！"宋惠香最受不得朱茵洛的黏功，赶紧起身，扶她站起来，温柔地拍了拍她红润的小脸，"娘这把骨头，可经受不起你的折腾！"

眼睛的余光瞟到门外她派出去的探子，脑袋在门外忽隐忽现。

她的心突然一个咯噔，脸上的笑容收敛，一点一点地把宋惠香往门外推，认真地劝道："娘，女儿有些累了，您也回去睡个午觉吧！"

"行行行，别推我了，我回去睡午觉，你也早些休息！"

"我知道了，娘，再见，不送了！"她忙不迭地向宋惠香挥手。

终于把她送走了。

朱茵洛松了口气，远远地冲藏在屋角的探子招了招手。

探子见她招手，这才从角落里出来。

朱茵洛在屋内背对着房门，听到身后传来脚步声，她迫不及待地转身就问："怎么样？怎么样？有没有那三个人的消息？"

探子摇了摇头："郡主，暂时还没有消息，不过……据说，个子最高的人，伤得似乎挺重的，有一个药铺被人抢去了两包伤药等物，但是那人的身手很好，没有人追得上他！"

楚靖懿伤得很重！

听到这句话，朱茵洛的心尖一阵刺痛，胸口似被千斤石压着，几乎喘不过气来。

她一把抓住那探子，焦急且谨慎地命令："你小心地去查，查到他们三个人在哪里，立马回来告诉我，若是可以的话，把他们秘密护送到郡主府。记住，这件事，千万不要让第三个人知道！"

"是！"

探子得令赶紧小心地离开了。

这个探子，是以前她救过的一个乞丐，看他身手不错，便留在郡主府里为她办事，人还算可靠。

楚靖懿的伤是她最担心的。

现在小甲或小乙已经冒险开始出来抢药，就说明他的伤一定很严重。

碍于身份，她现在还不能出去，郡主府外恐怕早就布满了楚惊天的眼线，她若是现在出去，肯定会被人跟踪。

除非等到天黑，到时她才能混出去。

只是希望，楚靖懿会没事才好。

耳边似乎又响起楚靖懿在城东客栈时对她说的话："别怕，我带你离开。"

这个笨蛋，明明知道危险，还来救她，现在倒好，自己却陷入危险中，害她日夜担心。

这个浑蛋，存心不想让人好过，让人担心他。

看着外面阳光灿烂，她的心里却是一片冰冷，突然鼻子一酸，泪水在眼眶里打着转，然后慢慢地凝聚，晶莹的泪珠从她白嫩的小脸上滚落了下来。

她生气地跺脚，声音里带着哭腔："浑蛋楚靖懿，你要是有事，我就把你忘得干干净净。"

但是，真的能忘得了吗？

答案是肯定忘不掉的。

整个下午，朱茵洛都如困兽般在房间里不停地来回踱步，踩得脚下的地板咯吱咯吱响，脚步声听在她的耳中，更加让她焦躁不安。

馨儿为她送水，看到她满头大汗，被朱茵洛骂了一通，她便委屈地掉了眼泪跑出去。

知道是自己错了，可是朱茵洛现在心烦，也没有心情去哄她，只是在房间里不断地等待关于楚靖懿的消息。

可是等了许久，她派出去的人也不见回来，也不知道出了什么事，让她更加心烦，越是心烦，又没有地方发泄，她就开始摔东西。

屋子里面能摔的东西，已经被她摔得差不多了，那些茶具和茶瓶等皆遭了她的毒手，整个屋子里面碎片满地。

没有丫鬟敢进来打扫、收拾，看到朱茵洛脸上的怒火，分明写着"生人勿近"四个字。

谁还敢靠近她？

如此，已经等到了黄昏，金色的灿阳，照映在地上，映得满地金黄。

满身怒火的朱茵洛从房间里面走了出来，丫鬟和下人看到她皆害怕地躲避，生怕被她身上的怒火波及。

金色的晚霞，烧得半边天通红，美丽的霞光，看在她的眼中，却是无一丝美意，只是让她心中更加不快。

刚出了房门，她一眼便瞥见墙头处有一个人头鬼鬼祟祟地若隐若现。

她生气地足尖点地，身子一跃而起，上了墙头，那名趴在墙头外的男子，看到朱茵洛轻雁般地飞过来，吓得全身僵硬，窝在原地不敢动弹。

美丽的娇靥，在彩霞的映照下，显得更加的娇美动人，所以，那男人也看得呆了。

好美呀！男人的心里这样想着。

只从男人闪烁的目光，朱茵洛便已经猜出这男人心里到底在想什么了。

男人……果然都是"外貌协会"的，看到美丽的女人，两条腿便不能动了。

甜美的笑容挂在嘴角，朱茵洛趴在墙头边上，笑眯眯地凑近了那男人，那男人睁大了双眼，耳边什么嘈杂的声音都飘远了，他只能听到自己怦怦的心跳声，看着朱茵洛美丽的脸越来越近。

鼻子轻轻地嗅了一下，他甚至能闻得到她身上的幽香，令他不由得心旷神怡，整副心神都被她吸引去了。

清纯的面容，妖媚的动作，吸引着他的心魂。

外面的传言不错，当今的茵洛郡主是天使与妖孽的组合。

这样的女人，即使只能够跟她共处一个晚上，就是死也值得。

淫邪是通往罪恶之路的罪魁祸首。

灵黠的美眸闪动着戏谑之意，用柔媚嗓音轻声问："这位小哥，你在这里做什么？"

"监视郡主！"男人顺口回答，听着朱茵洛柔媚的嗓音，骨头都酥了，哪里还能反应过来自己在说些什么。

"哦，原来如此，是谁让你来监视我的呀？"

"是我们东盈王！"

果然是他！

"是吗？"朱茵洛笑得更甜美了，"但是，我讨厌别人监视我，你可以走了！"

"呃……什么？"

"一个字——滚！"灵巧的手指捏出一根针来，猝不及防地扎进了那男人的颈侧神经里。

"啊"的一声惨叫，那男人猝然回神，两只手扶不住墙头，脚下一滑，直直地坠了下去。

"砰"的一声，人摔了个四脚朝天，溅起了一圈尘埃。

这一摔，摔得他骨骼错位，痛得在原地直打滚，哀叫声阵阵。

"活该！"朱茵洛愤恨地瞪了那人一眼，转身如仙般轻盈地落地。

打伤了一个看守她的人，她的心情好多了。

再回到自己的房间时，馨儿已经把地上的碎片收拾得差不多了。

馨儿看到朱茵洛进来，动作迅速地把碎片用簸箕装了，端起转身便要逃离她的视线。

"等一等，馨儿！"朱茵洛突然唤住了馨儿。

这一唤，吓得馨儿心脏突跳，双手一颤，手中的簸箕落地，哗啦啦的一阵声音，刚刚打扫完的瓷器碎片又落了满地，她战战兢兢地回头："郡……郡主，您有什么吩咐？"她畏惧的嗓音，听起来快要哭了似的。

看她那被吓的样子，朱茵洛扑哧一笑："你家郡主是老虎吗？又不会吃了你。"

咦？心情变好了？

馨儿挺了挺腰板，胆子变大了些，冲口抱怨道："今天下午的郡主，那是真真的母老虎！"

柳眉斜飞，美目半睐："馨儿，你胆子够大的！"

"嘿嘿，郡主，奴婢这是实话实说。对了，郡主，您有什么吩咐？"

算了，看在她这么忠心的分上，暂时不跟她计较："今天墙外有许多苍蝇，我要你去把他们都给赶走！"

"苍蝇？"馨儿丈二和尚摸不着头脑，"什么苍蝇？不仅外面多，咱们府里也多呀！"

"笨！我说的是那些墙头上趴着的'苍蝇'！"

馨儿暗自抹了一把汗，她也不说清楚，害得自己猜错了意思。

但是，把这个难题交给她，太欺负人了吧？

她又擦了一把冷汗："郡主，这件事，实在是太重要了，您交给奴婢的活儿，是否……太冒险了？"

"哎呀，馨儿，你实在是太小看你自己了，你的能力我是相信的。"

这下馨儿是真的要哭了："可是郡主，我真的不知道嘛！"

脸一板，翻了一个白眼，朝她勾了勾手指头，馨儿立马开心地跑过来。

然后见朱茵洛的嘴巴不停地在动，馨儿猛点头。不一会儿，馨儿终于放松又担心地直起了身，她还有一丝疑虑："可是郡主，他们真的会上当吗？"

"你去了就知道了。"

馨儿用力地深呼吸。

反正，她是上了贼船下不来了。

"那奴婢现在就去！"说着，她就越过了瓷片赶紧走了出去。

看着地上那一堆碎片，朱茵洛的脸垮了几分，立即冲门外喊了一声："喂，馨儿，你把地上收拾了再走！"

悠远的声音从门外传来："郡主，您自己收拾吧！"

美目圆睁。

好样的，她的胆子真的是越来越大了！

算了，看在她是为了自己事情忙碌的份上，就暂时放过她。

她的目光担心地望向门外，脸上闪动着坚定的表情。

她在房间里实在待不下去了，马上天黑了，正是她出去寻人的好时机。

她耐心地待在房间里，等待着馨儿的好消息。

待馨儿出去没多久，她在房间里便看到馨儿已经去找了几个人，分别给了一锭银子，然后一人又给了一条手帕，大摇大摆地在大庭广众之下，低头吩咐着他们。

然后馨儿便同那些丫鬟分别从前门后门出门。

出了门之后，几个人便分道扬镳，各向不同的方向分开走，走得非常快。

一直待在房间里的朱茵洛，没有去看馨儿他们，目光直勾勾地盯着房间那里若隐若现的脑袋，一共八个人，分在郡主府的各处。朱茵洛站在屋梁上，推开了屋顶的通风口，将那些人的位置看得一清二楚。

在馨儿和那几名丫鬟都出了郡主府之后，她更是一眼看到那些趴在郡主府外墙头和站在树上的人，一个个地跃下，然后分开离去。

看样子，应该是追馨儿和那几个丫鬟去了。

那些人都走了，此时，是离开郡主府的最佳时机。

她当然要把握机会。

朱茵洛开心地跃下屋梁，再也没有半分迟疑地跃出了窗外，从一条隐蔽的小路往后门走去。

外面的看守看到朱茵洛，忙向她行礼，她则板着脸命令："你们两个，去给本郡主准备车马，我要出门！"

"这……"

"去，马上去！"朱茵洛有些生气地低声斥责。

"是是是，我们马上就去！"

那两名守卫见朱茵洛生气了，不敢有一刻怠慢，赶紧去了后院准备车马。

准备车马，也只是朱茵洛故意支开他们的计策而已。

趁着这个当儿，她立马脚底抹油开溜了。

然而，才刚出了后门没多远，就被一只手猛地拉了进去。

"郡主！"

"咦？"朱茵洛错愕地看着对方，"小甲，你怎么在这里，懿呢？"她焦急地问。

小甲脸色凝重地朝身后招了招手，小乙背着昏迷不醒的楚靖懿走了过来。

心尖一阵阵抽痛，朱茵洛感觉呼吸一阵紧窒，痛得她不能喘息。她赶紧走到楚靖懿身侧，喉中逸出一声艰难的轻唤："懿……"

小甲紧张地催促朱茵洛："郡主，现在王爷的情况很危险，城门的守卫太严密，我们无法出去，而王爷一直不同意来郡主府，但是……我们实在没办法了，所以……"

"不要多说了！"稳了稳心绪，不让慌乱占据头脑，朱茵洛当机立断，"快，背他进府！"

"好！"

郡主府，密室。

这间密室，是当时朱茵洛还未搬进来时，特地命人打造的。这间密室，没什么人知道，除非必要，否则，这间密室，她绝对不用。

如今，为了楚靖懿，她便开始启用密室。

密室通着她的卧室，一般时候，无人敢随意进出她的卧室。即使是现在，她已在郡主府里住了两年，也只允许馨儿进她的卧室。

楚靖懿被抬进了密室之后，朱茵洛让小甲和小乙两个人撕开他的衣裳，好让她上药。

但看到他肩膀和腰腹间的伤口后，她的心紧紧地揪了起来，本来已经忍下的泪水，在这一刻，一下子滚落出来，胸口一阵阵地闷痛。

她知道他受伤了，可是没想到竟然伤得这么重。

她硬是压下心底里的担忧和恐惧，让思绪更稳定。

手边是她的医药箱，里面是她这些年来到处盗来的灵丹妙药，也不乏对外伤有奇效的药。

小甲和小乙两个人在楚靖懿的身侧，不断地出声扰乱朱茵洛的思绪。

"王爷，您可千万不要有事，您要是有事，属下该怎么办？"

另一个叫唤："王爷，都怪属下保护不力，才会让您如此受伤，都是属下不好，您就醒一醒，属下任打任骂，绝不会有半点怨言！"

这个时候，让朱茵洛突然明白了一点。

一个人忠心为主可以，但是，不可以盲目为主！

她的手中拿着镊子和酒精瓶，听着他们二人在那边念叨个不停，朱茵洛生气了，冷然怒喝一声："你们两个都给我闭嘴！"

话落，屋内一片寂静，小甲和小乙两个人被朱茵洛威严的呵斥吓得不敢吭声，只睁大了双眼直勾勾地望着她。

后者若无其事地用镊子夹起一块在酒精瓶中浸泡过的棉花，轻轻地为楚靖懿擦拭。

本来她还是想给他用点麻醉的药，不过看现在这情形，不管用不用麻醉药，他都不会醒来了。

不经意地瞥过他毫无生气苍白的脸，她咬紧了牙关，在心底里狠狠地命令他：楚靖懿，在我还没有放弃你的时候，你千万不能有事。

小甲和小乙两人不敢插嘴，默默地在旁边，紧张地看着朱茵洛为楚靖懿清洗伤口，缝合伤口，再上药，然后用干净的白色纱布包扎。

她的眼睛始终不敢斜视，认真地做好每一步。中间为他缝合伤口的时候，她的手指颤抖得不成样子，她用一根针扎在手臂上，痛觉令她暂时忘记了恐惧，才完成了这些动作。

待包扎完毕，她拔下手臂上的银针，上面有一个血孔，她只是简单地用酒精棉擦拭了一下，便随手把一切东西放回医药箱内，再回到楚靖懿身边。

当她重回楚靖懿身边时，身体的力量仿佛在这一瞬间被抽尽，浑身虚软地跌倒在地上。

小甲和小乙两个人赶忙上前去把她扶起来。

现在楚靖懿已经是伤员了，朱茵洛这个时候可不能再有事。

朱茵洛被小甲和小乙两个人扶起来，她微笑着喘了口气，坐回椅子上，软软的手轻轻地推开他们，声音里透着疲惫："我没事。"

"您真的没事？"看她的脸色，似乎比楚靖懿的还要苍白，不禁让人担心。

"我真的没事，只不过太过紧张了，休息一下，马上就没事了！"

"王爷是不是没事了？"现在这件事，是他们两个最关心的。

她轻点了点头，耳边传来楚靖懿有力的心跳，她的脸上露出了欣慰的笑容。

小甲和小乙两个人也舒了一口气，一屁股坐到地板上。

低头瞥了二人一眼，朱茵洛的眼睛里染上了一丝笑意。

她紧紧地握着楚靖懿的手，感觉到他的体温，她的心慢慢地平复。

温柔地抚摸着他的脸，柔嫩的指尖划过他的眉、眼、鼻、唇。

心里有许多话想要说，眼睛的余光瞥了一眼那地上的二人，她又不好意思开口。

心思细腻的小甲，一眼便瞥见朱茵洛欲言又止的表情，看起来很是顾忌他们两个，他机灵地捂着扁平的肚子，舔了一下干涸的唇瓣，讨好地望着朱茵洛："郡主，可以吃东西了吗？"

望着楚靖懿的视线不悦地收回，白了二人一眼。

"去吧去吧，刚进来的时候，我就已经让馨儿准备了晚膳，你们出去后找馨儿便可！"

"好好好！"

小甲听完，一把将地上的小乙拉起来。

小乙不满地叫唤，耍赖地坐回去，烦躁地斥责他："喂，我还不饿，你自己去吃！"

小甲硬是要将他拉起来，鄙夷地瞪了一眼，俯在他耳边小声说了一句："让郡主和王爷两个人单独待会，反正有郡主在，王爷不会有事的！"

说完，小甲还给了小乙一个"你真笨"的眼神。

后者终于反应了过来，一个激灵爬了起来，一边把小甲往外推，一边喊道："郡主，属下突然感觉很饿了，我们出去了！"

"哎呀，你别推我呀，两个大男人，拉拉扯扯像什么样子？"刚刚还不愿意走，现在动作倒快，推得动作太大，小甲都快跌倒了。

"我饿了，你倒是走快一点！"

"我这不是很快了吗？"

小乙不管他走得是不是快了，就非常粗鲁地把他往前推，小甲板着脸，两人推搡着往门边走去。

门吱呀一声打开，又关上，也把小甲和小乙两个人的争吵声关在了外面。

看着紧闭的房门，朱茵洛忍不住摇了摇头笑了。

这两个人，果真是没一刻能闲着，一日不吵架就不是他们两个了。

那两个人出去了，房间内就只剩下了朱茵洛和楚靖懿两个人，屋内安静无声，能听到的，只有两人有节律的心跳声。

她的目光重回他的身上，心中有着难抑的激荡。

想到之前她被楚惊天抓到时，楚靖懿来救她的场景，她就心有余悸。

虽然他现在躺在这里，让她的心里非常内疚，可是……如果他不去的话，她一定会很伤心、难过。

好在……他来了，他来救她了。

这个狂妄、霸道，而且非常独断的家伙，时而让她伤心难过，时而又让她感动不已，她的心情总会随着他的决定而剧烈起伏。

她本来以为，在这个陌生的西阳大陆，她可能会无情无爱独身一生，谁知却遇到了他，是她觉得最幸运的事。

握着他的手趴在榻边，枕着他的胸膛，听着他的心跳声，她感觉到无比安心。

整整一夜，朱茵洛除了馨儿唤她用晚膳的时候，她随便吃了两口，其他时间一直留在密室中陪着楚靖懿。

刚刚缝合好伤口的晚上，是最危险的，容易伤口发炎高烧，她担心了整个晚上，不时地醒来摸着他的额头。一整夜她不安地起起睡睡，到了四更时分，他的额头依旧是正常的温度。

这时，她才放心地趴在他的身侧沉沉地睡去。

屋内，灯光昏暗，通气孔送进来的新鲜空气，带着微风，吹动着烛火，烛火微微跳动着，发出滋滋声响。

五更刚过，躺在榻上，一直昏迷不醒的楚靖懿，手指突然动了动，沉重的眼皮也随后睁开。

看着几近密封的房间，紫眸中闪动着疑惑的光亮，手臂上传来的重量，让他的视线移过去查看究竟。

漆亮的发顶，是一个发亮的发圈。

馨香的味道扑入鼻底，是她独有的体香，空气中弥漫着温馨的气氛。

紫眸直直地瞪着那个小脑袋，俊美的脸上有一丝诧异。

他忍不住伸出另一只手臂，轻轻地抚摸她的发顶。

枕在他手臂上沉沉睡着的人儿，被他这一动作惊醒，小脑袋动了动，如扇般的羽睫缓缓睁开，美丽如黑曜石般的眼珠骨碌碌转，有着她特有的灵动慧黠。

"懿，你醒了！"朱茵洛惊喜地唤着，声音里透着早晨刚刚醒来时特有的柔媚沙哑。

声落，楚靖懿的脸色微变，幽暗的紫眸不敢置信地望着她，脸色倏地转黑，愠意在眸底。

朱茵洛还不明所以，突然房门外传来一阵急促的敲门声。

她皱眉，轻拍了下楚靖懿的手背："我先看看怎么回事！"

打开门，馨儿慌张的脑袋在门外晃动："郡主，郡主，不好了，东盈王带人到了门前，说要搜郡主府！"

"什么？"这楚惊天越来越过分了！她生气地冷哼，嘱咐馨儿，"你快去，把小甲和小乙两个人带到这里来，我去应付他们！"

"好，奴婢马上去！"

朱茵洛从衣柜中拿了一套干净衣裳，把那套为楚靖懿治伤时沾了血的衣裳换掉，叠好放在衣柜的一角，用干净的衣裳压住它，再把衣服放平整，看不到一丝痕迹，这才去盆架边随便抹了把脸，就直接出了门。

当她来到门外时，果然看到门外围了数十名官兵，为首的则是楚惊天，他的脸上带着得意的笑意。

楚惊天身边的贴身侍卫，嚣张地指着郡主府外的守卫怒骂："你们郡主府窝藏了通缉犯，还不快让开！"

"没有郡主的命令，谁都不准进去！"守卫也不客气，两个大块头往门外站，一人持着两把剑，威武地把守在门外。

这两个人是朱茵洛特地挑选了来把守郡主府的。

这两个人，虽然武功一般，可是那块头还有凶神恶煞的容貌，就算他们的武功不高，拿来当门神还是可行的。

果然，那些本来准备进府搜寻的人，看到这两个块头，便不敢轻举妄动，那名在门外大喊大叫的楚惊天的贴身侍卫，也是只管喊叫，身子却一个劲地往后退，不敢靠近半步，只怕被守卫身上的肥肉给压死了。

正主楚惊天并不着急，微笑着站在门外，安静地等着朱茵洛。

朱茵洛一出现，那名贴身侍卫也不敢再叫唤，贼头鼠脑地缩回楚惊天身边，指着朱茵洛惊喜地冲楚惊天汇报："王爷，郡主来了，郡主来了！"

朱茵洛出了大门，美丽的杏眼扫过门前的众人，脸上无一丝慌张，笑靥如花般灿烂："哎呀，东盈王，你大清早的带了这么些人来我郡主府前，是为何事呀？"

楚惊天不再像之前那般无动于衷地站在门前，他的双眼带着笑意盯着朱茵洛。

站在郡主门前高高台阶上的朱茵洛，傲然直立，目中无畏，那股自信和沉稳，是一般人做不到的。

楚惊天放肆的目光，打量她的全身，锐利的目光瞥到她虽然衣裳干净，可鞋子上却沾了丝干涸的血迹。

朱茵洛是个爱干净的人，会穿这么一双脏污的鞋在众人的面前出现？

除非她是一夜未睡，只换了衣裳没换鞋子，至于鞋子上为什么会有血渍，答案呼之欲出。

楚惊天低头轻笑了一声，幽幽地低声道："昨日，有通缉犯进了咸城，有人说，通缉犯进了郡主府，所以，本王带人来搜查郡主府！"

"大胆！"朱茵洛冷眼扫过众人，下巴紧绷着，森寒的眸底迸射出危险的冷光，"我郡主府里来了什么人，我会不知道？郡主府里没有你们说的通缉犯，再说了，我郡主府，岂是尔等随便可以搜的？"

她生气地甩袖，不予半分退让。

"郡主息怒！"楚惊天不慌不忙地拱手抱拳。

朱茵洛傲慢地昂起下巴，懒得睨他一眼："带着你的人，马上滚，否则，别怪我不客气！"

朱茵洛倏地转过身。

她的身后突然蹿出了一排郡主府侍卫，一字排开，一个个气势傲然，与楚惊天身后那些散漫的士兵有着天壤之别。

那些士兵看到朱茵洛身后的十数名侍卫，吓得一个个倒抽了口气，忍不住后退了一步。

古语有云，输人不输势。

他楚惊天也只是仗着有官府为他撑腰，所以才敢为所欲为，只是……那些官府的人，一个个吃得身子发软，一丝战斗力也没有，哪有她精心调教的侍卫团有气势？

在气场上，楚惊天已经输了。

楚惊天的面子明显已经挂不住了，朱茵洛一分不肯退让，而那些官兵更开始议论纷纷，觉得他们来郡主府是不是错了。

朱茵洛冷笑着俯视台阶之下的众人，冲众人扬起了手中的手枪，黑洞洞的枪口对准了众人："你们都回去吧，要想搜府，请你们兵部尚书亲自来，否则……别怪本郡主手下无情，要了你们的小命！"

一个个官兵被吓得缩起了脑袋，窃窃私语着，他们畏惧朱茵洛，谁人也不敢擅自搜郡主府。

他们只是被东盈王带来的，但这里不是东盈王的地盘，虽然楚惊天有着东盈王的头衔，但是朱茵洛的背后还有当朝的一品大将军和皇帝呢，谁敢轻易招惹？

一名官兵忍不住了，走到楚惊天身边压低了声音提醒他："王爷，不是我们不帮您，只是……"

"退下，没有本王的命令，你们谁都不准离开！"楚惊天也生气了。

一群窝囊废！

朱茵洛嘲讽地望着楚惊天："东盈王，我们井水不犯河水，你这样擅自带人来搜查我郡主府，没有任何搜查令，我朱茵洛绝不会放进去任何一个人。东盈王，你可知晓，私闯郡主府是何罪名？倘若你搜出来什么就罢了，但是……如果你搜不出来什么，我便会禀报皇上，让皇上来定夺，到时候……别说是我没有给东盈王你提过醒。"

楚惊天愣了一下，笑容敛去，脸上抹了一层灰色。

看着她自信的表情，再听她自信的言语，现在去查，肯定查不出什么。

从昨天大胆引开他探子的丫鬟，到今天敬业的守卫及训练有素的侍卫，无不透露出朱茵洛的聪慧和能力。

他对朱茵洛是越来越欣赏了。

没关系……今天他不能查，不代表他以后没有机会。

他低头思索了一会儿，最终决心退让："既然如此，本王就暂且离开，但是……本王还会再回来的。"

"是吗？那茵洛就等着王爷您了！"朱茵洛冷冷一笑，板着脸，不给他任何好脸色，威胁她是吗？她朱茵洛不是被威胁长大的。

楚惊天身侧的贴身侍卫急了。

这样三言两语，朱茵洛就把楚惊天给打发了，那他喊了一早上算什么？

面子上挂不住，他忍不住出声劝告楚惊天："王爷，我们在这里等了这么久，不能就这样算了呀！"他挑拨道。

看到朱茵洛那么嚣张，他就忍不住想要挫挫她的锐气。

"你懂什么？"楚惊天斜睨他一眼，"废物，我们走！"

说完，楚惊天转身头也不回地走了，那些官兵听了楚惊天的话，一致往回走，只留下那名贴身侍卫不知所措地独留原地。

"可是，王爷……"他迟疑着还想要说些什么。

待他反应过来，身边已无一个人影。

朱茵洛讥讽地叉腰瞪他："怎么着？难道你是想吃我的枪子吗？"她故意晃了晃手中的枪，扣下扳机，枪口对准了那侍卫的脚下。

砰的一声，那侍卫脚下的泥土被射了一个洞出来，吓得那侍卫害怕地跳了起来，一屁股坐在地上。

不需要朱茵洛再威胁，他屁滚尿流地爬起来，逃也似的奔离，去追楚惊天他们了，再不敢有半刻停留。

看那侍卫狼狈逃走的模样，朱茵洛同他身后的众人笑得前仰后合。

就这点能耐，还敢这么嚣张，果然是狗仗人势！

收起了手中的枪，朱茵洛回头吩咐众人回各自的岗位，就迫不及待地往密室中走去。

然而，她才刚刚回去，就听到密室内一阵争吵声。打开了密室的门，就见楚靖懿已经挣扎着下了榻，小甲和小乙两个人在旁边不停地劝阻他，楚靖懿却是一个字也不肯听。

"王爷，您现在身上有伤，不能走呀！"小甲劝道。

小乙也跟着劝说："王爷，您若是现在走了，郡主知道了一定会生气的。"

"趁她现在还未发现，我们快走！"楚靖懿有气无力地说着，未受伤的手臂，倔强地支撑着床榻，刚站起来，腰间的痛，就令他再一次跌坐了回去。

这个总是让别人担心他的坏蛋。

一双晶亮的眸子瞪着他，生气地低喝："晚了，我已经发现了！"

小甲和小乙两个人看到朱茵洛来了，像看到救星般大喜，两个人一起往门外钻，把那个耍性子的楚靖懿留给朱茵洛料理。

没有人比朱茵洛更适合这项工作了。

看到了朱茵洛生气的脸，楚靖懿脸上似闪过一丝不安，但这丝不安也只是转瞬即逝。

"你把小甲和小乙两个人叫过来，本王要离开这里！"楚靖懿沉声命令，淡漠的声音里，没有一丝温度。

用的还是命令口吻。

楚靖懿的态度，让朱茵洛好气又好笑。

她知道他这么迫切离开是为了什么。

楚惊天一定还会再来搜府，到时候，他恐怕就不会像刚才那么好打发了。他是担心，所以才会迫切地想要离府，不想让她受到伤害吧？

鼻子酸酸的，感动的泪水在眼眶里打着转。

这个男人，总是在为她着想，连自己的性命也不顾地来救她，现在却又为了她的安危，拖着重伤的身体想要离开她。

"离开？"她生气地板着脸，"想都别想，既然已经进了我郡主府，还想走，门都没有！"

她强硬地走到他身边，把他拖到榻上，又强硬地按着他躺回去。

他象征性地挣扎了两下，身子实在是很痛，稍稍动一下就会牵动伤口，最后只得乖乖地躺回去。

虽然人是躺回去了，可别想他会乖乖地待着。

他还是忍不住动了两下，殷红的血从他的腰腹间流出，染红了他身上的衣裳。

朱茵洛气得跺脚，生气地呵斥："你再敢动一下试试！"

楚靖懿哪是那种别人命令他，他就会听的乖宝宝，被朱茵洛这一呵斥，他脸色微沉，双腿挪到地上，不发一言地就要站起身。

这浑蛋，是故意要跟她怄气的吗？他怎么一点儿亏也不能吃？

要她求他，她做不到，既然他倔，就别怪她不客气。

不怕疼是吗？

她咬牙，狠心地按在他的伤口上，伤口的痛令本来还赌气想要拖着伤离开的楚靖懿痛吟了一声，又跌坐了回去。

这个狠心的女人！

楚靖懿痛得额头的冷汗一滴滴地冒了出来，咬紧了牙关，才能忍住一阵阵的疼痛。

终于不那么固执了。

朱茵洛松了一口气，顺手掀开他的衣裳，无视他赤裸的胸膛，她的眼睛直盯着他腰腹间的伤口。

鲜血不停地往外流，她蹙眉低咒："该死的！"

难道他就真的当自己的身体是铁打的吗？本来今天早上已经开始结痂了的，现在看起来，不知道要什么时候才能结痂了。

而他的伤口看起来很严重的样子，她的心一阵阵地抽搐，漆黑的眸子似被他的鲜血染红了。

她手忙脚乱地拿出了医药箱，由于太过紧张，她的手抖得特别厉害，镊子刚拿出来，就掉到了地上。

低咒了一声，她又慌忙地捡起来，才刚捡起来，瓶子里的酒精棉也掉到了地上。

前赴后继的掉落，让朱茵洛更加紧张，捡起了东西，酒精棉瓶子上面的木塞子却怎么也打不开。

她急得眼眶红红的，懊恼地放在桌子上磕了两下，再打，仍然还是打不开。

眼看她急得眼泪就要掉下来了。

在原来，她盗宝离开时，身后有人追来，逃生的门突然打不开，她也没有像现在这样紧张、着急过。

本来还欲起身的楚靖懿，在看到朱茵洛慌张无措的表情时，便默默地躺了回去，幽暗的紫眸，静静地打量她，看着她因为太过紧张，东西一个个掉在地上，而她又非常无助地手忙脚乱时，他眸底的颜色更深了。

瓶子打不开，朱茵洛又气又急，最后她火大地扬手要把东西丢掉，一只大手蓦然握住了她的手腕。

她赤红着眼睛，目光撞进楚靖懿深幽的眸底，里面有着她熟悉的温柔，莫名地让她狂躁不安的心平稳了下来。

接过瓶子，轻易地为她把瓶塞打开再递回给她。

她愤愤地瞪了他一眼，一把夺过瓶子，用镊子夹出里面的药棉为他重新清理伤口再上药。

刚打开瓶子，那股酒香蔓延到密室内的每一处。

酒精凉凉的，醇香的酒气扑鼻，才刚沾到伤口，楚靖懿就感觉他的伤口处火辣辣地疼了起来。

天生的傲气，让他强硬地咬紧牙关，半个呻吟也未吐出口。

逞强！

朱茵洛斜睨了他一眼，手中的镊子"不小心"碰到了伤口，楚靖懿的皮肉微颤，耳边亦传来了他倒吸凉气的声音。

朱茵洛相当有成就感地抬头瞪了他一眼，嘴角挂着得意的笑容。

眼睛里的光亮似乎在说：看你还逞强！

后者佯装没看到般，抬头望着房顶。

紧接着，朱茵洛没有再管他有什么反应，认真地为他上药，再用干净的纱布仔细地把伤口包扎好，待她把纱布打好平整的绳结后，才深深地吁出了一口气。

待这一切做完，她懒得看他一眼，开始动手收拾医药箱里的东西。

她很生气！

本来伤口已经缝合好，他却偏偏不爱惜自己，随便乱动，延迟了伤口的愈合。

"洛儿！"他低沉地低唤了一声。

谁理你！

她继续低头收拾东西，但是速度特别慢，脸上毫无表情，用来表达她无声的怒。

看她不回答，他微蹙起眉头，低沉着嗓音又唤了一声："洛儿！"

你唤我就回答，那我多没面子？

刚刚他还命令她来着，当她是什么？呼之即来挥之即去的陌生人吗？

将酒精瓶放回去，细嫩的指尖轻指着里头的药瓶，慧黠的眼珠子骨碌骨碌转，带着诱人光泽的红唇微启微合，粉嫩的指轻按在上面，洁白的牙齿轻咬着指甲喃喃自语着："应该就只剩这些药了，下次需要再多备一些！"

看来，她是真的生气了。

看到她板着脸，眉眼皆带着生气的弧度，楚靖懿轻叹了口气，温热的掌轻轻地握住她纤白的皓腕，喉头一动，深情地低唤："洛儿……"

本来正生气的朱茵洛，听到他的唤声，所有的动作蓦然停了下来，回头微笑看着他的手，脸上仍然没有一丝表情，嘴角扯出没有一丝笑意的弧度，手指固执且强硬地把他的手指从她的手腕上一根一根地挪开。

做完这一切，她仍然无动于衷地回身继续整理医药箱。

检查完毕，合上医药箱的盖子，扣上了小锁，把它放在了床头柜里。

处理完伤口后，她就没有再正眼瞧过他，这对楚靖懿来说，是从未有过的。

他知道她是在生他的气，赌气不跟他说话。

动了动喉头，在看到她转身欲离开时，张了张嘴。

刚想要开口，突然想到，倘若他继续留在这里，一定会给她带来麻烦。他来到这里的消息，会很快传到楚飞腾的耳中，到时，朱茵洛一定会受到牵连。

低头苦涩一笑，要脱口的话又咽了回去，任由她离开密室，他只是默默地望着她的背影，直到门关上再也看不到她。

虽然看不到他的表情，但是朱茵洛知道，他是关心她的，虽然没有回头，但是她知道他在看她。

转身离开时，身后灼热的温度，是他滚烫的视线。

待门关上，也阻隔了他的视线。

她突然虚软地靠在门上，深深地呼吸着，手掌心贴在胸前，感受里面狂乱的心跳。

她感动地望天，身子倚着门缓缓地蹲在地上，双手捂着眼睛，滚烫的液体从她的指缝中淌了出来。

担心了一个晚上，到现在她是真正的放松，心中充满了感激。

她轻泣着，坐在地上久久不能起身。

在这一刻，她是开心的。

感谢老天！他醒了，他终于没事了。

她一晚上的担心，总算在这一刻可以告一段落了。

在这一刻，她也终于明白了自己的心——她是爱他的，不能看到他受到一点点伤害。

以前，总是他在危险的关头守护着她。

现在，该换作她守护他了。

只要她活着，任何人都休想伤害他一分一毫。

她十分清楚，今天以后，还会有更大的风暴，但是……她毫无畏惧！

一次次的挫折，只会让她变得更坚强。

都说爱情会让人失去理智，变得疯狂，但是……人生在世，短短数十年，疯狂几次又如何？

第十九章　保护楚靖懿

楚靖懿的伤，并没有一下子好起来，反而是那天早上的折腾之后，开始恶化，伤口发炎，而且还高烧不退，人似乎也烧得迷迷糊糊。

朱茵洛和小甲、小乙三个人轮流在他的身边照顾他，为他擦拭额头上冒出的冷汗。

几个人都非常担心楚靖懿的伤会更加的恶化下去。

好在，第二天中午之前，楚靖懿的烧已完全退了下去，身上的伤口也开始慢慢地结痂，趋于愈合。

小甲和小乙两个人忙了一整个晚上，已经疲惫不堪，朱茵洛在楚靖懿的高烧渐退时便赶了他们两个去休息，由她自己来照顾楚靖懿。

看着榻上那张俊容满面苍白，毫无生气的样子，朱茵洛的心就痛得差点不能呼吸。她要摸着他的手，感受到他还有温度的掌心，摸到他依然跳动的脉搏，才能确定他还好好的。

昏迷了一天一夜的楚靖懿，才刚刚醒来，就开始闹别扭了。

朱茵洛正在为她擦拭额头，楚靖懿突然醒来。

朱茵洛正为他的清醒而感到高兴时，楚靖懿却冷着一张脸，把额头上的湿毛巾拨落。

朱茵洛瞪大了眼睛，不知道他为什么会突然性情转变。

她非常有耐心地把地上的湿毛巾捡起来，重新换了一个，才刚刚贴上他的额头，就又被他丢开了。

紫眸危险地瞪她，冷冷地斥道："不要碰我！"

不要碰他？

朱茵洛忍不住翻了一个白眼。

他躺在榻上，算上前天晚上，已经躺了整整两天两夜，她不眠不休地在旁边照顾他，换来的却是他突然的冷眼。

四个字：不要碰我。

她就像是被人从头顶泼了一盆凉水，浇得她透心凉。

她皱眉，没有生气，小手轻轻地摸着他的额头，感觉他的额头已经不再烫了："你已经没事了。"

"本王已经说过了，不许碰我，难道你听不懂吗？"冰冷的视线里，没有一丝温度，森寒的嗓音更透着危险。

满身疲惫的朱茵洛，也忍不住了，生气地冲他吼了回去："楚靖懿，你不要太过分了！"

她终于生气了是吗？

"这是本王的身体，本王不喜欢别人碰，难道过分了吗？"

"去你的！不喜欢别人碰，你不让我碰，我偏碰，除非你现在杀了我！"她撒泼般地瞪他，下巴扬得老高，楚靖懿的态度让她火大。

"你这般刁蛮、任性又无理取闹，以前的楚靖懿怎么会喜欢上你？"

以前的楚靖懿？

难道现在的他就不是楚靖懿了吗？

朱茵洛脸上的怒火逐渐消退，美丽的杏眼微微眯起，死死地盯住楚靖懿，似乎要将他的身体看穿。

后者摸了摸自己的脸，看起来非常不安地回视她："本王的脸上有什么吗？你用这般恶心的表情看着本王？"

嘴角抽搐了一下，朱茵洛的头缓缓地缩了回来，一双眉毛却蹙得很紧，心里一阵失落。

她刚刚在望着他的时候，以往那总在他眸底出现的温柔不见了，他看着她时，就好像在看陌生人一样，一丝柔情也不见，更多的是冷淡。

这到底是怎么回事？

沉下脸，她缓缓地伸出手去，刚要握住他的手，就被他警觉地闪开："你做什么？再碰本王，别怪本王对你不客气！"

不客气？他敢对她不客气？朱茵洛的脸越来越黑。

若是以往，她这样摸他，他肯定会马上反手将她的手紧紧握住，而她刚刚从他眼中看到的……是厌恶吗？

他厌恶她的碰触，像是她的手上沾着剧毒、瘟疫。

他们就这样互相瞪着对方，诡异的气氛在两人之间流窜。

当小甲和小乙两个人从门外进来的时候，就看到这诡异的一幕，本来两人正惊喜于楚靖懿终于醒了，但是，眼前的情景却吓得两人站在门外，进退不得。

他们心里正想着，要不要先溜走，让朱茵洛和楚靖懿两个瞪完了他们再回来。

最终，还是小乙在小甲的身后推了一把，把小甲从门外推了进来，小甲狠狠地瞪了小乙一眼，尴尬地走进密室内，浑身像长了刺一样的难受，轻咳了一声打破沉寂："那个，王爷，郡主，午膳时间到了，你们是不是……"

四道森寒的视线射来，小甲吓得浑身一哆嗦，把后面的话生生地给吞了回去，他的身上好像是被他们的视线给盯出了几个窟窿。

"你们两个，去把午膳端进来，你们家的王爷现在身上有伤，大鱼大肉就免了，就给他喝白粥！"朱茵洛冷冷地命令了一声。

"呃，是！"小甲飞快地答应着，跑出去之前，拍了拍慢半拍没来得及逃跑的小乙的肩膀，"你留在这里守着王爷，我去端午膳！"

卑鄙！

你也同样卑鄙！小甲不客气地瞪了回去，一溜烟似的逃出了房间，独留下尴尬的小乙，站在原地，不停地搓着手臂上的鸡皮疙瘩。

躺在榻上的楚靖懿听到自己只能吃白粥，一张俊脸马上由黑转青："白粥？本王不吃！"

"你现在身上有伤，不能吃别的东西！"朱茵洛好脾气地劝了一声。

"那本王就不吃！"

不吃？朱茵洛额头青筋一条条地跳了出来。

小乙终于发现了不对劲。

悄悄地靠近了朱茵洛，尽量躲过楚靖懿的视线，压低了声音低声问："郡主，王爷怎么了？"

"怎么了？"朱茵洛鄙夷地朝榻上的人扫了一眼，憎恨的字眼一个一个地从红唇中蹦出来："脑子烧坏了！"

脑子烧坏了？

小乙嘴角动了一下，尴尬地笑着。

"郡主，您开玩笑的吧？"

"你看我像开玩笑的吗？"朱茵洛不耐烦地睨他。

"不像！"小乙失笑。

"小乙，你不要再跟这个女人多说什么，本王要回南陵！在这里本王一刻也待不下去！"榻上的楚靖懿，板着脸生气地说了一句。

又来了！

小乙干笑了两声，陪笑地看着朱茵洛，再讨好地看向楚靖懿劝解："王爷，您现在有伤，就算要回去，也要等到您的伤好了。"

"这里有人不想看到本王，本王还不如回去，马上去准备，本王就算死，也不能死在这里！"楚靖懿冷冷地道，妖冶的紫眸里没有一丝温度，吐出的字眼更是冷如寒冰。

他是故意气她的吧？

那么她可以告诉他，他成功了，他成功地把她气到了。

她气得脸色铁青。

"想走，门都没有！"

那双妖冶的幽深紫眸，看向她时，只有厌恶，再也没有一丝温柔和眷恋。看到那双眼睛，她的心像被针扎了似的那般疼痛。

"本王的决定，无人敢违抗！"

"这里是郡主府，我说了算！"朱茵洛不甘示弱地昂起下巴，气势不输楚靖懿。

两人对峙，中间夹着小乙，小乙尴尬不已地站在原地，左看看右瞧瞧，着实不知道该说什么好。

"小乙，为本王打点，本王要离开郡主府！"楚靖懿的目光突然转了方向，威慑地射向小乙。

被点到名字的小乙忍不住浑身发冷。

天呢！这个时候，能不能不要唤他？

一个不够，朱茵洛夹杂着怒火的斥责也砸了过来："小乙！你是听我的，还是听他的？"

"他是本王的侍卫，当然是听本王的！"楚靖懿阴沉着脸，低沉的嗓音蕴含着无声的压力。

"现在，这里是郡主府，不是你的南陵王宫，本郡主说了算！"朱茵洛气得声音变了调。

"小乙，你自己说，你到底听谁的？"幽暗的紫眸，暗暗地向小乙施加压力。

"小乙，乖乖地说，你听谁的？"朱茵洛危险的黑眸，射来危险的光芒。

左来右去。

小乙茫然地睁大了一双眼睛，两只手不停地擦着脸上的冷汗，他挣扎着陪着笑试探地问："属下……能不能都选？"

"不行，你只能有一个主子！"两个人异口同声地冷喝。

脑袋缩了缩，舔了舔干涸的下唇，艰难地吞了一下口水，小乙尴尬地又说："那……属下……能不能都不选？"

"不行！"又是异口同声凌厉地回答。

老天爷，来个雷，把我劈死吧！小乙忍不住仰天长叹。

与楚靖懿争吵，耗去了朱茵洛许多精力，却是吵不出个结果。她凭借东道主的身份暂时压住了楚靖懿，出了密室，她仍心情难以平复。坐在铜镜前，看着铜镜中苍白、憔悴的自己，她扯出了一个勉强的笑容，连她自己看了都觉得很难看。

突然胃里一阵翻腾，她难受地一手扶着桌子，一手捂着胸口对着痰盂呕出了一口腥腻。

怎么回事？压下胃里的翻腾，镜中她的脸色，比刚才更难看了，嘴角还挂着点点血渍。

怎么回事？

她往痰盂里面看了一眼，果然发现里面也有血液，是她刚刚吐出来的吗？她怎么会无缘无故突然呕血的？

馨儿从门外端了水盆进来，刚进来就已经叫唤开了："郡主，刚刚小甲去端午膳，所以奴婢先把水端进来了，您和王爷先洗漱，再用膳吧！"

见朱茵洛看着铜镜发呆，也不说话，馨儿忍不住又大了些声音："郡主，您要先洗漱吗？"她把水放在盆架上，转头疑惑地望着朱茵洛。

蓦然反应过来，朱茵洛一眼瞥见铜镜中她嘴角的血渍，她惊慌了一下，赶紧拿手帕擦了擦嘴角，擦掉了血渍，又忙把手帕塞回衣袖中，生怕被馨儿察觉出端倪来。

她塞手帕的动作很可疑，脸上的惊慌表情更让馨儿心中起疑。

一看到朱茵洛苍白的脸，馨儿紧张地跑过来："郡主，您的脸色怎么这么难看？"

朱茵洛下意识地捂着自己的脸，干笑了两声，有些不大自然地推开馨儿的身子，别过脸去，淡淡地解释："没事，两天没睡，脸色肯定难看！"

听起来似乎没有什么问题。

馨儿怀疑地望着朱茵洛的脸，想要发现一丝蛛丝马迹，朱茵洛推了推她催促道："先别管我了，你先去里面帮南陵王洗漱，回头我再洗！"

"这……"馨儿更怀疑了。

以往楚靖懿的身体，她从不假手于人，不管谁要碰楚靖懿，都会被她斥退，还说什么，她一个人照顾他就行了。

怀疑只是怀疑，她却不知道到底是什么原因。

看馨儿站在原地，蹙着眉一直盯着她瞧，朱茵洛更心虚了，忍不住板着脸生气地呵斥："平时我纵容你，只是我宠爱你，你现在是想骑到本郡主的头上吗？"

馨儿被朱茵洛突然的怒火吓得浑身一哆嗦。

朱茵洛，已经很久没有发这么大的火了。

再也不敢有一丝迟疑，馨儿赶紧端了水往密室中走去。

待馨儿离开，朱茵洛才渐渐收了脸上的凌厉之色，缓缓地合上眼睛，深吸了一口气。

纤细的手指轻揉了揉酸涩发涨的太阳穴，只感觉脑中一跳一跳地痛。

现在，她很懊悔刚刚对馨儿的话太重会伤了她。

可是她刚刚呕血的消息若是被她知晓，她一定会很担心，还会传到宋惠香的耳朵里。

到时候宋惠香又会被吓得每日每夜睡不着。

她又揉了揉太阳穴，里头隐隐作痛，不知道到底是什么原因。

她还很年轻，又没有受过什么重创，也没得过什么大病，怎么会突然呕血的？或许……是因为之前她泡冰水那件事的后遗症？

越想越烦躁，越想头就越痛。

呕血应该只是偶然而已！她心里这样安慰自己。

看着痰盂中的血渍，朱茵洛皱眉，端起桌子上的茶杯，把杯中的水一股脑全倒了进去，趁着四周无人，再把痰盂中的水从窗子倒在了屋后。

这样……就无人发觉了！她松了一口气。

只是，事情并没有就这样结束。

朱茵洛知道，楚惊天一定还会再来，而且很快。所以，现在最重要的事情，就是要尽快让楚靖懿的伤口愈合。

但是，有人却十分不配合。

夏天，伤口感染会很快，所以，楚靖懿的伤口也需要定时清理并换药。

朱茵洛在为楚靖懿换药的时候，他突然大发雷霆，把所有的药等全部打翻到地上，瓶瓶罐罐碎了一地，只听一地的瓷器落地声，吓得屋内的小甲和小乙两人心惊肉跳。

手中还捏着镊子的朱茵洛生气地对上楚靖懿的眼："你这是什么意思？"

"本王说过，不需要你假好心来为本王治伤，本王还说过，本王不想你碰本王！"妖冶的紫眸迸射出森冷的怒意。

两人互相瞪视，剑拔弩张的模样，看着似乎随时会打起来。

小甲和小乙两人在一旁，进退两难，又不敢劝阻。

"小甲，去找馨儿，把我卧室里的药箱拿来！"朱茵洛突然开口命令。

"呃……是！"小甲听令，赶紧溜出了密室，留下小乙浑身不安地站在密室中。

看两人还在对峙，小乙很小声地说了一句："属……属下去盯着小甲让他快一点！"

找到了理由，他也飞快地逃离了密室。

"本王不需要你来医治！"楚靖懿脸上喷薄着怒火，危险地瞪着朱茵洛。

"我也说过，这里是郡主府，你不治，也得治！"朱茵洛也毫不退让。

"你难道就不怕本王杀了你？"

杀了我？朱茵洛讥讽地冷笑："有本事你就来杀我呀，我看你怎么杀了我，就以你现在的残破之躯吗？恐怕你还没有出手，我已经把你杀了！"

"你这个女人！"楚靖懿怒火骤起，动怒地拍桌。

"我这个女人怎么了？"朱茵洛毫无畏惧地回望他，"或者，你是因为被我说中了，所以恼羞成怒了？"

楚靖懿只是冷着一张脸，不说话。

深吸了一口气，不要生气！不要生气！朱茵洛把心中的怒火压了下来。

跟楚靖懿吵一次架，就如将她的力气抽去了大半，浑身无力。

等了许久，也不见小甲和小乙两个人进来，她心里狐疑，便也走出了密室。

朱茵洛一离开，楚靖懿脸上的怒火倏地全收，幽暗的紫眸怜惜地望着紧闭的密室门。

唯有离开，她才会平安！

就算是让她恨他，他也无所谓。

密室外，大厅中，小甲、小乙和馨儿三个人鬼鬼祟祟地围成了一团。

小甲的怀中抱着药箱，他把药箱往小乙的怀里塞："小乙，药箱还是你拿进去吧！"

小乙接过药箱，像是拿到了烫手山芋般，慌忙丢到了馨儿的怀里："不行不行，王爷跟郡主两个人正在生气，馨儿，不如你送进去吧！"

药箱到了馨儿的手里，馨儿半刻也不敢握住，嫌恶地丢进了小甲的怀里，鄙夷地瞪着眼前两个胆小的男人。

"我才不去，受伤的是你们王爷，理应你们两个进去。再说了，你们两个堂堂大男人，也好意思让我一个弱女子去冒险。"

楚靖懿和朱茵洛两人吵架，被他们的火焰所波及，会很惨的。

"可是，你们郡主很疼你，她一定……"

"那你们怎么不说你们王爷对你们也很好，现在该你们好好地报答他呢？"馨儿也不甘示弱，跟了朱茵洛这么久，嘴上的功夫也提升了不少。

255

推来推去，谁也不肯把药箱送进密室，就这样僵持不下。

朱茵洛一出来就看到他们三个人聚作一堆，她板着脸呵斥："让你们拿个药箱，怎么拿这么久？"

三人吓得一个激灵，慌张地转身，一字排开站在她的面前，个个低垂着头，胆怯地不敢看她。

小甲干笑了两声，上前两步把药箱递给朱茵洛："郡主，刚刚我们只是在商量些事情而已，这是药箱！"

"嗯。"

接过药箱，朱茵洛折身便要回密室。

小乙突然开口唤住了她："郡主！"

"什么事？"朱茵洛不耐烦地回头。

"那个……"小乙吞吞吐吐地小声道，"王爷可能是烧坏了头，所以才会对您这样。"

鼻子里嗤出一声，朱茵洛哼道："烧坏了头？这你也相信？"

"可是王爷他对您……"

"他想让我送他离开，不过……他的演技差了点！"

咦，演技差了点？

"郡主您的意思是，王爷他……"

美眸鄙夷地扫过眼前三个人："你们三个，胆子也太小了，小甲小乙，你们两个还不快进来帮忙！"

呃……帮忙？

如果楚靖懿是演戏的话，那……小乙担心地看着朱茵洛："可是郡主，王爷这样伤害您……"

一抹阴鸷闪过她的眸底，她笑眯眯地算计着："将来，我要加倍地讨回来，你们两个，还愣着？"

果然，最毒妇人心！

小甲和小乙两人对视了一眼，赶紧追了上去。

果然不出朱茵洛所料，楚惊天在那次走了之后，隔了两天，便再一次造访，这一次，他的手中握着一份搜查令。

朱茵洛能阻拦楚惊天，但不能阻拦搜查令，只得放楚惊天及众人进郡主府，让他们搜查。

朱茵洛站在楚惊天身侧，看着那些士兵在郡主府里各处翻找，把整个郡主府翻得乱七八糟，她就来气。

她生气地斜睨身侧的楚惊天，冷冷地道："东盈王，你带人来搜查我郡主府，我让你搜，搜出来什么也就罢了，若是搜不出来，请让你带来的人把我郡主府恢复原样，该打扫的地方，也好好打扫！"

"郡主的话，本王记在心上，只是……若是搜出来什么，恐怕……"他低头饶有兴趣地直勾勾地望着朱茵洛，"到时候，郡主也要随本王走一趟！"

口气倒挺大。

朱茵洛毫无畏惧地昂起下巴，冷冷道："那也要东盈王你真的能搜出来点什么才好。"

"那我们就拭目以待吧！"楚惊天也不急着反驳她。

众人已经把整座郡主府翻了一遍，却什么也未搜到。

五十名士兵，整齐地排成五列站在楚惊天面前，中间为首的一名士兵，恭敬地抱拳上前一步朗声汇报："回禀王爷，除了两处地方没搜，其他地方搜遍了，也不见逃犯的踪迹！"

逃犯？亏他楚惊天做得出来，把自己的亲弟弟说成是通缉犯，一个人真能无情到此，也只有他楚惊天了。

"有什么地方没搜？"楚惊天不慌不忙地问。

"回王爷，郡主的娘亲还有郡主的房间没有搜过。"

"郡主，这可怎么办才好？"楚惊天微笑地低头望着朱茵洛，胸有成竹地抬头大声阴鸷地道，"不要放过任何可以搜查的地方！"

"楚惊天，我让你搜，你最好给我搜出点什么！"朱茵洛生气地冷睨他。

远远的，宋惠香由馨儿扶着，往前院的空地上走来。

"洛儿，这是怎么回事？"

朱茵洛轻轻地握住她的手，温柔地低声安慰："娘，没事的，只是……"她凌厉的视线射向楚惊天，再回到宋惠香脸上时，又恢复了和善温柔，语带双关地讥讽道，"有些人，想针对我郡主府，放心吧，一会儿等他们搜完就没事了！"朱茵洛轻柔地拍了拍宋惠香的手背。

看着朱茵洛对宋惠香轻声细语地安慰，听着她婉转细腻的柔媚嗓音，楚惊天望住朱茵洛时，眼睛里又多了几分欣赏和赞许。

朱茵洛一个人，可以在一瞬间，转变成许多形象，不管是温柔、生气还是与他的针锋相对，举手投足之间，都有着让人难以移开视线的魅力。

楚惊天望着她的时候，眼睛里又多了几分痴迷。

"伯母！"楚惊天微笑着冲宋惠香握了握拳。

朱茵洛立马护着宋惠香，把她挡在自己的身后，一双眼睛里写满了戒备和警惕："王爷太客气了，我娘可受不起王爷的一声'伯母'，她会折寿的！"

"洛儿！"宋惠香担心地唤了一声，忙向楚惊天俯身行礼，连声致歉道，"王爷，小女不是故意冲撞王爷的，还请王爷海涵！"

"无妨！"楚惊天眯眼与朱茵洛对视，眼睛里写满了玩味，看向宋惠香时，眸底闪过一丝阴谋的光亮。

她朱茵洛，并非无弱点！

警见楚惊天不怀好意的目光，朱茵洛眼中的戒备更强了，忙扶着宋惠香微笑着安抚道："娘，这里太晒了，太阳这么毒辣，您的身子弱，经受不住这样大的太阳，让馨儿扶您到阴凉的地方去吧！"

馨儿机灵地马上过来。

朱茵洛不等宋惠香张口又训斥她，着急地催促馨儿："馨儿，娘就交给你了，就到花园的凉亭中去吧！"

"是，郡主！"

看朱茵洛这般坚持，宋惠香也只得作罢，知道朱茵洛做什么决定，她都无力改变，知道自己怎么劝也无用，而且……朱茵洛的聪慧她是知晓的，倘若不是朱茵洛的聪明机智，她现在还在将军府里每日唉声叹气地度日。

她长叹了一声。

"夫人，奴婢扶您！"馨儿体贴地扶着宋惠香。

临走前宋惠香不安地望了朱茵洛一眼，又望了一眼楚惊天，楚惊天眼睛里的掠夺和算计让她浑身发冷。

那一瞥，让宋惠香感觉这楚惊天并非善类。希望她的洛儿可以应付得了他。

宋惠香才刚离开，那些官兵已经搜索完毕归来。

同样的士兵向楚惊天汇报："王爷，还是没有！"

还是没有？朱茵洛讥讽地觑了楚惊天一眼，冷冷地道："王爷，现在您搜也搜了，查也查了，我府中并没有私匿任何逃犯，东盈王，你还有何话说？"

楚惊天未回答她的话，而是不发一言地向前走，径直走向朱茵洛的寝殿。

朱茵洛沉着脸，紧跟在其身后。

他的视线在进了朱茵洛的寝殿后，落在了她的卧室内。

朱茵洛生气地跟了进去，站在门边，森寒的视线怒瞪他，指着门外下逐客令："王爷，不要太过分了，请你出去！"

"出去？"楚惊天戏谑地望着她，目光有意无意地望着房间里的书架，然后缓缓地走向那书架，手指在书架上停留着，轻轻地抚摸着。

朱茵洛的心跳差点停止。

楚惊天一见朱茵洛的那表情，就知道，这房间密室的门，肯定就在这书架的后面。

"楚惊天，我请你出去！"

"出去？还请郡主，赶紧把人交出来，否则……这么漂亮的墙若是毁了，可就不好了！"

他发现了！朱茵洛的眸底闪过一丝惊慌，但片刻便恢复了平静。她佯装无知地睁大了双眼："我不知道你在说什么。"

她故意往门框边靠近，轻按了一下门框旁边的按钮。

"不知道本王在说什么没关系，既然郡主说这里真的没有什么，那本王就暂且相信你，不过……本王有一个要求！"楚惊天放肆的目光在朱茵洛美丽的娇靥和玲珑有致的姣好身段上扫过。

"什么要求？"

他贪婪地锁紧她美丽的容颜，高大的身躯一步步向她紧逼，在她身前停下，俯在她耳边，暧昧低语地要求："今天晚上，本王在月华楼等你，我们不见不散。"

暧昧的话语，已经将他的企图表达得明明白白。

她抬头，讥讽地眯眼，微笑着一字一顿地从齿缝中吐出三个字："你做梦！"

"是不是做梦，郡主应当很清楚！"他的目光危险地掠过书柜之后。

这个无耻的浑蛋。

"你威胁我！"美目圆睁，里面是满满的怒火。

"不敢！这只是交易！"

朱茵洛与他对峙，虽然她很不想与他见面，但是……为了楚靖懿，她只得暂时答应。

他楚惊天做了这么多坏事，难道就真的天不怕地不怕了吗？

她用力地合上眼睛，突然，她看到一幅有趣的画面，再睁开眼，她脸上所有的担心在瞬间一扫而空，美丽的小脸上绽放着灿烂的笑靥："月华楼是吗？茵洛一定准时赴约！"

朱茵洛脸上的笑容，让楚惊天心中起疑，不知她的心里有何诡计，但是……既然她已经答应了，就不会抵赖，再说了……他的手里，还有她的把柄在，谅她也不敢耍什么阴谋诡计。

"不见不散！"楚惊天意味深长地说了一句，手指勾住她的下巴。

她厌恶地拍掉他的手指，用力地在下巴上搓了几下，想把他留在上面的痕迹搓掉："王爷可以滚了，顺便让你带来的那群酒囊饭袋，把我郡主府恢复原样！"

"没问题！"

待楚惊天等人都走散了，整座郡主府恢复了平静。朱茵洛挪开了书柜，看到平整的墙，她愣了一下，旋即反应过来，回到卧室的门边又按了一下上面的按钮，墙壁上突然出现了一道门，她微笑着走上前去。

刚进去，突然一道人影把她抓住，门砰的一声关上。黑暗的房间内，一道人影把她的身子按在墙上，紧紧地压住，熟悉的气息迎面袭来。

"你答应了他什么？"危险的嗓音落在她耳边。

他终于担心她了吗？

她冷淡地推开他，灵黠的美眸在黑暗中眨了眨，直勾勾地对上他幽暗的紫眸："这是秘密，王爷也无权过问，对吗？我进来只是说一下，今天晚上我可能不会回来！再见！"

说完，她潇洒地转身离开。

小甲和小乙两个人看楚靖懿的身子在空中晃了晃，赶紧去扶他回榻边坐下。

"王爷，您的伤口刚刚开始愈合，您要少动才是！"小甲担心地道。

"是呀，王爷！"小乙在旁边附和着说。

"够了，不要再说了！"楚靖懿阴鸷地低吼。

小甲和小乙两人吓得噤声。

唉……明明是楚靖懿和朱茵洛两个人闹矛盾，偏偏他们两个要被夹在中间，受池鱼之殃。

"小甲！"

小甲一个激灵，反射性地脱口："到，王爷有何吩咐？"

"你去，跟着洛儿，看她要做什么。"

"可是，王爷！"小甲担心地看着他，"您现在的身体，属下怎敢离开？"

"有小乙在，本王能有什么事？本王让你去你就去！"楚靖懿眼看又要生气了。

生气的人，最难伺候。

小乙飞快地瞪他一眼，后者战战兢兢连连点头答应："是，属下遵命。"

"还不快去！"

他怨怼地望了小乙一眼。

为什么受伤的总是他呢？

小甲跟着朱茵洛，来到寝殿外，就见她伸手招来了一名侍卫，又见她在那侍卫的耳边说了些什么，那侍卫听到后，认真地点了点头。然后朱茵洛交给了他一张纸，那侍卫拿过了纸，塞到衣袖中，就离开了。

一整天，朱茵洛在咸城到处奔走。大约到傍晚时分，她才返回府中，又见那名侍卫恰好刚刚回来，他秘密地交给了朱茵洛一样东西，那东西巴掌大的样子，用布包裹着，看不清是什么。

待那侍卫刚离开，朱茵洛突然朝隐蔽处小甲的藏身之处走来。

小甲一见朱茵洛来了，脸上还透着一股阴柔的气息，吓得小甲不敢再躲藏，自觉地走了出来，恭敬地向朱茵洛行礼："郡主！"

"跟踪了我一天，累不累？"朱茵洛笑眯眯地问。

"不累不累！"暗自擦了一把额头上的冷汗。

她竟知道他跟了她一天，但是却坏心地不揭穿他。

"不累怎么会满头大汗？莫非……是你怕见到我不成？"

"哪有的事！"

"是你们王爷要你跟踪我的？"朱茵洛一针见血地指道。

小甲点了点头，慌张地为楚靖懿辩解："郡主，您别误会，王爷只是担心您！"

"我当然知道！"朱茵洛平心静气地微笑答，"他是想知道我答应了东盈王什么是吗？"

小甲忍不住翻了一个白眼："您一定不会告诉属下的对不对？"

"谁说的？"朱茵洛笑得更灿烂了，"我现在就告诉你，其实呢，楚惊天是约我去月华楼！"

月华楼？那不是一家客栈吗？小甲低头沉思着，他记得楚惊天住的是城东客栈，怎么会约朱茵洛去月华楼？

为了证实心中的猜测，小甲大胆地问她："东盈王请您去，是想……"

"他想做什么，我管不着，你尽管把这件事告诉你们王爷。还有，你也累了一天，回去休息吧！"

卑鄙！无耻！知道他跟着她，今天一天，还在整个咸城里到处转悠，几乎是每个角落都走了一遍。

她一直走着，不觉得累，可是他呢……不时地躲在屋角、墙头、屋檐，甚至还藏进猪圈，就怕被她发觉。

怨怼的话只能憋在心底，脸上仍然带着笑："多谢郡主关心！"

"去吧！"

"等一下，郡主！"刚要转身，小甲突然又回过头来唤住朱茵洛。

"怎么了？还有什么事不清楚？"

"不是！"小甲谄媚一笑，露出两排洁白的牙齿，"晚上郡主需要护卫吧？小乙如何？"

独受累，不如众受累！

朱茵洛白了他一眼，知道他心里打的是什么小九九，不耐烦地挥挥手："去吧去吧，就让他来保护我吧！"

"是，属下这就去换小乙来！"这一声，是轻快的，得意的。

夜晚无月。

整个咸城，笼罩在黑漆漆的夜幕下。已经是晚膳过后，咸城内仍然人声鼎沸，过往之人络绎不绝。

朱茵洛只身前往月华楼。

月华楼，是处于咸中城正中央，来往之众络绎不绝。

站在月华楼前，看着古式的四层建筑，层层豪华，忍不住让她鄙夷一番。

这月华楼的主人曾经说这月华楼是咸中最豪华的客栈，集酒楼和饭庄于一身，但在朱茵洛看来，这月华楼，只是装潢漂亮，其实也不过如此，并无何过人之处。

还不及她的万花楼。

说到万花楼，她已经许久没有去过了，最近听到万花楼生意兴隆，日进斗金。万花楼虽好，这背后的主人，仍然是个谜。

人的本性就是这样，越神秘越新奇的东西，人们才会越加地关注它。

收回思绪，朱茵洛缓缓地走进月华楼，早有楚惊天的人在月华楼门外等着她。看她来到，便恭敬地迎了上来："郡主，东盈王已经等候您多时了。"

"麻烦带路！"

那侍卫带了朱茵洛来到一间客房中。

楚惊天已经身着一身华服在桌边坐着等她了。

看着四周布置雅致的房间，到处明纱垂落，倒是相当梦幻。

楚惊天倒了两杯酒，肆无忌惮地望着她："来，坐！"

门外侍卫为他们关上门。

朱茵洛半眯着杏眼，缓缓地走进房间内，嘴角有着戏谑和嘲讽："王爷不会又派了许多人在旁边想要挟持茵洛吧？"

"上次是误会，郡主见谅！这不，本王请郡主来，就是为了赔罪！"

"赔罪？"她斜他一眼，才不相信他是真的赔罪，嘴边浮起一丝冷笑，身子灵巧地闪过他伸过来的手，转到椅子上坐下，指了指对面，"王爷请坐！"

"当然！"

楚惊天看着空空如也的手掌，微笑着，并不着急，一双眼睛锁紧了朱茵洛。

反正……她今天逃不出他的五指山。

"不过，我并不接受你的道歉！"朱茵洛笑吟吟地斜眼望着他，眸底闪过讥讽。

笑意满面的楚惊天听到这话，脸色微变："你什么意思？"

"没什么意思，就像王爷刚刚听到的，我并不接受你的道歉。还有，我今天来，只是想告诉王爷一声，你不是想搜我郡主府吗？我随便你搜！"朱茵洛脸上毫无畏惧之色，突然，她站起身来，居高临下地俯视楚惊天，"我郡主府，欢迎你随时去搜！"

"怎么？难道你不怕吗？"楚惊天威胁地眯起黑眸，死死地盯住朱茵洛的眼睛。

"怕？我好怕哦！"她学着之前楚惊天佯装畏惧时的表情和动作，一瞬间又恢复原状，笑眯眯地望着楚惊天一字一顿地道，"但是，我为什么要怕你？"

"难道你不怕背上窝藏通缉犯的罪名？"

"你尽管去告我，可是……"朱茵洛笑眯眯地掏出来一块手帕，纯白色的手帕上，印着一朵火红的玫瑰。但是，在玫瑰的旁边，还有几滴血渍。

这手帕……

楚惊天看到那手帕，脸色倏变地站起身来，眼珠子几乎瞪出来："这手帕，怎么会在你这里？"他的脸色由白转青，又由青转黑。

朱茵洛缓缓地收回手帕，嘴角的笑容未变。

"东盈王啊东盈王，你百密一疏，你害死梦云公主的事情，我会替你保密，你不用想着派人去查，我已经将梦云公主的尸体放在一个安全的地方保存着，你是绝对找不到的。倘若我郡主府里搜出什么，梦云公主被害的真实消息，就会同时传到皇上和西冀王的耳中。我今天既然敢来，就是有十足的把握，不信的话，东盈王，您可以试一试！"晶亮的眸子闪动着自信的神采。

她这是在威胁他。

楚惊天恼怒得额头青筋暴突，手指紧握成拳，指关节因用力发出咔嚓的声响，却是半个字也吐不出来。

朱茵洛收起手帕转身往门外走去。

楚惊天气得把桌上的饭菜全扫落到地上，猩红的眼里满是怒火。

他居然又输了，不……他是绝对不会输的，绝对不会！

走出房门的朱茵洛，听到客栈内东西落地的乒乓声，美丽的脸庞漾起了灿烂的笑靥。

她朱茵洛向来不是任人欺负的人。

抬头望着迷人的星空，月明星稀。

来时，天还是阴沉沉的，才在客栈里面转了一圈再出来，乌云便已经散去，露出了久违的月亮和星星。

天气似乎也是按着她的心情来的呢。

不知道，现在某个人怎么样了。想到那个人，她就忍不住想要幻想一番他的表情。

见朱茵洛出了客栈，小乙也跟着马上围了过来，一脸的担心："郡主，东盈王没有对您怎样吧？"

有趣地瞥了他一眼，朱茵洛在人群中径直往前走："在你的眼里，我是那么容易被人欺负的人吗？"

小乙愣了一下，心里的担心一扫而空。

"当然不是！"只有她欺负别人的份，别人若是想欺负她，那概率根本就等于零。

"对了，前面有夜市，我们一同去吃点夜宵吧，如何？"朱茵洛热络地指着夜市口提议。

舔了舔唇瓣，小乙的眼睛已经看得直了。

摸了摸空荡荡的肚子，其实里面早已饥肠辘辘，他出来的时候晚膳都来不及用，就被小甲给推出了门，现在看到美味的食物，他的肚子就开始不安分地咕噜咕噜叫了。

美食呀！

虽然他的心已经直扑到了夜市上，但是想到临出行前小甲的嘱咐和楚靖懿威慑吓人的目光，他忍不住用力吞了下口水说着违心的话："属下……属下不饿，郡主，我们还是回去吧，毕竟……大晚上的，外面不安全！"

这是一个合理的说辞。

外面不安全？

听到这五个字，朱茵洛扑哧一声笑了出来，她指着小乙的脸笑得前仰后合："小乙，原来你胆子这么小呀！"

他胆子小？

小乙嘴角猛抽了好几下，忍不住开口挽回他岌岌可危的男性自尊："郡主，属下并不胆小。"

"你连跟我一起逛夜市吃东西都不敢，还不是胆小？或者是……你怕你力有不逮，保护不了我？"

"当然不是！"

上钩了！

朱茵洛贼笑着。

小乙看到她的笑容，一张脸全垮了下来，他知道，自己完全掉入了她的陷阱。

"既然如此，你还敢不敢跟我一块儿去夜市？"朱茵洛戏谑地笑问，眼角眉梢都是鄙夷的笑容。

虽然知道这是朱茵洛下的套，但是她说的话，让他没法反对。

如果说他不敢，这话要是传出去，他的老脸往哪搁？一定会被小甲他们笑话一辈子的，他会一辈子抬不起头来。

但是如果说他敢去的话，他一定会被楚靖懿的目光凌迟千万次。

横竖都是死，被楚靖懿的目光凌迟，那起码也得是一个时辰之后的事情，但是被朱茵洛鄙夷的话就是当前的事情。

权衡了一下，小乙最终做出了决定："属下敢！"

"那就走吧！"早知道会是这种决定！朱茵洛的脚步未停，径直地向夜市走去。

小乙在朱茵洛的身后迟疑了半晌，脚尖在夜市和郡主府两个方向来回挪动多次。

"你还不过来？在那磨蹭什么？那地方掉了黄金不成？"前头的朱茵洛突然开口。

小乙低头在心里骂了朱茵洛一句，抬头间满面笑容，眼睛里却满是苦闷："没有，属下这就来了！"

再也没有任何可迟疑的，小乙赶紧跟在了朱茵洛的身后。

死就死吧，反正就这一次。

当朱茵洛和小乙两个人回到郡主府时，已经是深夜子时。

月明星稀，小乙扶着朱茵洛，两人摇摇晃晃地赶回郡主府。

两人都已是喝得酩酊大醉。

本来只是去吃夜宵的，谁知小乙那个酒鬼，看到了酒就来了劲，非要喝，他不好意思自己喝，给她也倒了一杯，那酒很香很醇，喝了一杯后，朱茵洛就跟小乙觥筹交错了起来。

那酒喝起来并不辣，可是后劲却很足，喝到最后，两个人都喝醉了，还在不停地碰杯，若不是摊贩的老板说打烊了，他们还决定继续喝下去。

郡主府门前的守卫看到两个人前来时，严肃地拦住了二人："你们是什么人？敢擅闯郡主府？"

郡主府？听到熟悉的三个字，朱茵洛眯了眯醉眼，抬头看到门楣上的三个字，嘴角勾起了一丝笑容，身子跟跄了一下，手指软软地指着自己的鼻子，张开嘴便酒气冲天："你们两个，也不看清楚我是谁？就敢……阻……拦我！"

守卫一听，这声音很熟，再仔细地打量了一番，竟是朱茵洛，吓得他们两个人赶紧让开了路。

"原来是郡主，竟然喝得这样多！要小的去唤馨儿来吗？"

朱茵洛嘟了嘟嘴，摇晃着手指，胡乱地挥挥手，示意他们让开："不用，她已经睡了，不用唤她起来，我自己回去就行了。"

小乙也是摇摇晃晃的，两个人相携进了郡主府，守卫盯着二人，忍不住无奈地摇了摇头，为二人打开了门，再紧紧地关上，其中一人叮嘱另外一人："今天晚上的事情，不能传出去一个字！"

"这是自然！"

忠诚，才是赢得主人信任的最佳方式。

朱茵洛和小乙两个人勾肩搭背地来到了朱茵洛的卧室。

夜空下，卧室内有一道人影来回不停地晃动，看到朱茵洛和小乙两个人勾肩搭背地走来，慌忙地迎了上去。刚迎上去，酒气冲天的味道，冲得他直皱眉头，有好几秒，他不敢靠近二人。

深呼吸，适应了些酒气之后，他才敢上前去把两人往房内扶去。

"郡主，我们再喝！"小乙已醉成了一团烂泥，刚进了卧室，便软软地倒在了地上，抱着柱子舒服地偎着，上面的凉意让他发出一声舒服的轻叹，"好凉，好舒服！"

"嗯，我们继续喝！"朱茵洛坐在他的身侧，手指戏弄地戳了戳他的脑袋，"嘻嘻，你已经醉了！"

"我没醉！"不承认自己醉了的小乙，生气地拍着柱子，"我没醉！"

"你醉了，醉了！"

"你才醉了！"

"是你醉了！"

两个酒鬼！小甲在心里鄙夷地瞪着地上的两人。

月光照进来，照映着地上两人的狼狈，小甲忍不住猛翻白眼。

这两个人喝够了，可是让他和某人担心了一整个晚上，太过分了！

小甲也生气了，端起盆加了冷水，直接泼到了趴在柱子上的两个醉鬼身上。

冰凉的水，刺激着两个人的神经，一个激灵，让两个人同时清醒。

小乙首先清醒，带着疑惑的眼睛，愣愣地看着自己夸张抱着柱子的模样，嘴里小声地咕哝着："我这是怎么了？"

他赶紧爬了起来。

小甲从鼻子里哼了一声，得意地冷笑着："你跟郡主一起出去喝酒，还喝得这样酩酊大醉才回来！"

"我死定了！"小乙绝望地喃喃自语。

"对，你死定了！"

小甲又睨了一眼地上那个缓缓爬起来，已经恢复了意识的某个女人，在心里补了一句：你也死定了！

朱茵洛佯装惊讶地冲小甲招了招手："呀，原来是小甲。"

装，你就装吧，待会儿，你就知道怎么死的了，现在这样轻松。

小甲笑眯眯地点了点头："属下见过郡主，郡主喝得开心吗？"

朱茵洛笑容依旧："当然开心了。"

开心！小甲暗中握紧了双拳。

他们是喝得开心了，可怜的他，白天被朱茵洛耍弄了一圈，晚上又遭受了整晚楚式暴怒狮吼，有那么一刻，他都准备要自杀的。

现在……这两个人终于回来了，他可以报仇了，他迫不及待地想把他们两个人送入虎口。

他笑眯眯地指着密室的门："您回来就好了，我们家王爷，也已经等候郡主多时！"

原来他还真的在等着呢!

朱茵洛耸了耸肩，大摇大摆地走进了密室。

密室内，一人背门而坐，看不到他的脸，只觉他的背影背着光，显得异常诡异。

她做贼心虚地望着他的背影，心里嘀咕着，这楚靖懿做什么这么神秘，只用背影对着她。

还是……他在酝酿情绪，打算把他冰冷的一面撤去了吗?

心里正想着，背对着她的楚靖懿缓缓地转过了身来。

意料之外的，楚靖懿并没有发怒，脸上的表情似乎还很平静，倒让朱茵洛更加疑惑了，不知他的心里到底在想什么。

一股酒气冲上喉咙，她忍不住打了个酒嗝，冲鼻的味道，连自己闻了都觉得受不了，胃里十分难受。

都怪小乙那个家伙，引她喝酒，害她喝了这么多。

寂静的密室内，呼吸一下都觉得窒息般紧张，他没有开口，只是用那双幽暗的紫眸默默地望着她。

反倒是她，本来大摇大摆进来，准备跟他理论一番的。没想到他竟然这么平静，让她越来越心虚了起来。

看着他的眼睛，她的心里一阵不安，好像她真的做了什么见不得人的事情似的。

被他盯得全身似长满了虱子，朱茵洛咬紧了下唇，心里暗咒着他。

楚靖懿不开口，让她显得很尴尬，但是若是这样一直窘迫下去，她觉得自己会变成一尊雕塑。

为了打破僵局，朱茵洛咬了咬下唇，终是忍不住开口解释："我……"

刚说出一个"我"字，她就把想要解释的话吞了回去。

怪了，她又没做什么见不得人的事，况且……他们两个之间什么关系都没有，她干嘛要跟他解释?

她稳了稳心绪，把房间里的灯点亮。在明亮的房间内，她不再害怕。有了亮光，她觉得自己看起来已经不那么窘迫，很自然地微笑着望着他问："小甲刚刚跟我说，你在等我是吗?"

幽暗的紫眸闪烁，他仍然保持着刚开始的那个表情不变，只是目不转睛地望着她。

"你干吗一直看着我?你没有什么话要说吗?你如果不开口的话我就走了!"她威胁道。

嘴里这样威胁，可是她的双脚丝毫没有想要离开的意思。

她一直在等，等着楚靖懿开口承认关心她。

可是，时间在指尖一点点流逝，这楚靖懿，却还是没有一丝儿打算关心她的意思，两只眼睛一眨不眨地望着她，深不见底的紫眸，里面有着她看不懂的情绪。

他到底想要做什么?

越是与他的眼睛对视，她越觉得浑身不安，比刚开始的时候，更加窘迫。

这浑蛋楚靖懿，使用的是心理战术。

她本来就有些醉意，浑身燥热不已，被楚靖懿的目光这样瞅着，只觉得口干舌燥，急欲泡进冷水中浸凉发烫的身子。

所以，这场仗才刚开始，就注定了她一定会输。

经受不住楚靖懿那双凌厉眼神的朱茵洛，双眼越来越不敢直视他，嗫嚅着唇小声地嘀咕着："我出去见了楚惊天，他本来是对我心怀不轨来着，但是他哪是我的对手，我抓到了他的把柄，把他修理了一顿就回来了！"

说完，她发现楚靖懿脸上严肃的表情似乎缓和了些。

跳动的烛火，嗞嗞地响着，火光映着他妖冶的紫眸，他低垂着眼睑，眸中的厉色仍然未去，似乎不耐烦听她的解释。

他不相信吗？

她瞪大了眼睛，生气地一股脑儿把今天所有的事情都吐了出来："我出来后，就和小乙一块儿去夜市上吃东西，是小乙那个坏蛋要喝酒，酒太好喝了，我就多喝了几杯，所以才回来晚了！"

话一脱口，她就忍不住皱眉嘀咕着。

她不是没错吗？干吗要跟他道歉？

脸一板，火大地冲他道："我出去干吗要跟你……"

坐在椅子上，一直未开口的楚靖懿，忽地抬头，妖冶的紫眸中点点戏谑之色，在她未把话收回之前，薄唇勾起一抹性感的弧度，邪魅一笑懒洋洋地打断她的话："承认自己做错了就好！"

朱茵洛要说出口的话，生生地咽了回去，眼前浮现出楚靖懿这只大尾巴狼的尾巴，方才隐藏了起来，现在正得意地冲她摇晃。

火更大了。

楚靖懿是故意的，刚才佯装自己是受害者，眼睛里满是指责，让她很自责。

其实，他只是等着她自己道歉而已，她一个不察，又掉进了他的陷阱里。

"我什么时候……"她生气地吼道。

"既然知道错了，下次改正就是！"

见鬼的改正！

"我又没有……"

她要脱口的话，再一次被他慵懒的几个字打断："晚了，回去洗洗睡吧，我也困了！"

说完，他打了个哈欠，当着她的面，慢悠悠地晃回榻上，拉起薄被覆在身上，当真合上了眼睛。

从头到尾，朱茵洛只来得及瞪大了眼睛看着。

太可气了，这浑蛋楚靖懿。

"楚……"

她恼火地怒喝他的名字，才刚开口说了一个字，榻上的楚靖懿突然抬头，懒得扫她一眼，只丢下了几个字："记得熄灯，晃眼！"

太窝囊了！

她只不过走之前没跟他说是见了谁而已！她只不过是见了楚惊天而已！她只不过在外面喝了酒晚归了而已。

自始至终，她一点儿错也没有，在他的面前，却好像她一切都做错了，被他的目光一瞪，她还自发地承认了错误。

她朱茵洛从来没有这样狼狈过。

他楚靖懿不是讨厌她朱茵洛的吗？

怒火冉冉升起，突然她脑中闪过一件事。

她危险地眯眼盯着榻上的男人，怒火渐渐消退。

他不是脑子烧坏了，不想理会她的吗？那刚刚他是在做什么？

既然他已经不打算装了，那她也何必努力得这么痛苦？别以为就他一个人会做戏！

她朱茵洛是有仇必报之人！他楚靖懿今天戏弄了她，那就别怪她不客气。

暗夜下，她黑亮的眼中闪过阴谋、算计的笑容。

这天早上，朱茵洛起得相当早，破天荒地跑到花园中陪宋惠香用早膳，喝完早茶再赏花。

夏天的早上在花园里赏荷花，别有一番滋味。

荷花池中，有几条鱼儿正自由自在地游来游去。

她接过馨儿手中的鱼食，悠哉地一点点往池塘中扔去，那些鱼儿闻到食物的香味，一股脑地全围上来，张着嘴巴抬头望着她，向她索食。

看着那些鱼儿，朱茵洛的心情大好。

宋惠香在旁边望着她的脸，诧异地问她："洛儿，什么事这么开心？"

朱茵洛转头，脸上挂着一抹甜笑，神秘地向她挤了挤眼："没什么事呀！"

她才不信，宋惠香转头看向同样一头雾水的馨儿："馨儿，你知道你家小姐什么事这么开心吗？"

"奴婢不知！"朱茵洛性情多变，那张美丽的脸，若是翻起来，那可是比翻书还快，谁会知道她心里在想什么。

"哎呀，娘！您瞎琢磨什么呢，我开心，难道您不高兴？"

"不是不高兴！"宋惠香语重心长地坐在朱茵洛身侧，握住她的小手，已挂满了皱纹的脸上有着宠溺和关心："娘是关心你，看到你开心，娘当然高兴了！"

朱茵洛微笑着反手握住宋惠香的手，冲她又挤了挤眼："娘，女儿知道！"

"那告诉娘，你因为什么事情而开心呢？"

"这个嘛，秘密！"她神秘兮兮地眨了眨眼。

宋惠香无奈地笑了一下，"看来，娘真的是老了，女儿的心事，娘都猜不到，不过……你跟北冥王的亲事……"

宋惠香才刚提到"亲事"两个字，朱茵洛的脸马上垮了下来。

"哎呀，娘，我现在还年轻，不急着嫁人，您呀，别操心，女儿不会嫁不出去的！"朱茵洛耐心地劝慰宋惠香，语气又不敢太重，生怕会伤了她的心。

"可是……"

"放心吧娘！"知道宋惠香接下来肯定要来个女子适龄成婚等三从四德之类的长篇大论，她就忍不住低头呻吟了一声，如坐针毡地起身，再把鱼食塞到她的手中，"那个娘，我就不陪您在这里坐着了，我先回去睡个回笼觉了！"

"洛儿、洛儿……"

宋惠香急唤了两声，唤着唤着，朱茵洛还是在她的面前逃也似的离开了。

宋惠香心事重重地低下头，重重地叹息了两声。

"女儿大了，果真是越来越留不住了！"

馨儿体贴地接过宋惠香手中的鱼食，轻柔地安慰她："夫人，您别太担心了，郡主自己有自己的主见，而且……郡主她一直很疼您的！"

"这个我知道！"宋惠香无奈地摇了摇头，目光紧紧地望着朱茵洛离开的背影，"大概是我担心得太多了！"

"是呀，您别担心，郡主这么聪明，人又这么好，她以后一定会幸福的！"

听了馨儿的这一番解释，宋惠香眉宇间的愁绪渐渐消散，嘴角浮起一抹释然的笑容。

"一定会！"

朱茵洛从花园里离开，又故意在府中转了一圈，才回到自己的寝殿。

刚回到寝殿中，就看到楚靖懿竟大咧咧地躺到了她的床上，而他悠然自得的表情，好似他才是这个房子的主人。

小甲和小乙两人满面愁容地望着朱茵洛。

"郡主，您可算来了！"

"怎么了？"朱茵洛没好气地瞪了榻上的人一眼，不给他好脸色看，不用说，小甲和小乙两个人的麻烦，就是榻上那位王爷。

"郡主，王爷不肯用膳！"小甲赶紧道，脸上挤出了一抹笑容，看到朱茵洛就是看到了救星。

"是呀是呀！"小乙附和着补充，"刚刚王爷还把碗给打翻了！"

不肯吃饭，还把碗给打翻了？

低头瞅了一眼，地上果然还有着一些碎瓷。

朱茵洛眯眼，视线掠过楚靖懿，后者目光灼灼地望着她，她佯装没看到，没好气地啐道："他不吃饭就不吃，让他饿着！"

"郡主，那样王爷会饿坏的！"小甲心疼地说，不禁责怪朱茵洛，"王爷是为了您受伤的，您怎么能说这样的话？"

"是呀是呀！"小乙又跟着附和了一句，"这样对待自己的恩人，会遭天打雷劈的。"

哎，皮球踢到她身上来了！

怎么着？这两个人还有理了？

也不想想之前楚靖懿是怎么对待她的？

"我又没让他救，是他自己要救我的，我也没办法！"他会耍赖，她也会。

"郡主，您竟然这样忘恩负义，太让我失望了！"小甲生气地甩袖离开。

小乙几乎是同样的手势和动作："太让我们失望了！"

也跟着一句失望，两个人一前一后地离开了房间。

这两个坏蛋，分明是想躲避，还说什么失望！

无耻！

窗外透进来的阳光，异常的耀眼，映着榻上他那张俊美的脸，看起来比夜晚时更加清晰。

感觉已经很久没有在日光下打量过他了。

他懒懒地躺在榻上，眼皮微敛，浓密的睫毛挡住了他的视线，看不清他眸中的神色，猜不透此时他的心里在想什么。

反正，他一定在算计她就对了。

据说，他昨天晚上就没怎么吃东西，今天早上到现在也没吃，就算是一个正常人的话，都会受不了，更何况他身上还有伤。

总归，他也是为了她受伤的，倘若她现在不管他的死活，就真的成了小甲和小乙口中的忘恩负义了吧？

心软和自责在她的心底里翻腾着，她的内心也进行了强烈的心理挣扎，最终敌不过她那颗慈软的心。

罢了，谁叫她心软的？

拿扫帚把碎片扫到一旁，做好了他还会打翻饭碗的准备，她心不甘情不愿地把放着饭菜的托盘拿到床头柜上。

然后端起了汤，递到他的面前。

"饭前先喝汤，暖胃！"她淡淡地说道，下巴努了努，示意他接过去。

浓密的睫毛忽闪着，露出睫毛底下妖冶的紫瞳，双眼直勾勾地盯着她，俊容严肃的在她面前，突然他别过脸去。

"喂，楚靖懿，你是当真要绝食吗？"朱茵洛没好气地瞪他。

他真是越来越会闹别扭了。

那双紫眸悠悠地转了过来，淡淡地望着她，深不见底的紫眸，直勾勾地望进她的眼底。

她生气了。

这楚靖懿，是要拿自己的身体来开玩笑吗？

她赌气，拿起勺子，舀了一勺汤，递到他的面前，眉梢挑了挑，那神情似乎在说"张开嘴巴"。

本以为他还会赌气转过头去，意料之外的，那双紫眸闪烁着，乖乖地张开了嘴巴，张口把汤喝了下去。

看着他把汤喝下去，她长长地吁了口气。

他总算愿意张口了。

既然愿意张口了，就说明他想吃东西了。

下巴一努，她没好气地瞪他说道："既然不想饿死，就自己拿着碗喝吧！"

说罢，她又把汤碗递到他的面前。

她以为他会乖乖地把碗接过去，然后再乖乖地把汤喝掉。

手举了半天，他也没有动静，那双紫眸里面有着让人看不透的神色，直勾勾地盯着她，但就是不接过碗。

她举得手有些酸了，汤碗在空中微颤，眼看就要打翻。

她微恼地用双手捧住，她已经不耐烦了："喂，你到底要不要喝？"

他不回答她，缓缓地收回视线，静静地靠在床头上，盯着汤碗，却是默不作声。

现在是怎样？

他的眼珠子看了看汤碗，再看看她，眼睛里流露出的神情，已经将他的目的表达得很清楚。

他不是不喝，是想让她喂他喝！

她真想当场把汤泼了，再把碗摔了，掉头就走。

但是看到他眼睛里熟悉的邪魅和柔色，她就又心软了。

"恩人"两个字又跃入她的脑中，困扰着她。

她用力地合上眼睛，深呼吸。

再睁开眼睛时，她已经恢复了平静，用十分的耐性，手中捏着勺子，舀了一勺汤，递到他的嘴巴前。

一碗汤见了底。

朱茵洛开始喂他吃饭，虽然喂得心不甘情不愿，但是看到他乖乖张开嘴巴，认真吃下每一粒饭时，心里又有了一股成就感，让她舒服了许多。

偶尔，她与他的视线碰撞，她的心便会一阵狂跳。

她喂他吃东西的同时，他那双幽暗的紫眸的视线不曾从她的脸上移开过，在她收回筷子去夹菜的同时，她没有看到他嘴角勾起的弧度。

偶尔他吃东西不小心沾到了下巴上，她便会蹙紧眉头，赶紧拿湿巾仔细地为他擦掉，认真的模样，让她看起来比平时更加迷人。

屋外的阳光很刺眼，屋内的气氛也很温暖。

自从他受伤到现在，为了离开咸城不牵连到她，说了许多伤害她的话，以致让两个人都非常的疲惫，几乎一见面就要吵架。

他也很累。

她的聪慧和勇敢，暂时摆脱了楚惊天，让楚惊天不会再来骚扰郡主府，他才得以松了口气。

这并不代表楚惊天会真的放过他，他一定还会有别的招数。

但是，在这之前的时间，足够他恢复身上的伤。在伤好离开之前，他想要多陪陪她，以弥补之前对她的伤害。

不过，朱茵洛的性子他太明白了，她是个究根结底的人。若是他准备离开，她必定会去查他的动向，到时候查出了他所处的环境，再明白他即将要做的事，她会冷眼旁观吗？

答案一定是"否"。

所以，他要离开，就只能默默地离开，到时候她是一定会恨他的吧？

终于，等他吃得差不多了，这才抬起了那金贵的手推了推她手中的筷子，旋即又开了金口："饱了！"

总算饱了，她也总算听到他开口说话了，虽然只有两个字，但这两个字太难得了，而且……还是在她手酸酸地端碗喂了他两刻钟之后才听到的，更显得这两个字的珍贵。

她现在想着要不要因为听到这两个字而感动得痛哭流涕。

她转手收拾了一下碗筷，低声叹了口气，端起托盘转身就要离开。

看到她要离开，他下意识地握住她的皓腕。

手中的托盘因为他的这一个动作惊得差点脱手落下，若是那些餐具落下来，肯定会碎得满地都是。

"做什么？"她没好气地问他，美眸瞪着腕上那只手。

心里闪过一丝慌乱，他很镇定地望着她，平静地说："待会儿要换药！"

换药？

"我会让小甲和小乙两个人进来帮你换！"她白了他一眼，又瞪了一眼腕上那只滚烫的手，"你现在可以放我走了吧？"

"害我受伤的人是你！"他非常平静地吐出了一句。

害我受伤的人是你！他真好意思开口。

她不敢相信地望着他。

现在是怎样？他打算赖上她了吗？

深呼吸，压下怒气，她好脾气地直视那双幽暗的紫眸，笑眯眯地回答："虽然是我害你受伤的，可这也是你自愿的！"

长长的睫毛敛下，遮住了他的瞳孔，看起来他的情绪似有几分低落："你当真不愿意为我换药？"

装可怜？这种无辜的表情，她见过无数次，早已对他免疫！

狠狠地剜他一眼，想离开，无奈他的手握住她的腕，令她进退两难。

"南陵王，麻烦你放开手，我还有其他的事情要做，没有时间一直伺候你！"她发狠地斥责。

握住她手腕的那只如铁钳般的五指缓缓放开。

她松了口气，他总算放开她的手了！幸亏他放开手了，如果一直跟他待在一起，不得不说，像他这样不管做什么都像妖孽一样的男人，一般人真的很难不被他吸引。

她要很努力才能不受他的诱惑。

他之前那样说狠话，完全不顾及她的感受，现在三言两语就想让她消气吗？门都没有！

"既然如此，你也不用叫小甲和小乙过来了，我现在想睡觉，不用他们换药！"

淡漠的声音刚落，床上传来窸窣的声响。

她转过头来看去，他已经躺在榻上假寐，闭上眼睛佯装不看她。

她气得怒火上升，额头上青筋一条条地暴突，心头更是有一团火焰。

"你这个无赖！"

"你又不是第一天认识本王！"他的眼睛懒得睁开，声音温温吞吞地催促她，"你走吧，不用管本王！"

怒火随时会爆发，朱茵洛现在气得恨不得把手中的托盘直接摔到他的身上。

他是算好了她不会撂下他不管，所以才会这么肆无忌惮的吧？

她烦躁地摇了摇头，快步走出房间，每一脚都踩得很重，用来发泄她的怒火。

躺在榻上，听着窗外鸟儿欢快的叫声，阳光透过树影照在窗子上，树叶随风摆动，窗子上的光影也随之变幻莫测。

楚靖懿缓缓地睁开眼睛，耳边是朱茵洛气愤的踩脚声，听到那声音，他的眼前似已浮现出她生气时嘟着嘴，瞪大了美眸时的可爱模样。

如楚靖懿所料。

朱茵洛虽然表面上生他的气，可是她毕竟心软，知道他说的是赌气的话，但她担心他会真的为了赌气耽误了自己的伤，所以她在把托盘交给丫鬟后，就拿了药箱折身回来，边骂自己太心软，边为他上药。

熟练地掀开他的衣裳，露出那腰腹间的伤口。

他的伤口已经结痂，只有小部分露出鲜红的血肉，狰狞的伤口让人看了触目惊心。

她所有的不满，在看到他腰腹间的伤口时，全吞回了嘴里，安静地为他清理伤口，动作轻柔，表情认真，不敢有一丝马虎。

偶尔感觉到他的皮肉因为她不小心的触动而痛得痉挛一下，她就赶紧停下了手中的动作，不安地握紧了双手，等到他的皮肉放松了才继续为他清理伤口。

清理好了伤口，也上好了药，她才松了口气，把药品等物收回医药箱中。

放好了医药箱，才刚站起身，她突然感觉眼前一黑，脑中一阵眩晕，浑身一软，就倒在了床榻上。

楚靖懿的心陡然一窒，着急地扶起她，紧张地拍着她的脸颊唤着："洛儿，洛儿……你怎么了？醒一醒！醒一醒！"

听到他的声音，朱茵洛的意识恢复了一些，睁开眼睛，她的目光就撞进了他焦灼的紫眸中。

她的手按了按疼痛的额头，小脑袋甩了甩，挣扎着坐在榻边，眉毛紧锁地痛吟了一声。

"你哪里不舒服？"楚靖懿担心地看着她过于苍白的小脸。

微微一笑，她按着太阳穴，又摇了摇头，随口答着："不知道，可能是这一段时间睡得少，太疲惫了，所以才会这样吧！"说着，她向他投去怨愤的目光。

但是，想到之前她趴在桌子边上吐血的画面，她的心不禁一咯噔，她的身体不会有什么毛病吧？

幽暗的紫眸望着她半晌。

很显然，她的说辞他不信。

突然，他探手把她扯到榻上。

她吓得神经紧绷，拉开他的手欲挣扎："你做什么？"

他不容她拒绝地，拉着固执的她将她扯到榻上，滚烫而阴鸷的威胁喷吐在她耳边："乖乖地躺下，再挣扎下去，本王可不能保证，接下来不会发生其他的事情！"

露骨的话语，还有他暧昧的动作，都让朱茵洛吓得不敢再动弹。

她僵硬地笑着，结结巴巴吐出试探的话："你现在身上有伤，不会是真的吧？"

"不信的话，你可以试一试。"

她羞赧地红了脸，乖乖地闭上了眼睛，不再挣扎，也不再开口，僵硬地窝在他的怀中。

三日后，楚靖懿的伤口已经完全结痂，只要再休养几天就可以康复了。

朱茵洛正要去看楚靖懿，馨儿跑了来。

"郡主，将军派人来，说让您今天上午务必回府一趟，他有要事与您商谈！"

枝头金蝉啼鸣，朱茵洛乘马车一路向将军府行去。

来到将军府门前，望着熟悉的环境，一股陌生的感觉却油然而生。

虽然她在这里生活了十余年，但是对她来说，这里始终是一个陌生的地方。让她来到这里，便感觉这将军府就是一座牢房，只是一座开着门的牢房而已。

刚走进去，便与刚刚从外面回来的朱怀仁撞个正着。

朱怀仁一身将军盔甲，手上握着一柄长剑，骑着高头大马，居高临下的他，看起来威风凛凛，令人忍不住对之油然起敬。

看到朱怀仁，朱茵洛身上也似乎多了几分不自在。

大概是因为她本身是盗贼，盗贼嘛，怕的当然是那些捕快和当兵的。

更何况，这朱怀仁还是个官头头，看到他便忍不住想要躲开，这样才能保证自己盗贼的身份不被他发觉。

不过，朱怀仁这个官头头，应该不会抓她这个妹妹吧？

"大哥！"朱茵洛远远地唤了一声。

"小妹，你怎么来了？"朱怀仁潇洒地下了马，随手把马缰绳交给了随从，高兴地向她走来，"大哥好几日未见你了。走，我们进去说话！"

"好！"朱茵洛轻快地答。

朱茵洛和朱怀仁两个人并肩上了台阶。

看着朱怀仁一身威武的铠甲，朱茵洛的脸上有着赞赏，忍不住啧啧有声地称赞："大哥现在真的好威风，有我们朱家的优良基因，大哥这张脸再加上身份地位，恐怕现在已经有许多名门闺秀，想嫁给大哥了吧？"

说着，她的眼睛狡黠地眨了眨。

听到她的赞赏，朱怀仁的脸上出现了少有的红晕。

"哪有你说得这么夸张！"

"咦，没有我说得这么夸张，那就是有了对不对？"看他害羞的表情，朱茵洛忍不住又开口戏弄他。

看到一个乖乖男，被戏弄得满脸羞红的模样，心里颇为开心。

原谅她，朱茵洛向来不是什么君子，平时无事，就喜欢以捉弄他人为乐，容易害羞的人，更是她喜爱捉弄的对象。

"小妹！"朱怀仁的脸更红了。

"怎么？大哥……你害羞了不成？别害羞嘛大哥，告诉小妹，你喜欢什么样的女孩子，小妹我亲自出马帮你挑，一定为大哥挑一个满意的娘子，如何？"朱茵洛笑眯眯地用手肘顶了顶他的腰侧。

被她这样一碰，朱怀仁突然像被烫着了似的，飞快地逃离她的身侧："没有，没有！"他慌乱地回答着。

她有这么可怕吗？她刚碰到他，他就飞快地弹开了，害她想要跟他亲近亲近，拍拍他的肩膀都不成。

真是怪事。

"没有就没有，干嘛这么激动？"朱茵洛白了他一眼。

他不好意思地低笑着，摸了摸后脑勺。

他的目光在她身上扫了一圈，眼中似有几分失落："对了，我送你的玉佩呢？"

"什么玉佩？"她脱口问道。

他的脸色看起来更不高兴了："八年前我送你的玉佩，你不记得了吗？"

原来是那一块呀。

看朱怀仁似乎很不满她这么轻视他送的东西，她赶紧向他解释："大哥送我的东西，我当然记得，只是一时没有反应过来，那块玉佩太贵重了，我是不可能带在身边的，但是……我放在我的梳妆台上呢！"

听到朱茵洛的解释，朱怀仁的脸色缓和了许多："这还差不多。"

看他紧张又释然的表情，朱茵洛白了他一眼，突然凑近他，暧昧地冲他挤了挤眼："大哥，你这么关心送我的东西我有没有带在身上，传出去可是会让人误会的哦！"

"误会什么？"他愣愣地看着那张小巧美丽的娇靥木讷地问。

"误会我们两个是一对呀！"朱茵洛笑眯眯地继续说道。

本来，朱茵洛只觉得这是平常的玩笑话而已，而朱怀仁却像是被她踩到了尾巴似的脸色倏变，并两步逃离她的身侧，生气地瞪圆了双眼："胡说，我们两个，怎么能……怎么能是一对？"

真是木讷，像一块木头。

朱茵洛无奈地叹了口气，双肩无力地垂下："大哥，你有没有认真地听我说，我只是说，别人会误以为我们两个是一对。是开玩笑的，没想到大哥你这么开不起玩笑！"

朱怀仁愣了："你刚刚说什么？开玩笑？"

"对呀！"斜睨他一眼，她继续往前走，"你以为我说什么？我们两个是亲兄妹嘛！别人怎么猜也不会猜到这上头去。"

她没有发现，她身后的朱怀仁听到她的话，浑身震了震，站在原地的他，在风中用微颤的声音喃喃自语："亲兄妹！"

看他没有跟上来，朱茵洛无奈地回头，冲那个站在原地喃喃自语的人大声唤着："大哥，你在那里瞎琢磨什么呢？站在那里当门神吗？还不走？"她催促道。

那张狡黠美丽的小脸，闪动着慧黠的光亮，嘴角挂着甜甜的笑容，洋溢着自信的神采。

不管她站在哪里，都是那样的独特、耀眼、夺目。

他打起精神挪动了脚步，淡淡一笑，开口道："急什么，这不是来了！"

"大哥，你当了将军之后，人似乎变傻了！"

"你说谁傻呢？"朱怀仁板起脸瞪她。

"没有没有，小妹不敢！"

朱茵洛后退着走，突然不小心跟正往她方向走来的一个小厮撞个正着，两人皆吓了一跳。

朱怀仁忙扶起朱茵洛，生气地斥责小厮："你是怎么走路的？"

"大哥，我没事！"朱茵洛站稳了身体，柔软的小手按在朱怀仁的手腕上，巧笑倩兮地柔声安慰，"你以前脾气可没这么差。"

被斥责的小厮吓得浑身不安地发抖。

"小的有错，下次再也不敢这么莽撞了。"

"看你神情匆忙，是有什么事吗？"朱茵洛打了圆场，微笑着问。

"回郡主，是将军派小的去门外迎接郡主的，让郡主来了之后，直接去书房。"

"原来是爹呀，那大哥，我们回头再聊！"朱茵洛回头冲朱怀仁歪了歪头笑道。

"好！你去吧！"

她又冲他点了点头，优雅地转身往书房的方向走去。

那名小厮也随着朱茵洛一前一后地离去。

朱怀仁站在长廊之上，驻足在原地良久。一片柳树的叶子落下，轻飘飘地落在他的肩膀，那片叶子很久以后才落到地上。

第二十章 亲情的背叛

朱茵洛被小厮带到了书房前。小厮先进去通报："将军，郡主来了！"

"好，你先下去吧！"

屋内，朱佟尉正在桌子上写着些什么，听到禀报，便停下了笔，再将写着的东西合上，抬头望向门外。

朱茵洛优雅地从门外走进来，步履沉稳，进了屋内，扯了扯唇角，低头向朱佟尉行礼："女儿见过爹爹！"

"起来吧！"

"谢谢爹！"

朱茵洛直起身，在左侧的一张椅子上坐下，眉眼间带着笑意望着朱佟尉："爹急唤女儿来，不知有何要紧事？"

像今日朱佟尉这么急找她，还是头一次，不得不让她怀疑他的动机。

朱佟尉惊讶地望着朱茵洛，没想到她说得这样直白。

眼前的朱茵洛，万分戒备地看着他，手中端着下人送来的茶杯，纤细的指挑起杯盖，在杯沿上轻轻滑动。

杯盖与杯沿的碰撞发出细碎的声响，在寂静的房间内显得异常的响亮。

不知何时，他们俩父女在一块儿，说话已经到了需要互相猜测对方心思的地步了。

"茵洛，你已经许久没有回家了吧？"朱佟尉轻咳了一声。

许久没有回家？

朱茵洛笑得相当无辜，毫不留情地击碎朱佟尉的谎言和尴尬："爹，距离上次女儿回家，只有五天！"

真是一点儿面子都不给他留！

朱佟尉心里有一股火气，虽然他很想呵斥朱茵洛，但是，今日不同往昔，她已贵为郡主，早已不在将军府中，就算是想要惩罚她，他恐怕也无那个权力了。

只不过，看到这样的朱茵洛，朱佟尉不知道心里是开心还是忧心。

"怎么？这么不想看到爹吗？"朱佟尉生气地板着脸。

"当然不是！"朱茵洛张口否定，满面和善的笑容，"没有爹，就没有女儿，女儿怎么会不想看到爹呢？爹您想得太多了！"

朱佟尉脸色缓和了些，看起来不再那么窘迫。

他坐正了身体，正色望向朱茵洛。

看来要进入正题了，朱茵洛优雅地放下茶杯，双手平贴在双膝上，做出大家闺秀的标准动作，免得到时候朱佟尉挑她毛病，找她麻烦。

对于朱佟尉的性子，她也已摸得七八分，知道怎样不会自找麻烦。

"茵洛，相信你也知道如今的局势！"朱佟尉开门见山地说。

"局势？什么局势？女儿不懂！"

"别装糊涂！"朱佟尉瞪了她一眼，"你的心里有几个弯，当爹的我还能不清楚？自小你的心思就比别人多几条，你的消息甚至比爹的还灵通，自家人面前，就不用装傻了！"

原来他都知道呀！

既然他都知道，那她也没必要打哑谜。他开门见山，她也不躲躲藏藏。

"不过，女儿还是不懂爹说的是哪一方面。"

"皇上的身体……"

"爹继续说！"见朱佟尉吞吞吐吐，朱茵洛挑挑眉示意他继续说下去。

"皇上的身体每况愈下，我们朱家，拿朝廷的俸禄，自然要忠于朝廷！"朱佟尉严肃地一字一顿道。每说一个字，他的目光便幽深地看朱茵洛一眼。

拿朝廷的俸禄，忠于朝廷！

听到这几个字眼，朱茵洛的脑子已经在迅速运转，脸上却仍然保持平静，只有一双灵动的黑眼珠骨碌碌转着。

"然后呢？"她笑眯眯地又问。

朱佟尉知道她听明白了，便语重心长地叹了口气才继续道："你也知晓，我们朱家，一直都守护着皇宫，但是……太子殿下却心无抱负，所以……"

下面他要说什么，朱茵洛已经大致明白，不过她还是忍不住戏谑地调侃："爹难道是想自己做皇帝不成？"

"胡说！"朱佟尉的脸色一下子就变得暴怒，"我们朱家一直以保家卫国为己任，这种大逆不道之事，我们朱家的人，绝对不能做！那是窃国贼，明白吗？"

她很想说，其实他的女儿，也是名副其实的盗贼。

以保家卫国为己任，她朱茵洛可没那么大的志向，她只是一名小女子。

"明白！"她虚伪地应承了一句。

既然朱茵洛突然提到了这个上面，朱佟尉的眸光一转，马上顺着刚才的话又继续说下去："当然了，既然我们朱家只做忠君之事，所以，皇上的旨意，我们就必须要遵从！"

必须要遵从？即使那个决定不是正确的。

这是盲从！

朱茵洛在心里冷冷地想着，却不愠不火地又回答了一个字："是！"

既然回答了"是"，那后面就好办了！

　　"你是皇上亲封的郡主，钦赐了郡主府，又赐了你诸多权力，皇上待你，那可是像亲生女儿一样！"

　　亲生女儿？她冷笑着打断朱佟尉的话："爹，只是'当'而已，我永远不可能是他的亲生女儿。"

　　再说了，在帝皇的眼中，连自己的亲生儿子都可以利用，更别说亲生女儿了，而且还只是"当"而已。

　　大概是发现了朱茵洛眼中的不驯，朱佟尉的脸阴沉了几分。

　　"茵洛，你是怎么说话的？"

　　"没有，请爹继续说！"现在反驳他，无疑是不明智的做法。

　　朱佟尉突然起身，谨慎地往门外四周看了一圈，看到没人才回到书桌后，目光紧紧地盯着朱茵洛："既然朝中的事情你大都知晓，也应该明白，皇位的继承人，将会是太子！"

　　这般小心翼翼！朱茵洛的眸底闪过一丝鄙夷。她不动声色地打量朱佟尉的表情，淡淡地出声辩驳："当初立太子就是为了将皇位传给他，这有什么不对吗？"

　　他不说明白，她也装傻瓜！

　　这是在逼他！

　　朱佟尉的目光倏地一冷。

　　眼前的朱茵洛，不是那些凡夫俗子，只要他把话说明白，别人就会听他的，而他这个女儿，却是装疯卖傻，故意让你兜圈子的人。

　　看来，一般的提醒，已经不足以让她明白事情的严重性。

　　"听说，你跟东盈王还有南陵王都走得很近，是吗？"

　　听说？朱茵洛嘲讽一笑，黑曜石般的眼睛直勾勾地回望住朱佟尉："然后呢？"

　　"不要装傻，东盈王和南陵王的野心，朝野上下人尽皆知，你不要说不知道，爹知道你什么都明白。所以，今天叫你来，只是想提醒你，如果你还是朱家的人，就不要跟他们来往太过密切！"

　　鼻子里哼出了声，她的眼睛里有着不屑："爹，您用错词了，您应该说是威胁，只要我再跟他们来往，我就不再是朱家的人，对吗？"

　　"你这样理解，也无不妥！"

　　所谓的父女之情，也仅是如此。

　　她冷笑着调侃着，又问道："女儿不去找他们，可是，不能阻止他们来找女儿！"

　　"只要你不招惹他们，他们自然不会去找你！"

　　朱茵洛突然站起来，居高临下地俯视朱佟尉，下巴扬得很高，脸上有着傲气，毫无畏惧："如果爹今天唤女儿来，只是说这些的话，女儿已经明白了。至于其他的事情，女儿想说的是，有些男人就是贱，明明知道别人沾不得，却仍然一而再再而三地去碰，因为得不到嘛，这是他们骨子里的贱！"

　　她这苗头，分明是指的朱佟尉。当初，他娶水烟的时候，就是因为水烟一再拒绝他，而他却用非常的手段，硬是把水烟抢来当了他的四夫人。

听了她的话，朱佟尉的脸色已经非常难看。

"够了！"朱佟尉生气地拍着桌子。

"哎呀，爹，您生气了，那女儿就不说了。爹您要是气病了，到时候大娘和大哥他们又要责怪女儿不懂事了！"朱茵洛笑眯眯地眨眼，对朱佟尉毫无畏惧之意，身上那股傲气和霸气与朱佟尉如出一辙。

用力地深呼吸。

朱佟尉用手指按了按发胀的额头。

跟朱茵洛一席对话，会让他气好一阵子。

"对了，爹，如果没有其他事，我就先出去了。午膳女儿会陪您用！"

朱佟尉疲惫地扶额挥了挥手："去吧！"

"谢谢爹！"朱茵洛甜甜一笑，前脚才刚踏出门坎，突然她又转而折身回来，"爹，有一件事，女儿想说明白！"

"什么事？"

"既然爹说要忠君，但是爹有没有想过，您忠的君是否该忠。如果您忠于的人，却对国家有害无益，那又为何要忠？还有……当今的皇上禀性如何，相信您比我更清楚，您忠于他，他对您又如何？"朱茵洛若有所指道。

楚飞腾为达目的不择手段，甚至连自己的亲生儿子都可以出卖，派人去诛杀，心胸狭隘，任何身边能利用的人都会利用。

朱茵洛说完就转身走了出去，留下一脸沉思的朱佟尉在书房内发呆。

出了书房，呼吸着门外的新鲜空气，她忍不住用力地吸着。

不由得在心中赞叹，还是自由的空气比较好，她最讨厌用什么责任来束缚她。

她留在将军府用午膳。

午膳时间，朱佟尉没有出现，朱茵洛让人去唤，回禀说他累了想睡。

累？朱茵洛勾唇一笑。

分明是不想见她。

大夫人阮梦莲也没有出现，据说她的身体不舒服，不宜出门吹风。

不宜出门吹风？是不吹她朱茵洛的风吧？

这阮梦莲次次遇到她，次次都要栽，现在干脆选择避之不见了。

也好，反正她也不想见到她。

倒是四夫人热得地招待了她。四夫人母子，还有朱茵洛、朱怀仁四个人同桌用膳，四个人的气氛很诡异，谁都没有开口说话，只听筷子与碗碟碰撞的声音。

朱茵洛发现，朱怀仁自始至终没有看过四夫人一眼，而他的表情很淡漠，好像过去了八年，他当真已经将四夫人水烟给忘记了。

看起来是这样，但实际是怎样就不好说了。

她仍记得八年前朱怀仁离开之前的那深深一瞥。

明知不可为而为之，那种痛苦，一定很难受吧？朱茵洛不禁有些同情朱怀仁了。

喜欢谁不好，偏偏喜欢上了自己爹的女人。

"对了，我用完午膳就回去了，多谢四娘的款待！"朱茵洛客气地向水烟道谢。

"这有什么！你那里有没有什么缺的，尽管开口！"水烟热络地询问。

在将军府里，朱茵洛之前待水烟母子甚好，所以水烟待朱茵洛也相当亲切。

"不用了，谢谢四娘！"

"三姐，我想去郡主府！"一直埋头吃东西的朱怀义突然抬头。

朱怀义被朱佟尉关了好几日，朱茵洛以为朱怀义还很恨她，没想到突然这么亲切。

她转念一想，年轻人，都不甚记仇，便没有多想。

朱怀义想来，朱茵洛也正想修补他俩之间的关系，便爽快地应了："好，那你就来吧！"

"谢谢三姐！"

"乖，不用谢，一会儿，你随我的马车一块儿过去吧。对了，四娘，你也没去过郡主府，不如跟二弟一块儿过去？"

"不必了，府里事多！"水烟淡淡地拒绝。

风起，云涌，天才晴了半日，下午又开始浓云遮日。

郡主府。

回到郡主府，朱茵洛先安排朱怀义到客殿中休息，自己则回了自己的寝殿。

寝殿中充满了某个人的味道，让她疲惫了一天的细胞又活跃了起来。

她的步子非常轻，生怕会吵到屋内的人，一双眼睛紧张地扫视屋内，不知道是在紧张什么，还是在渴望什么。

以往，若是她回到房间的话，楚靖懿那个家伙，一定会躺在榻上等她的。

况且……现在他的伤好了，还会乖乖地待在榻上？说不定在哪里设下了陷阱，等着她跳进去呢。

她在屋内转了一圈，房梁上也扫视了一遍，任何能躲藏人的地方，也都翻了一遍，奇怪的是没有看到任何人。

她心里疑惑，难道是他还躲在密室里，或是……已经走了？

他可能已经走了的这个念头，才刚刚联想到，她的心里就一阵的慌乱。

转身飞快地扑进卧室，手还没有摸到卧室墙上的机关，身后的一阵脚步声引起了她的注意。

他果然是故意在戏弄她！

心里怅然若失的感觉一扫而空，惊喜地转身，脱口大声道："别想吓唬我，我已经听……"

后面的话，在她看到身后的人之后，蓦然咽了回去。

她身后的人，并不是楚靖懿，而是朱怀义。

"三姐！"

朱怀义的怀里抱着一个小枕头，那是他出门时特地带出来的，说是没有那个枕头他会睡不着，她还笑了他好一会儿。

一个大小伙子，竟然喜欢抱着小枕头睡觉，难免会被人说是幼稚。

不过，大千世界，无奇不有，只不过你不知道而已。

看着朱怀义怀里那只火红的枕头，朱茵洛好笑地看着他。

"你不是已经到客房去歇息了吗？怎么跑到我这里来了？"朱茵洛好整以暇地问，心里却是十分担心，一双眼睛不时地瞄向书柜后。

楚靖懿现在不在房间里，不知道在不在密室里，这个浑蛋不会真的离开了吧？

心里涌起一阵难过，一阵失落。

"我刚到陌生的地方，会不习惯，所以……想跟三姐你多待一会儿！"朱怀义尴尬地笑着，看起来似乎很紧张，双手把怀中的抱枕抱得很紧。

不习惯，跟她一起多待会儿？

听到这句话，朱茵洛真想把他骂一通，再把他赶出去。

特别是，现在是非常时期，她急迫地想要知道楚靖懿是不是走了。

但是，朱怀义是第一次来，而且上次她拒绝了他，导致他俩的关系一度僵持，这一次如果她再拒绝他，他会真的恨她吧？

在这一刻，她陷入了两难的境地。

"三姐！"朱怀义脸上的神色黯然，"原来三姐还记恨前一段时间的事情，我明白的，那我……就先回将军府了！"

他还真的别扭起来了。

她现在已经够烦够乱的了。

"哪有的事！三姐怎么会记恨你呢？坐吧，三姐亲自给你沏茶，好不好？"

"好！"朱怀义脸上释然地绽开了一抹笑容。

"那你乖乖待着，房间里的水不热了，我去唤馨儿来重新弄些热的！"

"好！"朱怀义仍然乖巧地答应着。

现在看起来挺温顺的，完全看不出之前他曾经用那样阴毒、憎恨的目光瞪过她。

把朱怀义安排在桌边坐下，她拎着水壶便往外走，正好看到馨儿往门口走来，朱茵洛慌忙拉住她，拉到墙角处。小心地看着屋内朱怀义，看到他乖巧地坐着，她这才缩回了头，随手把水壶往馨儿手里塞。

"屋里有什么人？"馨儿好奇地探头往屋内望去。

"是小弟！我回来的时候，他要来府里做客，我就带他一起回来了。"朱茵洛紧张地把她拉回来。

"那这是？"馨儿晃了晃手里的水壶。

"我说要亲自沏茶给他喝，这不是让你去打些热水嘛！"

"好，奴婢这就去！"馨儿转身就要走。

朱茵洛忙又扯住她，把她拉了回来，瞪着她压低了声音斥责："喂，我还没有说完，你干吗走？"

"您不是让奴婢去沏茶吗？"馨儿一脸的委屈，明明是她自己说的。

"哎呀，现在最重要的不是去沏茶，我问你一件事！"

看朱茵洛的表情这么严肃，馨儿也紧张了起来："什么事？难道是东盈王又要带人来搜府了吗？"

翻了翻白眼，朱茵洛用力点了一下她的额头，凶巴巴地喝道："你这丫头，别再打岔了！"

"那是怎么回事？"

"我问你，南陵王，还有小甲、小乙他们三个人，你知不知道在哪里？"朱茵洛焦急地问，心提到了嗓子眼，急切地想要知道他们三个人的消息。

"能在哪里？"馨儿奇怪地看她，"南陵王今天一直在您的房间，小甲和小乙两个人因为需要穿着下人服才能在府里走动，刚刚去扫地了，方才我还看到他们两个了。"

打扫？小甲和小乙两个人平日里拿惯了剑的，如果打扫的话，那模样有多滑稽，她似乎已经看到那两个人脸上的窘迫。

可惜的是，她现在未能亲眼看到。

但是，光想已经很滑稽了。

朱茵洛突然扑哧一下笑出了声，笑得馨儿有些莫名其妙。

"郡主，您笑什么？"

"没事，只是问问，你去沏茶吧，等着用呢！"既然小甲、小乙两个人都在，那楚靖懿应该也在。

大概是他察觉到朱怀义来了，所以故意躲起来了吧。

一颗悬起的心，这才落下，长长地吁了口气，忍不住自嘲地摇了摇头。

最近烦心的事情太多了，才会导致她这么疑神疑鬼的。

回转过身，朱怀义不知道什么时候跑到了她的身后，把她吓了一大跳。

拍了拍惊魂未定的胸口，朱茵洛把他往屋子里拉："你不在房间里待着，屋外这么热，出来做什么？"

"我以为三姐你出去就不会回来了！"朱怀义委屈地睁大了眼睛。

一句话，让朱茵洛的心软了下来，心疼地看着他，拉他的动作也温柔了些："姐姐怎么会出去就不回来了呢？这里是姐姐的家，而且你是姐姐的弟弟，我不会丢下你不管的！"她温柔地安慰他。

现在的孩子，果然一个个都是玻璃心，一碰就会碎。

"谢谢姐姐！"

看到他这般可怜兮兮的模样，朱茵洛恻隐之心大动。"来，这里有许多点心还有水果，你要是有什么想吃的，姐姐再让人给你弄来好不好？"

"好！"朱怀义开心地露出了两排洁白的牙齿。

朱怀义在朱茵洛的房间里喝了茶又吃了东西之后，说是非常疲惫，想要睡一觉，但是扯着朱茵洛的衣袖不愿意回自己的房间去睡。

看他这般黏人，又是从未离开过家，所以才会这么依赖人。

她才刚说要他去客房睡，他的眼睛就开始可怜兮兮地眨着，看起来随时要垂下泪似的。

朱茵洛一看他的这副表情，任何赶他走的话也不敢说，只得无奈地安排他睡在她的榻上，等到晚上了再让他回客房去睡。

谁让她心软的呢！

看着朱怀义在房间里睡着的安静容颜，心里也没多想，她小心翼翼地从房间里退出去。

就让他安静地睡着吧！

才刚出房门，一只手突然伸了出来，以迅雷不及掩耳之势，将她扯到门侧。

匆匆间，她看到一张熟悉的脸，冲口的叫声才又咽了回去，小心地望了望卧室内的朱怀义睡得正香，她紧张地回头冲楚靖懿谨慎地做了一个噤声的手势，然后再把他推到拐角处。

看着四周无人，朱茵洛瞪他一眼刻意压低了声音："你怎么在这里？"

"难道你以为我在密室里不成？"他笑着刮她一下鼻梁。

她不爽地打掉他的大手。

"你怎么会在外面？"而且还穿着一身华服，这套衣服甚是显眼，"小甲、小乙两个人怎么会让你出来的？"

小甲和小乙两个人身着下人的衣裳，可以装成下人，这楚靖懿一身锦衣华服，只消一眼，就知道他非富即贵。

整个郡主府，虽然大多都是她的亲信，可也有许多将军府和皇帝楚飞腾派来的细作，若是他在这里的消息被传了出去，她就当真保不了他了。

"他们两个？"他低头讥讽一笑，"他们两个现在正争抢着扫地呢，哪有时间管我这个主子？"

"他们两个抢着……扫地？"她错愕地睁大了眼睛，真是不可思议。

"不相信？"

"让他们两个端个东西都会推搡半天，会抢着扫地？"不是不相信，而是根本不可相信，"除非……"

楚靖懿笑着为她提供答案："他们两个都想娶馨儿！"

朱茵洛扑哧一声笑了出来："他们要娶馨儿？不是真的吧？"

"这有什么奇怪的？馨儿这两天经常跟他们在一块儿，你的丫头被你调教得这般优秀，难免小甲和小乙两个人会心动！"他宠溺地捏捏她的鼻子。

后一句夸奖了朱茵洛，让她很开心。

"不过……"她又好奇地发出疑惑，"他们两个追求馨儿，跟扫地有什么关系？"

他搂着她往前走，朱茵洛下意识地跟他一块儿挪动脚步往前走："这是你那鬼灵精丫头的要求，说不嫁无能之人，所以她在出难题考验他们呢。"

真是不愧为她的丫鬟，连作风都与她有几分相像。

朱茵洛不禁更得意了，有些沾沾自喜。

等她反应过来，已经被楚靖懿搂着出了她卧室的长廊，她疑惑地回头："你这是要带我去哪？"

"饿了！"幽暗的紫眸邪魅地眨了眨。

"饿了？"她惊讶地张大了嘴巴，"你午膳没吃吗？"

"没人给本王送膳！"

小甲和小乙两个人忙着讨好馨儿，果真是见色忘义。

朱茵洛一下子就心疼了，心急地嘱咐他："你到花园的假山那里藏起来等我，我去给你买些吃的回来。"

"为什么不从厨房里拿来？"

还藏着！他的脸一下子黑了。

她额头上黑线一条一条的："王爷大人，你也不看看现在是什么时辰了，夏天的食物，放一会儿就坏了，怎么可能放到现在？"

向来不操心五谷杂粮的楚靖懿，哪会知道这些？"我不吃外面的食物！"他苦着一张脸决绝地道。

"喂，有的吃你就将就着点。"他也太难伺候了吧？

"除非你做给我吃！"

要求还真多！

她脸一板："要我做给你吃，我要收费，一个菜一百两！"她笑眯眯地晃了晃手指头。

他皱眉："你这是敲诈！"

"先付钱后上菜！"她笑吟吟地继续道。

无奈地看她一眼，楚靖懿黑着脸乖乖地奉上五百两，"四菜一汤！"

朱茵洛毫不迟疑地接过银票，直接塞到袖子中，看到他脸上心疼银票的模样，心里非常痛快！

灵动的美眸眨了眨，笑容灿烂得耀目："可是，那些菜还需要洗，还要切，如果不洗不切的话直接炒那就……"

楚靖懿头顶几排黑线。见过贪的，没见过她这么贪的，贪婪的财迷！

朱茵洛伸出手在他的面前晃了晃，笑眯眯地看着他，谁知后者性感一笑，吐出了一句惊人之语："本王自己来！"

楚靖懿洗菜切菜，这可是破天荒的头一次，让心里好奇的朱茵洛，忍不住想要一窥真相。

这楚靖懿自小锦衣玉食，是那种吃过猪肉但未见过猪跑的人，更何况洗菜切菜这种事情，简直就是千年难得一遇，她朱茵洛怎么可能错过？

当下，朱茵洛举起双手同意，看着楚靖懿那张黑漆漆的脸，她心里更乐了，若不是怕惹怒了他跑出去杀人，她会把双脚也举起来表示同意。

楚靖懿洗菜切菜，她现在手边就是没有录像机，否则，这种千年难得一遇的画面，她一定要录下来，以后没事拿出来欣赏，甚至要刻成无数光盘，好好地捞他一笔。

越想心里就越觉得可惜。

在这科技落后的时代，连电灯都是奢望，更别说录像机了。

罢了，就她自己饱饱眼福吧，起码以后在别人面前，她还可以炫耀一下，她亲眼见过楚靖懿洗菜切菜。

但是，她的这个想法，很快就被推翻了，甚至后悔做了这样的决定。

厨房里的人被朱茵洛支开，一个不剩，又拉来了闲着无事到处转悠的馨儿在厨房外面看守，不让人靠近厨房。

厨房还是很惹人眼的，为了楚靖懿的安全着想，她软硬兼施地逼着楚靖懿换上了一套下人服。

但是，胳膊长腿长的楚靖懿，那些下人的衣服穿在他的身上，就像是小几码的内衣裤似的，不仅绷得紧紧的，而且袖子和裤腿都短了一大截。

楚靖懿一看到这衣服，脸一下子就黑了，说什么也不愿意穿，如果不是朱茵洛威胁他一定要穿，他早就把这套衣服给撕成了碎片。

朱茵洛看到他穿上衣服后，抱着肚子笑得前仰后合，馨儿也忍俊不禁，可是在楚靖懿那黑沉得欲杀人的视线中，她只得低头忍住笑，但剧烈抖动的双肩，已经暴露了她此时的心情。

着装完毕，下面就要开始实际行动了。

馨儿谨慎地在厨房外面把守，不管有任何人来都被她挡了回去。

朱茵洛在菜室中，选了些今天要炒的菜，有鱼有肉有排骨，还有几种青菜及一些辣椒姜蒜之类的摆在楚靖懿的面前。

"把这些全部都洗好，还有，这鱼还是活的，没有清理，你还需要为它刮鳞、清理内脏。记得，鱼鳃也要扔掉，然后再切，至于其他的菜，你就该扒皮的扒皮，该摘叶子的摘叶子。"

朱茵洛就这样吩咐着，最后美目眨了眨笑眯眯地问："明白了吗？"

楚靖懿酷酷地站在那里，薄唇勾起性感的笑容，俊美的脸却是森寒一片，从齿缝中吐出了三个字："知道了。"

听他回答过，她搬了只椅子坐在他的身侧，她的眼睛里写满了看好戏的神色，明显是不想放过楚靖懿手忙脚乱的那种窘态。

一直高高在上，霸气又威严的南陵王，做这种不符合身份的事情，这可是千年难得一遇，她怎么能错过？

在这有些脏乱的厨房，到处都是油污。

楚靖懿嫌恶地看着那些油污，找来了一只看起来并不是很脏的椅子，又在上面垫了副雪白的围裙才坐了下来。

裤子比较小，导致裤裆很紧，他刚坐下来，便感觉裤子紧得难受，他怀疑这裤子会不会随时裂开。

他黑着一张脸，看起来十分不舒服，他很想现在就说后悔。

但，他是楚靖懿，是南陵王，如果现在打退堂鼓的话，传出去，他南陵王的面子往哪搁？想到这里，他只得硬着头皮又坐了回去。

他坐在水盆边，刚刚拾起一只青菜，转头就看到朱茵洛悠闲地坐在椅子上，睁大了双眼，笑吟吟直勾勾地盯着他。他就问："你在这里干什么？"

"看你洗菜！"她理直气壮地回答。

"不需要，走开走开！"楚靖懿的脸更黑了。

"放心，我不会给你捣乱，我就看着！"赶她走？哼，没门。

"你在的话，我没办法好好洗菜了！"

"谬论！"

嘴角邪肆一笑，幽暗的眸子闪动着妖冶的光芒："本王其实最饿的并不是肚子，你留在这里的话，本王不介意先吃你！"

赤裸的话，从他的嘴里吐出来，却是那么优雅。

朱茵洛的脸不由得红了一下。

他灼热的目光中闪动着欲望的火苗，代表着他所说的并非假话，早上他对她说的话，让她耳边一热。

楚靖懿这只不要脸的禽兽，没有什么事是他做不出来的，如果她不走的话，说不定他真的做得出来。

厨房里到处堆着菜和碗碟等物，让她在这里与他做那种事，她朱茵洛可做不出来。

楚靖懿邪肆的目光一下子打败了在厨房里看他洗菜的好奇心。

顿时，屁股下的椅子让她如坐针毡，不敢再对上他火热的眸子，逃也似的奔离了厨房，转为去跟馨儿一起守厨房。

面对楚靖懿这如狼似虎的家伙，还是跟馨儿在一起更加的安全。

时间过得很快，不一会儿两刻钟已经过去了，中间还听到了一阵刀子落在菜板上的声音，应该是他在切菜了吧？

但是等了许久，楚靖懿也没有从里面出来。

心里担心他是不是会出事，令她忍不住从厨房外回到厨房内一探究竟。

然而，才刚刚踏进厨房，眼前看到的景象就让她惊得连声音也忘了发出。

怎么说呢……

看到厨房里面的东西，朱茵洛只能用两个字来形容：狼藉。

楚靖懿的脸上不知道什么时候贴了一片菜叶，绿色的叶子挂在他俊美的脸上，甚是滑稽，他的脸上早已是大汗淋漓，还气喘吁吁的，好像刚刚跟一群人激战过似的。

朱茵洛瞪大了眼睛看着眼前的那些东西，表情看起来像是吞了无数只苍蝇。

她指着桌子上的一堆不能称之为肉的东西，非常耐心地问："请问这是什么？"

"肉！"他颇有成就感地扬起下巴。

看他累得满头大汗的模样，朱茵洛非常不想打击他，可是……那肉，她实在是看不过去了。

"可是，这肉里面是什么？"

"鱼！"他还非常骄傲地说，"从来没有人能把它们切得这么碎！"

是碎没错，可是她现在是心碎了一地。

她黑着一张脸，开始数落楚靖懿："我能请问你，你吃的菜里面，鱼和肉都是这么碎的吗？都碎了就罢了，你还掺在了一起！你掺在一起就罢了，居然连鱼刺都没挑，难道你是想吃鱼刺的吗？还有……这鱼肉里面，居然有那么多的木屑！我是让你切鱼，不是让你切菜板的！"

说到最后，朱茵洛已经气得说不出话了。

没错，桌子上的那些肉，不仅被剁成了肉泥，连同菜板上的木头也掺进去不少。

看着那一堆肉，朱茵洛想用恶心两个字来形容。

看就已经够了，更别说吃了。转眼看到桌子上放着一堆淡绿色的菜，一截一截，比芹菜要细。

她拿起那些菜梗放在鼻前闻了一下。确定这菜是青菜的梗，但是……怎么会只有梗，没有叶呢？深呼吸，她非常温柔地笑眯眯地转向楚靖懿问："请问，王爷大人！菜叶子呢？"

楚靖懿指着竹篓，那里躺着一堆嫩绿色的菜叶。

趴在竹篓旁边看着那些菜叶，朱茵洛差点气结："请问，你为什么把叶子扔掉？"

楚靖懿一脸无辜地看着她，并不觉得自己有错，表情相当自信地说："择菜，当然是要把叶子都择掉，这是我无意中听宫女说的！"

不气不气！气了也没用，对于根本没有生活常识的楚靖懿来说，能把菜择成这样，已经不错了。她用力地深呼吸。

他把这些菜弄成这样，几乎没有办法煮，看来，今天她非动手不可了，这抠门的楚靖懿，那点银子也不愿意出，她现在不得不重新衡量楚靖懿了。

她的视线扫过竹篓，突然在那些青菜中发现了几瓣姜和蒜。

"这又是怎么回事？"她指着竹篓中的东西问楚靖懿。

"那些东西太小了，没办法切，我正想说，让你找其他东西代替！"

啊啊啊！朱茵洛抱着头痛苦地呻吟。

老天爷，谁来救救她呀？楚靖懿已经快把她给逼疯了，再跟他待在同一个地方，她非疯不可。

为免自己真的疯掉，她努力压下胸中怒火，平静地冲楚靖懿温柔一笑，然后把他往旁边推开："麻烦你站在旁边，我来！"

看朱茵洛毫不留情地把楚靖懿切好择好的菜全倒进了一个废菜罐中，楚靖懿欲拦住她，但是已经晚了。

他的脸上带着愠意，望着朱茵洛。

"那些菜切好了，你怎么倒掉了？"

她很不想打击他，看他这么辛苦，就非常委婉地告诉他："我是炒菜的人，你切的菜跟我要炒的菜需要的形状不一样，所以我重新换掉！"

"原来是这样！"得到答案，楚靖懿就不再阻拦她。

然后见她利索地重新拿了菜来。

看着已经满目疮痍的菜板，朱茵洛的嘴角用力抽了好几下，直接把那块楚靖懿用过的菜板推到了一旁，又重新拿了一只干净的菜板来。

楚靖懿又不满了："你为什么不用那只？"

这一次朱茵洛撒谎撒得更溜了："那只上面太油了，养生之道，在于不能太油腻！"

楚靖懿似懂非懂地点了点头。

紧接着，朱茵洛飞快地处理了鱼，又把菜切成了三段，把肉和青菜都洗了，葱姜蒜等也切好，摆放成盘，又弄了两种时蔬。

从头到尾，她只花了一刻钟的时间而已。

动作麻利，手法娴熟，每一个动作看起来都像是一幅画，非常的美，特别是她在切东西时候的那种专注和认真。

女人认真的时候，是最美的。

楚靖懿在旁边看她看得有些痴了。

中间朱茵洛不时地推开他，让他让路。

紧接着她又开始炒菜，为免把整个厨房给烧了，朱茵洛唤了馨儿进来帮忙，让楚靖懿在门边把风。

油煎着鱼在锅里翻滚，朱茵洛飞快地翻着菜，一时间，厨房里香飘四溢。

站在外面的楚靖懿，慵懒地靠着门框，幽暗的紫眸专注地望着朱茵洛，看她站在锅边麻利地炒菜、盛菜，还有她嘴角那抹甜甜的笑容，都让人移不开眼睛。

突然，他有了一种幸福的感觉。

他渴望这种感觉，甚至不再想其他的事情，想着日后可以跟她一块儿归隐山野，每日她这样为他煮菜，这种画面真的很温馨，让他很向往。

或许……有一天，他真的可以放下一切，跟她一起回归田野，过那种简单没有斗争的生活。

只是……现实真的允许吗？

不得而知！

终于，四菜一汤齐了，朱茵洛放下了锅铲，拿手帕擦了擦额头上的香汗，嘴里呼出了一口浊气。

回头间发现楚靖懿正用一种高深莫测的目光望着她，她冲他挤了挤眼一笑："怎么了？干吗这样看着我？很脏是吧？"

她看着自己的衣裳，在这种古式的厨房中，容易弄得满身是灰，她的鼻梁上不知何时已经抹上了一道黑线。

"不，很美！"他看着她由衷地赞美。

美？才怪！她翻了翻白眼。

她又拎着衣领闻了一下，满身都是炒菜的味道，还有一股汗渍的味道，令她忍不住蹙紧眉头："好大的味道。不行了，我要去换一套衣服，还要洗个澡！"

往门外走去的朱茵洛，路过楚靖懿身边时，顺便扔了一句："你只要把盘子上的罩子拿开就可以吃了。"

说完，她就准备离开。

突然，楚靖懿从她的身后抱住她，把她欲前行的身子拉到他的怀中，双臂将她环得紧紧的，鼻息在她的耳边游荡，深深地在她的颈间吸了一下。

他的气息弄得她的耳边一阵痒，惹得她咯咯直笑，她拿手指头往后戳他的下巴："喂，王爷大人，我身上很脏，而且一股油烟味，还有汗味，很难闻的，放开我，我要回去洗澡！"

女孩子，都爱漂亮，身上满身的污渍，她可受不了。

他的鼻尖在她的身上深吸着，合上眼睛，深深地感觉这道，又执起她的小手，看到那纤纤玉指上有几处被油渍溅到的地方，起了一个个的小红点，不禁让他心疼起来。

略带薄茧的手指轻轻地抚摸她柔嫩的指尖，心疼地看着她温柔地低问："怎么样？还疼吗？"

看他眼睛里的神色，好像比她还疼似的。

她扑哧一笑，柔声安慰他："我朱茵洛哪是那么容易就受伤的人，哪里会疼！"她下意识地收回自己的手，他的目光看得她身体好烫。

她的倔强，还有她轻描淡写的解释，让他更为心疼。

洁白如凝脂般小巧的脸上，不知何时抹上了两抹猫须一般的黑线，楚靖懿看了，微微一笑，抬手捏着自己的衣袖就要擦她的脸，朱茵洛却警戒地退后了一些。

"你做什么？"

他不发一言，强制把她拉回怀中，不顾她的反抗，拉着衣袖就贴上她的小脸，然后轻轻地擦拭。

动作很温柔，擦得也很仔细，那双幽暗的紫眸中溢满了温柔。

他这般宠溺的表情，让她看了，感觉里面似乎有几分不真实。

眼前的人，真的是楚靖懿吗？

一双乌溜溜的大眼直勾勾地盯着他，想要看入他的眸底。

待他仔细地把她的脸擦干净，他看到她疑惑望着他的眼睛，便抬手点了点她的俏鼻："看什么呢？看得这么出神！难道是本王太好看了？"

不要脸的自恋之徒！朱茵洛在心里骂了一句。

但是，不得不承认，楚靖懿是真的很好看，好看得让她忌妒，有时候太忌妒了，想要拿一把刀子把他的脸刮花。虽然这种思想让人惊骇。

白了他一眼，她才没好气地道："菜已经好了，你怎么不去吃？难道你不饿了不成？"

目光悠深地望着她，眸底氤氲了一丝光亮，突然转过她的身体，手臂将她的后背稍稍一提，另一只大掌按住她的后腰，让她感受他更加饥饿的部位，火热的眼睛似乎要将她燃尽，低沉的嗓音里透着浓浓的情欲："感受到了吗？我最想吃的，是你！"

"不要脸！"她羞红了脸嗔骂，双手不安地攀着他的肩膀。一眼看到馨儿还在那里熄灭锅底的火，并未注意到这边，她的脸一红，赶紧推开楚靖懿。

听了她的评价，楚靖懿不以为然地笑了，低头俯在她耳边低低地笑道："我只对你一个人不要脸。"

真是够了！越说越不像话了。

在馨儿灭了锅底的火刚起来的瞬间，朱茵洛红着脸娇嗔地推开楚靖懿，逃也似的离开了厨房。

馨儿才刚起身，就看到朱茵洛狼狈逃走的模样，讶异地张了张嘴："王爷，郡主怎么了？怎么跑得这样急，好像有人在追她似的！"

"没事，火烧到了尾巴而已！"

火烧了尾巴？什么意思？

馨儿不解地看着楚靖懿："什么？为什么？"

"没什么，把饭菜端到旁边的桌子上面吧！"

"是，王爷！"馨儿飞快地答应，洗净了手，把饭菜端到了楚靖懿指定的位置。

趁着朱茵洛回去换衣服的空隙，楚靖懿认真地品尝着朱茵洛所做的饭菜。

每一道菜，每一口汤，似乎都花了心思的，品尝起来特别的美味。

吃着嘴里的菜，楚靖懿的心也愉悦了不少。

楚靖懿洗菜做菜这件事，被传到了小甲和小乙两个人的耳朵里，他们两个便一直懊悔，懊悔这一天没有跟在楚靖懿的身侧，从而错过了那千载难逢的机会。

不过，通过朱茵洛的转述，他们两个人还是笑得合不拢嘴。

而楚靖懿听到他们两个人的笑声，便板着一张脸，一副恨不得把他们两个人掐死的模样。

当着朱茵洛，他就只能用那双眼睛瞪视他们二人。

有了朱茵洛撑腰，小甲和小乙两个人仍然大胆地笑着，非常得意，看得楚靖懿非常郁闷。

朱怀义在朱茵洛的榻上睡得很沉。

朱茵洛拿了套衣服换了之后，回到房间里，发现他依然很沉地睡着，她走到榻边，轻轻地唤了一声："二弟。"

发现他并没有回答，朱茵洛低沉地说了一声，只得走出了门外。

到了与楚靖懿约定的地方，那儿并无一人，楚靖懿站在屋角处等着她。

"怎么了？他还在睡吗？"楚靖懿淡淡地开口问。

朱茵洛叹了口气："唉……他大概是在家里睡得不多，经常担心这担心那的，所以才会在这里睡得这样沉吧！"

对于朱茵洛的猜测，楚靖懿并不认同。

他幽暗的紫眸眸底闪过阴沉的光亮："或许，他来郡主府，根本就是有其他的目的？"

有其他的目的？

朱茵洛白了他一眼："他是我弟弟，他能有什么目的？最多只是想留在郡主府，实在不行，我就多留他一段时间，反正府里不多他一个人吃饭，早晚有一天，他会想通的！"现在的孩子，受不了打击，只会想着躲避，他来郡主府只是想要躲避吧？

楚靖懿冲朱茵洛摇了摇头。

"你的想法太单纯了，我总觉得，他有其他的目的。"

"他能有什么目的？是你想多了！既然不能回去，我帮你找个其他地方休息吧！"朱茵洛低头想着说。

"现在已经是傍晚，一会儿天就黑了，晚上路上人少，我们出去走走？"楚靖懿提议。

出去走走？这个提议似乎不错。

她的脑中，想到一个唯美的画面。

两个人走在寂静的小路上，两旁有着茂密的林荫，手牵着手，听着枝头鸟儿的叫声，这样温馨的画面，让人好生向往。

只是……现在是晚上，这画面就算再温馨，也只能是想想而已。

现在，最重要的是可以跟他在一起，两个人在一起，任何事都是甜蜜的。

"好！"她答应道。

"既然如此，那我们还等什么？"

"等一下，小甲和小乙两个人怎么办？"这两个家伙是一直保护着楚靖懿的。

"管他们两个做什么！再说了，他们两个现在比我们还忙，哪里还会管我这个主子？"楚靖懿颇有醋意地说。

朱茵洛好笑地戳他的胸膛："你忌妒了不成？"

他搂着她往围墙边走去，从鼻子里哼了一声："我会忌妒？我忌妒他们？笑话！"

"行了，你不忌妒！"

走到墙边，看着高高的围墙，朱茵洛皱眉，有些担心他的身体："你现在使用内力的话，你的身体……"

"没关系，这点儿高度，暂时还伤不到我！"他低头温柔一笑安慰着她，蓦然握住她的腰，足尖点地，倏地拔地而起，转眼间已经越过了墙头。

夜晚的咸城，是神秘而喧嚣的。

楚靖懿同朱茵洛两个人在街头走着。

朱茵洛对街上的东西很是稀奇地看着，看到些好东西都会非常好奇地上去仔细瞧一瞧，待她回到他身边时，总会说一些失望的话来："可惜，都是假的。"

听到她说这话，楚靖懿忍不住笑了："你这女人，怎么会懂得什么是真什么是假？据我所知，你对那些东西并无研究！"

她煞有其事地指着自己的双眼："我这双眼睛就是火眼金睛，那些假的东西，根本就逃不过我的眼睛，我一眼就可以看得出来。"她得意地说着。

不得不说，她又让人迷惑了。

她到底是怎样的女人，为什么会有那么多奇特的地方？

看着她又跑到一家玉器店里转悠。

刚进去几秒她就出来了，脸上带着愤愤的表情，嘴里还不依不饶着："假货，全都是假货！居然还好意思卖那么高的价格。"

远远的，朱茵洛看到了几只鱼缸，她开心地拉着楚靖懿的手，兴冲冲地跑过去。

看着鱼缸里那些光鲜亮丽的金鱼，朱茵洛心花怒放。

她的池塘里该添些鱼了。

"老板，我要买几条鱼！"朱茵洛指着鱼缸里的几条大些的金鱼说。

"这鱼不能吃！"楚靖懿语出惊人。

旁边好几个人一致转头奇怪地看了一眼楚靖懿，一个个对他指指点点。

站在他身侧的朱茵洛，窘迫地拿手挡住脸。

太丢人了！

没文化不是他的错，没文化还口出狂言丢人，那就是他的错了！

她现在真想装作与他不认识。

卖鱼的老板大概是看出了楚靖懿的气势尊贵，低头笑了一会儿后，赶紧向楚靖懿解释："这位客官，这鱼呢，不是吃的，是用来观赏的。"

"老板，不好意思，他开玩笑呢，帮我捞十条！"

"要这么多？"

还敢开口？她辛辣地斜眼瞪他："你管我？付钱，帮我拿着鱼！"

男人跟着出门来，就是要付款干粗活的！

楚靖懿也没说什么，乖乖地掏出银子，帮着朱茵洛选鱼。

才刚捞了几条，望着被鱼儿搅动得有些波纹的水面，朱茵洛的眼前突然浮现出了一幅画面，让她蓦然愣住。

她看到，朱怀义同楚惊天见面，然后两个人说了些什么，她听得不太清楚，但是楚惊天脸上的笑容，让她看了浑身寒冷。

楚惊天还能做什么好事？

更让她不解的是，朱怀义怎么会跟楚惊天在一起？

她的脑中突然一蒙。

又想到出来之前楚靖懿说的话，她脑中警钟大响。

不好，假如朱怀义来到郡主府是有目的的话，那他不就是等着她不在府里的时候好下手吗？

果然让楚靖懿给猜中了。

为什么？为什么？为什么朱怀义要这么对她？她是他的姐姐呀！难道……这么多年，她为他所做的一切，就只因为她没有让他留在她的府中，他就这样恨她，恨到……出卖她，甚至……要陷害她，是吗？

她不敢再看水面，身体摇摇晃晃地后退了两步。

她不敢相信地摇了摇头。

一定不会的，一定不会的！

街上，一家商贩的马，突然被一个淘气的孩子用石头砸到受了惊，拖着板车到处横冲直撞，路人看到这一幕，吓得忙退闪开。

朱茵洛的身体被那些闪躲的人，撞到了路中央。

她还沉溺在自己的思绪中不能自拔，这时耳边传来了一阵阵惊叫声："哎呀，姑娘，你赶紧躲开！"

躲开？叫谁躲开？

"马快撞到你了！"

撞谁？撞她吗？

熙熙攘攘的人群，让她的头一阵眩晕，耳边一阵马蹄声渐近，不一会儿，马蹄声已经近在她的耳边。

她突然反应了过来，蓦地转头向马蹄声望去，才刚转头，就看到那庞然大物已经向她逼近，她吓得全身发冷，浑身血液凝固，赶紧向旁边闪躲。

但是，还是迟了！

她只感觉肩膀一痛，被马头用力地撞到，她娇小的身子被重重地撞了出去。

付好了银子，怀中抱着只鱼缸的楚靖懿，转身寻找朱茵洛的身影，一眼便看到朱茵洛被马儿撞飞的身子，吓得他心脏骤停，直接扔掉怀里的鱼缸，及时地接住了朱茵洛坠落的身体。

痛！

朱茵洛感觉自己的身体几乎被撞碎了，痛得她浑身痉挛，苍白的脸没有一丝血色，唇中吐出痛苦的呻吟，浑身疼痛地蜷缩着。

"洛儿，洛儿！你怎么样？"楚靖懿捧着她的脸，焦灼的眼睛里满是担心，看到她双眼迷离，不住呻吟的模样，他的心尖像被刀割一样地痛，紧张的声音在颤抖，"洛儿，能听到我说话吗？哪里疼？告诉我，哪里疼？"

头抬起来，迷惘的眼睛看了他一眼，里面无一丝焦距地又收了回去，半晌，无力地抬起自己的手指了指左肩。

"痛……"她艰难地说着，"全身，都痛！"

看到她这么痛，他恨自己不能代替她痛，更加自责自己没有保护好她，让她被撞到。

拦腰把她抱起，他焦急地红了眼，冲身侧围着的观众大声喊："哪里有大夫？告诉我，哪里有大夫？"

一名热心的男子指着左方："一直往前走，过一个路口有一家医馆！"

那名热心的男子刚说完，只见眼前人影一闪，站在原地的人已经不见，一道人影飞快地在人群中穿梭。所到之处，掀起一阵疾风，众人讶异，以为是自己看花眼了。

但是地上那些依然拼命跳动挣扎的鱼，还有被打碎的鱼缸碎片，都说明刚刚那一切不是幻觉。

速度好快呀！众人惊叹。

如那名男子所说，楚靖懿抱着朱茵洛过了一个路口，果然看到了一家医馆，他抱着怀中的朱茵洛一阵风似的冲了进去，放到榻上，抓起正在为人诊病的大夫的手，拉到朱茵洛的面前。

"快，看看她的伤！"楚靖懿森寒的紫眸望着那名大夫，冷酷地威胁，"她若是有事，我会让你为她陪葬！"

那名大夫被吓得满面死灰，浑身颤抖地瘫软在地上。

"这位大爷，饶命啊，饶命！"

楚靖懿急红了眼，耐性忍到了极限："不要再啰唆了，我让你救她，还不快点！"他一字一顿地阴鸷命令。

躺在病榻上，浑身疼痛的朱茵洛，听到楚靖懿如困兽般地怒喝，缓缓地睁开眼睛，她的脸上挤出了苍白的笑容，缓缓地伸手握住僵硬的大手。

楚靖懿被她这一触碰惊到，连忙俯身温柔地看着她，轻轻牵着她的小手，大手拂开她额际的碎发，露出她苍白的容颜。

"洛儿，你放心，你一定会没事的！"

她微笑着点了点头，小手又将他的手握紧了一些。

身体的疼痛，让她连呼吸都很痛，但是看到他那么担心的脸，她忍着呼吸的痛，脸上露出她时常挂着的甜美笑容，轻声安慰他："我没事，不要……不要把人家吓到了！"说完，她已喘得厉害。

心疼她的难过，楚靖懿紧紧地握着她的小手，焦急地制止她："不要再说了，我什么都听你的，好好躺着，大夫会治好你的！"

她听了微微扯起唇角，眼皮缓慢地一合一张，算是点头。

两人眼波流转间，满满的情意，也感染了那名大夫。

那名大夫胆子大了些，战战兢兢地上前，探手为朱茵洛把脉。

楚靖懿退在一旁，焦躁不停地来回踱步，等待着大夫的结果，他的眼睛始终停在榻上的人儿身上，整颗心为她悬着。

大夫的手刚从朱茵洛的脉搏上收回，楚靖懿迫不及待粗鲁地抓住大夫的手臂："大夫，怎么样？洛儿她有没有事？"

大夫被吓得全身发抖，脸上可怜兮兮的表情，看起来似乎快哭了。

朱茵洛深呼吸了一口气，感觉呼吸不再那么痛，便挣扎着要起来。

一见她要起身，楚靖懿飞快地松开大夫，冲过去扶起她，动作又不敢太猛，怕伤了她。

见他小心翼翼的模样，朱茵洛忍不住勾唇微笑着，手指轻点他的胸口处："你又吓着别人了！"

轻轻地握住她的小手，掌心里满是担心的冷汗，拿着她的小手放在他的心脏前，让她感受到他的害怕和担心。

大夫摸了一把额头上的冷汗，颤抖着身子站起来，发软的双腿差点让他站不住。

"这位公子放心，这位姑娘只是轻伤，没有大碍！"大夫缓缓地开口道。

"真的？可是刚刚她很难受的样子！"轻伤会让她看起来那么严重吗？

"这……"大夫顿了一下才解释道，"这位姑娘是受了惊吓，她肩上的伤，会有瘀青，我开两副药给她，服下过两天就会好了！"

得知她的身体没有大碍，楚靖懿一颗悬着的心总算落了下来。

万幸，幸亏她没事，否则他一定不会原谅自己。

"谢谢大夫！"朱茵洛客气地冲大夫点了点头，"还有……刚刚让大夫受到了惊吓，真是抱歉！"

大夫微笑着摆了摆手："这位公子担心你，有时候会暴躁了点，是人之常情，说明二位夫妻情深，我现在去开两副药给你！"

夫妻情深？

朱茵洛蹙眉，想要解释，那名大夫已经转身离开了。

虽然大夫已经说了朱茵洛没事，可是楚靖懿还是很担心她，一双眼睛在她的身上打量着，眼睛里写满了担忧："你确定真的没事？除了被马撞到的地方，还有什么地方疼吗？"

她扑哧一笑："你不必太担心了，我真的没有大碍，就像大夫刚刚说的，我只是一时被吓住，现在已经不那么痛了！"

看他的样子，比她自己还紧张，看到他这样，她真的很感动，鼻子酸酸的，她努力笑着，让自己看起来不是那么难受，以免让他更加担心。

听到她说没事了，楚靖懿才真正地放了心。

大夫开了药方，看到朱茵洛已经起身，把药方交给她，轻声嘱咐："到对面的药铺按方子抓药，记得，这两天好好休息！按时喝药！"

"谢谢大夫！"朱茵洛接过药方，顺手从楚靖懿的怀里掏了一锭十两的银子交给大夫，"不用找了！"

大夫一看到这么多银子，欢喜地接过，乐滋滋地走出了门去。

等到大夫出去了，楚靖懿突然把朱茵洛抱了起来。

朱茵洛一下子红了脸，羞赧地看着医馆里他人好奇的视线，嗔怪地拍着他的胸膛小声低喝："喂，你做什么？快放我下来！我只是伤了肩膀，又不是不能走了！"

"你能不能走是你的事，我要不要抱你，那是我的事！"楚靖懿酷着一张脸独断地道，抱起怀中的朱茵洛大步流星地往门外走去。

他的决定无人能改。

"霸道！"白他一眼，她窝在他的胸前，听着他有力的心跳，嘴角勾出并不抗拒的笑容，脑中一阵眩晕，她的意识有些浑浊，"我累了，想睡，不要叫醒我！"

"好，你睡吧！"

"嗯！"乌亮的眼珠望着头顶的灿烂星空，她的视线越来越模糊，缓缓地闭上眼睛，昏睡了过去。

楚靖懿带着朱茵洛回到郡主府。

馨儿看到朱茵洛一脸苍白地躺在楚靖懿怀中，被吓得跌跌撞撞地跑过来，紧张地喊："郡主，郡主，您怎么了？"

楚靖懿森寒的紫眸射向她，吓得她忙噤声。

"这些药拿去，按上面的标示，放一碗水煎成半碗药来，给洛儿服下！"

"是是是！可是……现在二少爷还在里头，王爷，您不能这样抱着郡主进去的呀！"刚转身要离开，馨儿的一双眼睛盯着楚靖懿为难地蹙起了眉，双脚便不动了。

耳边一阵聒噪，朱茵洛缓缓地清醒了过来，她用力地深呼吸，感觉呼吸顺畅了许多，一双乌亮的眼睛睁开，入目是楚靖懿完美的下巴及他好看的一侧脸。

"怎么了？"她沙哑着声音问了一句。

低头看着她，给她一个温柔的笑容："到家了！"

因为看着房门，朱茵洛美丽的眼睛眨了眨，终于识得那是她自己的房门。

"果然到家了！"她嘟囔着，突然想到什么似的，慌张地推开楚靖懿跳了下来："你怎么样，伤口没事吧？"

"没事！"他轻描淡写地说，手指有意无意地触了一下伤口处，里头隐隐作痛，怕是刚刚回来时走得太急，伤口有些裂开了，但若是她知道了，一定会很担心。

看到朱茵洛站在地上也无恙，楚靖懿深深地叹了口气，她总算没事了。

"对了，刚刚我听到馨儿你说，二弟还在我房里吗？"朱茵洛回头问馨儿。

馨儿点了点头："他从下午到现在都没出来过，郡主您吩咐过，没事不要打扰他，所以奴婢就没有进去看过。"

他居然还在里面。

朱茵洛回想着之前在街上的时候她脑海中所出现的画面，现在仍心有余悸。

朱怀义，他真的跟楚惊天有所勾结吗？他的目的到底是什么？他待在她的房间里赖到现在，是想要找什么东西吗？

房间里面传来了一阵东西掉落在地上的声音，那声音很细微，若是不仔细听，是听不出来的，还有极细极轻的脚步声。

"他在里面是吗？很好！"朱茵洛冷笑着说，脸上有着失望和心痛。

被自己身边的亲人出卖或是陷害，甚至是算计，是非常让人伤心的。

只是被别人挑唆一句，以往他们之间所有的姐弟情，就全部烟消云散了。

朱茵洛忍不住自嘲地笑了笑。

这会不会也是上天对她的惩罚呢？

楚靖懿的武功比朱茵洛高了许多，那声音他自然也听到了，但见他瞳孔倏地紧缩，举步就要上前。

朱茵洛能感觉到他身上的杀气，连忙伸出手挡住他，制止他上前的动作。

她沉着地低笑道："你不要过去，现在你不能出现在他面前，这事情，我自己处理就行了。"

"你可以吗？你的身体……"他担心她。

"放心吧，我朱茵洛是什么人，越是这种时候，我越不会让自己的情绪失控，伤害了自己让别人得意！懿，你先跟馨儿离开一下，等会儿你们再过来！"

他轻握住她的小手："你小心！"

"好！"她淡淡一笑。

转头再看向她的寝殿大门时，她的眸底闪过一丝冷意还有失望，深吸了一口气，稳了稳情绪，她才踏着月光轻轻地迈过了门槛。

屋内黑漆漆一片，也未亮灯。

朱茵洛走进熟悉的房间中，借着月光，她的双眼一下子就寻找到屋内那道身影，正蹲在地上认真地看着一些纸，似乎在辨认上面的字。

朱茵洛默默地走到他的身后，看着他小心翼翼地把那些东西放回去，然后从抽屉中又抽了一些纸出来。

大概是因为紧张吧，所以他的手有些颤抖，不时地横臂擦着额头上的汗水，嘴里念念有词地小声道："在哪里呢？"

她在第六感里看到的画面，她一直不敢相信，也不敢想，更认为是第六感出错了。

可是，现在眼见为实，她不得不相信，那一切都是真的。

朱怀义会突然对她热情，既往不咎，她早已觉得有问题，但是，她从来没有想过，把这件事跟他要出卖她联系在一起，可是……眼前他正在做的事情，让她不得不相信这个事实。

心痛得无以复加。

她就这样静静地站在他的身后，静等着，她能听到自己的心跳声，怦怦怦怦……

朱怀义在书桌上翻不着，转身欲往其他地方去找，谁知才转身，一道人影突然出现在他的身后。月光从窗子外透进来，只照见她的下半身，上身被遮在了阴影里，黑暗中，两只微亮的眼，格外地慑人，正直勾勾对盯着他。

他眼尖地认出了对方的裙摆，裙摆上的花纹，正是朱茵洛的。也就是说，眼前的人是朱茵洛。

朱怀义的脑中嗡嗡作响，僵硬地愣在原地，半晌不能动弹。

朱茵洛浑身诡异的气息，让整个房间里都弥漫着一股压抑的气氛，压迫得人喘不过气来。

许久，朱怀义才动了动身子，双腿因为弯得时间太长，突然一软，他竟跌到了地上。

朱茵洛回头把灯点上，烛光照亮了房间，也照出了房间里的凌乱。

不管是衣柜，还是书桌，床上床下都被翻了一遍，就差把整个房间都翻一遍了。

烛光下，朱怀义无所遁形。

他用一只手挡住自己的脸，跌坐在地上，大气不敢喘一下。空气中有着一触即发的怒火。他不敢开口，也不敢抬头看她。

从刚刚朱茵洛默默地站在他身后到现在，不知道她已经进来多久了。

看他一个人缩在角落里，朱茵洛忍不住冷冷一笑，目光扫过屋内那些凌乱的东西，一盆凉水从头浇了下来。

她缓缓地在朱怀义的面前蹲下，笑吟吟地看着他，并没有生气，而是淡淡地出声微笑着问："二弟，你把我房间弄得这样乱，难道没有什么话要对我说吗？"

朱怀义从头到尾都不敢直视朱茵洛的眼睛。

站在他的面前好一会儿，朱茵洛也没有等到他的答复，不禁有些动怒了。

"难道你就真的想这么一直装聋作哑下去吗？二弟。"她特地加重了"二弟"两个字的音量，提醒他，他们两个人之间的关系。

朱怀义的双肩轻颤着，面对强势的朱茵洛，他很害怕，也很畏惧她。

看到他这么胆小，但是却敢大胆地算计她，她现在真的不知道到底该拿他怎么办！

最后，朱茵洛无力地坐在榻上，感觉浑身发冷，身边没有几个可信的人。

她自嘲一笑，看着地上的朱怀义，长长地叹了口气，心中像是打翻了五味坛，各种味道钻进她的鼻尖，让她的鼻子有些酸酸的。

本来，她是想好好训斥他一顿的。

"你去客房吧，明天我会派人送你回府！"朱茵洛突然开口。

低着头的朱怀义诧异地抬头，似乎不敢相信自己的耳朵听到的。

但是想到另一件事，他又苦恼地看着她，小心翼翼地问："今天的事情，你会告诉爹吗？"

"你想我会告诉他吗？"朱茵洛微笑着不答反问。

朱怀义的身子颤了颤，突然在朱茵洛的身前跪了下去，在她的面前重重地磕头："三姐，三姐，求求你不要告诉爹，爹一定会打断我的腿的，三姐！"

早知如此，又何必当初？

她无力地挥了挥手："你出去吧，让我一个人静一静！"

"三姐！"他抬头颤声望着她，额头上已经红了一片。

看到他的额头红了，她的心中又是一软。

但是，这个时候她不能心软。

强压下心软，冷冷地别过头："出去！"

简单的两个字，夹杂着让人发寒的冷意，气势逼人。

朱怀义被她那两个字喝得浑身发寒，胆怯地看着她冷寒的脸，再也不敢在房间里停留半分，怯怯地爬起来，紧张地离去。

耳边是凌乱的脚步离去的声音，朱茵洛的心却像被撕去了一大块。

一道高大的人影默默地走了进来，在她的身侧坐下。

两滴眼泪从她的眼角滑落，突然她转过身扑进他的怀中，沙哑的嗓音里带着哭腔："幸亏……幸亏我还有你！"

风华圣手

盛世繁华不如你

网络原名《天才小王妃》

雪色水晶 ◎ 著
XUESE
SHUIJING

下

中国出版集团
现代出版社

第二十一章　朱怀义之死

时间已经过了晚上子时。

万物俱静，整座郡主府也陷入了一片宁静之中。

一道人影悄悄地从朱茵洛的窗子蹿了出来，直接跃上了屋顶，在屋顶处，早有两道人影在等着他。

"主子！"两道黑影恭敬地向他行礼！

高大的人影背对着他们，缓缓地转过脸，映着月光的俊脸却多了几分冷峻诡异的神色。

"查得怎么样了？"楚靖懿低沉着声音问。

他是等朱茵洛睡着了才上来的，回来之后，他愈想今天的事情愈觉得蹊跷，那只突然冲出来的马，巧合得让他怀疑，所以他就派了小甲和小乙两个人去追查，他则留在房间里面陪朱茵洛。

朱茵洛虽然一直倔强地说她已经没事了，当着他的面，佯装无碍地露出无恙的笑容，以免他担心，但是，那张过分苍白的脸，暴露了她真正的情况。他才刚刚离开房间，就看到她痛得蹙紧眉头，额上满是冷汗的隐忍模样。

而当他再回到房间的时候，她又硬撑着佯装无恙一般。

她认为这只是一起意外，但是他却不这么想，所以就让小甲和小乙两个人秘密地排查，一定要找出其中的真相。

思绪回归现实，只听小甲恭敬地汇报着："如王爷所说，事情确实像您想的那样，那匹受惊的马，其实是有一个人收买了那个惊了马的孩子，孩子说，有人给了他十两银子，让他去触怒马儿。"

孩子极易受到诱惑，更何况，对于普通的家庭来说，十两银子足够一家人一年的用度。那孩子看到钱，就立马去按照他人所说，惊了马儿，然后那马儿冲了上去，让朱茵洛发生了意外。

"果然如此！"楚靖懿的瞳孔骤然收紧，脸上森寒一片。

这一切如他所料，但是，更让他震惊的是，对方怎么知道那个时候朱茵洛会突然走神，然后让马撞到她？使她遭到重创？

被马儿撞到的事情，也给朱茵洛造成了极大的影响，她现在身体很痛，合上眼睛时，似乎总能想到那件事情，噩梦连连，一直不能入睡，直到刚刚她才安静地睡着，所以他才抽了空上来屋顶，听小甲和小乙两人的汇报。

他刚刚想完，卧室内突然传来了一阵又一阵急促慌张的喊声："懿，懿，你在哪里？你在哪里？"

是朱茵洛的声音。

听她的声音里夹杂着焦灼和无助，楚靖懿忍不住低咒了一声，冷冷地冲二人命令："你们两个先下去吧，记得，监视朱怀义的一举一动，看他与东盈王之间到底有什么勾当！"

"是！"

小甲和小乙两人应声而退。

高大的身形在屋顶一晃，迅速地又回到房间里。

房间内，烛火通明，大床上，朱茵洛双眼紧闭，满头是汗地不停呢喃着，她的眉头蹙得很紧，看起来似乎很惊恐。

看到她痛苦的模样，楚靖懿的心中一紧，冲过去，把她虚弱的身体搂入怀中，温柔地在她耳边呢喃安慰："洛儿乖，别害怕，我在，我在！"他握紧她在空中胡乱挥动的小手。

他的声音，成功地制止了她畏惧害怕的动作，剧烈颤抖的身体缓缓地平复，安静地躺在他的怀中，嘴角勾起一抹淡淡的笑容，小脑袋蹭了蹭他的胸膛，满足地发出一声轻叹，安静地睡去。

当朱茵洛再一次看到朱怀义时，他的脸色也是非常难看，神色黯然，一夜之间，似憔悴了许多，一直不敢抬起头来看朱茵洛。

郡主府的车夫拉来了一辆马车，是朱茵洛的吩咐，今天早上送朱怀义回府。

揉了揉有些酸痛的肩膀，朱茵洛挥了挥手，让馨儿和车夫都退下，让她与朱怀义单独相处一会儿。

看到身旁的人都退下之后，朱怀义的脸色显得愈加紧张，双手不安地绞着，双脚不安地动着，有着随时想要逃跑的慌乱。

观察入微的朱茵洛，一眼便瞥见了他的动作，忍不住在心底里讥讽一笑。

她向前走了两步靠近他，他因为害怕，下意识地退了一步，不敢与她靠得太近，心脏扑通扑通跳个不停。

她轻笑着看着他最后一次问："二弟，你还不愿意对我说实话吗？"

听了她的问话，朱怀义立刻又没有声音了，他垂着头，手指抠着自己的指甲，死死地咬紧了牙关，半晌也没有吐出半个字来。

忽地，朱茵洛自嘲一笑，觉得自己还是太过仁慈，想着他还能念着一丝往日的姐弟之情，会向她坦白。

罢了，只是她自作多情而已。

末了，她才冷淡地侧过身，斜眼睨他。

"既然你不愿意说，我也不再多问，只是……怀义，我们两个的姐弟之情，从这一刻开始，一刀两断，从今以后，你不要再唤我三姐，而我……"她绝情地补了一句，"再也不会当你是我二弟！"

她冷绝的话，还有她眼中的那抹无情，刺得朱怀义不敢直视她。

在朱茵洛说出他们二人姐弟之情一刀两断时，他的心痛，不是假的。

明明他是很恨她的，可是，听到她这般无情地切断他们两个人之间的关系，他为什么又会心痛不舍？

但是，他明白，现在不管他说什么，她也不会原谅他。

他垂着头，紧紧地握住双拳，鼻尖微微酸涩，有莫名的液体从他的眼角滚落。

只是，他没有让朱茵洛看见，他低着头，缓缓地向朱茵洛点了点头，冷淡地吐出一句："那我就先走了！"

说罢，他转身走向马车。

身后是朱茵洛仍带有希冀的目光，他没有转头，也没有让她看到他的心痛和后悔，然后挺直了腰板，一步步沉重地走向马车，直接跃了上去。

马车的木板，阻隔了他的视线，在马车内，他用力握紧了双手，要努力克制才能压下他欲掀开车帘向她解释的冲动。

一切……都已经太晚了。

看着朱怀义乘坐的马车一点点地驶离她的视线，朱茵洛感觉自己的心更沉重了几分。

她一直以为自己是无情的，今天跟朱怀义断绝了姐弟关系，却感觉自己原来还是很重情的，否则，她就不会这么不舍了。

胸口处一阵憋闷，让她一阵阵地喘不过气，身子颤了颤，手捂着胸口往回走，刚走了两步，身子摇晃得更厉害了。

双腿一软就要倒下，两只有力的手臂突然扶住了她，关切的声音劈头盖脸地砸了下来："让你不好好休息！"

她舒服地靠着他的胸膛，闻着属于他的独有的男性气息，汲取着他身上的力量，心里特别安稳。

"懿，经过了今天的事情，我想明白了一件事！"

"什么事？"他把她扶到榻边坐下。

她的眼睛直勾勾地望着他，嘴角挂着抹自嘲的笑，然后缓缓开口："我知道你志向远大，我也明白你的抱负，所以，你不可能会像现在这样一直留在我身边，我决定……放你走！"

他愣了一下："洛儿……"

"明天吧！"她咬牙又补充了三个字。

楚靖懿留在郡主府里，也只是暂时的，他一定会离开，决定很难，但是一定要做。

心里很压抑，她做这个决定对大家都好，拖得愈久，只会将他们两个人之间的感情拖得愈淡。

楚靖懿没想到朱茵洛会突然提到这件事，这本来……是该他说的。

他怔怔地看了她好一会儿，心里五味杂陈，良久，他望着她的眼睛，吐出了一个字："好！"

他才刚回答了一个字，激动的朱茵洛胃里一阵翻腾，一股腥腻涌上了喉头，突然她趴在榻边"噗"的一声，吐出一口鲜血。

"洛儿！"

难受的感觉铺天盖地地袭来，吐了一口血，几乎将她的力气吐尽，她难受地趴在榻边，无力地喘息。

"洛儿！"楚靖懿惊骇地看着这一幕，惊叫了一声冲上前来扶住她虚弱的身体，他幽暗的紫眸几乎被她嘴角的鲜血染红了，担心地看着她苍白得无一丝血红的脸颊，他的心狠抽成一团，"洛儿，你怎么了？告诉我，你怎么了？"

看到他那么担心的脸，她冲他苍白一笑，指尖轻轻地抵住他的胸膛，稍稍用力，冷淡地吐出一句："不要你管，你走！"

这个时候了，她还叫他走？

他狠狠地勒紧怀中的身体，望着她倔强苍白的脸厉声喝令："从没有人可以命令我，你也不可以！现在不要说那么多，你的身体要紧！我现在抱你出去找大夫！"

"不要！"她焦急地扯着他的衣领，小脑袋摇了摇，"不能去，你现在很容易被人认出来！"

这个时候了，她担心的不是她自己的身体，而是他的安危。

这个笨蛋！弯腰把她拦腰抱起，坚定地向门外走去，幽暗的眸底满是怒意："假如你真的担心我的安危，最好争气点！不要让自己有事！否则，就算到了阴曹地府，我也会追上你！"他一字一顿地威胁。

阴曹地府？

他的话一个字一个字地落在她的身上，让她陡然惊觉，他对她用情已深，让她心里又是喜悦又是感动，两滴泪水挂在她的眼角，小脸埋在他的胸膛中。

"傻瓜，就算我真的有事，你也要活着，好好地活着！"

他低头深深地看她一眼，目光幽深，森寒的眸子威慑地瞪她。

"不要说不吉利的话，你一定不会有事，我不相信老天爷会这么对我，所以我不准你有事，你就一定不会有事！"他霸道地说着。

心里满满的都是感动，泪落得更凶了。

"为什么？"她的小手紧贴着他的胸膛，听着耳边他的心跳声，"你为什么一定要对我这么好？还差点为了我搭上性命！"

为什么？

他也已经多次问自己为什么？为什么会对她这么好？以致已经偏离了他原本的计划，原则也一次次地为她打破。

每一次看到她痛苦、难过，他也会跟着她一起痛苦、难过。

看到她受伤、疼痛，他恨不能代替她承受所有的痛苦。

这一切的一切，早已超出了他原本的计划，但是他却不后悔。

只因为……他的心里有她，只要她需要他的时候，他就会出现，这就是……爱！

这一瞬间，所有的烦恼也都烟消云散了。

"因为你是我的女人，我这辈子唯一的女人！"他释然地回答，望向她时，眼睛里满满的都是情意，霸道且危险的命令，"所以，你千万不能有事，否则，我的心死了，谁赔我？"

虽然他没有说爱，但是他的话，已经表明了他的心意。

他到底是个别扭的人，就算是对她表白，也说得这般霸道，更像是命令。

但是，他的话，却是一个字一个字地烙进了她的心底。

他对她的心意，她明白，她全部都明白。

她感动得泪水决堤而出，可怜兮兮地吸了吸鼻子，小手用力拍了拍他的胸口，嗔怪地泣诉："你这笨蛋，也不说点好听的，什么女人会被你感动，都会被你吓跑的！"

吓跑？

他将她搂得更紧，一本正经地回答："那我只好把你绑在身边，让你跑不掉了。"

泪水止不住地往下掉，却都是感动的泪水。

她伸出双臂回搂住他，把小脸贴在他的胸口，不一会儿，她的泪水已经把他的衣衫打湿，他则心疼地轻抚着她的背："别哭了，哭得我心都快碎了。"

她又嗔怪地拍拍他的胸口，一边抹着眼泪，一边抽咽着责怪他："谁叫你说这么动听的话，害得我哭！"

"你很难哄啊！"

"因为我是女人！"她理直气壮地直腰，气呼呼地瞪他。

低头看到她哭得红肿的眼睛，长长的睫毛上还残留着几颗晶莹的泪珠，是那样楚楚动人，让人忍不住想要怜惜。

他情不自禁地低头吻了一下她的眼睛，寻着她的唇，又啄了一下，怜惜的话中带着满满的宠溺："是，你是女人，所以你想怎样就怎样！"

听着他的口吻颇为无奈。

"怎么？你很不甘心吗？"她沙哑着嗓音哭笑不得地指责他。

"不敢！"

"就知道你……"她话音还未落，楚靖懿已经抱了她出府，走在大街上，他们两个人甚是引人注意，特别是高大又俊美的楚靖懿，回头率极高，她刚刚释然的心马上又紧张了起来，小手揪紧了他的衣领，紧张地说："懿，我真的没事，我们快回去吧！"

"不行，你的身体不能耽误，知不知道你刚刚差点吓死我！"他皱眉，把她的提议驳回。

这个男人，怎么会这么固执？

"可是现在你出来很危险，要是被人认出来怎么办？"她紧张的声音颤抖着，一双眼睛担心地望着四周，一只小手捂着他的眼睛，生怕他被人认出来。

他哭笑不得地拉下她的手："你这样挡着我的眼睛，我还怎么看路？"

在他的怀中，她晃了晃双腿："你还是把我放下来吧，我自己可以走！"他这样抱着她，太引人注意了，会增加他被人发现的概率。

她本来就已经被马车撞了，现在又吐了血，脸色苍白如纸，说话时是有气无力的，现在放她下来，恐怕她很快就会被马车撞第二次。

他可不能冒这个险。

"不行！"他想也不想，就拒绝了。

这个男人，怎么就那么倔强呢？

她生气了。

恼怒地看着他，生气地吼道："难道只有你关心我，我就不关心你了吗？"

话落，她就揪着他的衣领，不停地焦急催促："快点，我们快点回去，你要是被发现的话，就不好了！"

听了她的话，他并没有马上离开，而是用那双幽暗的双眼直勾勾地盯着她，想要看进她的眸底。

"你就这么关心我吗？"楚靖懿突然停在马路中央问她。

他突然停住，来往的人都好奇地往他们两个人这边看来，受到那么多的注视，朱茵洛的心就更慌了。

"喂，你怎么停在这里？为什么不走了？快走啊，离开这里！"她迫切地想要离开原地，但是，楚靖懿却仍然抱着她停留在原地，只用那双幽深的紫眸凝视着她，她急得攀着他的肩膀，让自己的唇可以贴近他的耳朵，然后压低了声音紧张地提醒他："你怎么还不动？被他们发现可怎么办！"

他的嘴角性感地勾起，欣赏她脸上慌乱的表情："你当真这么担心我？"

"废话！你要是出了事，我会内疚一辈子的！"

他眼中的温度降低了些："只是内疚吗？"

"别说这么多了，我们还是快点走吧，越留下来就越危险！"她恨不得代替他的双脚，可以尽快离开原地，多待一会儿，就多一分的危险。

"为什么？"他直勾勾地望着她的眼睛，想要听到她亲口说。

"什么为什么？"她愣住了。

"你刚刚不是说担心我吗？为什么要担心我？你不是一直很讨厌我，很恨我，现在为什么要担心我？"

呃……

他那双眼睛直勾勾地望入她的眼底，似乎能看到她的心事，让她在他的目光下无所遁形。

真实原因嘛……

他明明知道的，却还故意反问她。

她红着脸咬紧了下唇，倔强着不肯回答："你都已经知道了，干吗还来问我？"

"知道了？我知道什么？"

他是故意的，路中央的车子没法经过，已经有人往这边来，路边上还围了好些观众。

他是打算让别人认出他，好让她担心的吗？

他一次次地逼迫她交出自己的真心，他就是一个专门窥探她心里秘密的坏蛋。

他是料定了她会担心他的吗？

对！他赌赢了。

"你这王八蛋！对，我是喜欢你，爱上了你，担心你的安全，你满意了吗？"

他笑着搂紧她："很满意！"等了这么久，终于听到她的答案，心里狂涌起激动的浪潮。

一直以来他只是猜测，今天得到了确定的答案。这一天，他等得太久了。

"既然如此，我们快走！"看着四周这么多人，她急得快哭了。

"好，我不会让自己有事，更不会让你有事！"

楚靖懿不顾朱茵洛的反对，连夜抱着朱茵洛走访了咸城内的许多医馆，但是结果都让他很失望。

没有人知道她是怎么回事，大夫们一致认为，她的内脏并没有什么问题，所以，她胃出血等毛病，一下子就被否决了。

楚靖懿抱着朱茵洛又走进了一家医馆，那家医馆的大夫看到楚靖懿之后，被他的脸惊住，还以为是见了鬼。

然后楚靖懿走进去把朱茵洛放到那家医馆的榻上。

躺在病榻上的朱茵洛，抬头便看到一张丑陋但却不陌生的脸，正是楚靖懿。

她虽然答应了他，让他带她出来医治身体，但是却用一块煤灰，在他的脸上点了许多大大小小的黑色斑点，看起来相当恐怖，若是小孩子见了，说不定会被他吓哭。

看到他的脸，她忍不住扑哧一声笑了出来。

楚靖懿用那双幽暗的紫眸瞪她，大手捏了捏她的鼻子带着丝怒意斥道："你还敢笑！"

拉下他的手，她虚弱地轻咳了一声，才缓过来一口气，苍白的脸上笑容未退。

"我这是为了你好！"

"也只有你敢在我的脸上乱画！"无奈的口吻，却带着满满的宠溺。

"这是我的专利！"她傲慢地昂起下巴。

"专利？"听到陌生的字眼，楚靖懿蹙紧眉头。

呃，这个时代，还没有专利这个词，应该是很多年以后才出现的吧？她赶紧打哈哈解释："就是只有我一个人能做的意思啦！"

"是哦！"他又宠溺地点了点她的小俏鼻。

两个人互相对视良久，只是想要缓和一下紧张的气氛。

今天晚上，这已经是第六家了，前面已经连续有五家的大夫查不出朱茵洛到底得的是什么病，这让楚靖懿很担心她的身体，担心……她是不是真的会离开他。

他很快就把这个念头挥去。

他绝对不容许这样的事情发生，她一定会好好地跟他在一块儿，一辈子！

这辈子，他是第一次喜欢一个女人，想要用命来保护她、守护她，老天爷不会这么残忍，将她从他的身边夺走吧？

他的眉头深深地蹙起，眼睛里满是对她的担心，大手紧紧地握着她的小手，轻轻地贴在他的颊边，抓起她的手掌在她的掌中轻吻了一下。

滚烫的气息，在她的掌心中流窜，有着一阵阵的酥麻，那一吻中，注入了他深深的情谊。

苍白的唇勾起灿烂的笑容，长长的睫毛轻颤着，眼睛眨了眨，灵动如黑曜石般的眼珠深深地回望他。

"你放心吧，我会没事的！"

他点了点头："你当然会没事的！"

"既然如此，你就不要担心了！"她轻声安慰，脸上有着坚强的表情。

其实，此时此刻，她自己也很担心，之前也呕过几次血，她的身体一向强健，怎么会突然吐血，或者是……她得了绝症？

她是为了不让楚靖懿为她担心，所以才会故意表现得这么淡定，只要她不担心，楚靖懿就不会因此而太过忧心，她不想看到他愁眉不展的表情。

一切都还是未知数，她抱着每一个希望，与他一块儿走进了每一家医馆，可是，得到的却只有失望。

她现在最担心的是，倘若她真的得了绝症，楚靖懿一定很伤心。

一想到他伤心的模样，她的心便一阵绞痛。

大夫从门外进来。

楚靖懿站起来，为大夫让了位。

朱茵洛自觉地伸出自己的手让大夫把脉。

她的心怦怦地跳着，焦急地抱着一丝希望，只盼望着这名大夫能够知晓她的病症。

大夫把着她的脉，那双眼睛紧紧地盯着她的脸，又轻抚着胡须，一副若有所思的表情看着她。

好一会儿后，他缓缓地收回了手指。

朱茵洛挣扎着要起身，楚靖懿把她扶了起来，楚靖懿担心地急问大夫："大夫，她怎么样，无大碍吧？"

大夫的脸上写满了不解还有疑惑。

"老夫为这位姑娘把脉，发现她的脉相平和，除了身上有伤之外，其他并无不妥，她的伤也不重，不知为何会吐血，还会这样虚弱。"

还是查不出她得的是什么病？

楚靖懿发怒了，他突然站起来，森寒的眼犀利地望着那大夫，冷酷的声音如同冬日的寒冰。

"你不是大夫吗？让你看病，你却问我们？你到底是不是大夫？怎么会连这么简单的病也不会看？"薄唇中吐出冰冷的话，话中隐藏着几分危险的气息。

他强大的气场，再加上他字字紧逼时的冷凛口吻，吓得大夫浑身发抖，说不出话来。

一只柔软的小手轻握住了他的手，成功地制止了他的怒火。

榻上的朱茵洛冲他温柔一笑："懿，你答应过我什么？不会吓唬别人的，你又把人家给吓到了。"

背对着朱茵洛的高大身躯微微地颤动着。

其实，他现在很担心，很怕她会有什么事，他很紧张，很紧张。

他的脊背僵了一下，收敛起脸上的担心，突然回头，回握住她的小手，紧紧的，那双妖冶的紫眸中掩不住担心。

然后他弯腰又把她抱了起来，大步流星地往医馆门外走去，带着怒意的声音异常凌厉："庸医！都是庸医，我不相信，没有人能治好你！"

在他怀中的朱茵洛心疼地看着他，鼻子一阵酸涩，泪水在眼眶中打着转。

他的声音里面有着沙哑。

他昨晚便是一晚没怎么休息，现在又抱着她走了这么多路。这么晚了，他也累了，却还依旧坚持着，到处寻找医馆。

他这么关心她，就算是她真有什么事，以后也无憾了。

她低头抹了抹眼睛，吸吸鼻子，佯装平静地抬头微笑着安慰他："懿，大概那些大夫说的是真的，我真的没事，你太大惊小怪了！我们还是回去吧！"

"不行！前面还有一家医馆，我们再进去让那里的大夫看看！"楚靖懿坚持着，坚定的口吻，不容人拒绝。

"可是你……"她现在最担心的是他呀。

"不要再说了，你若是累的话，就休息一会儿，等到了我再唤醒你！"楚靖懿打断她的话，不让她再继续说下去。

只要有希望，他就不会放弃。

这一晚上，楚靖懿抱着朱茵洛把所有的医馆全部走遍了，也没有任何大夫知晓朱茵洛得的是什么病。

最后，朱茵洛实在是累了，楚靖懿才把她送回郡主府，决定第二天再到其他地方去找找。

深夜，屋顶。

一道高大的人影迎风而立，他的脸背对着月亮，一片黑暗，看不出他脸上的表情，斜月将他的身影在地上拉得老长。

楚靖懿满怀心事的目光悠远地望向远方，以致身后的小甲和小乙已经上了屋顶，来到他的身后，他也未有察觉。

"王爷！"小甲和小乙两人异口同声地开口唤道。

高大的身影震了震。

楚靖懿恍然回神，惊觉自己刚刚失神太久，若来的不是小甲或小乙，换作任何一个普通的人，都可以将他杀死。

他太大意了。

"查到了吗？"他背对着二人冷声问。

"是东盈王！"

果然又是他！

"王爷，您的伤已经好了，我们来到郡主府也很久了，郡主府一直被东盈王盯着，如果一直待在郡主府的话，就会很危险，王爷……我们是不是要换个地方待着？这样皇上才不会发现我们，目标也会小得多。"小乙小声地提议道。

"不行！"楚靖懿冷声拒绝，答得非常快。

"为什么？"

"难道本王做什么事，还需你们两个来指挥不成？"楚靖懿生气了。

"不是！"小乙吓得战战兢兢不敢多开口，以免被楚靖懿再骂。

"既然如此，这件事你就不许再提！"

"属下再也不敢了！"他就是想让他提，他也不敢。

"去，查东盈王今晚会在什么地方！"

"您要……"

楚靖懿阴鸷地冷笑，笑声在风中有着骇人的温度，他缓缓转过身，月光照映着他洁白的牙齿，闪动着森寒的光芒，如同魔鬼的獠牙。"本王要送他一份大礼！"敢伤害他的女人，他绝对不会轻易放过。

"是！"

郡主府。

朱茵洛一早上神采奕奕地醒来，懒洋洋地伸了一个懒腰，觉得身体比昨天好了许多。

窗外传来金蝉的鸣声，一声又一声欢快的歌声，让人听到好似不知疲倦。

突然枝头传来一阵骚动，伴随着馨儿的诅咒声："我让你们这些冤家再继续叫！"

蝉鸣声变得仓皇而断断续续，朱茵洛往窗外看去，依稀可见几只蝉从枝头狼狈地逃走，留下一片安静，屋内亦是一片寂静。

屋内……寂静得可怕，一丝声音也没有。

她的手指抓了抓乱糟糟的头发，困惑地环顾房间，以往她只要醒来，旁边必会看到楚靖懿，今早却是一个人影也不见。她依稀记得，昨天晚上都已经对他表明了心迹，今儿个倒好，连个人影也不见了，这大清早的他去了哪里呢？

忽地，她又想到昨天她认真对他说的话，她说要放他走，他也答应了，她说让他今天走，他也同意了。

难道……他走了吗?

想到他可能离开了,她浑身似被凉水浇透,掀开薄被,顾不得穿鞋,直接冲向密室。

密室内,空荡荡的,一个人影也没有。

脚踏在冰凉的地板上,急匆匆地奔出卧室。

馨儿从门外笑吟吟地走进来,手里还拿着一根竹竿,轻轻地放在门后。

朱茵洛慌张地冲过去,紧张地握着馨儿的手:"馨儿,小甲和小乙两个人是不是又被你吩咐去做什么事了?"她带着一丝希望地问。

倘若小甲和小乙两个人被馨儿叫去办事,那就代表楚靖懿没走。

馨儿一脸迷惑地看着她:"没有呀!"

没有!楚靖懿不在房间,小甲小乙两个人也不知所踪,怎么回事?他当真走了吗?昨天在向她表明心迹之后,他只字片语也未留下,就走了吗?

"他……真的走了吗?"朱茵洛难过地低语,也好……也好……反正她本来就是要他走的,现在他走了,就说明他脱离了危险,她该为他高兴才是。

心里感觉空荡荡的,全身的力气也瞬间被掏空了。

看着阳光,甚觉刺眼,她缓缓地转身,准备回房间去继续睡觉。

"走了,谁走了?"馨儿更奇怪了。

"都走了,一个都不剩!"朱茵洛边慢慢地晃回屋内,边喃喃自语道。

这下馨儿是听明白了。

怪不得朱茵洛突然那么紧张、慌乱又失魂落魄的,原来是以为楚靖懿他们走了呀!

感情呀,真是容易让女人冲昏了头脑,她忍不住向朱茵洛解释道:"郡主,他们没走!"

没走?她飞快地转身,眼睛危险地眯了眯:"你刚刚不是说小甲和小乙他们都不在了吗?"

"哎呀!"馨儿无奈地解释,"郡主,我刚刚是说不知道他们去了哪里,但是……他们不是走了,只是出去有事,一会儿就会回来了,还说会赶在郡主您醒来之前回来呢,是郡主您醒得太早了!"

事先不解释,现在怪她醒得太早了?

朱茵洛白她一眼,脸上失落的表情瞬间不见,眉梢戏谑地扬起:"馨儿,你已经很久没有去刷过茅厕了吧?"

刷茅厕?一股恶臭似在瞬间冲入鼻底,馨儿脸色大变,她尴尬地笑着,讨好地晃着朱茵洛的手臂。

"郡主,您不会是想让奴婢去刷茅厕吧?"

"不想去?"朱茵洛嘴角的弧度加深了几分,"再加倒马桶!"

"郡主!"馨儿嗔叫着继续争取。

"如果再不去的话就加……"

不等她说完,馨儿脸色倏变,赶紧举起手,大义凛然地大声答:"奴婢遵令,马上就去!"

话落，馨儿哭丧着一张脸，赶紧跑开了去，生怕朱茵洛再加什么变态的工作给她，太欺负人了！

偏偏人家是主子，她又不得反抗。

看馨儿慌张离开，跑得飞快，恨不得自己多长两条腿，朱茵洛扑哧一笑。

这馨儿，跑得还真快。

头顶湛蓝的天空上，朵朵白云飘过，不时遮住阳光刺眼的光芒，为大地带来短暂的清凉。

天气不错，她阴沉的心也变得舒服多了，深呼吸了一下，满口的清新，连带着心情也变好了。

她这才突然发现自己身上的衣服竟然是睡衣，还好四周无其他人，这一身凌乱不堪的模样，若是被其他人看到了，她郡主的形象可就真的没了，不仅如此，她的清白也要被毁了。

不对……她的清白早在八百年前就已经被楚靖懿给毁掉了。

她赶紧折身回房间去，换下睡衣，探手摸了一下腰际，发现空空的，突然她恍然大悟。

差点忘了，那块玉佩。

那块可以阻止楚靖懿用读心术窥她心事的玉佩。

她只有洗澡的时候才取下来，吃饭睡觉都戴着的玉佩，掉到哪里去了？

床下和桌子上翻找了一遍也未发觉玉佩在哪里，她蹙起蛾眉。

这玉佩能掉到哪里去呢？

床下没有，难道能在床上不成？

带着这份希望，她掀开薄被，果然在薄被下，发现了那块玉佩，正安稳地躺在她的枕侧。

她庆幸地松了口气，赶紧把玉佩握在手中。

这玉佩也不知道是什么时候从她的怀里掉下来的，一定是昨天她不小心弄掉的吧！

那块玉佩折射过来的阳光，有些刺眼，令她头脑有几分眩晕。

她赶紧移开视线，眩晕的感觉马上好了许多。

一定是刚刚的阳光太过刺眼，所以她才会有这种眩晕的感觉。

她没有想这么多，赶紧把玉佩重新放在腰带内，手指不安地在腰侧按了按里面的玉佩，心里多了几分紧张。

他会读心术的事情，一直没有告诉过她，所以她也没有将她有防读心术玉佩的事情告诉他。

当他对她坦白的时候，她也会对他坦白。

指尖感觉到玉佩的纹理及温度，突然一阵风从窗外吹来，令她浑身感觉凉飕飕的，头开始有些昏沉，缓缓地坐下来，她方感觉身体舒服了些。

手指轻轻地按着酸涩发涨的额头，朱茵洛蛾眉紧蹙。

明明身体已经好了许多，怎么头又突然痛了起来？

摇了摇头，把脑袋里面瞬间的不适甩去，她才感觉头不再那么重。

拿着梳子梳着她一头乌黑如瀑布般的长发，她的视线，突然不小心瞄到书柜拐角处，那个小盒子不知道什么时候被打开了。

那个小盒子是……

朱茵洛的瞳孔骤然收紧，随手把梳子丢到梳妆台上飞快地冲到那墙角。

她把墙角的那个小盒子一下子抽了出来，眼前看到的一幕，让她的瞳孔收得更紧。

冰玉，万年冰玉不见了！

那块万年冰玉，是她前些日子，差点丢了性命从左梦云的手中抢来的，现在怎么会突然不见了？

她记得，前天那块冰玉还在的，前天晚上房间里面很乱，她只是简单地收拾了一下，没有去注意这个盒子。

后来，只有馨儿收拾过这个房间，难道是馨儿拿的？

这个想法马上就被她推翻了。

馨儿跟了她这么多年，她的人品她非常了解，馨儿绝对不会做这种事情的。

除非……

在她发现冰玉还在，到现在这期间，除了馨儿、小甲、小乙和楚靖懿进过这个房间之外，就只有朱怀义。

小甲、小乙和楚靖懿三个，就更不可能去偷这块冰玉了，唯一可疑的人，就是朱怀义。

他竟然偷了她的冰玉。

现在回想起来，朱怀义当初从房间里出去的时候，左手一直紧握着拳头藏在衣袖内，不让她看到，当时他左拳头里藏着的，一定就是冰玉。

这朱怀义偷她的冰玉做什么？

不好！这块冰玉是西冀之物，倘若朱怀义把那块玉佩交给了楚惊天，楚惊天就可以把左梦云的死嫁祸到她的头上。

不行！她一定不能让冰玉落在楚惊天的手上。

看着现在的事态，还没有楚惊天诬陷她的消息，这就说明朱怀义还没有跟楚惊天碰上头。

她要把握时间，要赶在这之前，把冰玉给偷回来！

决定了！

她刚转身准备去拿夜行衣，冷不防地撞进了一具温暖的胸膛中。

劈头盖脸的责备声砸来："身体还未好就下榻，连鞋子也未穿，又这么莽撞！"

听到是楚靖懿的声音，朱茵洛心中一滞，双手赶紧扶住他的肩膀，这才努力站稳了身体。

"你回来了？"朱茵洛惊喜地看着他。

楚靖懿边皱眉，边推她到榻边坐下，还非常绅士地为她穿上鞋子："看来，我的话，你是越来越不放在心上了。"

"我只是一时忘了而已！"朱茵洛低头委屈地压低了声音解释。

看她五官皱起那般让人动容的娇嗔，楚靖懿的脸色缓和了些："下次一定要记住，若是再忘了，我可不会像今天这样轻易放过你！"

"知道了！"她吐了吐舌头回答。

他板着脸，对于朱茵洛的保证，他感觉没有一丝可信度。

"你是当真知道了？"

"当然是知道了！"她敏感的鼻子从他的身上闻到一股奇异的味道，忍不住挨着他的衣服，深嗅了好一会儿。

她确定，那味道，并非楚靖懿身上常有的味道，里面有脂粉香，还有一股……浓浓的花香味。

这味道……不是一般只有风月场所才会有的吗？怎么会突然从他的身上散发出来呢？难道是……昨天晚上他不在她这里，跑去了风月场所，快活到现在才刚刚回来的吗？

心里越想越不对劲，越想越觉得楚靖懿之前出去的事情十分可疑，她的小脸越皱越紧。

她的脸微微一笑，突然冷淡地推开楚靖懿，淡漠的声音里没有一丝温度："你怎么突然过来了，不是走了吗？"

话锋突然转变，让楚靖懿不免相信一句话：女人翻脸比翻书还快。

"你怎么了？是不是哪里不舒服？"他探手想要触摸她的额头，被她的手用力地打掉。

"要说话就好好说，不要动手动脚的！"

动手动脚？

在这个时候，他们两个人的关系，用动手动脚来形容，太突兀了。

他转过她的肩膀，强硬地捧住她的小脸，强迫她看着他，用灼热的眼神强烈地逼视她，幽暗的紫眸中充满了担心。

"洛儿，你是不是身体又不舒服了？没关系，我马上带你到咸城外寻找其他的大夫，我一定会找到办法医好你。"

"我没事！"她又打掉他的手，嫌恶于他身上的味道，吃味地鄙夷，"反正外面多的是温顺健康的美貌女子，但是，麻烦你自重一点，下次要找就找良家女子，跟那种烟花之地的人在一起，会得花柳病的！"

说罢，她有些生气地推开他的胸膛，板着脸佯装写字。

拿着笔，笔尖悬在纸上半晌，她也没有落笔。

烟花之地，花柳病？

她是聪明之人，而他同样是聪明人，一下子就猜出她的心里在想些什么。

原来，她在意的是这个呀。

他突然释然地笑出了声，更加肆意地搂她入怀，不顾她的挣扎，低头在她颊边烙下一个滚烫的热吻。

"哎呀，你放开我！"她嫌恶地剧烈挣扎。

他的一双铁臂将她搂得更紧，成功地让她无法挣扎，低笑声蔓延至她的耳边，他忍不住笑出声，好笑地跟她解释："洛儿，你误会了。"

挣扎不得，被他的一双手臂锁紧的她，不管怎么挣扎也撼动不得他半分，最后只能乖乖地靠在他的胸膛上剧烈地喘息。

　　"我误会什么了，你还不快放开我？"她故意板着脸冷冷地道。

　　"我为什么要放开你？还有……洛儿，你是真的误会我了！"他仍然好脾气地向她解释。

　　"我误会什么了？你先放开我再说！"

　　他依照她的吩咐，只是放开了她一些，但只是转身把她推靠到墙上，把她锁在他的双臂与墙壁之间，让她无路可逃。

　　他的身体如山一般高大地压迫在她的身前，她的身体在他那双铁臂中，显得是那样的娇小！

　　好可怕的两个字。

　　"今天的事情，以后你会明白的！"他低头直勾勾地望着她道。

　　"明白什么？"

　　"明白我的心里，只有你一个人呀！"

　　甜蜜的话，哄得朱茵洛心里暖烘烘的，心头的不快也消失了大半。

　　她仍然板着脸，佯装生气，继续又问："你今天去哪里了？当真没有背着我在外面偷玩？"

　　他哭笑不得地解释："我五更时分才出发，刚刚才回来，就算是我想在外面做什么，这个时辰，任何地方都还没有开门营业吧！"

　　咦？好像说得也是。

　　这就更奇怪了！她一双疑惑的眼睛半眯着盯着他，满口狐疑："那你究竟出去做什么了？"

　　她总算平静下来了。

　　楚靖懿坐在椅子上，顺手拉她坐在他的大腿上，长臂搂住她的纤腰，低头在她的颈间轻嗅了一下，属于她的清香钻入鼻底。

　　他才宠溺地捏了捏她的鼻梁，微笑道："洛儿，你现在还感觉哪里不舒服？我已经让小甲和小乙出去找了名医回来，我一定会治好你的病！"

　　她舒服地闭上眼睛，靠他的胸前。

　　"不用了，我已经没事了，昨天可能是被马车撞的，你看我现在不是好好的吗？别担心！"她温柔地安慰他，虽然心里不舍，但她还是坚持着开口，"懿，你还是离开郡主府吧！"

　　"为什么？"

　　"因为只有离开了，你才能安全，否则……若是被他人知晓你藏匿在这里，传到皇上的耳朵里，他……"

　　大手温柔地抚摸着她的长发，一下又一下，声音低沉地打断了她的话："我已经决定，以回朝面圣为由，光明正大地进入咸城！"

　　她惊得抬头，错愕地瞪圆了眼睛。

　　"什么？你疯了吗？你这样的话，会惹祸上身，到时候他们……"

　　"放心吧！"他自信地抚摸她红润的小脸，低头在她丰润的红唇上啄了一下，惹得她瞪他的目光更凶。她薄唇勾起性感的弧度，好笑地又啄了一下才继续道："该来的总会来，总是这样躲躲藏藏更会留人口舌，再说了……你十八岁的生日很快就要到了，我已经打算好了，到时候会开始筹备我们的婚礼！"

　　"呃，婚礼？"朱茵洛惊讶地瞪大了眼睛。

　　看着她的表情，楚靖懿的脸一下子就黑了："怎么？你没想过要嫁给我？"

　　"我不是说过，得我父亲和皇上同意吗？"她白了他一眼。

　　这时，朱茵洛的亲信侍卫，从门外慌慌张张地跑过来，看他兴奋的表情，楚靖懿一下子便已明白那名侍卫要说的话，旋即低头吻住了朱茵洛的唇。

　　"唔……"她红着脸瞪他，"你干什么？"

　　"为了证明我要娶你的诚意，现在我先送你一份婚前大礼！"

　　"什么大礼？"看他笑得那般妖孽，朱茵洛丈二和尚摸不着头脑。

　　他俊美的笑容摄人心魂，突然他飞快地推开她，纵身跃上了屋顶。

　　朱茵洛还没有反应过来，门外就传来了侍卫敲门的声音。

　　"进来！"

　　侍卫急忙走进来，脸上带着喜色，激动地禀报："郡主，东盈王那里出事了！"

　　出事了？

　　一双眼睛瞥着楚靖懿蹿上屋顶，正奇怪着，侍卫跑进来，本来心思还在楚靖懿身上，以为他要做什么时，就听到侍卫的禀报。

　　听到侍卫的话，朱茵洛诧异地张了张嘴，许久没有说出话来。

　　然后，她脸上的表情由错愕转为惊喜："出什么事了？"

　　老天爷总算开眼了，楚惊天这只王八走霉运了。

　　看这侍卫一副得意的样子，一定不会是好事，既然不是好事，那她就更该开心了。

　　刚刚楚靖懿说要送她的礼物，难道就是这个吗？

　　侍卫手舞足蹈地描绘现场："是呀，万花楼失火了，东盈王他……"

　　本来还满心欢喜的朱茵洛听到万花楼和失火这几个字，瞬间脸色突变，吓得那名侍卫把后面的话生生吞了回去。

　　等了好一会儿，朱茵洛没有发作，那侍卫才继续补充："被房梁压到，伤到了腿，据说，一个月不能下榻，而且……"

　　"而且什么？"朱茵洛猛翻白眼，咬牙切齿地问。

　　那名侍卫以为朱茵洛是在瞪他，其实，她的眼睛是在瞪向房梁之上的某个男人。

　　某个男人得知失火的是万花楼之后，也诧异了一下。

　　屋外，阳光毒辣地炙烤着大地，屋内怒火熊熊燃烧，整座郡主府似乎在火焰中经受着煅烧。

　　郡主府内外皆是火热一片。

　　那名侍卫小心翼翼地紧接着又道："万花楼上面三层全部被烧毁！"

这一次，朱茵洛感觉到自己的眼睛里喷出的都是火苗。

太可恶了，这就是楚靖懿要送她的大礼？果真是很好的大礼，让她很是惊喜，惊喜到她现在想要拿把刀子，把他身上的肉一片一片地割下来下酒喝。

她的目光回到那名侍卫身上，生气地指着门，在自己的怒火未爆发之前，先让无辜者离开："你，现在，马上，出去！"

"是！"侍卫转身嗖地一下脚底抹油赶紧离开，跑得太快，没注意到门槛，扑通一声摔到地上，翻了个滚摔了个四脚朝天。

就在那名侍卫仓皇逃离的瞬间，朱茵洛感觉到头顶一阵疾风闪过，那阵风吹动着窗户上的窗纱，一道人影一晃就钻出了窗外。

朱茵洛首先是怔愣了一下，旋即反应过来，抬头望向头顶的房梁，果见原本待在那房梁上面的人，不知何时已经消失不见了。

可恶的楚靖懿。

生气的朱茵洛，双手紧握，胸口的怒火一点点地上升，她恼怒地冲着窗子外面怒吼一声："啊……"

这一声震动整座郡主府，郡主府上上下下听到这阵声音，以为朱茵洛精神失常要杀人了，吓得纷纷想向郡主府总管告假出去避避风头。

郡主府不远处的一座屋顶，楚靖懿背对着唯唯诺诺地站在他身后的小甲和小乙，颀长的身形，散发着森寒的气息，异常平静的他，更是迸射出一股让人压抑的气场，让人心里发毛。

小甲和小乙两个人站在楚靖懿的身后，你推推我，我推推你，谁也不敢开口。

最后，还是小甲大胆一些，唯唯诺诺地低声向楚靖懿询问："王爷，我们已经按照您的吩咐，不仅让东盈王残了，而且还把他在花楼受伤的消息，传得整个咸城都是，还传到了皇宫里，难道……我们做得不对吗？"

"是呀是呀，王爷，您让我们做的，我们都已经做到了！"小乙僵硬地扯了扯唇，随声附和。

都已经做到了，有什么不对的吗？

这大大的不对，而且还错得离谱，若是没事，他会站在这里，跟着他们一块儿在屋顶上暴晒？

高大的身躯缓缓地转身，那张冷峻的脸上，挂着一层寒霜。

小甲和小乙两个人赶紧又把头垂下去，全身紧绷着等待着楚靖懿开口。

或许……楚靖懿只是想要跟他们开个玩笑？其实是准备给他们颁发什么奖品？

想到此，两个人的心中已经开始窃喜着，想象着楚靖懿会给他们发什么奖品，一定是他们最想要的东西吧？

才刚想着，楚靖懿那双足以把百米之内的事物全冰冻的目光扫过他们二人，冷得他们二人瑟瑟发抖。

请问，发礼物的时候，会用这么慑人的目光看着别人吗？

然后，只听楚靖懿森寒的声音，一个字一个字地从齿缝中蹦出来："你们两个烧的，是什么地方？"

"花楼呀！"小甲茫然，顺口就说道。

然后见楚靖懿的脸更难看了。

小乙努力想着晚间趁着灯光隐约看到的花楼的名称，然后他一个字一个字地念道："万、花、楼！"

万花楼？

听到万花楼三个字，小甲倏地转身，惊讶地看着小乙重复着问："什么？万花楼？"

"是呀！是万花楼呀，我应该没有看错！"小乙还认真地点了点头，纳闷于小甲脸上的绝望表情，他又补充了一句，"不过，这家万花楼跟别家花楼真不一样，里面……"

突然小甲用力地用手肘顶了一下他，故意凑近他压低了声音提醒他："我拜托你，不要再说了！"

"为什么？"小乙并不知道关于万花楼的事情，不明白小甲听到万花楼三个字的时候，表情会是那么的错愕，甚至是惊恐，怎么回事？

看到小乙那么傻兮兮地看着他的表情，小甲现在真的想把他扔到垃圾堆里去。

看他这么笨，还是好心告诉他吧，以免他死都不知道怎么死的。

这么想着，小甲便冲小乙招了招手，笑眯眯地让他凑过头来。

小乙疑惑地把耳朵凑到他的唇前。

鄙视地瞪他一眼，然后小甲小声在小乙的耳边说了一句。

第一次，小乙没听清楚，诧异地回头又问了两个字："什么？"

真笨！

小甲又翻了一个白眼，在小乙的耳边又说了一遍。

这次小乙听清楚了，他脸上的表情非常丰富，先是由惊讶转为惊吓，再由惊吓转为惊恐，然后是歇斯底里般地叫出声，把小甲告诉他的话重复说了出来："什么？你说万花楼的主人是茵洛郡主！"

老天爷！他能不能不要说出来？说出来就罢了，还说得这么大声，让他情何以堪？

小甲马上拿手挡住脸，来挡住楚靖懿那双冒着火要杀人的眼睛，但是，那一点点的遮挡，只是聊胜于无。

把话咀嚼了一遍的小乙也终于明白了事情的严重性。

他们烧的……是万花楼，而万花楼的主人是朱茵洛。

小乙始终不明白，他向小甲小声问："可是小甲，茵洛郡主，怎么会开花楼的，她……"

"不要再说了，这家花楼，是郡主九岁的时候开的！"小甲猛翻白眼，真是孤陋寡闻。

九岁？

小乙彻底被打击到了。

"为什么郡主九岁的时候就可以开花楼，而我九岁的时候却在街上卖艺？"

"够了吧你，没看到王爷已经想要杀了我们了吗？"

小乙反应过来，才刚转过来就看到楚靖懿那双幽深得如冰似霜般的眼眸，一下子浑身冻住，笑容也僵在了嘴边。

"王爷，我们两个会弥补的！"小甲赶紧向楚靖懿求饶。

"是呀，王爷，我们两个一定会好好弥补！"小乙附和着一块儿求饶。

弥补？楚靖懿气得脸色铁青，里面又泛着些黑。

若是能弥补的话，他现在会出现在这里吗？

他现在唯一能做的，就是等着朱茵洛的气消了些，然后再回去哄她。

他生气地双手环胸站着。

小甲和小乙两个人却是非常抑郁地站在一块儿，进退不得。

本来他们两个已经完成了任务，可以讨赏的，谁知道搞了个大乌龙，现在不被扒皮，已经很庆幸了。

将军府。

本来还在生楚靖懿气的朱茵洛，怒火渐渐消退，一下子就让她想到还有冰玉没有从朱怀义的手上拿回来，当下乘了马车，就赶到了将军府。

她最担心的，不是朱怀义已经把冰玉交给了楚惊天，而是……朱怀义不小心触到了冰玉，那么他就会跟她当初一样。

刚下了马车，就看到朱佟尉火急火燎地从府里出来。

朱佟尉急着出门，没有注意到朱茵洛，就直接上了下人准备好的马车。

本来还想着要怎样跟朱佟尉开口的朱茵洛，看着朱佟尉的马车就这样走了，她倒是松了口气。

说实话，她不是很想看到朱佟尉，特别是他嘴里的那些所谓的仁义。其实，他只不过是胆小怕事之辈罢了，胸无大志，只知道打仗，其他的事情，什么也不懂。

在她看来，他就是愚昧，所以才会被楚飞腾要得团团转，还一本正经地宣布要忠于楚飞腾。

一个如狼似虎，随时会吃你肉喝你血的人，还要一直待在他的身边，那不是笨是什么？偏偏还愚昧无知，说自己跟的人是对的，一切都是别人的错。

好吧！既然他认为别人都错了，那么就让别人一直都错着吧，让他一直对下去。

他走到了大门前，门外的两名守卫看到她，皆恭敬地向她行礼："郡主！"

"嗯，起来吧！"她颇有架势地抬了抬手，"二少爷在哪里，你们知道吗？"

"据说，二少爷这两天一直在听雨楼，没有离开半步！"

什么？没有出过听雨楼？坏了！

朱茵洛顾不得形象，提着裙子直奔听雨楼。

路上又遇到了阮梦莲，朱茵洛笑眯眯地冲她点了点头，后者生气地看着她，直接绕道往其他的方向去了。

朱茵洛无奈地扬起眉梢。

阮梦莲不想看到她，而她更不想看到阮梦莲，她绕道走了更好。

绕过了花园，她直奔听雨楼。

听雨楼内打扫的下人看到朱茵洛，热络地迎了上来。

"呀，这不是郡主吗？您回来了！"

"嗯，二少爷在里面吗？"

"在里面呢！"

"好！"答应着，朱茵洛不顾身后打扫丫鬟的谄媚奉承，径直闯进听雨楼，直接去推朱怀义的房门。

随后看到朱茵洛的水烟也跟着走了过来。

"茵洛，怀义说过，这两天他想要好好休息，不要任何人打扰他！"水烟维护着朱怀义，阻止朱茵洛抬脚欲踢门的动作。

朱茵洛急了，现在可是人命关天呀！

"四娘，现在我没办法跟你解释，但是我今天……得罪了！"

说着，朱茵洛就猛地拉开水烟，不顾她的阻拦，抬脚用力地踢开了房门。

门内一片死寂，这么大的声音，却是未惊到门内的人，难道是她……来晚了？

水烟也冲了进来，生气地拦住朱茵洛："茵洛，我知道你是郡主，你有皇上给你的特权，可是，怀义他说过……"

朱茵洛脸色苍白如纸，双唇嗫嚅着，她咬紧下唇，下意识地侧头往卧室内望去，果见朱怀义的头半侧在床边，他的嘴边有一丝血渍，地上也有一摊血，而从他血的颜色来看，已经凝固很久了。

看到这一幕的朱茵洛，蓦然浑身发凉。

晚了！她还是来晚了！

朱怀义，他才十七岁，还没有好好地享受人生，就这么死了！

大概是发现了朱茵洛惊怔的表情，水烟才终于发现了一丝不对劲，倏地转身冲向卧室。

刚冲进卧室，看到榻上躺着的儿子，她被吓得惊慌失措："怀义，你怎么了？你别睡呀，你不要吓娘，无论你说什么，娘都答应你，你不要吓娘呀！"

朱茵洛缓慢地挪动着两条腿，向卧室内移动。

榻上的朱怀义，身体早已僵硬，他的双眼突出，手抓着床榻的边缘，表情甚是痛苦，看起来，他在毒发之前，曾经挣扎过。

接受了现实的水烟，终于悲恸地抱着朱怀义的尸体哀号着大哭了起来。

"怀义，你不要走，不要留下娘一个人！"

那悲伤的嗓音，声声透着嘶哑和绝望："我的儿子，你走了，留下娘一个人该怎么办！怀义，你快回来，娘再也不管你了，娘再也不管你了，你想去哪里就去哪里，但是……求求你不要扔下娘一个人在这个世界上！"

看到水烟这么悲痛，朱茵洛的鼻子也是酸酸的，转过头偷偷地抹眼泪。

突然一阵清脆的声音在地上响起。

一块玉佩落在了朱茵洛的脚边，而那声音，并没有引起水烟的注意，她泪眼婆娑，悲痛欲绝，不一会儿就已经哭得声音嘶哑。

　　朱茵洛悄悄地用装冰玉的袋子把冰玉装起来，收进衣袖中，然后缓缓地靠近水烟，僵硬的手半晌才落在她的肩膀上，轻轻地拍了拍："四娘，您……节哀吧！"

　　水烟似没听到般，怀中抱着朱怀义嘶哑地哭喊着，这撕心裂肺的声音听得朱茵洛心里一阵酸涩难耐，还有几分自责。

　　倘若，她当初把冰玉扔掉了，或是及时发现冰玉丢失，她是可以救他的，可是……只是因为她的疏忽，所以朱怀义才会就这么离开了人世。

第二十二章　皇帝的算计

傍晚之前，朱茵洛丢了魂似的回到了郡主府，眼睛红红的，肿得像核桃，脸上还挂着泪渍，模样让人看着便十分心痛。

朱茵洛刚回到郡主府就被馨儿一把拉住。

"哎呀，郡主，您终于回来了，南陵王刚刚还在找您，您去哪里了？"

刚说完，馨儿看到朱茵洛满面的疲惫，还有她脸上未干的泪渍，表情一下子转为了担心："呀，郡主，您这是怎么了？怎么哭了？"

馨儿赶紧手忙脚乱地抽出袖中的手帕为朱茵洛擦拭脸上的泪水。

朱茵洛淡淡地推开她的手，沙哑的声音里有着丝倦意，扯出了一弯并不美丽的笑容，她摇了摇头："没事！二弟……他……"

"二少爷他怎么了？"馨儿急急地问。

"他已经离开了人世，之前我去的时候，才发现了他的尸体！"

"什么！"馨儿如遭雷劈，吓傻了般地瞪大了眼睛喃喃自语，"不会吧，二少爷他还那么年轻！怎么会就这么去了！"

朱茵洛无力地叹了口气，声音沉重地嘱咐馨儿："这件事，暂时先不要告诉娘，不然娘晚上会伤心得睡不着，等明天再告诉她吧！"

馨儿点了点头："夫人以前除了小姐，最疼的就是二少爷，二少爷跟夫人也很亲，夫人要是知道了，一定会伤心的！"

"好了，帮我打水，我要洗漱一下！"

"知道，奴婢马上去让人把晚膳也一并送到您房里！"

"嗯，你去吧！"

馨儿匆匆忙忙地跑开，突然像是想到了什么，回头说道："郡主，南陵王刚刚在找您呢！"

"知道了！"

朱茵洛没精打采地走进了自己的房间，刚回到房间，楚靖懿的身影迎面而来，紧张地握住她的柔荑，担心地捧着她的小脸。

看到她脸上悲伤的情绪，楚靖懿以为她还为万花楼的事情在生他的气，劈头盖脸地就解释道："洛儿，你放心，万花楼，我一定会将它恢复原样，这些天你万花楼的损失，我双倍赔你，好不好？"

朱茵洛的眼皮抬了抬，又垂下去，疲惫地扯掉他的手："我很累，想休息！"

"洛儿？你还很生气吗？"

朱茵洛冷淡地推开他，缓缓地走到榻边坐下，浑身无力地躺在榻上，望着床顶发呆，瞳孔暗淡无光，看起来甚是让人担忧。

一直不说怎么回事的朱茵洛，让楚靖懿的心里十分担心，不知道她到底出了什么事。

可她却什么都不说，让他无从猜起。

朱茵洛的脑子里想的，全是朱怀义的身影。

她还记得当初他小的时候，很可爱，喜欢在树下面踩着阳光在树叶间投落在地上的树影玩，喜欢扯着她的裙子，在她的身后大声地喊她姐姐。

在他长大了之后，爹送他什么东西，他第一个想着的就是送给她，有什么好吃的也总是端来给她，虽然大多数时候都是她送他礼物。

他很胆小，很懦弱，若是有人骂得他重一些，他就会害怕地躲在她的身后哭，那种模样，让人看了十分怜惜。

也是自从他唤她第一声姐姐起，不管他对她是好是坏，她都已经认定了他是她的弟弟，所以事事护着他，想给他最温馨的感觉，以弥补她没有兄妹的遗憾。

时间一眨眼，到现在十多年过去了。

可是，他居然就这样孤孤单单地走了。

一想到这里，她的鼻子又酸涩了起来。

以前一直都觉得人的生老病死，只是很平常的事情。

现在，死亡突然出现在她的眼前，她突然觉得，生命真的好无常，那样一个人，说没就没了，让人来不及祭奠一下。

"洛儿，你到底怎么了？"楚靖懿担心地看着他，坐在她的身侧默默地看着她。

朱茵洛蹭地一下突然坐起来，转身狠狠地抱住楚靖懿，放声痛哭了起来。

"二弟死了，他死了，以后再也不会醒来了！"

朱怀义死了？

楚靖懿默默地搂着她，轻轻地拍着她的后背，让她哭个痛快。

直到她哭累了，哭声渐渐变成抽噎，楚靖懿才缓缓开口轻声安慰她："都说，人死了都会往极乐世界，你二弟他这般单纯，在那里，一定会过得很开心！"

她抽噎着可怜兮兮地说："可我还是舍不得他！"

他微微一笑，心疼地搂紧她，低头在她的发顶上落下一吻，低沉的嗓音在他的胸膛上震得很响："他现在过得开心，你应该为他高兴才是！"

听到楚靖懿的话，朱茵洛的心里果然好过了许多。

她凶狠地冲他命令："你一定要好好活着，我不允许你比我先死！"

他沉声落下承诺："我保证！"

听到他的保证，她的心里有了一丝温暖，紧紧地搂着他，躺在他的怀里感受他结实的胸膛和有力的心跳。

窗外，是一阵风吹过，窗纱随风摇曳，吹进满室的清凉。

良久，怀里的她没有再发出一丝声音，呼吸亦逐渐平稳。

在楚靖懿以为朱茵洛已经睡着了的时候，朱茵洛倏地抬头，一双水亮的大眼睛眨动着，闪着灵动、慧黠的光亮："你刚刚说，要把我的万花楼恢复成原样，还要赔我双倍的损失！是不是真的？"

这女人，翻脸比翻书还快！

楚靖懿无奈地翻了翻白眼。

"当然。"忽地，他眸光一闪，突然把她压在身下，妖冶的紫眸闪动着掠夺的光芒，目光幽深而火热，"再加上本王，如何？"

傍晚时分，热气渐退，卧室内热情如火。

宋惠香突然说要朱茵洛过去她那边闲聊，这让朱茵洛一下子草木皆兵。

她以为宋惠香是知道了，所以才故意找她过去问些什么。她一路战战兢兢，不知道该怎样把朱怀义的事情告诉她。

她心里一直担心着，直到坐到了宋惠香的对面。

灯光下，宋惠香面无表情，一双眼睛看着她，不发一言，让本来就心里有鬼的朱茵洛心里更嘀咕了，不知道宋惠香的心里到底在想些什么。

她不开口，让她准备好的一切该怎么发挥呀？她要说些什么，她才能继续接下去，然后见招拆招的嘛。

宋惠香低头沉思着，好像没有看到朱茵洛已经来到了她身边似的。

但这在朱茵洛的眼睛里，似乎是宋惠香话中有话，可能是已经知道了些什么，她紧张地想着，要该怎样安抚宋惠香。

静谧的房间，安静得一根针掉在地上都清晰可闻，朱茵洛的耳边只能听到自己的心跳和呼吸声。

那心跳声"怦怦怦怦……"一声又一声，让她的心里越来越紧张，终于她忍不住了，紧张地开口打破了寂静。

"娘，您找我来，有什么事吗？"她尽量让自己的表情看起来很自然。

一听她的声音，宋惠香就清醒了过来，也认出了对方是谁，但是一张脸板了起来，看起来很疑惑地扫她一眼。

朱茵洛用力吞了一下唾沫，双眼直勾勾地盯着宋惠香，小心翼翼地问："娘，您怎么了？怎么这么看我？"

"还说我呢，这要问你自己，你干吗这么心虚？刚刚你的声音很奇怪，只有你紧张心虚的时候，声音才会发抖！"宋惠香一针见血地道。

宋惠香一针见血,她是见血封喉。

朱茵洛错愕地张大了嘴巴:"我刚刚的声音,发抖了吗?"

"我怎么说也是你娘,你跟我说话的时候,什么表情,什么动作,我全一清二楚。说吧!是不是有什么事?告诉娘!"宋惠香一脸关心地望着她。

天哪,平日里宋惠香那般懦弱,又胆小如鼠,说话不敢大声,心思倒是还挺细腻的。

在她敏锐的目光下,她所有的心思都无所遁形。

脱口便道:"那个,是……"

是字之后,她突然噤了口,差点就说漏了嘴,宋惠香还是一脸好奇地看着她。

"哎呀娘,没事啦,都是一些小事,您就放心吧!"为免宋惠香再问,朱茵洛赶紧转移话题,"对了,娘,您突然找我来有什么事吗?"

瞥她一眼:"怎么?娘没事就不能唤你过来了吗?"

这样问,会更让她毛骨悚然的。

"当然不是!"她飞快地回答,"您是我娘,您只要想我了,叫我一声,我就马上过来看您!"

"是哦,可是你几乎从来不陪我用早膳!"

"娘,明天,明天我一定陪您用早膳,好不好?"朱茵洛指天发誓道。朱怀义死亡两天了,在这大热天,他的尸首开始慢慢腐烂,朱佟尉已经决定明日要将他下葬,所以,宋惠香明天是必须要到的,明早朱茵洛就要告诉她事实。

"真的?"宋惠香不相信看着她,非常疑惑地凑近了朱茵洛的眼睛,"你不会是做了什么错事,所以才会故意这样说的吧?"

"当然不是!"

"那就更奇怪了!你可是很少陪我用早膳的,是不是跟你今天晚上要跟我说的事情有关?"

心差点骤停,朱茵洛的脸色白了白,赶紧扶着宋惠香往她的房间走。

"哎呀,娘,您不要胡思乱想,好好地睡一觉,明天过后,什么都会好的!"朱茵洛笑吟吟地催促她。

"哎呀,我会走,你不要推我嘛!对了,外面我做了一盘糕点,是你爱吃的莲子糕,特地让你来吃的!"

"好啦,我一会儿去洗澡的时候,会全部吃光光的,你就先休息吧,什么事都不要想得太多!"

"娘听你的!"

"那娘,我就先回去啦!"

"你这孩子!"宋惠香无奈地看着她,只得任她去了。

朱茵洛走去宋惠香房间的时候,顺便也把她做的那盘莲子糕带走了。

洗澡的时候,配上莲子糕,那是绝配!

朱茵洛在日上三竿时才缓缓醒来，醒来时，身边已不见了楚靖懿的身影。

她揉了揉发涨的额头坐了起来，一片纸从她的掌心落下，薄薄的纸片幽幽地落到了薄被上，熟悉的字迹，一下子映入眼帘，将朱茵洛的视线吸引了过去。

上面只有三个字：晚上见！

晚上见？

她生气地嘟嘴把那纸片捏做一团，愤愤地抱怨着："晚上见？能有什么急事？就这么急着离开？"

她才刚起身，把地上狼藉的衣物收起来堆在脏衣物篮子里，馨儿便从门外走了进来。

朱茵洛庆幸地松了口气，幸亏没被馨儿发现满室的狼藉，否则她一定又会念叨了。

但是，她不知道的是，在她睡得天昏地暗的时候，馨儿已经出入了好几次，只不过她还在跟周公下棋，无暇顾及她而已。

"馨儿，你去帮娘打理一下，今天我们要一同去将军府！"朱茵洛坐在铜镜前，一边梳理着自己顺直的长发，一边吩咐馨儿。

"郡主，那关于二少爷的事情？"

"路上的时候我会对她说的！"只希望宋惠香能够不要太悲伤，她已经尽量拖延了！想到朱怀义，她心情低落地重重叹了口气。

"好！"馨儿刚准备转身，突然想到了一件事情，赶紧向朱茵洛汇报，"郡主，刚刚我听说，南陵王已经进了咸城，回宫面圣。如今，人应该已经进了皇宫了！"

回宫面圣，怪不得他今天会突然离开。

只是，他准备回朝了，也没有事先知会她一声，让她心里不免又有了一个疙瘩。

但是，他这光明正大的亮相，也是对楚飞腾说他回来了。相比楚惊天来说，楚飞腾才是更凶残的那只狼。

想到这里，她又开始为他担心了起来。

而他，又偏偏选择在朱怀义下葬的这一天回宫，这让她无法进宫去帮助他。

不过，既然他已经说了晚上见，那他晚上一定会回来，到时候……她再问他具体的事情吧。

只希望楚飞腾还能念及父子之情，不要太过残忍！

如朱茵洛所料，当她告诉宋惠香朱怀义的死讯时，宋惠香当场眼前一黑就昏了过去，朱茵洛慌张地掐住她的人中，才令她清醒过来，但是一路上哭得像个泪人。

朱怀义死了，这对朱仝尉来说也是一个沉重的打击，白发人送黑发人。水烟更在昨晚就已经疯了，神经兮兮地在听雨楼里，头发乱糟糟的，穿得也是脏兮兮的，哪儿也不肯去，只愿留在听雨楼里陪她的儿子，更不让人靠近朱怀义。

朱仝尉看到疯疯癫癫的水烟，痛苦之余，又很生气，直接让人把朱怀义的尸体从听雨楼内移了出来，又把水烟关在了听雨楼。

本来，在这之前，水烟甚得朱仝尉的喜爱，个个都往听雨楼里来巴结。

现在时运一过，个个跑得人影都不见。

看到听雨楼房门紧闭，守卫守在门外，不许任何人进入，朱茵洛只觉一阵心寒。

一个曾经那般深得宠爱的人，现在却落得如此下场。不禁想到男人情薄，女人在男人的眼中，只不过如此，当发现她不好时，就会像是弃妇一样被打进冷宫，还被禁锢了自由。

楚靖懿答应过她，他这一生只会有她一个女人，这让她很欣慰。

她是万万不会做像水烟和她娘这样的女人的，与别人分享一个丈夫，这份不完整的爱，还有可能会随时消失。

刚想到这里，朱怀仁面无表情地走了过来，他身着黑色的长衫，白色的内衫，头顶上是一顶银色发冠，边疆的水土，养得他面容略显粗犷，却多了几分成熟的男子气概。

他的目光深深地望着听雨楼，不知道心里在想些什么。

朱茵洛站在他的身侧，便偷瞄着他的侧脸，以为他是在悼念以往的时光，他脸上的那抹心痛，是为了水烟吧？

朱怀义下葬了，来的人很多，大多都是官场朱佟尉的同僚，嘴里说着违心的劝慰。看着悲伤的朱佟尉，那些同僚早已在心里不知道嘲笑了多少回。这些，朱茵洛看得见，朱佟尉不可能看不见。

官场上的这些尔虞我诈，是朱茵洛最痛恨的。

朱佟尉一夜之间，好像一下子苍老了许多，鬓角出现了几缕白发，非常明显。

他一个人坐在书房中，不让人伺候，阮梦莲在朱怀义被安葬在朱家墓地之后，回来就一直躲在自己的房间里不出来，推说自己不舒服，宾客的事情，就全由朱茵洛和朱怀仁两个人安排。

站在书房外，看到朱佟尉坐在书房内，手里拿着一支毛笔，笔头蘸饱了墨水，眼睛盯着面前的白纸，却是久久没有下笔。

突然笔尖的一滴墨水滴在了白纸上，迅速晕染了开来。

看到那滴黑墨水，朱佟尉恍然清醒，收了笔放在一旁，低沉着声音长长地叹了口气，脸上的愁容让人看了动容。

见他这样，朱茵洛的心里也不好受。

她一直以来，对朱佟尉都没有太多的感情，现在这一刻，她的心却是酸酸的，大概是因为她的这具身体的主人，与他血脉相连，所以才会对他百般心疼吧？

有下人送茶过来，她忙做了一个噤声的手势，并接过了下人手中的托盘，再挥了挥手，让下人先下去，由她来为朱佟尉奉茶。

她从门框边上探头进去，看到朱佟尉还在盯着白纸上的墨渍发呆，她幽幽地长叹一声，端着托盘迈进了门槛。

屋内，空寂无声，只有他一个人，看起来甚是孤单和凄凉，让朱茵洛一阵心疼。

她轻轻地把托盘放在桌子上，轻微的声响引起了朱佟尉的注意。

那双满是皱纹的眼睛看了她一眼，低头又叹了口气。

"洛儿，你有什么事吗？"他的嗓音低哑又沉重。

"爹，您再伤心，也要顾及自己的身体！"

他苍凉一笑："唉，再差也就这样了！"

"爹，二弟也不想看到您这样，知道您这样，他走也走得不安心！"朱茵洛苦口婆心地劝说。

"走得不安心？你知不知道，就在那天他回来的时候，他还说后悔做我的儿子，没想到他就这样……"朱佟尉激动地说着，说着说着眼眶一红，泪水开始在眼眶里打着转，但是却一直没有掉下来。

由始至终，朱佟尉没有掉过一滴眼泪。

他曾经对朱茵洛说过，做将军的人，流血不流泪，他一直这样坚持着，但是……男儿有泪不轻弹，只是未到伤心处。

从这一点来看，朱佟尉并非冷情之人。

"爹，您不要介意，二弟他一定是在气头上，他……"

那天他从郡主府中离开，刚受了她的质问，心里难免压力过重，导致情绪不稳定。

不等她解释完，朱佟尉头也未抬，就挥了挥手。

那动作她明白，是要她离开。

她噤了口，无奈地摇了摇头，只留下了两个字"保重"就出了书房。

书房外朱怀仁等在那里。

已至傍晚，金色的斜阳细碎地洒落在地上，将他们两个的身影拖得老长老长。

两人并肩往门外走去，一路无言，快走到大门外的时候，朱茵洛才突然说了一句："大哥，你对四娘还像以前一样吗？"

"我……"他直勾勾地看着她，想要说些什么，话到嘴边又咽了回去。

看到他的这副表情，朱茵洛心下就明白了几分，心浮起了一丝冷意。

一个女人，只要你不好了，男人的爱，就立马烟消云散。

"希望你经常去看看，看看她缺些什么，好吗？"在整个将军府，她唯一能求的，就是他了。

"这个自然是会的！"他的眼睛仍然直勾勾地盯着她。

走到了大门口，两人的脚步同时停了下来。

"你的马车怎么不在？"

朱茵洛微笑着答："娘的身体不好，又悲伤过度，哭昏过去好几次，刚刚我让馨儿先送娘回府了，一会儿就回来接我。大哥，你还是回去吧，大娘若是看到我们两个站在一块儿，会不高兴的！"她好笑地催促朱怀仁。

朱怀仁深深地望了她一眼，眼中有着几分不舍。

突然他的大手摸了摸朱茵洛的小脸。

"好。不过，你要常回来看看，我……呃……咳咳，那个爹会经常想你的！"他望见朱茵洛眼中的诧异，惊觉自己的动作太过亲昵，赶紧缩回了手，脸上有着几分窘迫，尴尬地干笑了两声，"那个，我要先回去了，你就在这里等着吧！"

在那一瞬间，朱茵洛似乎感觉到自己的后背似被人穿透了般，火辣辣地痛。

她奇怪地看着朱怀仁局促的背影，慢慢地离开了她的视线。

郡主府的马车，终于缓缓来到。

她提裙上了马车。

然而，刚刚才上了马车，突然一道黑影袭来，狠狠地把她搂入怀中。

暧昧的气息拂过她的耳，他低哑磁性的嗓音让她整个身子发烫："我今天一天都在想你！"

心里窃喜着，却故作矜持地昂起下巴："但是，我却一丁点儿也没有想你。"

话是这样说，两只手臂早已主动缠上他的腰。

没想他？才怪。

妖冶的笑容有几分性感，拂开她的发在她额头上吻了一下。

他低低的嗓音有一种独特的魔力，能让她的心莫名地安定下来，所有伤心和烦恼，都被他扫得干干净净，他的怀抱就是她安全的港湾。

傍晚，天边的火烧云，染红了半边天。马车在路上行驶着，朱茵洛像只猫儿般窝在他的怀中，欣赏着窗外的美景。

"今天怎么样？"耳边传来他低柔的声音。

她点了点头："嗯，二弟已经下葬了。"

他摸了摸她的脸："还伤心吗？"

"不伤心了，他离开其实也是一种解脱，现实中，他太压抑了！"这是实话。

"有件事，我要告诉你，今早我离开是……"

她的小脑袋在他的胸前蹭了蹭，疲惫地笑了笑，打断他的话："不用解释，我都懂，我现在头有点痛，想静一会儿！"

话到嘴边，她既然不想听，他只得又咽了回去。

温柔地搂着她，轻声安慰："好吧，你睡吧，我一直会在你身边。"

她听话地闭上眼睛。

"我要的是一辈子！"

"你真贪心！"虽然这样说，他还是将她搂紧。

马车上，朱茵洛疲惫地靠在楚靖懿的怀中，不一会儿就睡着了，等到了郡主府时，她被楚靖懿摇醒。

揉了揉惺忪睡眼："这是哪里？"

楚靖懿温柔地刮她一下鼻梁，拉开了车帘，外面的天色已经黑透，郡主府门前的那两只偌大的灯笼随风轻轻地摇曳着，照亮了门前的路。

原来是到家了。

她揉了揉有些酸涨的太阳穴："看来是我睡得太久了，连到家了都没发现！"

"还很累吗？"他体贴地问。

"没事！"她抬头甜甜一笑，苍白的脸，仍有一丝倦意，"只是有一点点累，娘还在等着呢，我要下车了！"

他先下车，温柔地把她扶了下来，邪魅的笑容中透着一丝阴谋的气息："对了，我还有一件事忘了告诉你。"

"忘了告诉我？什么事？"

"我已经向父皇申请，接下来我都会住在郡主府！"楚靖懿一字一顿地答，一双妖冶的紫眸微眯着细细打量她的表情。

"什么，你……"她嘴角的弧度垂了下来，不可思议地指着门楣上的"郡主府"三个字，"说要住在我这里？"

"是呀！"楚靖懿又补充了一句，"父皇知晓我要住在这里，很爽快地就答应了！"

楚飞腾那个老谋深算的狐狸，居然爽快地就答应了楚靖懿的要求。

她有预感，那只老狐狸，一定很快就会来找她。

她白了他一眼："懿，虽然我也很想你留下来，可是……你有没有想过，皇上会答应你留下来，到底是什么目的？"

"当然想过！最多只是想让你郡主府的人来监视我！"那张绝代俊容缓缓向她靠近，事不关己地邪魅笑着说，"再让你找机会——杀了我！"

这个坏蛋，他明明一切都很清楚，却还冒险住进郡主府。

她气得跺脚，恨不得把他的脑袋拧下来："喂，你知不知道，这很危险？你为什么不在外面找个安全的地方住下来？"虽然府里大多都是她的亲信，但是其中也不乏被楚飞腾收买之人，在郡主府里，太危险了！

他又笑了，有趣地看着她着急的模样，温柔地摸摸她的脸颊，好笑地问："你觉得除了郡主府之外，什么地方更安全？客栈？官府？或是一些百姓的家里？"

说到最后两个字，他的声音里已夹杂着几分揶揄。

确实，这些地方的任何一个地方，都不安全，客栈人来人往，不好防杀手；官府的人，都只听皇帝的；百姓敢收留他——找死！

"皇宫？"她无辜地睁大了眼睛吐出了两个字。

他挑了挑眉："如果我莫名其妙突然被太医判定暴病而亡，那你一定不要惊讶！"

"哪有那么邪门？你就不怕皇上让我杀了你？"她的眼睛灵动地眨了眨，一双黑亮的眼在夜色下一片澄澈。

他笑得更加猖狂了，带着薄茧的手摸了摸她的脸，指腹摩挲着她娇嫩的唇瓣，俊脸更加靠近她，妖冶的紫眸绽放出邪魅的光芒，嘴角挂着性感的笑容，嗓音低沉而沙哑："没关系，死在你的手上，我——心、甘、情、愿！"

无耻！

他气息的靠近，令她不由得一阵心慌，那股熟悉的男性气息，扰得她心慌意乱，小手忙把他的脸推开："贫嘴！"

朱茵洛出了郡主府，在咸城的街道上，漫无目的地走着，悠闲地这逛逛、那看看，或是摸一摸，好像是在看东西，但她的耳朵，一直听着四周的动静，不放过一丝一毫的变化。

这是个热闹的夏季，本该在枝头的蝉鸣声，却一丝儿也没有，安静得可怕。

越是安静，就表示越是有动静。

她在摸着路旁一块玉佩的时候，缓缓地闭上眼睛，用心地"看"。

果然，在树梢和屋顶，均看到了一些在隐蔽处的人。不仅是在她的四周，整个城内四处都有，只要她每去一处，总是有人能监视到她，然后向其他人打手势，告诉他人她即将去哪里。

她只是一个无关紧要的人，这楚飞腾怕她干吗？

在这外面，她感觉到四周都是眼睛，让她玩得不甚尽兴，顿时失去了兴趣。

放下手中的东西，她又四处逛了一圈。

本来已经准备折身回去，转身的一瞬间，却撞到了一个意外的人。

一行人，保护着一个坐在轮椅上的人，木质的轮椅，还透着新木的味道，上面镶嵌了金边和一些珠宝，看起来十分华丽，坐在轮椅上的人，俊容阴郁，无一丝表情。

保护在他身边的人，手持长剑，为那人开路，路过之处，人们纷纷自觉躲开。

看到那人，朱茵洛的瞳孔骤然缩紧，嘴角的笑容渐渐拉大，扯着嗓门，大声叫着："哎呀，这不是东盈王？若不是看到你这张脸，我还以为认错人了呢！"

守护在楚惊天身侧的侍卫，看着朱茵洛一副素色衣衫，以为她只是平民，狗仗人势地指着她的鼻子就是喝骂："你这个女人，东盈王的名号，也是你能唤的？还不快让开路？"

让她让路？

朱茵洛笑了，笑得甚是嚣张，掏掏耳朵戏谑地道："哎呀，东盈王，你最近管理能力下降了，你身边的这只狗，也吠得太大声了！我的耳朵都快被震聋了。"

被骂作是狗，那名侍卫气得脸色发白，突然抽出随身佩剑，指着朱茵洛暴怒地威胁："你刚刚说的话，再说一遍！"

"哟，胆子不小，敢用剑指着我的脸。东盈王，你的手下，真是越来越懂规矩了！"

楚惊天瞄了朱茵洛一眼，脸上仍是无一丝表情，突然他转头低斥那名侍卫。

"你果然胆子真不小！"

"王爷！"侍卫被惊住了，赶紧收了剑，心里还是愤愤不平，"可是那个女人……"

楚惊天眼皮也懒得抬一下便冷冷地命令："那是茵洛郡主，本王把你交给她了，等郡主饶了你，你再回到本王身边！"

"什么……"侍卫被吓住了，当初只在城东客栈上，他匆匆见过朱茵洛一面，所以对她并不太熟悉，才没有一下子把她认出来。

现在仔细地打量，发现眼前的人果然就是朱茵洛无疑。

朱茵洛嘲讽地冷凝着楚惊天，笑眯眯地戏道："东盈王，你自己的狗自己处置，处置他，我怕会脏了我的手！"

看到楚惊天，她的心里对他不仅不屑，还有恨意。

就是他，害死了朱怀义，这个仇，她一定不会忘。

楚惊天听了她的话，眼睛也没眨一下就朝身后的人淡淡地命令："既然如此，拉下去，把舌头割了！"

"是！"

"啊！王爷饶命！郡主饶命！"那名侍卫害怕地猛向两人磕头，不过王命不可违，楚惊天身后的人还是把那人拖下去了，不一会儿，不远处传来了一声惨叫，凄厉得令人心中发冷。

楚惊天果然够残忍！朱茵洛的心里这样想着。

今日的楚惊天，看起来无一丝戾气，一场大火，烧残了他的腿，似乎也把他的斗志给抹杀了！

"郡主满意了？"

"满意了！"她自发地退到了一旁。

楚惊天被人用轮椅推着，经过她身边的时候，他的手握住了轮子停下，望着那双迷惑的水亮杏眼，楚惊天的身体向她倾斜。

只有她看到了他脸上那像饿狼一样的眼神。

"我想告诉你，总有一天，这个国家，都会是我的！"

"你做梦！"她的眸子倏地睁大，愤怒地瞪他。

他的身子坐正，又恢复了方才的淡漠，好像刚刚对她所露出的狼子野心根本就是昙花一现。

朱茵洛眼睁睁地看着楚惊天被人推走，看着那辆轮椅，朱茵洛忽然诡异一笑，藏在身后的小手缓缓地伸到身前，手中不知何时多了两只铁钉。

握着铁钉的她转身向相反的方向走去，才刚转身，身后就传来了一阵木头散架和慌乱的人声。

活该！

对于欺负她的人，她从不手软。

她的嘴角勾起满意的弧度，径直往回走。

朱茵洛从外面欢快地进来，直接坐在楚靖懿的怀中。

"什么事这么高兴？"楚靖懿的手指勾起她的下巴，在她的红唇上啄了一下！

她更快地抱住他的脸，在他的唇上狠狠地吻了一下："今天有我最喜欢吃的菜，然后……"她诡异一笑。

"然后什么？"每次她的笑容都会让人由衷地感觉心里发麻。

"东盈王的轮椅因为在路上坏了，跌倒在地上，他原本受伤的腿，现在又加重了！"她得意地说道。

"原来是这件事！"他好笑地指点着她的鼻尖，"你就爱听这些事情。"

她挤了挤眼，摸了摸鼻子："整东盈王，这是我最大的乐趣，只不过……他现在还活着，假如他死了，我会更开心！"她咬牙切齿地说着。

"你就这么讨厌他？"

瞪他一眼："不是讨厌，是恨！"

"是哟，得罪你的人，都不会有好下场，谁都不敢再得罪你了！"他夸张地笑着说。

"那是当然，你也一样！"她危险地冲他眯眼。

"是是是，我当然不敢！"

"不敢就好！"她傲慢地扬起下巴，忽地眸光一闪，身子软软地靠在了他的怀中，完全一副小女儿姿态，前后表情判若两人。

路过一条破旧的街道时，熙熙攘攘的人群中，朱茵洛听到一阵嘈杂的声音，夹杂着恶骂。粗犷的声音，听起来让人厌恶，其中隐约还有一丝哭声，听起来让人甚是心疼。

多管闲事，向来是她朱茵洛最爱做的事情，这一次，自然也少不了她。

有权力不用，那是一种浪费。

拨开人群，走到人群的中央，一个满身是血的小男孩，身上穿着破旧的衣服，怀里抱着一个包袱，满是脏污的小脸，挂着几滴泪珠，红红的眼睛里，聚满了泪水，怯怯地看着眼前的人，一双手紧紧地护着怀中的包袱，任凭眼前的人怎样打骂，他也不肯松手。

"你这小乞丐，怎么可能会有这么多钱？快放手，否则，我就打死你！"一个凶神恶煞般的男人，抖动着一身臕肥的肉，脸上的两撮胡子，更给他的脸增添了几分凶神恶煞。

高高的个头，再配上这么一副面容，即使旁边有人想要出手，看到他也打了退堂鼓。

朱茵洛看着四周这些人只是看热闹地议论纷纷，心里涌起一股愤怒。

他们，竟然没有一个人站出来。

她再注意看时，这才发现，地上的那个小男孩，就是前几天在郡主府门口递给她包裹的那个男孩，那倔强的眼神，她至今记忆犹新。

这么小的孩子，就要背负着赡养自己亲人的义务，着实是太为难他了。

看到他，她又动了恻隐之心。

眼前那个臕肥体壮的人，根本就是明抢。

她生气地上前用一只手把那男人的手腕捏住，狠狠地甩开。

看似娇弱的身体，使出的力量，让那个男人被甩开了好几步远。

狠狠地瞪了那人一眼，朱茵洛才蹲下身来低头抚摸着小男孩的脑袋，温柔地问道："小弟弟，你怎么样了？"

"呜呜……"小男孩一看到是朱茵洛委屈地大声哭起来，"他……他要抢我的包袱，这里面都是我妹妹的药，没有这些药，我妹妹会死的！"

朱茵洛打开小男孩的包袱，露出里面几包药。

那个被朱茵洛甩开的男人，一看包袱里就几包药，一下子脸黑了下来，指着小男孩的鼻子骂骂咧咧："你这小杂种，就几包药，你抱那么结实做什么？我还以为是什么贵重的东西！"

朱茵洛把包袱系好，又摸了摸小男孩的头，安慰道："乖，你先走吧，赶紧去给妹妹熬药治病！"

"可是……那个大叔叔他……"小男孩怯怯地看着那个男人膘肥的体形，担心朱茵洛。

"放心吧，姐姐没事，你先走吧！"

"好！"小男孩乖乖地点了点头，双手护紧了手中的包袱，着急地转身离开。

朱茵洛目送了小乞丐离开，她才缓缓转身面对身后的男人，她的眼睛里充斥着愤怒的火花。

那男人一见朱茵洛的绝美面容，目光贪婪地在她的身上望着，粗糙的手指抹了一下嘴角流下的口水，眼睛里露出色眯眯的光亮："哎呀，原来还是位美人，刚刚你打断了我的好事，现在……只要你跟我回去，我就放过你，你放心……我一定会让你舒服！"

口气还不小，说话也不怕闪了舌头。

朱茵洛厌恶地看着他，双手环胸睨着他，眼睛里满是鄙夷："倘若……我不肯呢？"

"倘若你不肯的话！那可就别怪我不客气，伤了你细嫩的小脸！"

伤她？

她笑眯眯地扬起眉梢。

"你要伤得了我才行，就怕你……"她的嘴角挂着讥诮的笑，"没这个本事！"

没这个本事？这个五个字，深深地伤了那膘肥男人的心。

男人什么都可以没有，但就是不可以被伤了自尊，何况……对方还是一个女人！

四周的人已经向他投来质疑又嘲讽的目光，并且议论纷纷。

他气得吹胡子瞪眼，身上那一身肥厚的肉剧烈地抖动。

"你说什么？"

纤指指着他一身的肉，笑声如银铃般动听："你的这一身肉，堪比肥猪，可惜……你的这一身肉，却没有猪的肉值钱！"她嫌恶地啧啧出声，那表情狂妄得让那男人怒火喷薄。

太过分了！

"你竟然拿我跟猪相提并论！"男人气得咬牙切齿！

纤指晃了晃，狡黠的美目眨了眨："拿你跟猪比，确实不当！"

男人听了这话，得意地扬起下巴，以为朱茵洛是打算向了低头："只要你肯……"

不等男人的话说完，朱茵洛笑吟吟地又补了一句："因为你连猪都不如，起码猪的肉还能卖钱，你的这一身肉，丢在路上，恐怕都会被人嫌弃！"

怒了！

男人气得嘴角颤抖，眼睛里冒出的火花，似要将朱茵洛燃烧掉，一双手紧握成拳，指关节因用力咯吱地响着，显得甚是惊悚。

旁边，已经有人心疼朱茵洛，担心她的安危，忙在旁边劝着："这位姑娘，你还是认个错吧，他可是我们这一带的恶霸，千万不要招惹他！"

"是吗？既然是恶霸，那我更要看看他有什么本事了！"朱茵洛一副胸有成竹的模样，看得旁边的人却是心惊胆战。

朱茵洛不害怕，她旁边的人早已为她捏了一把冷汗。

那恶霸看着朱茵洛浑身的慑人气势，心里嘀咕着，但是又想着，一个柔弱的女人，能有什么本事？

他轻敌地出手想要抓住朱茵洛的手臂。

朱茵洛的灵目慧黠地眨动着，身子快速地避开，右手五指捏住男人的腕部，食指和中指，狠狠地掐住男人的腕间的穴道，顿时那男人痛得浑身痉挛，趁着男人失去戒备的时候，她更快地出手，狠狠地踢了一脚男人的腹部。

这一踢，她只用了三成的力道，那恶霸竟被朱茵洛一下子踢出了五米远。

人群让开了一条路，那些百姓的眼睛里，更多的是震惊。

朱茵洛看似柔弱的身体，竟有这么大的力量。

那个恶霸，倒在地上，痛得发出一阵阵的呻吟，双手撑着地，挣扎着想要爬起来，无奈无论他怎样用力，都爬不起来。

一顶轿子和一帮衙役敲锣打鼓地走来，为首的衙役走过来赶走人群，看到地上趴着不起的人，脸色马上难看了。

朱茵洛站在男人的身侧，双手环胸。

"你们是什么人？来人，把人给我抬走！"

"慢着！"朱茵洛一只脚踩在恶霸男人的背上，嚣张地冲那顶豪华轿子冷冷地指着，"让你们的大人下轿！"

"你是什么人，敢让我们大人下轿？"

她是什么人？

朱茵洛笑吟吟地从怀里掏出了一块金玉牒。

那衙役头儿一看，吓得腿软得差点倒了下去，嘴巴颤抖地吐出破碎的字句："茵……茵洛……郡主？"

"认得这块玉牒就好，让你们大人下轿！"

"是！"整个咸城，茵洛郡主的威名那是大大的，谁敢惹？

那名衙役听完之后，匆匆忙忙地跑回轿边，轿子中随后走下来一个中年男子，身穿官服，恭敬地向朱茵洛走来，谄媚地向她行礼。

"微臣是咸中知府，不知是茵洛郡主，还请恕罪！"

"这个是咸中的恶霸！你可知晓？"朱茵洛的手指了指脚下的男人。

"呃，这个……"那名知府，一看到地上的人，脸色微变。

一看这知府的表情，就知道这中间一定有猫腻。

咸城一向纪律严明，有恶霸出现，不可能没人举报，那么就只有一点，有人包庇。

冷冷地哼了一声，朱茵洛又是重重一脚踩下去，突然扬长离去，冷冷地丢下一句："如果明儿个刑部没有接到关于这名恶霸的正确判决结果，我相信，明日你接到的，就会是降职书！"

"是是是，小人遵命！"那名知府在朱茵洛的身后连声答应着，眼睛里却是满满的怨怼。

百姓看到这一幕，纷纷冲朱茵洛的背影大喊："郡主千岁千岁千千岁！"

耳后的声音，听得朱茵洛心里甚是舒服。

刚拐了个弯，她就听到屋顶有声音，眉心倏地一蹙，脸上的笑容缓缓收敛，美丽的眸子灵黠地转了转，迅速地闪到了屋顶。

屋顶的一名黑衣大内禁卫，看到朱茵洛突然不见了，惊愕地"呃"了一声，忙探出脑袋去看，突然肩膀被人轻轻地拍了拍，他马上反射性地拔出剑向身后的人。

朱茵洛的手更快地握住了禁卫的手，把他的剑按回剑鞘中："你想杀我不成？"朱茵洛娇媚地笑吟吟地问，如丝媚眼流转间，流泻出妩媚的风情。

"不敢！"禁卫心动了一下，单膝跪下恭敬地回答，"臣不敢！"

"不敢就好！"朱茵洛的面目一下子冰冷，"回去告诉要你来跟踪我的人，我朱茵洛最讨厌别人跟踪我，下次再跟踪我，我会毫不犹豫地杀了你们，知道吗？"嘴巴在笑，吐出的字眼却冰冷得吓人，空气中的温度似在瞬间降到冰点以下。

"呃……是……"禁卫不敢再偷窥她的脸。

"还不快滚？"

"是是是，属下这就滚！"

看着那名禁卫匆忙逃离的身影，朱茵洛的美眸微眯着。

看着已经开始慢慢落下山的太阳，她的心也似跟着一起垂下，眼睛眯成了一条缝儿。

楚飞腾怕是会因为这件事而发怒，但是，她就是想告诉他，他引以为傲的皇宫禁卫，也不过如此，她朱茵洛并非那般好掌握之人。

更重要的是，她要知道楚飞腾到底有什么心思，经过了今天的这件事，相信楚飞腾不会再坐以待毙了吧？

傍晚时分，夕阳东下，只剩下最后一丝光亮。

朱佟尉被楚飞腾急召进皇宫。

御书房内，灯火通明，朱佟尉踏进门槛，首先向楚飞腾恭敬地行礼："吾皇万岁万岁万万岁！"

"平身吧！"书桌后的楚飞腾头也未抬，抬了抬手道。

"谢皇上！"朱佟尉恭敬地站直了身体，头不敢抬起直视楚飞腾。

楚飞腾还在忙着处理奏折，笔尖在奏章上写下了最后一个字，他方收笔，把奏折合上放在右边的那一摞已批阅的奏折内。

"朱卿家，坐！"楚飞腾指着左边的椅子。

"谢皇上！"朱佟尉听话地依言坐下。

屋内一片寂静，静得一根针掉在地上都清晰可闻。

楚飞腾惬意地坐在椅子上，目光扫过朱佟尉眉梢的一丝悲伤："爱卿次子的丧事都处理好了？"

"多谢皇上关心，已经处理好了！明日臣就开始上朝！"

"不急！朕可以批准你多歇息几天，这些年，你一直辅佐朕，也辛苦了！"楚飞腾语重心长地道。

"为皇上效力，那是微臣的责任！"朱佟尉回答。

"你的意思是，只要是朕的旨意，你都会照办，是吗？"

"对！"他紧紧地抱拳，"只要是皇上的旨意，微臣誓死遵循。"

"哎呀！"楚飞腾摆了摆手，"不必誓死，朕只是想让你传道旨而已！"

"传旨？"朱佟尉错愕了，抬头不解地看着楚飞腾，"皇上要臣传的旨是……"

"是给你的女儿，茵洛郡主的！"

说着，楚飞腾从抽屉中拿出了一个明黄色的卷轴出来。

朱佟尉恭敬地上前去双手捧在手中，再退回原来的位置。

"这是？"

"这是给郡主的旨意，不过，这旨意只许你秘密交给茵洛郡主，记住……这件事，不许让旁人知晓！"楚飞腾阴险地笑道。

密旨！

给朱茵洛的。

朱佟尉一下子慌了，他刚刚没了一个儿子，楚飞腾现在是想……

"皇上，是不是小女又做了什么事情，让皇上生气了？臣自会好好地管教她！请皇上不要生气，为臣一定会……"

"不是不是，朱爱卿你想多了！"楚飞腾满面温和地笑道，"郡主一向很有分寸，从来不会激怒朕，只是……朕有些事情要她做而已，爱卿不要担心！朕知道你的儿子刚刚没了，朕不会这么狠心再让你失去女儿的！"

听到楚飞腾这样说，朱佟尉的心总算平和了些。不过，楚飞腾当真会轻易放过朱茵洛吗？朱佟尉怀疑地低头思索，心下有了几分算计。

"臣失态了！"

"朕不怪你！"挥了挥手，又拿起一本奏折，"好了，你快下去吧，朕还有公事要处理！"

"是！"

朱佟尉回去了，御书房中，楚飞腾突然生气地把桌子上那一摞未批的折子一把扫到地上。

朱茵洛，你敢与朕对抗？你只是朕手中的一颗棋子，朕要让你明白这一点，如果你不能成为朕的棋子，就别怪朕对你心狠，纵使再疼爱你，也绝不会手软！

一早醒来，精神很好，心里突然特别想念宋惠香，所以朱茵洛忍不住跑到花园中，准备陪她一起用早膳，顺便陪她一块儿聊天。

不知为何，她今天竟是非常想要看到她。

但是，她跑到花园里，花园中空空如也，却是一个人影也不见，不知道是怎么回事。

奇怪了，难道是娘今天不舒服，是昨天晚上的一场雨，让她生病了吗？

宋惠香的身体也是一直很虚弱的，想到这，她的心里一阵紧张，忙不迭地往宋惠香的卧室奔去。

屋内一名丫鬟走了出来，看到朱茵洛吓了一大跳，因为早上很少能在宋惠香这里看到朱茵洛。

"娘呢，在里面吗？"不等丫鬟回答，她已经侧身跑了进去。

屋内空荡荡的，一个人影也不见，只见榻上的被子叠得整整齐齐，好像一夜没有动过。

带着疑惑，朱茵洛伸手探了探床铺上的温度，上面也是凉凉的，冰冷得好似根本没有人睡过一样。

难道……昨天晚上宋惠香没有回来。

"夫人不在！"丫鬟匆忙地跑进来。

"娘怎么会不在的？她去哪里了？"朱茵洛诧异地问。

丫鬟摇了摇头，也是一脸的不解："昨天晚膳过后，夫人就出去了，也没说去了哪里，然后一晚上就没有回来，后来有人说夫人去了将军府。"

"你们说……娘去了将军府？"朱茵洛的脸色倏变。

难道是爹把娘唤去了，可是……现在听雨楼因为四娘疯掉已经被封了，就算是娘去了，也没有地方住呀。再说了，大夫人那只母老虎，会轻易让娘在那边住下？

这件事，从头到尾，都显得很是诡异蹊跷，隐约中让人脊背上透着股凉意。

莫名地，她的心里出现一种不好的感觉，心一点点地沉下去，让她没来由地紧张，心头像被压了一块大石。

背后有什么隐情呢？

想到这里，她的心里就越来越不安，突然扬手喝道："来人哪，备车，我要出门！"

"是，郡主！"有小厮答应着。

行进在去将军府的路上，朱茵洛的双拳始终紧紧地握着，外面阳光灿烂，她的心里却很冷。

希望朱佟尉不会为了逼迫她，做出什么伤害宋惠香的事情，否则，她一定不会原谅他！

朱茵洛一路直往将军府而去，因为担心宋惠香的安全，她不停地催促车夫把车再赶快一点，但是无奈路上人多，车夫不想伤了人，车子只是缓慢地前行。

最后朱茵洛受不了马车的蜗速前行，中途跳下了马车，往将军府跑去。

将军府的守卫看到是她来了，也不敢拦她，睁一只眼闭一只眼就让她进门，她也不客气，没有跟任何人打招呼就气冲冲地闯进了将军府。

刚进了将军府，她就冲进了书房，不小心碰到了端茶的丫鬟，托盘中的茶杯，哗啦一声落地。

"郡主！"丫鬟一见是朱茵洛，吓得扑通一声跪在了杯盏的碎片边。

朱茵洛未加理会，抬脚进了书房内，书房内一个人影也看不见，朱佟尉根本不在里面。

　　"爹呢？"朱茵洛冲出来，一把抓住了丫鬟的衣领，美丽的脸上，黑曜石般的眼睛阴鸷地盯着那丫鬟。

　　丫鬟被她突然靠近的脸吓得脸色苍白，颤抖着声音，害怕地回答道："回郡主，将军……将军他一早就去上早朝了，到现在还没有回来！"

　　上早朝去了？

　　怒了！她生气地把丫鬟推开，凶巴巴地又斥责着问："既然如此，你有没有见过我娘？"

　　"没有！"丫鬟的头摇得跟拨浪鼓似的，见朱茵洛的脸色不好看，这丫鬟机灵地把自己知道的全抖了出来，"不过，三夫人昨天晚上确实来过将军府，可是……她在书房里只待了不到一刻钟就走了！奴婢当初是亲眼看到三夫人出了大门的！"

　　娘不在？朱茵洛愣住了。

　　可是，娘也没有回郡主府，她能在哪里呢？还是……她遇到了什么不测？

　　心里越来越焦急，回头间，冷不防看到大夫人阮梦莲一身华服，面色清冷地站在她身后。

　　一脸嚣张。

　　"茵洛，你回到将军府也不说一声，就这么在将军府里大喊大叫，你不要忘了，这里是将军府，不是你的郡主府！"

　　阮梦莲那张嚣张跋扈的嘴脸，朱茵洛非常看不惯，在她的眼里，阮梦莲就是一个可怜的女人。明明可怜，却总是装作高高在上，盛气凌人的模样，这实在是可悲。

　　"那请问将军夫人，郡主的头衔在将军之上，既然你是将军夫人，是不是也该向本郡主屈膝行礼，你现在这样无礼地对本郡主说话，难道……"朱茵洛危险地眯眼阴森地笑着，露出两排洁白的牙齿，"是不想要舌头了吗？还是……想被打断双腿？"最后四个字，陡然加重了字调。

　　朱茵洛的威胁奏效。

　　话刚落，阮梦莲的脸色已经非常难看，由青转白，由白再转黑。

　　确实，她的地位在后，不及朱茵洛，纵使她的声音再大，也压不过朱茵洛的地位和气势。

　　既然压不过，怒气就只能暂且压下。

　　她再怎么不想见到朱茵洛，也不能跟皇权作对。

　　被朱茵洛这一番奚落，阮梦莲觉得自己已经颜面扫地，一转眼看到地上的丫鬟在那里害怕地瑟缩着身体，边上躺着瓷杯碎片，一腔怒火全往她身上撒，手指颤抖地指着她。

　　"你这贱婢，居然敢打翻老爷的茶盏，来人哪，把她拖下去，重打二十大板。"

　　啧啧，这处罚还真是重。

　　看她的模样，就是故意与她作对，想要对她使下马威？

　　可惜，她朱茵洛从来不吃这套，更不喜欢有些人在她的面前狐假虎威。

　　"慢着！"纤纤玉指抬起，阻止了小厮上前去捉那丫鬟的动作。

"怎么？难道我处置一个丫鬟，你也要管？"阮梦莲气得嘴角发抖，"这里是将军府，我将军府的丫鬟，我想管就管！来人哪，还不快……"

"给她一百两银子，打发她出府！"朱茵洛笑吟吟地打断了阮梦莲的话。

这丫鬟已经因为她间接得罪了阮梦莲，这阮梦莲怒火没处撒，一定会把这丫鬟往死里折磨。

"什么？我为什么要听你的？"阮梦莲火大地指着朱茵洛大喊着，声音因为激动已经变了调。

"不因为什么，刚刚是我碰了她，才会导致她打碎了杯子，只是……本郡主千金之躯，不能受那鞭打之刑，但是，本郡主又不能原谅自己，所以，把她驱逐出将军府，算是惩罚了！怎么……你觉得本郡主处置得不对吗？将军夫人？"最后四个字，朱茵洛咬得极重，嘴角的笑容，夹杂着危险和威胁。

太可气了！

阮梦莲气得说不出话来，摸着额头，头晕眩着，身子颤抖着后退了两步，她身后的丫鬟及时扶住了她。

"走开！"她生气地把那两名丫鬟推开，脸上的怒火仍盛。

啧啧，朱茵洛啧啧出声地看着她。

一个暴怒的泼妇而已。

她朱茵洛向来只有惩罚别人的份儿，没有人可以欺负到她的头上来，这是她的行为准则。

那名丫鬟听到朱茵洛的话，感激涕零地抱着她的脚连连磕头谢恩："谢谢郡主，谢谢郡主！"

"好了，就说是本郡主的命令，你去库房领一百两银子，回家去吧！"

"是！奴婢马上就去！"那名丫鬟千恩万谢地匆匆离开了。

朱茵洛笑眯眯地回头再面向阮梦莲，笑吟吟地问："大夫人，您说……本郡主判决得好吗？"

"好好好，太好了，好极了！"阮梦莲嘴角抽搐地说着违心的话。

又心疼那一百两银子。

朱茵洛，你以为你很得意吗？我倒要看看，你能得意多久？早晚会有你哭的时候！她阴险地看着朱茵洛，满是皱纹的眼角闪过凶残的光亮。

朱怀仁下了早朝回到家，刚拐过前厅，就看到阮梦莲浑身气得发抖地与朱茵洛对峙，而朱茵洛则是怡然自得地微笑着。她站在小花园边上，花园中盛开着火红的花朵，一阵风吹过，拂过她的长发，一身淡粉色的衣裙上，花瓣随风飘荡着，环绕在她四周，看起来她就像是一名花中仙子，让人不禁着迷、心动。

这一幕让朱怀仁也看得痴了，这时的朱茵洛，美得让人窒息。

朱茵洛远远地已经看到了朱怀仁，甜甜地笑着冲他唤道："大哥！"

朱茵洛清脆的嗓音唤回了朱怀仁的理智，蓦然回神，才发现自己刚刚在走神，便赶紧恢复了神志，收了收心神，威风凛凛地向她走来。

"小妹，你又来了！"

"又？"朱茵洛不悦地皱眉，"大哥，你什么意思？是嫌我来得太勤了？"

"哪有！"朱怀仁赶紧解释，"大哥不是那个意思，你知道的！"

看他窘迫的样子，朱茵洛心底里暗喜，板起的小脸慢慢地舒展开来，笑眯眯地冲他挤了挤眼："哎呀，大哥，我是逗你呢，别那么紧张，一板一眼，以后可是不会有姑娘家看上你的！"

呃……朱怀仁的脸色更窘迫了。

说到这一点，阮梦莲眼中一亮，难得跟朱茵洛同一战线，紧追着劝道："是呀，儿子，你也老大不小了，该娶妻生子了，娘想抱孙子，已经想很久了！"

朱怀仁是谈"妻"色变。

"娘，这件事，我暂时还不想提！"

"怎么不提？你已经三十多岁了，不小了！"

三十多岁了！

朱茵洛不禁感叹时光流逝。

想起她初认识朱怀仁的时候，他还青春年少，十八个年头过去了，他就这么……老了。

"也是哦，大哥，你三十多岁了。你有什么要求，说出来，妹妹我出马，一定为你物色个让你满意的妻子！"

"是呀是呀，茵洛都这样说了，你就不要那么固执了！"

现在叫得真是亲热啊！朱茵洛瞪了一眼阮梦莲，双手搓了搓手臂，鸡皮疙瘩掉了一地。

两个人，四只眼睛紧迫地瞅着他。

朱怀仁的视线落在朱茵洛的身上，嘴巴张了张，想要说些什么，话到嘴边又咽了回去，没有说出口，让看着他的两个人皆提着口气。

末了，朱怀仁不发一言地转身走开。

待朱怀仁走了，两双眼睛在空中碰撞，瞬间产生敌对的火花，谁也看不惯谁。

忽地，在这时，朱茵洛的脑海中骤然又浮现出之前看到过的画面。

一片绿草掩映中，一个人躺在血泊中，这画面，让她窒息，那个身影是……

不！

血色染红了朱茵洛的眼睛，她的思绪久久地抽不回来，眼睛死死地盯着眼前的画面，整个身体不自觉地颤了颤。

一定是她看错了，一定是她看错了，那不是娘，一定不是娘，她现在可能已经回到郡主府了！

不行，她要回郡主府看看，到底发生了什么事。

而阮梦莲今天异常的嚣张、狂妄，嘴角隐含着一丝狠毒和狰笑，她的一双眼睛含恨地瞪着阮梦莲。

大概是看到朱茵洛的脸色突变，还有她的目光太过慑人，令她的身子不安地颤动了一下，畏惧于朱茵洛的气势，她疑惑地小声问："你做什么这般看着我？"

"大夫人，我想问你，你有没有做过什么伤天害理之事？"朱茵洛阴沉着脸，吐出的声音冰冷无情。

"你指的是什么？"

"比如说——杀人！"朱茵洛死死地盯着阮梦莲的眼睛。

娘是从将军府出去才不见的，她想起线索，倘若娘现在出事，最大的嫌疑人，就是阮梦莲。

听到杀人两个字，阮梦莲气得浑身发抖，指着她骂道："我没有杀人！不要诬蔑我！"

"倘若我诬蔑了你，你就不会这么心虚。大夫人，你最好没有杀过人，否则……我一定不会放过你！"朱茵洛凌厉的目光狠狠地盯着她，再也不敢有半分停留，赶紧往将军府外奔去。

一定不会有事的，一定不会有事的，她的第六感虽然很准，可是，她不希望这件事是真的。十七年了，这十七年来，一直都是宋惠香在她的身边，用那双温柔的手抚摸着她，给她安慰和鼓励，一遍一遍不厌其烦地教她那些对与不对的事情。

她早已将她当成了自己的亲生母亲。

然而，第六感所看到的那一幕，让她的心被狠狠地划了一下，痛得在滴血。

这么多年了，娘一次都没有离开过她的身边，这一次，娘也一定不会有事的，一定不会！

她冲出大门，与刚刚下朝进门的朱佟尉撞了个正着，朱佟尉面无表情地扣住了朱茵洛的手腕，把她拉了回来。

"茵洛，爹有话要说，马上跟我到书房！"

朱茵洛火大地扯开腕上那只手。

"爹，如果不想让我恨你，就请放开我的手，你要说的那些所谓人间正道，我更是不会听！"

"你什么意思？"朱佟尉的脸一下子就黑了，声音阴沉可怕。

"爹不是奉了圣旨，想要逼我做我不想做的事情吗？他不就是想拿我身边的人来威胁我吗？现在我娘出事了，你满意了？爹……我敬重你，但是，我也恨你！"

"你刚刚说什么？"

说什么？朱茵洛冷笑："听到娘出事，你也会着急吗？你的心里还有娘吗？对不起，我赶时间，没时间再跟你多说！"

说完，她头也不回地离去。

郡主府的马车穿过拥挤的人群刚到，就看到朱茵洛一阵烟似的离去，车夫忙唤着："郡主，您去哪里？小人怎么去找您？"

说着，朱茵洛的人影已经不见了。

宋惠香出事了？望着朱茵洛背影的朱佟尉，脸上一片阴郁，大步回到书房门前，阮梦莲已经热情地迎了上来，想要为他解下身上的披风，手指尚未碰到披风的带子，一柄散发着雪亮冷光的寒剑已经架在她的颈子上，吓得她浑身僵硬。

薄薄的刀片，她只要再动一下，就可划破她薄薄的皮肤。

"老爷，妾身做错了什么？你要这样对待妾身？"阮梦莲吓得浑身冰冷，一动不敢动，眼睛里聚着些许雾气，害怕地看着朱佟尉那张异常森寒无情的脸。

"说，你到底做了什么？"朱佟尉狂怒地逼问。

"奴家什么都没做呀！"阮梦莲畏惧得脸色苍白如纸，声音抖动得似要哭了。

"你有没有对惠香做过什么？"朱佟尉不相信地压低了剑身，冰冷的剑身更加逼近她，冰凉的气息危险地袭来。

阮梦莲浑身瑟缩了一下，眼睛害怕地盯着朱佟尉手中的剑，全身血液似被冻住了。

她倒吸了口气，连连摇头，有那么一瞬间，她感觉到自己的脖子已经被划破了，死亡的气息如此之近，只一剑之隔。

"你知道胆敢欺骗本将军的下场！"朱佟尉震怒地一字一顿冷道。

"当……当然不会！"阮梦莲颤抖的声音变了调，吐出了连声保证，"妾身要是有做半点对不起将军的事情，一定不得好死！"

听她发这般毒誓，朱佟尉一时信了她的说辞，便抽回了抵在她颈间的剑。

但是，他的脸依旧生气得紧绷着。

"你说的最好都是真的，要是让我发现，你对我说谎，我一定不会饶过你！"

"妾身知道，妾身……知……知道！"

"滚！"

"是是是，妾……妾身，这……这就滚！"阮梦莲小心翼翼地把自己的脖子从朱佟尉锋利的刀刃上移开，一瞬间腿却发软，好不容易才站稳了脚，便连滚带爬地逃出了朱佟尉的视线。

太……太太可怕了，刚刚她的一只脚已经踏进了棺材，若不是她连声哀求，说不定她的脑袋现在已经搬家了！

她下意识地摸了摸自己的脖子，幸好还在，幸好还在！

待她回到房间，身子还是止不住地颤抖，她怎么也不明白，为什么这件事，朱茵洛会嫁祸到她的头上？

不行！这件事，她绝对不能就这么算了，她不能平白无故地被人冤枉，她一定要知道这朱茵洛的葫芦里卖的什么药，想要嫁祸她？没那么容易！

"来人！"她生气地朝门外怒喊了一声。

一名丫鬟战战兢兢地走了进来，怯怯地看着她，不敢直视她生气的眼睛："大大大……大……"那丫鬟因为太过畏惧，连连发出颤抖的声音。

"大什么大！给我找几个人跟踪朱茵洛，不管她到哪里，都一定要找到她，然后把所有的事情，如实地汇报给我！"

"是，大夫人！"丫鬟答应着，飞快地退下了，不敢做任何停留。

阮梦莲脸上的怒火正盛。

她不允许，绝对不允许有任何人可以诬陷她。

朱茵洛以为她头上有郡主的头衔罩着，就会没事了吗？只要让她抓到朱茵洛的把柄，她倒要看看这个朱茵洛是不是有三头六臂，还是像九尾狐一样有九条命。

第二十三章　宋惠香之死

朱茵洛凭着脑中记忆的画面，去寻找及人高而且很大一片的荒芜草地。这么大的草地，应该不在城内，倘若不是在城内的话，那就是在城外。

可是……城外这么大，她要到哪里去找呢？她急得像一只无头苍蝇似的到处乱撞。

太阳越来越大，她的心却越来越冷。

娘，娘，你不能丢下我，你不能丢下我，这个世界上，你是我唯一至爱的血亲，你不能离开我，你答应过我的，会一直陪在我的身边，还要看我的孩子将来成亲生子，你是不会食言的。

朱茵洛疯了一般地在城外的各个地方到处翻找，看到她的人，皆拿她当疯子一样对待，对她指指点点。

但是，她一点儿也不在乎。

现在最关键的事情，是一定要找到娘，她相信，她一定还在某个地方，正在等着她，她似乎……还能听到她的呼吸声，是那么的清晰。

所以，她一定还活着，一定……还活着。

终于，朱茵洛在城西山脚下的一大块草丛中，发现了一只沾满了污泥的鞋子，鞋子上的花纹，那样熟悉，可不就是宋惠香脚上的那只吗？

在附近！一定就在附近！

朱茵洛手中紧紧地握着鞋子，小拇指上长长的指甲，因为太过用力，咔嚓一声被生生掰断，甚至冒出了血丝，十指连心，痛意却不及她的心痛半分。

终于，她在一处草丛中，发现了一道躺在地上的身影。

萧索的风声，一阵阵吹过，及人高的草丛掀起一层层的草浪，风吹动她的发，如波浪般随风翻涌。

满是绿草的地上，一道纤瘦的人影静静地躺在地上，一身藏青色绸裙，腕间和颈间、身上，有多处伤痕，那些伤口早已将她身上的血抽干，染红了草地，四周的杂草上，也溅着许多血渍，她的手紧紧地抓着一把青草，指甲深深地陷入掌心中。

虽然只是背影，但是，仍然能让人感觉到她生前的挣扎，是那样的让人心酸、心痛。

看到这一幕的朱茵洛身子骤然被雷击中，全身冰冷地颤抖，鼻子一阵酸涩，她睁大了眼睛，泪水如断了线的珠子从脸上沿着下巴，滚落到地上。

找到了，终于找到了！

可是，在找到的这一刻，朱茵洛却希望自己从来没有找到她，因为……那样，她还可以抱着一丝希望，希望娘还一直好好的，或许等到傍晚天黑，就会回到郡主府，冲她温柔、慈祥地笑，语重心长地唠叨她，即使她不爱听。

可是，那一切，都是亲情！

只有亲生的父母，才会这样一直唠叨她。虽然说的话，都是她不爱听的，但是却一直都是为了她好。

宋惠香这一辈子，所有的关爱和希望，都在她的身上。

她从来不像别的父母那样，希望自己的子女可以鱼跃龙门、光宗耀祖。她只是一个普通的女人，普普通通的妇女，眼睛里、心里，装的只有丈夫和孩子，不希望自己的丈夫与孩子有多大富大贵，只希望他们可以一生平安。

所以，这样的她，总是被朱茵洛取笑没有大志，她听了也只是一笑而过，从来不会生气。

她是美丽而又善良的！

可是，老天爷为什么这么残忍，一定要将她从她的身边夺走？

她的身子在风中颤抖着，缓慢地向前移动，那些杂草的叶子有着锋利的边，一阵风吹来，那些锋利的叶子划在她娇嫩的颈项和手背上，无情地撕割着她的肌肤。

但是，她仍是一点儿也不在意，眼睛里只容得下地上的宋惠香。

朱茵洛的泪水模糊了视线，她感觉自己的世界似乎在瞬间崩塌了，没有了她，谁还会在她失意、撒娇的时候用那双温柔的手抚摸着她的头，微笑着倾听她的抱怨和唠言？

前不久，朱怀义才刚刚离世，现在又是她的娘亲？

为何……她身边的亲人，都要一个个地离去？这是为什么？

终于，她走到了宋惠香的身前。

地上的她，紧闭着双眼，身上还沾着许多污渍，脸色因为失血过多而苍白，她身上那些狰狞的伤口，让朱茵洛感觉自己的心被狠狠地撕扯成两半。

她伤心欲绝地跪在宋惠香面前，双手颤抖地抚摸着宋惠香早已冰冷僵硬的身体。

"娘……"她深情地唤着，一滴滚烫的泪水落在了宋惠香的颊边，吐出的声音沙哑得让人心疼，"告诉我，到底发生了什么事情？是谁……是谁把你杀了的？娘……女儿对不起你，女儿来迟了，娘……"

她哭倒在宋惠香的身上，放声大哭，悲恸的声音，划破云霄，无数飞鸟在草丛中觅食，听到那声音被惊飞，一声声惨叫此起彼伏。

但是，不管朱茵洛再怎样深情地呼唤，宋惠香再没有醒过来。

突然，朱茵洛发现宋惠香的手中似乎还多了一个东西？那是什么？

她一边把宋惠香扶起来，一边从她僵硬的掌心中掏出那块布料，那个布料……看起来好眼熟。

似乎在哪里见过。

在哪里见过呢？

突然，她的脑海中想起一个画面。

大夫人阮梦莲在指着她的时候，她的衣袖似乎少了一块，难道……

朱茵洛浑身一震，恨意在眸底燃烧。

难道……难道真的是她吗？

她口口声声说，不是她做的，原来，是假的，还是她做的。

阮梦莲，你这辈子做得最错的一件事，就是伤害了我，杀了我娘，这个仇，不共戴天，我一定不会放过你，一定不会！

她红着眼，抱紧了怀中的宋惠香，眼睛里满满的恨意，红红的眼睛含泪望着怀中的宋惠香，朱茵洛低声吐出一声声保证："娘，您放心，只要我还活着，我就一定还您一个公道，替您报仇！"

朱茵洛一路把宋惠香背回郡主府，馨儿迎了上来，焦急地望着朱茵洛："郡主，您一出去就是大半天，现在都午膳过了您才回来，还有……您怎么背着夫人？夫人她……"

馨儿的话音才刚刚落下，骤然看到宋惠香早已没有血色如死尸般的脸色，一下子惊呆了。

她张了张嘴，刚想要问朱茵洛到底发生了什么事情，却看到朱茵洛伤心欲绝的脸，脸上还挂着几颗泪珠，眼睛里满是恨和伤痛。

难道是……

一个令她惊悚的答案，使得她浑身颤抖着。

馨儿浑身一阵寒战，头皮发麻地指着宋惠香："郡主，夫人她……她没事的，对不对？"她颤抖着声音，想向朱茵洛寻求肯定的答案。

朱茵洛回头看了一眼宋惠香那张面无表情的脸，白森森的齿缝中吐出一声声恨意："我一定会为娘报仇，我要把杀她的那个人……碎尸万段！"

什么……夫人真的死了！

馨儿仿若被雷击中了般，惊呆在原地，突然，她哭喊着抱住了朱茵洛和宋惠香。

"夫人，夫人，您怎么就去了，都是奴婢不好，没有跟着您一块儿，都是奴婢不好！"

一声声撕心裂肺的哭声，听在朱茵洛的耳中，却是一种讥讽。

"不要哭了！"她冷着一张脸大声斥责。

她的声音吓得馨儿住了哭声，她泪意盈眶，泪水止不住地落下，吸了吸鼻子，不敢哭出声，表情更有几分委屈。

"我们哭，只会让他人高兴，所以……我们不能哭！"

"郡主，是谁，是谁杀了夫人？馨儿也要为夫人报仇！"馨儿双手含恨地握紧。

"不，我一个人就够了！"朱茵洛固执地说着，她吃力地背着宋惠香，一步一步地往宋惠香的房间走去。

听闻到消息赶来寻找朱茵洛的楚靖懿，见她背对着房门坐在宋惠香的榻边。

"洛儿，你果真在这里，我一直在等你，刚刚才听说你回府了！"他邪魅地笑着走近她，双手从她的身后伸过来环住她，灼热的唇落在她颊边，温柔地吻了一下。

她没有像以前那样，嫌痒嗔怪着推开他，一双眼睛像失去了灵魂般直视前方，脸上还残留着早已干涸的泪痕。

"洛儿，你怎么哭了？谁惹你了？"

她的身子下意识地靠近他，用他的体温来温暖她越来越冷的身体，惨白的小脸上毫无血色。

双手紧紧地抱着他的一只手臂，指尖因为恨意，狠狠地掐入他的手臂中。

听到楚靖懿的关心，本来已经止住的泪水又忍不住决堤，眼泪无声地落下，沙哑的声音里有着悲伤的沉重："懿，从今以后，我就只有你了……只有你了！"

"傻瓜，你……"楚靖懿笑骂着，刚想要说"你还有你娘"之类的话，这才发现了屋内异常的安静。

除了他们两个人的心跳，再也感觉不到其他的，榻上的人，不仅没有心跳，而且没有呼吸，没有体温。

这么近的距离，已让他感觉得到，榻上的人早已死去，而且……并非这一两个时辰的事情。

"洛儿……"他震惊地睁大了眼睛。

"懿，你会帮我的，对不对？"朱茵洛嘶哑着声音问道。

只有在他怀中的时候，她才会表现出软弱的一面，因为她知道，只有眼前的这个男人，才可以让她依靠，可以给她力量。

"好，只要你开口，我什么都答应你！"

"我不能让害死我娘的人逍遥法外，我要她得到应有的惩罚，我要她生不如死！"

"那个人是……"

"是大夫人！"她紧握着从宋惠香掌心中抽出的一块上好的绸布碎片，指尖用力地收紧，把布料握紧在手中，眼睛里满满的恨意，"是她害死了我娘！"

楚靖懿心疼地望着她悲愤的脸，双臂将她娇小的身子搂得更紧，幽暗的紫眸眸底闪过阴鸷的冷芒，一字一顿地沉声保证："你放心，我一定会帮你，我一定不会饶过她！这件事，就交给我了！"

她浑身无力地靠在他有力的胸膛前，听着他有力的心跳，只觉心安了许多。

感受到他的力量，她的鼻子一酸，小手揪紧他的衣袖，望着榻上宋惠香的尸首，眼泪又忍不住地溢了出来。

"乖，别哭！"他温柔地为她擦拭眼泪，"你娘也一定不愿意看到你流泪。"

小脑袋在他怀中轻点了点："我知道，所以我只今天伤心，从今以后，我再也不会为娘流一滴眼泪！"

"那你放开哭吧，我一直都在你的身边。"

"好！"她扑进他的怀中，没有哭出声，但是她的眼泪却把他大半的衣服湿了，由始至终，楚靖懿都在她的身边，守护着她。

看着怀中这般伤心的朱茵洛，楚靖懿本来来此的目的，也没有说出口，等宋惠香的事情过了之后，他再向她提吧。现在的她，需要的是他的关爱，他不忍在这个时候让她雪上加霜，更加心痛。

过了很久，她在他的怀中哭累了，似乎快要睡着了。

外面太阳已经渐渐西斜，两个人在斜阳下紧紧相依，和谐的画面，美丽动人。

"懿！"她突然开口唤了一声。

"嗯，我在！"

"你说过，会永远陪着我，不会伤害我的，对不对？"

"对，我说过的，我会一直陪着你，绝不食言！"

"这句话我会一直记着。"她低低的声音，似在呓语，身子更加倚近他，她低哑的声音里还残留着一丝悲伤，"我现在就只有你了，从今天开始，除了你之外，我不会再相信任何人，所以……请你记住今天的话！"

承诺的吻落在她的额头："我保证。"

宋惠香的死，破坏了很多人的计划，朱佟尉手中的密旨迟迟未送到朱茵洛的手中。

朱惠香死了，照理说，她应该葬在朱家的墓地，但是朱茵洛护尸不放，朱佟尉派来接的人，被她打得屁滚尿流地逃走了，所以朱佟尉只能亲自过来。

紧紧跟随在朱佟尉身后的还有大夫人阮梦莲及朱茵琳夫妻俩。

朱茵琳跟随在朱佟尉身侧，脸上表现出悲伤，眼睛里却一点儿伤心也没有，甚至还很开心，看到朱茵洛痛苦，她就非常开心。

当初朱茵洛毁了她的婚礼，害得她现嫁得这般平庸，又总是被压在朱茵洛高高的光环之下，无出头之日，甚至还被自己的丈夫奚落，说同样的一家人，她却没有朱茵洛的聪明才智。

这一切的一切，都是因为朱茵洛，就是因为她太聪明了，就是因为她总是抢去她的风头，让她成为众人中心，她却只沦为了被人耻笑她的垫脚石。

这口气，她一直咽不下，好在……老天爷开眼了，看到她这般伤心，她高声欢呼都来不及呢。

但只因她还是将军府大小姐，是嫡出之女，该撑的面子，她还是要留的，脸上假装伤心，心底里暗暗地讥讽。

整个房间里，一片阴森森的，一具上好的楠木棺材，里面宋惠香安静地躺着，身上的污水已被清洗干净，并换上了一身干净的衣裳。虽然已步入中年，但是她依然有着风韵犹存的美，脸上化着淡淡的妆容，擦了些胭脂，看起来好像只是睡着了。

在棺木前，放着一块灵位，灵位上面刻着，母宋惠香之灵位！

朱茵洛一身白衣，长发上白色的丝带轻飘着，她面无表情地跪在灵位前，将黄色的冥纸等物放在一个陶瓷冥盆中焚烧着。

屋内，到处弥漫着一股浓烈的烟味。

馨儿在她的身侧跪着，也是同样的一身麻衣，眼睛鼻子哭得红红的。

突然看到门外的人，她神色微愣了一下，赶紧上前行礼："奴婢见过将军，大夫人还有大小姐！"

"起来吧！"朱佟尉淡淡的一声。

"谢将军！"

跪在蒲垫上的朱茵洛，眼睛也懒得斜一下，面无表情地继续往盆里添纸，好像身侧发生的一切都与她无关一般。

馨儿一见朱茵洛毫无反应，再看朱佟尉和阮梦莲两人脸上皆有些愠色，马上就心急了，赶紧跑到朱茵洛身后，低头俯耳唤道："郡主，将军、大夫人还有大小姐来了！"

"他们来，关我何事？"朱茵洛冷冷地说着，声音里没有一丝温度。

阮梦莲被气到了，指着朱茵洛的脸就斥责："茵洛，你太不懂事了，一点儿礼貌都不懂！"

"如今死的人是我娘，不是大夫人你，改天若是大夫人你跟我娘一起去了，我一定会为你三跪九叩！"朱茵洛笑吟吟道，嘴角全是嘲弄和讥讽。

朱茵洛的话，激怒了阮梦莲，她气得脸色铁青，冲到朱茵洛面前，抬手就要甩她一个耳光。

不等她挥手，跪在地上的朱茵洛突然冷冷地出声威胁："想打我是吗？只要你敢，我保证你马上就可以随我娘一块儿下葬！"

说话的同时，那张绝美满含恨意的小脸缓缓抬起，那些话，一个字一个字地从她的齿缝中蹦出，凌厉的目光，剜痛了她的心。

本来想挥到朱茵洛脸上的手害怕地缩回，她畏惧于朱茵洛的气势，不敢太过放肆。

"老爷！"阮梦莲嗔怪地回到朱佟尉身侧斜睨朱茵洛，"你看茵洛，她太嚣张了，根本没有把老爷您放在眼里。"

"那你又把我放眼里了吗？"一直沉默不语的朱佟尉突然转脸，冷森的声音里透着危险的味道。

握住朱佟尉的双手，如被开水烫了似的反射性收回，讶异地看着朱佟尉，不解他为何突然会帮助朱茵洛？

都说女人心，海底针，男人的心，更是似海深。

"老爷！"她弱弱地望着他，所有的气势全跑得无影无踪。

"你们两个在这里，吵到我娘了，想要吵架或是背后打小报告，或是演戏请回去，这里不是你们该来的地方。"

朱茵洛的奚落，让朱佟尉也不高兴了。

"洛儿，我是你爹！"

"如果您不是我爹，您以为您还会站在这里吗？假如您是我爹，就请带着你的大夫人，还有那个嘲笑我娘终于死了的人离开这里！"朱茵洛毫不留情地一针见血说道。

朱佟尉皱眉，蓦然回头，一眼瞥见朱茵琳嘴角的笑意。后者被自己的丈夫手肘顶了一下，才反应过来，突然对上朱佟尉的脸，把她吓了一跳，浑身冰冷地瑟缩着，怯怯地问："爹……您怎么了？"

"别叫我爹，我没有你这种没心没肺的女儿，从今往后，无事你不要再回将军府！还有，不许再拿将军府的一钱一物，梦莲，清楚了吗？"

"爹！"朱茵琳震惊了，嘴角抽动着，委屈地连连求饶，"您不要这样呀，女儿知错了！"

被点到名字的阮梦莲，心惊肉跳地缩着脑袋，吃力地吞了下口水，如小鸡啄米般地点头，接到女儿求救的目光，她也只能爱莫能助地摇了摇头。

朱佟尉这样说，已经是间接要跟她撇清关系，这样的话，以后她的日子会比现在更加辛苦，会受到更多的冷眼。再转眼，她的丈夫眼中，已经多了几分厌恶和冷意。

"不要再说了，你们两个先回去！"

"是！"阮梦莲和朱茵琳两个心不甘情不愿地异口同声答应着离开。

离开之前，朱茵琳投在朱茵洛身上的目光是怨怼带着恨意的。

一张一张的冥纸投入火苗中，朱茵洛头也不抬地吐出冰冷的逐客令："这里只需要我一个人就够了，还请爹离开！"

"再怎么说，我也是惠香的丈夫！"朱佟尉脸黑了几分，"你这个不孝女，连爹你也要赶走吗？"

"如果你真的是我爹，就请离开，不要打扰娘。娘这一生，都在胆战心惊中度过，当娘受大夫人的陷害时，你在哪里？当她病重了的时候，你又在哪里？当娘去了的时候，你又在哪里？只派一个人来接娘的尸首回将军府，你要娶娘的时候，没问过她的意思，这么多年过去了，她只有在郡主府的时候才是开心的。现在她死了，难道你还想让她继续面对你吗？"说到最后，朱茵洛开始有些哽咽了，她深吸了口气，把眼泪逼了回去。

"我不能哭，我说过的，从今天往后，不会再哭，我不能哭！"朱茵洛一遍一遍这样坚强地呢喃着提醒自己。

"再怎么说，她也是朱家的人！"

朱家的人！

朱茵洛笑了，笑得甚是悲凉。

"爹，娘说过，她这辈子，最错的就是嫁到了朱家，所以……请爹放了娘，不要让娘葬在朱家墓园！"

朱佟尉脸色倏变。

"你是什么意思？"

"请爹……休了娘！"明亮的眼睛望着朱佟尉，一字一顿地说着，字字清晰，深深地敲打在朱佟尉的身上。

"什么！你知不知道自己在说什么？"

"当然知道，就是因为知道，所以才会提出这样的要求。请爹休了娘，娘这一生，都只为了你和我而活，现在她死了，我希望她可以为了她自己而活！"

听了朱茵洛的话，朱佟尉不禁陷入了沉思。

他的脑海中想着这些年来宋惠香的一切。

一幕幕画面闪过，却大多都是一些不好的画面。他知道她经常一个人愁坐在门外，一坐就是一整天，她是不开心的。

朱茵洛的话狠狠地撞在他心上。

被自己的女儿逼迫休妻，他是第一个。

朱茵洛恳切地望着他，让他心中波涛汹涌。

只不过，这也是他欠她的。

罢了罢了！

"好，我答应你，不过……你还是我的女儿吗？"

朱茵洛微笑："我根本无法选择，不是吗？"

他满意地点点头，"好，我答应你！"

宋惠香下葬的时候，朱茵洛没有掉一滴眼泪。

等墓碑等全部立好，她在墓前摆上了贡品，还有一只火盆。

她的手中拿着朱佟尉写下的休书，她微笑着看了一眼墓碑上的字，然后把休书缓缓地放进了火盆中，火很快就把那张纸吞噬，慢慢地燃烧着。

望着那张休书被火吞噬，朱茵洛的心里五味杂陈。

她望着墓碑，想着往日里宋惠香的笑容及慈祥的脸。

"娘，这是爹写的休书，娘……"她的声音很是沙哑，"您自由了！"

是呀，她自由了。

她相信，娘最想要的就是这个，一辈子为了他人，现在她终于可以做自己想做的事情了。她……解脱了，相信她已经可以含笑九泉了。

在这一刻，在这个世界上，她最依赖的亲人，已经不在了，从今天开始，她有怨言的时候，就只能说给自己听了。

旁边的围观之众已经散去，朱茵洛坐在墓碑之前久久不肯离去。

风大了，馨儿为她披上了一件披风，哑声劝道："郡主，您节哀，夫人已经下葬了，您自己也要保重身体啊！"

"我知道，馨儿，你先回去吧！"朱茵洛淡淡道，"我想要再陪娘一会儿！"

"可是……"馨儿皱眉还想要说什么，回头间看到楚靖懿不知道什么时候已经来了，她诧异了一下。

馨儿刚要开口，楚靖懿一根手指比在唇前示意她噤声，妖冶的紫眸往旁边斜了斜，示意她退下，馨儿点了点头。

有楚靖懿在，朱茵洛会听他的一些话吧！

馨儿和小甲、小乙三人一起离开了，三个人的身影渐走渐远，小甲和小乙两个人则不时向她讨好，但是馨儿一路上也不理会他们。

朱茵洛的小脸略显憔悴，娇小的身子坐在风里，风吹起她的发，吹着她身上的披风，发出萧条的声响。美丽的她，一身白衣，像是风中孤独的精灵，让人心疼和怜惜。

楚靖懿走到她身后，坚定而温柔地握着她的肩膀把她扶了起来，再顺势把她搂入怀中。

"别伤心了，你娘她会安息的！"

朱茵洛的小脑袋在他胸前蹭了蹭，寻找了一个舒适的位置靠着，感受到他温暖的身体，她甚觉心安，不禁发出一声满足的轻叹。

"娘走了，以后我就没有亲人了。"

他把她搂紧了些："你还有我！"

"我要为娘报仇！"她一字一顿含怒道。

楚靖懿眉梢稍低。

"这件事情，我已经在办了，具体要怎么处置，全由你来决定！"

"好！"

一阵风起，吹得她身子有些凉，她下意识地缩了缩身体，往他的怀里缩得更紧，苍白的小脸上，仍是满满的倔强，双眼不舍地望着墓碑。

揉了揉她的双臂，感觉到她身子渐冷。这里是半山腰，空荡的四周，树木并不是很多，一道道疾风掠过，似有增强的势头。

她窝在他的怀中，这样温馨的画面，他实在是不想破坏，但为了她的身体着想，他还是打破了沉寂，柔声低头问道："洛儿，风大了，我们回去吧？"

双眼无神地回望，茫然地看了一眼他，冷不防地跌进了他温柔关切的视线中，她下意识地点了点头。

楚靖懿搂着怀中的她，缓缓地离开了，其间，朱茵洛不时地回头，留恋地望着墓碑，心中有很多不舍。

风更大了，她将身子往楚靖懿身边靠得更紧，感觉到他身上的力量和温度，就觉得这个孤独、寂寞的世界，并不那么可怕了。

朱茵洛他们才刚离开，一道人影缓缓地从草丛中走了出来，一身黑衣站在风中，目光中含着几分怜惜。

那人脸上也蒙着一块黑布，望着那块墓碑，他淡淡地开口，声音低低地回响在风中："希望你的牺牲，是值得的！"

话落，那人再一次隐进了草丛中，渐渐消失不见。

风又起，卷起地上的沙尘，把地上原本凌乱的脚印覆盖住，平整的地面，似乎从没来过人。

七天前，南陵传来消息，北冥派来密使，要求跟楚靖懿商谈，对方一来，就要求楚靖懿对北冥之众在南陵之死的事情，讨个说法。

派来的人，气焰嚣张，楚靖懿也并不接受对方割地赔款的不合理要求，只说会给对方一个交代。

北冥的人当然不肯罢休，故意在南陵散播各种遥言，说北冥即将攻打南陵，可惜南陵的百姓并不买账，无人接受他们的煽动，结果北冥的密使等人被愤怒的百姓拿着扫把等物驱逐出境。

眼见阴谋无法得逞，北冥的密使只得带着保护他的侍卫灰溜溜地回到北冥。

紧接着，北冥又传来消息，说北冥要派小王爷西门泽来咸中，商议北冥人在南陵伤亡之事。

北冥之事，是一个导火索，根本就是有人故意要挑起北冥与南陵之间的不和。

这件事的始作俑者，朱茵洛和楚靖懿两个人都非常清楚是谁。

愤怒的朱茵洛，一气之下，让人递了一封信给楚惊天，要求他负起全部责任。

然而，楚惊天接到信之后，就直接把信给撕了，甚至还反咬朱茵洛说她诬陷他，并警告朱茵洛注意身份，不要插手政事。

连续七日来，楚靖懿来往在南陵和咸中，一边处理自己国家的政事，一边陪着朱茵洛，查探宋惠香的死因。

仵作判断，宋惠香是因为全身血流过多而死，最致命的一刀在颈间。

对方不仅杀了她，而且还在她的全身弄出了众多的伤口，可见那人是多想要置她于死地。

楚靖懿更是查到，在朱茵洛从将军府冲出去找寻宋惠香的时候，阮梦莲暗暗地找人跟踪在她的身后，后又用钱把跟踪的人打发走，不准那人再踏进咸城半步。

那人准备逃离的时候，被楚靖懿派来的人抓个正着。

结果那人供认不讳，说是宋惠香派他跟踪的朱茵洛，还证明了在事发的当晚，也是他陪着阮梦莲一起跟踪宋惠香，用计谋说朱茵洛在城外等她，把宋惠香骗到了荒郊野外之后，阮梦莲丧心病狂地拿着剑杀死了宋惠香，怕她不死，又在她的身上补了好几刀。

听到这个消息的朱茵洛气得浑身发抖，恨不得拿着把剑去将阮梦莲碎尸万段。

与此同时，那名男子还提到，中间阮梦莲还去找过楚惊天。

一下子峰回路转，竟然把楚惊天也给牵扯了进来。

难道楚惊天因为恨她，同阮梦莲合谋杀了宋惠香吗？这一切……突然变得很复杂。

在那个人供出所有的同时，阮梦莲就被从将军府里抓到了大牢，准备第二天提审，楚惊天也接到消息，必须要到场。

第二天上午，主要提审阮梦莲，朱茵洛坐在房间里，一直心神不宁，灯光映着她美丽的小脸，她的脸上有着明显的担心。

在她身侧的圆桌上，放着晚膳，却是纹丝未动。

馨儿进来看到，不禁心疼地看着她劝道："郡主，您多多少少还是吃一些吧，不吃东西对身体不好的！"

"我现在不想吃，你还是把这些东西全部都端下去吧！"现在她的心里想着提审阮梦莲的事情，一点儿食欲也没有。

阮家在咸城中，也是大户，颇有地位，她寻思着这件事，会不会有什么变故。

越想，心里就越烦，就越不想吃东西。

馨儿眼眶热热地看着朱茵洛越来越削尖的下巴："那怎么行，郡主，自从夫人走了之后，您就一直没好好吃东西，人都瘦了！"

"馨儿，你越来越啰唆了！"她灵黠的美眸眨了眨，闪动着促狭的光芒，调侃道，"再啰唆下去，小甲和小乙他们两个，可就都不会要你喽！"

小甲和小乙？

说到这两个人，馨儿的脸一下子红了。

"哎呀，郡主，奴婢劝您用膳呢，您说这个干吗？"

说到这里，朱茵洛不禁认真地打量起馨儿来。

在这个年代，馨儿的年纪已经不小了，换作平常的女孩，早就已经出嫁生子了，但是这馨儿倔强，非要留在她的身边做丫鬟。

如今，有小甲和小乙两个还算优秀的男子出现，拨动了馨儿的少女情怀。

虽然她嘴巴上一直强硬地说不会嫁给他们之中的任何一个，同为女人，馨儿表面的倔强，心底里的失落，她都是可以看到的。

"馨儿，你不小了，该出嫁了，小甲和小乙两个都不错。人生很短暂，该把握的就好好把握，只要你幸福了，我才开心！"

朱茵洛说得真诚，馨儿感动地咬紧了下唇，低头默默不语，一双手不安地捏着衣角。

看她的动作和表情，朱茵洛知道她已经在考虑了，便笑吟吟地挥了挥手："好了，你回去好好想想吧！"

"是！"馨儿从未有过地正经答应道，说完，马上就转身离开了，早已忘了她刚刚进门来的目的。

馨儿才刚离开，楚靖懿也刚刚好从南陵回来，身上带着夜露踏进了门槛。

一进门看到朱茵洛瘦削的肩膀和她孤独的身影，看起来甚是让人心疼，而她手边桌子上未用的膳食让他的眉毛一下子蹙起，劈头盖脸的责备落下："怎么又不好好吃东西？"

是楚靖懿！

朱茵洛的心里一阵激动，蓦然回头，小脸上染上了一丝笑意。

"你回来了？"娇小的身子冲进了他的怀中。

他温柔地抱着她，在她额际轻吻了一下，关切地把她扶到桌边："怎么不好好用膳？明天就要提审大夫人了，不吃些东西，哪有力量去指控她？"

说到这一点，朱茵洛的小脸又垮了下来。

两人同时坐下，她的双手留恋他的体温一直放在他的掌心中。

"懿，其实我想过整件事，我觉得……这件事，似乎有些蹊跷！"

"蹊跷？哪里蹊跷？"

她摇了摇头。

"不知道，反正我有种不好的预感，好像这件事情，并非表面上那么简单，那个指控大夫人和东盈王的男人，似乎招得太全了！我看他的眼神，能感觉得到他似乎在努力掩饰一件事！"

这就是让她心神不宁的一件事。

"你想太多了！"楚靖懿安慰地握住她的肩膀揉了揉，"不要再胡思乱想了，你以前可不是这样的，以前那个嚣张跋扈、傲气凌人的茵洛郡主去哪里了？"

啪的一声，她生气地打了他一下，小脸生气地板了起来。

"我这是说正事，你老是打岔！"

"你还没有用晚膳，这就是正事！"

看着桌上的膳食，她不禁皱眉，厌恶地看着食物，没有一丝食欲："看着都不想吃！"

叹了口气，楚靖懿亲自动手，拿起桌子上的碗筷，夹了些菜送到她的唇前，目光闪烁着示意她张口。

望着那双温柔的紫眸，她乖乖地张开了嘴巴，心甘情愿地在他的柔情下放弃挣扎。

第二天一大早，朱茵洛着装完毕，同楚靖懿一块儿乘马车去了咸城的府衙。

整个府衙的门口站满了看热闹的人，看到郡主府的马车来了，众人纷纷为她开了一条路，让马车可以穿过。

看到这么多人，朱茵洛狐疑的眼睛半眯了起来。

今天是提审阮梦莲的时刻，平常这府衙门口可从来没有这么多人，这么多人围堵着，让府衙门口的马路都无法畅行。这热闹的场景，让朱茵洛看得满心疑惑，不知道到底是唱的哪一出。

楚靖懿先下了马车，然后扶了朱茵洛下来，站在地上，听着耳边吵闹如菜市场的声音，她的眉头蹙得很紧。

小甲和小乙两人紧跟在马车的后面，在他们下了车后才走过来。

"小甲，你们可知道发生了什么事情？"朱茵洛危险地眯眼问。

"郡主，您不知道，今天早上，不知道是谁，把这张纸贴满了大街，所以他们才会过来的！"

小甲说着把一张路上揭下的告示递给了楚靖懿。

楚靖懿过目了一遍，眉头微微锁紧，脸色异常的冷酷森寒。

看到他的脸色，朱茵洛一把把纸抢了过去，仔细看着上面的字迹。

上面写着：

告示：

茵洛郡主之母被杀，凶手已被抓，今日上午府衙公审。

看着纸上的字，朱茵洛的脸色微变，她把纸翻过去对着小甲和小乙："这个，是不是你们做的？"

后者两人连忙摇头："这个我们俩真的不知情，不知道是谁做的。"

那就奇怪了。

谁这么无聊，居然把今日提审阮梦莲的事情贴出来？

这件事，表面上看起来只是好事之徒故意让大家过来观赏，但是仔细想一想，似乎又没这么简单。

目光扫过眼前那一双双好奇的眼睛，朱茵洛咬紧了下唇，手肘顶了顶楚靖懿腰部："懿，你觉得这件事是谁做的？"

"暂时还不知道，等提审之后我会好好地查一查！"

"看来只有这样了！"

楚靖懿同朱茵洛二人并排走向府衙，楚靖懿想要搂住她的肩膀，被她避嫌地躲开，附带一个白眼，要他克制些，这里那么多人，传到楚飞腾耳中，她就没有办法保护他了。

两人刚走到府衙的台阶之上，身后传来了一阵骚乱。

朱茵洛和楚靖懿两人同时回头。

台下，一辆华丽的马车停下，一名小厮跳下来，从马车后面搬了个车凳下来放在马车边上，车帘掀开，从里面走出了一个人，由小厮扶着下了马车。

一身黄棕相间的绸衫华服，俊脸上挂着几分怒意，脸板着，表情很臭，带着厌恶的眼神扫过众人，大步流星地向台阶上走来。

在看到台阶之上朱茵洛和楚靖懿两人并肩而立的画面，他的嘴角动了动，不发一言地从两人中间穿过。

因为生气，路过他们两人中间时，楚惊天的手臂故意撞了一下楚靖懿的肩膀。

那一下，用了些内力，将楚靖懿撞得退后了两步，手扶着肩膀，那双幽暗的紫眸危险地望着楚惊天的背影。

"你怎么样？"朱茵洛担心地问，紧张地想要摸他的肩膀。

绝代俊容上漾着抹邪肆的笑容："这点儿不碍事，他……还伤不到我！"这句话是狂妄也是自信的。

看到楚靖懿没事儿，朱茵洛才总算放下心来，只是……这里面到底隐藏着什么秘密？今天早上这一诡异的事件，又是谁在幕后操纵？

不知为什么，朱茵洛总感觉自己已经变成了别人的棋子。

她闭上眼睛，想要窥探一下将来的事情，但是，看到的却是一片空白，真是奇怪了，为何，她的第六感会突然失去了作用？

难道是因为将来要发生的事情，与她，与楚靖懿有关？

越是这样诡异，她就越觉得今天的事情很蹊跷，需要好好地来探索一下，这里面到底有什么玄机。

衙门的知府，正是之前朱茵洛在大街上遇到的那名知府。

那名知府一下子看到这么多重量级的人物到来，倍感压力，低头弯腰赶来向三人行礼："微臣见过东盈王、南陵王还有茵洛郡主！"

"起来吧！"楚惊天淡淡地开口，表情看起来不是很好看。

"据说王爷的腿曾经受伤，刚刚复原，来人啊，给两位王爷和茵洛郡主搬椅子过来！"

知府热络地巴结着，赶紧扬手让人为三人搬来了椅子。

朱茵洛的椅子是由知府亲自为她搬的，他涎着脸，不断地讨好她："郡主，上次，您让微臣处理的那名恶霸，之后的处理结果微臣递交了一份副本到郡主府，不知郡主有没有看到？"

"看到了，我很满意，但是……我希望今天的结果，能让我更满意！"朱茵洛微笑着一字一顿地道。

"那是，那是，一定会让郡主您满意的！"知府开心地露出了两排泛黄的牙齿，一股口气突然冲了出来，冲得朱茵洛直捂着鼻子，知府一见朱茵洛的模样，吓得赶紧退开，以免惹得她不快。

这边巴结完朱茵洛，他方摆了些知府的架子坐到了知府的桌子后面。

桌子上面放着笔墨纸砚，知府的官印用一块黄绸布包裹着，在桌子上放着一块乌漆抹黑的惊堂木，头顶一块"明镜高悬"的匾额高高地挂着，象征着朝堂的肃穆和端正。

两队威武的衙役站立在公审堂内两侧，个个精神抖擞。

楚惊天的脸色略显不快，整个府衙的大厅，陷入一片寂静之中。

朱茵洛的眼睛冷冷地盯着楚惊天，楚惊天的目光则意味深长地瞥过来，目光里隐藏着深意。

突然朱茵洛促狭地笑着，淡漠地看着楚惊天的双腿讥讽："看来东盈王双腿已经好了呢！"

"多谢郡主关心！托你之福，我在榻上多躺了两天！"他淡淡地道，冷笑的眼透露出他的怒意。

当初在街上，他所坐的轮椅突然散架，害得他的腿碰到了一只钉子上，嵌入了他的皮肉中，又歇了两日才好。

当时只有朱茵洛曾经靠近过他，倘若告诉他不是朱茵洛路过他身侧的时候对他的轮椅动了手脚，他一定不相信。

"我这也是为了王爷您好，前些日子王爷您实在是太累了，也该好好休息一下！"朱茵洛笑吟吟地说，促狭的眼睛里透着浓浓的不屑。

好好休息一下？这种歪理，也只有她朱茵洛说得出口，换作别人早羞得找个洞钻进去了。

"不过，本王躺着素来无聊，倘若郡主可以随时陪在本王身边，那就最好不过了！"

无耻！

朱茵洛也不是省油的灯。

她笑得相当无邪、纯洁："要我陪你可以，除非你哪天全身都不能动了，只剩下最后一口气，我保证会亲自向你去——道喜！"

话不投机半句多！

刚说了两句话，两个人就已经火花四溅，想要杀人了。

楚惊天，完全就是一只披着羊皮的狼，有着狐狸的狡猾和无耻，做出的事，更是让人神共愤。

他根本就不能称之为人。

楚靖懿默默地坐在一旁，假装没看到，喝着茶眼观鼻、鼻观心。

倒是知府有些急了，眼看着楚惊天和朱茵洛两个人眼神斗得你死我活，他被夹在中间很为难。

站在知府旁边的师爷畏惧地看着眼前的人，忙向知府使眼色，再不开始，整座府衙都能被他们两个的目光给掀了。

眼看，时间一点点地过去，知府终于忍不住大着胆子打断了二人："王爷，郡主，能不能……开始升堂了？"

两人各自闪开了眼，朱茵洛面无表情地冷冷丢下两个字："升堂！"

"是是是郡主！"知府摸了一把额头上的冷汗。

一拍惊堂木，"啪"的一声肃静，门外的听众一听到这声音，也跟着静了下来。

知府清了清嗓子，朝身边的师爷吩咐了一句，师爷听了后，用那尖锐的嗓音朝门外喊道："带犯妇阮梦莲，将军府侍卫王二上堂！"

外面听了声音，紧接着一声接一声的相传，等大约两分钟后外面的百姓让开了一条路，四名衙役，两个押一个到了堂中。

那名叫王二的侍卫视线冷不丁地与楚靖懿对视，他的眼睛里一闪而逝的光亮，楚靖懿看得一清二楚。

怪不得今天早上会有这么多人来到这府衙的门口，怪不得……整件事情，会像朱茵洛说得那般诡异，原来如此！

叫作王二的侍卫被两名衙役压着跪在地上，浑身脏污不堪，乱发随意地散落在颈侧。

另一边，阮梦莲也没有好到哪里去，她不断地挣扎着，想要甩开身后两人的压制，嘴里不断地吐出咒骂："你们不要碰我，你们不知道我是谁吗？我可是将军夫人，你们谁也不能碰我，放开你们的手！"

阮梦莲尖锐的嗓音在整个大堂内回响着，最终还是被两名衙役把她压着跪在地上。

看到阮梦莲如疯子般疯狂的模样，倒是让朱茵洛的心里多了几分同情。

她是将军夫人，本来该好好地待在将军府里，可是……可是因为忌妒，她却做出了那般丧心病狂的事情，让她根本无法原谅。

阮梦莲挣扎无力，只能气喘吁吁地跪在地上，眼睛蓦然转向朱茵洛，流露出怒火和恨意。

"茵洛，我没有杀过你娘，我没有！"

"大夫人，现在有人证，还有物证，你怎么还抵赖？"朱茵洛淡淡地吐道。

即使她现在同情阮梦莲这般落魄的模样，再加上楚靖懿说过，不许她冒险私下去杀掉阮梦莲，要是被揭发出来，即使她是郡主，又是将军的女儿，也会受到国法的制裁。

所以，后来她还是选择了交给官府来处理这件事情。

阮梦莲听着朱茵洛的声音，气得浑身发抖，尖叫着解释："我说过，不是我，我没有杀过你娘！"

"如果你没有杀我娘，那你为什么要派人跟踪我？"

阮梦莲痛恨地望着王二，疯了一般地冲上去就揪住王二的头发："你为什么要诬赖我，我跟你拼了，我要杀了你！"

"拉开他们！"知府急命衙役赶紧把两人拉开。

从头到尾，王二始终低着头，就在阮梦莲冲上来撕扯他头发的时候，他也无动于衷，任由她撕扯，安静得让人诧异。

被拉开的阮梦莲依旧伸胳膊踢腿地想要挣脱开，继续去打那个诬陷她的人。

"够了，阮梦莲，你若是再继续闹下去，就是扰乱公堂，要打二十大板！"知府生气地指着阮梦莲威胁道。

打二十大板？阮梦莲吓得睁大了眼睛，连连地摇头，也不敢再大喊大叫，但是眼睛里的愤怒和恨意是显而易见的。

阮梦莲好不容易心平气和了才道："你快把我放了，我根本就没有杀过人！"

"阮梦莲，你现在说的话，也只是你的一面之词，现在人证物证俱在。"他指着桌子上的一块布料还有一张王二画了押的证词，"死者的手中握着你身上衣服的碎片，还有证人证实，就是你杀了死者，而且……你后来怕东窗事发，还派人跟踪茵洛郡主，后来又让跟踪茵洛郡主的人远走高飞，还让他永远不许回来是不是？"

"没有没有，我没有杀人！"阮梦莲词穷，脑袋里面全是怒火，只能重复这句话。

"将军到！"她的话才刚落，门外突然传来一阵高呼，人群让开了一条道，众人议论纷纷地冲来人指指点点。

正是朱佟尉。

他一身铠甲，手握长剑，身后还跟了二十名随身侍卫，个个威慑有加，盛气凌人，手中各握着一把剑。

在朱佟尉踏进了府衙大门的时候，便守在了府衙的外面，个个训练有素，让人不敢靠近。

看到朱佟尉的那一刻，阮梦莲觉得自己终于盼到了救星，她跪爬到朱佟尉的脚边，浑身脏乱，她抱着他的脚，委屈地看着他，眼泪吧嗒吧嗒地掉下来哭诉道："老爷，您要为我做主，他们趁您不在的时候闯进了将军府，把我掳到这里来，现在……现在他们还诬陷我杀人，老爷，您一定要救我呀！"

朱佟尉低头淡淡地看了她一眼，眼睛里无一丝波动，目光幽幽地望向前方，突然抬脚甩开了脚边的阮梦莲，直步向前走。

知府见是朱佟尉，吓得双腿差点就软了，赶紧上前来迎接。

"不知是大将军来了，有失远迎，不知将军来是……"

"这件事，是本将军的家事，本将军自然要来！"

"那是自然，来人呢，看座！"知府连忙又命人搬来了一把椅子，让朱佟尉坐下。

"好了，可以继续了！"

"是是是，将军大人，微臣马上就开始！"

知府一边擦着额上的冷汗，一边抱着颤抖的心回到桌边。

天呢，如今在他面前的人，一个比一个位份高，一个比一个更加难伺候了，他生怕自己一不小心说错了什么话，就会脑袋搬家。

他现在真的想，若是前几天他没有处置那个恶霸，被朱茵洛下令摘了他的官帽就好了，现在……真是后悔莫及。

"王二，如今人证物证俱在，你还有什么好说的？"

王二低头沉默不语着，不知道心里在思考些什么。

他考虑了许久，在四周所有人的目光一致压到他身上的时候，他的肩头沉重地垂下。

他咬紧了牙关，然后缓缓抬头，一字一顿一清晰地述说："小人什么都招，当初，是大夫人，因为忌妒三夫人母女俩，再加上三夫人最近来将军府的时间长，而大夫人心里不高兴。路遇东盈王的时候，东盈王因为轮椅被郡主弄坏，害得他在榻上需要多休养，于是派人请了三夫人到他所在的客栈，商量着要让三夫人对郡主下手，结果……大夫人因为被三夫人激怒，所以就杀了三夫人！"

"放屁，我什么时候要杀惠香了？老爷，你相信我，我没有杀她，我真的没有，求你救救我，告诉他们，我真的没有杀惠香！"阮梦莲祈求地向朱佟尉看去。

可惜，朱佟尉根本连一丝目光也不舍得施舍给她，眼睛只是直直地盯着跪在地上的王二。

"你说，你刚刚说的可都是真的？真的是东盈王让你做的？"

"没错，就是东盈王！"王二激动得连连点头。

"东盈王，不知道你有何话说？"朱佟尉阴沉着脸看向楚惊天。

楚惊天冷笑着，危险的眼睛瞪向地上的王二："你说是本王指使的大夫人，你有何证据？"

"有，当初王爷为了向大夫人表示是真的要与她合作，所以……"王二从怀里掏出了一块玉佩恭敬地捧在掌心中，"把他随身的玉佩交给了大夫人，当初小人知道这件事不妥，所以悄悄地把这块玉佩偷来了！"

"胡扯，你根本就是胡扯，我没有见过东盈王，更没有跟他合谋杀人，你陷害我，我要杀了你！"

王二的头低着，咬了咬牙，突然从怀里又掏出了另一张纸。

"另外，南陵王托小人盗窃将军手中的军事地图，小……小人被南陵王利用，这里是南陵王交给小人的一百两银票，还有南陵王要小人偷的东西，还……还请将军大人原谅小人，希望小人这般如实说出全部，将军可以放过小人的家人，他们……"说着，王二已哽咽得泣不成声，"他们都是无辜的，他们根本不知道这些事情。"

说完，他的头重重地磕在地上，朝朱佟尉跪拜祈求。

局势一下子逆转，朝堂之外的百姓错愕地交头接耳、议论纷纷。

楚靖懿低垂着眉，嘴角挂着一丝狞笑，冷笑地望着地上那个一直不敢窥探他的王二。

见过睁眼说瞎话的，没有见过这般会睁眼说瞎话的。

朱茵洛也被惊住了，不明白这件事为什么会突然转到楚靖懿的头上。

聪明的小脑袋迅速运转，终于想通了心底里的事情。这个王二，不管他的言行举止，还是他的表情动作，都非常可疑，而他今天的话，更是泄露了他最真实的目的。

他的目标，并不是阮梦莲，而是楚靖懿和楚惊天。

朱佟尉面无表情地接过王二递上来的证据，一双黑眸含怒的射出危险的光芒，冷冷地朝外喝道："来人哪，把东盈王和南陵王都抓起来！"

朱茵洛脸色倏变，嗖地一下站起来，猛拍椅子的扶手，生气地喝道："慢着！"

"洛儿，你想说什么？"朱佟尉似乎满脸的不快，不甚高兴朱茵洛突然打岔。

"爹，这件事，没有进行验证过，谁也不知道这些证据是真是假，怎么就随便抓人？"朱茵洛也气了，眼睛里冒出了熊熊火焰。

"洛儿，现在的事情，已经属于朝廷的事情，你不该管！来人哪，赶紧送郡主回郡主府！"朱佟尉极力冷声说道，说着就要将朱茵洛送走。

抓她？

眼看有几名朱佟尉带来的侍卫要进来把朱茵洛带走，朱茵洛心一急，突然转身飞快地抽出朱佟尉腰间的长剑，危险地扫过众人，吓得那些侍卫急忙后退，你看看我我看看你，谁也不敢再靠前，只见她美目圆睁，喷出怒火。

"我看你们谁敢碰我？"

啪的一声，朱佟尉狠拍了一下桌子："洛儿！别胡闹了，赶紧把剑放下！回郡主府！"朱佟尉厉声命令道，似乎急欲让朱茵洛离开这里。

"不行！爹，这个叫王二的随便冤枉人，我不能不管，还有他所谓的证言和证据，都有疑点！"

"我也说过，这是朝廷的事情！"朱佟尉不愿退让，"现在人证俱在，谁都不可抵赖，来人哪……"

"谁敢过来？"朱茵洛愤怒地咆哮，冷剑指着众人。

朱茵洛的举动激怒了朱佟尉。

"洛儿，你娘的死，难道你不想报仇了吗？"

"我是想报仇，但是……我不想冤枉无辜的人！"

朱佟尉不悦地皱眉："铁证在此，已经不……"

"不！"朱茵洛微笑地一字一顿答曰："这件事，并未定案，现在……我要撤诉，我不告大夫人了，这件事就算了！"

"胡闹！"朱佟尉的脸一下子白了，急红了眼，"这件事，岂是你能决定的？"

"这件事我已经决定了，知府，麻烦你放了大夫人，还有这位证人，至于指证南陵王判贼的证据……"

朱茵洛突然拿起桌子上的证据，当着众人的面，嘶啦几声撕成了碎片。

然后她才继续又说："根本就是无中生有！"

"洛儿，你竟敢撕毁证据！"朱佟尉气得浑身发抖，指着朱茵洛的手指颤抖得不成样子，一张脸煞白一片。

"爹，女儿只做对的事情，冤枉他人我做不来，娘九泉之下有知，也一定不会希望我冤枉无辜！"

　　说完，朱茵洛当着朱仝尉的面，拉起椅子上的楚靖懿离开了府衙的大堂，留下满堂的错愕。

　　阮梦莲庆幸地双手合十感谢上天。

　　似看了一出好戏的楚惊天，看时辰差不多了，也起身离开，留下气得说不出话来的朱仝尉。

　　这个不孝女，他所有的计划，全部打乱了，全部乱了……

第二十四章　皇帝必须是你

马车中，楚靖懿不发一言地搂着怀中的朱茵洛，朱茵洛怒气未消。

"爹太过分了，居然相信王二的话。"

"洛儿，他做这一切，其实都是为了你！"楚靖懿淡淡地说着。

"为了我？他根本就是为了他自己！"

宽厚的掌抚摸她的肩膀，温柔地安慰她。

"洛儿，你早晚有一天会明白的！"

"我不想明白，懿……将来的皇帝只能是你，必须是你！"

宋惠香被杀一事，就这样变成了一宗悬案，朱茵洛百思不得其解，不知道这到底是怎么一回事。

楚靖懿回来之后，表情总是神神秘秘的，好像知道了些什么，又好像不知道。问他，他也总是不说，故意跟她打马虎眼，总是说不到正题上去。

但是，这件事，成为了朱茵洛心底里的一个疙瘩。

虽然她一直想要治阮梦莲的罪，好为娘报仇，但是她却不能违背良心，明明知道这其中有问题，还硬要把罪名推到阮梦莲身上。

最重要的就是那个叫王二的人。

可惜，她再一次想去找王二的时候，这个人突然人间蒸发了似的消失了，再也找不到，害她再无法寻找证据，更不知道该怎样去查探事情的真相，线索——就这样断了。

通过这件事，让她彻底对朱佟尉失望。

他……是一个为达目的不择手段之人。

将军府

从鬼门关走了一趟再回到将军府的阮梦莲，性情突然转变，不再像以前那样飞扬跋扈，反而温和好相处了许多，下人们都觉得不可思议，都说阮梦莲变好了。

这一天，阮梦莲走到花园中乘凉，身侧的丫鬟不小心打翻了茶盏，吓得花容失色地跪地求饶，阮梦莲一反常态，并没有责备那丫鬟，反而温柔地把她扶了起来。

路过花园看到这一幕的朱佟尉淡淡地扫了一眼，然后面无表情地从花园的边上走开，直接往假山的方向走去。

远远地，阮梦莲已经发现了朱佟尉，看到他神色匆匆地走开，又跟着一个人鬼鬼祟祟前前后后地走着，引起了她的怀疑。

看到这一幕的阮梦莲下意识地立即尾随在其身后，好奇地想要知道他的葫芦里卖的是什么药。

再加上，自从上次的事件之后，距今已五日，朱佟尉同她只说过一句话，她很想知道他最近在做什么，想要修补两人之间的关系。

毕竟……二夫人被关后断了双腿，数年前自尽身亡，三夫人也惨死，四夫人水烟，如今一直疯疯癫癫，每天在听雨楼内抱着个枕头说那是她的儿子，谁抢了枕头，她就跟谁急。

现如今，朱佟尉的身边只剩下她一个，她理应好好地伺候他，尽到妻子的责任。

所以，她努力地想要扮演好自己的角色，讨得他的欢心，第一点就是，要知道他具体想要做什么，心里在想些什么，才能对症下药。

午后的阳光，很是毒辣，绿色的叶子一片片地蔫了下去，连枝头的蝉鸣声也夹杂着些嘶哑，有气无力的样子，听得人耳边一阵沉闷，一阵微风吹来，打在脸上，夹杂着燥热的气息。

出现在太阳底下的阮梦莲，不住地拿手绢挡在脸前，以此遮住一些毒辣的日头，以免晒伤了自己，然后蹑手蹑脚地跟在了朱佟尉和一名小厮的身后。

朱佟尉和那名小厮，在假山的隐蔽处停下。

阮梦莲看到这一幕，忙找了隐蔽的草木后躲藏着，以免被发现她在偷听。

耳边，隐约传来了他们的对话声。

躲藏在草丛中的阮梦莲竖起耳朵，生怕听落了一个字。

朱佟尉小声地低问那名小厮："我让你办的事情，办得怎么样了？"

"回将军，已经打探清楚了，南陵王一直在郡主府，这几天哪里都没去，但是，将近一个月前，郡主到了南陵，那个时候南陵王对外宣称郡主是他的未婚妻，而且……在南陵王宣布进了咸城之前，他已经住在郡主府了！"

"什么？"朱佟尉气得声音变了调，"这么说，她跟南陵王之间……"

后面的话，他再也说不下去了，是被气的。

"将军，关于三夫人的事情，属下已经吩咐人，不会把事情传出去！"

"嗯，你做事本将军放心，倘若……洛儿知道她娘的死，是我主使的，她一定会恨死我！"朱佟尉语重心长地说着。

"什么？"草丛中的阮梦莲听着这声音，惊得陡然出声。

这一出声，也恰好暴露了她在旁边偷听。

蓦然感觉到两双眼睛向她这边射来，阮梦莲的身子顿时像置入了冰窖，浑身毛骨悚然，害怕的双眼胆怯地望着朱佟尉，不敢与他的眼睛对视。

在朱佟尉出声要捉住她之前，她灵机一动，一声不吭地立即转身逃走。

"将军！"小厮担心地喊了一声。

"去，把她抓起来，这件事，不可走漏半点风声！"

"是！"

那名小厮听了话，便立即去找人拦住阮梦莲。

朱佟尉身心俱疲地摸了摸酸胀的太阳穴。

真是一波未平，一波又起。

希望，从今以后，不要再起风波了。

人在绝望的时候，是最能发挥体内的潜力的。

阮梦莲以极快的速度逃开，让那小厮等人根本就抓不到她，逃出了将军府后，她又赶紧找了个隐蔽的角落躲藏了起来，生怕被人发觉。

就在她躲藏后不久，将军府里传出了一个消息，朱佟尉的手臂被刺伤，凶手阮梦莲却逃走了，以此为借口来追捕她。

听到这个消息之后，阮梦莲彻底绝望了。

朱佟尉大概是怕她知道的那个消息被传出去，所以……想杀她灭口吗？

她……她她不想死。

听着耳边脚步声人来人往，阮梦莲的心也像那些凌乱的脚步声一般跳得又快又乱了。

如今……能救她的，恐怕……就只有一个人了！

朱茵洛！

对，只有朱茵洛才能对付朱佟尉。

如今，为了大局着想，她也顾不得自己的面子了，只等着天色黑下来，她好离开这里，悄悄地去郡主府！

三伏天，天越发的热。一天的太阳都很毒，到了晚上，又觉屋内闷得慌，朱茵洛在房里待不住，晚膳之后，闷得她走出了房间，到花园里去乘凉。

头顶月明星稀，一阵阵凉风吹来，头顶树影闪动，让人心里甚是舒慰。

馨儿送了一壶凉茶过来。

楚靖懿在凉亭的不远处，看了她良久，心疼她在黑夜下孤寂的身影。

她的眼睛望着头顶的繁星发呆，恐怕又是在想她娘宋惠香了吧？

心疼她的楚靖懿，缓缓地走了过去。

听到耳边的脚步声，朱茵洛眼睛的余光向来人打量了一下，看到是楚靖懿，她头也不抬地站了起来，依赖地坐在他身侧偎进他的怀中。

他的小手指着天上，纯净的眸子闪动着灵动的光亮，天真地问："懿，你说……天上哪一颗才是娘呢？"

"一定是最亮的那一颗！"他笑答。

她煞有其事地点了点头："我也认为是这样！"

"晚膳有没有好好吃？"

她点了点头："有吃！"不过吃得很少。

"你这小女人，就喜欢让人操心，我刚刚听馨儿说，你晚上吃得很少！"

扑哧一笑："她真是多嘴！"

"不是多嘴，我们都是关心你！"

"好啦好啦，我都知道！"她随口打着哈哈，"对了，你今天出去处理事情，怎么样？南陵没出大事吧？"

对上那双关心的眸子，楚靖懿心底里一阵犹豫，嘴巴动了动，话到嘴边，困难地咽了咽口水，又吞了回去。

看到他欲言又止的表情，朱茵洛一下子就感觉到他话中有话，眉头深皱起，认真地抬头盯着他的眼睛问："你是不是有什么事情要说？我们两个，难道你还要隐瞒我吗？"

对上那双清澈的眼，他欲言又止。

"这件事……"他犹豫地停顿了一下，深攒起眉毛，酝酿了好一会儿才终于决定望着她的眼睛开口，"洛儿，其实……我有一件事想要告诉你！"

"什么事？"漂亮的杏眼眨了眨，清新地映入他眼底。

对着那双清澈的眼睛，楚靖懿话到嘴边，又不知该怎么开口。

朱茵洛等得不耐烦了，开口欲询问，这个时候，大门的守卫急急忙忙地跑了过来。

"郡主，门外有个人要见您！"

"谁呀？"奇怪了，这么大晚上的。

"是将军府的大夫人！"守卫恭敬地如实回答。

阮梦莲？她来做什么？虽然还没有确信她是杀害宋惠香的凶手，可是……阮梦莲是她从小到大，一直对她有敌意的人，这个时候来找她，能有什么好事？

她板着脸，冷冷道："我不想见她，让她走！"

"大夫人说了，今天一定要见到您不可，还说有个重要的事情要告诉您，您不听的话，一定会后悔的！"

"后悔？她现在真的是为达目的什么手段都使得出！"想了一下，她正好无聊，便冷笑了一声挥了挥手，"你去让她过来，我倒要听听看，什么事情会让本郡主后悔！"

"是，小人告退！"那名守卫恭敬地退了下去。

朱茵洛的脑子里回想到楚靖懿的话，笑吟吟地抬头看他，美丽的杏眼眨了眨，示意他继续说下去："懿，你刚刚要说什么？继续说呀！"

"是……"话到嘴边，对着那双清新可人的眼睛，想到自己的话有多么残忍，他却是一个字也不忍吐出来。

眼看着阮梦莲已经匆匆地过来，他又把话咽了回去："这些事情不急，你还是先听听大夫人有什么事吧！"

"那好吧！"朱茵洛信了楚靖懿的说辞。

阮梦莲满身狼狈，身上穿着一套粗布衣裳，以往满头的金饰也不见了，只用一条粗布随意地绑着，神色匆匆，表情看起来很紧张似的，一路不时地回头瞧着身后，然后向朱茵

367

洛走来。

"茵洛，我总算见到你了！"看到朱茵洛的那一瞬间，阮梦莲激动得鼻子酸酸的想哭。

这一路上，她就怕碰到将军府的人，怕他们把她抓到朱佟尉的面前。

现在的朱佟尉，似乎早就已经没有了人性，被抓回去，她一定会死得很惨，一想到这里，她就浑身发抖。

相反，以往这个她很恨的朱茵洛，却是唯一能给她安全感的人。

这个世界，真是太玄幻了。

阮梦莲意外异常的声音和动作，更是让朱茵洛不解加狐疑。

她冷睨着阮梦莲，半带讥讽地嘲讽道："怎么？大夫人，您来到底有什么事情？如果没有合理的理由，麻烦你马上离开我郡主府！"

"说说说，我马上就说！"她迟疑地望着朱茵洛身侧的楚靖懿，干笑了两声，微笑地要求，"茵洛，我能不能……跟你单独谈一谈？"

"南陵王对我来说，并不是什么外人，有什么话就直说，不说就拉倒！"朱茵洛不耐烦地说。

如今，不是她阮梦莲可以讨价还价的时候。

朱茵洛的字句，打在阮梦莲的身上，让阮梦莲觉得非常难堪，只是……如今身在他人的屋檐下，不得不低头。

朱茵洛说楚靖懿可靠，那就罢了。

如今，朱茵洛已经是她最后的希望了。

"茵洛，其实，我今天来，是想要告诉你，关于你娘的死的，你娘的死，难道你不觉得很蹊跷吗？"阮梦莲故意卖关子地说，眼睛眨了眨，故意引导朱茵洛。

她的说辞，让朱茵洛一下子来了兴趣，美丽的杏眼危险地半眯："然后呢？你知道些什么？"

就在这时，又是一阵脚步声传来，守卫再一次回到凉亭中，匆匆忙忙地打断了阮梦莲要说的话，让朱茵洛心里很不爽，森寒的目光射向那名守卫。

"又是什么事？这么慌慌张张的？"

守卫畏惧于朱茵洛的气势，不敢太过放肆，赶紧低头急急地回答："是大将军，将军来找大夫人！"

"什么？"阮梦莲一下子吓得浑身冰冷，身体颤抖得如秋风吹起的落叶，她花容失色地冲到朱茵洛身边，双手抱着她的手臂颤声央求，"茵洛，你一定要救我，你一定要救我，我告诉你，你娘的死，其实跟老爷有关，因为我窃听到他跟他心腹之间的对话，被他发现了，所以我才会逃出来，茵洛，你要救我，他抓我回去，我一定会没命的！"

听了她话的朱茵洛，瞳孔骤然缩紧，手指无情地掐住她的手腕，指甲深陷入她的皮肉中，痛得阮梦莲皱紧眉头。

"你……说的是真的？"她危险地逼近阮梦莲的脸，阴鸷的黑眸紧紧地盯着她，因为激动声音里有着一丝颤抖。

"当然是真的！"阮梦莲被她那张危险的脸，吓得不敢吭一声，只能皱眉咬牙忍痛。

待朱茵洛一点点地回过神来，阮梦莲一边搓着被朱茵洛掐疼的皮肉，一边哭丧着脸焦急地催促她："茵洛，我求你了，如今，只有你能救我了，我求求你！"

朱茵洛的脸许久才转过来，面无表情地望着阮梦莲，一字一顿道："好，我可以救你，但是，你要保证你刚刚说的话是真的！"

"当然，我保证！如果我刚刚有半句假话，就遭五雷轰顶、不得好死！"阮梦莲指天发誓。

"馨儿，你来，把大夫人带到我娘的房间去！"

"什么？你娘的房间？"阮梦莲只觉身体一阵寒冷，身上的汗毛孔一下子竖了起来。

"现在，只有娘那里，不会有人轻易进去，如果你不愿意，爹来的话……"

"不不不，现在只要能活命，我什么都愿意！"阮梦莲豁出去了。

"大夫人，请随我来！"馨儿淡漠地望着阮梦莲，然后在前头引路。

阮梦莲乖乖地跟在了馨儿的身后。

"洛儿，你当真相信她吗？"楚靖懿微眯着眼睛，有些事实，是不容揭发的！

"暂时还不能相信，但是……值得参考，在真相揭开之前，我会留着她的！好了，我该看看我那将军老爹如今的嘴脸了，一起去吗？"

"不了，我还有其他事！"

"好吧，那我一个人过去！"

将军府门外，朱佟尉站在门口，直直地伫立，双眼直勾勾地看向前方，在朱茵洛出来后，目光在她的脸上停住。

"爹，这么晚，有什么事吗？"

"梦莲有没有到你这里来？"朱佟尉沉声问道。

"您是说大夫人吗？"她冷笑了一声，睁眼说瞎话，"怎么？爹到我这里来寻人了？麻烦你看到了大夫人帮我转告一声，如今她还没有洗脱嫌疑，要她好好地待在将军府里！否则，我朱茵洛就是追到天涯海角也要抓到她，为我娘报仇！"

听她说得这样恳切，似乎不像是假的。

朱佟尉低头思索了一会儿，相信了朱茵洛的话，回头扬了扬手，命令身后的人："你们再到其他地方去找。"

朱茵洛故意伸了伸脖子，探向那些离开将军府门前的人："爹这么大阵仗，这是要做什么？"

朱佟尉的手捂着自己左臂上的伤口，咬牙切齿的声音里夹杂着几分怒意："她刺伤了我！"

"爹为了那点小伤，就派这么多人出来寻找她，看来，当初大夫人应该是说了些什么她不该说的话吧？"朱茵洛似笑非笑地盯住朱佟尉，一双眼像是要看进他的眼底，嘴角噙着一抹意味深长的笑容。

心虚的他，闪躲过朱茵洛的目光，转身便离开，随口丢下一句："梦莲若是来找你，不要让她进府，直接派人来通知我，我会把她带回去好好管教！"

"是，爹！"

看着朱佟尉的背影良久，朱茵洛只觉空气一阵冰凉。

朱佟尉刻意闪躲的目光，让她觉得很可疑。

难道……真的如阮梦莲所说的那样，娘的死，真的和他有关吗？

如今，她身边的人，已经没有多少人的话可信了。

回到房间，发现楚靖懿已经不在，心里不免有些失落，最近这两天，楚靖懿也是怪怪的，总是对她欲言又止，但是却又什么都不说的样子，让她看了心里一阵嘀咕，不知道到底出了什么事。

难道是他出了什么事不能告诉她？

罢了，他若是想说的话，以后她有的是时间听，只是如今……她最想知道的是，朱佟尉的葫芦里卖的是什么药。

阮梦莲住进了郡主府，但是，朱茵洛只是匆匆让她入住，并未安排任何丫鬟给她，这让阮梦莲十分恼火。

早上没有水洗漱，没有丫鬟为她梳头，只有一个丫鬟给她送了早膳，那送膳的丫鬟直接说"郡主没有吩咐"。

结果气得她只能自己端盆打水，等她回到房间时，已经累得气喘吁吁，好不容易收拾妥了自己，再用过早膳，已经是半上午时分。

更气人的是，这屋子没有清凉设计，没有冰块儿，太阳升起的时候，屋内热得像个蒸笼。

她阮梦莲怎么说也是将军夫人，一直锦衣玉食，饭来张口衣来伸手，哪像现在这样事事要自己动手？

在房间里拿着扇子扇着热风，心中的怒火越来越盛，最后，她气不过，一拍桌子，气呼呼地冲出了房间。

但是，等她跑到了朱茵洛的房间门外，却听到朱茵洛不在房间的消息。

一口气咽不下的她，决心等朱茵洛回来，再向她理论。

嚣张自私的她，根本就没有寄人篱下该有的感激，反而一再地把过错推给别人。

一直等不到朱茵洛，她一眼看到了不远处楚靖懿正向朱茵洛的寝殿走来，阮梦莲知道他与朱茵洛关系匪浅，便马上热络地迎了上去。

"原来是南陵王，民妇见过南陵王！"

楚靖懿淡淡地看着她，脸上没有一丝表情，眸底闪过一丝不耐。

"不必多礼，大夫人怎么会在这里？"他淡淡地问。

"刚刚馨儿说茵洛出门了，还没有回来，所以我在这里等她呢。"

"洛儿出去了？"楚靖懿皱眉。

阮梦莲的心里打着另一个小九九，眼中发亮地笑吟吟道："对，王爷也是来找茵洛的吧？如果你派你的手下去找她回来的话……"

"洛儿现在一定有事，罢了，下午我再来找她！"说着，楚靖懿就要转身离开。

阮梦莲心里那点小伎俩，他又岂会不知？

"等一下，王爷！"阮梦莲急忙唤住了他。

"大夫人还有何事？"楚靖懿的脸色明显已经不悦。

"王爷，有些事情您也许不知道，我在老爷的身边已久，多少知道些事情，不知道王爷……是否有兴趣？"阮梦莲傲慢地扬起下巴笑着说，眉梢高高挑起，眼睛里精光闪过。

她知道的事情？

楚靖懿脸色微变地转过身来，嘴角挂着邪肆的笑容："非常有兴趣！"

都说最毒妇人心，女人心海底针！

一系列形容女子善变的词语，用在某些人身上，是真的不错。

阮梦莲为了可以得到她想要的物质生活，心甘情愿地把自己知道的朝廷机密告诉楚靖懿，楚靖懿颇有兴趣地勾唇微笑看着她。

虽然阮梦莲心里打着别的主意，但是她所知道的信息，却是他最想得到的。

听到楚靖懿的回答，阮梦莲满意地笑着，眼睛里闪过算计："不过，这件事，其中也有一些关于茵洛的，王爷是否……"

她的目的，他非常清楚。

楚靖懿半眯起紫眸，幽暗的紫眸深不见底，里面有一丝不快。

他楚靖懿，最讨厌的就是有人命令他、威胁他、利用他。

这三样在，阮梦莲全占了，还那么嚣张地摆出傲慢的表情。

楚靖懿的眸底微垂，没有让自己的情绪表现出来，他淡淡地笑着："既然如此，那我便让人去找茵洛回来！"

"如此更好！"

为免消除她心中的疑虑，楚靖懿马上就召来了馨儿，对她交代："馨儿，你去找小甲和小乙，让他们去找洛儿回来，就说我有要事与她相商，要她尽快回来。"

"是，王爷！"馨儿爽快地答应，马上就走开了去。

还是楚靖懿的话有威力，只这样吩咐一句，馨儿就欢快地答应了，果然是狗眼看人低！阮梦莲微怒地看着馨儿的背影，忍不住心里咒骂着。

"大夫人，希望你提供的消息，是真的有所值，否则……"楚靖懿的脸色骤然巨变，那双慑人的紫眸中闪动着冷戾的光芒，让人不容忽视，更不敢与他对视。

楚靖懿的强大气场，阮梦莲早已见识过，如今再次看到这张带着危险的脸，她不敢有一丝怠慢，赶紧嘿嘿笑着回答说："那是自然，我怎么也不会让王爷您吃亏的！"

"痛快，既然如此，你所要的本王已经为你去办了，大夫人是否也该履行约定？"楚靖懿脸上森寒危险的表情，代表他不接受谎言和欺骗。

"当然当然！"阮梦莲弱弱地缩了缩脖子，脸上的笑容有些挂不住，"我怎敢欺骗王爷？"

"那我们里面去说，一边坐着说，一边等洛儿回来，如何？"

屋内一阵阵凉风透出来，阮梦莲自是欢喜，面露喜色地忙答："如此甚好！"

"大夫人，请！"

"谢王爷！"

阮梦莲迫不及待地走了进去，楚靖懿亲自为她斟了一杯凉茶，阮梦莲捧着杯子，轻抿了一口，凉意瞬间抚平了她的神经末梢，舒慰的她发出一声舒服的轻喃："好凉！"

楚靖懿懒洋洋地斜靠在椅子上，斜飞的剑眉下幽暗的紫眸深深地打量阮梦莲。

捧着茶杯，阮梦莲一口饮下，目光贪婪地看着凉茶的茶壶，自顾自地又倒了一杯喝下，她才舒服地眯起了眼。

楚靖懿倒是有些不耐烦了："好了，大夫人，你可以说了吧？"

阮梦莲又倒了一杯放在面前，这才舒缓了一口气，望着楚靖懿那张绝代俊容缓缓开口："其实，你知道的，我跟老爷，已经是三十多年的夫妻，三十多年前，我刚嫁给他的时候，我们俩多么恩爱，可是……才过了没几年，他就娶了二房，接着……又娶了三房、四房……这么多年，我不知道有多心酸！可是他……"

这哪是说事情？根本就是吐酸水。

楚靖懿的眉头越攒越紧，最后他脸色倏变，淡淡的一句，隐藏着无声的威胁："大夫人，说重点！"

"却总是把我的心当作……"话未说完，听到楚靖懿的声音，吓得她心惊肉跳，连忙收了嘴，转入了正题，"那个，你也知道，我们老爷受皇上的宠爱，不管大小事情，都会吩咐老爷去做，对老爷那是一百个放心哪，老爷对皇上也是一百个忠心，所以，有些秘密的事情，也会交给老爷去做！"

觑了楚靖懿一眼，后者的脸色显然不大好看，她赶紧又继续补充道："是这样的，不知道，王爷还记不记得，八年前的一天晚上，你是不是曾经去见过皇上？"

八年前？

记忆的匣子打开，八年前，他为了可以迎娶朱茵洛，与楚飞腾有了一个誓约！

当初的对话，他到现在仍记忆犹新。

对上阮梦莲探视的眼睛，他点了点头："然后呢？"

阮梦莲微眯着眼："就是那件事！其实，皇上在八年前的时候，就已经想置你于死地了，只是不知道为什么，你安然无恙地离开了，后来我在书房的外面无意中听到老爷跟别人说起这件事，才知道原来王爷同皇上有一个约定。"

"你想说的是，皇上打算利用这个约定，现在处死我吗？"楚靖懿不耐烦道，"如果没有其他事……"

"不不不，你听我说完！"阮梦莲急忙唤住楚靖懿，"你……还记不记得娉婷公主？"

娉婷公主是当今皇后的亲生女儿，谁人不知，谁人不晓？

"然后呢？"

"是这样的，因为娉婷公主看上了北冥小王爷，所以，皇上已经打算把娉婷公主和亲北冥，而且……已经跟北冥王书信联系过，北冥王也十分同意，他们秘密商量，在娉婷公主年满十八岁的时候，就让娉婷公主和亲北冥！"

听到此，楚靖懿的眉毛拧紧。

阮梦莲一副得意的表情看着楚靖懿："怎么样？这件事你不知道吧？还有你不知道的呢……"

"你还知道些什么？"楚靖懿冷着一张脸逼问。

不得不说，这阮梦莲确实知道些事情，而且这些是他所不知道的。

难怪朱佟尉会发动这么多人，一定要抓她回去，大清早的，只要提供阮梦莲信息就悬赏万两的告示就已经贴满了整条大街。

这阮梦莲根本就是一颗定时炸弹，以前她在朱佟尉身边时，她的心至少是向着他的，即使知道些什么事情，也会守口如瓶。

但如今，这局势不一样了，阮梦莲因为生气，为了保命，可能会将他所有的事情抖出来，难怪他会这么焦急。

想到此，楚靖懿的嘴角忍不住勾起一抹嘲弄的笑容。

朱佟尉，你也有今天！现在他还在满大街寻找阮梦莲的下落吧？

他大概怎么也想不到，这阮梦莲会大胆地跑来投奔朱茵洛。

而且，还会透露出这么重要的信息。

这场游戏，似乎越来越好玩了。

"这个嘛……"阮梦莲的眼睛里闪过贪婪的光亮，两排牙齿笑眯眯地晒太阳。

楚靖懿一看到她那副表情，已探出她心底里的想法，旋即低眉淡淡地回答道："倘若你说的事情，能让我满意的话，将来，本王可让你住在现在的地方，甚至可以拿到与将军一样的俸禄，如何？"

谁知阮梦莲却摆了摆手："这就不必了！"

他诧异地问道："难道你不想要荣华富贵？"阮梦莲是那种贪得无厌的人？会轻易放过这个机会，他还以为她会讨价还价一番，最后不得已，只得接受他的要求。

"我阮梦莲虽然自私贪婪，但是，我也是一个女人！"阮梦莲苦涩一笑地回答，"我与将军，已经是三十多年的夫妻，虽然他一直待我不好，可我们也是夫妻呀，所以……我希望将来王爷若是登上高位，可以不要处罚老爷！"

这让楚靖懿更加诧异了，难得阮梦莲会放弃荣华富贵，选择自己的丈夫！

看来，阮梦莲是真的爱朱佟尉。

"你现在说这些，难道不怕杀头吗？"楚靖懿微笑着问，脸上却是无一丝担忧。

"杀头？"阮梦莲笑得一脸阴柔，"难道王爷不想得到皇位？我听老爷说过，整个西阳大陆，对皇上威胁最大的人，就是王爷您，其次就是东盈王！"

"哦？真的？"楚靖懿事不关己地淡淡道。

"王爷您不仅聪慧过人，而且兵强马壮，整个西阳大陆的精英，几乎都集中在了南陵，老爷曾经对我说过：江山若易主，必定是南陵王！"

"将军太瞧得起本王了！"楚靖懿微眯着眼。

"不是将军瞧得起王爷您，而是……十八年前的一个谶言！"阮梦莲一针见血地指道。

十八年前？

楚靖懿的脸色一下子陡然巨变，那件事，没有几个人知道，阮梦莲居然知道！

阮梦莲的表情更得意了："这件事，除了皇上，瑾贵妃，还有王爷您知道，将军……现在……还有我！之外没任何人知晓。"

她居然知道！这让楚靖懿脸上的表情越来越凌厉。

"难道你不怕我杀了你吗？"

"王爷要是杀了我的话，那你可就不知道我要说的秘密喽，其实，在南陵有许多你们南陵自己也查不到的朝廷细作，但是，有一次我在老爷的桌子上，偷偷地看到了一份秘密名单，我为了日后自保，所以……偷偷地抄了一份。将军的那份，也早就已经烧掉了，这么多年，那些名字我已经背得滚瓜烂熟，这些人，都是王爷您身边的重臣，假如您杀了我，将永远得不到这份名单，啊……我差点忘了说了，其实……一直在茵洛身边的馨儿，也是您安插在她身边的细作，我说的……对吧？"

阮梦莲笑眯眯地一字一顿说道。

听着阮梦莲的话，楚靖懿的眼睛眯得越来越紧，不得不说，眼前的这个女人，根本就是个祸害。

她居然知道这么多事情。

"你一定想知道我为什么知道是吗？因为有一次，那一次也是非常非常的巧合，我出去买胭脂，路过一个巷子，你与馨儿擦肩而过，虽然时间很短，但是，我看到你和馨儿两个人走近的时候，你交给了她一张纸，对吧？从那个时候起，我就知道馨儿是你的细作！"

"而你，也将这件事，告诉了大将军是吗？"楚靖懿一下子就猜想到了。

"没错！"阮梦莲得意地说。

"我是告诉了将军，所以……自那以后，将军就防着馨儿，所以……自那以后你从馨儿那里再也没有得到任何有用的信息，对吗？"

她字字句句都说得没错。

可惜，朱佟尉日防夜防，却防不了枕边人。

"大夫人果然聪明！"

"那是！"听到夸奖的她，更加得意、放肆，下巴扬得老高。

"既然大夫人知道那么多，我们合作的话，一定会很愉快！"

"当然，我们当然可以合作，我也很愿意与王爷您合作，只是……我现在住的地方，什么事情都要我亲自做，又闷又热，想这些事情，是很费神的，一直这样下去，可能我一个名字也想不起来。"

她的要求，他很清楚。

"我会让郡主为你安排两个丫鬟伺候你，冰窖亦会随时供应冰块，如何？"

"才两个？"阮梦莲的脸有些难看，嘴巴翘得很高。

"郡主府的丫鬟本来就少，倘若再重新从外面招丫鬟进来，我们可就无法保证大夫人在此的行踪会不会被人泄露出去。"

楚靖懿一句话，就把阮梦莲抱怨的话给逼了回去。

现在被朱佟尉抓到，她恐怕会连水烟的待遇都不如，她不要被关起来，她不要！

身子瑟缩了一下，几乎是迫不及待地连声回答："好好好，就这样办，只要这件事情妥了，我一天会给王爷您提供一个名字，绝对可靠！"

"一个？"

阮梦莲翻了一个白眼："王爷，我现在做的事情，可是要掉脑袋的，为了我头上的这颗脑袋，相信王爷就会保我，既然如此，我理应要为自己留条后路，您说呢？"

"大夫人的小心，也是应该的。"

"多谢王爷体谅！"

楚靖懿冷冷地看着阮梦莲，一字一顿危险地冷森威胁："不过，关于那个谶言的事情，我希望你烂到肚子里，倘若你向外人，特别是茵洛吐出半个字，本王绝对有本事让你从这个世界上彻底消失！"

每一个字都像是一把锤子打在心头，阮梦莲连连点头，双手捂着嘴巴："我一定不会告诉她的。"

"最好是这样！"

两人刚谈完，朱茵洛已经风风火火地从外面赶回来了。

看到楚靖懿同阮梦莲一起在她的房间里面坐着，画面看起来很诡异，不禁讶异。

"大夫人，你怎么在这里？"

"茵洛呀！我只是跟王爷随便聊聊，你们先坐着说说话，我还有事，就先回去了！"阮梦莲笑吟吟地站起来，准备离开，离开之前冲楚靖懿使了一个眼色。

待阮梦莲离开，朱茵洛的双眼狐疑地望入楚靖懿的眼底。

后者一把勾住她的柳腰，把她搂入怀中，笑点她的朱唇："去哪里了？"

"我去了万花楼！"刚刚的事情，让她心里疑惑，答完了马上质问他，"大娘怎么会在这里？她跟你说了什么吗？"

阮梦莲这个人，不知道心里有几根花花肠子，每天在算计别人。

"只是抱怨她的房间没有丫鬟伺候，很热之类的！"

"我是故意的！"朱茵洛没好气地嗤之以鼻，"她从将军府里出来，我现在好吃好喝的给她就已经不错了，她那脾气，哪个丫鬟受得了？"

"洛儿，宁得罪好人，勿得罪小人，我知道你气她这些年来对你们母女俩的坏，不过，现在那些事情已经过去了！"

朱茵洛不敢置信地瞪着楚靖懿："你什么意思？你是想说，我错了，我不该对她这么差是吗？"

她生气地扯开腰间他的手臂，想要起身。

他马上加重了些力道，把她压回他的腿上。

"洛儿，我不是那个意思！"

"那你是什么意思？你现在不就是在为她说好话吗？我现在没有把她丢到大街上，已经是对她的仁慈了！"朱茵洛气得小脸通红，板着脸，故意不看他的眼睛。

他知道她生气了。

修长的指捏着她的下巴，迫使她转过头来。

"洛儿，生气可就不美喽！"

她瞪他一眼，没好气地冲口道："我不美了，你可以去找别人呀，反正向你投怀送抱的人多得是！"

在她的唇上吻了一下，他好笑地说："倘若这样，你岂不是要打翻醋坛子了？"

脸颊一红，她推了一下他的胸膛，却是没有用太多的力："谁要吃你的醋，我才不会吃你的醋！"

"是是是，我的洛儿最大方了，当然不会吃醋！"

"那是！"她笑眯眯地噘嘴。

"不过，要大家一致认为你够大方才行！"楚靖懿紫眸闪烁着。

大家一致认为？

朱茵洛的脸一下又板了起来："说到底，你还是想让我给大娘派人伺候她！好吧，看在你的面子上，我就给丫鬟，不过，我可不会她要多少人伺候就多少人，顶多给她两个！"

"你说几个就几个！"楚靖懿亲吻着她的下巴，气息有些紊乱，"一切都听你的！"

"我就这一次迁就你，但是下不为例！"朱茵洛正色地提出条件。

"没问题！"

听到如此回答，朱茵洛心底里的怒火渐渐地消退了，不过，楚靖懿为阮梦莲说情，这个太可疑了。

只是她今天很累，打听了许久，也没打听出什么眉目，疲倦的她窝在他的怀中，微微眯着眼假寐。

"洛儿！"

"什么事？"听到他的唤声，长长的睫毛颤了颤，露出一丝眼缝斜眼打量他。

"我想说，你要永远记住，我的心里只有你一个人，不管发生什么事情，这一点永远不会变，好吗？"

这些话，她似乎早就已经听过了。

她深叹了口气，眼睛重新合上："干吗说得这样严重，我又不是不相信你！"

"洛儿，我只是想让你知道，就算是听到了什么事情，一定要记住这一点！"

打了个哈欠，声音似在呓语中："好啦，我知道啦！"

万花楼得到信息的速度快得惊人，朱茵洛才吩咐了下去，当晚就已经得到了一个消息。

在宋惠香失踪的当晚，曾经有人看到朱佟尉出了城。

竟然真的是他，竟然真的是朱佟尉。

得到这个消息的时候，朱茵洛愣住了许久没有回过神来。

当她从阮梦莲的口中听到这个消息的时候，她没有相信，因为……她不相信阮梦莲，只是因为不相信朱佟尉会那么无情地杀了宋惠香。

可是，现在这一切从小厮的口中得知，却是另一番光景了。

这一切的一切，都让她无法再欺骗自己。

当她得知了这个消息之后，不顾一切地冲进了将军府，看到人就抓住了直接问："我爹在不在？"

她的表情，吓坏了对方，但是对方不敢得罪她，连忙告诉她："将军今天病了，到现在还没有起床呢！"

病了，还没有起床？

朱茵洛丢下那人，便转身离开。

大概是她脸上那股强烈的杀气还有满是怒火的眼睛，让人心生警觉，朱佟尉寝室外面的人拦住了她。

敢拦她？胆子不小！

这些守卫的功夫，虽然很高，可是跟朱茵洛比起来还是有着天壤之别，她冷眉一拧，双掌猝然挥出，那两名守卫被她的掌力击得后退了好远。

终于没人阻拦了！她满意地眯起眼睛，直接闯进了朱佟尉所有的寝室。

寝室内，朱佟尉满脸苍白地躺在榻上，粗重的鼻息夹杂着几丝呻吟，看起来似乎病得很重。

听到耳边有声音，原本合上眼睛休息的朱佟尉幽幽转醒，一双混浊的眼睛往身侧望去，一眼便望见了朱茵洛浑身冒火的身影。

看到朱茵洛，那张粗犷的脸露出一抹淡笑："原来是洛儿，难道是府里谁多嘴了，告诉了你这件事？我早就告诉过他们，不要将这件事传到你耳中的！"

朱佟尉的脸上无一丝血色，面容苍白得让人不禁心软，朱茵洛本来想要冲口而出的话，因此心软了几分。

但是，这件事太大了，只靠心软，根本无法去除她心中怒火。

她收了收心魂，冷着一张脸，用冷漠没有温度的声音质问他："爹，我今天来，是想要问您一件事，希望您如实回答！"

朱佟尉挣扎着爬起来靠在床头，温和的眼睛望着朱茵洛："好，你说吧！只要你问，爹一定回答！"

"你现在答应得这样干脆，希望你一会儿不要要赖！"朱茵洛眯眼，不相信朱佟尉的说辞。

"洛儿，难道你还不相信爹的话吗？"

相信他吗？朱茵洛的心底冷意一点点地浮起，只觉得这句话，很可笑。

"相信……女儿当然相信爹的话，所以我现在才来问您！"

"到底是什么事？"朱佟尉有气无力地问，今天的朱茵洛，表情非常严肃，不禁让他狐疑。

"既然如此，那女儿就问了，我想问您……我娘出事的那天晚上，爹在哪里？"

说到这件事，朱佟尉的脸色倏变，变得比刚才还要白，表情明显不安，下意识地躲避朱茵洛的目光。

"洛儿，你问这些做什么？"他心虚的声音有着连他自己都未发现的颤抖。

朱茵洛并不赞同他转移话题，冷着一张脸，继续逼问："爹，您刚刚答应过我的，您说会说实话，不会欺瞒我！"

面对盛气凌人的朱茵洛，朱佟尉感觉自己已经无所遁形。

他冷着一张脸："是不是梦莲在你那里？她跟你说了什么？"

"爹，如果大娘告诉我，我一定不信，可是……这一切，是我自己查出来的，爹……我只想知道事实！"朱茵洛淡淡地问，脸上的表情强硬。

"洛儿，这件事……"

"爹，我要听实话！如果您撒谎，您再也不是我的父亲！"朱茵洛冷冷地一字一顿道，脸上有着决绝的表情。

她决定的事情，无人能改。

而朱茵洛的决绝，更是让朱佟尉慌张。

朱佟尉低垂着头，双手纠结地握着放在被子上，长长的发遮住他半边脸，此时的他，一身的狼狈，气势全无。

"洛儿，这件事，能不能以后再说？"

"不可以！"

三个字直接拒绝！

而朱佟尉的这句话，却让朱茵洛的心被狠狠地扎了一下。

种种迹象看来，朱佟尉跟这件事是脱不了干系的。

他怎么能这么狠心，怎么能……

她的双手紧紧攥着，指关节泛着一丝丝白色，那双美丽的杏眼睁大，直直地望着榻上的朱佟尉。

朱佟尉一样握紧双拳，咬紧了下唇，半晌他缓缓抬头，视线撞上了朱茵洛坚定而又肯定的双眸，他开口道："我一晚上都在将军府！"

"你撒谎！"朱茵洛倏地大声咆哮。

"洛儿，你不相信也罢，这就是事实，假如你不相信的话，我也没办法！"他低垂着眼睛，刻意避过朱茵洛的视线，嘴角的肌肉一阵抽搐。

彻底的失望！

做了就要敢认，这是军人该遵守的法则。

"爹，您根本就不配做将军，更不配领导千军万马，更不配做——我爹！"朱茵洛淡漠的字眼，字字含着愤怒。

"我不知道你在说什么！"

"您知道我在说什么！虽然我现在还没有证据指证您，但是爹……我一定会找到证据的！我在娘的墓前发过誓，我一定会找到真正害她的凶手，然后为她报仇！爹……这是我……最后一次叫您爹！"

她紧握拳，深深地吸了一口气，却是吸了满口的疼痛，扎得她的喉咙好痛，鼻子酸酸的，有液体在眼眶里打着转，但是她倔强地仰起头，片刻间，已经恢复了平静，双手缓缓松开。

说完，她转身头也不回地离去，只留给朱佟尉一个冷漠的背影，没有一丝温情。

朱茵洛才刚出门，就正好撞到了朱怀仁。

真是巧，几乎每次来到将军府，都会撞见他。

朱怀仁眼见朱茵洛满脸怒意，不由得关心地问："茵洛，你怎么了？是不是因为爹他……"

"不要再提他，他不是我爹！"朱茵洛冷冷地打断了他的话，她现在听到爹这个字，就觉得一阵心惊，心头针扎似的痛。

她的亲爹，是杀死亲娘的凶手，这让她怎么接受？

手刃自己的亲生父亲吗？手刃自己的亲生父亲，这是大逆不道的事情，她又该怎么做？

她现在的脑子里很乱，一腔怒火无处发，这个时候谁碰到她谁倒霉。

"茵洛，是不是爹说了什么了？还是你对爹有什么误会？爹他……"

"我不是说过了不要再提他了吗？"她直直地瞅着朱怀仁的眼睛，一字一顿宣誓般地道，"从现在开始，我跟将军府，再也没有一丝关系，大哥，再见！"

"洛儿……"朱怀仁讶异地在朱茵洛的身后唤着，但是朱茵洛倔强的背影，不理会他大步流星离去，无一丝留恋。

只有风吹起头顶的树叶，叶片孤孤单单地飘落到地上，又飘落进水中，水面荡起了一层层涟漪。

朱茵洛的怒火，没来由地让朱怀仁吃了一鼻子灰，丈二和尚摸不着头脑的他，带着疑惑地走进了朱佟尉的卧室。

卧室中，朱佟尉躺在榻上，脸色苍白地苦笑着。

"爹，您突发心痛病，大夫吩咐您一定要好好休息，怎么又起来了？"朱怀仁关切地上前欲扶朱佟尉躺下休息。

瘦削颤抖的手指握着朱怀仁的手腕，笑容凄凉而又苦涩。

"我没事，怀仁，爹想问你一件事！"

"爹，有什么话您直说！"

"关于你娘的事情，你……怪不怪我？"朱佟尉问的时候，心在颤抖，一双眼睛害怕地看着朱怀仁的眼睛。

朱怀仁为朱佟尉倒茶的手顿了一下，眸底闪过一丝光亮，他的表情甚不自然地淡淡回答："爹您做什么事，都有您的理由，儿子……不会责怪您的！"

不怪吗？

为何他的表情会略显犹豫。

朱佟尉重重地叹了口气，接过朱怀仁手中的茶杯轻抿了一口。

"对了，刚刚茵洛怎么了？"朱怀仁转移了话题。

"如果我说……惠香的死，跟我有关，你会不会恨我？"

"什么？"朱怀仁怪叫着不敢相信地看着朱佟尉，他用力吞了一下口水，干涩的喉咙艰难地吐出了一句，"爹……您说的是真的吗？"

朱佟尉苦涩一笑："洛儿大概是永远不会原谅我了，可是……爹却可以告诉你，这件事，爹一点儿也不后悔！"

不后悔？

朱怀仁浑身发冷。

眼前的朱佟尉，还是原来的那个朱佟尉吗？

他的脸色白了白，找了一个理由道："爹，我还有事情，我要先走了！爹您要好好休息！"

直到朱怀仁的身影也从卧室中消失，半丝人影也不见，朱佟尉皱纹纵横的脸上出现了心疼之色。

"孩子们，原谅爹，只有你们远离朝廷的纷争，才能平安地活下去，爹做什么，都是值得的。"

已经是傍晚时分，金丝斜阳挂树梢，鸟儿鸣叫归家园，将军府一辆马车，悄悄地从后门出来，然后往皇宫中而去。

御书房。

已经是晚膳过后，御书房内仍是灯火通明，朱佟尉佝偻着背，艰难地走进御书房内向楚飞腾行礼。

"微臣，参见皇上，吾皇万岁万岁万万岁！"

桌子后面的楚飞腾一脸的震怒，一份奏章甩到桌子上。

"你的眼睛里，还有朕吗？"

"微臣的眼睛里，当然有皇上！"虚弱的朱佟尉身子微微摇晃着道。

"既然如此，那你为何还要逆了朕的意？朕不是让你把圣旨交给茵洛郡主的吗？你为什么没有交给她？"楚飞腾声声质问，早已不相信了朱佟尉的那番说辞。

"皇上，洛儿的娘亲，刚刚去世，现在才刚刚过了头七！"朱佟尉低头咬牙回答。

"果真如此？也就是说，你这两天就会交给她喽？"楚飞腾眉梢一挑，危险的声音冒了出来。

"这……"朱佟尉犹豫着，"今天洛儿跑到将军府大闹了一场，她知道是……是我杀了她的娘亲，所以，她已经跟我断绝关系，这道圣旨……"

朱佟尉把圣旨掏了出来："我恐怕不能交给她了！"

听到这话，楚飞腾像是听到了一个天大的笑话，让他忍不住仰天大笑了起来。

可笑，真是可笑，那双锐利的眸扫过朱佟尉羸弱的身体："你杀了她的娘亲？我说朱爱卿，你这杀妻是假，护女是真，对吧？"

朱佟尉的脸色微变："微臣……不知道皇上在说什么！"不知是不是因为被楚飞腾看穿了心思，他的声音紧张得有些微的颤抖。

"在朕的面前你还想说谎吗？别以为朕不知道！"

"皇上知道什么？"朱佟尉继续装疯卖傻。

"你还真的要朕亲口说出来？好吧！朕就全部说出来，让你明白你到底错在哪里！"然后楚飞腾一个字一个字地道，"你的三夫人宋惠香，偶然听到茵洛郡主同南陵王的对话，知道朕会让茵洛郡主做的事，说到这里，朕不得不佩服茵洛郡主，她真是天才！随后宋惠香去了将军府找你商量对策，爱女心切的三夫人，为了不成为茵洛郡主的拖累，所以打算自尽。而你……为了不把圣旨送到茵洛郡主的手上，居然谎称三夫人是你所杀害，只要茵洛郡主自称与你断绝关系，你就觉得……朕不会再让她为朕做事，是吗？"

说到最后一个字，朱佟尉的脸色已经煞白如纸。

这一切，他已经做得天衣无缝，没想到，还是被楚飞腾知晓了。

也对，整个将军府，就是在楚飞腾的监控之下，有什么事他会不知道的？

既然他已经知晓，那么有些事情，他就不必隐瞒得这般辛苦。

"皇上，洛儿她尚年轻，好些朝廷的事情，她没有必要跳进来，还请皇上网开一面……"

"她没有必要跳进来？"楚飞腾冷笑地反驳，"但是，她已经跳进来了，她现在跟懿儿走得很近，你觉得，她还能脱得了干系吗？"

"那皇上想怎么样？"

楚飞腾笑眯眯地看着他，舒服地靠在椅背上，双眼直勾勾地望着朱佟尉，淡淡地道："现在，已经不是朕想怎么做了，而是大将军你打算怎么样？"

朱佟尉的脸色一片惨白："皇上想怎么做？"

"我说过了，不是朕想怎么样，而是你想怎么样？"楚飞腾的表情一下子凌厉起来，声音变得尖锐、刻薄、危险，"你将军府上上下下一百多口人，都握在你的手中！"

"皇上是……"

楚飞腾眯着眼睛："那份没有送出去的圣旨还在你的手上吧？三日之内，倘若你还没有把它送出去，朕就会拿你将军府上下一百多条命来给你陪葬！"

朱佟尉的耳边，似乎浮现出朱茵洛曾经对他说过的一句话，大概意思是楚飞腾到底是不是他的明主，聪明的她，也早就已经料到楚飞腾是那种从来不顾自己下属性命的主子。

不管对方是不是曾经为自己出生入死过。

现在，他也终于明白了朱茵洛话中的意思，也更加确信，朱茵洛的选择一定是没错的。

楚飞腾自私自利，只因自己的喜好，只想把位子传给自己最疼爱的儿子，其他的儿子都可以舍弃。现在发现其他的儿子有野心，就准备除掉他们，连自己的亲生儿子都可以杀的人，他的心又能仁慈到什么程度？

他悔呀，后悔当初没有听了朱茵洛的话，否则……他不会落得这样的下场，只是……他现在说后悔的话，还来得及吗？朱茵洛还愿意相信他这个父亲吗？

他也不是个好父亲。

看着桌子上的灯光闪动，朱佟尉笑了，双手抱拳，意味深长地回答："微臣知道该怎么做了！"

楚飞腾以为他想通了，准备把圣旨给朱茵洛了，他忍不住松了口气，挥了挥手："既然如此，那你便下去吧，记得今天的事情，不要再发生了，否则，朕可不会再饶恕你了！"

"多谢吾皇万岁！"

"退下吧！"

"是！"

朱佟尉扶着佝偻的腰一步一步地后退，出了御书房。

看着天上的繁星，朱佟尉只觉月色凄凉。

有些事情，做了就不可以后悔，这也是朱茵洛教他的。

有时候，他真的觉得，这个女儿不是他的女儿，虽然她的身体里流着他的血液，但是那些思想，却是他从未听过的，明明还不到十八岁，却有着成年人的思想。

这让他很讶异，不过，也很欣慰。

他依稀还记得大夫跟他说过的话。

"将军，您这病，已经年长日久，这次怕拖不了太多时日了，老朽医术不精，恐怕是医不了将军！"

看吧，连老天爷都觉得他这辈子造的孽太多，辜负了太多的人，所以，才会给他这样的惩罚。

他的心痛症，是很久以前就有的症状，只是……他从来不让旁人察觉，宋惠香的死给了他沉重的打击，所以才会突然病倒，每次他都是撑着自己的身体见朱茵洛。

如今，他病入膏肓，现在他能为自己身边的人做的事情，太少了。

他依稀还记得宋惠香走出将军府之前，他故意塞给她的那块布料，正是他从大夫人身上撕下来的，只是为了演一场戏，可以让朱茵洛相信这件事情的背后是他在搞鬼，继而可以让她躲开楚飞腾。

宋惠香死了，虽然不是他所为，他却是知情不述，没有阻拦。

他……欠了朱茵洛一条命。

如今，是该还的时候了。

既然他命已该绝，他还能为自己的儿子和女儿做最后一件事。

星空下，他已经做了决定，而且——不后悔！

一行车队向前走，载了满车的宝物，浩浩荡荡地向咸城而来。

车队有一个身着华丽的男子在众侍卫保护的中央，面无表情的一张脸，俊逸却挂着丝冷寒，让人不敢靠近。

身旁有一名小厮骑马赶了上来。

"小王爷，我们还有一个时辰就会到咸城了！"那小厮提醒西门泽。

没错，他不是别人，正是西门泽，那车队的马车上各放着一个箱子，每个箱子上面都系了朵大红花，一看就是聘礼，所以护卫也出奇的多。

"本王又不是从来没有来过，要你提醒！"西门泽没好气地答了一句。

因为提醒他却碰了一鼻子灰的小厮摸了摸鼻子，赶紧又提醒他："小王爷，这次，请您不要忘了我们来的目的，我们是为了向西阳国的婷婷公主下聘，然后定下迎亲日期！"

西门泽脸有不快，烦躁地挥挥手："不要再说了，再说下去，本王马上返程回北冥！"

听到西门泽的话，那名小厮不敢再多说，怕他当真太生气就转身回北冥去了，他们的任务还没有完成，他怎么能走呢？这次下聘，缺他不可呢。

"是是是，小人现在就下去！"那名小厮赶紧退下，生怕惹恼了西门泽。

北冥同西阳国的亲事，他是前些日子回到北冥，向父王提起要迎娶朱茵洛准备向她下聘的时候，北冥王才突然说出来的，否则，他还被蒙在鼓里。

不但告诉他这一切，还告诉他隔几日就要来西阳国向婷婷公主下聘。

那个叫婷婷公主的女子他见过一次，那次她手里拿着箭，让太监和宫女的头顶上都举着些东西，然后她一根根地把箭射出去，那些宫女和太监个个吓得心惊肉跳，却又不敢逃，只能任她欺负。

这样的女子他要是娶了，这辈子都别想安宁，说不定三天一小吵，五天一大吵，更别谈什么夫妻之情了。

在他的心里，最想娶的人就是朱茵洛，认定的人也只有朱茵洛，除了朱茵洛之外，他不会娶其他人。

什么公主，都是话外之人，说什么尊贵的千金之躯，谁想娶谁娶去。

一路上，身边的人一直在警告他，要他下聘的时候，一定要有礼，不可怠慢了公主。

难道还要他一辈子向那个婷婷公主卑躬屈膝不成？他堂堂男子汉，怎么能向一名女子卑躬屈膝？

光是想，心里就已经把这个婷婷公主骂了千万遍。

据说，这门亲事，八年前就定下了，还是这个婷婷公主亲自点的他，难道她点他，他就非要娶？

这次来下聘，他人是来了，这聘礼要下给谁，那可就是他说了算。

正想着，咸城的城门已经近在眼前，看着这熟悉的两个字，他的心里不免有些雀跃，已经好些日子没看到朱茵洛，不知道她现在怎么样了。

他们的车队，摇摇晃晃地进了城，因为他们的手中有着通行令牌，所以那些城门的守卫不敢为难就放了行。

马车进了城后，领头的直接便要往后宫的方向走去，这个时候，西门泽突然快骑了几下到了最前方，领着大家走了另一条路，在不解的情况下，车队在将军府的门前停了下来。

看到浩浩荡荡的车队停在门前，朱大将军府门前的守卫都吓得呆了。

来到将军府门前，西门泽欣喜地下了马。

那名一直劝诫西门泽的小厮突然上前来拦住他："小王爷不可，我们要赶时间到皇宫呢！"

"去什么去？现在已经中午了，我们就先在将军府里歇息！"西门泽强硬地不顾那名小厮的阻拦，到了将军府门前就吩咐那名守卫，"去告诉你们大将军，就说西门小王爷上门拜访！"

那两名守卫乍一看没有认出来，只觉眼熟，现在听到西门泽自报家门，那两名守卫一个赶紧进去通报，另一个热络地招待西门泽："小王爷，多年不见了，里面请！我们将军马上就来迎接您了！"

"行了，你安排它们，把马车从侧门带进来，将军府本王熟悉，本王自个儿去找将军！"

"是，小王爷！"

守卫答应着，就安排了众人让马车从侧门进来。

身穿戎装的小厮焦急地跑进了将军府。

"小王爷，不可呀！这些可都是给公主的聘礼，您放在这里，怎么可以？"

西门泽生气了，向来温文的脸出现一丝裂痕，冷冷地问："怎么？本王做什么决定，还要你来批评不成？就算你现在自刎在本王面前，本王也要让马车进将军府！"

那名小厮彻底绝望了，只能无语望苍天，手指下意识地摸了摸脖子，不知道回到北冥之后，他的头还能不能好好地挂在脖子上，北冥王一定会勃然大怒的！

但见西门泽这般固执，他是阻拦不了的。

虽然他从小胸无大志，脾气倒是牛得很。

朱佟尉倒是诧异西门泽怎么突然来了将军府。

刚被人唤着，起了床穿了件衣服，西门泽就已经进了他的卧室。

"呀，原来是小王爷，有失远迎！"朱佟尉面无血色拖着身体要向西门泽行礼。

"大将军不可！"西门泽拦住了他，转而向他单膝下跪行了一个大礼，"岳父大人，本王是来向您求亲的，聘礼已经在外面了。"

岳父大人？求亲？朱佟尉愣住了。

嘴巴僵了僵，好一会儿反应不过来，有些不解地问："不知小王爷说的是……"

"是茵洛郡主，本王在八年前，就已经跟茵洛约定好，八年后来迎娶她，所以……现在我来下聘了！"西门泽说得一副理所当然的样子。

朱佟尉干笑了两声，双手扶起西门泽："小王爷言重了，只是……这件事，洛儿从来未向我提起过，更何况……现在洛儿已经与我脱离父女关系，她的婚事，我更加不能做主了！"朱佟尉语重心长地说。

"什么？"西门泽不可思议地惊讶出声，"您刚刚说什么？茵洛她……与你断绝父女关系！"

"唉，我这是自作孽呀，怨不得任何人，所以……这桩婚事，我做不了主！"

"可是……"西门泽着急了，"我这次来，专程就是为了下聘的，倘若你做不了主，我这聘礼该怎么下？"

一到关键时刻，西门泽就六神无主，以前有朱茵洛替他出主意，而他身边的这些人，绝对只会劝他把聘礼下到皇宫。

他现在，最不愿意的就是给那劳什子婷婷公主下聘，他宁愿谁也不娶。

"小王爷，这件事，我是真的做不了主，不如，你直接去郡主府吧，现在洛儿的事情，都是由她自己做主！"朱佟尉建议。

咬了咬牙，豁出去了，现在也只有这个办法了。

"既然如此，大将军打扰了！"西门泽慌忙道谢。

"小王爷客气！"

"大将军的脸色似乎不太好，你还是休息吧，本王不打扰了，若是本王娶了茵洛，到时候一定带她来向您请罪！"

"多谢小王爷！"

"本王告辞！"

说完，西门泽就转身离开了。

看着西门泽匆匆忙忙毛毛躁躁的样子，朱佟尉忍不住摇了摇头。

西门泽就像个孩子，朱茵洛怕是看不上他。

他这个女儿，只有比她更加强大的人，才能降服得了她，只希望朱茵洛不要太过分，弄巧成拙就不好了。

第二十五章　西门泽求婚

郡主府。

朱茵洛刚刚用过午膳，楚靖懿来找她，两人说说笑笑，突然守卫来报。

"郡主，北冥小王爷来了，还带了好多车聘礼！"

朱茵洛刚刚喝了一口茶，听到守卫的汇报，没气质地一下子全吐了出来。

她抹了抹嘴，一脸惊奇又好笑地问："你刚刚说什么？谁来了？"

"是北冥小王爷，他亲自带了聘礼来的，但是……没有您的命令，属下不敢放那些聘礼的马车进来！"

一拍桌子，朱茵洛腾地站起来。

这西门泽，活腻了吗？

"我们走，我倒要看看他到底要做什么！"

朱茵洛来到郡主府门前，西门泽已经在门前等候多时。他在原地急得直踱步，门前的守卫膘肥体壮，威武地握着长剑，愣是不让他进去。

这说明，朱茵洛将郡主府打理得很好，至少郡主府的人，比其他地方的要忠诚得多，但是，就因为如此，他才不能轻易地进去，这让他很苦恼。

天气太热，火热的太阳，似乎在地上放了一把火，热得人直冒汗。

郡主府的门前，是大马路，附近街道繁华，所以树木偏少，大部分都是空地，被火辣辣的太阳直晒着，西门泽和那些跟着一块儿来的侍卫和小厮等人，早已汗流浃背。

郡主府内树梢的枝头，几只蝉嘶哑着声音不停地唱着，那声音吵得人心中更加的烦躁不安。

站在门外等着的人皆有些不耐烦了。

但是，西门泽不开口，谁也不敢跑到阴凉处去避日头，站在烈日骄阳下，众人口干舌燥，却无人敢吭声，只能你看看我我看看你，不约而同地在心里叹息。

只盼着朱茵洛可以快些来，在这日头底下再晒下去，人就算不被晒死也会被晒晕的。

等了许久，终于看到了门内两道人影缓缓而来，走在守卫后面的一道鹅黄色俏丽的人影，不是朱茵洛，还能是谁？

西门泽心中的焦虑在看到朱茵洛之后一下子消失无踪，他惊喜地理了理自己的衣裳，担心地问着身侧的侍卫："看看，我身上还有没有什么地方不妥的？"

他现在就像是一个学生第一次见夫子时那么紧张，生怕有一点儿不妥，会得罪了夫子。

侍卫上下打量了一眼之后微笑地答："小王爷，已经很好了！"

"真的？"西门泽开心地笑着，希望得到进一步的回答。

"真的真的！"侍卫忙又答。

又听到回答，西门泽的心里一阵美滋滋的，他希望自己以最好的状态来面对朱茵洛，希望在她的眼中，他也是同样的出色。

朱茵洛刚走到门前，放眼望去，郡主府门前宽敞的横道上满是马车，每辆马车上放着一只镏金的木箱子，皆用红色的彩带系着，顶头又各挂着一朵可笑的大红花，周围已有许多观众，好奇地看着这一切。

住在附近的百姓，都对朱茵洛有着强烈的好奇，她是整座咸城中的奇女子，不仅是当朝大将军的女儿，还是皇上钦点的郡主，她的聪明才智，很少有人能及。郡主府守卫森严，再加上郡主府上上下下嘴巴很紧，关于她的事情，流出来的是少之又少。

现在一列车队来到，一看就是聘礼，下聘之人又是北冥国的小王爷，这一事件，马上轰动了，极快地传到了郡主府附近，许多好奇之客纷聚了来，不一会儿，已经把郡主府门前的马路围得水泄不通。

出嫁，是每个女人必经的路程。北冥小王爷上门提亲下聘，会有许多贵族小姐趋之若鹜，但是，她朱茵洛却不稀罕，看着眼前那一大列马车，她的眼睛瞪得老大，嘴角又抽搐了好几下，好一会儿忘了反应。

西门泽慌忙地跑了过来："茵洛，好久不见，你这些日子过得好吗？"

"托你的福，本来过得好好的，可是……现在不好了！"朱茵洛没好气地啐他一口，看到这么多辆马车的聘礼，她还高兴得起来吗？

"呃？怎么过得不好了？是不是出了什么事？有什么事的话，只要你告诉我，我会马上……"西门泽紧张地看着她。

这个木头呆子，她忍不住猛翻白眼，不耐烦地伸手做出了一个"停"的手势打断了他的话："等一下，我实在是听不下去了！"

闭上眼睛，深呼吸，再睁开眼睛，美丽如黑曜石般的眸子骨碌碌转，云袖飘起，纤纤玉指指向门前的那些马车，笑眯眯温柔地问："我想问问小王爷，不知你这是什么意思？"

说到这些聘礼，西门泽的脸唰地一下红了，心扑通扑通直跳，眼睛羞赧得不敢直视朱茵洛的眼睛，低头喃喃着一些朱茵洛听不清的话语，细如蚊蝇一般。

朱茵洛侧着耳朵听了好一会儿也没听清楚他在说什么，心里又气又急，火暴脾气上来大声斥道："我问你到底在说什么？不说的话，马上带着你的人离开！"

心倏地被撞了一下。

本来心里紧张什么也不敢说的西门泽大着胆子，赶紧把心底里想说的话一股脑捅了出来："茵洛，是这样的，这些是我父王让我带来的聘礼，今天……我是特地来下聘的！"他诚恳地说，说得又快又急，生怕朱茵洛会突然改变心意，一下子转身离开，他就连说的机会也没有了。

说完，他的那双眼睛，就直勾勾地盯着朱茵洛，心跳得奇快，紧张得双手握得指关节泛白，等待着朱茵洛的回答。

围观之众，听到西门泽的话，一阵哗然，皆议论纷纷，大多是祝贺朱茵洛，称赞朱茵洛有一个好夫家，而且西门泽相貌堂堂，又身份显赫之类的话。

那些话，听在西门泽的耳中，让他的心中多了些自信。

然而，那些人说的话都不算，只有朱茵洛点头，这件事才算成。

不过，朱茵洛并不像其他人那样惊喜，只是觉得西门泽这个时候突然跑过来说要向她亲下聘，而且当着这么多人的面，是故意为难她。

她的心里，早就认定了楚靖懿，是不可能嫁给西门泽的，她也早就跟他挑明，心里不会有他，他怎么还这么固执地跑来求亲？

甚至……是直接下聘。

这让她很生气。

美丽的小脸上满是怒意，赤红的眼有怒火在燃烧，不过为了西门泽的面子，她还是把怒火压下去，不马上爆发出来，免得他难堪，而是心平气和地说："小王爷，这件事，我想，我们还是进去说吧，我其实……"

这时，人群中突然有一个男子的声音尖锐地突起，打断了朱茵洛的话："郡主，您就嫁给北冥小王爷吧！"

这一声刚起，其他人马上开始起哄。

"是呀是呀，郡主，这西门泽小王爷一表人才，跟您甚是相配，您就答应了他吧！"

"郡主同这小王爷是郎才女貌哪！"

"就是，更何况，小王爷这般诚恳，郡主，您将来一定会很幸福的。"

"哎呀，答应吧，嫁吧！"

"嫁吧！"

"嫁吧！"

此起彼伏，都是百姓强烈的呼声，开心地举着手冲朱茵洛喊道，每一句都是要劝朱茵洛答应西门泽的求亲。

这么多人支持他，西门泽的心里美滋滋的，笑容逐渐拉大，笑得合不拢嘴，一双眼睛渴求地看着朱茵洛。

"茵洛，你看……这么多人都希望你嫁给我，你就……嫁给我吧？"西门泽双眼含情脉脉地望着她，抱着一颗颤抖的心，急迫地等待朱茵洛肯定的回答。

那些起哄要朱茵洛嫁给西门泽的声音依旧不断，朱茵洛的脸一下子拉得老长。

西门泽这是做什么？要逼婚吗？

她愤怒的情绪难平，怒火一下子爆发，生气地对西门泽一阵斥责："北冥小王爷，不知道是不是你误会了什么，我朱茵洛，从来没有想过要嫁给你，你现在当着这么多人的面向我求亲，你有没有想过我的感受？"

朱茵洛的话似给他当头一盆凉水，他的脸色唰的一下白了，紧张得结结巴巴："我……我……"

"不要再说了！"她烦躁地挥了挥手，"小王爷，今天的事情，我就当从来没有发生过，据我所知，你的这些聘礼不是该下到我这里的吧？你把要送给别人的聘礼给我，又是什么意思？是想要侮辱我吗？"

他心凉地弱弱出声解释："没有，我从来没有这么想过！"

"你从来没有想过，但是你却是这样做的！"朱茵洛凌厉的声音冷冷地道。

西门泽握紧的双手微颤，紧咬着下唇，一时之间说不出话来。

百姓们更加诧异，这朱茵洛竟然拒绝得这样彻底，一丝情面也不留，一时之间再一次议论纷纷，不过，大多都是同情西门泽的。

西门泽更觉得自己的脸在这一瞬间丢得干干净净，人们的嘴巴在动，有同情的声音，有嘲笑的声音，更多的只是冷眼旁观看好戏，只想着下面是不是有什么戏剧性的发展。

他们关心的并不是他会不会求亲成功，只是为了满足他们茶余饭后的乐子。

西门泽只觉得颜面扫地，整个人身体微微颤抖。

突然，他抬头，双眼直勾勾地盯住她，面无表情地一字一顿问道："我只问最后一句，你……真的不愿意嫁我吗？"

"不愿意！"朱茵洛也答得快速。

他自嘲一笑。

明明知道会是这个答案，他却依然抱着最后一丝希望，以为她会答应，结果……结果……只是让他自取其辱。

他早该料到的，早就该料到的。

"难道……在你的心里，我就比不上他吗？"西门泽动容地喊着。

这西门泽，是故意在这里给她难堪的吗？

"西门泽，现在不是说这些的时候，我希望有一点你要明白，倘若私自动用这批聘礼，你想过会有什么后果吗？还是赶紧把聘礼送到该送的地方去吧！"

"我不需要你的好心！"西门泽咬牙冷冷地说着，对于朱茵洛的话，他一丝也听不进去。

"西门泽！"朱茵洛皱眉，西门泽的情绪太过激动，她怕他会做出什么傻事来。

"既然你不接受我的聘礼，我的事情就不需要你再管，你今天也让我明白，原来……我自作多情这么多年！"

他冷笑着，心凉地转身离开。

那些侍卫和小厮见状赶紧赶着马车追在他的身后。

朱茵洛担心地看着西门泽的背影，西门泽最后留给她的是恨！他恨她。

人群渐渐散去，西门泽与聘礼的队伍也已经消失不见，朱茵洛收回伸得发疼的脖子，转身回府。

楚靖懿刚好出来，与她碰了个正着。

看她满脸担心："洛儿，你怎么了？"

"我只是……有点担心西门泽会做出什么事来！"

搂着她的肩膀揉了揉："放心吧，他身边也有侍从，你无须太过担心。"

她叹了口气，苦笑了一下："许是我担心得太多了。"

"他定会想通的，要给他些时间！"

"嗯，我听你的！"她点点头。

大概是她想得太多了，最近事情太多，已经让她焦头烂额，千万不要再节外生枝才好。

如今，她最想的，还是怎样为宋惠香讨回公道。

整个下午朱茵洛心神不宁，傍晚之前，天空中忽然乌云密布，天色一下子暗了下来，狂风骤起。

将军府的一名小厮突然跑来。

朱茵洛诧异于守卫怎会放他进来，那小厮突然扑通一声在朱茵洛面前跪下，一脸的悲伤，嘶哑着声音哭道："郡主，将军刚刚去世了。"

将军去世了！

这五个字，不断地回响在朱茵洛的耳中，突然，天空中，一道白光划过，紧接着，轰隆隆一声惊天动地的雷声响起，也响在了朱茵洛的耳中。

她仔细地咀嚼着这五个字，全身僵硬着。

突然，她笑了，笑得非常癫狂，疯了一般地狂笑。

又一道闪电在空中划过，闪电的亮光照亮了她异常发白的小脸。

"你开什么玩笑？他怎么会死呢？昨天我才见过他，他还……他还跟我说……跟我说……"说到最后，朱茵洛的大脑中一片空白，不知道该说什么才好。

又是一声惊雷响起，那道雷，震得朱茵洛全身麻木。

来人还是一味地哭着，然后小声地解释："郡主，将军，将军真的去了，就在刚刚，他临去之前，让小的交给郡主一封信！"那人起身，擦了擦眼泪，把一个厚厚的信封交给了朱茵洛。

"这是……给我的？"她低头看着信封，低头的瞬间，一滴泪水滴落在信纸上，迅速地在信纸上晕染开来。

她横臂狠狠地擦去眼泪。

他是害死娘亲的凶手，可是听到他去世的消息，她还是会心痛。

为什么？为什么？

"是！郡主，小人……小人还要回去处理将军的后事，小人先行告退！"那人恭敬地转身离开。

那人才刚刚离开，天上就开始飘落了大雨，雨声哗啦哗啦，不一会儿，地上就已经有了许多积水。

手中握着那厚厚的信封，朱茵洛的全身僵硬着，仍然保持着握着信封的动作。

泪水止不住地向下掉，不管她怎样擦都擦不掉。

她恨自己，明明已经说好了以后不会再流泪的，可是……现在她又流泪了，而且还是为了朱佟尉，那个杀母仇人。

楚靖懿知道朱茵洛怕打雷，匆忙从外面急赶了回来，满身湿透，衣服和头发还在向地上滴着水，看到朱茵洛僵硬地站在原地，无神地看着雨地，他心疼得一把把她搂入怀中，湿热的唇吻了吻她的额头，歉疚地说道："抱歉，我来晚了，洛儿，不要怕，有我在！"

朱茵洛的手依然保持着刚刚的姿势，就这样被楚靖懿搂入怀中，全身冰冷的她，又被他身上的雨水沾湿，让她的身子更冷了，泪水仍然如泉水般涌出。

"懿，懿……我爹死了，我爹死了！"朱茵洛在他的怀中，木讷地重复这句话。

什么？

楚靖懿稍微推开她一些，才听清楚，震惊地瞪大了眼睛。

"你是说，朱大将军他……"

朱茵洛的泪水像断了线的珠子一样掉下来，她瑟瑟发抖着捧着手中的信："刚刚将军府来报，说他去世了，留给了我一封信，我……我明明恨他的，可是……可是……可是我为什么会这么伤心？"

楚靖懿的眉头皱紧，心疼地为她擦掉脸上的泪水，但怎么擦也不敌她泪水掉落的速度。

看着她这么伤心又自责、内疚，楚靖懿咬了咬唇，赶紧带她去了卧室，拿出一套干净的衣服为她换上，又从密室中拿出了一套之前他穿过的衣裳也换上，这才又把她搂入怀中。

自始至终，她的手里始终拿着那封信。

窗外，风声、雷声和雨声都很大，打得屋顶噼里啪啦作响，枝头的蝉狼狈地叫着不知道逃向哪里。

"洛儿，有一件事，我必须要向你坦白！"

"什么？"她似无意识地回答了两个字。

考虑了很久，他知道朱茵洛大致已经知道了他的秘密，不过就差他坦白了。

看她无神的眼睛，他心疼地捧起她的小脸，在她的嘴角啄了一下："洛儿，是关于我会读心术的事情！"

她微扯嘴角，嘶哑着声音淡淡地回答："这件事，我早就已经知道了！"

"对不起，我一直瞒着你！"

"哦！"

若是平常，她听到这些话，也许会狠狠地捉弄他一下，只是现在……她却一丝儿心情也没有。

"既然你知道我会读心术，自然也明白我能看到别人的内心，所以……"他犹豫了一下，不知道到底该不该说出口。

"所以什么？"

"你爹，其实一切都是为了你好！唉……事情是这样的！"楚靖懿认真地把他知道的所有一切一字不落地说出来，朱茵洛听得目瞪口呆，整个人似乎无法相信这个事实，说完，末了他道，"你娘其实是为了保护你，所以才会选择牺牲自己，至于将军……"

他低头看了看朱茵洛手中那一叠厚厚的信："我相信，你看了他的这封信将会明白！"

信？

朱茵洛木讷地望着手中那封信，上面还残留着她的一滴泪渍。

看着这封信，她的身体颤抖得更厉害了，鼻子一阵酸涩，脑中不免又浮起朱佟尉那张严厉又无奈的脸来。

心脏扑通扑通直跳，看着手中的那封信，她的眼帘模糊了起来。

突然，她飞快地打开了信封，迫不及待地把里面的东西拿了出来。

里面好些东西，其中……还有一块翠玉，那块玉佩，她见过，是朱佟尉身上经常戴的那块。

看到这块玉，豆大的泪珠滴在了上面，握在手中，玉质圆润，触手生温。

她的眼前似乎浮现出朱佟尉经常在说话的时候抚摸这玉佩的画面。

她的心尖一阵阵地刺痛。

颤抖的指把最上面的信纸展开，入目是朱佟尉潦草的字迹，字迹很轻，可以看得出来，这是在怎样的情况下写的，她似乎能想象得到他吃力地拿笔，然后在信纸上艰难地写下一个个字的画面。

让人看了一阵心酸。

她吸了吸鼻子，拿手绢擦了擦眼泪，认真地看着上面的字迹。

洛儿：

当你看到这封信的时候，应当是爹已经不在了吧！

爹给你写这封信，只是不想爹死了，你还在恨爹。

那晚你娘来找我，说不想成为你的拖累，于是她说出了她的计划。

爹这辈子做的最错的事，就是没有阻止她，好在，我马上就要去陪她，她不会孤单了。

如果你决定不再恨爹了，我希望你能再唤我一声爹。

你的话是对的，爹现在很懊悔当初没听你的话，下面是爹留给你的东西，从今以后你再无后顾之忧，放心去做你的事吧！

落款是朱佟尉。

错了，错了，她一直都错了，原来，她一直都错了，她错怪了朱佟尉。

现在她后悔莫及。

看完那封信，朱茵洛再也忍不住悲痛得大声嘶哑地喊了一声："爹！"

天上一个雷声响起，似乎是朱佟尉在回应她的话。

楚靖懿在旁边看着她伤心流泪，只能安慰她，以让她的伤心可以缓和一些。

直到雨停了，她哭累了，嗓子哑了，全身无力了，才抽出剩下的纸张。

看到那些纸张上面的字与图，朱茵洛一眼就看出来，这是咸中所有的秘密军事布防图，甚至每个地区有多少将士多少武器，精英比例，以及每个将领的作战方式等巨细无遗地全标明了出来。

最后一张是折了很多折的纸，打开一看，那上面是皇宫的地形图，上面还有许多密道。

"这密道，甚至是我都不知道的！"楚靖懿吃惊地说道。

在皇宫里住了八年，他竟不知皇宫竟然有这样秘密的一条通道。

最后还有一封信，是写给阮梦莲的，表示把朱家所有的财物全留给了她。

看完了这一切，朱茵洛又抹了抹眼睛，她无力地软在楚靖懿的怀中。

"爹把这些都留给了我，他支持我，懿……你一定要赢，一定要赢！"

紧紧地握着她的小手，他启唇轻道："我一定会的！"

"你陪我……去看看我爹，我要告诉他，我错了！"

这是她欠他的，这些日子，她误会了他，还对他发脾气，一想到她说的那些冷绝的话，她就懊悔不已。

"好！"

"你说……爹会原谅我吗？"水亮的眼睛不安地瞅向楚靖懿。

他把她拦腰抱起，轻柔地吻了吻她的额头："没有会记孩子仇的爹娘，他一定会原谅你的！"

小脑袋在他胸前蹭了蹭："我相信你！"

朱佟尉死了，这个消息不仅震惊了整个将军府，也震惊了朝野。

朱佟尉是西阳国的大将，手中掌握着所有的兵权，病逝了，却是毫无征兆，就这样突然的没了，一下子让大将军之位悬空。

这个消息，最震惊的人当属楚飞腾。

上午时分，看到奏折上的消息，他瞪得两眼发直，火大的他把奏折直接丢到地上，头顶上冒着缕缕轻烟。

朱佟尉是他的棋子，一颗棋子怎么可以在他没有允许的情况下，就这样死了？

一时之间，他觉得自己所有的计划全部被打乱了，他怎么可以死？在他的任务还没有完成的时候，怎么可以死？

宋惠香死了，现在朱佟尉也死了，为了自己的孩子，他们居然可以这样牺牲，真是愚不可及！

一阵嘈杂声靠近，伴随着女子尖锐的呵斥："你们不要拦我，谁都不要拦我，谁拦我我就杀了谁！"

听着声音，似乎是娉婷。

听到这阵声音，楚飞腾剧痛的脑袋又疼了起来，抬头间，已经看到娉婷来到了门外，手中握着一只鞭子，盛气凌人地把御书房外的守卫甩飞，那些守卫不敢还手，又碍于身份只得护着门外，顿时屋外哀鸣声遍地。

不一会儿，楚娉婷已经把门外那些守卫搞定，气冲冲地走进了御书房内。

她身着华丽的金线彩衣，额头发髻上插着一支孔雀开屏金钗，身上戴着名贵的珍珠翠玉。

楚飞腾脸色铁青，一拍桌子，令人惊悸的声音响彻了整个房间，吓得楚娉婷的身子瑟缩了一下，他手指着楚娉婷，怒斥道："你这是在做什么？胆子这么大，居然敢拿鞭子进御书房！"

"父皇，儿臣只是想要见您，可是他们都拦着不让我见！"楚娉婷自小娇生惯养，再加上她撒娇功夫一流，向来楚飞腾发怒，她也不怕。

只是，这一次与以往不同，以前楚飞腾冲她发怒都是故意板着脸，根本不是真的怒，只是……这一次似乎有些不同以往。

"是朕太宠你了，你才会这么无法无天，你母后是怎么管教你的？再继续这样，是想让朕把你打入冷宫？"

楚娉婷终于发现了事情的严重性，身子缩了缩，不敢太过强硬，这一次，楚飞腾似乎是真生气了。

但是，她的事情也很重要，也顾不得他是否生气了。

"父皇，可是……之前不是说好了，北冥国会来下聘的吗？我怎么听说，昨天北冥小王爷来下聘，他居然把聘礼送去了郡主府，朱茵洛不答应他，他竟然把聘礼给烧了，还把聘金赏给了那些侍卫，父皇，您要给我做主呀！"她撒娇着说。

"够了！"

"父皇，这是之前就定下的亲事，您一定要为儿臣做主，让北冥小王爷重新准备一份聘礼！让他……"

听到楚娉婷每说一个字，楚飞腾的头痛就加重一分，这个时候他最需要的是安静。

"够了！朕不想听这些，朕已经够烦了，你还拿这些来烦朕，马上出去！再不出去，朕现在就将你打入冷宫，谁也不能替你求情！"楚飞腾无情地威胁，字字含愤带怒。

楚飞腾板着的脸，铁青中透着些黑气，危险又冰冷，吓得楚娉婷再也不敢说半个字，刚进门时的盛气凌人早已无影无踪。

楚飞腾的话很伤她的心，他居然说要将她打入冷宫。

她咬着牙，恭敬地向楚飞腾行了个礼，灰溜溜地从御书房里走了出来。

她的脸色一直不好，胸口一股气酝酿着，怎么也咽不下。

西门泽居然敢把要送给她的聘礼送给朱茵洛，若不是她担心西门泽路上会出什么事，派人一路跟踪，否则还不知道西门泽会弄这么一出呢！她对他一片真心，他倒好，居然把她的好心全当成了驴肝肺，甚至……践踏在脚底。

朱茵洛是她的死对头，从小朱茵洛就样样比她强，父皇宠爱她，百姓称赞她，更加有她没有的许多特权，还赐了郡主府邸。

她朱茵洛不过是一介民女，凭什么跟她身份高贵的公主相比？

为什么总有些男人围在她的身边？

三哥在追求她，四哥住进了她的府邸，跟她暧昧不清，现在西门泽还亲自上门提亲。

为什么？这是为什么？她为什么能得到那么多人的青睐？

而她，就只能活在她朱茵洛的阴影下，她哪里不如朱茵洛？

以往，每次看到朱茵洛，她都会远远地观察，她与朱茵洛到底有什么分别，怎么看她都是没有教养的野女人，这样的野女人，根本就不配西门泽，只有她娉婷公主才配。

气死她了，她一定要好好地教训这个朱茵洛，让别人知道谁才是西阳国的第一女子。

想到这里，她怒气冲冲地拿着手中的鞭子，直接往皇宫的侧门走去。

她若不好好地教训这个朱茵洛，她就不姓楚。

朱大将军府。

朱佟尉的遗体安静地躺在他卧室的内厅，不同于朱怀义死的时候，朱大将军府当时上门致哀的人不计其数，而如今，只有寥寥几人，看到几乎无人时，那几个人只是匆匆忙忙地看了一眼，就赶紧离去了。

朱茵琳为了避嫌，竟然也没有露过面。

曾经繁华一时的大将军府，现在败落了。

有多少人真心、多少人假意，在这一刻，皆见分晓，整个大将军府陷入了一片萧条之中。

那些丫鬟和下人，在昨夜就已经走了一大半，本来就萧条的大将军府，就更显得冷清了，只因有朱茵洛和楚靖懿的存在，所以那些下人暂时还不敢偷懒。

伤心了一夜，朱茵洛哭累了，疲倦地趴在了朱佟尉的榻边睡着了。

阮梦莲早已哭得昏倒，被朱怀仁送回房间去休息。

朱怀仁和楚靖懿两个人在外面商议着丧礼的具体事宜。

两人正商议着，楚娉婷怒气冲冲地拿着鞭子一路从将军府的大门冲了进来，手上抓了一名丫鬟带路，那丫鬟被骇得全身发抖，脸上还有一道鞭痕，鲜血淌了出来，不用说也知道那道鞭痕是谁所为。

丫鬟疼得眼泪直掉。

一眼，楚娉婷就看到了榻边朱茵洛的身影。

好极了，总算找到她了！

楚娉婷狞笑着，挥动手中的鞭子，一下子把丫鬟挥倒在地，那丫鬟的额头不小心碰到地上的石板，一下子昏了过去。楚娉婷却没有一丝怜惜而收鞭的意思，眼睛直勾勾地盯着屋内的朱茵洛，小手紧紧地握着鞭子，急步向朱茵洛靠近。

看准了榻边的朱茵洛，楚娉婷突然挥动手中的鞭子就要向朱茵洛打去。

她用的力道，就算打不死她，也能打得朱茵洛皮开肉绽。

预想中的画面没有出现，她的鞭子挥出去，却不知道被什么阻拦住，她用力地抽了一下，还是没有抽回来。

回头看去，却看到她鞭子的另一头被楚靖懿紧紧地握着，他的掌心一片殷红，鲜血一滴一滴地掉落在地上。

"四哥！"楚娉婷愣愣地唤着，有些生气地冲道，"你放开我的鞭子。"

楚靖懿的脸上冷森的气息散发着，那双幽暗得深不见底的紫眸，含怒地瞅着楚娉婷，浑身的肌肉紧绷着。

他在生气。

"娉婷，不要胡闹！"

"我不要！"楚娉婷满脸的恨意瞪向屋内的朱茵洛，"她抢走了我爱的男人的心，所以我要打死她！"

"你再胡闹下去，不要怪四哥对你不客气！"

楚娉婷不敢置信地抬头望着楚靖懿，发现他勃发的怒火，正是对着她，她一瞬间愣住。

"四哥……你这是在对我生气吗？"她咬紧了下唇，眼中透着股失望。

"只要你不胡闹伤害别人，谁也不会对你生气！"握紧她的鞭子轻轻用力，就把她的鞭子抽走，眉头蹙紧几分，把鞭子从掌心中抽开，上面留下了一个又一个细小的血孔。

楚娉婷的鞭子上有倒刺！

楚娉婷绝望的眼泪掉了下来，小手颤抖地指着屋内的朱茵洛，然后又指向楚靖懿。

"你们欺负我，你们都欺负我，四哥，我恨你，我也恨父皇，我恨你们所有人！"

说完，楚娉婷抢过楚靖懿手中的鞭子，满脸是泪地转身离开。

楚靖懿望着楚娉婷的背影久久不能回过神来。

"南陵王，你怎么了？出什么神？"朱怀仁开口唤道。

楚靖懿蓦然回答，脸色却绷得很紧，目光微沉，嘴角挂着一丝冷意。

"只是听到了不该听到的东西。"

"你听到了什么？"

"以你对皇上的了解，你觉得……若是有人背叛了他，他会怎样？"楚靖懿突然开口淡淡地问道。

背叛了他？

朱怀仁倏地睁大眼睛，震惊地问："你的意思是……"

楚靖懿知道他猜出来了，所以他点了点头。

"所以，父皇一定不会放过洛儿，也不会放过——你和你娘！甚至整个将军府！"

朱怀仁一下子慌乱了，他没有处理这方面事情的经验。

"那该怎么办？"

"马上走，离开这里，跟我一起去南陵！"

"什么？可是……那爹怎么办？"

楚靖懿沉吟着思索了好一会儿才道："一起带走，可以把他葬在我南陵王宫的墓园，待将来我们再回来时，再把他葬在你们朱家墓园！"楚靖懿提议道。

这个是可行！"可是，真的就不能再多等一天，等明天上午爹下葬后再走吗？"朱怀仁怀着一丝希望地问。

楚靖懿脸色微变："以你对皇上的了解，你觉得他会让你多等一天吗？"

答案一定是不可能。

楚飞腾一定会编造任何谎言来让整个将军府消失。

如今，时间紧迫。

"你先把将军府里一切安排好，带一些该带的东西，我处理其他的事情后马上跟你接头。"

"好！"

"半个时辰后，我们城门外见。"

"明白了，我会安排好一切的！"朱怀仁用力地点点头，此时，是他朱怀仁这根朱家唯一的顶梁柱起作用的时候了。

"那我先走了。"楚靖懿看了一眼朱茵洛，这才离开。

一个时辰后，楚靖懿一行人马，已经出了咸城十多里地远，楚飞腾派来捉拿朱茵洛等人的人同时到达了将军府和郡主府，到了之后，却发现两个地方大门敞着，里面却是连一个会喘气的都不在了，他们早已人去楼空。

马车在官道大路上行驶着，楚飞腾为人小心，定会以为他们为了逃命走小路，没想到他们竟会大胆地走官道。

马车内，朱茵洛睡得很香，从上车到现在一直未醒，马车前因为突然出现了一只流浪狗，吓得车夫赶紧勒了缰绳，朱茵洛的头不小心撞到了马车，痛得她一下子醒了。

她抬头就撞进了楚靖懿的视线中。

他温柔地揉着她被撞痛的地方，眸底闪过一丝怜惜："怎么样，还疼吗？"

"我们怎么会在马车上？这是要去哪？"

"洛儿，我们——回家了！"他微笑。

什么？回家了？

美丽的杏眼瞪大："回家？我不要回家，我要在将军府里陪着爹，你怎么能擅自做主带我回郡主府？我不要回去，马上掉转车头，回将军府！"朱茵洛激动地爬起来，掀开车帘，生气地怒喝，"马上掉转车头回郡主府！"

诧异的是，她刚从马车内探出了头，就看到了宽广的马路，还有四周的高山丘陵。

她可不记得，从将军府回到郡主府的路上会有这么多的山？也不记得怎么会有这么宽的马路？

身后一双有力的手臂把她从车前搂了回来，冲诧异的车夫挥了挥手："继续赶路吧！"

坐回他的怀中，她的两只眼睛死死地盯着他。

"这是怎么回事？不是说回郡主府的吗？"

指尖轻点她的小俏鼻，笑容戏谑。

"回家就一定是回郡主府吗？"

"不是回郡主府？那是去哪里？"她脸色倏变，"楚靖懿，现在不是开玩笑的时候，难道你要我背负不孝的罪名吗？马上掉转车头回去，否则，我会恨你一辈子的。"

她的表情极为认真，说明她也的确会说到做到。

这个死脑筋的小女人，伤心过度之后，聪明的小脑袋就不聪明了，倘若这句话被她听到了，她一定会伶牙俐齿地反驳。

捧着她的脸吻吻她的红唇，她不耐烦地推开他，冲他那张嬉皮笑脸的俊容低吼："楚靖懿，你闹够了没有？你到底想要做什么？"

"没有做什么，只是回家而已！"他又重复这句话。

他只好打马虎眼，她忍不住猛翻白眼，准备跳下马车："你不送我回去，我就算是走也要用双腿自己走回去！"

看她起身，楚靖懿忙搂着她的腰把她扯了回来，安慰地吻着她的脸颊："你这小女人，一点儿耐性也没有！"

"楚靖懿，不要太过分！"她的口吻似在低吼。

收起调侃的表情，楚靖懿的脸色显得比方才认真了一些，才道："是这样的，你觉得，你爹得罪了父皇之后，父皇他会怎么做？"

"斩草除根！"她狞笑，"他从来不会容许别人有一丝的违逆他的意愿！"

"既然如此，将军府你自是待不得的！"

"他能把我怎样？"朱茵洛傲慢地扬起下巴，眼睛里闪过鄙夷的光亮，双手握紧指关节发白，她的声音里有憎恨的味道，"他害得我家破人亡，变成了孤儿！我恨他，他若是敢来，我也不怕他！"

"你是不怕他！"楚靖懿执着她的手掌，拿在唇前轻吻了一下，"可是……跟他硬碰硬，这不是一个好办法，难道……你想让你爹还未下葬就要不得安生吗？"

说到刚刚去世的朱佟尉，朱茵洛的表情一下子柔和了下来，洁白的牙齿紧咬着下唇，一时之间说不出话来。

看到她不说话，他趁机把她搂得更紧："所以，如今之计，不如先避开！"

"但是，我们走了，爹怎么办？"她终于发现了最重要的事情，小脸又紧张了起来，"不行，要回去把爹的尸首带着。"

他安慰地拍了拍她的手背，按住她的身体不让她太过紧张："放心吧，已经带着了，用冰棺放着，等回到南陵之后，再为他举行一个葬礼，如何？"幽暗的紫眸望着她询问意见。

他的计划，无疑是最好的。

相反，她现在总是冲动，反而会坏事。

有他在身边，她觉得安心了许多，千言万语也表达不出她对他的感激和浓浓的情意。

双手搂着他的腰，小脸紧贴着他的胸前，寻求避风的港湾。

"懿，谢谢你，你对我实在是太好了！"

"傻瓜，夫妻不就该是这样的吗？"

"夫妻？"

他的脸板了下来："怎么？你不愿嫁我吗？"一想到西门泽上门来求亲下聘，竟然赶在他的前头，他就很自责，更加迫不及待地想要将她迎娶进门，省得这般美好的她，总是被别人惦记。

呃……

她避过他的眼，结结巴巴："这个……好像……那个……我考虑考虑！"

他不许她逃避，双手捧着她的小脸，一定要她给予他一个确切的答复："洛儿，我已经等了你十七年！"

"十七年？"美丽的杏眼眨了眨，"难不成十七年前我才刚刚八个月大你见到我的时候，就已经要娶我了？"

"怎么？不行吗？"

朱茵洛眉毛挑得老高："南陵王，有没有人说过，对还没有八个月大的婴儿产生觊觎的心理，是很无耻的行为！"

无耻？

又不是没有无耻过。

他笑了，笑得邪魅性感，薄唇挂着一弯迷人的弧度。

"你不是说我是禽兽吗？禽兽自然只能做禽兽该做的事情。"火热的眼从上俯视她曼妙诱人的曲线，多日没有碰她，不知道有多想念她的软玉温香，"或者，现在还可以做更禽兽的事情。"

真是无耻，什么话他都能说得出来，她的脸唰的一下红了，忙伸出小手挡住他那双火热得似要将她燃烧的眼睛。

"不要脸，也不看看现在是什么场合。"

挪正她的身体，让她舒服地靠在他的胸前，低头在她额头上轻吻了一下，拉开她的小手紧紧握着。

"怎么样？感觉好些了吗？"

心情是舒服了些，可还是很替朱佟尉不值："你父皇太过分了，爹在他身边这么多年，他也能下此狠手。"

"以后有我在，不会再让任何人伤害你。"

"嗯，我相信你，可是……你把我带走，皇上他会以此为借口攻打南陵国了吧？"她很担心自己会连累他，心里内疚着。

"就算没有你，他也会找其他的理由，放心吧，现在也是时候了，我答应过你的，就一定会给你安定的生活，让你可以自由自在地生活，绝不会约束你！"

"可是，皇宫里的生活，很难不拘束！现在说是一套，到时候恐怕又是一堆宫廷礼仪。"

"谁让我爱上你这个天生叛逆的小女人！只要你不把皇宫给掀了，其他都随你。"

这个听起来是不错。

美丽的杏眼一眯，她还有最重要的一个问题，她半眯着眼睛，危险地盯着他："你以后不会为了留住某些重臣，就把他们的女儿、亲戚给弄进宫里来当嫔妃吧？我可先说好了，你要是敢娶其他的女人，我就……"

"你就怎样？"他好笑地望着她满是醋意的小脸。

看到她吃醋的表情，他心里开心极了。

她的指尖危险地指着他的两腿之间，森白的牙齿露了出来，吐出阴险的笑容，危险地威胁道："我就在你准备娶其他女人的时候，先把你的命根子给切了。"

她说是这样说，楚靖懿知道不会有这么一天，不过她的那只手指着他的某处，让他还是忍不住颤了一下。

"好！我全都答应你！"

不管她提什么要求，他都会答应。

等了她十七年，任何条件，都比不了一个她。

掬起一缕长发绕过他的颈子，紧紧地缠着他，她满足地轻吟了一声："那我就答应你了！"

"你说答应什么？"他听不清的耳朵低了些想要把她的话听清楚一些。

白他一眼，她好笑地对着他耳朵，淘气地大声喊了一声："我答应嫁给你了！"

这一声，惊得他的身子忙往后撤，脸上的表情却是愉悦的，双手因为激动而颤抖着紧紧地搂着她。

有她在，他的生命就完整了。

"洛儿，我一定不会让你后悔嫁给我的，一定不会！"

"嗯，你现在是这个世界上我唯一牵挂的人，所以，以后有你的地方，就是家！"

马车外，枝头鸟儿愉悦地唱着歌儿，叽叽喳喳的声音跟了他们一路，似乎也在为两个人相约未来而高兴。

躺在他的怀中，朱茵洛不一会儿又睡着了，有他在身边，她觉得很安全。

到了南陵王宫，楚靖懿按朱茵洛的要求，为朱佟尉举行了一个简单的葬礼，葬在了南陵王宫的墓园中。这件事慕容清若十分反对，但经不住楚靖懿的固执，她甚至还绝食了两天，楚靖懿仍然丝毫不动摇。

说是绝食，其实她暗暗地让宫女从密道中送食物给她，这些事情楚靖懿知晓得一清二楚，更知道她的心里打的什么算盘。

直到朱佟尉下葬之后，楚靖懿才到慕容清若的面前请罪，但木已成舟，慕容清若再气，也没办法改变既定的事实，最后只得不了了之。

朱佟尉下葬了，这也算是了了朱茵洛心底里的一件大事。

楚靖懿不但将将军府中的大夫人母子俩、四夫人水烟一块儿带来了南陵王宫，还将他们奉为上宾对待。

大夫人阮梦莲自是十分欢喜，不过朱茵洛威胁在先，倘若她因自己惹了事，她绝对不会保她，所以阮梦莲在南陵王宫的日子还算规矩。

至于水烟，她被关在了一处僻静的宫殿，朱茵洛带来的馨儿就专门伺候她，其他的宫女，朱茵洛也不敢让她们去碰水烟。

好在，在一服服汤药喝下，还有馨儿的体贴照顾之下，水烟的情绪也渐渐地好转，这是让朱茵洛最欣慰的事情。

转眼在南陵王宫已经待了半月有余。朱茵洛碍于名分，坚决不同意住进楚靖懿的寝宫，不过每日楚靖懿在她的房中歇息，早上从她的房中出来，众人心里都明白，虽然朱茵洛还没有名分，众人却已当她是王后，表面上仍恭敬地称她为茵洛郡主。

自从朱茵洛跟着楚靖懿等人来到南陵王宫后，楚飞腾曾经派了细作来南陵打探消息。

南书房。

楚靖懿打开一份密报，上面写着关于咸中近日的情况。

楚靖懿将朱茵洛等人带走的消息，激怒了楚飞腾，西门泽烧毁了聘礼，毁坏与咸中的联姻事宜，更是让楚飞腾怒中加怒。

在楚靖懿等人离开咸中的同时，东盈王楚惊天也神秘地从咸城中离开回到东盈国了。

没有了北冥国的支持，楚飞腾想要攻打南陵，便变得很艰难，所以，如今离出事时间已经半个月过去了，楚飞腾却是一点儿动作也没有，因为他现在还没有把握可以打赢南陵国。

虽然他没有把握，但是不代表他不想打，他的身体已经开始衰竭，更长的时间，他已经等不下去了，所以，他已经开始暗暗地在咸中与南陵之间派兵遣将，誓要将南陵吞并，并且还召集了许多江湖上的能人异士，准备随时刺杀楚靖懿，更开始秘密地吩咐南陵王宫内他的细作随时动手。

如今，阮梦莲口中的那份名单至关重要，有些人潜藏得很深，表面上，他们已经融入了王宫的生活，除非万不得已，否则他们不会暴露出来，就是这一点比较危险。

偏偏阮梦莲守口如瓶，一天只说一个名字。

据他所查，阮梦莲所说的那些人，确实如她所说的那样，是咸中隐藏在王宫里多年的细作。

咸中与南陵的战争，一触即发。北冥和东盈两国虎视眈眈，两国开战，必有伤亡，那北冥和东盈就会乘虚而入，坐收渔人之利。

这也是一大问题。

楚靖懿摸了摸额头，眉头紧紧地蹙着。

这个时候，云孚宫的宫女来南书房中传话："王爷，郡主说请您过去用午膳！"

午膳时间到了吗？抬头看了看窗外的日头，果然已经到了日正当空，就挥了挥手："好了，本王知道了，下去吧！"

"是，王爷！"

除了早膳之外，午膳和晚膳朱茵洛都会严格地唤他用膳，因为他只要在南书房内的话，就会废寝忘食，极伤身体。

现在局势这么紧张，南陵属于南方，有些地方极易发生水灾等，这些重大的决策都要由他来决定。

用她的话说人是铁饭是钢，不吃饭那是不行的。

至于早餐嘛！她起不来，喜欢赖床睡懒觉，她就不管了。

等宫女走了，楚靖懿轻轻地合上密信放在右手边的小抽屉中，然后起身。

若是他迟了一会儿，她可是会亲自上门的。

那张小嘴儿，厉害着呢，他可不敢轻易得罪她。

十日后，南陵和咸中边境，各自的两队士兵，突然因为一只老鼠的问题，各自越了界，引起了冲突，双方都有不同程度的伤亡，本来一场酝酿的战争，终于爆发了。

在这之前，楚靖懿终于命人把武器全部赶工制造完毕，那些制造兵器的人，请的全是南陵最有名的工匠，严格按照朱茵洛图纸上的要求，只是数量还不是很多。

每套大约二十件，手榴弹、枪弹和炮弹等各百箱左右。

几个炮弹车同时进攻，一个城池很快就可以攻下来，这些东西，足以应付咸中那些笨蛋。

朱茵洛亲自跑去验收，看到那些光鲜亮丽的现代式武器，出现在满是古代军装的操练场上，顿时，朱茵洛觉得自己也有些凌乱了。

她的师父，恐怕怎么也想不到，她朱茵洛会将现代的技术带到古代来，甚至还用在了战争之中，若是他知道了，一定会一下子吓晕过去。

操练场上，朱茵洛特地着了一套骑马装，紧身上衣和长裤勾勒出她曼妙的身材，一头乌发，全数盘起，行走间，腰若拂柳般轻盈扭动。

楚靖懿紧紧地跟在她身后，一双幽暗的紫眸微沉，眼中有着几分不悦。

他不喜欢操练场上那些投注在她身上赤裸裸的目光。

她的身材太过惹眼，这些美好只该是属于他一个人的，他不想与他人分享。

那些士兵一排排整齐地站立着，在楚靖懿如鹰般犀利紫眸的警告下，均不敢斜视。

朱茵洛的纤纤素手抚过那一件件的武器，美丽的小脸上满是喜悦。

这些是她最得意的作品了。

这次展示的东西每样仅一件。

紧接着，楚靖懿把她搂在一旁，挑出一些身手较好的兵将，分别让他们准备就绪，开始试验这些武器。

朱茵洛站在楚靖懿的身侧，静静地等候着结果。

一名旗手手中挥着一面旗子，冲着众人大喝一声："预备……"

大炮装好了炮弹，枪膛装好了子弹。

准备就绪，那旗手手中的旗子突然挥下，大喊了一声："开始！"

那些人同时点了火捻，按下了扳手、扣动扳机。

砰砰砰！震耳欲聋的声音响起，演示的结果，比预想中的更好，从未见过新式武器的那些士兵，一看之下，兴奋地拍手叫好，顿时议论纷纷，可见他们对这些新式武器有多喜爱。

结果，也让楚靖懿大开了眼界，这样的武器一出，还会有打不赢的仗？

他迷惑地看着朱茵洛，她的脑中还有什么是他不知道的？

他搂着她，有些担心地看着她："洛儿，你永远不会离开我的，对不对？"

朱茵洛纳闷地抬头看他，莫名地看到他眼底的担心。

"你突然说什么呢？"

搂她的手臂更紧了一些："洛儿，我不能失去你！"他害怕她有一天会突然不见，不是离开，而是消失！

大战终于爆发，楚靖懿并没有一直待在王宫里等待着消息，而是亲自到前线巡视。

这一次大战，朱茵洛所造武器，大部分运往了咸中之战的前线，四分之一的武器装备分别送往了西冀和东盈交界地，以备到时西冀和东盈乘机来犯。另外，楚靖懿让人再次大量生产武器，等咸中拿下之后，用以守护西阳国同时不受北冥的威胁。

不过，楚靖懿不在王宫之中，向来闲不住的朱茵洛当然也不可能乖乖地待在王宫内。

自从楚靖懿离开了王宫之后，朱茵洛的心也跟着飞了，只是，她的身边有红梅和玲珑两个宫女看着。为免她一起上战场，楚靖懿特地加派了十数名侍卫守着她住的云孚宫，美其名曰：保护！

呸，什么保护，说得好听，根本就是监视，就怕她跑到前线去？

不过，她朱茵洛向来不是什么乖宝宝，不让她去她就不去了？

她的叛逆心理向来比别人要强，不让她去的地方，她偏偏要去，就那些守卫？以她现在的功力，这些人根本就不是她的对手。

卑鄙的是，楚靖懿下了令，如果放她走，他们就要集体抹脖子，只是，这一点还是难不倒她。

在楚靖懿派人送了图纸去造武器的同时，她暗暗地让人造了一把气枪，又顺便弄了些迷烟。

夜晚来临，朱茵洛佯装睡觉，把红梅和玲珑两个屏退，独自在云孚宫中。

屋内黑漆漆一片，外面月光皎洁，可以把每个守卫都看清楚。

趁着月光，朱茵洛手握着气枪，把迷烟装进去。睁一只眼闭一只眼，瞄准了那些守卫，嗖的一声，一人中招，片刻间便倒了下去，她如法炮制，只几下而已，那些所谓监视她的人，一个个全倒了下去。

简直就是不费吹灰之力。

然后她寻着守卫薄弱的地方，轻松地出了王宫。

看着身后的王宫，她笑得眯起了双眼，冲着王宫挥了挥手，旋即消失于夜幕之中。

这王宫，关得住她才怪。

第二天下午。

这是咸中与南陵交界处的一处平原地带，一场战事刚刚结束，士兵们均有不同程度的疲惫，连续作战，显然士兵们已经耗去了不少的体力，每个人精神萎靡，再加上太阳毒辣，不少士兵口出怨言。

这些事情是在所难免的。

楚靖懿经过之时，那些士兵赶紧打起精神迎接，他刚刚走过，那些士兵的精神马上又沉落了下去。

不过，好在南陵的士兵一路进攻，所向披靡。

这一切，全多亏了朱茵洛。

楚靖懿在帐中正与几名将领商议下一步的作战计划，突然帐外传来了士兵的请示声：

"王爷！"

"进来！"楚靖懿沉声唤道，目光如鹰般锐利地扫视进帐帘的士兵："有何事？"

"回王爷，帐外有人自称是茵洛郡主的孪生弟弟，来给王爷您送东西来了！"

茵洛郡主的孪生弟弟？

楚靖懿紫眸倏倏地眯成一条缝。

楚靖懿身侧的小乙纳闷地蹙眉脱口道："郡主何时多了个孪生弟弟？我怎么不知道？"

小甲鄙夷地看了他一眼，啐道："笨！郡主当然没有孪生弟弟，要是有的话，也是她自个儿！"

其他的众大臣恍然大悟，原来是郡主驾到，再看楚靖懿难看的脸色，那些个将领恍然大悟，在心中了然一声"哦"，然后找理由一个个地全离开了。

小甲和小乙两人面面相觑，虽然他们很想八卦听听楚靖懿与朱茵洛会怎样，但是看着楚靖懿那张漆黑的脸，他们还是作罢，免得惹火上身，到时候想跑都跑不掉，于是乎两人借口要去洗马也开溜了。

楚靖懿脸带愠色。这朱茵洛，就知道她闲不住，没想到她竟然真的大胆跑来了，也不看看这是什么地方。

尴尬的士兵，站在原地，看着帐内的人一个个地都溜了出去，片刻间就只剩他与楚靖懿两个人在帐内，他不敢看向那张愠怒的脸，抱着颤抖的心，等待着楚靖懿的下一步指令。

等了良久，等到他觉得自己已经快变成活化石的时候，楚靖懿终于大发慈悲地沉声命令："去，让她进来！"

"是，王爷！"太好了，他终于可以走了！

那士兵答应着，激动地转身离开，由于太过激动，跑出去不小心左脚踩了右脚，摔了个狗吃屎，吐出了满口的泥土，他又赶紧爬起来，不敢有半丝停留。

不一会儿，一身书生打扮的朱茵洛就出现在楚靖懿的面前。

朱茵洛笑眯眯地看着那张异常漆黑的俊容，美丽的小脸上却无一丝畏惧之意。

"嗯哼？"楚靖懿生气地站起来，半带愠怒半带讥诮地斥道，"不是说茵洛郡主的孪生弟弟来了吗？假冒身份，难道不怕我一声令下把你推出去处斩了？"

"嘿嘿，你舍得吗？"朱茵洛媚眼狡黠地流转着，柔软的身子贴上他的手臂，眨了眨美丽杏眼，里面是无辜的情绪，"我知道你不舍得的，对不对？"

这小女人，吃定了他不舍得，所以才总是这般无法无天。

早晚有一天，他的心脏会被她吓得停止，她才会甘心。

"我真该把你拴在椅子上，让你无法动弹，才不会这般不听话！"他生气的口气中，夹杂着几分无奈，就知道他派再多的人，也拦不住她，早知就不用多此一举了。

"错！"她的双手摆了一个交叉的手势，"你应该说，知道我闲不住，就应该带我一块儿出来！"

楚靖懿无语，她总是这样强词夺理，偏偏他还就拿她没辙。

"洛儿，你不好好在王宫里待着，来这里做什么？这里很危险的！"他声音柔了些，着实不知道该拿她怎样才好。

"就是因为危险，所以我更要来呀！"朱茵洛神秘兮兮地眨了眨眼。

楚靖懿无奈地看着她，亲手把她身上的披风解开，拉入怀里在她的额头上亲了一下。

"真不知该拿你怎么办！"

"凉拌。"朱茵洛脸上的笑容如绽放的花朵般。

看她的样子，是打定了主意不愿意回去，楚靖懿深深地明白赶她不走，便无奈地让她留下了。

下午休息了一会儿，朱茵洛便同楚靖懿一起在帐中对着地图，研究当前的局势及地形。

如今，南陵的军队与咸中的军队遥遥相望，对方的程度比这边好不到哪里去。

朱茵洛一直不解："不是已经把枪支什么的发下去了吗？怎么打下来，还是这样困难？"

"大家不太习惯用那些东西，所以暂时还不能普及，不过，经过这半天下来，有好些人已经渐渐开始适应了！"

突然朱茵洛的腹中传来一阵咕噜声响。

她尴尬一笑，面对楚靖懿投来的询问目光，她轻咳了一声，回避他的视线。

"那个……我们先去用午膳吧！"

"你午膳还没吃？"楚靖懿的紫眸危险地凝视她。

朱茵洛讨好地举起了双手，嘿嘿笑着解释："那个，一直在赶路，好不容易才赶到，哪有时间嘛！"

"没有时间？早膳有没有吃？"

"吃了吃了，真的吃了！"她连忙举起双手保证，生怕他不相信似的。

看她这般急迫的解释，他信了她的说辞，心里担心她的身体："下次再也不要跟自己的身体过不去，你自己不是常说要按时用膳的？"

啰唆！

朱茵洛呻吟了一声捂住了双耳，推着他的身体嗔怪地叫道："哎呀，我知道，我都知道了啦，我快饿疯了，我们还是赶紧去用膳吧！"

"好！"

朱茵洛的到来，严密训练众人使用新式武器，王妃亲自教习，鼓舞了士气。

战场上，南陵的士兵们一个个勇猛向前，打得咸中的那些士兵节节败退，才一天的时间，就已经攻下了大部分的城池，直逼咸中。

一路上，楚靖懿的军队，从未有停顿，第二天下午，他们距咸中仅有三个城池的距离。

面前，是一座高高的城楼，城墙更是连绵看不到尽头，朱茵洛命人把大炮抬了出来，准备用大炮来攻击城楼，这样可以轻而易举地拿下这座城。

只有拿下了这座城，才能继续往北，向咸中进发。

这天阳光明媚，大战即将开始，朱茵洛坐在大帐中，正在料想着，不多时就该攻下城楼了，突然她的脑海中浮现出一幕。

一个小男孩，站在人群之中，箭如雨下，有一支箭从天而降，就要射到那小男孩的身上，小男孩刚刚转头，两只乌亮的大眼睛里，充满了惊恐。

那是对死亡的恐惧。

一个小男孩，怎么会出现在那里的？

她蹙眉，突然从大帐中跑了出去，疯了一般地冲到她脑中画面出现的地方。

果然，她刚到就看到了一个小男孩，正在人群中穿梭着，看他的模样，似乎并不知这战场有多危险。

而她就这样冲出来，也没想到自己有多危险。

突然一支箭射了过来，她第六感中的画面一下子跳了出来。

她错愕地看到那支箭正射向那名小男孩。

想也未想的，她就直冲了过去，把那个小男孩推开，成功地避开了那支箭。

在她的第六感中，那支箭是该穿透小男孩心脏的，然后溅得满地鲜血。

她……救了他！

她愣神了一下，突然一阵冲击，身子突然凌空，还未回过神来，就听到一阵熟悉的低沉男声在她耳边生气地怒吼："是谁让你出来的？你难道不知道刚刚有多危险吗？你真的就那么想死吗？"

他的声音，像惊雷一样在她耳边响起，震得她耳朵一阵嗡嗡作响。

她回过神来，知道刚刚是楚靖懿把她从死亡面前救了回来，只能尴尬地笑着，不知道该怎么面对那张黑透的俊容。

而在她身侧的小男孩吓得直往她怀里躲，楚靖懿的表情太恐怖，把他吓坏了。

"我这不是好好的吗？"她干笑了两声。

"好好的？你就不能有一次不让我担心吗？"楚靖懿的脸色还是很难看，抱着她身体的双臂微微颤抖，"我还以为……还以为救不了你，还好……还好我提前发现了你！"

他愠怒的口吻夹杂着害怕的颤抖。

她知道他是担心她，所以没再辩驳，感动于他强烈的感情，温言安慰他："我下次会注意的，一定不会再这样了！"

"不准再有下次！"他几乎咆哮地叫道。

耳朵又要聋了！

她掏了掏耳朵，嘿嘿笑着赶紧向他保证："那个那个……那我保证，不会再有下一次了！"

"好吧，我相信你！"楚靖懿松了口气。

"小弟弟，你怎么样？没事儿不要再到处乱跑了，知道吗？"朱茵洛低头摸了摸小男孩的头。

小男孩惊魂未定，连连点头："知道了！"

"好了，赶紧去找你的家人吧，否则他们该着急了！"

"谢谢姐姐！"小男孩把手中的一块鹅卵石递给了朱茵洛，"姐姐，这是我刚刚找到的，现在我把它送给姐姐，谢谢姐姐！"

石头？

朱茵洛微微一笑，又摸了摸他的头："真乖，快回去找你的家人吧，下次再重要的东西，也要等安全了再去找，知道吗？"

"知道了！"

现在的孩子……真是！

看着那孩子的背影，朱茵洛忍不住感叹着。

不过……刚刚……她是改变了那个小男孩的命运了吗？假如……她改变了那个小男孩的命运，她……会有什么后果？

她用力地吞了一下口水，她不会……死了吧？

她回过神，刚想要开口跟楚靖懿说些什么，目光不经意扫过石头的时候，不小心看到了一行字，是刻在石壁上的，但是，她只能看到一半，另一半模糊得看不清。

××××可得西阳大陆！"什么可得西阳大陆？"她疑惑地喃喃自语。

"你怎么了？"突然看到朱茵洛的表情愣住，楚靖懿担心地以为她受了惊吓，心疼地把她搂入怀中。

"没什么！"她赶紧回过神来。

真是奇怪了，刚刚她看到的那字是什么意思？

而楚靖懿的军队，突然多了许多咸中从未见过的武器，一时之间，咸中的兵将无力招架，节节败退。

关于楚靖懿的军队一直向咸城进发的消息，传进了咸城内，咸城内的百姓和官员均是人心惶惶。

楚靖懿下令，只要朝廷愿意言和，战争可即刻停止。

大殿之上，楚飞腾高坐在金銮殿上，生气地一拍金龙案，怒视殿上的众人，众人皆低着头，无人敢抬头，也无人敢吭声，连大口喘气也不敢，气氛紧张到随时会爆发。

"你们平时不是很多话的吗？现在怎么一个个都不开口了？还有谁愿意领军上阵？站出来朕立即封他做大将军！"楚飞腾生气地朝众人喝道。

重赏之下必有勇夫。

楚飞腾的话落，一石激起千层浪，众大臣议论纷纷，结果却是一个个全都摇头。

一名看起来年长些的文官站了出来。

楚飞腾皱眉："爱卿，难道你想做大将军上阵杀敌不成？既然如此就……"

"皇上，老臣早已年迈又是文官，自是不能上阵杀敌！"

楚飞腾口气不快："那你站出来做什么？"

"皇上，南陵王有非常厉害的武器，咸中已无人可与他匹敌，所以……"

"所以？"

"皇上，南陵王毕竟是您的亲生儿子，倘若皇上派使臣去言和，那就……"那文官提议道。

言和？这意思不就是要他亲手把国家送出去吗？他精心计划了这么久，说送出去就送出去？那他之前的努力……就全白费了？

"不行！"他当下就生气地怒喝。

"皇上！"众大臣皆惶恐地一起齐声向楚飞腾祈求："求皇上与南陵王言和吧！"

众人的头齐刷刷地垂下去，那震耳欲聋的声音震动了整个大殿。

楚飞腾气得头顶冒烟，一拍桌子而起，颤抖的手指指着面前的人，话还未开口，守在大殿内外的禁卫也突然一起跪了下去，同声向楚飞腾大声叫着："求皇上与南陵王言和吧！"

一见众人跪下，楚飞腾身边的两名小太监对视了一眼，不约而同地也跪了下去："皇上，言和吧！"

又是言和！眼前的所有人都跪了下去，楚飞腾觉得自己瞬间被孤立，气得他火冒三丈，头中一阵剧痛。

他颤抖着暴怒地指着众人，恼怒地张着嘴巴就要骂出声。

突然他一口气喘不上来，身子直直地倒了下去。

楚飞腾身侧的太监一见此，赶紧爬过去急唤着："皇上，皇上！"

众大臣一看如此，不知是谁叫了一声："快，赶紧派使臣去跟南陵王言和！"皇帝他们是指望不上了。

朱茵洛正同楚靖懿一块儿看阵前将领发回的捷报，小甲匆匆忙忙从外面跑进来，手里拿着份信函，激动地叫着："王爷王爷，咸中来人了，大臣们联名来函求和，并拥立王爷您为新帝。"

这一天，终于来了。

408

第二十六章　楚靖懿称帝

南陵军队大破咸中的消息，很快就传遍了整个西阳大陆，而咸中的大臣们联名上书拥立楚靖懿为帝的消息，也因此传了出去。

本来昏迷初醒的楚飞腾，听到这件事之后，气得再一次昏了过去，而这一次昏过去，就一病不起，每日躺在榻上干生气，却什么事儿也干不了。

至于前朝的事儿，大多都积压着，即使是让那些事情空着，他也不愿政事假手他人。

三日后，楚靖懿率领大批官兵开始向咸中而来，一天的时间，就已经到达了咸城之外。

离开咸城才一个月的时间，再一次回到咸城，朱茵洛竟觉是恍若隔世。

在军队中，有一辆马车上面放着一具棺木，那具棺木正是朱仝尉的。

朱仝尉曾经说过，他就是死，也要葬在自己的生地，所以这次从南陵回来，朱茵洛特地让楚靖懿派人把朱仝尉的棺木挖了出来，带回咸中重新安葬。

楚靖懿的队伍很长，一眼望不到边。人群中，他依旧鹤立鸡群，挺拔的身姿，高高地坐在马上，身上穿着黑色绣金边的长袍，目光如炬地望向前方，那张绝代俊容上有着冷峻的颜色，生人勿近，生人勿视。

强大的气场，让人敬畏而不敢直视他。

他们所经之处，百姓皆恭敬地向他行礼，高呼南陵王，可见楚靖懿早已是众望所归。

一行人在南陵城外停下，南陵城外已经聚集了无数官员，整齐列班恭敬地望向楚靖懿，等楚靖懿一行人停下，那些官员们各自对视了一眼，同时恭身下跪冲他跪拜行礼高呼："臣等恭迎南陵王！"

那声音震耳欲聋。

朱茵洛掀开了车帘走到了马车前，高高地站立着，居高临下地看着那些大臣齐刷刷跪在眼下，她突然有了一种睨视的优越感。

被人朝拜，原来就是这样地爽哪。

"都起来吧！"楚靖懿淡淡地开口，低沉的声音，不怒而威。

朱茵洛的目光紧紧地望着楚靖懿的背影，有些痴痴然。

眼前的楚靖懿再也不是以前那个邪魅如斯的他了，他的背影，他的气势，早已是一名真正的王者。

而现在的他，万众瞩目。

看到这样的他，她的心里却有一丝担忧。

皇位诱人，却也害人，有多少人为了那个皇位，不惜牺牲身边的人。当楚靖懿坐上这个皇位之后，他是不是还会像以前那样待她？或许她又自私了，但她只是一个普通的小女子而已。

众大臣起身后，恭敬地列在了两旁，让楚靖懿的队伍可以顺利地通过城门，然后一路往皇宫而去，一路上畅通无阻。

不过，队伍却在快到皇宫门前的时候，突然一名黑衣人冲了出来，雪亮的剑锋在阳光下折射出道道冷光，直逼楚靖懿。

四周一下子乱了几分，几名兵将则是立即拔剑迎向那黑衣人。

黑衣人身手矫捷，一下子就躲过了那几名兵将，他奋不顾身地冲向楚靖懿。

眼看那人的剑锋就要刺中楚靖懿，众人皆震惊地看着这一幕，以为楚靖懿要因此没命，但是下一秒局势突然逆转，楚靖懿飞快地躲开了那剑，手指移形换影般地扣住那人的手腕，轻轻用力，黑衣人的手倏地一松，手中的剑竟这样直直地掉了下去，掉在地上，发出清脆的声响。

那几名兵将立即把黑衣人抓了起来。

"放开她，不要伤了她！"楚靖懿低沉着嗓音命令道，翻身下马。

几名大臣焦急地奔过来，担心地看着楚靖懿。"王爷，您没事吧？刚刚有没有伤到您？"

"没事，不用担心！"

"这个刺客，王爷，您不能饶了他，一定要把他凌迟处死，然后……"

凌迟处死？

楚靖懿冷冷地扫过去一眼。

开口的大臣浑身一哆嗦，剩下的话被吓得全吞回了肚子里，心里紧张，却又不知道自己到底是哪里说错了，但是楚靖懿的眼神好可怕，他还是乖乖地闭口好了。

两名士兵捉住了黑衣人的手臂，楚靖懿缓缓地走上前去，黑衣人的身形又瘦又矮，楚靖懿在她面前，显得黑衣人很娇小。

他眼中的厉色缓和了些，邪魅一笑地看着那双熟悉的黑亮眼眸，里面充斥着浓浓的怒焰。

楚靖懿抬手把黑衣人脸上的黑布拿下来，露出了一张清丽的容颜，因为生气，她的嘴角剧烈地颤抖着。

"八妹，你就是这样迎接四哥的？"楚靖懿笑问道，"你们两个，还不快把娉婷公主放开？"

士兵松开了手，双臂得到了自由的楚娉婷，揉了揉被捏得疼痛的双臂，脸上怒火未退，指着楚靖懿的鼻子就怒骂："你是夺取父皇皇权的卑鄙小人，我今日杀不了你，将来也一定要杀了你！"

"口气不小！"楚靖懿微笑地握着她的肩膀，被她生气地打掉。

"别碰我！"

"八妹，难道你就这么恨四哥不成？"楚靖懿满脸沉痛地看着她。

怒气冲天的她，一见到楚靖懿那般沉痛的表情，她的怒火一下子消了大半："你不要再说了，现在父皇一病不起，你满意了？"

"随我一同去见父皇可好？"

"我不跟你一起去！"她赌气地别过脸。

"怎么？八妹你敢当众刺杀四哥我，难道没有勇气陪我去见父皇！"

"去就去，谁怕谁？"

朱茵洛跑了过来，双手紧张地抓着楚靖懿的衣服："懿，你有没有哪里受伤？"

"没有，别担心！"楚靖懿温柔地看着她，宽厚的掌摸摸她的小脸，"她伤不了我的！"

一转眼看到了楚娉婷，朱茵洛的火气一下子蹿了起来。

"怎么又是你？"

"我还没说怎么又是你呢！"楚娉婷横眉冷眼，也没有好脸色。

"怎么着？"朱茵洛冷笑着看她，"你当街杀人，还有理了？"

"我四哥都没说什么，你这个外人凭什么来指责我？"

"就凭我将来是你四嫂！"朱茵洛生气地叉腰。

"我还是他亲妹妹呢！"吵起嘴来，楚娉婷一下子把方才对楚靖懿的恨意忘得一干二净，热络地抱着他的手臂，"四哥，你说，你到底帮谁？"

朱茵洛危险地眯眼，身子软软地倚向了楚靖懿，甜蜜的笑容里裹着一把刀："懿，你是帮她，还是帮我？"

帮谁？

楚靖懿头痛地看着两边手臂的两个小女人。

向来处变不惊的他，面对这两个都不讲理的女人，没辙了。

"娉婷，洛儿，你们两个不要闹了！"他无奈地左看看右瞧瞧。

"你不说帮谁，我们今天谁都别想走！"两个小女人异口同声地大声喊道。

明明是两个同年同月同日生的人，这般有缘的两个人，竟然是死对头。

不管帮任何一个人，另一个人绝对会把他的世界给翻起来。

"这样吧，等到了宫里，有的是地方，你们两个光明正大地打一次，到时候再分出输赢来，好不好？"楚靖懿提议。

"好！"

二人仇视地看了对方一眼，同时松开了楚靖懿的手臂，各自向马车和皇宫两个方向分开。

小甲和小乙两个人大眼瞪小眼，这场闹剧就这样画上句点了。

"王爷，您真的要让公主和郡主两个呃……对打？"小甲好奇地问。

"你有其他办法？"

"您……难道就不怕其中一个人被打……打伤了？"难道他不会心疼吗？

打伤是在所难免，楚靖懿勾起性感的薄唇微笑着道："倘若不打一架，她们心头谁也不会服气，这一架在所难免。不过，她们两个都很心软又善良，所以哪……她们这一次打过之后，以后就不会再是仇人了。"

"咦？"小甲和小乙两个人各自对视了一眼，耸了耸肩。

这般高深的语言，他们听不懂。

不会成为仇人，要发愁的人会是他楚靖懿。

楚娉婷和朱茵洛两个人可谓是臭味相投，她们两个若是变成了朋友，整个西阳大陆恐怕都会被她们两个给掀过来，现在要未雨绸缪一下。

皇宫，未央殿。

楚飞腾所居的寝殿，门外有众多禁卫军把守。

皇宫历来是守卫最森严的地方，如今楚靖懿到来，却是畅通无阻，无人敢阻拦他，他的气势，早已超越了楚飞腾。

未央殿就在面前，那些门外的禁卫军，各个握紧了手中的剑，与此同时，跟在楚靖懿身后的那些兵将也同时拔出了剑。

两阵对垒，未央殿前的那些禁卫明显士气低下，与那些在战场上厮杀了两天的将领不同，一瞬间，谁胜谁负已见分晓。

禁卫兵你看看我，我看看你，最终选择让开一条道，使得楚靖懿可以进去。

那些将领准备跟随在楚靖懿身后，被楚靖懿伸手挡了下来："这里是父皇的寝宫，你们全部都在这里待着，谁都不许进来！"

"可是王爷……"那些兵将担心楚靖懿的安危，谨防有诈。

"退下！"淡漠的两个字有着无声的威严，吓得兵将节节后退无人敢上前。

楚靖懿的气势，无人能敌。

摘下身上满是沙尘的披风扔给了身后的一名士兵，他转身踏步独自进了未央殿，身后的那些将领纷纷担心地看着他的背影。

未央殿内，弥漫着一股阴沉的味道，伴随着一股浓烈的药味。

满目黄纱随风摇曳，正厅中的桌子边上，满是凌乱的折子和书籍，依稀可见大臣要求楚飞腾退位，传位于楚靖懿的上书。

穿过正厅，他直接进了卧室。

卧室内一名嫔妃刚刚喂楚飞腾喝下了汤药，转身看到了楚靖懿，惊得花容失色，身子一颤，手中的金碗一个没拿住跌了下去。

金碗在地上砰砰响，转了好几圈才停下来。

金碗落地的声音，惊醒了榻上的楚飞腾，他立即感觉到了寝殿中有了其他人，那股冰冷的气息，让他的眼睛随之而望去。

这一看，果然看到了一张他甚不想看到的脸。

是他，是他来了。

这个他曾经想要处死的儿子，现在……就站在他的面前。一身劲装，身形挺拔高大，双眼灼灼地盯着他，让他感觉自己瞬间渺小。

"你出去！"楚飞腾淡淡地命令道，让他的嫔妃出去。

"是！"那名嫔妃顾不得捡地上的金碗，匆匆忙忙地跑了出去，一刻也不敢停留。

那名嫔妃出去了，剩下楚飞腾和楚靖懿两人对视，楚飞腾的视线里充满了愤怒和憎恨。

但是，那个曾经让他深恶痛绝的儿子，把他打败了，而且现在就出现在他面前，更让他毫无还手之力，更何况，如今他已经重病在身，根本不是他的对手，两人实力悬殊差别太大。

"父皇！"楚靖懿恭敬地唤了一声。

"哼！"楚飞腾冷冷地板过脸，从鼻子里哼出一口气，口气很差，"你的眼睛里，还有朕这个父皇吗？"

"儿臣的心里自然是有的，只是……父皇的心里又是否有儿臣呢？"楚靖懿微笑着反问。

"你这是在质问朕吗？"楚飞腾脸色非常难看。

"不是，儿臣只是不明白，为何父皇您宁愿相信外人，也不愿意相信自己的亲生儿子？您宁愿与外族联手，也要把我们这些您的亲生儿子赶尽杀绝，所以儿臣想问一问父皇，这一切是为什么？"

"为什么？"楚飞腾冷笑，眼角浮起一丝不屑，"因为你是慕容家的人，慕容家的人，是前南陵王的后代！"

慕容家和南陵王，都是楚飞腾的心头刺，是他最忌讳的人。

但是……

楚靖懿是楚飞腾的亲生儿子，虎毒尚且不食子，楚飞腾又到底有多毒？

"就因为我是慕容家和前南陵王的后代，所以……你要将我赶尽杀绝？"

"不，我给过你机会，八年前若你老老实实地待着，我是不会这样做的！"

这样说，八年前，难道还是他的错不成？楚靖懿心里冷冷地想着。

"所以父皇才一定要大哥成为您唯一的接班人，对吗？"说到底，是楚飞腾心里有鬼，内心的猜忌，让他无法相信楚靖懿，所以他选择极端的方式，宁错杀一万也不放过一个，即使那个人是他的亲生骨肉。

想到这里，楚靖懿不由得觉得楚飞腾真是悲哀，一直活在猜疑当中。

"最重要的，是那句话！"楚飞腾突然说了一句。

……

楚飞腾扫他一眼，冷笑着嘲讽地说道："不要说你忘记了，我知道你永远都不会忘记，就因为那块石头上的谶言，所以……我要打破那道谶言，结果……"他又自嘲一笑，"原来，这就是天意不可违。"

"父皇，既然您早就已经知道了结果，又为何一定要执着？"

"执着？每个人都有每个人的执着，难道我有错吗？"楚飞腾急喘着，苍白着脸，气息有些不稳，他的声音因激动而颤抖，两只黑眸死死地盯住楚靖懿。

"是没错，父皇，您一直都没有错，因为您是儿臣的父皇，所以，不管父皇您做什么，儿臣都不会怪您！"

要怪也只能怪谁疼谁更多一点。

"怪我？你现在站在这里，你觉得你还有那个资格吗？"

"是没有，但是，儿臣唤您一声父皇，就一生都会唤您父皇，儿臣这次来，只是想让您知道，儿臣永远都是您的儿子！"楚靖懿认真地看着他说，每一人字都夹杂着他深切的情意，那是亲情。

以前，他没有想过要跟他作对，只是……

楚飞腾的小心眼、自私还有猜忌，让他逐渐走向叛逆。

楚飞腾一直高高在上，小时候，楚靖懿都只能仰望他，但是他冷漠让人感觉不易亲近，他只能远远地看着他，心里希冀着有一天，楚飞腾可以抱抱他、夸夸他。

可惜，楚飞腾一直拿他当作敌人对待，从小便不疼他，一切的一切，有因皆有果。

"儿子？经过了这件事，难道你不想杀了我吗？"楚飞腾嘲讽地笑，眼睛里有着鄙夷的光亮，不屑于楚靖懿真情的告白，亲情？他不需要！他需要的只是胜利的快感。

可惜，眼前的儿子，让他永远成了败者。

恨，他恨。

"父皇，儿臣刚刚说过，儿臣永远不会伤害您！"

这句话，听着怎么就那么讽刺呢？他不会伤害他，可是，他之前却要杀他！

"你想说的是这些？你说的不会杀了我，是不是想把我终身囚禁？"

终身囚禁？

他的确想过，不过若是将他终身囚禁，百姓必定会议论纷纷。

"父皇，我刚刚说过了，既往不咎，日后，您可安心做您的太上皇！儿臣说到做到！"

太上皇？

哈哈！他楚靖懿的目的也就是这个了，爱面子。

他要登基，假如没有他楚飞腾的同意，那就是名不正言不顺，现在说会待他等同太上皇一样，只不过是想要哄得他的欢心，然后让他心甘情愿地把皇位传给他，这样他就会名正言顺了。

他楚靖懿的如意算盘打得可真是响哪。

可惜，楚靖懿的这个想法已经被他窥得。

楚飞腾的头低垂着思考了好几秒，突然他抬起头来。

"好，朕相信你，朕相信你不会伤害朕，既然如此，你这般有诚意，朕也不为难你。这样吧，你登基的时间就定在七日之后，朕会亲自写诏书诏告天下，让你的皇位名正言顺，如何？"楚飞腾淡漠地说着，这般激动的话语，他的表情却很平静，只是像在交代一样。

楚飞腾的淡漠，让楚靖懿心中一阵失望。

楚飞腾的心里在想什么，他只要集中精神去听，便可以轻易地听到，可是，他没有去偷听，他怕听到的消息，会让他更加心痛、失望。

楚飞腾对他的想法早已根深蒂固，他是无法改变的。

既然无法改变，他也不去强求，免得伤人伤己。

"既然如此，那儿臣便谢谢父皇！"

"别着急！"楚飞腾冷冷地笑了，"朕有一个条件！"

"什么条件？"楚靖懿皱眉，望向楚飞腾的紫眸深不见底。

"在你登基之前，朕有一件事情要你做！"

"什么事情？"

"你只管答应便可，那件事情朕暂时还没想到，不过……一定是你能做到的事情！怎么？你不能答应吗？"楚飞腾耻笑着问，似乎在嘲讽刚刚楚靖懿的信口开河。

楚飞腾这是逼迫他，他若是不答应，反倒显得刚刚说的话只是空口白话。

"好，儿臣答应！"楚靖懿仍然答应了，若是过分之事，就别怪他不念父子之情。

"既然如此，朕现在要休息了，你先出去吧！"

"是，父皇！"楚靖懿恭敬地向他行了一礼，心情沉重地从寝室中走了出去。

御花园的一角，朱茵洛正无聊地坐在那里等着楚靖懿的到来。

那些宫女和太监并没有因为突然出现了楚靖懿的军队而懈怠工作，仍然是忙碌地来来往往。

只是这西阳国要换个皇帝而已。

来之前，她已经让人把水烟还有阮梦莲母子都送到了郡主府，而她则是独身一人陪着楚靖懿来皇宫。楚靖懿去见楚飞腾，一定有很多话要说，她一个外人在旁边很不方便。

所以她就选择留在御花园中，等待着楚靖懿回来找她。

看着这个像迷宫一样的皇宫，她不禁叹息。

唉，以后她就要住在这里了呢。

突然一名宫女拎了一个食盒，往朱茵洛的方向而来："郡主，这是南陵王吩咐的，说是怕您饿着，让您先吃些东西垫垫肚子！"

什么东西？

闻着那味道，朱茵洛的胃里不禁一阵翻腾，蛾眉倒蹙。

"我不想吃，你还是把东西拿下去吧！"

"可是王爷他说……"宫女的表情有些为难。

"罢了罢了，你就把东西放在这里，我一会儿自己吃，你先下去吧！"

"是！"宫女离开了。

朱茵洛打开放在她面前的食盒，一盘鱼顿时出现在她的面前，鱼腥味扑鼻，瞬间惹得她胃里如翻江倒海一般，令她难受地捂着胸口趴在桌边干呕了好一会儿。

怎么回事？她是吃坏肚子了吗？

她虚弱地拍了拍胸口，抬头又闻到那股鱼腥味，惹得她的胃再一次翻腾了起来。

是那盘鱼的问题。

她赶紧把食盒的盖子盖上，这样才感觉好了些。

天哪，刚刚她真的觉得自己好像死过了一次似的。

刚刚的那条鱼竟然会有这么大的魔力，让她呕得翻天覆地，太诡异了。

本来她的肚子还是有些空的，被这样一闹，什么食欲也没有了。

奇怪了，她的身体一向很好的，很少生病。

闻到鱼腥味就想吐，不是吃坏了肚子，那就只能是……

一个想法突然从她的脑中闪过，惊得她蓦然睁大了眼睛。

不会吧?

难道是……

楚靖懿与她在一起的时候，从来不采取任何措施，而且……她突然才想到，她的月事，已经迟了将近十天了……

种种迹象告诉了朱茵洛一个事实，一个她不敢想的事实。

她惊悚地睁大了眼睛，身体僵住了，微风拂面，凉凉的，一缕发丝划过她的脸颊，遮住了她的眼帘，她也无暇分出手去撩开。

低头不敢置信地看着依旧平坦的小腹，里面……竟然已经孕育了一个小生命。

也对，在她危险期间，楚靖懿仍以各种理由留在她的身边，不放过任何机会让她怀孕，不怀孕的话，那才有鬼了。

在这一刻，她的心里很乱，这个孩子的到来，让她心里喜忧参半。

她没想过这么早要孩子的，这个孩子，来得太突然了，让她有些不知所措。

小手抬起来，掌心轻轻地地贴在平坦的小腹之上，感觉里面那个突然到来的小生命。

老天爷，不知是不是天生的母亲与孩子有感应，她竟然能感觉到孩子的心跳，发现了这一点，让她突然有了孩子的心慌缓和了许多。

虽然她对孩子的到来，并无任何心理准备，但是，她现在感觉，有了这个孩子，似乎也不是什么坏事。

若是楚靖懿知道她有了孩子，不知道会高兴成什么模样。

不过，他这样算计她，她倒要好好地捉弄他一番，否则，他一定得意得尾巴翘上天。

想到他被她捉弄之后会有的反应，她的嘴角就忍不住上扬，她已经期待那一天的到来了。

她正偷笑着，身后传来了一阵脚步声，竟已是近在耳边。

刚一回头，对上了一张突然放大了好几倍的俊容，吓了她一大跳。

在她愣住的同时，他捧着她的小脸吻了好几下，她回过神来，狠狠地剜他一眼，把捧在她脸上的手打掉。

"人吓人会吓死人的，你懂不懂？"

"那我吓到你了吗？"楚靖懿好笑地看着她。

"我哪那么容易被你吓到!"她傲慢地扬起下巴，细心的她发现了他眼角的一丝愁容，关心地问道，"你与皇上商谈如何？皇上……有没有说什么？"

"没什么！"他刻意地躲过她的话题，不想提方才的事情，眼睛瞄到石桌上的食盒，里面的菜纹丝未动，他的眉头蓦然蹙起，"你没有用膳？"

"我现在还不饿，想跟你一块儿吃些别的东西！"鱼腥味一闻她就没有食欲，更别说再吃了。

"倔强！"

"哎呀，别说这些了！"她心虚地避开他的视线，生怕被他发现了她心里的小秘密："对了，我想直接回郡主府！"

"回郡主府？"楚靖懿眉头蹙起，"为什么？"

"哎呀！"朱茵洛赶紧解释道，"我现在的身份，不适合住在皇宫里，再说了，我现在才刚回来，府里有许多事情要安排，我不在的话不行，更何况……我们又不急于这一刻见面，以后有的是时间，不是吗？"她这么急迫地不想要留在皇宫里，其实是因为怕他会知晓了她有身孕的事实。

而且，楚靖懿是只大色魔，更是个需索无度的禽兽，若是她把持不住，一不小心被诱惑，可能就前功尽弃了。

一对有情人在一块儿，没有肢体接触，是根本不可能的。她更怕两人忍不住，突破了防线，会伤到孩子，孩子前三个月是很脆弱的，不是吗？

幽暗的紫眸，深不见底，紧紧地望着她，想要看出她有什么心事，最后发现只是徒劳，便叹了口气。

"罢了，这既然是你的决定，我便不勉强你！"

"哎呀，别这么婆婆妈妈的，你将来可是皇上喽！"

绝代俊容冲他扬起一抹邪魅的性感笑容，促狭地戏道："还有你呀，我未来的皇后！"

"皇后？"她眨了眨眼。

修长的指捏着她的下巴，又在她粉嫩的红唇上啄了一下，他贪恋她的味道，甜美得让他爱不释口，若她是鸩毒，他宁愿饮鸩自尽。

"是呀，而且是我唯一的皇后，除你之外，无人可以坐上这个位置。"

美丽的杏眼弯成了两轮新月，笑容如花般灿烂。

"这个嘛，我还要考虑一下！谁知道你会不会又多纳几个嫔妃！"她故意托着下巴做出思考的动作。

这个小女人，总是不相信他。

他好笑地把她一把搂入怀中，热烫的气息喷吐在她耳边，感受到她温暖的体温，他才能感觉到她是真的陪在他的身边。

对她，他还是有愧疚。

楚飞腾的那句话，依然萦绕在他的耳边。

除了那件事之外，他所有的事情，全部都可以与她分享，除了那件事，那件事，他希望她这辈子都不要知道，否则……

他有预感，倘若她知道了那件事，一定不会原谅他，而且……很有可能会离开他的身边。

为了可以永远留住她，那个秘密，他要骗她一辈子。

楚靖懿突然愣住，许久没有反应，让朱茵洛的火气一下子蹿升了起来。

手肘顶了一下他，下巴扬起，双腮鼓鼓的，看他回过神来看她，她板着脸危险地眯眼："怎么？你不说话，就是说以后还想要多纳几个嫔妃吗？"

"哪有的事！"他抱紧她，温柔摩挲她的后背安慰她，"放心吧，除了你之外，我不会娶任何人的，这是我之前保证过的，不是吗？"

"算你还有良心，记得自己发过的誓！"而且，还是八年前就发的誓呢。

八年前，她只以为楚靖懿是说说而已，只是当时心里一阵激荡，过后就把这件事情抛于九霄云外。如今，他们两个真的在一起了，当真像做梦一样。

在从前的那么多年里，从未遇上过一个让她动心的男人，在这里，她感觉一切都像是在做梦，那么不真实，多少次夜晚醒来，发现身边有他，她会忍不住捏脸掐大腿，感觉到疼痛，她才知晓自己并非是在做梦。

她拥有的这些幸福，就像是奢侈，奢侈得让她总小心翼翼，生怕梦碎之后醒来，却发现一切都只是梦而已。

小脸贴在他的胸前，她嘟起小嘴，傲慢地扬起尖尖的下巴望着他的眼睛，十分不客气地狂妄道："你一定是修了八辈子的福，这辈子才能遇到我！"

剑眉一挑，他邪笑着看着怀中的小女人，那傲慢的下巴，看起来相当嚣张呢。

他也不甘示弱，马上回嘴道："你一定是上辈子日夜烧香，这一世才能让我看上你！"

一对恶心的男女。

跟过来的小甲和小乙，听得他们二人的声音，忍不住感叹，恶心与自恋，上辈子竟是一家。

因为朱茵洛的坚持，所以，在朱茵洛同楚靖懿两人用过午膳之后，就匆匆回了郡主府。

原本郡主府的家丁和丫鬟，在知晓朱茵洛将重返郡主府的时候，就匆匆地赶回了郡主府。

朱茵洛回到郡主府中，看到一张张熟悉的脸，忍不住欣慰地笑了起来。

这天下午，朱茵洛同阮梦莲母子，及一众郡主府的家丁，把朱佟尉的棺木送到了朱家的墓地安葬，待人散去时，她又独自去了宋惠香的坟前。

才没多久而已，坟头上就已经长满了杂草。她皱眉，把杂草清理了一遍，拿出了一个食盒，将供品和两只烛台摆放在墓碑之前。

她虔诚地在宋惠香墓碑前跪了下来。

"娘，我回来了！"朱茵洛看着墓碑上的字低喃着，目光温柔地看着墓碑，嘴角挂着一抹淡淡的弧度，喜悦地低头看着自己平坦的小腹，白玉般的小手覆在小腹前，微笑地轻语，"还有……我怀孕了，我现在很幸福，是真的…很幸福！您可以放心了！"

看着墓碑上的字，朱茵洛的视线有些模糊，蒙胧中，她又看到了在战场时看到的那个画面。

一块漆黑如墨的石头上，显露出鲜红的几个字来。

只是前面的字看不到，只能看到后面，"……可得西阳大陆。"

这到底……是什么意思？难道又是上天预警，上一次她在战场上改变了那个小男孩的命运，至今她仍安然无恙，难道是上天向她预示？有什么事情要发生？

朱茵洛刚回到郡主府，就见阮梦莲已经在她的房外等了许久，馨儿压根不让她进去，所以她就只有在门外不停地来回踱步，等得焦躁，却总是不见朱茵洛回来。

看到朱茵洛，阮梦莲那双望眼欲穿的双眸中露出了一丝喜色，迫不及待地迎了上去。

"茵洛，你终于回来了！"

"大娘等我？"朱茵洛蹙眉，脚下却是一丝也没有停留地走进屋内。

阮梦莲不顾馨儿的阻拦，紧跟在她身后。

"是呀，我已经等了许久，只是一直不见你回来，馨儿说，你的房间不许任何人进，所以就一直在外面等着来着！"

典型的抱怨，说话的同时，她的眼睛瞪向馨儿，那眼神似乎在说：看吧，再怎么说，我也是朱茵洛的大娘，也是主子，你等着挨骂吧。

不过，朱茵洛没有骂馨儿，反而赞赏地夸奖馨儿："馨儿做得对，这是我郡主府的规矩，还请大娘不要介意。"

脸垮了下来，阮梦莲忍不住在心里怨怼朱茵洛的说辞，她是故意的。

但是她的脸上仍然保持笑容，奉承地笑答："这是自然，我怎么会跟她生气呢？"

打狗还要看主人呢！馨儿虽然只是一个丫头，但是朱茵洛宠着她，现加上朱茵洛是郡主，又会是将来的皇后，身份尊贵着呢，惹了馨儿不要紧，惹到了朱茵洛，那可就麻烦大了。

阮梦莲这般心平气和，朱茵洛只消瞟一眼，就知道她一定有求于她。

馨儿端了两杯茶过来，朱茵洛接过抿了一口润了润嗓子，指着桌子对面的位置："大娘，你也坐！"

阮梦莲迫不及待地坐下，她在外面等了那么久，双腿早就已经站得麻木，快没知觉了。

"大娘，你来找我是有事的吧？有什么事，不妨直说！"就算不让她说，她也一定会想尽办法缠住自己，到时候她只会更麻烦。

朱茵洛这一问，给了阮梦莲开口的机会。

她捧着茶猛喝了几口，这才感觉嗓子不再那么干涩，便眉开眼笑厚着脸皮开口道："是这样，我这次是想问，关于怀仁的事情！"

"大哥？他怎么了？出什么事了吗？"朱茵洛的眼睛里有几分关心。

阮梦莲再不济，朱怀仁怎么说也是她的大哥。

"哎呀，这郡主府，再怎么住，也都是郡主府，你大哥吧……"阮梦莲低声下气、谄媚地干笑了两声，"他毕竟是一个男子汉大丈夫，曾经是将军，如今只沦落到躲藏在郡主府中，他虽然嘴上不说，可是我这个当娘的，知道他心里不是滋味！"

可怜天下父母心!

阮梦莲的话不可全信,不过,她说的这件事,倒让她上了心。

确实,朱怀仁以前是位将军,如今他屈居在郡主府中,难有作为,今儿个下午在去安葬朱佟尉的途中,不经意地瞥到朱怀仁面色似有几分憋屈和无奈。

她低头略微思索了一下,斜眼睨向阮梦莲,淡淡地问:"大娘有何高见?"

"高见不敢当啦!"阮梦莲仍是一脸地讨好,"据说,王爷,不久以后就会登基为皇上,到时候……你就是皇后了,希望到时候……你……呵呵,可以恢复怀仁的将军身份,然后……"

"然后什么?"朱茵洛皱眉问,她最讨厌那些讨好、谄媚的人,阮梦莲更是将这两种特质发挥得淋漓尽致。

阮梦莲的笑脸更加猥琐了。

"是这样的,你看……将军府一直都空着,所以……"她不好意思地摸了摸耳朵,故意拖了一个尾长音。

原来如此!朱茵洛恍然大悟。

阮梦莲这次来,只是想为朱怀仁恢复将军之位,并且再把将军府重新送还给她喽?

"大娘想要回到将军府?"朱茵洛微笑地问。

"也不是我想回去啦,主要是怀仁,若是他将来做了将军,还一直住在郡主府的话,这就太不像话了!"阮梦莲一本正经地解释。

说得还像是那么一回事,可是她的心里,肯定不是这样想的。

其实阮梦莲迫不及待地想要回到将军府,逃出朱茵洛的视线范围,不被她的威严所压迫,更且还要享受一切主人的特权。

郡主府里,虽然她是主子,但始终不是正主,发号施令,总是名不正言不顺,每每都要来请示朱茵洛。

想到这里,她就立即把目光放到了将军府上,只要回到将军府,她就是将军的娘亲,一样可以享受一切。

最可气的是,这件事还是捏在了朱茵洛的手中。

"这件事,我会考虑!"朱茵洛低吟着说。

"还考虑什么呀,怀仁是你大哥,难道你想看他一直被人瞧不起吗?"阮梦莲马上不乐意了,朱茵洛的话让她极度不安,急欲想要得到肯定的答复。

"大娘,这件事又不是我说了算。你也知道,靖懿的脾气一向不好,我只答应你我会尽力说服他,他答应不答应,我就没办法了。"朱茵洛耸了耸肩,双手摊了摊。

阮梦莲的脸色一下子就黑了。

说什么还要楚靖懿决定,只要她决定的,楚靖懿都会答应,除非……她也不想,否则没有她办不成的事儿。

"那好吧,既然如此,就只能拜托你了,你大哥可是一直都很疼你的,即使以前我对你不好,他也一直都很疼你,大娘知道,你一定不会不管他的!"最后撂给朱茵洛一顶高帽,

420

然后就往门外走去。

心里却一点儿也不是滋味。

忍忍忍！只要回到将军府，就不会再受她朱茵洛的气了。

看着阮梦莲气呼呼的背影，朱茵洛挑眉淡笑。

朱怀仁的事情，她当然会努力，只不过，她不想这么便宜阮梦莲，起码要让她好几个晚上因为想这件事想得失眠，光是想就觉得很是解气。

当晚。

屋檐的灯笼，灯光洒在窗子上，风一吹，便在窗前缓缓地摇曳着优美的舞姿。

躺在榻上，她却是怎么也睡不着，突然窗外的灯笼被吹起的幅度更大了，夜，忽然变得阴沉，窗外的月亮和星星都不见，地面一下子变得漆黑无比，看着这夜色，似乎……是在酝酿着一场大雨，随时会飘下来呢。

要下雨了吗？不会要打雷吧？朱茵洛心颤地想着。

人若是倒霉，喝水都会塞牙缝，她越是担心什么，老天爷似乎就越来什么，狂风吹拂，树叶沙沙作响，窗子上传来一阵刺啦的声响，甚是刺耳，这一阵狂风吹得很久，就在朱茵洛以为这晚上的雨下不下来的时候，屋外瞬间一下子亮如白昼，光亮瞬间又暗了下来。

不是吧？朱茵洛心惊肉跳，双手下意识地捂紧双耳，刚捂住耳朵，雷声滚滚而来，震得她的床榻都有些颤动。

老天爷呀，每次都是她越怕什么就越来什么，怎么就又打雷了呢？她现在有些讨厌下雨天了。

以前，每一次打雷下雨，她害怕的时候，楚靖懿都在她的身边，可是……如今她身处郡主府，楚靖懿在皇宫里，两个人分隔两地，楚靖懿根本就顾不到她。

也就是说，今天晚上她要独自面对雷雨了。

窗外又是一下子亮如白昼，轰隆隆的雷声不止，狂啸的风声，刮得窗子震动着。

又是一个雷声过后，哗啦啦豆大的雨滴落了下来，吹打在墙壁和屋顶上，发出噼里啪啦的声响，一阵急过一阵的雨声，听起来就像是战场上的击鼓声，一阵疾过一阵，甚是震撼人心，朱茵洛就更加无法入眠了。

害怕之余，她不忘轻抚小腹，对着小腹温柔地安慰："孩子，不要怕，有娘在身边，娘会保护你的！"

若是她腹中的孩子会说话，一定会骂她，骂她明明自己害怕得要死，还口出狂言要保护别人，这些大胆的话，说出来也不怕闪了舌头。

话落，又是一阵雷声，风雨声也更大了，她缩在床榻的一角，捧着薄被把自己裹得严严实实的。偌大的房间内，就只有她一个人，这就让她更加恐惧，不知该如何是好。

每打一个闪电，她的心就忍不住跟着颤了一下。

这个时候，她好怀念楚靖懿的胸膛，已经习惯在他的怀里入眠。

如今，没有他的怀抱，她突然感觉难以入睡。

老天爷，如果你听到我的祈求，求你……求你让我立刻看到他吧，谢谢了！

她这只是绝望的一喊而已，从没有想过她这绝望的一喊，话音刚落，门窗开了，带进了门外的一阵雨气，那熟悉的脚步声，直往卧室奔来。

熟悉的脚步声，让朱茵洛身体里的每个细胞都活跃了起来。

楚靖懿刚刚来到榻边，还未站定，朱茵洛就迫不及待地扑进了他的怀中，他的身子轻微地晃了晃才站稳了。

"你来了！"朱茵洛激动地低喃着，将发抖的身子靠在他的胸前，这样才能让自己的身子不再颤抖。

他的气息还有些微喘不定，宽厚的掌轻轻拍着她的背："我的洛儿，我这不是来了吗？别怕，有我在，什么都别怕！"他在她耳边吐出他的保证。

好一会儿后，她的身子才不再颤抖，却是诧异于楚靖懿怎么会突然出现。

他坐在榻边，娇柔的身子像只猫咪般窝在他的怀中，听着他的心跳，嘴角微微勾起。

"这个时候，你不是该在皇宫的吗？"她抬头问道。

他宠溺地点了点她的额头。

"知道你怕打雷，白天有些闷热，晚上的这场雨，风来得骤急，定会打雷，所以在风刚起的时候，我就来了！好在……我赶得及时，雨刚下，我就已经到了！让你受惊了！"

她像是被喂饱了的猫儿般，脸上是满足的笑容。

有他这样宠着，她还担心什么？

突然她的脑海中浮现出白天在墓地时那些奇怪的字，想了一下，她还是打算问一问楚靖懿。

"对了，懿，我有件事情想问你。"

"什么事？"楚靖懿低头吻了吻她的额头。

两人之间的浓情蜜意似化不开般。

关于她第六感的事情，她从来没有跟任何人提过，既然楚靖懿会读心术的事情已经跟她坦白过了，那么她有第六感的事情，也应当向他坦白。

她犹豫了一下，还是认真地说道："是这样的，我有第六感，就是……我可以看到一个人短期未来会发生的事情，但是看不到我自己的，有些时候，那些画面会自己跳出来，不管你相信不相信。最近有一个画面跳出来，但是……我却不知道那是什么意思，一块黑色的石头上面写了一行红色的字，我只能看到后面可得西阳大陆六个字，前面的字却看不清楚，不知道怎么回事，不知道你有没有见过这样的石头？"

什么？得到这个消息的楚靖懿，一张脸一下子变成了灰色，是被吓的。

朱茵洛有第六感，他早先就有过这方面的猜想，只是觉得那种事情，根本只是神话故事里的特异功能，根本不会在现实中存在。

现在回想起来，当初他的想法太过迂腐，他有读心术，凭什么朱茵洛就不能有第六感？

但是……假如她有第六感的话，那是不是什么都可以知晓？

"怎么了？你在发什么呆？"小手在他的脸前晃了晃。

他神色微变地回过神来，忙掩饰方才的失态，慌乱地回答了一句："没有，没有见过！"

"没有见过就没有见过，你干吗这么紧张？"她好笑地看着他，小手探上他的脸轻轻抚摸。

宽厚的掌心覆在她的手背上，握着她的手指竟有些微颤，急切地拿开了她的手："你还看到过什么？难道……这场仗的结果，你也早就已经……"那她岂不是什么都知道了？

"我哪有那么神奇！"朱茵洛耸了耸肩，"只不过当时有了点预感而已，因为只要是关于我的事情，我就无法预测未来，这场战事其中有我，我自然就无法预测出来了，而且……除了我之外，你的未来，我也看不到！"

"你看不到我的？"楚靖懿又诧异了。

"对！"她苦涩地皱眉，"当时我握着你手的时候看到的是一片黑暗，令人浑身发抖的黑暗，什么都看不到！"她如实地回答。

算是当作之前他对她坦白的回报。

她看不到他的未来，那就说明，有些东西她还是不会知道的，这就好这就好，只要他小心谨慎，他心颤地庆幸。

"你是说，我的未来……一片黑暗？"

怀中她的小脑袋轻轻点了点："是我从来没有看到过的，所以，当初我感觉到的时候，故意握住了你的手，后来还被吓了一跳，你应当还有印象吧？"

经她这一提醒，他倒是想起来了。

那时候，朱茵洛年方十岁，是一个自信嚣张的小女孩，他还记得清清楚楚，有一次她握住他手时脸上的错愕和惊恐。

原来如此呀！竟然是这样，当时他还不解她为什么会这样，现在他全明白了。

"原来如此！"他喃喃自语道。

"哎呀，我们别说这个了！"她扯回话题，"对了，你知不知道哪里有我说的那种黑玉石？据我所知，那块玉佩是很名贵的！"

她有预感，那块石头跟她有紧密联系，那上面的字，肯定也是有玄机的，她急切地想知道那是一块什么样的石头。

"不知道！"楚靖懿想也未想就回答，淡淡的口吻夹杂着几分不耐烦，"好了，我们两个难得在一块儿，就不说这些了，现在天色晚了，你还是快些睡吧，今日之后，你我恐怕都会很忙！"

这个话题太过危险，还是立即打住比较安全。

关于那块石头的事情，他不希望她知道，最好这辈子永远不再问。

希望老天爷可以听到他的祈求，这是他得之不易的幸福呀！千万不能令它毁于一旦。

听他这么一说，她倒是真的困了。

楚靖懿一直研究打仗的事情，不知道黑玉石的所在之地，情有可原。

没关系，她有万花楼，想要打听到那样一块黑玉石，应当不会很难吧！

就这样，既然他不知道，她就暗暗地去打听好了，她可是牡丹仙子，要她乖乖地在床上养胎？门都没有！

外面风声雨声雷声很紧，窝在楚靖懿怀中的朱茵洛很安心地合上眼睛睡觉，躺在他的怀中，不一会儿她就进入了梦乡，而楚靖懿却睁眼到黎明时分，才稍有困意。

这一觉睡得相当舒服。

朱茵洛一夜无梦，难得大清早的她就精神奕奕地醒来。

温热的呼吸，喷吐在她的颈间，惹得她颈间一阵酥麻，熟悉的味道和体温都在告诉她，身后的人是楚靖懿。

知道他在身边，她心情大好，红唇微启，勾起一弯甜蜜的弧度。

怪不得昨晚睡得这样舒服，原来是身边有他。

身后，他的呼吸平稳有规律，当时还是沉睡，她不忍吵醒他，便轻轻地挪动身体，悄悄地回头。

那张熟愁的俊容，出现在她的眼前，一双深不见底的紫眸紧紧地闭着，如雕刻般的五官，让人看了便会痴迷。

她只是从另一个时空来的一名盗贼，到这里竟然能遇到他，这一切都是天意。

天意让他们相识、相知、相爱。

这一切都来得这样幸福，让她心里充满了感激和感谢。感谢上天，让她这样幸福，让她感觉，自己的生命并没有那么糟糕，她还是受上天眷顾的。

刚醒来，嗓子干涩难耐，觉得有些口渴，嗓子中一阵难受，她差一点就要咳出来，捂着唇忍住了咳声，赶紧悄悄地下榻，以免吵醒了还在沉睡的他。

她下榻去倒水喝，门外馨儿已经端了盆水进来。

"咦，郡主，您醒得这样早！"馨儿诧异。

朱茵洛冲她翻了翻白眼，手指着自己的喉咙，掌心握紧，举在嘴前抬高头做了一个喝水的姿势。

机灵的馨儿马上反应了过来，赶紧去倒了杯水给她。

朱茵洛急迫地接过，一仰头一饮而尽。

馨儿关心地劝道："郡主，没有人跟您抢，您慢点喝，这样会呛到的。"

呛到？

听到这两个字，朱茵洛的脑中马上浮现出了验尸报告上的几个字：朱茵洛呛水而亡。

噗！她大半口水一下子喷了出来，呛得她小脸通红猛咳。

"哎呀，刚刚就劝您别喝那么快的，看，呛到了吧？"

朱茵洛愤愤然地翻白眼。

倘若不是她，她能呛到吗？无缘无故提"呛到"两个字，让她想到她在原来的时空，就是因为一口水而被呛死的。

当时，她是因为救了一名该死的人，所以被水呛死，如今，她又因为同情一个小男孩，救了他的命，改变了历史，那么，老天爷是不是也会因为这件事而抛弃她，让她再一次被呛死？

想起这些，她突然感觉喝水也是一件危险的事情。

老天爷呀，就不能不再玩她吗？

"都怪你说的！"朱茵洛没好气地瞪他，嗓子还是干涩得难受，她把杯子递回馨儿手中，"还要一杯！"

"奴婢这就帮您倒！"馨儿忙接过再去倒水。

朱茵洛猛翻白眼。

真是的，大清早的这样吓唬她，太可气了。

她正想着间，突然胃里一阵难受，全身的肌肉紧绷着，她赶紧捂着嘴巴冲到了门后边的痰盂，抱着痰盂就猛呕了起来，不过，她干呕了半天，却什么也没有呕出来。

馨儿心慌地赶过来，手里拿着茶杯，手掌轻拍着朱茵洛手背："郡主，您没事吗？"

呕了一会儿，朱茵洛的脸色已经是煞白一片。

该死的，这个孩子也才刚刚一个月而已，就这样闹腾，接下来还会有九个月，她要怎么办呀？

她无力地抬头，握着馨儿的手就着茶杯的杯沿慢吞吞地喝了一口水："我没事，只不过怀孕了而已！"朱茵洛微笑地宣布。

怀孕？

馨儿首先是愣住了，似乎没有听明白朱茵洛说的那两个字的意思，那两个字，是不是多义词，不知道是不是她脑子里想的那两个字的意思？

"郡主，你说的是……怀孕？有了孩子？"馨儿木了吧唧地重复问了一句。

她神秘兮兮地做了一个噤声的手势，小手比在唇前警告她："对！不过你不要尖叫出来，懿在里面休息，这件事，我暂时还不想让懿知道，所以你一定要替我保密，知道吗？"

馨儿张了张嘴，欲尖叫出声的念头被朱茵洛一句话打消，要脱口的话硬是憋了回去，不知道有多让人内伤。

"为什么？"馨儿捧着受伤的心问。

"因为……"朱茵洛神秘兮兮地笑着，眼睛里闪动着耀目的光芒，幽远地望向远方，"他要是知道了，铁定什么事都不让我做，等他登基大典那天，我要送他一份大礼！"

"咦？"

是的，大礼，朱茵洛吩咐了馨儿之后，馨儿便把这件事咽进了肚子里，谁也不敢吐出详情，让人把这件事装肚子里烂掉。

馨儿任由楚靖懿从郡主府中离开，却是什么都没有说，更是连楚靖懿也不敢靠近，生怕楚靖懿那双眼睛看到她之后，盯着她的眼睛，若是他窥得她的心意，那可就不好了。

心里这样想着，朱茵洛就更不能让馨儿接近他了，好在楚靖懿自己也没兴趣，否则早被他发现了。

果然，在第二天开始，楚靖懿和朱茵洛两个人就开始繁忙了起来，忙得连见面的时间也少之又少。

不过，两个人分别都是为了他们的将来奋斗，所以，就算再忙，事情再多，他的心里也有着这个念头存在，再累也有支撑下去的理由。

西阳大陆，即将更新他们新的皇帝，只因未来的皇帝是楚靖懿，西阳大陆的百姓没有太过激动而游行示威，楚靖懿登基，这是众望所归！

三日后，楚娉婷和朱茵洛两个人在宫中依照约定，进行打架比赛。

可惜，才两个回合而已，楚娉婷就败在朱茵洛的手下，气得脸红脖子粗的楚娉婷，觉得不公平，还想要继续跟朱茵洛对打，被朱茵洛轻易地呵斥住，一腔怒火只能咽下去，不能让它轻易出来。

最后楚娉婷挣扎不过，气喘吁吁地只能认输。

得知消息前来观看的楚靖懿，看到在地上打滚扭动互缠的二人，脸上无一丝儿惊讶与心疼，嘴角反而挂上了一抹若有似无的笑容，让朱茵洛和楚娉婷两个聪明的小女人，敏感地感觉到她们被楚靖懿给骗到了。

又正如楚靖懿所料，经过了这一战后，楚娉婷和朱茵洛两个人同时发现了对方身上那股熟悉的特质，两人方才还对阵，誓要将对方撕成两片，下一秒，就相视一笑，在树下背靠着背坐着，两人互相损着对方，早没了之前的仇恨。

楚娉婷终于相信，楚靖懿夺取皇位并非她以为的那般自私、冷血，反观起他，他却是一位不可多得的好皇帝，这样想着，她的心里就会舒服许多。

皇后苏心蕊也同样反对楚靖懿登基，可惜任她怎样反对，也无法改变既定的事实。

楚靖懿即将登基的事情，在有条不紊中进行着，朝野上下议论纷纷。

这次能赢，与阮梦莲每日提供一个细作的名称也有着重大的关联，就凭借这个，阮梦莲为朱怀仁争取了坐回原位，并且重回将军府的机会。

得到消息的那一刻，阮梦莲乐得整夜睡不着，连夜准备好了东西，大清早的就直接搬去了大将军府，生怕她一刻不搬，楚靖懿会不同意。

这一天，风和日丽，偶尔几朵祥云飘过。

此时已经是夏末秋初之时，天气很是舒适，一大清早的，枝头便有无数只喜鹊喳喳个不停。

喜鹊来，那是好事到。

朱茵洛大清早起来，推开窗子，听到门外的喜鹊声，小脸上漾起了一抹开心的笑容。

凑着鼻子朝窗外深嗅了一下，空气中满是清新的早晨气息，闻着沁人心脾。

今儿个是楚靖懿登基的好日子，喜鹊至，说明这是个好兆头，连老天爷都觉得楚靖懿这是实至名归，所以提前送他个好彩头，连喜鹊也大清早就来闹场。

朱茵洛起了个大早，提前开始准备今天需要的东西，她可是说要给楚靖懿一份大礼的。

美丽的杏眼微眯着，她的脑海中浮现出几幅画面，黑曜石般的眼珠闪动着灵黠的光亮。

她说过的，要送楚靖懿一份大礼，庆祝他登基，不管想什么礼物，她都觉得太俗套了，那她就送他一份特别的大礼，到时候震撼全场。

金銮殿。

早膳时间刚过，那些大臣便换上了朝服，精神抖擞地站在金銮殿前，等待着大典时刻的到来，生怕错过了时间。

气势宏伟的金銮殿，由七七四十九根柱子造成，中间甚至没有用到几根房梁。门前的那两根房梁上面，各挂着两条欲腾空飞起的巨龙雕梁，彩色描绘的房梁，殿顶用的是红色的琉璃瓦，阳光照到金銮殿的时候，那些用特别材料加工过的琉璃瓦，便会折射出耀眼的光芒，使得金銮殿金碧辉煌，更加气势恢宏。

这里是大臣们每日早朝面圣的地方，七七四十九级白玉石阶，连通着上下宽广的平坦道路，上了白玉石阶，便可直达金銮殿。

金銮殿门前的台阶之两边，每隔一个台阶，就有一名持戟禁卫威严地把守着，那些禁卫个个受过良好的训练，以保护皇宫的秩序为己任，风吹雷打不动。

大臣们等待着时刻的到来，各个交头接耳。

关于那日楚飞腾病榻前楚靖懿答应了楚飞腾的那件事，竟在那天之后消息不胫而走，一下子弄得人尽皆知。

所以，现在有很多人，想要知道楚飞腾要楚靖懿做的事情是什么。

不仅大家好奇，连朱茵洛自己也好奇楚飞腾会要求什么事情来为难楚靖懿。

她心里单纯地想着，楚飞腾只是不想要轻易把自己手中的江山交给其他人，所以故意出问题来刁难楚靖懿。

但是，楚靖懿是何等聪明之人，她相信，以楚靖懿的聪明才智，一定可以把楚飞腾所出的难题给解决掉。

上午吉时到，一阵震耳欲聋的敲鼓声，如雨点般响起，那声音也似敲在了每个人的心中，让每个人感觉到整个大殿甚至他们自己的身体都在发颤，这般气势，一下子就慑住了在场的所有人。

众人的视线，祈盼地望向大殿的右方拐角处。

如雨点般的鼓声过后，一名有着嘹亮嗓音的司仪，大声朝众人大喊着："登基大典，现在开始！"

众人议论纷纷的声音又起，在拐角处，簇拥的人群，出现了一道挺拔、高大的身形，鹤立鸡群，一身华丽的金黄色龙袍加身，头顶的发冠，也换成了纯金打造的发冠，金线绣鞋是量脚定制。

那一身龙袍，金黄色，金得闪眼，这般俗气的颜色，穿在他的身上，竟然不觉得俗气，还多了几分尊贵的味道，一举手一投足，尽显皇家威严。

那张绝代俊容，令女子趋之若鹜，只是那深不见底的紫眸眸底闪过的冰冷戾气，会把刚要靠近他的人冻成冰块儿，再被吓退。

居高临下地站在高台的拐角处，低头那两道冷森的寒芒俯视台下众人，顿时有了一种皇帝居高临下俯视天下的威严。

还未宣布他成为皇帝，他的气势已经令在场的所有人都臣服。

朱茵洛同楚娉婷两个人站在前排的台阶之下，一同抬头望着站在高台之上的楚靖懿。

一身华服装扮华贵的楚娉婷，兴奋地指着楚靖懿向朱茵洛道："哎呀，茵洛，你快看！"

"我看到了，你不用指！"朱茵洛笑眯眯地回答。

她的目光与楚靖懿的视线在空中撞个正着，他的视线掠过她身上时，刻意地多停留了几秒钟，眼睛里所流露出来的是温柔与安慰。

这么多年了，他今天终于做到了，他的快乐最想跟心爱的人分享。

他想要跟朱茵洛分享他的快乐，想让她知道他现在已经有能力保护她，不会让她再受到伤害了。

楚娉婷忌妒地看着台上台下两人相望的深情对视，好像把旁边的其他人都当作空气似的。

喂喂喂，这也太嚣张了吧？

楚娉婷没好气地走上前一步，走到朱茵洛面前，挡住了台上楚靖懿的视线。

她的这一举动，成功地挡住了楚靖懿的视线，使得楚靖懿不得不收回视线，眼睛里又流露出几分无奈。

这楚娉婷！

朱茵洛没好气地把楚娉婷拉开："哎呀，娉婷，你干吗要挡着我？"

再抬头时，楚靖懿已经往金銮殿门前摆放的龙椅走去。

"我再不挡着你们，四哥要登基的吉时就要被你给破坏了，我这可是为了四哥着想！"她的理由编得义正词严，让朱茵洛想不出反驳的话来。

"你这是忌妒！"朱茵洛哼哼了两声。

"我忌妒你？哼……下辈子吧！"

"你就是忌妒，就是忌妒，哼！"两人三两句不合，眼看就又要冒出战争的火焰，幸亏一阵鼓声又起，迫得两人短暂地歇了火。

"登基大典开始，首先由我来宣读皇上的让位书……"司仪高亢的声音又起，片刻间，方才还如菜市场般嘈杂的大殿，一下子安静无声，只有风吹动衣袍的窸窣声。

稳坐在金銮椅上的楚靖懿，姿容绝代，仪表非凡，神采飞扬，令人不忍移开视线。

"呀，四哥的魅力真是惊人哪，你说是不是？"楚娉婷由衷地赞美着。

问出了话，好一会儿没人回应，楚娉婷下意识地转头，却发现她身边的位置空了，明明该在她身边的朱茵洛，不见了踪影。

"茵洛呢？"她问自个儿的贴身宫女。

"郡主刚刚有事离开了！让暂时不要告诉您，等一会儿之后，您就会知道她在做什么了！"

宫女的转述，让楚娉婷觉得此事有些蹊跷，只是……这朱茵洛葫芦里卖的是什么药？还弄得这般神秘兮兮的。

她不是说她一会儿就能看到吗？

呼！她若是看不到，一定要找朱茵洛的麻烦。

司仪开始诵读楚飞腾的让位书，上面写着一些关于楚靖懿人品贵胄之类的话，一张纸读完，司仪又喊着"上国玺"。

一名太监，手捧着一个托盘，上面盖着一块红色的布，玉玺的形状依稀可见。

"南陵王接玉玺！"

楚靖懿淡定地在捧着玉玺的太监面前单膝跪下，虔诚地接过玉玺，然后捧着玉玺高高地扬起。

与此同时，司仪激动地冲台下所有人大声宣告："从现在开始，南陵王就是皇上了。"

然后司仪回头，扑通一声双膝跪下，冲楚靖懿大声高呼："奴才叩见皇上陛下，千秋万代，吾皇万岁万岁万万岁！"

众大臣及禁卫听着这喊声，激动地也同时跪了下去，大声冲高台之上异口同声地喊着："臣等恭喜皇上陛下，吾皇万岁万岁万万岁！"

这般气势磅礴的声音，穿透云霄。

一块遮阳的云朵，被这一声惊住，吓得一下子一分为二，露出太阳刺眼的光芒。

"平身！"楚靖懿居高临下地抬了抬手，目光锁紧台下方才朱茵洛所站的位置。

奇怪了，刚刚她还在那里的，现在人去哪里了？

"谢皇上！"众大臣还有所有的禁卫等全数起身。

司仪起身了，一脸的神秘，不等楚靖懿再开口，司仪高亢的声音又起："下面是茵洛郡主所表演的万凰朝凤！"

朱茵洛要表演万凰朝凤，这个消息，一下子在人群中炸开了。

关于朱茵洛的传闻民间有许多版本，都是夸赞她美丽、聪慧，不仅武艺了得，更是琴棋书画样样精通，是一名全才近乎神一般的女子，她跳的舞，一定也是只有天上有地上无的吧？

有了这一层的传闻，众人就更加好奇，这朱茵洛的舞跳得到底怎么样！

他的洛儿要跳舞，怎么没有跟他说过？楚靖懿双眼疑惑地向大殿的两边望去。

只见一道彩色的人影，如轻雁般在左侧屋檐下飞驰而来，一直向高台之上的正中央而来，过程中仅借助屋檐上的红色绸带，那身形飘在空中，如同仙子一般轻盈飞来，引得众人一阵惊叹。

好一幅仙子下凡图！每个人的心里都这样想着。

然后见那人影到了中央时，扯住绸带，足尖轻点屋檐，轻盈的身体以三个三百六十度旋转优雅落地，落地时，小巧的下巴以傲慢姿态高高扬起，双手扯住身后的裙摆，那上面火红的图案及五彩的羽毛，像极了浴火的凤凰，配合以朱茵洛的动作，就像是一只高贵的雌凰。

台下的众人屏气凝神，静静地注意着这一幕。

楚婷婷也惊异于朱茵洛的转变，在这一刻，她不得不承认，朱茵洛确实要比她厉害，她认输了。

不过，更让她奇怪的是，朱茵洛竟然能在这么短的时间内换好衣服并换上装束，连她也期待朱茵洛后来的表现。

朱茵洛盈盈一笑优雅地转身，朝龙椅上的楚靖懿微笑着俯身算是向他行礼，灵黠的美眸冲他眨了眨。

真是个调皮的小女人，刚刚她在屋檐下的动作，真是令他为她捏了把汗！

楚靖懿瞪她，眼睛里有着无奈，还有着一丝得意，也只有他的女人才能如此与众不同，万人瞩目。

行礼完毕，朱茵洛轻盈地起身，挥动双手中的火红丝带，挥动的丝带如同两团火焰在燃烧，有些人甚至担心那两条丝带会不会把这座皇宫给烧掉。

好在，丝带什么都没烧掉。

首先朱茵洛的舞姿轻盈，突然她的动作越来越快，手臂用力挥动，突然间她抬头，足尖点地，身子骤然跃起，左手中的丝带精准地搭上了屋檐上的红绸带，丝带同绸带紧紧地系上，顿时朱茵洛的身体便悬空，引得众人唏嘘，皆不敢眨眼睛，想看看她还有什么令人惊讶的表现。

朱茵洛握紧手中绸带，身子在空中飞舞，右手中的丝带挥动着，突然她的身子在空中连续几个空翻，看得台下的众人热血沸腾，连声叫好！

此时的她，完全已经化身为一只凤凰，努力地将她的热情完全释放出来，又在空中几个空翻后，她扯了扯丝带，身体再一次落下，她的左手握紧左边的裙摆，左腿高高地举过头顶，运用芭蕾舞的技术，连续地转着圈圈。

优美的舞姿，配上她身上那一身五彩的凤凰火焰尾衣裙，舞动时，如同无数只凤凰在展翅高飞。

众人在台下数着她转着多少圈儿，七个、八个……十个、十一个……十九、二十……

整整二十个圈儿的时候，朱茵洛累得有些喘，终于体力不支地停了下来，最后她停住脚步，左脚缓缓落下，再次回头冲着楚靖懿优雅地俯身行礼。

所谓的万凰朝凤，让人看了意犹未尽。

舞一落，朱茵洛已经满头大汗，只剩下累极的喘息。

台下的众人一片寂静，目光直勾勾地盯着台上，被刚刚的那一支舞震撼着，一时之间还反应不过来。

待众人回过神来，朱茵洛已经起身，然后掌声雷动。

众人看得入神，竟不觉时间过得如此之快，在他们的心目中，此时的朱茵洛已然是一只凤凰，一只浴火的凤凰。

这一舞，不仅舞出了她所有的热情，更是成为了大家心中的永恒。

楚靖懿也对此叹为观止，不敢相信朱茵洛的舞竟然也跳得这般好，她还有多少他不知道的东西呢？

他走上前去，轻轻地握住她的手，眼睛里流露出赞赏和惊奇："你还有多少我不知道的秘密？"

"这个嘛！"她调皮地笑了笑，"以后再告诉你呗！"

"你这个调皮鬼，怎么样？累了吧？累了就先回去休息，一会儿我就去找你！"楚靖懿关心地道，怕她会累着。

"没关系的啦，现在，我们的梦想都已经达到了，你要做皇帝，我的梦想就是你能做皇帝，这一天终于到来了，我要从头看到尾！"她固执地回答，小嘴角高高地嘟起。

"好，都依你！"他宠溺地捏了捏她的俏鼻梁，不忍拒绝她的要求。

"好啦，你是皇上，我先去换衣服再去找娉婷！"

"去吧！"他温柔地拍了拍她的手背。

"好！"

朱茵洛说完就去准备换衣服，就在这个时候，楚飞腾身边的贴身太监刘宣福突然走了过来。

"郡主请留步！"刘宣福突然拦住了朱茵洛。

拦她？

朱茵洛蛾眉高高挑起，眸底闪过一丝诧异："刘公公，有什么事吗？"

刘宣福双手中托着一个明黄色的卷轴，依稀可见金色的龙纹。

是圣旨！

朱茵洛微眯着眼睛，试图想要窥探个究竟，但是她闭上眼睛，只觉得腹中一阵疼痛。

她现在的身体是不适合跳舞的，只不过她服了一名神医的保胎丸，现在药效怕是快过了吧。

好像是刚刚跳舞的时候用力太多，所以她现在身体虚弱，无法用第六感去窥探那张圣旨上写的到底是什么。

但是，看着那道圣旨，再瞥过刘宣福脸上的那副表情，朱茵洛突然有了一种不祥的预感，好像有什么事情要发生似的。

是那道圣旨的问题，刘宣福是楚飞腾的人，她曾经背叛了楚飞腾，楚飞腾一定不会放过她，这份圣旨应该是来刁难她的吧？不过，这个时候了，他楚飞腾还能有什么招数？

想到这里，她不禁好奇那圣旨上面写的是什么。

没多想的她，缓缓回过身来，微笑地看着刘宣福。

刘宣福一脸不屑地看着她，直直地走向楚靖懿。

"奴才想要问南陵王您一句，皇上之前是否同您有过约定，而且您已经答应过了他？"

"有！"楚靖懿危险地眯眼。

"这是皇上刚刚送来的圣旨，其中的旨意已经在王爷您登上大位之前在咸城内贴满了告示，现在……这一份是需要您来发号施令的，皇上说了，除非您按照这圣旨上的旨意行事，否则……之前的那份圣旨就作废，改立太子为皇上！"刘宣福一字一顿地说道，字字带着压力。

按照那道圣旨上写的行事？

"改立？"楚靖懿冷笑了两声，"到底是什么事？说来听听！"

他口气不好了，这楚飞腾分明是先斩后奏，已经在大街小巷贴满了告示，才来报告给他？

"这道圣旨，皇上说，需要当众读出来！"

当众读出来？

楚靖懿脸色十分不好看。

"那就读来听听，我倒要看看，他还想要做什么！"楚靖懿已经有些生气了。

"那奴才便读了！"刘宣福恭敬地向楚靖懿行了一礼，再面向众人，缓缓地展开那道圣旨，目光稍稍向朱茵洛斜了一下，"郡主，请跪下接旨！"

跪下接旨？她朱茵洛向来是没有跪过任何人的，现在居然要下跪？

她低头沉思着，想到今天是楚靖懿登基之日，罢了，她就先给楚靖懿留个面子，跪就跪吧！

咬紧牙关，她忍着怒火即将爆发的冲动，缓缓屈膝跪下。

然后众人等待着刘宣福手中圣旨上到底写的是什么。

刘宣福也不着急，不慌不忙地打开圣旨，微笑地面向台下众人。

"皇上刚刚已经驾崩了，这是皇上的遗诏，也是最后一道圣旨，倘若南陵王遵循，那南陵王便可为帝，否则，改立太子！"说完，他开始读圣旨上的内容，"鉴于茵洛郡主与北冥国勾结，陷西阳国于不义，如此大罪，罪无可恕，明日午时，斩之以正国法，钦此！"

听到这个消息，在场的所有人顿时议论纷纷，朱茵洛也错愕地睁大了眼睛，有些诧异于她听到的消息。

什么意思？楚飞腾要杀她？

最震惊的人莫过于楚靖懿。

他骤然一下子从椅子上站起来，冲到刘宣福面前抢过他手中的圣旨，在看清了上面的字迹之后，脸色更加难看，动怒地扯住刘宣福衣领："这是父皇的旨意？"他的双眸中喷出怒火。

这楚飞腾，明明知道朱茵洛是他所爱之人，现在居然人已经死了，还留下一道遗诏，要杀掉朱茵洛。

刘宣福的脸上毫无惧色，似乎根本就不怕楚靖懿，面对他大声说道："这的确是皇上的旨意！"

狗仗人势，楚飞腾已经死了，他仗的是谁的势？

楚靖懿的手扯住刘宣福的衣领，让刘宣福一下子呼吸不畅，看着他憋得发白的脸，楚靖懿脸上的怒气未退一分："胡扯，他人已经死了，这道遗诏不作数！"

"这是皇上的旨意！"刘宣福固执说道，脸上闪动着绝不妥协的表情，"皇上的圣旨上已经写得明明白白，倘若您不依从圣旨行事，您就不算……"

"不算什么？大典已过，现在朕就是皇上，朕的旨意就是圣旨！"楚靖懿森冷的寒眸阴鸷地瞪着他，冷笑看着手中的圣旨，双手片刻间就把圣旨撕成碎片，圣旨那薄薄的布料，在楚靖懿的掌心中，缓缓地化成一缕轻烟，终于消失不见。

刘宣福惊得瞪大了眼睛。

楚靖懿的武功，已经到了出神入化的境地，竟然可以把布料化成一阵轻烟。

即使他将圣旨毁掉，但也改变不了事实。

台下的众人看到此景，不由得又是一阵议论纷纷。

"那是皇上的遗诏，南陵王这样做太过分了。"

"若是他不杀了茵洛郡主，那就要立太子为帝呢！"

"可怜了茵洛郡主，这样的一个绝色才女，就要香消玉殒。"

"是呀，若是南陵王想要保住皇位，就必须要杀掉茵洛郡主！"

"倘若南陵王杀了茵洛郡主，茵洛郡主会恨他的吧？"

"别说了，这茵洛郡主，根本就是一个妖精，之前不仅迷得皇上赐她郡主府，据说，她还跟东盈王和北冥王都有染。"

"那她也是该死了。"

"不知道南陵王会怎样决定呢！"

"我们还是再等等吧。"

众人议论的声音，一字不差地传进了楚靖懿的耳朵里。

听到那些人诋毁朱茵洛，他心中的怒火更盛。

楚飞腾啊楚飞腾，你以为这样就可以改变既定的事实吗？

突然楚靖懿阴柔地冷笑，高大危险的身躯缓缓靠近刘宣福，刘宣福吓得节节后退。

楚靖懿的表情太过危险，随时会将人给吃了似的。

"倘若，本王不遵从父皇的圣旨呢？倘若本王……就是不愿意让位呢？"楚靖懿淡淡地一字一顿冷冷地说，每一个字都夹杂着刺骨的凉意，惊悚得刘宣福浑身鸡皮疙瘩落了一地。

"倘若您不……不答应的话……不答应的话……"

"你就以死明志吗？"楚靖懿的笑容更加阴柔了。

"对，以死明志！"刘宣福脑中一片空白，只能随着楚靖懿的话一个字一个字地接下去。

"好呀，你现在就以死明志，现在，你就从这高台上跳下去！"楚靖懿指着台手边的大理石护栏。

"是……是是是……"

刘宣福连连点头答应着，在楚靖懿的一再威逼下，刘宣福颤抖着双腿走到了护栏边上。

前面是四十九级台阶的高台，后面是危险的楚靖懿，左右权衡，刘宣福只觉心中一阵绝望。

看着台下众人的视线皆向他投来，他不禁悲怆泣下。

若是有下辈子，他再也不会进宫，更不会做那宫廷斗争的牺牲者，更不要再跟楚靖懿对立。

望着台下那坚硬的大理石地面，刘宣福自嘲地笑了两声，突然当众跃了下去。

啪的一声摔下去，瞬间脑浆迸裂。

朱茵洛吓得冲上前去，想要把他拉回来，楚靖懿的手臂更快地挡住她，不让她上前，并以手掌捂住她的眼睛，不让她看到这一幕。

楚靖懿阴沉的脸睨向台下众人，众人的心里浮起一丝恐惧，一下子寂静无声，半丝声音也不敢发出，静得诡异。

他邪戾地笑着望向众人大声喝道："还有谁不服本王登帝位的？"

还是一片寂静。

头顶一只乌鸦飞过，口中吐出悲凉的叫声，那声音叫得人心里一阵发凉、发麻，没人说反对。

除非他们想死。

地上刘宣福的尸体，就是他们反对后的下场，除非他们疯了。

楚靖懿满意台下众人的反应，双臂更加用力地拥紧朱茵洛，他低沉沙哑的男性嗓音在她耳后吐出保证："洛儿，我不会允许任何人伤害你的，谁也不能将你从我的身边抢走！谁也不行！"

话落，他低头俯在她的颊边，落下一个温热的吻。

他的吻落下的同时，朱茵洛的身子一阵瑟缩。

楚靖懿惩罚刘宣福的方式太过残忍，虽然保住了她，可是，他的手上再一次沾上了鲜血。

她怕，她好怕。

并不是怕楚靖懿，而是怕他手上的鲜血，以后会遭到老天爷什么样的惩罚。

他的心里在意她，她的心里又何尝不在意他呢？

"洛儿，别怕！"他温柔的额头抵着她的太阳穴，低声在她耳边温柔地呢喃，"我宁愿伤害天下人，也不会动你一分一毫！"

听了她的话，她的心里一阵激荡，鼻子酸酸的，感动的泪水在眼眶中打着转。

他总是说一些让她感动的话，每一次都让她不知道该怎么回应他这么热烈的感情。

他这般待她，她只能用自己余生好好地爱他、回报他。

"可是，这件事情，传出去之后，对你的声名就……"朱茵洛担心的是别的问题。

楚飞腾的这份圣旨，根本就是一颗炸弹，随时会爆炸。

多少人做着皇帝梦，想要推翻皇帝自己来做。

楚靖懿违背了楚飞腾，就给了那些不安分的人一个推翻他的理由，而他这样做，都只是为了她，她又怎能不担心？

她早就知晓楚飞腾不会这般轻易放过她，却不知他竟是这样的阴险，竟然用这种卑鄙的手法，死了都不能让别人安心，还把无辜的楚靖懿牵扯了进来。

"怎么？你害怕了不成？"楚靖懿好笑地捏捏她的鼻梁，对于这件事，他倒是不担心，他的势力已经遍布西阳大陆。

声名？他向来不注重这个，只要天下对他臣服，心爱的人在身边，名声他根本不在乎。

即使现在对他不能信服，将来他会用实力来证明，皇帝的位置，只能是他，而且非他不可。

"我不是害怕，我只是担心你将来会……"

"只要你在我身边，什么问题都不是问题，你也不要担心，你必须要相信你的男人是这个世界上最强的人！"他狂妄地说道。

"可是，你真的不怕？"楚靖懿这个笨蛋，明明知道她最担心的是什么。

"我说过了，只要你在我身边，所以……你这辈子休想要逃开我，知道吗？"他深情地凝望她，当众在她的额头上轻吻，把她紧紧地拥在怀中，拥有了她，他就觉得已经拥有了整个世界。

她终于放心地满足一笑，回身紧紧地拥住他："只要你不放开我！"

"绝不会！"他保证。

第二十七章　重回现代

　　一场登基大典上的闹剧，楚靖懿以绝对的优势和强大的气势胜利收场，他成了名正言顺的皇帝，楚飞腾大概没有想到楚靖懿的办事效率这样快，在他贴下了告示的同时，楚靖懿杀了一个回马枪，以最快的速度更换了新的告示，指正之前的那一份是假遗嘱，并表示，在半个月之内，会举行隆重的封后大典，皇后正是朱茵洛。

　　一场闹剧算是正式结束。

　　登基后的楚靖懿，开始准备楚飞腾的大葬，楚靖懿伤心是可以看得到的，楚飞腾毕竟是他的亲生父亲。

　　朱茵洛计划着，要在楚飞腾的大葬之后，告知楚靖懿她已有身孕的事实。

　　由于前皇后——如今的皇太后苏心蕊下了懿旨，朱茵洛不得参与楚飞腾大葬，所以朱茵洛受到约束，楚靖懿就让她好好休息。

　　都说孕妇的脾气大，朱茵洛的实际状况可以证实这一点。

　　她的心情越来越差，很容易被激怒，身边的人一不小心就会被她一顿批评，连馨儿也没少挨她的训斥，只不过馨儿在她身边的时间比较久，知道她的性子，生气过后，没有一刻钟，就会马上恢复。

　　朱茵洛害喜的症状有些严重了，她猜想着，大概是她之前服用那药的副作用。

　　楚靖懿在皇宫中处理楚飞腾的身后事，自然是发觉不到，馨儿每日看到她痛苦地害喜，再加上楚靖懿不在她的身边陪伴她，几乎每天都要为她抱屈。

　　已经两天了，楚飞腾明天将下葬。

　　楚靖懿突然派人来信，让朱茵洛进宫，馨儿帮她收拾了一下，两人就一块儿进了宫。

　　入了宫门之后，朱茵洛就发现皇宫内有许多人对她指指点点，她心里明白，这是楚靖懿登基大典那天的事情所致。

　　虽然外面已经把传言更正，但是在皇宫里，那些太监和宫女许多都亲眼看到、亲耳听到，所以才会嚼舌根。

　　朱茵洛心里烦躁，她最不喜爱那些在背后嚼舌根的人。

　　馨儿生气了，在听到有人传言说朱茵洛行为不端正的时候，她气得上去把那些交头接耳的宫女骂了一顿，回到朱茵洛身边，她脸上的怒气仍然未退。

"郡主，他们太过分了！"

"由他们说去，反正也沾不到我身上，反倒是你，太过冲动了！"朱茵洛笑着点她额头，脸上带着笑，心里却不是滋味。

要说她一点儿不在意，那是不可能的，毕竟，她如今会这样一直安稳地活着，全靠楚靖懿为她挡住风雨。

本来她在外面活得好好的，自由自在的，偏偏就沾染上了宫廷斗争。

都说沾上了宫廷斗争，就会深陷其中，现在看来，果真是如此。

"郡主，您也太镇定了！"馨儿有些不开心地说。

"怎么着？我都没生气呢。好了，我们还是不要说这些了！再让别人看到，还以为我调教出了一个不懂事的丫头呢！"朱茵洛调侃道。

"谁说的！"她气鼓鼓地嘟着嘴巴。

"好了，不说了，我们走吧！"朱茵洛赶紧把她拉离原地，以免她再惹是生非。

两人才刚要离开，小甲和小乙两个人已经热情地跑来迎接她们二人了。

准确地来说，小甲和小乙两个人是为了迎接馨儿。

"馨儿，你一路渴不渴呀？我给你倒杯水吧！"小甲把小乙推到身后，硬抢到前头叫唤着。

"你太卑鄙了，小甲，你给我让开！"小乙不服气地一把将小甲推开，手指拨弄了一下额头的碎发，尽量让自己的状态保持到最佳，用极为优雅的姿态，低声轻问道，"馨儿，你累不累？我帮你搬张椅子过来吧！"

朱茵洛的眉梢危险地挑高，嘴巴紧抿成一条线，笑声阴险地骤起，吓了小甲和小乙两人一大跳。

"呀，郡主，您什么时候来的？"小甲吓得倒退一步，身形飞快地躲到了小乙身后。

切！刚刚那么热情，关键时刻，就跑到小乙身后躲藏。

小乙哭丧着一张脸，其实他也很想躲，可是小甲这个浑蛋每次都比他反应快半拍，以致他没有办法躲开，就只能硬着头皮面对朱茵洛。

"属下见过郡主！"小乙恭敬地唤了一声。

"我还以为你们两个要一直把我当空气看待呢！"朱茵洛嘲讽地笑道，根本不给两人好脸色看。

"郡主，您是这般的美丽、聪慧，前天的那一舞，惊艳全场，现在大街小巷都在传说着郡主您的惊艳舞姿，这样的您，一定不会跟我们区区小人一般见识的，对不对？"小甲躲在小乙身后露出半边脸笑眯眯地讨好道。

这个时候，知道说好话了？

朱茵洛还是不买账，笑容灿烂又阴险："可是，如果我就偏偏要跟你们一般见识呢？"

这这这……

"那唯女子与……"小甲脱口而出的话，被小乙一手肘给顶了回去。

要是说出来，得罪了朱茵洛，他们两个可就吃不了兜着走了。

朱因洛笑容灿烂地继续问，美丽的眼睛眯成一条线，危险地看着小甲，一个字一个字地从齿缝中蹦出来："与什么呀？说呀？"

"没有没有！"小甲赶紧回答。

搞笑，要是说了实话他可就没命了。

"真的没有？"

"真的没有！"小甲差点把头点到地上去。

话说到这份上，朱茵洛也不忍再为难他们，再加上楚靖懿在等她，她不宜耽搁太久。

"既然如此，我就放过你们了，我去见懿，馨儿就交给你们两个了，好好把人给我保护好了，馨儿要是少了一根汗毛，我都拿你们两个是问！"朱茵洛大发慈悲地说道。

"真的？"小甲激动得一下子从小乙的身后跳了出来，两人异口同声地惊问。

"怎么？你们不愿意？"朱茵洛美丽的杏眼再一次眯起来。

"没有问题，没问题！"两人又是异口同声地答应，答得又快又大声。

"可是郡主，奴婢要跟着您！"馨儿脑中警钟大作，朱茵洛这是想甩掉她自己去玩儿吧？太过分了，更过分的是，她还把她甩给小甲和小乙两个人。

"你跟他们两个有什么不妥？"

不妥的地方可多了。

"可是奴婢怕您出事，所以……"

"我能出什么事，好了，你们先去吧，我去找懿！"朱茵洛笑着推了推她，把她推到小甲和小乙面前，"好了，你们两个帮我好好照顾她！"

"郡主！"馨儿嗔怪地又唤道。

"好！"小甲和小乙两个人赶紧跑到馨儿的身前，挡住了馨儿同朱茵洛之间的视线。

朱茵洛好笑地看着馨儿无奈的表情，扬手离去。

虽然小甲和小乙两个人并非最好之人，但是她相信，他们两个人一定会对馨儿很好的。

不过，这楚靖懿找她到底有什么事呢？

她皱眉看着信纸上指定的地点，带着好奇心往指定的地点走去。

在那地方，她绕了几个弯，然后在一座废弃的侧山石边停了下来。

她看了看四周，这里杂草丛生，荒草已经有些枯黄，从这里的环境来看，似乎已经有很长很长时间没有人来过这里了。

这些杂草，随风摇曳，形成一股草浪。

奇怪了，楚靖懿怎么会约她到这里来呢？

她掏出信纸，上面的字迹怎么看都是楚靖懿的，所以来到这里，应该是没错的吧？她心里这样想着。

按照纸上的指示，她来到了一处假山石边停下，然后按下了墙壁上的凹陷处，才刚按了一下，就觉得浑身一阵冰凉，凉得透顶，这股寒意，有些熟悉，似乎在哪里感觉到过。

她按上了凹陷处时，蓦然发现，右边的假山石突然移开，地上竟然凭空多出了一个地洞来。

这地洞是……

里面黑漆漆的，看得不是很真切呢。

她站在洞口低头往里头看，诧异地发现在洞口的位置放着一个火把和一个火石。

她恍然大悟，赶紧拿起火石点燃了火把，然后往洞里面照了照。

刚进洞的那一瞬间，她就觉得浑身冰冷得可怕，虽然这个洞看起来很可怕，但是里面似乎有什么力量，吸引着她，让她快些进去。

带着这份疑惑，她直直地下了台阶。

下到了台阶的底部，她终于感觉空气不再那样冰冷，沿着弯弯曲曲的石洞，她一直往里头走，走到深处时，她看到了两个岔路口。

站在岔路口前，她疑惑了。

该走哪一条呢?

她闭上眼睛，努力用第六感来感应，她的手指下意识地指向了右边的一条。

应该就是这一条了，她毅然抬脚往那个石洞走去。

她一直走到石洞的最深处，竟然隐隐约约地看到几道亮光来。

她有些开心地往那方向走去。

她到了一个圆形的石洞内，那石洞内放着一张圆形石桌，石桌散发着淡淡的光亮，照亮了四周。

看到那石桌，朱茵洛再观察了一下四周的地形，才刚要迈脚走进去，她又赶紧警觉地缩回脚来。

该死的，这里被人下了阵。

她闭上眼睛，凭着第六感一步一步地踏进去，在她的膝盖碰到硬物的时候方停下来，然后又缓缓地睁开眼睛。

在她睁开眼睛的那一刻，瞬间惊呆了。

黑色的玉石，是她第六感里看到的那块玉石，黑亮的颜色，触目惊心。她的膝盖刚刚碰了一下，就让她感觉到一阵让她瑟缩的冷意。

她迫不及待地查看上面的字迹，黑色的石底，红色的字迹，映在黑玉石上，甚是清晰。

可得西阳大陆

对了，就是这几个字。

她的视线紧张地往前看。

在看到前面那些字之前，她的表情是兴奋而激动的，但是在看到后面的字迹之后，她嘴角的笑容一下子僵在了那里，一双眼睛直勾勾地盯着那几个字，全身被震得僵硬，她牙关紧咬，嘴角的肌肉剧烈地抽搐。

那是什么?

为什么……为什么会是这样?

无声的泪从她的眼角滑落，视线蒙眬中，黑玉石上面的字仍然清晰地映入她眼底。

她的心从来没有这样痛过，原来，幸福过后的绝望是这样让人撕心裂肺。

她不相信，她绝对不相信。

手指探向心脏前轻轻地按了一下，一瞬间疼痛难忍，鼻子一酸，眼角似乎有液体滑落。

她手足无措地摸了摸脸颊，摸到眼角一阵湿润，她面无表情地把眼泪擦掉，平静地转身往回走。

她是朱茵洛，她是不会哭的，她哭就代表她软弱。

然后她平静地从那八卦阵中走了出来，按原路返回。

当她从假山石中走出时，小甲和小乙两个人正急忙地寻找她，恰好看到她，两人就焦急地跑上前来，一脸庆幸："哎呀，郡主，我们总算找到您了！"

"出什么事了吗？"她平静地问，脸上无太多的情绪变化。

"当然是有事，刚刚听馨儿说，你们是因为皇上送信到郡主府才会来的，可是皇上说，他并没有派人送信到郡主府，所以这中间可能有诈，当下皇上就急得让我们赶紧把您找到！"

"哦，原来是这样呀！"朱茵洛轻描淡写地回答，如事不关己般的平静。

就这样？小甲忍不住猛翻白眼："皇上正担心您呢！"

说话间，楚靖懿已经来到了朱茵洛身后，他脸上的肌肉紧绷，满是倦容，眼中布满了疲惫的血丝。

在看到朱茵洛的那一瞬间，他紧绷的神经放松了下来，从朱茵洛的身后抱住她："还好你没事，吓坏我了。"他的声音嘶哑地吐在她耳边。

她没有反抗，身体也无任何反应，只是任由他这样抱着，半响她才缓缓开口："懿，我问你一件事，你要如实回答我。"

朱茵洛的表情太过严肃，让楚靖懿不由得担心了起来。

"是不是发生什么事情了？只要说出来，我……"

"小甲，小乙，还有馨儿，你们三个先下去吧，我有话要问懿！"这件事，她暂时还不想让其他人知晓。

小甲、小乙、馨儿三人对视了一眼，点点头，默默地退下，把空间留给朱茵洛和楚靖懿两个人。

气氛太过诡异了，他们留下的话，可能会受池鱼之殃。

现在他们中间传着一个至理名言：朱茵洛和楚靖懿吵架之时，能避则避，不能避则做石人。

很显然，朱茵洛的表情这样严肃，口气不悦，代表事情严重了，虽然他们很想八卦到底是什么事，不过现在还是性命最重要，三十六计，走为上策。朱茵洛的话，倒是让他们松了口气，起码不会被他们两个连累，阿弥陀佛！

片刻间，偌大的空地上，就只剩下朱茵洛和楚靖懿两个人，其他准备经过这里的宫女和太监，均被小甲三人拦住，更给了朱茵洛和楚靖懿说话的空间。

"人都走了，我现在可以问了！"朱茵洛微笑着抬头，眼角染上了一丝期盼，"你会如实回答我的，对不对？"

朱茵洛的表情，让楚靖懿心里一阵紧张，此时他多想她的身体里没有吸入那些西冀圣物，否则他就可以知道她的心里在想着什么，就不会这般不安了。

"洛儿！"楚靖懿蹙眉，大手温柔握住她双肩，"你让我不安了！"

"我要问的很简单，你需要回答的也很简单，我曾经问你，知不知道我第六感里看到的那块黑玉石所在，你当时是怎么回答的？"

怎么突然问这个？双手带着心虚地从她双肩上收回，双眼下意识地避过她的眼睛："这个……我不知道！"

"对！"朱茵洛微笑，"你当时就是这样回答的，我现在想要重新问一遍，你知不知道黑玉石在哪里？"

"洛儿……"

朱茵洛倔强地逼视他，不许他转移话题："我只想知道正确的答案，你只需要回答知道或是不知道就可！"

幽暗紫眸危险半眯，死死地盯住朱茵洛，脸上现出些许怒气："是不是有人跟你说什么了？"

"你先回答我！"

"是不是有人告诉你什么了？"楚靖懿半带低吼地问，该死的，当初知道的人并不多，照理说，朱茵洛是不可能发现这个秘密的。

"你不希望我知道什么？"看楚靖懿的表情，朱茵洛大概已经明白事情的真相。

朱茵洛自嘲一笑的冷漠表情，让楚靖懿更加不安了，他一把把她拥入怀中，双手死死地扣住她的身子，将她按在怀中，不容许她逃脱。

她没有反抗，就这样任由他抱着。

一反常态的她没有反抗，让楚靖懿的心一路沉入谷底。抱着她，他心如刀割，沙哑的声音里带着疲惫和绝望："洛儿，你答应过我的，会一直相信我！"就这样抱着她，他却感觉她不在他身边，感觉她离他好远好远，而且越来越远。

她淡漠的嗓音里没有一丝温度："可是，我现在还能相信你吗？从头到尾，你都在骗我！"她没有哭闹，也没有疯狂，很淡定，淡定得好像已经没有了灵魂般，说出的话语，更像是飘在空气中，让人捉摸不定。

这样的她，让楚靖懿更加不安了。

"洛儿，你要相信我，我爱你，我是真的爱你！"他低沉的嗓音一遍遍在她耳边表达他的心意。

爱？

朱茵洛笑了："你是爱我，还是爱权势？我……和西阳大陆，你选哪个？"

这个在电视剧里经常出现的剧情，现在从自己的口中吐出，朱茵洛觉得自己很可笑，通常那些男人为了挚爱都会放弃皇位，跟随自己心爱的人远走天涯，可是……现在是现实，她不禁嘲笑自己太过天真，刚问出口她就后悔了。

低头看到她脚上的泥巴，有黑玉石旁边特有的黑泥，代表她已经去过黑玉石边上……甚至，她也已经看到过上面的内容。

她知道了，她果然知道了！

"洛儿，你不要逼我！"

楚靖懿说出这句话之时，朱茵洛恨不得抽自己一记耳光，就知道会是这种结果。

她笑得癫狂。

"我不会逼你，也没有那个能力逼你，我只是嘲笑自己太傻！沦为了一颗棋子还不自知！"朱茵洛抬头望进楚靖懿担心的眸中，她笑着一字一顿地说，"可是，这颗棋子有自己的思想，收起你假惺惺的爱，我不需要！"

"洛儿！"

她痛苦地闭上眼睛，摇了摇头，双手紧紧捂住双耳："不要再唤我的名字，我现在头很疼！什么都不想听，现在你想得到的，差不多已经得到了，如果你还对我残留一丝丝感情，麻烦你就放了我吧！"

"永远别想！"他震怒地吼道，紫眸深不见底地望着她，咬牙切齿地冷酷命令，"既然你说你是棋子，现在我还没有得到西阳大陆，在那之前，你就不能离开！"

终于肯说真话了是吗？

他真是贪心不足！朱茵洛生气地瞪着他。

"我离开是我的事情，不需要你管，放开我！"她奋力挣脱他，转身就想逃开。

"你休想离开！"楚靖懿恼火地走上前去，一把将她扯回来。

剧烈挣扎间，朱茵洛只觉一阵头晕目眩，头顶的阳光明亮得刺眼，眼前楚靖懿的身影变成了好几个，让她看不清楚。

头好晕啊，她是怎么回事？

楚靖懿的命令低吼犹在耳边，她困惑地努力睁大眼睛，想要把他的话听清楚，然而听到的声音也渐渐模糊。

楚靖懿终于发现了朱茵洛的不对劲，那迷离的双眼无神地望着她，蛾眉紧蹙，小脸痛苦地皱着。

"洛儿，你怎么了？"楚靖懿担心地看着她，紫眸中迸射出焦灼的情绪。

突然眼前一片漆黑，朱茵洛的思绪陷入一片黑暗中，身子软软地倒了下去。

楚靖懿飞快接住她虚软的身体，心脏陡然停跳了一拍，焦急地唤道："洛儿，洛儿！"他心里既自责又内疚，看到她昏倒，他恨不得甩自己一个耳光。

看到这一幕的馨儿，吓得惊叫一声赶紧跑过来，小甲和小乙两个也紧张地跑过来。

"郡主，郡主！"馨儿扑到朱茵洛身侧，双眼焦虑地看着朱茵洛昏迷的脸，下一秒吐出的话，让楚靖懿瞬间石化，"天哪，郡主一定是动了胎气！"

"什么……"胎气？"小甲和小乙两人惊叫，同时问出了楚靖懿要问的话。

"是呀！"馨儿手忙脚乱地握着朱茵洛的手，拍拍她脸颊，试图唤醒她，嘴里慌乱地回答道，"皇上登基之前她就已经发现了，她想为皇上表演舞蹈，特地请教了神医，拿来了保胎药，可以让她表演舞蹈的同时能保住孩子，但是，这样的话就会令她的身体在生产之前变得虚弱，倘若动怒，就极其危险！"

她有孩子了，她有他们的孩子了！

这个消息，像是一个惊雷般，在楚靖懿的耳边响起，同时也狠狠地抽了他一下。

她努力地为了他，做了许多事，可是……他却不知道她背后的努力，而且还在她有身孕的情况下，这样粗鲁地对待她。

他很后悔，可惜世上没有后悔药可吃。

"皇上，现在不是说这些的时候，要赶紧找御医才行，否则，郡主可能会有危险！"馨儿担心地催促道，眼睛里闪动着心疼的泪光。

对，他要救她。

她在他不知道的情况下，有了身孕，还瞒着他，这样的她……

他把她拦腰抱起，一路急奔向太医院，对着怀中昏睡不醒的人儿，霸道而又冷酷地命令："洛儿，没有我的允许，你不能出事，听到了没有！"

她不能这么残忍，丢下他一个人在世上，他不允许！

她的身体好疲惫，好累！

眩晕过后，朱茵洛感觉自己的身体悬空而起，身体飘飘荡荡，那感觉好熟悉，正像她以前灵魂抽起时的那种感觉，令她浑身毛骨悚然。

"朱茵洛，你走运了，为了不扰乱轮回，我们已经决定把你重新送回你所处的时代，所有的事情全部回归原位。"

一个声音突然在耳边响起。

什么？回归原位？

她睁大了眼睛，不敢置信地问："你说的回归原位，是什么意思？"一盆凉水从头浇下。

"你回到你的世界！"

她急了："那我在西阳大陆的那个身体呢？原来的朱茵洛不是已经死了吗？她……"

"我们找到了原来那个朱茵洛的灵魂，现在的朱茵洛还是以前的朱茵洛，这不是你操心的事情。"

以前的朱茵洛？

她记得她来到这个时空的时候，朱茵洛的身体才刚刚八个月左右大而已。

"可是，原来朱茵洛不是只有八个月左右大吗？"朱茵洛焦急地问，"若是她回去的话……"

"现在，你该回到你原来的身体了，其他人的事情，都不关你的事！"阎罗王的声音又起，然后她的身体又开始飘浮，整个人昏昏沉沉的，张张嘴，想要说些什么，无奈意识越来越模糊，脑中一片空白，完全记不起来自己要说什么。

两日后。

现在已经是上午时分。

躺在她公寓的席梦思大床上，望着头顶天花板上的水晶吊灯，一阵风从宽大的落地窗外透过白色的窗纱飘了进来，吹动水晶吊灯的水晶坠子，发出一阵叮咚声响，水晶的切割纹折射出一道道明亮的光波，让整个卧室都显得明亮了许多，光点摇曳，如同迪厅里舞台上的霓虹灯一般晃眼。

一丝光亮照进朱茵洛的眼里，迫得她忍不住转过头去，闪躲过那刺眼的光芒。

两日了。

这两日，她就这样没有生气地待在自己的房间里，在不远处的桌子前，还有一片茶杯的碎片，那些碎片两日了，她也没有去清理。

床头的电子台历，显示着现在的日期，离她来到这个时空到现在，只过了十八天而已。

十八天，也就是说，她去西阳大陆十八年，一年相当于现代的一天。

十八年的时间，她只走了十八天，这是多么荒唐的事实？

在这个她生活了二十多年的现代，竟然让她感觉很陌生，出门的时候，看到以前的邻居，还有以前所有的事物，她都感觉很陌生，甚至……感觉自己突然与现代格格不入了。

她的心空落落的，她想回去。

她到那个时空时是因为喝了水。她这两天，灌了许多水，每一次都喝得吐出来，她还是坚持猛灌水，到最后吐得她整个人虚脱了，她还是在自己的房间里，半丝未有移动。

那个声音犹在耳边。

他说，真正朱茵洛身体原来的主人，已经回到了那具身体，而她也回到了现代。

这该是最圆满的结局才是，可是她一点儿也不开心。

那些只有她的脑中有的记忆，到现在回想起来，竟像是一场长长的梦，但是，这个梦，却是真实发生的。

确定了自己再也不能回去，朱茵洛大哭了一场，然后就像现在这样直挺挺地躺在床上望着屋顶。

以前的她，把偷盗当作兴趣，还有她生命的一部分。

听着电视里传来某件宝物展出的消息，她却一丝儿兴趣也提不起来。

她的脑子里，想的都是跟楚靖懿在一起时的点点滴滴。

想到初识他时，那双忧郁的紫眸。

想到她因为夜明珠与他扛上时，两人斗智斗勇，但是却又互相欣赏的目光。

想到两个人真心相爱时，会心的表情。

想到他为了她拼命时的感动。

想到他那脸上总是挂着邪魅笑容的表情。

她的脑海里，满满的都是过去的画面，一想到那些画面，而她以后再也不能回去，她的心尖便一阵阵地抽痛。

她不在了，他会很伤心吧？现在的他，是不是也像她想他那样在想着她？

那个原本的朱茵洛，现在已经回到了那具身体里，楚靖懿又会怎样对待她？

躺在床上，翻了一个身，眼角一滴泪水滴落在洁白的枕巾上，泪水在枕巾上迅速地蔓延开去，又是一滴泪珠滚落，不一会儿，枕巾上就已经被她的泪渍浸湿了一大块。

皇宫，御书房。

守在御书房外的小四，战战兢兢地站直了身体，一张脸紧绷着，耳朵敏感地听着屋内的动静。

忽地，御书房内，一阵东西落地的错乱声传来，惊得小四浑身颤抖着，悄悄地探了半颗脑袋在门框边上，偷偷地往御书房内探视，果见屋内楚靖懿铁青着一张脸，地上奏折等掉了满地。

整整三天了。

晕倒的朱茵洛醒来之后，孩子也没了，人变得呆呆痴痴的，一丝生气也没有，只用那畏惧的目光望着众人，也不会说话，那模样，像极了受惊的模样，疯了一般，谁也不让靠近。

当下，楚靖懿派人把太医院所有的御医都给唤了来。

可惜……那些御医，一个个平时自称医术过人，却谁也不能说出朱茵洛确切的病症。

朱茵洛躺在榻上，一双眼睛惊恐地盯着众人，还害怕别人靠近她，只要稍稍靠近她，就会惹来她的眼泪。

以前的朱茵洛，是从来不轻易掉眼泪的！

所有人都想问，这到底是怎么回事，到底是怎么了，一直无果。

感觉整件事，非常不可思议。

整整三天，楚靖懿吃不好睡不好，人瘦了一圈，两只眼睛里布满了红红的血丝，眼睛四周是两个大大的黑眼圈。

小四叹了口气，默默地走进去，把地上的那些奏折都捡了起来，再重新放回御案上。

楚靖懿仍然铁青着脸坐在椅子上，眼中满是无奈和怒意。

朱茵洛连日来性情大变，楚靖懿也变得喜怒无常，这也是预料之中的，可怜小四这些他身边的人，又因此而遭殃。

自从朱茵洛出事之后，慕容清若立即拿这件事情说事，极力驱赶朱茵洛出皇宫。

楚靖懿自是不同意，把朱茵洛留了下来，只为早些让她康复，恢复以前的神智。

因为朱茵洛的事，楚靖懿迁怒于楚惊天。

两天后，他就亲自带兵攻打东盈国。

在楚靖懿的亲自指挥下，大军迅速攻城略地。

咸中大军已经破了边界四城，大举向东盈王宫进发，这个消息传来，令王宫内外人心惶惶。

但是，当大军攻到东盈王宫时，王宫内却是空无一人。

楚靖懿冷笑，当下下令让所有人在附近的山头搜索。

大约半个时辰之后，楚靖懿派出的人便有了回信。

刚刚来到山洞里待了差不多一个时辰，楚惊天便已经受不了这沉闷山洞的味道，烦躁地把随身的行礼丢在地上，刚要发火，洞门外的侍卫闯了进来。

"本王不是吩咐过，没有本王的命令，谁都不准进来的吗？"楚惊天生气地怒斥。

"王爷，不好了！"侍卫没有理会他的生气，继续汇报，"这里被人包围了。"

"什么？"楚惊天错愕了，阴沉着脸走出洞外，那名侍卫紧随其后。

然而他才刚刚走出山洞外，面前的情景令他吓了一大跳。

楚靖懿站在一众兵将的最前方，嘴角挂着他惯有的邪魅笑容，微笑地看着楚惊天道："东盈王，数日未见，别来无恙！"

楚靖懿，竟然是楚靖懿。

"你怎么会在这里？"楚惊天显然很讶异楚靖懿的出现，目光扫向四周，不仅是他，如刚刚那名侍卫所汇报的那样，四周都被楚靖懿带来的士兵团团围住，他已经无路可逃。

"我倒想问问东盈王，你又为何会在这里？"楚靖懿不答反问。

头顶艳阳天，阳光照在人的脸上暖烘烘的，然而楚惊天觉得，照在自己身上的阳光是那般地冷，冷到骨髓里，令人心里发寒。

楚靖懿出现的那一瞬间，楚惊天就知道自己逃不掉了。

"既然你已经来了，就不必再多问！"楚惊天自嘲一笑，眼角闪过讥讽，"反正，我也不指望你会真的放过我。"

"我也没有打算放过你，成王败寇，这是你早就知晓的结果！"

楚惊天自嘲一笑，握着腰间的佩剑，缓缓抽出。

那些围在四周的楚靖懿的兵将看到此景，几乎是同一时间拔出佩剑，直直地指向楚惊天，看着那些人齐刷刷的动作，楚惊天的眸底闪过嘲弄的光亮。

楚靖懿阴沉着脸，抬手挥了挥，示意兵将把剑收回剑鞘。

楚惊天冷冷地说道："我排行老三，母后出身显贵，比你肯用功，但是……到最后为什么坐在那个位子上的人是你？"

皇位，又是皇位！

"难道，在你的心里，就只有皇位？"楚靖懿道。

楚惊天鄙夷地睨视他："难道你不是为了皇位而牺牲了一切？把朱茵洛留在你身边，你口口声声说喜欢她，可是到最后，你也只是利用她的身份得到那个皇位而已！"

楚靖懿没有反驳。

他并不否认，刚开始想要得到朱茵洛，确实是因为这个，但是他后来确实是爱上了她，这一点也是无可否认的。

看楚靖懿不回答，楚惊天得意地笑了："你不回答，就是承认了吧？哈哈……你说朱茵洛她也真笨，居然会爱上你，我比你更爱她，可是她竟然也只选择你！"

说到最后，楚惊天越来越觉得这个世界不公。

"为什么？为什么？为什么所有的人都向着你？"

他激动的声音拔了个尖，叫人耳边嗡嗡作响。

"你疯了！"楚靖懿淡漠地吐出了三个字。

"疯？我是疯了，我就是因为疯了，所以才会跟你在这里浪费口舌，你今天来，是想把我抓走吗？"楚惊天淡定地微笑着问。

楚靖懿不否认地点了点头，不愿意再留下来听他的胡言乱语浪费时间，于是挥手命令手下。

"你杀死西冀公主，已是犯下滔天大罪，今日朕便要带你回去治罪，还要给西冀一个交代。"

"慢着！"楚惊天突然挥剑向众人，暴怒地吼了一声。

"你还有什么话要说的？"楚靖懿淡漠地扫他一眼。

"你不就是想要杀了我吗？我楚惊天活了这一辈子，决不会沦为你的阶下囚！"楚惊天一脸傲慢的表情，轻蔑的目光扫向众人，嘴角勾起一抹意味深长的弧度。

楚靖懿的眼睛盯着楚惊天，嘴角动了动，眉头倏地蹙起："你想做什么？"

听到楚靖懿的问话，楚惊天突然笑了："我知道你会读心术，你不是已经知道我在想什么了吗？楚靖懿，我楚惊天就算是死，也不会死在你的手上！"

听到楚惊天激动的声音，楚靖懿的眼睛陡然睁大，朝楚惊天身侧的侍卫大声吼道："立即拦住他！"

拦住我？楚惊天笑了，笑容甚是凄凉，仰头望着蓝天的一朵白云飘过，恰好遮住了太阳，山风冷飕飕地从背后吹来，异样的冰凉。

今天……就是他楚惊天的死期。

他缓缓低头，望着楚靖懿笑了，嘴角噙着残忍的笑容冷冷地道："楚靖懿，我诅咒你，我诅咒你的爱人会在你面前死去，我诅咒你得不到幸福！"

说完，楚惊天的目光眺向远处一望无际的江面，笑了……

倏地抬起手中的剑，抹向脖子，狠狠的一剑，血狂涌而出，滚烫的血从他的颈项沿着身体蜿蜒而下，流到脚下的地上。

看着那抹鲜血，他笑得一脸坦然。

倒下去的瞬间，他向楚靖懿投去阴狠的目光："至少，我可以很释然地死去，但是……你要一辈子活在痛苦之中！一辈子！"

待楚惊天倒下去，他身侧的那些侍卫吓得不知道该如何是好。

但见周围那么多人，他们想要逃也是不可能的，一个个大眼瞪小眼，然后各自对视了一眼，纷纷扔掉了手中的剑。

砰砰几声，那些剑落地发出响亮的声音，然后举起了双手，不再反抗地投降。

一场闹剧，终于结束了。

躺在地上的楚惊天，眼睛直勾勾地盯着楚靖懿，即使他已经死了，他的嘴角仍然挂着一抹意味深长的笑容，让人感觉那股阴风透骨。

楚靖懿站在原地，一动不动地望着地上的楚惊天。

刚回过神来，已经有侍卫来报："皇上，东盈王已死，不知该怎么处置？"

"把他的尸首带走,好好安葬!不许怠慢了!"毕竟楚惊天也是皇族。

"是!"

"楚靖懿,我诅咒你,我诅咒你的爱人会在你面前死去,我诅咒你得不到幸福!"

楚惊天诅咒的话仍在耳边,他的双手握紧,他的洛儿,一定会再重新回到他的身边,一定!

朱茵洛混混沌沌中,她的意识越来越浅薄,在昏沉的时间里,她的心里充满了楚靖懿。心一阵阵撕裂的疼,疼得她几乎无法呼吸,就在她绝望的时候,听到空气中一声女子的幽叹:唉!

她突然从混沌的意识中清醒过来几分,睁开眼睛,四周遍布迷雾,仿佛处在一个虚幻的时空之中。

"谁?谁在这里?"朱茵洛低哑着声音斥道。

"呵呵……"那个声音又起。

"你到底是谁?别装神弄鬼的,这是我的房间,你若是再不出来的话,我就要打电话报警了!"

空气中传来一阵轻笑:"看你这凶恶的样子,本来还想问你,是不是还想回到西阳大陆去!"

什么意思?西阳大陆?这里怎么会有人知道西阳大陆?

朱茵洛的眼睛睁大,错愕地望向四周:"你到底是什么人?不对……你是人还是鬼?"

"如果说我是鬼,你会害怕吗?"那个声音调侃地问了一句。

"鬼?"朱茵洛从鼻子里逸出一声轻哼,"看来,这个世界上,也只有鬼会来关心我了!现在才发现,原来我这么凄惨!"

"怎么?不回答我的问题吗?你当真不想回去了吗?"

"你是什么人?为什么会知道西阳大陆?"那声音也不知是从哪里发出来的,她左顾右盼,没有发现一丝人影。

"有缘人!"那个女声幽幽地继续道,"我只问你一句,你想回去吗?"

"想!"朱茵洛想也未想脱口便答。

"我可以让你回去,不过……我有个条件!"

一双眼睛充满了希望地望向四周,她的声音有些激动:"只要你能让我回去,不管你有什么条件我都答应你!"

她想念,疯狂地想念楚靖懿,强烈的念头在她脑中升起,她想回去,她想见楚靖懿。

空气中又传来一声轻笑:"这么快就回答,难道你不怕以后会后悔吗?或者我的这个条件,你根本就做不到?"

"你这个人,到底是什么人?你是不是真心地想要帮我回去?"朱茵洛有些怀疑那个声音的真假。

忽地,朱茵洛感觉自己的身体被一圈光圈包围着,那光压迫得她整个身子无法动弹,想要挣扎也无法，只能被困于其中。

那一阵女声再一次传入她的耳中，嘱咐道："朱茵洛，我因可怜你，再一次给你重回西阳大陆的机会，但是，这一次我在你的脸上动了手脚！除非楚靖懿自己把你认出来，你自己不可以说出自己真实的身份，在你说出你就是朱茵洛的那一瞬间，我就会把你重新带回来！不过……假如楚靖懿真的爱你，那么你的脸也会恢复。"

只是在她的脸上动手脚。

爱……他是真的爱她吗？她却不敢确定了。

"好，你的条件，我都答应！"朱茵洛点了点头，想也未想地就答应了。

这是这几日来，她听到的最好的消息。

她感觉到自己的身体已经悬空，意识渐渐模糊。

那阵女声如同咒语一般在她的耳边响起："记住你自己的承诺，不许告诉别人你就是朱茵洛！现在我就把你送回去，地点是……"

地点是哪里？朱茵洛的脑中一片空白，最后的话没有听清楚。

耳边叮当的水声响起，朱茵洛一身现代的衣裳躺在地上，乌亮的大眼睛睁开，看着头顶那湛蓝如洗的天空，清新的空气怡人，闻了沁人心脾。

她……回来了？回到西阳大陆了吗？那个有楚靖懿的地方？

乌亮的大眼睛骨碌骨碌转，好奇地向四周望去。

旁边一条小河，河水清澈见底，水底可见几条鱼儿自由自在地游来游去，刚刚她听到的流水声，就是从那里传来的。

大概是因为几日不吃不喝，她的身子有些虚弱，望见了这水，她禁不住口渴，虚弱地走到河边，艰难地弯腰捧了些水喝了几口，这才感觉喉咙好了些。

她坐在地上休息，一双眼睛向四周打量。

陌生的地方，旁边一条马路，后面就是一望无际的树林。

看这马路，相当的宽敞，应该是官道。

该死的，这里到底是哪里？她必须要找个人问问。

正在她出神之际，一阵马蹄声嗒嗒地响起，听着那声音，应该是往她这个方向来的。

乌亮的眼珠惊喜地亮了，艰难地站起身，双眼飞快地向马蹄声的方向眺望。

马路的另一头，几骑人马缓缓由远及近地驰来，为首的是一名身穿劲装的女子。

眼尖的朱茵洛，一眼就认出来，那名女子不是别人，正是楚娉婷。

楚娉婷，竟然是楚娉婷。

果然是天无绝人之路，在这里竟还能碰上熟人，刚刚她还在心里咒骂那个刁难她的"女鬼"，现在她决定把咒骂的话收回。

再摸了摸口袋，里面多了一块当初她与楚娉婷结手帕之交时互赠的玉佩。

太好了！

朱茵洛惊喜地站在路中央，挡住了楚娉婷的去路，远远地向楚娉婷招手："娉婷公主，娉婷公主！"

坐在马背上的楚娉婷，远远地看到有人挡住了她的去路，不由自主地勒紧了马缰绳，让马停了下来，一双眼睛狐疑地盯着马前那张陌生的脸。

马儿在她的身前停下，马脸险险地逼近她，朱茵洛下意识地倒退了两步。

"你……你是什么人？"楚娉婷警觉地盯着她，"怎么知道本宫的名讳？"

她是什么人？朱茵洛讶异地看着楚娉婷，指着自己的脸。

刚刚想起去河边的时候，似乎注意到自己的脸好像跟以前不一样了，似乎……变了一个人。

她还以为那个女人是说笑的，没想到……她竟有如此能力。

那个女人到底是谁？为什么会帮她？

但是，不管那个人是谁，现在她既然来了，她就很感激她。

难怪如今楚娉婷认不出她来。

但是，楚娉婷自称本宫？这是怎么回事？

朱茵洛闭上眼睛，眼前出现了一幅画面，令她有趣地勾唇一笑，睁开眼睛，对上楚娉婷狐疑的脸，朱茵洛微微笑了。

没想到，她这一离开，就离开了五年，五年前楚娉婷以未婚妻的身份到了北冥。

这里是北冥，那个女人居然把她送到了北冥。

她从怀里掏出了一块玉佩递给楚娉婷："不知娉婷公主可否记得这样东西？"

接过朱茵洛手中的玉佩，楚娉婷惊讶不已，在那块玉佩上，依稀可见婷的字样，是当时她与朱茵洛变成好朋友之后，两人互赠的一块玉佩。

"这块玉佩是我赠予茵洛郡主的，怎么会在你这里？"

"回公主，郡主听说公主的事情之后，知道您与北冥王的关系不好，便让我来北冥，帮助公主早日成为北冥王后！"朱茵洛说谎不打草稿。

楚娉婷狐疑地看着手中的玉佩，目光再在朱茵洛的脸上打量一番，始终不敢相信朱茵洛口中的话。

但是，这块玉佩，朱茵洛不可能轻易地送给别人吧？不禁让她蒙了。

看出了楚娉婷眼睛里的不信任，朱茵洛笑眯眯地提议道："公主对我有疑虑，这是应该的，不如这样吧，公主把我带回去，倘若发现我有一丝不妥，任凭公主处置，要杀要剐，都毫无怨言，这样公主可以放心了吗？"

"你当真是茵洛派来的？"

"当然。"

楚娉婷的眼底闪过一丝异光："你既然是茵洛派来的，那你便随我一同回王宫吧，来人……给她一匹马！"

楚娉婷朝身后的人挥了挥手。

立即有人送上一匹马，朱茵洛感激地看着楚娉婷："谢谢娉婷公主。"

"你不要高兴得太早，倘若你欺骗了本宫，本宫一定不会轻饶你！"

"当然！"

"你叫什么名字？"

张了张嘴，刚要说出朱茵洛三个字，她倏地想起之前那女人的警告，舌头打了个转，目及头顶蓝蓝的天空和一只翱翔天际的大雁，她灵机一动回答："雁，蓝雁！"

"蓝、雁……"楚娉婷淡淡地念了她的名字，旋即回头喝令众人，"启程！"

一行人一起往北冥王宫的方向而去，朱茵洛在最后。

骑在马上，看着身侧那一棵棵急速后退的树，她的嘴角勾起意味深长的笑容。

她回来了，她终于回来了，在离开了数天之后，再一次回到了这片土地，那熟悉的味道，令她欣喜若狂。

多少个夜晚，她以为自己再也回不来了，现在……她终于再一次回来了。

不管是在哪里，她都会想尽办法再一次回到他身边。

楚靖懿，做好准备了吗？我……朱茵洛——回来了！当你再一次见到我的时候，你会认出我吗？

皇宫，御花园。

御花园里百花盛开，在御花园的亭子中，朱茵洛坐在那里悠闲地吃着点心，不远处，馨儿端了茶盅过来，朱茵洛远远地看见，眼中突然露出了惊恐，立即给身侧的人使了个眼色，身侧一名宫女便上前把馨儿拦了下来。

"我是要给郡主送茶，为什么不让我过去？"馨儿有些生气了，斥责了面前的人。

那名宫女不敢阻拦她，为难地向身后看了一眼，还是放馨儿过去了。

馨儿的地位，在所有的宫女之上。

只因朱茵洛在五年前，突然患病，性情大变，而馨儿之前被朱茵洛安排在郡主府，时隔五年，请了多少大夫来看都无果，甚至不认得任何人，于是，楚靖懿就把郡主府的馨儿给请了来，在皇宫里专门伺候朱茵洛。

馨儿多年前就一直在郡主府，楚靖懿待她犹如妹妹般，而楚靖懿身侧的两位禁军首领小甲和小乙更是对馨儿互相追逐、恋慕不已。

由此看来，更加坚定了馨儿在皇宫里的地位，那些普通的宫女自是不敢轻易冒犯她。

这也是楚靖懿嘱咐过的，馨儿在宫里，任何人不得欺辱她，倘若发现，便会被逐出皇宫，甚至可能会因此连累到家人。

就因为如此，更没有人敢轻易得罪馨儿。

馨儿把茶送到凉亭中，朱茵洛一脸嫌恶地看着她，突然转过身去。

馨儿端着托盘，把茶盘放在桌子上，再亲自倒了杯茶，放在朱茵洛面前："郡主，这是您最爱喝的雨前龙井，现在刚刚下来，奴婢就让人送了些，拿来给您泡了！"

馨儿体贴地站在她身侧。

谁知，那朱茵洛只是闻到那股茶水的味道，眉头便紧紧地皱了起来，生气地把桌子上的茶杯一下子挥到地上。

杯碎茶洒。

馨儿惊了一下，怀疑地抬头看着朱茵洛。

朱茵洛下意识地躲闪馨儿的目光，傲慢地侧坐在椅子上，下巴微收，愤怒地呵斥道："你这个宫女，我不是说过了吗？不要你过来伺候，你是聋了吗？滚……不要再让我看到你！"

朱茵洛那刺耳的字眼，一个字一个字地扎进馨儿的耳中。

双手在身侧暗暗握紧，馨儿的脸上保持镇定地笑了笑："郡主只是暂时不记得馨儿而已，待时间久了，您一定会再记起来的，馨儿……"

"够了，你叫馨儿是吗？我不认识你，我讨厌你，来人，还不快点把她给我拖下去？"朱茵洛一脸的烦躁，忽地她小声地咕哝，"真是有完没完了。"

馨儿倔强地笑了笑："郡主不要生气，馨儿下去就是，不过，郡主若是有什么需要，尽管告诉馨儿，馨儿随传随到！"

伤心的馨儿，坚强地挺直了脊背，失落地从凉亭里离开。

朱茵洛还是不认得人，从现在的情况看来，朱茵洛的病情，是不是更加严重了？

她变了，不仅变了性情，而且变得……好像是另外一个人。

坐在凉亭中的朱茵洛眼看着馨儿的身影离去，不由得松了口气。

她的眼睛凌厉地盯着馨儿的背影，嘴角勾起阴险的弧度。

她是叫朱茵洛，可是她并不是以前的那个朱茵洛。

在这之前，她已经了解到，自己的前世，竟然是位郡主，而且是皇帝的爱人。

这样看来，她的前世竟然是大富大贵。

既然原来霸占她身体的那个人的爱人是位天子，那么她必须要小心翼翼，不能让别人发现她的灵魂变了，所以，五年来她一直活得小心翼翼，不肯见楚靖懿，免得被他发觉不妥。

她只能从别人的口中得知以前的茵洛郡主是怎样的威风。

既然皇帝已经留她在宫中，那现在唯一缺的就是皇帝亲自下令封她为后。

可是，皇帝却久久没有下旨。

现在所有的人都认为她性情大变，那个馨儿跟以前的朱茵洛接触的时间最久，难保会被发现什么端倪。

所以，她现在最讨厌见到的人就是那个叫馨儿的女人，也是最怕见到她。

在馨儿的面前，她装作和善可亲，等馨儿走开了，她才敢露出本性。

走远了些，馨儿下意识地回头，忽见一名宫女不小心踩了朱茵洛的裙摆，朱茵洛脸色大变，一巴掌把那宫女掌掴倒了，那名宫女哭泣着跪在她面前，朱茵洛还是不解气，直接让那名宫女跪在刚刚打碎的茶杯碎片上。

看到这一幕的馨儿眼睛倏地瞪大。

眼前的这个，还是那个朱茵洛吗？朱茵洛向来人慈心善，对待无辜之人，向来心慈手软，只有对待恶人，才会手下不留情，那个善良的朱茵洛到底去哪里了？

看着这个画面，馨儿的心仿若被放入了冰窖。

走出了御花园，小甲和小乙两个人在那里等候，见她来了，两人一起围了上来，关心地问："怎么样？郡主有没有认得你了？"

馨儿嘟着嘴，垂头丧气地叹了口气，才摇了摇头。

小甲和小乙两人见状，也跟着叹气。

"你说，这郡主到底是怎么回事？当时只听说她突然晕倒，怎么一下子醒来就变成了现在的样子？"小甲挠了挠头，百思不得其解。

"难道是失忆？"小乙大胆地推测。

"不可能！"馨儿面无表情地打断了他的推测，"一个人失忆了，也不可能会性情突然变成这样，一个人的本性……是怎么也不可能变的。"

"那你又怎么解释现在茵洛郡主突然变成了这副样子？"小乙纳闷地问。

这才是她最百思不得其解的地方。

馨儿无奈地叹了口气："我也不知道，我总觉得现在的郡主，怪怪的……"

"怎么怪怪的？"小甲皱眉。

馨儿张了张嘴，想要说些什么，但是又不知道从哪里说起，最后无奈地摇了摇头："说不上来，反正我就是觉得怪怪的，总感觉……眼前的郡主，不像是郡主，好像……换了一个人似的。"

"换了一个人？你别开玩笑了，郡主还是郡主，所有人都可以作证！"小甲没好气地打断她，然后劝道，"别想那么多了，也许只是暂时的，等一等吧，时间久了，郡主应该会没事的。"

"也只能这样了！"馨儿一脸无措。

一道身影站在馨儿和小甲、小乙他们的不远处。

他们三个人的谈话声，一字不差地传进了他的耳中，让他不由得想起了一些往事。

他的洛儿，一向聪慧，即使她较为粗枝大叶，但是从细节上可以注意到，其实她是一个很有涵养的人。

而不远处，那个在凉亭中的女人，嘴里骂着一些只有市井里才能听到的难听的话，动作更是毫无姿态。

他的洛儿，骨子里有一股亲和力，平易近人，不仅是郡主府，连带着皇宫里，那些六年前的老人都还惦记着她，许多都得过她的恩赐。

而现在的朱茵洛，不仅掌捆宫女、太监，而且还喜欢用一些卑鄙的手段来折磨他们，五年的时间，他听到不少传言，一直睁一只眼闭一只眼。

眼前的朱茵洛，越来越不像他的那个洛儿，这到底是哪里出了错，还是老天爷故意跟他开了一个大玩笑。

这种玩笑也开得太大了。

转头又往凉亭中望了一眼，眉头蹙得更紧，黯然神伤地叹了口气，方转身离去。

第二十八章　误落北冥

北冥王宫。

前北冥王因病，把王位传给了西门泽，西门泽继承王位后，前北冥王的身体每况愈下，终于……在三年前，北冥王不治身亡。

自那以后，北冥国所有的政事，都砸到了西门泽的头上。

西门泽——那个朱茵洛曾经认为，毫无雄才大略的男人，这几年倒是将北冥国打理得井井有条，唯一不变的，就是北冥国骨子里的那股想要强占他人的野心。

虽然西门泽领导的北冥国表面上并无好战之心，但是这几年，西门泽开始屯兵训练，只待有朝一日，会派上用场。

这种赤裸裸的表现，无疑是向他人表明他的好战之心。

对于西门泽的事情，朱茵洛听到的并不多，唯一知道的就是，他在六年前回国之后，性情也变了一些，不再像以前那样优柔寡断，具体变成什么样子，朱茵洛还一点都不清楚，这一次去北冥王宫，终于可以再见西门泽了。

不过，这时的西门泽不会再认识她了吧？这个曾经他还想要娶过门的女人。

她朱茵洛……不对！她现在不叫朱茵洛，她叫蓝雁。

一个世界，只能有一个朱茵洛，除非等楚靖懿认出她之后，她才能恢复朱茵洛的身份，还有……

指腹缓缓划过脸颊，那皮肤还是那皮肤，可是容貌却已经改变。

现在的她连自己都感觉很陌生。

对，她现在不是朱茵洛，她是蓝雁，朱茵洛派来协助楚娉婷的人。

北冥王宫不比皇宫，围墙比皇宫矮了许多，但是，这里的人看起来个个善战。

啊，她差点就忘了，北冥国本来就是一个好战的国家，人一生下来就开始练武，所以，北冥国不管是大人或小孩，多多少少都会些武，想到这里，她就不觉得奇怪了。

朱茵洛的身体有些虚弱，跟在众人的身后，进了王宫大门后，楚娉婷令朱茵洛同她回她的寝宫。

拐了几道回廊，在一座华丽的宫殿门前停下，里面宫女和太监众多，各个看到楚娉婷回来之后，便忙上前去迎接她，恭敬地喊道："公主！"

对，楚娉婷现在还只是公主，并没有成为北冥国真正的王后。

西门泽当初为了不与西阳国斗战，所以才暂时答应了楚靖懿的要求，把楚娉婷当作未婚妻留下。

不过，刚才蓝雁看到楚娉婷的时候，隐约看到一个画面，就已经知道了西门泽对楚娉婷的态度。

楚娉婷径直地往宫殿里面走去，蓝雁紧紧跟在其身后，她才刚要进大门，就被两名宫女给拦下。

"这里不是你想进就能进的地方！"其中一人呵斥蓝雁。

不让她进？蓝雁微笑地看着楚娉婷的背影："娉婷公主？"

楚娉婷回过头来，往朱茵洛的方向看了一眼，仅抬了抬手，淡淡地说道："她是我带回来的人，以后就留在我的宫中，放她进来吧！"

"是，公主！"两名宫女同时恭敬地答应道，非常不情愿地把蓝雁放了进去，看着蓝雁大方地走进了宫殿内。

楚娉婷的宫殿内，非常华丽，用具也非常讲究，可见当初准备的时候，都是花了心思的。

但是……看着这些华丽、金光耀眼的东西，蓝雁不禁摇了摇头。

楚娉婷疲惫地坐在椅子上，两名宫女立马围了上去，为她揉肩捶背，这一幕看得好让人忌妒。

所谓，人比人气死人就是这样的。

蓝雁的心里正想着，楚娉婷看着她突然开口唤道："蓝雁！"

出神的蓝雁，听得楚娉婷的唤声，那名字有些熟悉又有些陌生。

"蓝雁！"楚娉婷微愠地又唤了一声。

这一次，蓝雁总算从自己的思绪中回过神来，突然想到自己当初在与楚娉婷刚遇到的时候，新取的名字，就叫蓝雁，那楚娉婷是在唤她喽。

她忙正色地望着楚娉婷："公主是在唤我吗？"

"当然，这里除了你之外，还有第二个蓝雁吗？"楚娉婷的声音有些不耐烦了。

脾气还是和以前一样。

蓝雁轻笑着，忍不住八卦地问："不知公主与北冥王相处得如何？"

"你问这个做什么？"楚娉婷立马警惕了起来，直觉抗拒这个问题。

蓝雁好心地提醒："公主呀，我是来帮你的，可是……假如我现在不知道具体的情况，我该怎么帮你呢？公主您说是不是？"

话落，楚娉婷想了一下，确实是这样。

但是，当着这么多人的面……

楚娉婷犹豫了一下，神色微变，凌厉的目光射向寝殿内众人，冷冷地一声命令："好了，这里暂时不用你们伺候，都先出去吧，蓝雁留下！"

"是，公主！"

众人答应着便退下了，有些不明所以地向蓝雁看了一眼，有忌妒也有羡慕。

待众人都退下了，蓝雁有趣地望着楚娉婷尴尬的表情，笑眯眯地问道："公主，现在人都走了，你是不是可以说了？"

楚娉婷听了她的话，神色微变，张了张嘴，想要说些什么，但是又不知道该如何说起，最后只能长长地叹了口气，如实回答："其实，我与北冥王并没有见过几次面，每次我想见他，都被他以各种忙的理由给驳回了。"

好像西门泽就是这种性子，不喜欢的人，他也会说得很直接。

不过，西门泽与楚娉婷两个，都是可怜的孤独人，倘若他们两个可以走到一起，那倒不失为一件美事。

本来她只是拿这件事当理由来混进王宫里打探皇宫的消息的。

因为她现在不知道皇宫里的具体情况，不知道该怎样出击，最重要的是，不知道现在那个在皇宫里朱茵洛的具体情况。

在路上拦下楚娉婷，实是权宜之计，但见楚娉婷这么多年，仍然痴心地为西门泽，这是令人十分感动的。

这么多年，楚娉婷无怨无悔地待在北冥国，已经表明了她的决心，但是西门泽那边不给力呀，一直不来见她，也不许她见他。

西门泽是打定了主意要一辈子不见楚娉婷了吗？

看着楚娉婷悲伤、失望的模样，蓝雁的心底便是一阵不忍。

虽然她只是利用了楚娉婷而已，但她是真的希望她可以幸福，既然如此……

"既然平时他很忙，那么他总是人，总会吃饭的吧？"

"什么？"

"一个人，不可能不吃东西的，只要我们利用这个时间，所有没可能的事情，都会变成可能！"蓝雁一本正经地说道，"如果娉婷公主相信我的话，我可以教你！"

真的可以吗？

这么多年了，她几乎已经放弃了。

每次她遭受到他冰冷的打击后，就会带人一起到宫外散散心，等到散完心了，继续回来等待，她相信，总有一天，西门泽会对她回心转意。

一次次的打击，她已经几近绝望，蓝雁的话让她的心里重燃了希望。

"真的吗？只要你能让我见上他一面，你有什么要求，我都会答应你！"楚娉婷激动道。

"当真？"

"当然，你想要什么？"

"这件事，容我再想想，现在最要紧的事，是我一定会帮公主慢慢地赢得北冥王的心！但是……这期间，可能会非常辛苦，公主是否撑得住？"

"辛苦？"楚娉婷自嘲一笑，"还有什么事情比现在更辛苦吗？"

"既然如此，那我便帮你！"

"好！"

"不过，首先你要换掉你的那些华丽衣裳！"朱茵洛开始叽叽喳喳地说着，准备为楚娉婷改头换面。

北冥王宫，北书房。

西门泽，一身枣红色长袍，头上用同色系的发带束住头发，面目沉稳，一双眼睛炯炯有神地盯着桌子上的折子，不时地拿起笔在折子的下方写下批奏结果。

已经到了午膳时间，但是膳房却久久没有送来膳食，处理了一上午政事的西门泽，饥肠辘辘，不免会心情烦躁，于是他有些不悦地开口询问身侧的太监："今天的膳食，怎么还没到？"

太监战战兢兢地低头恭敬地回答："奴才不知，奴才这就去催！"

"去吧！"西门泽挥了挥手。

疲惫的他，手肘撑在桌子上，手指捏捏鼻梁，唇中逸出一声疲惫的呻吟，可见一上午他也累坏了。

那名太监才刚刚出去，立马又折回了身来。

"怎么回事？"西门泽不悦地问。

"回王爷，是……是……"太监的神色有些不大对劲，看起来，似乎很紧张的模样，两只手紧张地搓着，一看就是有事。

"是什么？"西门泽的声音陡然提高了几个分贝。

"是娉婷公主！"被西门泽逼得没法，那太监才结结巴巴地吐出了几个字。

娉婷公主？楚娉婷？"她来这里做什么？就说孤王现在很忙，没有时间见她！"他的脸上显露出不耐烦，口气也不好了。

这么多年，他冷落她，只想让她自己知难而退，让她死了那条心，没想到这么多年了，她还是没有死心。

"但是，娉婷公主端着您的膳食，那个……"

她又玩什么花招？既然她这次亲自来找他，这般无理，那他也有理由赶她离开了。

想了一下，西门泽又冲太监挥了挥手："好了，让她进来吧！"

"是，王爷！"

太监出去，在门外似乎说了些什么，缓缓地便见一道清丽的人影出现在北书房外。

他摆着一副臭脸色，黑眸望着门外，嘴角挂着阴森的笑容，直勾勾地盯着来人，意料之外，楚娉婷没有穿着华贵的礼服，没有浓妆艳抹，仅仅是身着淡粉色长裙，蛾眉淡扫，与平日里妖艳的她判若两人，有一种……清新的感觉。

望着她白皙的脸颊，西门泽眼尖地发现在她的脸上竟有许多灰尘，那些灰尘沾在脸颊边上，与那白皙的皮肤格格不入。

楚娉婷进去之后，冲桌子后的西门泽点了点头，笑吟吟地看着他，然后把手上的托盘端到了他的面前。

异样的楚娉婷，让西门泽看得呆住了，不禁让他以为自己是不是看错了。

楚娉婷把饭和菜端到西门泽的手边摆放好，然后才有些不大好意思地向他解释道："这是我第一次做的东西，可能不大好吃，如果没有其他事情的话，我就先回去了！"说完，楚娉婷在书房里没有半丝停留地便准备离开。

"等一下！"西门泽突然唤住了她。

楚娉婷疑惑地回头，纳闷地回望他："还有什么事吗？"

她注意到西门泽的目光盯着她包裹着纱布的手指，她像做错事的孩子似的，紧张地一点一点把手缩到背后，嘴角挂着僵硬的笑容。

"没有了！"对上那双清澈的眼睛，西门泽又愣了，嘴巴动了动，那些伤人的话，西门泽却是一个字也说不出来，最后冲她微微一笑，吐出了四个字，"我会吃的。"

"好，那我先走了！"楚娉婷的心中狂喜，转过身的那一瞬间，她的嘴角勾起灿烂的笑容。

太好了！

朱茵洛说，抓住一个男人，首先要抓住他的胃，第一次不好吃不要紧，最重要的是心意。

听着西门泽的话，她这第一次成功了！即使她切菜的时候不小心切到了手指，也值了。

她迫不及待地奔回自己的寝宫，抓住蓝雁激动地道："他对我笑了，他对我笑了！"

"公主，那你是不是也可以遵守我们之间的约定了？"

"好吧，你要什么，我都给你……"

"郡主出事了，我要回去，但是……我需要一个名分！所以……请公主下令，准许蓝雁回西阳国皇宫！"

"什么？你要走？"听到蓝雁的话，楚娉婷惊讶地睁大眼睛，待她反应过来，立马严词拒绝，"不行！你不能走！"

"公主，您之前答应过我的，只要我有什么要求你都会答应我！只要公主您按照我说的方法去做，早晚有一天，您一定会打动北冥王的，但是……郡主现在有事，我必须要回去，还请公主不要为难我！"蓝雁一脸的恳求，"公主您是慈悲心肠，一定会成全我这小小心愿的吧？"

蓝雁的计策，令她初次获得了西门泽的称赞，证明蓝雁这个人是有真材实料的，应当是朱茵洛派她来的。朱茵洛果然是想着她的，派人来帮助她，顿时让她依赖上了这个叫蓝雁的女人。

"但是，你若是走了，我要是出了错，怎么办？"

"公主，假如您真的不放心的话，可以这样，留一个人在我身边，您有什么消息的话，就把消息传给那个人，我再让那个人回您解决办法。这样您看如何？"蓝雁提议道。

楚娉婷的心情跌落谷底："你是打定了主意一定要走？"

蓝雁面色沉重地点了点头："郡主对我恩重如山，这次她有事，我必须要回去。"

看来，想留是已经留不住了，楚娉婷在心里可惜着。

但见蓝雁心意已决，她再留的话也是徒劳，最后只能点了点头："好吧，既然如此，那我也不强留你，毕竟……强扭的瓜不甜！"

"谢谢公主！"蓝雁欣喜地笑道。

"不过，我似乎也听说了茵洛她出了什么事，你既然要回去的话，就帮我好好地照顾她，但是……"楚娉婷半带威胁地眯眼，"如果茵洛那里的事情了结了，你就回到我身边，我不会亏待你的。"

听了楚娉婷的话，蓝雁心里一阵感伤，她仍然点了点头。

假如……楚靖懿没认出她，那她就再也不能留在这个世界；倘若认出来了，那她以后将会是楚娉婷名正言顺的嫂子。

不管是哪一种，她都不会再回来，想到这里，她就感觉非常伤感。

但见楚娉婷说得那样真诚，她不忍令她伤心，还是点头答应着："好！"

"我让一个身手好些的人在你身边保护你，记住……只要你在皇宫里受任何委屈都要派人告诉我，还有……我还会让人给母后带一封信，假如给我传递消息太慢了，你也可以去找母后帮忙！"楚娉婷叮嘱道。

看着这样的楚娉婷，朱茵洛的心里有一股暖意。楚娉婷是个好女人，希望西门泽能珍惜她。

"谢谢公主！"朱茵洛真挚地感谢着。

"跟我还客气什么。好了，看你这么急的样子，我现在就让人准备，你先在这里等着！"楚娉婷说着就走了出去，看起来比自己的事儿还要急似的。

看着楚娉婷的背影，朱茵洛心里一阵安慰。

她终于……可以回去了。楚靖懿，我来了！

皇宫，御花园。

朱茵洛一天比一天嚣张，皇宫里面所有人都看得到，楚靖懿睁一只眼闭一只眼，其他人也不敢说什么。

有一天，朱茵洛命令只要她在的地方附近不允许任何人靠近。

天越来越热了，这天午后，天格外闷热，朱茵洛用过午膳之后，就来到了御花园中乘凉、休息，命令众多皇宫禁卫把守在四周，不许任何人靠近，其他人看那派头，就知道是朱茵洛在御花园中。

路过的那些宫女和太监，纷纷绕过御花园附近。

慕容清若带着自己宫里的太监和宫女们也打算在午后到御花园中去乘凉，刚到御花园外，便看到御花园各入口守卫森严。

她带着众人刚要进御花园中，那入口处的两名禁卫突然举起手中的剑交叉着，拦住了他们的去路。

慕容清若脸色倏变，嘴角因怒微微抽搐，稍稍回头向身后的太监示意，她身边的一名贴身太监小全子立即上前一步，举着兰花指，一张脸生气地狰狞着，指着面前的禁卫，用他那尖锐的嗓音呵斥："你们这些混账，太后娘娘来了，你们居然敢阻拦，你们头顶上有多少个脑袋够摘的？还不快让开！"

那两名禁卫的脸上出现为难的神情，其中一人冲小全子点了点头致意，当作行礼："小全子公公，不是我们不让，只是……茵洛郡主有令，任何人都不得入园！"

"茵洛郡主？"小全子气场蔫了下来，赶紧低头向慕容清若请示，"皇太后，您看这……"

慕容清若的脸早已经气得狰狞。

反了反了，真是反了！

这朱茵洛越来越过分了，整个御花园都给人把守着不让进去，她当这里是什么？是她郡主府吗？

慕容清若生气了，恼怒地指着面前的那两名禁卫，只身向前走，那两名禁卫心慌得不知道该怎么办。慕容清若冷冷地开口："你们让开，哀家要好好教训那个不知天高地厚的茵洛郡主，哀家要让她知道，这后宫到底是谁的天下！"

那两名禁卫还想要拦着，小全子机灵地赶紧提醒那两人："你们脑袋怎么这么木呢？现在是皇太后来了。皇太后是皇上的亲生母亲，是这后宫的主人，听皇太后的，准没错！"

那两名禁卫对视了一眼，在进行了激烈的心理斗争之后，最终互相点了点头，然后把手中的剑移开，放了慕容清若过去。

终于放她过去了。

慕容清若已经气得浑身发抖。狂怒的她，在小全子的扶持下，冷着脸飞快地向御花园中最大的凉亭走去。

远远地就见朱茵洛不顾形象地躺在凉亭中的石桌上，周围的宫女各个背对着她。

这般不顾形象的她，楚靖懿到底看中了她哪一点？

以前的朱茵洛，她觉得尚可，可是现在的朱茵洛……

她气冲冲地奔到凉亭中，走到凉亭中时，慕容清若已经累得气喘吁吁，因为生气，一张脸煞白煞白的，那双凌厉的眼睛直勾勾地盯着桌子上的朱茵洛。

"朱茵洛，给哀家起来！"

正在做着香甜梦的朱茵洛，一下子被惊醒，骨碌一下从桌子上滚落了下来，身子重重地跌落在地，疼得她哀叫出声，她狼狈地扶着桌子爬了起来，嘴里吐出粗俗的咒骂："哪个王八羔子，敢来扰我睡觉？"

一双生气的眼睛，与慕容清若那双眼睛对视，朱茵洛一看到四周那么多人，眼睛直勾勾地盯着她，她更气了。

"你们是什么人？没看到我在这里睡觉吗？来人，把他们通通给我赶出御花园！"朱茵洛嚣张地指着慕容清若的鼻子呵斥。

慕容清若的眼睛瞪大，不敢置信地望着朱茵洛。

到目前为止，还没有任何人敢直接指着她的鼻子命令过。

反了反了，果真是反了。

小全子见状，生气地上前两步，横眉竖眼地指着朱茵洛呵斥："大胆！你也不看看这是谁，居然敢这么嚣张！还不快跪下？"

跪下？

朱茵洛这才得以好好地打量眼前的人，看起来着装挺华丽的，脸上的妆化得也挺浓，整个人散发着一股难以言喻的高贵气质，看起来，应该是很有身份地位的人。

即使有身份，那又如何？她将来会是这皇宫里的皇后。

"地位能有多高？我劝你们最好马上离开这里，若不是看你这老太婆年纪大了，经不起折腾，我现在就让人把你拖出去扔了！"朱茵洛一副满不在乎的口气，冷冷的一字一句，每一个字里面都夹杂着讥讽。

血液从脚底一直到头顶，慕容清若气得头顶冒烟，纤长的手指颤抖地指着朱茵洛："你……你……你刚刚说什么？你喊我……什么？"

这老太太有毛病。

朱茵洛回头，嘴上挂着轻蔑。

"老太婆，那又怎么样？"看慕容清若的脸因为她的话而抽得更厉害了，朱茵洛得意地挑起眉梢，"怎么？你这就受不了了？不是我说，虽然你现在化了很浓的妆，可是你看起来还是很老。老太婆，这么一把年纪了，回家好好躺着去，为什么还跟别人抢出风头，你以为这皇宫是哪里？"

"大胆！"慕容清若气得快昏过去了，手指着朱茵洛，全身在颤抖。

太气人了，太气人了。

慕容清若身边的小全子听得朱茵洛这样说，再也忍不住地跳出来，指着朱茵洛的鼻子便厉声呵斥："茵洛郡主，你居然敢如此羞辱皇太后！"

"小全子，不必再多说了，马上叫人来，哀家要好好地修理这个茵洛郡主，让她知道在这后宫中，到底谁最大！"慕容清若再也忍不住，朝朱茵洛一字一顿地威胁。

皇太后？

朱茵洛的眼睛骨碌碌地往凉亭顶部望着，皇太后……

皇太后……那不就是皇帝的母亲？那就是说，眼前的这个人，其实就是她丈夫的娘，她刚刚惹到了什么？

眼看慕容清若那气愤的模样，朱茵洛的心里陡然慌张了起来，心里琢磨着，该怎样讨好慕容清若。

耳尖的她，突然听到小全子在慕容清若耳边小声嘀咕的声音："皇太后，不好，若是您私自把她带走，被皇上知道了，皇上一定会生气的，您为了她与皇上闹翻了，不值得！"

慕容清若的脸依旧难看，根本咽不下这口气。

一看就知道这儿子与娘之间的关系并不大好，而且……还是因为她这个身体？

她简直是捡到宝了。

为了不让自己显得太过畏惧，她刻意表现出傲慢地昂起下巴，一副轻蔑的表情望着众人，吓唬道："皇太后，您不在自己的宫里休息，来这里做什么？啊……我差点忘了……"

朱茵洛故意捂嘴偷笑地扭捏作态："我跟皇上已经约好了，在这里喝茶，皇上不喜欢我们的二人世界有人打扰，所以才会派了这么多人守卫在这里。怎么？皇太后若是觉得不妥的话，可以直接去找皇上！咱们到皇上的面前去评评理，如何？"

朱茵洛每说一个字，慕容清若的嘴角便抽搐一分，气不打一处来，一双眼睛怒瞪朱茵洛，嘴角不住地抽搐。

看到慕容清若被气到的模样，朱茵洛的心里更加得意了。

她缓缓坐下，懒得再看慕容清若一眼，冷冷地呵斥："皇太后若是想要留下，与我一同等着皇上来喝茶也可以，不过……可别怪我没有提醒皇太后，皇上可是说过的，不喜欢有人打扰我们两个！"

慕容清若因生气，身子剧烈地颤抖着，双腿一软，身子险险地要歪倒，小全子赶紧扶好她。

"皇太后，您不要紧吧？"慕容清若的手指紧握小全子的手臂，尖尖的指甲，深深地抠进他手臂的肌肉中。

极疼，但是小全子不敢开口叫疼。

"皇太后，若是待会儿皇上来了，我们在这里不妥，不如我们就……"小全子忍着疼痛，在慕容清若的耳边小声地劝道。

慕容清若现在很想把朱茵洛好好地教训一番，而朱茵洛的话里，又不知道有几分真实。

倘若楚靖懿真的来了，看到她在这里，是有不妥。

她还没有想过跟楚靖懿真正闹翻，为了这个朱茵洛不值得。

这个朱茵洛，果然是让她越来越讨厌了，我就看你还能嚣张到几时。

瞪着朱茵洛，慕容清若愤怒地甩袖转身。

她身后的那些太监和宫女赶紧跟了上去。

望着慕容清若渐行渐远的背影，朱茵洛硬撑着的表情总算松懈了一些。

好险……刚刚她撒谎的时候，手心和后背全是冷汗。

幸好，她赌对了。

真的是太险了，来的人居然是皇太后！这个宫里看来危机还是很多的，除了皇太后之外，据她所知，还有一个太后，还有一个被当作未婚妻送到北冥国的娉婷公主比她的头衔要高。

那个皇太后，现在已经与她树敌，她必须要想好对策，以后才能更好地赢。

因为害怕皇帝会发现她的身份，她一直躲避着，没有见过皇帝长什么样……

以朱茵洛以前逃走的情形来看，那个皇帝长得也不怎么样吧？

哎呀！不能想那么多了，现在为了她的人身安全，她必须会会那个皇帝，只要拿下了皇帝，她的位子就可以保住了。

想了一下，她旋即冲身边的宫女命令："来人！"

"郡主有何吩咐？"

居高临下的感觉实在是太棒了。

朱茵洛正色坐在椅子上，随手挥道："去，打听一下皇上在哪里，我要见皇上！"

"是！"

看着那名宫女离开，朱茵洛的眸底闪过阴谋的光亮。

她就不相信了，凭她现在的威力，能斗不过那个皇太后？

这边慕容清若气愤地离开了御花园，另一边，一道人影已经飞快地奔向了御书房，把这一消息传给了楚靖懿。

那名太监一五一十地把刚才发生的事情，一字不差地向楚靖懿传达完毕后，看楚靖懿的脸色并不怎么好，便悄悄地退下了。

楚靖懿蹙眉。

现在的朱茵洛，为什么会变成这样？

他的洛儿，真的还会回来吗？

正想着，又一名禁卫在门外来报："皇上！"

"进来！"楚靖懿合上折子，声音里有些疲惫，这几日为了朱茵洛的事情，他连日休息不好，人也憔悴多了。

待禁卫进来了，楚靖懿淡淡地扫了他一眼："什么事？"

那名禁卫呈上了一封信，递给了服侍在楚靖懿身侧的小四，再由小四把信传达给楚靖懿。

"皇上，这是北冥来使送来的信。"

北冥？

西门泽搞什么名堂？

打开信，楚靖懿的眉头一下子打了结。

信是楚娉婷寄来的，要送一个人进皇宫，名字叫——蓝雁！

"去，把人带到偏殿，朕随后就到！"

"是！"

蓝雁一路风尘仆仆地赶到咸中，路上几乎没有停顿，除了晚上睡觉，其他的时间都用在了赶路上。

终于，才刚刚花了一天半，就已经从北冥王宫赶到了咸中。

到了咸城后，那些随从还没来得及喘口气，蓝雁就已经开始动身，下令马上进宫。

随行的那些侍卫，还有一名会武功的侍女叫小金，个个抱怨着蓝雁太赶了。

她歉疚地望着众人。

其实是她急着想要见到楚靖懿。

好几天没有看到他了，不知道他现在是什么样子。在北冥的路上，因为快要见到他，而激动得睡不着。现在终于到达了咸城，到了皇城脚下，她更加迫不及待地想要马上见到他，她太想念他了。

她一路紧催快赶，午后时分，到达了皇宫大门前。

抬头望着巍峨的皇宫城墙外面"皇宫"两个大字，她觉得无比熟悉。

阳光有些刺眼，令她一时睁不开眼睛。

马车在皇宫的侧门外停住，前面有皇城的禁卫把守，个个临危正襟，威严的目光正视前方，使得整座皇城都显得更加气派了许多。

蓝雁在门前等得焦急，不安地在侧门外走来走去。

她派去传信的人已经走了好些时间，却一直不见回来，她的心里怎能不焦急？

在这一刻，她完全忘记了这几日她是怎么熬过来的，对她来讲，再难熬的日子都已经熬过去了，只要能再见楚靖懿，以前受的所有罪都值得。

而她身后的那些侍女和侍卫早已累得哀叫连连，连腰都站不直了。看着众人那般疲惫的样子，蓝雁心里的歉疚更深了。

她本来是想只身来的，只是楚婷婷担心她的安全，非要亲自挑了些身手好的侍卫来送行，耽误了她半天时间，第二天早上她才得已出发。否则，她早就可以赶到咸中，说不定现在早就已经见过楚靖懿了。

不过，不管怎么样，她现在总算是到了，也算了却了心中的一个心愿。

现在就只等那送信的人快些回来，她就可以进去了。

不知道等了多久，只知道蓝雁等得心焦，快发狂地打算冲进皇宫的时候，那名为她传信的禁卫终于回来了。

这一次，那名禁卫的态度，比前些时候好了许多，礼貌地伸手，做了一个"请"的手势："蓝姑娘，皇上有令，让您先到偏殿等候。您先进去，到里面之后，自有人带您去！"

"好，有劳了！"蓝雁克制住心底的冲动，赶紧道了谢，抬脚就赶紧往皇宫里去。

踏进皇宫，她就感觉自己冰封的心一点点地跳动了起来。

她要见到楚靖懿了，就快可以见到了。

到了皇宫内之后，小四已经迎了上来："这位想必就是北冥来的蓝姑娘了吧？皇上现在暂时还有事，容奴才先带姑娘您去偏殿……"

终于见到熟人了。

蓝雁激动地唤了一声："小四！"

小四的话未说完，蓦地听到蓝雁的唤声，倏地紧张得住了口，惊讶地望着蓝雁，错愕地结结巴巴问："蓝姑娘怎会知道奴才的名字？"

糟糕，她忘了，现在小四暂时还不认得她。而她一个刚刚从北冥国来的人，又怎么会认识他？

看着小四怀疑的目光，蓝雁赶紧解释着掩饰："是这样的，在北冥的时候，就听婷婷公主说过您，说您是皇上最得力的一位公公，只要见到这宫里谁最亲切，那就是小四公公没错了！"蓝雁赶紧解释着。

这一番解释，听起来就是在拍马屁，但是，这话里没有一丝破绽，听得小四心花怒放，一双眼睛笑得眯了起来，嘴角的弧度始终垂不下去。

"蓝姑娘真会开玩笑！"小四不好意思地挠了挠头。

"哪有，小四公公确实是我见过最亲切的人，否则……我怎么会一眼就认出来呢？"蓝雁一边说，心里还一直在笑。

千穿万穿马屁不穿，小四会上钩，也是显而易见的。

蓝雁的话，让小四更开心了。附近有其他人，小四好不容易才让自己不那么激动，赶紧转移了话题，想起来自己现在要做什么，连忙为蓝雁指路："蓝姑娘的嘴巴真会说，来吧，奴才现在就带您去偏殿，然后就去请皇上尽快来见你！"

有了小四的催促，蓝雁就不担心了。

"有劳小四公公！"

蓝雁和小四两人一前一后地走向偏殿。

把蓝雁和紧随着她的侍女一起送到了偏殿之后，小四被蓝雁左一句亲切，右一句和善的话给灌得七荤八素之后，就赶紧马不停蹄地到御书房里去请楚靖懿。

御书房里，楚靖懿正在批着折子，小四一脸高兴地从门外进来，看到楚靖懿还在批折子，心里想着蓝雁的话，一下子忘了自己的身份，张口就询问："皇上，现在是不是该去偏殿了？北冥的蓝姑娘已经在那里等着了！"

楚靖懿从奏折中抬头，因小四异常的口吻而诧异了一下，明显从小四的眼睛里看到了"开心"两个字。

"什么事儿这么开心？也说来让朕听听！"楚靖懿淡淡地问了一句。

他现在很开心，表现得这么明显吗？

小四尴尬地笑了笑，连忙掩饰自己的兴奋，轻咳了一声，这才又重新说道："皇上，是这样的，这个蓝姑娘挺会说话的，所以……"

所以？

楚靖懿一针见血地指道："就因为夸了你两句，你连自家主子都要卖掉了？"说完，楚靖懿的目光又回到折子上。

"哪有！"小四委屈地解释，"奴才的心里，主子您永远是第一位！"为了证明自己说的是真的，他还煞有其事地举起了一只手，表明自己的立场。

"关于谁排在第一位，只有你自己的心里才知道！"楚靖懿打趣地斜睨他一眼，"谁知道你的心里是不是恨死了朕。"

"皇上，您说这句，奴才……奴才就太伤心了！"小四表现出一副悲伤的表情，话落，他又赶紧催促楚靖懿，"皇上，现在这不是重点，您现在是不是要去见见蓝姑娘了呢？"

这个蓝雁长得也漂亮，说话也动听，笑声更加悦耳。这样的女子，比现在那个性情大变的朱茵洛要招人喜欢得多，假如……楚靖懿能移情别恋，喜欢上这个蓝雁的话，似乎也不错。

不是他不挺朱茵洛，实在是她最近的表现太差了，她几乎已经成为了整个皇宫里的公愤，还害得楚靖懿连日来睡不着、精神不佳，整个人消瘦了许多。

在他的心里，只要是折磨楚靖懿的人，他都会恨。

即使朱茵洛以前怎样，但是现在的她，唉……

还是楚靖懿开心最重要。

就算这个蓝雁以后不会成为楚靖懿的一名妃嫔，当一名红颜知己也不错。

心里这样打定了主意，小四就更加卖力演说："这个蓝姑娘，人是真的不错！"

又来了！

楚靖懿白了他一眼。

小四很少这样极力推荐一个人，他是想要继续批阅奏章，不过，这小四再继续说下去，他恐怕是不能正常批阅了，看来这小四是被这个叫蓝雁的女人给制服了。

这让他倒真的想要看看这个蓝雁是怎样的一个女人。

想到这里，他只得搁下了手中的折子，合上折子起身。

"皇上，您还不想去……"

话还未说完就看到楚靖懿起身了，小四笑得眼睛眯了起来，赶紧迎上去："皇上！"

"行了，不要再说了，再说下去，朕的耳朵都要长茧了，走了！"楚靖懿淡淡地说道，已经走在了前头。

"来了来了！"小四开心地跟在他身后。

楚靖懿和小四两个刚刚离开，朱茵洛带着两名宫女也刚好拐过来，远远地看到楚靖懿离开，朱茵洛皱起了眉头，立马冲身后招了招手："走，我们快追！"

"可是郡主，皇上可能有事，我们追上去不妥吧？"一名宫女犹豫。

"啪"的一声，朱茵洛回身，狠狠地甩了那名宫女一巴掌，伴随着朱茵洛的一声凌厉呵斥："混账，我说跟就跟，哪来那么多废话？"

宫女的眼眶一下子红了，泪水隐忍地在眼眶里打着转，低头怯怯地小声答了一个字："是！"

朱茵洛的视线紧随着楚靖懿的背影。

远远看去，虽然看不清他的脸，但是光从背影看来，那高大的身形，配上那股浑然天成的尊贵气质，迷人极了。

没想到皇帝竟然这样迷人，那她可要好好地把握了。

早知道了皇帝这般优秀，她就不会浪费那么久的时间，该好好地黏在他身边，这样她的身份也能早些确定，她也不必大费周章，百般逃避，而且还得罪了不少人。

想到这里，她的心里不禁一阵窃喜，看了看身侧那些望着她的质疑目光，她冷冷地瞪了回去，吓得那些目光赶紧缩回去，再也不敢盯着她。

她朱茵洛既然重生了，就不会再怕任何人，她既然要活着，就要让所有人都臣服在她的脚下，以前她所受过的那些苦，她要向其他人一点点地讨回来。

在偏殿里，蓝雁等得焦急，双手紧握，紧张地在偏殿内来回踱步。

楚靖懿若是看到她，可能会认不出她来，可是她的心里仍然有一丝希冀，希望楚靖懿可以认出她来，这样她来到这里的目的就可以达到，他们两个也可以永远地在一起。

但是，她的心里另一个声音也在一直提醒她，她的希望是不可能成功的，但是有希望比没有希望的要好多了吧？

带着这个希望，她焦急地等待着。

她的焦躁，也传给了她身侧的那名侍女。

侍女小金心里紧张地望着蓝雁，忍不住不安地出声提醒蓝雁："蓝姑娘，您能不能好好地坐下来？您现在这么紧张，让奴婢也跟着好紧张！"

坐下来？

蓝雁回头望了一眼小金，果见小金脸上的紧张，她不好意思地笑了笑，只得返回到椅子上，但是她的一双眼睛仍然死死地盯着偏殿的入口处，只等着可以快些看到楚靖懿。

现在她已经到了皇宫里，也马上要见到他了，老天爷会让他一眼就认出她吗？

坐在椅子上的蓝雁仍然如坐针毡，整个人不停地动啊动，那模样，与路上冷静自持的她判若两人，不禁让小金怀疑这蓝雁回到皇宫里的真实目的。

正想着间，门外传来一声高喝："皇上驾到！"

这四个字刚落，坐在椅子上的蓝雁陡然一下子站了起来，她的一双眼睛直勾勾地盯着门外，那双眼睛几乎看得直了。

只是望着那道熟悉的身影，蓝雁就觉得自己的心陡然狂跳了起来，呼吸几乎停止，她的眼睛里、心里，能看到、想到的，就只有楚靖懿。

他的身后跟着小四，小四冲她这边招了招手，然后指了指楚靖懿，似乎在提醒蓝雁，眼前的人就是楚靖懿。

蓝雁冲小四笑了笑，当作答谢。

小四果然够意思，当真把楚靖懿很快地请了过来。

但是，看到楚靖懿，蓝雁就心疼了。

他比前些日子又瘦了，虽然看起来还俊逸迷人，他脸上的憔悴，还有他瘦下去的身形，都让蓝雁心疼。

这个楚靖懿，一直不知道该怎么照顾自己。

小金在蓝雁的身后小声地提醒她："蓝姑娘，这是西阳国的皇帝，据说他人非常的残忍，您过会儿不要再出错了，若是一不小心的话，很可能会激怒他，被他给杀了。"

小金的话也是好心。

蓝雁微笑着点点头，回头安慰她。"放心吧，我知道分寸的！"

她深吸了一口气，让自己的心情不至于太激动，窒息着等待着楚靖懿的靠近。

她的眼睛里，耳朵里再也看不到、听不到其他任何的事情，望着楚靖懿，听着他的脚步声，就像她的心跳声一样一步一步地向她接近，那么有力……那么……令人紧张。

他终于来了！近了，更近了。

她已经可以清楚地看到他的五官，他的脸、他的眼睛、他的鼻子、他的嘴巴，还有他眼睛上长长的睫毛。

这就是楚靖懿，瞬间那张脸与她记忆中的脸重合，在那一瞬间，她感觉自己的心脏要跳出心口了。

在见到他的这一瞬间，她不知道是开心还是怎样，鼻子一酸，泪水在她的眼眶中打着转。

楚靖懿进了偏殿之后，一眼便瞥到了大殿中的那个女人。

她一身蓝色的衣裳，立于大殿之中，像是一只美丽的蝴蝶。

只是，她那直勾勾盯着他的目光，让他的心里不大高兴。

他讨厌除了朱茵洛以外的女人这样直勾勾地盯着他。

"你就是娉婷信中所说的蓝姑娘？"楚靖懿淡淡地开口问，声音里没有一丝温度。

好冷漠的声音，好冷漠的眼神，还有好冷漠的气息。

他冷漠的言辞还有态度，都一再地提醒蓝雁，楚靖懿……没有认出她来。

她收回失望的目光，嘴角染上了一丝苦涩。

在他的心里，她现在只是一个陌生的女人——而已！

心好冷。

她的脸上仍然伪装无恙地冷静地向楚靖懿低头行礼："蓝雁见过皇上！"蓝雁忍着心痛，声音里有着连她自己都未发觉的颤抖。

世界上最远的距离，就是我站在你面前，可是你却不认识我！

她很想现在就直奔过去，告诉他：我就是朱茵洛。

可是，她却不能。

看到蓝雁的表现正常了，小四才松了口气。

楚靖懿走到主位上坐下，看到蓝雁脸上的失落，有些奇怪，不知她的心情怎会变得这么多？而且……她脸上的忧伤表情，与他记忆中朱茵落的表情有几分相似，竟让他的心中升起一丝心疼来。

这种感觉，他从来没有过。

他的心里只有朱茵洛，没有其他女人，他飞快地把刚刚的那种心疼甩去，换作冷漠的表情，冷冷地问："娉婷让蓝姑娘来宫里，到底有什么事？"楚靖懿看着她问。

蓝雁抬头，淡淡一笑，嘴角微微弯起，那笑容，看起来就更熟悉了。

楚靖懿又愣了一下。

眼前的蓝雁，脸与朱茵洛不一样，可是她不管是坐姿还是神态，都与以前的朱茵洛极为相似，反观如今的朱茵洛却一点儿也没有以前的感觉。

他是疯了吧？大概是太担心朱茵洛，所以才会有此感觉。

他发过誓，以后只会看朱茵洛，不会再看其他的女人。

"回皇上，是这样的，蓝雁以前是郡主身边的人，只是因为奉了郡主的命令去北冥，不过听说郡主出事了，所以我暂时回来，是为了照顾郡主！"

"你与茵洛认识？"楚靖懿惊讶地看着她。

蓝雁点了点头，望着那张熟悉的脸，她的嘴角又染上了几分苦涩："没错，我与茵洛郡主是在金水城认识的。金水城的那场大火，我幸免于难，郡主知道了后，就让我去北冥王宫帮助娉婷公主，还给了我她的玉佩，这块玉佩为证！"说着，蓝雁又把那块刻有"婷"字的玉佩给了楚靖懿。

小四接过玉佩，传给楚靖懿看。

楚靖懿接过来一看，立即认出了那块玉佩。那是六年前，她与娉婷成为好朋友交换的信物，他是见过的。

再加上这蓝雁毫无破绽的说辞，楚靖懿便相信了她。

朱茵洛现在情况不稳定，这个蓝雁既然跟朱茵洛是旧识，那若是她在洛儿的身边，是不是可以更快地促进朱茵洛恢复？

只要有希望，他就不会放弃。

楚靖懿欣赏地看着她，把玉佩重新递回小四的手中，再由小四传回蓝雁的手中。

蓝雁接回玉佩放在衣袖里，灵黠的美眸笑得像两个月牙："皇上问完了，是不是相信蓝雁的身份了？"

楚靖懿冲她点了点头。

蓝雁想了一下之后，试探地问道："不知道茵洛郡主到底是怎么了？她到底是哪里不妥？当时我听到消息的时候，其他人也说不清楚到底怎么了。"

说到朱茵洛现在的情况，楚靖懿忍不住长长地叹了口气，里面夹杂着担心："五年前，她突然昏了过去，醒来就似乎变了一个人，变得……变得……跟以前一点儿都不一样。"

"跟以前不一样？"

楚靖懿点了点头："这样吧，朕一会让小四带你去见洛儿，你见了她就知道，见了你，或许能让她的病情好转！"楚靖懿急道。

现在不管是任何办法，他都要一试。

他的心里总有希望，他的洛儿，总有一天会重新回到他的身边，那个让他心动的小女人。

"小四，你先安排蓝姑娘到住处，然后就带她去见洛儿！"楚靖懿随后冲小四命令。

"是，皇上！"小四答应着。

躲在门外的朱茵洛，看到这一幕，不禁危险地眯起了眼。

那个叫蓝雁的女人，她的眼神从头到尾几乎都在楚靖懿的身上，看起来就是没安好心。

她也是到现在才知道，原来楚靖懿是那样俊美、迷人的一个男人。女娲做人的时候，一定是对他特别关爱，所以把男人所有的优点全部都集中到了他的身上。

他那样俊美、高贵、深情，再加上周身所散发出的强大气场，这样的一个男人，她以前竟然都给忽视了。

她还以为……楚靖懿是一个长得不怎么样的人，现在看到了，完全是另外一个样子。

她决定了，她要好好地抓住这个男人，不管用任何办法。

只是，那个叫蓝雁的女人，看起来不是一盏省油的灯，才刚刚看到这个女人，朱茵洛就从她的眼睛里看到"敌人"两个字。

不管从哪个方面，她都占有最佳的位置，谁敢跟她抢她的男人？她一定不会放过她。

偏殿内，蓝雁和楚靖懿两人起身，打算商量着与朱茵洛见面的一切事宜。

看着楚靖懿认真的侧脸，蓝雁一阵心疼。

她知道……楚靖懿一直在担心她，这样她已经安心了许多。

但是，你什么时候才会发现，我才是真正的朱茵洛？

想到这里，她不由得黯然神伤。

她与楚靖懿并肩往门外走去，就在这个时候，朱茵洛突然蹿了出来，一脸诡异的笑容望着楚靖懿和蓝雁："你们……是要见我吗？"

朱茵洛就站在门口，将门内的人皆吓了一跳。

她的一张脸夸张地笑着，身子故意向楚靖懿身边贴去，一双眼睛还警觉地盯着蓝雁，感觉到楚靖懿并没有拒绝她的靠近，她更加大方地抱住楚靖懿的手臂，下巴傲慢地冲蓝雁扬起，嘴角轻蔑的笑容，似乎在嘲讽蓝雁的自不量力。

"皇上，你怎么不给我介绍介绍，这位是谁呀？"朱茵洛甜腻腻地问，一双眼睛近乎痴迷地望着楚靖懿。

刚刚离远了看，觉得楚靖懿当真出色，现在离近了看，那张脸俊美得让人移不开视线，天底下，怎会有长得这样绝代妖孽的俊容。

天哪！她果真是走了狗屎运了，老天爷开眼了。

皇上？楚靖懿的眉头几不可见地皱起。

她是最不喜欢这样唤他的，觉得这样太生疏，而且总觉得这样会让自己低人一等。

他的洛儿，脑袋里面总是一大堆奇思异想。

而朱茵洛刻意表现出来的那种亲昵，不知为何，又会让他产生一种不舒服，下意识地把朱茵洛紧紧贴着他的那两只手从他的手臂上推了开去。

见楚靖懿要推开她，朱茵洛不依地又重新抱住他，冲他扭捏地摇晃身体，身子挑逗地贴紧他。

"皇上，你还没有说话呢！"她打定了主意，绝不会轻易放手，现在敌人如芒刺在背，不谨慎着点可不行。

"洛儿，不要胡闹，在别人面前太失礼了！"楚靖懿突然拉下脸低声呵斥提醒她，手臂再一次从朱茵洛的双手中抽出来。

朱茵洛还想说什么，但见楚靖懿的眉头皱起，是发怒的前兆，又听说楚靖懿折磨人的手段残忍至极，她还没有那个胆子继续缠着他，要是他真的失了控，杀了她，那可就糟了。

朱茵洛悻悻地收回自己的手，一双危险的眼转而射向蓝雁，那眸中有着警告的神色。

蓝雁面无表情地看着这一切，盯着朱茵洛那张刻意奉承、迎合的脸，只觉得十分恶心。

现在的朱茵洛，连她自己看了都觉得犯贱、作呕，这阎罗王是从哪里把原来的朱茵洛给弄回来的？

该死的阎罗王！等她冉一次看到他，一定不会轻易放过他，起码要拔他嘴巴上几根胡子，让他疼一疼，这样就不会尽做糊涂事。

朱茵洛像八爪鱼一样黏着楚靖懿，而刚刚楚靖懿没有拒绝的表情，更让她怒火中烧。

她知道自己的身份，没有办法阻止，也知道楚靖懿并没有认出她，但是她还是很生气，更加忌妒。

后来又看到楚靖懿表情有些不耐烦地把手臂抽回，又警告朱茵洛，蓝雁的嘴角微微弯起。

起码……楚靖懿已经觉得现在的朱茵洛不像是以前的她，所以心里有些排斥吧？

不管怎样，这个迹象让她如死灰般的心又重燃起了希望。

只要还有时间，就还有希望。

朱茵洛瞪过来的警告目光，她仅是淡淡一笑地冲她点点头。

楚靖懿似乎并没有发现两个人之间的不对劲，一副淡定的神态，指着蓝雁向朱茵洛介绍道：“这位是蓝姑娘，之前是你在金水城的朋友，后来待在娉婷身边，今日才刚刚回来，你是否有印象，可以认得出她来？”

介绍中，楚靖懿抱着一丝希望地望着朱茵洛。

蓝雁听了楚靖懿的介绍，微笑着向朱茵洛点点头，大眼睛微微弯起，冲朱茵洛扬起美丽的笑容：“茵洛，我们已经几日未见了，难道连我雁儿都认不出来了吗？”

又是一个旧识？

朱茵洛神色微变，脸色因为惊惶而发白，看起来甚是紧张，她下意识地躲闪过蓝雁双眼中射过来的灼灼目光，佯装镇定地答：“那个，以前的事情，我都不记得了，自然也想不起你来了，你刚刚说你叫雁儿是吗？”

蓝雁点了点头，嘴角勾起轻蔑，下巴轻扬，神态自若地眯眼危险地盯着朱茵洛，脸上闪动着自信的神采，一字一句地逼问：“不记得我是吗？失忆了不成？”

失忆了？朱茵洛立刻抓住这个救命稻草，连忙点点头，不知自己已经陷入了蓝雁的圈套中。

“对对对，我是失忆了，没错，所以才会什么都不记得了！”她眼巴巴地望着楚靖懿，眼角硬挤出一滴眼泪，“所以，我也不是故意想要忘记皇上的，是因为失忆了才会这样。”

她的话音刚落，蓝雁趁机开口追问道：“皇上，蓝雁曾学过一些治疗失忆方面的医术，蓝雁请皇上恩准，让蓝雁为茵洛治疗！”

朱茵洛神色微变，惊诧地望向蓝雁，她从蓝雁的眼底看到了“阴谋”两个字，果然是个难对付的家伙。

这个叫蓝雁的女人，到底在打着什么计策，是真的想要治好她，还是有其他的目的？

朱茵洛紧张地忙向楚靖懿求救：“皇上，其实，我身子没有大碍的，就不用劳烦蓝姑娘她……”

她的话还未说完，就被楚靖懿无情地截断：“胡闹，你的记忆一天没有回来，就一天不能放松。蓝姑娘特地从北冥回来，就是为了可以治好你。如今，她既然已经来了，总不能让她白来一趟！”

“可是……”朱茵洛焦急地还想要再说。

“行了，这件事就这样定了！”他厉声说道，目光转向蓝雁时温和了一些，客气地冲她点了点头，眸中始终掩不去那一丝惊讶，“有劳蓝姑娘了！”

他的视线总是无法从蓝雁的身上离开，在她的身上有他的洛儿的影子，不管是一举一动还是一颦一笑，都与朱茵洛一样，若非是那张脸，他当真以为她就是他的洛儿。

想了一想，这蓝雁跟他的洛儿是好朋友，在一起的时间久了，难免会有些动作习惯相似。看来，是他太过思念洛儿，所以才会想太多了。

太思念洛儿？他不禁自嘲一笑，什么时候他用上这个字眼了，他的洛儿一直在他身边，只是她现在还没有恢复，等她恢复了，他真正的洛儿就回来了。

"小四，让人打扫一座宫殿出来，让蓝姑娘入住！"

"是，皇上……"

这边楚靖懿才刚刚话落，苏心蕊身边的太监胡公公突然过来，恭敬地向楚靖懿行了一礼。

"皇上！"

楚靖懿皱眉。

当年他登基之后，苏心蕊因为是前朝皇后的关系，也名正言顺地以太后的身份留在宫中。

这六年来，苏心蕊还算规矩，只是待在自己的宫里，安静地度日，也不与慕容清若争夺后宫之权，他以为苏心蕊会这样一直安分守己下去。

"有什么事吗？"楚靖懿的眉头深皱，危险地眯眼，紫眸眸底闪过凌厉。

胡公公的头一直不敢抬起，一派温和的模样冲楚靖懿回答："回皇上，是太后有懿旨要奴才传达，想请求皇上，让蓝姑娘入太后宫中。"

"太后宫中？刚才朕已经下令，将蓝姑娘安置在别处，你就回了太后，就说朕已经下了旨。"

"这……"胡公公为难地拖了一个长尾音，"皇上，实际是……太后非常想念公主殿下，公主殿下走的这些年，太后与公主殿下还未见过面，太后听说蓝姑娘是从北冥来的，就心急地想要知道公主的近况，以解思女之情，还请皇上准许！"

楚靖懿的眉头蹙得更紧。

这胡公公表面上说得没有问题，但是苏心蕊这个当儿把蓝雁弄过去，不知道她背地里打的是什么鼓。

楚靖懿迟疑着，不知道该怎么下令。

蓝雁看出了楚靖懿的疑虑，微笑着向楚靖懿点头致意："皇上，就让蓝雁过去吧……"

"你……"

"请皇上相信蓝雁！"蓝雁嫣然一笑，自信地冲他点了点头。

这一抹笑容，奇怪地安抚了楚靖懿。

他释然地点了点头："既然如此，那蓝姑娘就先去太后那里，有什么需要尽管让人来找朕！"

"好。"

楚靖懿同蓝雁说完，便回头冲胡公公吩咐："蓝姑娘是洛儿身边的人，倘若让朕知道你们待蓝姑娘不好，小心你们的脑袋！"楚靖懿威胁。

胡公公连连点头："皇上您就放心吧，再怎么说，蓝姑娘也是公主派回来的人！"

听到胡公公的保证，楚靖懿才放心了些。

"好了，既然如此，那你们便下去吧！"

"是！"

"蓝雁也下去了！"蓝雁有些不舍地望着楚靖懿，看楚靖懿的目光要看过来，她赶紧低头，低叹了一声，紧跟在胡公公身后。

蓝雁匆匆随着胡公公离开，楚靖懿望着她的背影出神。

不得不说，蓝雁实在是太像朱茵洛了！走路时的姿态还有步伐，都跟他的洛儿很像。

楚靖懿望着蓝雁的目光，让朱茵洛十分忌妒："皇上，关于你让蓝雁来治疗我的事情，我们是不是可以再商量一下？"这个蓝雁太危险了，朱茵洛心里一阵发毛，若是将她留在身边，说不定会被她发现什么端倪。

天呢，太可怕了，光是想想都觉得毛骨悚然。

把蓝雁留在身边，那当真是下下之策，除非她想被她发现什么。

"洛儿，你刚刚不是已经答应了吗？怎么现在又反悔？"楚靖懿不悦地皱眉。

"可是，我现在又不想让她帮我治疗了，能不能麻烦皇上……"

"不行，朕的圣旨已下，岂能再更改？"

朱茵洛一副满不在乎的口气："你是皇上，你一声令下，谁敢违抗？只要你说一声，不就行了吗？"只不过是一个命令而已，有什么大不了的，她就是不想看到蓝雁。

眉头蹙得更紧，楚靖懿眯眼细细地打量朱茵洛，刚刚她的话，让他不禁怀疑，眼前的这个人还是朱茵洛吗？

"洛儿，朕是天子，一言九鼎，怎能出尔反尔？"

"一言九鼎？什么意思？"朱茵洛狐疑地挠了挠后脑勺，不甚理解地纠结起一张脸，忽地反应过来，夸张地笑着解释，"我知道了，一言就是一句话的意思，那九鼎是什么意思？"

一个人失忆，难道就真的丧失得这样彻底。

看到这样的朱茵洛，楚靖懿又不免心疼起来，起初是因为太过担心，所以心里急躁，没有想过朱茵洛的感受。

她失忆了，最伤心的是她才对，而他现在却总是用以前朱茵洛的标准来衡量她，这样对她不公平。

再怎么样，她也是他的洛儿，他不能因为她现在的某些行为而排斥她。

想了一下，他无奈地叹了口气，把朱茵洛轻轻地搂入怀中："我的洛儿，会没事的，总有一天，都会好的。"

朱茵洛错愕地望着楚靖懿的下巴，没想到他竟然把她搂在怀中。

"可是，九鼎是什么意思？"朱茵洛突然又问。

楚靖懿更加心疼了："好了，洛儿，不要想了，现在先不要管九鼎是什么意思，我们先去御花园里坐坐，这里太热了。"

朱茵洛心花怒放："好好好！"

只要楚靖懿在她身边，那她便还有机会。

另一边，刚刚走远的蓝雁，回头望着身后那紧拥的一对人儿，衣袖下的双手握紧，眼睛死死地盯着那渐渐远去的两个人。

前头走着的胡公公，刚走了几步，发现蓝雁没有跟上，回头看到蓝雁还在原地站着发愣，便提高了些声音提醒她："蓝姑娘，您在做什么？"

蓝雁蓦然回神，苦涩一笑，突然紧走了几步跟上胡公公："来了来了！"

皇宫，卉正宫。

这里是皇后苏心蕊的住处，自从楚靖懿登基之后，苏心蕊便在卉正宫中休养生息，只有少数到寺庙上香祈福的日子才会踏出卉正宫。

在他人的眼中，苏心蕊就是一个闲太后。但是她还是有头衔在，那些宫女和太监，也不敢多怠慢她。

卉正宫内的吃穿用度，也都是极好的。

刚走进卉正宫，一股檀香味扑鼻而来。

檀香，代表着一种静谧的气息。

蓝雁刚踏进卉正宫，便闻到了这股味道。一般人或许只能闻到这个味道，但是对于天性鼻子敏感的蓝雁来说，她闻到了那檀香的味道里，还夹杂着一种奇异的香味，一般人辨不出来，闻起来，令人血液滚烫，绝对是不安分因子。

光从用香方面，蓝雁就已闻出，这苏心蕊，并非表面上那般潜心静修。

她的骨子里也有不安分因子。

进了卉正宫，在主座上，苏心蕊端坐着，以前那身华丽的衣袍，换成了华贵的锦色素袍，脸上只是薄施脂粉，倒也是风韵犹存。

看她对待身侧的宫女和太监，一副温文的模样。

胡公公进去后，便向苏心蕊汇报，正与宫女笑着说些什么的苏心蕊蓦然回过头来，带着兴味地望着大厅之中的蓝雁。

若是蓝雁没有看错，刚刚苏心蕊刚转眼往她这边看来时，嘴角勾起的弧度，煞是阴谋和危险，眼角闪动着异样的光亮。

那一副画面，只是转瞬即逝，若是不仔细的人，会觉得自己刚刚看错了。

在她的记忆中，苏心蕊还是那个二十多年前，在大殿之上，抱着娉婷公主流露出那种高傲和睨视天下的皇后。

蓝雁忙向苏心蕊行礼："蓝雁见过太后娘娘，娘娘千岁！"

苏心蕊的目光在蓝雁的身上打着转，目光将她从上打量到下，意外地发现蓝雁并没有其他人眼中的那种畏惧，站在她的面前，那气势，绝不输于她。

在苏心蕊的眼中，写着"欣赏"两个字，她点了点头，满意地冲蓝雁笑了笑："你就叫蓝雁？"

"回太后，正是！"蓝雁大方地回答，回答的话字字珠玑、落地有声，明目流转间，流露出一丝妩媚，狂放而又不张扬，特别是那种难得的自信。

不错! 苏心蕊又冲她点了点头，眼中的欣赏更浓了。

在这个皇宫里，最缺的就是这种聪明、得体之人。

见过这么多人，蓝雁是有史以来，她最欣赏之人。

"婷婷最近如何？"苏心蕊淡淡地问，一双眼睛仍在蓝雁的身上打着转。

不管是从容貌还是其他任何方面，蓝雁在整个皇宫里都是出色的，恐怕并不逊于朱茵洛。

再加上现在朱茵洛性情大变，与往日的她判若两人，从她派出去的探子回来汇报说，现在的朱茵洛完全是一个粗俗的市井女人，试问……这样的女人，还有何魅力可言？

反倒是这蓝雁，一身蓝衣，明眸皓齿，配上那一身白皙的肌肤，犹如一只蓝色的大雁落在她的面前，即使她站在那里收拢了双翅，也掩不住她内心的张狂，那双眼睛锐利而睿智。

这样的一个女人，倘若不能留在身边，那就只能……

"回太后，公主最近比以前更加成熟、稳重了！"

苏心蕊在心底里暗暗地计算着，嘴角微勾，微笑望着蓝雁。

"这件事，哀家已经听说了，你来之前，婷婷已经让人捎了信给哀家，她说，这一切都是你的功劳！"苏心蕊挑挑眉梢。

"公主谬赞了，其实也是公主聪慧过人！"蓝雁客气地回答。

手指轻叩手上的玉戒指，苏心蕊的一双眼睛灼灼地望着蓝雁，眼睛里有着一股意味深长的情绪。

"听说，你回宫，是为了朱茵洛？"

"正是！"蓝雁立即补充，"茵洛郡主同蓝雁是旧识，也是她安排蓝雁去的北冥，这次听说郡主有事，所以……"

"先别着急，蓝雁是吗？以后哀家就唤你雁儿吧！"苏心蕊笑眯了眼，亲切地唤着蓝雁，并冲她招了招手，那表情像极了慈爱的老人。

"太后开心便是！"蓝雁蹙眉，但还是往前走，走到苏心蕊的面前停下。

苏心蕊握住她的手，冰凉的指尖，让人一下子冷到骨头里。

这是苏心蕊给她的第一感觉。

"来，坐。"苏心蕊硬扯着她坐下。

"谢太后！"蓝雁也不推辞，直接坐下，反正这苏心蕊是不打算轻易放过她了。

"你日后就留在哀家宫里吧！"

"这个……"

"怎么？哀家这里，比不上皇上那里？"苏心蕊的眸底闪过一丝阴狠。

不能为我所用，便被我所杀，这是千古不变的道理。

"雁儿不是这个意思，只是……雁儿此次回宫，是为了茵洛郡主……"眼见苏心蕊的异样眼神，蓝雁的话音突然转了个弯，笑吟吟地继续道，"不过，太后仁慈，太后这般厚爱雁儿，雁儿自是不会拒绝，以后还请太后不要觉得雁儿多余就好！"

"怎么会！"苏心蕊眉开眼笑，双手紧紧握住蓝雁的手，眸底的光亮更多了几分。

"好了，先让他人带你下去，把这里就当作你的家，不必拘谨，有什么需要，尽管跟胡公公说，哀家不会亏待于你！"

"谢太后！"蓝雁把手从苏心蕊的掌心中不着痕迹地挣脱出来，然后退下。

转身的瞬间，蓝雁的嘴角勾起一抹讥讽的弧度。

苏心蕊打什么主意，她会不知道？由始至终，她的心果然不安分。

侧头往身后望了一眼，苏心蕊脸上的得意掩不住，蓝雁轻笑着缓缓走出大厅。

第二十九章　久盼的重逢

由于奔波了一天一夜，蓝雁在胡公公的安排下，住进了卉正宫的偏殿，又派了两名宫女来伺候。

累坏了的她，刚躺到柔软的床榻上，便舒服地睡着了，一觉睡到天黑，有宫女送来晚膳，她简单地吃了。

天空中积累了一天的雨，看着天色，似乎随时会下起来，屋里显得有些闷热，蓝雁有些待不住了。

苏心蕊的正宫内，灯已熄，看来苏心蕊已经早早地歇下了。

她把自己房间里的两名宫女也打发下去休息，自己则无聊地坐在房里。

她的心里、脑袋里，想的全是白天的那一幕，楚靖懿搂着朱茵洛亲昵地在她的眼前离去，那一幕在她的脑海中久久挥散不去。

烦躁，怎么也无法躺下休息。

看着天上的月亮，她更加心烦意乱，想了一下，还是从房间里走出，准备到外面去透透气。

假如再待在这个房间里，她铁定要闷死在这里。

她悄悄地披了件外衣，走出了卉正宫的大门，趁着月色，往御花园的方向走去。

御花园里，到处是芬芳的花香，凉丝丝的风迎面吹来，让人感觉神清气爽。

她正打算往凉亭走去，远远地看到一道人影走过来，把她吓了一大跳："什么人？"

对方似乎也被吓了一跳。

那人看到是她，高大的身形缓缓向她走来，待看清了，蓝雁惊得瞪大了眼睛："皇上，您怎么会在这里？"

楚靖懿有趣地看着她笑了笑："这句话，该是朕问你的吧？"

那阵熟悉的低沉嗓音再一次回到耳边，是那样的熟悉，仿佛黑暗中的一丝曙光，将她指引到光明中。

来到这里已经很累了，楚靖懿现在不认得她，她心里也是一片茫然，不知道要用什么办法提醒他，其实她就是原来的朱茵洛。而现在的那个朱茵洛，只是她的替代品。

但是，她又十分明白，就算她现在以各种方法来提醒他，恐怕他只会觉得她像唱戏的小丑。

而现在的朱茵洛跟楚靖懿相处的时间还不长，那个朱茵洛，总有一天会恢复本性。只要她稍加计策，不怕那个朱茵洛会不上钩。但是，看到他……她的心还是会加速，那种悸动，令她永远也忘不掉。

"我只是睡不着，所以出来走走，没想到会遇到……""懿"字在喉中差点逸出，苦涩一笑，那声音在舌尖打了个转，换了一个字，"您！"

楚靖懿淡淡一笑，抬头望着头顶的月亮，下巴显得十分凄冷。

"皇上是在烦心茵洛郡主的事情吗？"聪明的蓝雁一下子便猜了出来，说出自己的名字，感觉怪怪的。

被蓝雁一下子猜中，楚靖懿微侧过脸来，也没有反驳，便点了点头，毫不掩饰自己的担心："洛儿这样，让人真的很担心，我们到亭子里面坐着吧！"楚靖懿做了一个邀请的手势。

面对蓝雁，她身上那股强烈的熟悉感，令楚靖懿不觉得陌生，莫名地不抗拒她。

蓝雁点了点头，两人便上了凉亭。

亭子上，两人在凉亭中对面而坐。

"你说你跟洛儿是朋友，你们认识几年了？"

几年了？蓝雁低头似在想着，然后想了想自己之前撒的那些谎，纠结了半晌之后，模棱两可地给出了一个答案："六七年了吧！"

"六七年，那时间也不短了！"楚靖懿沉吟着，好奇地又问，"你跟洛儿是怎么认识的？"

怎么认识的？蓝雁一头冷汗，这大半夜的考验人的智力很好玩吗？

但见楚靖懿一脸认真，倘若她真说不出来什么，怕是会惹他怀疑。

她苦思冥想了一会儿，想到了一个好的桥段，便回道："我们的相识，其实很偶然。当初她病了，正好碰上了我，我帮了她，所以就一回生二回熟了！"

"是这样？那我先代洛儿谢谢你了。"说着，楚靖懿又凄凉地叹了口气，"可惜现在洛儿什么都想不起来了，连你这个朋友她都不记得。"

"您不用担心，您的洛儿，一直都在您身边，从来没有离去！"她深深地望着他说着，一语双关。

一直在他身边！

这一句话安慰了楚靖懿。

没错，就算是这样，他的洛儿也一直在他身边。只要她还在他身边，那就是说还有希望，只要有希望，那他就不会放弃。

"那洛儿的事情，还要劳烦蓝姑娘多多费心！"

"那是自然，她的事情就是我的事。"因为她才是真正的朱茵洛。

楚靖懿讶异了一下："看来，你跟洛儿的关系是真的好。"

"是呀，没想到，一晃就这么多年过去了。"

"洛儿之前有没有跟你提过我们之间的事情？"楚靖懿好奇地问。

他们之间有事情？蓝雁的思绪又似回到了从前，那些温暖的回忆，每一个片段都刻在她的心上，即使过了多少日子，也无法从她的心头抹去。

"我记得，第一次相见的时候，看到您很惊讶；后来……您故意弄了颗假夜明珠来戏弄她，那时候她生气了很久！"她边说边笑着，那些回忆，想起来每一刻都是甜的，"还有你们在南陵王宫的时候你说要她留下来做您的王后，还有……"

不知不觉，蓝雁说了许多只有朱茵洛和楚靖懿之间才知道的隐秘的事情，让楚靖懿的眉头越蹙越紧。

才说完，蓝雁惊觉楚靖懿灼人的视线死死地盯着她，她蓦然回神，对上那双眼睛，怦然心动，仿佛又回到了那段刻骨铭心的日子。

那段事情，她居然知道？

从她的叙述中，他与朱茵洛的点点滴滴，她都说得丝毫不差。

就是因为这种丝毫不差，让他更加迷惑，不知道这蓝雁到底是何身份，朱茵洛跟她的关系就这样铁，把这些事情全部都告诉了她？而她脸上那抹神情，好像置身其中一般的开心。

朱茵洛想起事情也才几日的时间，就有机会全部告诉她了？

一连串的问号进入他的脑中，让他百思不得其解。

但是，他又不想去深究，就怕深究了，他也得不出个所以然来。

转念一想，朱茵洛肯把他们之间的关系告诉别人分享，而且说得这般细致，他是不是该高兴呢？高兴于他的洛儿，将他们以前的事情记得那样清楚？

楚靖懿没有再追问，心更烦了，他蓦然起身，淡淡地说了句："时间不早了，晚上天凉，蓝姑娘还是早些回去休息吧！"

蓝雁方才的心跳加速，以为他会问她些什么，这样她就可以想办法让楚靖懿预料到，眼前的她才是真正的朱茵洛。可是楚靖懿选择了逃避，说明……他暂时还不想接受这个现实。

蓝雁还想要说什么，转念一想，现在她若是再多说，恐怕楚靖懿就会烦了，到时候反而适得其反。

都说欲速则不达，心急吃不了热豆腐。

她还是慢慢来吧。

她也缓缓起身，礼貌地冲楚靖懿点了点头："谢谢皇上的关心，这个时候我也该回去了，下次再见！"

这个时候说这些已经够了，今天晚上可以让她睡个好觉了。

今天楚靖懿的反应告诉她，其实他的心里已经在怀疑，只要她多用些心，总有一天会成功。

她毫不迟疑地往回走。

站在身后的楚靖懿，本想往自己的寝宫走去，忍不住回头望着蓝雁离开的方向，一双幽暗的紫眸在月光下出神。

这蓝雁到底是什么人？她来到这皇宫到底目的何在？

或许……她真的可以唤醒她的洛儿。

其他的，他不想去多想，他也不准自己多想。

夜，越来越深了，月光从头顶落下，照映着他的身形，那影子在地上拉得好长，显得异常地孤独和凄凉。

第二天一大早，蓝雁早早地起身，刚用完早膳，那边苏心蕊也起身了，蓝雁赶紧去行礼，苏心蕊满意地冲她点头。

苏心蕊屏退了身侧的人，待人退去后，冲蓝雁招了招手。

苏心蕊那眼底精明的光亮，令蓝雁心中生疑，不禁狐疑地向前走去。

苏心蕊又同昨日一样，一把把蓝雁的手抓住，然后硬把她扯到她旁边坐下："来，雁儿，在我这卉正宫，你不必生分，我啊，看到你就像看到了娉婷一样！"

蓝雁虚应地笑了一声："谢谢太后的抬爱，雁儿怎么担当得起。"

"不，你担当得起，在整个皇宫里，也只有你担得起。告诉哀家，昨天晚上睡得好吗？"苏心蕊关切地问。

"托太后的福，雁儿睡得很好！"浑身鸡皮疙瘩，蓝雁不着痕迹地把自己的手从苏心蕊的掌心中挣脱出来，脸上仍然镇定地挂着笑容，"太后看起来满面春风，似乎有什么喜事？"

"当然有喜事，这喜事就是哀家的身边有你呀！有了你在，就好像娉婷还在一样，哀家呀，心里已经把你当成了自己的女儿，所以，以后你有什么事情，尽管告诉哀家，若是有人欺负了你，也尽管告诉哀家，哀家会替你出头！"

蓝雁的笑容更僵硬了，眸底闪过慧黠，淡淡地笑着点点头："一定一定！太后您对雁儿这么好，雁儿以后会好好孝敬您的！"

"好了，不说那么多了，你不是还要去见茵洛郡主吗？听胡公公说，皇上让你担任恢复茵洛郡主记忆的差事，这可是件苦差，千万不要累着自己了！"苏心蕊一脸关心地再一次叮嘱。

"谢谢太后！"蓝雁缓缓起身，"那雁儿先行告退！"

苏心蕊的眼睛一直送着蓝雁离开宫门。

胡公公从门外进来，鬼鬼祟祟地望着蓝雁，一副奸佞小人般的嘴脸，猛地回过头来，急奔到苏心蕊身侧。

"太后，蓝雁已经走了！"

苏心蕊摸了摸有些僵硬的脸，眸底闪过阴鸷，鼻中逸出一声轻哼。

"太后，您怎么了？"胡公公关心地问。

"还不是那个蓝雁！"

"她刚刚怎么说？"

苏心蕊扶额眼睛微眯："她的态度很模糊，一时之间还看不出来，她倒是向着朱茵洛，据说她是朱茵洛的好朋友，一时半会儿哀家要她做什么，那是不可能的。"

"太后，您不要心急，只要您对她好，她会看得见的，到时候她会成为您的人，然后乖乖地替您办事，除掉您的眼中钉！"

苏心蕊轻"嗯"了一声。

"她是个聪明人，相信她会知道哪一方对她有利，谁对她好谁对她不好！倘若她真的那么不识抬举，哼……"苏心蕊又猛地拍了一下桌子。

那一声，吓得胡公公胆怯地缩了缩脑袋，不敢看苏心蕊的眼睛，生怕被她吓住。

不过，正如苏心蕊所说。

蓝雁这样聪明的女人，倘若不能为她所用，将来必会成为自己的敌人，而苏心蕊一贯的作风，就是在她尚未成为敌人之前就将其扼杀。

想到蓝雁这样聪明的女人会被杀掉，着实令人惋惜，最终只能怪她不该来这个皇宫。

在宫里，尔虞我诈，靠的就是心计，不是你死就是我亡，永远没有终点，只有一直斗下去。

蓝雁出了卉正宫，才真正地缓了口气，望着头顶"卉正宫"三个字，她的眸底闪过一丝愤意。

苏心蕊是什么意思，她不是傻子，听得出来。

想拉拢她？

住在这里一刻，都会觉得喘不过气来，但是若是换成别人住在这里，就不一定会受得住苏心蕊的威胁，倒不如她自己住在这里，所谓知己知彼，方能百战百胜。

她苏心蕊静谧了这么多年，不知道背后搞了多少动作。她在的话，倒可以帮助楚靖懿。

现在她倒觉得自己换了身份之后，行事也方便多了，起码自己不用在幕前，可以在幕后，把那些背后搞鬼的人一个个都揪出来。

苏心蕊玩的那些东西，她八百年前就已经玩过了，想跟她斗，她还差得远呢。现在就看谁更腹黑，谁更技高一筹。

蓝雁一路向御花园中走去。

之前约好的，要见朱茵洛的话就到御花园。远远的，慕容清若看到了蓝雁那道纤丽的蓝色身影，不禁蹙眉。

"小全子，刚刚那个人是谁？"

小全子眺望着那道蓝色的身影，了然地回头："哦，皇太后，是北冥国新来的蓝雁蓝姑娘，昨天才刚刚到，皇太后您昨儿个乏了，就没有告诉您这件事。"

"这个蓝雁，是什么来头？"慕容清若脸色微变，"北冥国派来的？"

"据说跟茵洛郡主是旧识，这次茵洛郡主出了事，所以才会从北冥国赶过来，还听说她有办法让茵洛郡主恢复记忆！"小全子如实回答着。

原来是这样。

"你还听到些什么，全部都说出来。"

"不过，她现在住在卉正宫。"

"卉正宫？"慕容清若的眉尖蹙紧，眼睛半眯着望向小全子，"你是说她现在住在卉正宫？"

"对！昨天皇上已经命人准备寝宫了，太后却派人把蓝姑娘给接了去。"

"原来如此！"慕容清若的眉眼一阵狰狞，嘴角扯出残忍的弧度，"哀家还以为怎么了，这突然冒出一个人，我就知道她苏心蕊不会这么安分。去……查查这个蓝雁到底是什么来头，倘若她敢在哀家的眼皮底下耍弄，哀家一定让她死无葬身之地！哀家的眼里，揉不进一粒沙子。"

小全子立即回答："是！"

慕容清若的脸仍然因愤怒而颤抖着。

在这皇宫里，个个都想要跟她过不去，以前有一个苏心蕊，后来多了个朱茵洛，现在又多了一个蓝雁。

一个一个，全都不怀好意。

她一定要将她们一个个全除掉！

蓝雁一路来到御花园，远远地就见朱茵洛身侧有众人守护着，站在那里，似乎在等她。

蓝雁刚要过去，楚靖懿悄悄来到她身侧，轻拍了一下她的肩膀，吓得她惊叫了一声，回头看是楚靖懿，惊讶地张了张嘴。

"你……"

楚靖懿冲她做了一个噤声的手势，然后又指了指朱茵洛。

蓝雁会意地点了点头，目光紧随着楚靖懿的脸，望着他下巴完美的线条，心向往之。

朱茵洛站在御花园中，她身边的宫女似乎在提醒她些什么，朱茵洛便生气地头也不回地斥道："姓蓝的，我说过不需要你为我治疗，马上给我滚出皇宫！否则我一定找人把你先奸后……"

她的话音未落，那宫女脸色巨变地想要提醒她，但已来不及。

朱茵洛也发现了不对劲，冷不防地转身，却看到了蓝雁身边目光冰冷失望的楚靖懿。

当朱茵洛看到楚靖懿之后，她的声音戛然而止，欣喜地要迎上去，转眼却看到蓝雁在她的身侧，一股忌妒之火蹿上心头，她恼怒得恨不得马上上去把蓝雁从楚靖懿身边扯离，楚靖懿的身边，不该有其他人。

她扭扭腰，一脸热情地迎接楚靖懿："皇上，您怎么来了？我还以为您在御书房批奏折呢！"再回头冲刚刚向她汇报的那名宫女瞪了一眼。

狗奴才，只说蓝雁来了，却不说楚靖懿也来了。想必刚刚她的话楚靖懿也听到了，倘若楚靖懿觉得有什么，那她所有的努力可就白费了，她柔声试图改变形象。

她的手还未触到楚靖懿的衣袖，就被楚靖懿闪开，凌厉的视线瞪着朱茵洛，眸底有着质疑。

"你刚刚说什么？再说一遍！"楚靖懿威严地喝令。

被瞪回的双手，僵硬地收回，朱茵洛不敢再伸手，楚靖懿的眼睛似乎会杀人，只被他的那双眼睛一瞪，她就觉得浑身像是被千刀万剐似的难受，恨不得能马上找个地方躲起来，躲开楚靖懿那慑人的视线。

"我……我刚刚什么都没说呀！"朱茵洛耍赖，来个死不认账，傲慢地别过脸去。

只要她什么都不承认，楚靖懿也不能拿她怎么样。

"说，把刚刚说过的话，再说一遍！"楚靖懿凌厉地望着她，逼迫她一定要再说一遍。

朱茵洛被逼得无法，心里一股怒火上来。怒火上头，她也不管自己的什么身份和形象了，指着蓝雁的鼻子就破口大骂。

"这个女人，她分明是个妖精，她就是来跟我抢皇上您的。说得好听，是为了让我恢复记忆，谁知道她会不会背后给我一刀，我看她，分明就是想趁我不注意的时候，捅我一刀，好自己做皇后！"朱茵洛越说越气，后面的话不经大脑便一口全吐了出来。

"像这种女人就该永绝后患。只要她消失了，才能永绝后患，像她这种不知廉耻的女人，就该找几个男人，让她知道什么叫痛不欲生。这样她下辈子就不敢觊觎自己不该得到的东西！"

一口气吐出来，朱茵洛感觉心里舒服多了。

许久没有听到楚靖懿的回答，朱茵洛以为他是在考虑她的意见，心花怒放地靠近楚靖懿，双手捉住他的手臂，软软地倚着他，笑道："皇上，你说我说得对不对呀？如果皇上觉得此计不错，我现在就让人……"

站在一侧的蓝雁冷眼看着朱茵洛在那里给她泼脏水。

那些粗俗不堪的话，从朱茵洛的嘴里吐出来，令人觉得那么可笑。

而她说出那些话的同时，她已明显感觉到楚靖懿脸上那股森寒的冷气。

这个时候，谁都不敢接近楚靖懿，她倒胆子大地围上去，对楚靖懿相当了解的蓝雁，不用想也知道楚靖懿下面会做什么，她只冷眼旁观就是。

而楚靖懿听了朱茵洛的话，首先是不敢相信，然后是愤怒。

他早就已经听说了朱茵洛的一些恶行，说她欺凌宫女、横行霸道、嚣张跋扈，其中言辞较为激烈，那些他全然不放在眼中。但是……现在她居然说得出那种羞辱人的言辞！

杀人，他从来都会给别人一个痛快，除非罪恶滔天之人，他才会施以极刑，那是为了让人痛苦地死去。

而朱茵洛想出的这个手段，不仅对人的生理或心理都会造成极端的影响，那般残忍的话，从她的口中说出来，在他的眼中，此时的朱茵洛完全就是另外一个人，再也不像以前的茵洛。

况且……蓝雁只是一个无辜的人，对待一个无辜的人，竟然会说出那般残忍的话。

还问他她说得对不对。

冷着一张脸，楚靖懿低头看向那个抱着他手臂的脑袋，目光似要穿透她的心，想要看清楚，她此时心里到底想的是什么。

"洛儿，你是开玩笑的吗？"他不温不火地问。

"当然不是！"朱茵洛矢口否认，一张脸狰狞了起来，目光狠厉地瞪向蓝雁，右手五指狠狠地收拢，指关节因用力泛着一丝白色，发出危险的咔嚓声，她阴险地笑了，"这些还不够，到时候还要把她的四肢全卸了，丢到后山里喂野兽，哼……"

说完，朱茵洛才发现楚靖懿有一些不大对劲，那只被她抱着的手臂，明显僵硬，一股股冷气，从头顶吹下，令四周的空气也突然冷了下来，那股寒气让人冷到骨头里。

连旁边的那些宫女和太监也纷纷后退两步，个个低着头，不敢直视楚靖懿，生怕受池鱼之殃。

朱茵洛下意识地抬头观察楚靖懿的脸色，冷不防地望见一双幽暗深不见底的紫眸，里面夹杂着她看不懂的情绪，还有一股危险的颜色，让人毛骨悚然。

那两只抱紧楚靖懿的手，僵硬地、缓缓地缩了回来，身子也因为心虚开始颤抖着，她硬吞了一口口水，转身往后退。

"告诉我洛儿，刚刚那些话，不是从你的嘴里说出来的！"楚靖懿冷冷地逼问朱茵洛，声音略提高了些音量，声音不是很大，却是令在场的所有人都听得见，任何人都听得出来那其中的质问和怒火。

仍然不觉得自己做错事的朱茵洛，忍不住咬牙脱口辩道："我说得又没错，你看姓蓝的那个女人，我怀疑她以前就……"

"够了，不要再说了！"楚靖懿倏地大声咆哮出来，把朱茵洛欲出口的话全逼了回去。

朱茵洛咬了咬唇，不敢再说话。

不是说楚靖懿很爱朱茵洛，不管她做什么事，他都会满足她，而且会顺从她的吗？现在的楚靖懿怎么会这么凶，根本就不像传言那般。

她害怕得不敢再反驳，身子颤抖得厉害。

楚靖懿深吸了口气，想要让自己不受影响，但是，该死的他一闭上眼睛，就想到朱茵洛刚刚说的那一番话，便怒从心来，更多的是恨铁不成钢的自责，自责自己没有保护好他的洛儿，看到她现在这个样子，实际上是在他的心头狠狠地抽了一下。

楚靖懿示意朱茵洛身边的宫女把朱茵洛带回去，朱茵洛一看，就知道苗头不好，疯了一般地扑到楚靖懿而前，十指紧紧地扣住楚靖懿的手臂，惊恐地向他哀求："皇上，你不是要杀了我吧？"

她一下子想到自己的丈夫把刀子插在她胸口的那一刻，不禁害怕了。

楚靖懿蹙眉，握着朱茵洛的肩膀，把她拉开，双眼示意她身后的宫女把她带下去。

惊恐的朱茵洛，一下子受不了刺激，以为楚靖懿是失望于她，要杀了她，当下她疯了一般地欲挣脱开众人，那些宫女连忙抓住她，朱茵洛就挣扎得更厉害。

突然她抬脚狠狠地朝一名宫女的脚腕踢去，咔嚓一声，那名宫女的腿应声而断，朱茵洛怒红了眼，再一把把那名宫女推入池塘中。

扑通一声，那宫女被推入水，溅起无数浪花。

蓝雁见了，倏地一惊，纵身入水，把那名被推入水中呛了两口池水的宫女从池中救了出来。

那名宫女猛咳了几声，抱着自己的腿呜咽地哭了起来，而当事人，仍然不知足地向其他人扑去。

"你怎么样了，没事吧？"蓝雁拍着落水宫女的脸颊，焦急地唤着。

那名宫女扑在蓝雁的怀里，模样看起来甚是凄凉。

一时之间，整个御花园里非常混乱。

那些宫女还想要捉住她，朱茵洛一眼瞅到蓝雁。

这一切的罪魁祸首都是她，在她来之前，所有的事情都还好好的。

愤怒和恨意在心底交织，朱茵洛转身拔出腿间的匕首，狠狠地向蓝雁刺去。

想杀了她？

蓝雁见状，眸子怒睁，反手飞快地扣住朱茵洛的手腕，再猛踢一脚，把朱茵洛手中的匕首踢飞至池中，嗖地一下不见。再出手点住朱茵洛颈间的一处穴道，出手迅速，所有的动作几乎是一气呵成。

而她的动作，竟然也跟他的洛儿如出一辙，看得楚靖懿又迷惑了。

为什么？为什么这个蓝雁与洛儿这般相似，一个人的姿态等可以模仿出来，但是习惯还有紧急时刻的某些反应，也能这么像？

"放开我，你这个狐狸精，我要杀了你，你放了我，你若是不放了我，以后我一定会千倍万倍地还给你，我要让你求生不得，求死不能！"朱茵洛破口大骂，一头乌黑的长发，因为剧烈的挣扎，散落在她的双肩，凌乱的发丝，将她的半张脸掩起来，看起来如一个疯子一般。

楚靖懿的思绪被朱茵洛的声音唤回，再望向朱茵洛时，他头疼欲裂。

看着朱茵洛的模样，他的心更痛。

他的洛儿，到底什么时候才能回来？

"来人，把茵洛郡主带回她的寝宫，没有朕的命令，不许她踏出寝宫半步！"楚靖懿朝她身后的宫女和太监冷冷地喝令。

那些人听了他的话，异口同声地齐声答："是！"

朱茵洛一听，不是将她处死，她马上开心了起来，一副得意扬扬的样子冲蓝雁讥讽道："你这个狐狸精，皇上还是最疼我的，你最好打消了想要取代我的念头，哼！"

朱茵洛被点开了穴道带走，而原地仍然是一片狼狈，那名被踢断了腿的宫女不敢大声哭，只能惨白着脸坐在地上，浑身瑟瑟发抖地哭泣。

看着那名宫女，蓝雁心生恻隐之心，把那名宫女扶好，一双巧手，轻松地就把她的骨头接上了。再从衣袖中掏出一块蓝色的丝帕把那名宫女的腿紧紧地包裹住，然后向旁边其他的宫女招手："你们两个，找一个推车过来！"

推车？那是什么东西？

现场的其他人没有人听得懂她话中的意思。

"这里没有推车，坏了。"蓝雁似乎发觉了自己的口误，讪讪一笑小声地嘀咕，连忙解释，"那个，就是你们找一副担架过来，把她推到太医院。然后让人好好地治疗，我刚刚摸了一下，伤得还不至于太重，只要把她的双腿用石膏固定一下就可以……"

说到最后，蓝雁有些不耐烦了。

她说那么多，恐怕他们也听不懂。

"这样吧，你们就找副担架过来，把她扶到太医院，其他的事情交给我！"

蓝雁紧张的目光始终紧随着那名宫女，没有发现身侧楚靖懿狐疑盯在她身上的目光。

他的洛儿……似乎也经常说一些莫名其妙的句子，然后似乎又发现了什么，赶紧改正。

他的目光紧随着蓝雁，后者似乎根本没有发现他的目光投注在自己身上，直到有两名太监抬来了一副担架，把那名受伤的宫女给抬走了，蓝雁焦急地跟在身后，也忘了跟他打招呼。

是他的错觉吗？看到蓝雁的那种感觉，就像他在二十多年前初见到朱茵洛的感觉是一样的，为什么会是她？她为什么也这么……特别？

蓝雁为受伤的宫女接腿，用了太医院没有的方法，让那些太医院的太医目瞪口呆，赶紧拿笔记下她所叙述的方法，还有她所说的后续治疗方法，再听她说她的方法可以让伤者好得更快时，那些太医就更加惊诧了。

蓝雁在太医院的所作所为，迅速传到了楚靖懿的耳朵里。

旋即，楚靖懿就命人把蓝雁召到御书房来。

一路上，蓝雁以为楚靖懿是为了早上的事情补偿她。

刚进了御书房，楚靖懿正在忙，她蹙眉，安静地站在门外，等了一会儿楚靖懿才抬头。

看见她，楚靖懿的脸上挂着淡淡的笑容，指着书房前面的一张椅子道："蓝姑娘来了，先坐吧！"

"谢皇上！"蓝雁客气地在椅子上坐下。

"听说，你在太医院，治疗了那名宫女！"

"皇上放心，那名宫女现在已经没事了，我刚刚让人扶她下去休息，一个月不能再做活，正想要请示皇上，不知道是不是……"蓝雁解释着。

刚说完，楚靖懿就笑着抬手打断她："这件事你做主就是，不用请示我。"

"谢皇上！"

话落，两人之间无言，一室的尴尬。

好一会儿，空气中弥漫着令人窒息的味道，楚靖懿轻咳了一声打破了僵局："对了，关于洛儿的事情……"

"皇上是想说今天早上她失控的事情吗？"

楚靖懿的脸上现出一丝愧疚："洛儿她……"

"皇上不必解释，蓝雁清楚，这不是她的本意，若是她现在还是原来的她的话，今天的事情，她是一定不会让它发生的，所以蓝雁都明白，皇上不必解释！"

听得蓝雁这般通情达理，楚靖懿讶异了一下。

"这么说来，倒是我太小气了。"

"皇上是一国之君，考虑的事情毕竟太多，不过……蓝雁倒想斗胆提一点，这件事若是传出去恐怕会影响皇上的威望。太医院那边，我已经让那宫女守口如瓶，那宫女也答应了，只是……御花园那里人多口杂，皇上恐怕要下旨封锁这个消息才好，这样对茵洛，对皇上都好！"

楚靖懿眯眼，直勾勾地盯着蓝雁，狐疑在她的脸上扫过。

难得她考虑得这么多。

"已经吩咐下去了，多谢蓝姑娘关心！"

蓝雁明显松了口气，眼角微微勾起，似乎是在笑，刚进门时就一直凝重的脸色缓和了许多，然后她起身冲楚靖懿点头致意："如果皇上没有其他的事情，蓝雁就先行告退！"

"嗯，你下去吧！"

蓝雁微笑着点点头，转身走出了御书房。

待蓝雁离开，楚靖懿的视线仍然无法从她消失的方向收回。

这个蓝雁让他迷惑！

朱茵洛突然发了疯，这个消息果然被封锁了起来，蓝雁在宫里转了一圈，也没有听到一丝消息，她这才真正地放心。

蓝雁闲来无事，在宫里走着，冷不防地却遇上了慕容清若，想躲却已经来不及，只得硬着头皮面对。

望着蓝雁，慕容清若的眼睛打量着她，目光从上到下，再回到她的脸上，眼中有着质疑："你就是这两天宫里传言的蓝雁？"慕容清若不悦地眯眼。

蓝雁愣了一下，犹觉自己的失礼，赶紧冲慕容清若点头行礼："民女蓝雁，见过皇太后，皇太后千岁千千岁！"

慕容清若淡漠地扫了她一眼，鼻中逸出一声轻哼："起来吧！"

"谢皇太后！"

"听说，你是茵洛郡主的朋友？怎么会是从北冥国过来的？"慕容清若冷厉地质问。

蓝雁慢慢恢复了情绪，她才一本正经地恭敬回答："回皇太后，民女是五年前金水城一场大火屠城的幸存者，郡主念及旧情，让民女去了北冥国陪伴在公主身边，这里有一块玉佩，可以证实民女的身份！"

说着，蓝雁便掏出之前的玉佩。

有了这么多的证据，蓝雁算是证实了自己的身份，让慕容清若再也找不到其他刁难的事项。

慕容清若凌厉的目光盯了她半晌道："不过，这个时候，蓝姑娘你是不是不该在这里的？"这里是朱雀宫，附近都是空宫，这让慕容清若怀疑蓝雁的动机。

聪明的脑袋飞快地运转，马上就找到了合适的理由："回皇太后，蓝雁初入宫中，本想回宫的，可是这皇宫太大了，蓝雁实在是找不到回去的路，所以才会走到这里，难道……这里是禁地不成？倘若是禁地，那蓝雁在这里先向皇太后请罪了！"

很显然，慕容清若并不相信她的话，一个人乱走，能走到这里来？况且，看蓝雁刚刚的神色，她在这里好像已经等了好一会儿了，她的话……有几分真？

"禁地倒不是，但是，哀家现在命令你，以后再也不许到这里来，听到了没有？"慕容清若一字一顿地道。

"是，蓝雁谨遵皇太后的懿旨！"蓝雁乖乖地点头答应。

等到看到慕容清若消失在朱雀宫的门前，她才收回视线，准备转身离开原地。

才刚一回头，乍看到一张脸，吓得她差点叫了出来，忍不住睁大了眼睛诧异地唤道："馨儿？"

对，来人正是馨儿，她的手里端着一个托盘，上面放着一盅……

闻着味道，似乎是燕窝。

馨儿诧异地望着蓝雁，眼前的人就是蓝雁，她一眼便认出来了，最近宫里面传得太火了嘛，可是……她却不觉得自己以前见过蓝雁，而这个叫蓝雁的女人，看到她居然一下子就唤出她的名字，让馨儿确实觉得奇怪了些。

"你是蓝姑娘吧？蓝姑娘居然认识奴婢，真是奴婢的荣幸！"馨儿受宠若惊地冲蓝雁点了点头。

蓝雁神秘兮兮地笑答："你忘了吗？我是茵洛的好朋友。"

馨儿心里虽然疑惑，但是听得蓝雁说得这样清楚，便也不得不信了。

"可是……您真的是郡主的朋友？"

"怎么？你不相信？"蓝雁促狭地反驳，"我倒是听说，你的身边有小甲和小乙两个骑士，不知道……你到底打算选哪一个呀？"

呀！居然知道这个问题，朱茵洛这个大嘴巴，什么事情都往外说。

现在连别人都知道这件事了。

馨儿脸上一红，端着手中的托盘紧张地要逃开，她冲蓝雁点了点头："奴婢要给郡主送燕窝了，奴婢告退！"

馨儿匆匆忙忙地离开，看得蓝雁直乐。

她啧啧地摇了摇头："还跟以前一样。"

说完，她不舍地望了一眼朱雀宫，然后才转身离开。

她才刚刚走开，一道人身影突然从拐角处走出来，竟是楚靖懿。

楚靖懿刚刚出现，随后小甲也在他的身后出现，两人盯着蓝雁离开的方向。

"皇上，您打算怎么做？"小甲狐疑地询问。

这个蓝雁不仅让楚靖懿觉得奇怪，连他也觉得她的出现有些诡异，而且……是在朱茵洛突然性情大变的时候突然出现。

表面上看起来似乎合情合理，但是她的表现，她的一切，都让人觉得她就像是一个谜。

"去打听金水城尚存活的人，把她的身份查清楚，朕要详细的，不管是任何消息，都不能漏掉,明白了吗?"楚靖懿面无表情地命令,危险的紫眸死死地盯着蓝雁离开的方向,嘴角微微抽动。

任何人,都别想在他的眼皮子底下玩花样。

刺客或是其他,她到底是哪一种?他倒不希望她是第一种,否则……他会毫不犹豫地杀了她!

他最恨的就是别人背叛他。

他只是不明白,蓝雁怎么会知道那么多事情?竟还有馨儿……

特别是刚刚馨儿走了之后,她那嘴角与他的洛儿相同的戏谑笑容,那声叹息。

就好像是她认识馨儿,而不是通过洛儿的介绍。

这个蓝雁,究竟有什么能力,能做到这些?

这个蓝雁,着实令他迷惑,她到底是敌是友?

一连好几日,朱茵洛被禁足,无法出来。

朱茵洛被禁足,这个消息令许多宫女和太监乐得差点欢呼起来。

可见那些宫女和太监被朱茵洛欺负得有多惨。

不过几家欢喜几家愁,那些朱茵洛寝宫外的人,会觉得这很好,可是……对于那些伺候朱茵洛的人却是噩梦。

她被禁足之后,就拿身边的那些人出气,只要是手边有东西,她都毫不犹豫地把东西砸到身边的宫女和太监身上,那些宫女和太监叫苦连天,这才短短的三日时间,每个人的身上都有不同程度的伤痕。

每次那些宫女和太监到朱茵洛寝宫中服侍的时候,纷纷哭丧着一张脸,想要跟他人调换。但是朱茵洛的声名在那里,谁也不肯与他们调换,那些从前只觉得朱茵洛名气大,将来又是做皇后的人,现在全觉得当初应该挖掉自己的双眼,恨自己为什么有眼无珠会选了朱茵洛。

关于朱茵洛被禁足的消息,在皇宫内传得沸沸扬扬。但是,大多数人却不知道朱茵洛为什么被禁足,当天目睹一切的宫女和太监个个守口如瓶,听到有人问起,他们便像是见了鬼似的赶紧逃走,根本不敢吐出半个字。

这件事,也从此变成了一个秘密,再过几日便无人再问起。

另一边,朱茵洛被禁足,蓝雁在皇宫里便无用武之地,整天闲着不知道做什么。

苏心蕊待蓝雁倒是挺好,每天好吃的好喝的往她房里送,不时地送她些东西,她均收下没有拒绝。

毕竟,将来她若是做什么事的话,说不定这些俗气的东西都可以用得到。

其实,她的心里有些担心,朱茵洛被关的时间太长,她留在这皇宫里会变成多余,到时候会被逐出皇宫。

坐在御花园一角的假山石上,她忍不住愁闷地坐着,倚在大石上,合上眼睛。

阳光从树影射下,照在她的脸上,暖烘烘的。

前几日一直在下雨，天变得有些凉，今天的天气倒是好，眼前蝴蝶飞舞，枝头传来一阵悦耳的鸟叫声，听着非常舒服。

蓝天、白云、绿叶、山石，这一切看起来是那么的美妙。

但是，她刚一合上眼睛，想到的却是过去的点点滴滴。

那些……是唯一支撑她活在这个皇宫里的理由，假如……假如没有那些，她不知道还能撑到几时。

每天半夜，她便给自己打气。

只要想到，懿那么思念她的眼神，她就觉得重新有了动力。

坐在大石上深深地叹了口气，懒洋洋地伸了一个懒腰。

忽地听到一阵脚步声，她下意识地蹙眉，稍稍睁开眼睛，往脚步声的方向望去。

她的耳力向来比他人较为敏感，能听出那些脚步声音里的不同。

她感觉，这脚步声急促中夹杂着几分凌乱，好像很急躁的样子。

视线往那脚步声源处望去，便看到了一名宫女，她的手里端着一个托盘，托盘上面放着一盅东西，似乎是……参汤！

她记得有听说过，最近楚靖懿心神不宁，每日批阅奏折时，都要喝一碗参汤，这参汤送去的方向，应该是御书房的方向。

看着那参汤，她隐约中觉得有些不大对劲，但是具体什么地方不对劲，她一时还说不上来。

能有什么不对劲的？

她合上眼睛，准备假寐地继续睡着，刚合上眼，突然看到一幅画面，那画面中，一个碗碎在地上，里面有些汤水洒在地上，碗的碎片和着水渍，看起来相当骇人。

这是什么画面？是什么意思？

她的第六感，这是在提醒她些什么？

那个碗，为什么看起来有些眼熟，好像是……

她的眼睛倏地瞪大，腾地从大石上站起来，眼睛直勾勾地盯着刚刚那名宫女离开的方向。

如果她刚刚没有看错的话，刚刚的那个碗，就是她第六感里的那个碗。

而碗落在地上碎掉，那又是怎么一回事？

难道是……

她的脑海中似乎出现了幻觉，楚靖懿喝下人参汤之后，突然倒地不醒，握着汤碗的手一抖，手中的碗竟然直接就掉了下来，碗掉在地上，啪的一声，甚是响亮。

蓝雁被惊得叫了出来，心慌意乱地连连摇头："不会的，不会的，一定不会的，他一定会没事的，这种事情一定不会发生的！"

她一遍一遍地这样告诉自己，但是，她的第六感，没有一次是出错的，就是说刚刚的事情真地有可能会发生。

楚靖懿……会死吗？

不！楚靖懿不能有事，倘若他出了事，那她留在这里，还有什么意义？

想到这里，她的心更加焦急了起来，脑袋一阵乱哄哄的，什么也想不起来，聪明的小脑袋也不知道该怎么运转了。

她的心里只重复着一句：楚靖懿不能有事。

不管了！即使冲动也好，她现在不能看着楚靖懿有事。

她脸色倏变，抬腿立即向御书房的方向奔去，一路上，她一刻也不敢停下，不小心撞到了几名宫女和太监，她匆匆忙忙地道了声歉，又飞快地跑开。看得那些宫女和太监一阵错愕，不知道她到底要做什么。

蓝雁一路狂奔，心紧紧地揪着，一路奔到御书房前才停下。

刚到御书房门前，那名宫女才刚刚把参汤送到了御书房内。

她的神经紧绷到极点，气喘吁吁地继续狂奔，到了御书房外才刹住了脚，刚刚好，那宫女把汤放在了桌子上。

那宫女刚刚转身，回头看到门外的蓝雁吓了一大跳。

她拍着惊魂未定的胸口，诧异地望着蓝雁："蓝姑娘？"

听到蓝姑娘三个字，御书房内的楚靖懿和小四两人同时抬头，果然看到御书房外站着蓝雁。

小四自是开心见到她，心里还想着蓝雁之前的赞美："蓝姑娘，你怎么来了？"忘了身后楚靖懿还坐在那里，小四就先开口了。

蓝雁猛拍因为跑得剧烈而喘息的胸口，一张脸因为害怕而惨白着。

看着她惨白的脸，小四担心地走上前来："蓝姑娘，您这是怎么了？脸色怎么这么难看？"

喉中一阵干涩，蓝雁没有回答小四的话，只是冲他挥了挥手，表示自己没事。

她的呼吸还是很急促，看到那碗放在桌子上的参汤时，蓝雁倏地松了口气。

万幸！她赶得及时，这参汤楚靖懿还没有喝。

她跑得满头大汗，脸上惊惶的表情，吸引了楚靖懿的注意力，然后再狠狠地瞪了小四一眼。

"蓝姑娘来御书房，想必是有事吧？"楚靖懿开口道。

蓝雁点了点头，脸色依旧难看，她的脸转向刚刚送参汤宫女的脸上，那双眼睛凌厉如刃，死死地盯住那名宫女，盯得那名宫女越来越心虚，承受不住她的目光，忍不住往后退。

楚靖懿因为蓝雁异常的举动而疑惑，有些不耐烦地说："蓝姑娘，你有什么话就直说！"

"皇上，蓝雁想说，你的参汤里被人下了药！"蓝雁瞅着那名宫女一字一顿地说，说到"下了药"三个字的时候，那名宫女的身子明显地瑟缩了一下。

双腿一软，那宫女便跌跪了下去，连连磕头求饶："皇上，奴婢没有，奴婢没有在您的参汤里下药！"

小四结结巴巴地望向蓝雁："蓝姑娘，这是怎么回事？"

"这参汤里有毒，不信的话，你可以试一试！"蓝雁瞪着那名宫女向小四吩咐。

对，试一试。

小四紧张地拿起一根银筷子，往汤里试了一试，好一会儿，那银筷子却是一点儿带毒的迹象都看不见，小四的表情略显尴尬。

"蓝姑娘，别胡闹了，这汤里没毒，想必……是你看错了。"

"是呀是呀，奴婢真的没有下毒，这里面真的没有毒！"那名宫女哭喊着解释，连声叫着委屈，"皇上，奴婢真的没有做过下毒的事情，您要还奴婢一个清白呀！"

看着那银筷子一点儿反应都没有，蓝雁也惊诧了一下。

难道……真的是她想错了吗？怎么可能……那她第六感里看到的是什么？难道不是这个碗？

她蹙眉盯着地上的地板，瞳孔骤然缩紧。

她确定……这里的地板，就是她第六感里那汤碗碎片落的地方。

在蓝雁低头沉思的当儿，小四尴尬地向楚靖懿汇报："皇上，这汤里没毒，那个……蓝姑娘大概是太紧张了，所以才会这样，还请皇上不要责怪于她，至于其他人就……"

楚靖懿的脸色有些不大高兴。

蓝雁刚刚做的事情很反常，不像平时她的作风，还是她想要达到什么目的？让楚靖懿对蓝雁的怀疑更加深了。

现在的蓝雁，觉得自己已经百口莫辩。

汤里没毒，但是她的第六感却出现汤碗掉落在地上的情景，难道是另有隐情？

而她抬头间，看到楚靖懿眼睛里对她的不悦，她的心一阵冰冷。

他不相信她！

她最受不了的就是他不相信她。

看来……她现在就只有赌一把了。

想到这里，她毫不犹豫地上前，把桌子上的参汤一下子端起来，仰头一口喝下，骨碌骨碌，汤水从她的喉咙一路滑至胃中。

那汤水滑入胃中，她立即感觉自己的胃犹如有火焰在灼烧一般。

难过的她，手倏地松脱，手中的碗滑落了下去。

她的目光顺着碗的方向看去，恰好看到碗落在地上的画面，砰的一声，碎片四散开去，残留的汤水洒在地上，隐约中映着她惨白的脸，甚是恐怖。

那股灼烫的感觉，不一会儿便烧遍了她的身体，让她全身止不住地颤抖，冷汗布满了她的脸。

而刚刚那个倔强地说那参汤里没有下毒的宫女吓得僵在地上，不敢相信地望她，她竟然……把汤药全喝下去了。

而蓝雁身体的反应，更加说明了参汤里被下了毒的事实。

心虚的那名宫女，下意识地转身想要向御书房外逃去，刚逃了两步，就被反应过来的小四一把抓住："你还想要逃到哪里去？说，是谁指使你下的毒？"

那名宫女惊恐地望着小四，从怀里掏出一颗药丸就要吞下去，被小四更快地挡住，才不至于让她自杀得逞。

　　蓝雁身子软软地就要跌倒，这时，楚靖懿的身形移形换影般地移到她面前，及时地扶住她，一双幽暗的紫眸狠厉地射向那名准备畏罪自杀的宫女："小四，把她带下去，一定要问出背后的主谋是谁！"

　　"是！"小四听令，立即把那名宫女带下去，他担心地回头望着蓝雁，"可是皇上，蓝姑娘她……"

　　"你先下去！"楚靖懿的声音近乎怒吼。

　　"是是是！"再也不敢有一丝停留，小四着急把宫女抓着带了下去。

　　被毒侵体的蓝雁，觉得全身非常难受。

　　如今……她甚是怀念以前她百毒不侵的体质，可惜现在……

　　"蓝姑娘，蓝姑娘，你怎么样了？"楚靖懿焦急地在她耳边呼唤着，可惜她的意识越飘越远，越来越听不清他在唤些什么。

　　她心里着急，喉咙动了动，艰难地张了张嘴。

　　楚靖懿俯在她耳边，急问："你想说什么？是哪里不舒服？"

　　"懿……懿……"蓝雁艰难地重复吐出这个字。

　　楚靖懿震惊地盯着怀中的蓝雁。

　　"懿"这个字眼，只有他的洛儿才会如此唤他。

　　但是，这个字眼从蓝雁的口中唤出，他的心里竟然也不排斥。

　　她怎么会这么突然冲出来？

　　看着蓝雁的声音越来越微弱，脑袋从他的手臂上渐渐地歪了下去，楚靖懿的心好像被撕了一块地疼。

　　突然他把蓝雁拦腰抱起，火速冲出御书房，嘴里担心地叫着："蓝雁，你欠我一个解释，你不许死，你听到没有，朕命令你，你不许死！"

　　刚刚蓝雁昏迷之前最后一句是："你说过没有你的允许，我不会死，我……是不会死的。"

　　宫女要刺杀楚靖懿，被蓝雁拦下。蓝雁为证实参汤里有毒，亲自喝下了那毒药，结果毒发，生命垂危。

　　这个消息在皇宫里面刚刚传出就迅速地炸了开来，到处都在议论这件事情。

　　而在太医院里面，几名大夫在房间里面为蓝雁诊断身体，门紧紧地关着，看不清里面的情况。门外，楚靖懿阴沉着脸，双手负在身后，来回踱步。

　　他的脑海中回想起御书房里的那一幕。

　　蓝雁不顾所有人的阻拦喝下了参汤，她脸上的焦急是看得见的。

　　可是，她怎么会知道参汤里面有毒？只是意外吗？如果不是意外，那么这一切，是不是一个精心策划的局？她来到他身边的目的到底是什么？

　　还有她昏迷之前呢喃着的那句话，是他对洛儿说过的话，这种种的种种，都像是一个谜团，让人不知道这其中到底藏着什么秘密。

而这个秘密，也只有等蓝雁醒来，才可以解开，时间在一点点地流逝，楚靖懿的心也越来越焦急。

楚靖懿在门外来回踱步，不知道过了多久，他突然听到了一阵脚步声，赶紧抬头。

却发现声音不是从房间里传来，而是从太医院外传来。

小乙飞奔过来，因为跑得太急，看起来喘得很厉害。

楚靖懿眯眼看着他，等他靠近他才不悦地询问："什么事？"

"皇上，之前行刺您的宫女，已经审问过了！"

审问过了？

楚靖懿脸上的冷意更甚。

敢对他下毒的人，他绝不会手下留情，而且……她居然胆子大到在他的眼皮底下下毒，还让一个人在他的眼皮底下中毒倒下去，他的眸底闪过阴鸷："怎么样？她说出是谁指使的了吗？"

"回皇上，她说是她自己下的毒，然后她是……"小乙有些犹豫，嘴巴动了动，偷偷地瞧一眼楚靖懿，不知道下面的话要不要开口。

发现了他的犹豫，楚靖懿脸色一凛，声音倏地加重了几分："有什么话就直说，不要吞吞吐吐，朕最恨别人说话只说一半，继续说下去！"

"是！"小乙吞了一下口水，小声地回答道："是这样的，这名宫女，其实她爹是当初在您登基之时，因为犯了与敌国通奸之罪，被皇上您下令满门抄斩的大臣。她就是当时那名大臣的小女儿，逃走之后，被人所救。后来入宫当了宫女，一直寻找机会向皇上下手，她说今天是她第一次下手，没想到参汤却被蓝姑娘给喝了，现在她自己也被吓得有些精神失常，嘴里一直说'我杀人了，我杀人了'！"

听到这里，楚靖懿的心里莫名的安慰。

既然那名宫女这样说，就代表蓝雁并没有与她同谋，但是蓝雁又是怎样知道那参汤里被下了毒的？

"救了她？"楚靖懿抓住小乙语中的一个词，"是谁救了她，她这一点有没有说？"

小乙摇了摇头："她没有说，但是她说那个人不是宫里面的人。"

不是宫里面的人？

大概猜出了楚靖懿的心思，小乙补充地答："当时属下只是问她谁救的她，她就飞快地接着说不是宫里面的人！"

楚靖懿那双幽暗的紫眸危险地眯了起来。

那就是说，对方是宫里面的人？宫里面救了她，但是又可以把她安插在宫里面的人，寥寥无几，若是说最可疑的人，恐怕就只有一个……

那个人的名字，呼之欲出。

怪不得她这六年来一直沉默，恐怕就是在等着这个宫女下手吧？

"去把她好好地看着，一定要她亲口吐出当年是谁救了她，还有，在皇宫里，还有没有其他的同谋！"楚靖懿又命令。

"是！"小乙答应着就下去了。

待小乙刚刚离开，病房的门被打开了，几名太医从里面大嘘了一口气地走了出来。

那松了口气不是因为治好了里面的人，而是他们保住了自己的项上人头。

刚刚楚靖懿把蓝雁抱过来的时候，一副欲杀人的表情，把他们全逮了进来，还下令，若是他们治不好她，就要把他们的脑袋一个个地全砍下来。

看那些太医的神色，楚靖懿心里明白，里面的蓝雁算是得救了，心头紧压着的大石也跟着落下。

最后一名出来的太医，恭敬地冲楚靖懿行了一礼："皇上！"

"蓝姑娘怎么样了？毒解掉了吗？"

"回皇上，经过我们几个人精心地研究之后，用了上古的十大解毒之法，其中包括……"那名太医为了表明自己的医术高超，情不自禁地炫耀自己曾经学过的知识，打算卖弄一番。

而听到那名太医的炫耀，楚靖懿的脸就黑了，神色一凛，冷冷地打断他的话："少废话，说重点！"

好不容易想要炫耀的话，被楚靖懿一句话给逼了回去，那太医的表情像是吃了大便一样纠结。

都说想炫耀的时候，被人一下子打断，憋回去会把人给憋死，会得内伤的，可惜……眼前是楚靖懿，是这西阳国的皇帝，他的话谁敢不听，被他的话给噎住，就算噎死，也得硬憋下去。

那名太医生生地把自己的话给吞了回去，简单地向楚靖懿汇报："回皇上，现在蓝姑娘身体里的毒已经抑制住了，只要再服两服药，那药里有……"

说着，那名太医的职业病又犯了，准备背下那药方里的药名。

瞅到苗头的楚靖懿脸色一阴，冷冷地又是一句："朕要的是结果！"

吓！脸色好难看，呜呜……他只是想小小地炫耀一下也不行！那太医看无法再炫耀，只得乖乖向楚靖懿汇报情况，以免把他惹毛了，他就吃不了兜着走了："皇上，只要再服两服药就行了，幸亏送得及时，再迟一会儿，恐怕她的内脏就受损，到时候神仙也难救！而且……蓝姑娘这次身体受损之后，需要休息一段时间，好好地调理，身子才能恢复。"

楚靖懿满意地点了点头，这样回答才像话。

"好了，朕知道了，你下去吧！"

"是！"

听到蓝雁无恙的消息，楚靖懿才正式放下了心，又吩咐了人去跟着太医取药，煎好了送过来，然后他缓缓地走进病房内。

刚踏进房间，一股浓烈的药味迎面扑来，令他忍不住蹙起了眉头。

他很讨厌这种味道。

在临近窗子的小床上，蓝雁一身蓝衣躺在榻上，脸上毫无血色，双眼紧闭，气息微微，嘴角还挂着一丝干涸的血液，有几滴鲜血滴落在她蓝色的衣衫上，凝聚成了红紫的一片，在胸前仿若绽开了一朵紫色的梅花。

闻到了房间内楚靖懿的味道，榻上的蓝雁幽幽地醒来，睁开眼睛，往旁边望去，果然看到楚靖懿就在她的眼前。

她以为是在梦里，嘴角勾起一抹甜美的笑容。

她挣扎着想要起来，触摸他的脸，身体的疼痛，令她眉头攒紧，痛吟了一声又跌了回去，刚刚动了一动，就觉得全身无力。

"蓝姑娘，你身体还没好，暂时不能动！"

蓝姑娘？

她眉头深皱，她的懿怎么会唤他蓝姑娘？那双疑惑的眸子在他的脸上扫视了一眼，看到了那双眼睛里，并没有以往的深情，一时之间所有的记忆又回来了。

她苦涩一笑。

原来这一切不是梦，眼前的人是楚靖懿，可是……他现在认不得她，她只是他口中的那个……蓝姑娘！

他的眼睛那么陌生，她在心里幽幽一叹。

"谢谢皇上的关心，蓝雁无事了，让皇上担心了！"她淡淡地说着，转过头去不忍再看那张脸，他眼睛里的淡漠，像是一把利刃，无情地插在她的心上，痛得她快不能呼吸了。

"今天的事情，我还要多谢蓝姑娘，不过……蓝姑娘怎么会知道那参汤里被下了毒？"楚靖懿的双眼死死地盯着蓝雁的脸，疑惑于她脸上的哀伤。

"哦，这个呀！"蓝雁回过神来，淡淡一笑，一派自若的表情回过头来，轻描淡写地回答了一句，"我是懂些药的，今天我在御花园的假山石边上乘凉，当那宫女从我的身边路过时，我闻到参汤里有股奇特的味道，当时就觉得不对劲，后来想到以前曾经闻到过，是一种毒药的味道，但是这种毒药，用银筷子是试不出来的，所以……"

所以？

她就拿命来试药？

一想到她当初毫不犹豫把参汤的碗接过，仰头把一整碗毒药当着他的面喝下去的画面，他的心就一阵紧窒，说不出的难受。

还有些生气。

突然发觉自己的情绪有些失控，他暗暗地把那种心情又压了回去。

"下次不要再做这种傻事了，我最恨有人因为我而死去，我不想欠任何人的！"楚靖懿的声音里夹杂着几分愠意。

蓝雁微微一笑。

明明是关心别人，说出的话，却是那样难听，也只有他楚靖懿干得出来。

"蓝雁谨遵圣旨！"她笑答。

楚靖懿的眉头蹙得更紧："中了毒，你还笑得出来？"

难得楚靖懿这样关心她，蓝雁感觉心里暖暖的。

"对了，给皇上下毒的人抓到了吗？怎么样？"蓝雁突然紧张了起来，"敢给皇上下毒药，肯定不简单，背后应当有人指使，她……"

自己中着毒，还关心别人。

看她紧张的模样，楚靖懿难得耐心地回答道："抓到了。不过是我登基之时，杀了一名奸臣的余孽，如今也是为了报仇而来。"

"报仇？"蓝雁的身体因此瑟缩地抖了一下。

"怎么样？你的身体还有没有哪里不舒服的，太医们都在外面候着，你若是觉得不舒服，马上让他们进来……"

"不用了！"蓝雁挣扎着坐在床头，躺在榻上觉得呼吸不舒服，这样坐着舒服多了，她深深地吐出一口浊气，"蓝雁没事了，多谢皇上关心。"

她的脸色依旧苍白，看起来很痛的样子，却是倔强地咬着下唇。呻吟出声来。

好一个坚强、倔强的人儿。

"我还要谢谢你，倘若不是你，我现在可早就上地府报到了，哪里还能站在这里？你救了我的命。说吧，想要什么赏赐？"楚靖懿一本正经地看着她问。

赏赐？在他的眼里，对待她还是像普通的人一样。

她的嘴角勾起一抹淡淡的笑容，目光中隐藏着一丝忧愁，她低垂着睫毛，掩不住她眼底的情绪。

半晌，她抬头，粲然一笑道："那只是蓝雁的举手之劳，皇上不必太介意。皇上……"

"不，刚刚我说了，不想欠任何人任何东西，这次你救了我，理当得到赏赐！"楚靖懿的双眼紧紧地盯着她，目光中隐含着某种情绪，逼迫地盯着她一字一顿地道，"姑娘明白朕的意思吗？"

之前，他对她说话的时候，都用的"我"字，而今突然冷硬地改用"朕"字。

蓝雁的心被狠狠地撞了一下。

从他的眼中，她看到了"麻烦"两个字。

一个女人，无怨无悔地为了一个男人连命都不要，聪明的楚靖懿，当然知晓她对他的心，他怕是……把她当成爱慕他的女人了吧？所以……迫不及待地想要跟她划清界限，好让她认清自己的身份，不要对他抱有一丝幻想？

这确实是楚靖懿的风格。

不过……好在，他对她还不像对待以前的女人那样绝情。

刚才的那一瞬间，她以为他可能会把她赶出皇宫，但是……他没有。

她的心里，还有一丝期待，不免松了口气。

"蓝雁明白，蓝雁对金银财宝等不感兴趣，倘若皇上真地要赏赐什么，就赏赐蓝雁一个愿望吧！"

"什么愿望？说来听听！"

蓝雁耸了耸肩，苍白的唇勾起一抹淡淡的弧度："现在暂时还想不起来，等想起来时再说吧。"

"你……"楚靖懿神色微变。

看出了楚靖懿心里的担心，蓝雁戏谑地扬起眉梢："皇上这般迟疑，莫非是怕蓝雁提的要求您做不到吗？"

"当然不是！"

"既然如此，那皇上答应蓝雁一个愿望，又有何难？"

想了一想，楚靖懿还是点头答应。

若是她提出非正常的愿望，他楚靖懿也会斟酌之后才会决定，所以她的愿望，暂时不成问题。

"谢谢皇上！"因为中毒损伤了身体，她的身体虚弱，脸上已现出几分倦意，她挣扎着又躺了回去，望着楚靖懿还站在榻边瞅着她，她笑问，"皇上还有其他的事情吗？"

"朕已经吩咐了太医院的人为你煎药，一会儿就会送来，只要你按时喝药，你的身体很快就会康复，你是打算回卉正宫还是……"

"回卉正宫！"蓝雁坚决地道。

她猜想到，这次下毒事件，整个皇宫里最可疑的人就是苏心蕊。

倘若是苏心蕊下的手，她待在卉正宫内，只要小心谨慎，应该可以看出一些什么蛛丝马迹。

现在她突然感觉到自己这次以蓝雁的身份回来是对的。

她现在的身份是蓝雁，苏心蕊想要利用她，她恰好可以用这个机会反利用。

或许，她这一次回来，就是为了换个身份在暗地里默默地守护楚靖懿。

有了这个想法，现在跟楚靖懿相认，已经不那么急了。

"朕会安排，那你休息！"楚靖懿说完便准备转身离开，他的脚步刚往门口走了几步，却突然又停了下来。

"皇上还有什么事？"蓝雁狐疑地看着他问。

"你之前有没有去过西冀？"

"西冀？"蓝雁摇了摇头，"蓝雁从来没有去过，皇上为什么有此一问？"

他一直想问，为什么他的读心术在蓝雁的身上也不能用？朱茵洛的身上存有西冀的圣物。但蓝雁呢？

"没什么！"

第三十章　怀疑她的身份

北冥王宫。

关于蓝雁中毒的事情，很快就传遍了整个西阳国，也传进了北冥国王宫。

听到蓝雁中毒的消息，楚娉婷惊得从椅子上跳了起来，尖锐着声音喊道："什么，你们说什么？你们刚刚说谁中毒了？"她抓着太监的衣领问。

"回公主，是蓝雁蓝姑娘。听说有人要给皇上下毒，但是那毒却被蓝姑娘给夺了去，结果蓝姑娘中毒，听说中毒很深，生命危在旦夕呢！"那名太监战战兢兢地回答，面对楚娉婷，他不敢有一丝隐瞒，"据说，这只是昨天的事情，今天就传到我们北冥来了，这消息应该不假！"

楚娉婷当下就急了，像个无头苍蝇似的在房间里面来回踱步，整个人焦虑得不得了，想要赶紧回到皇宫里探个究竟，但是眼下她跟西门泽才刚刚开始。她与西门泽不再像以前那样见了面就闪开，谁也不愿意见到谁的模样，现在西门泽会对她笑了，关键时刻，蓝雁却出了这个事情。

"来人，本宫要见陛下，准备去北书房！"

"是！"

楚娉婷匆匆忙忙地赶到北书房。

北书房内，西门泽刚刚处理完政事，准备歇息一下，忽地看到楚娉婷从门外进来，愣了一下，旋即脸色温和了一些。

"你这个时候过来，是有什么事情吗？"这几日楚娉婷甚是乖巧，不仅亲自下厨，还为他准备了不少贴心的小东西，都是他平时忽略的。

刚进门，楚娉婷就"扑通"一声在西门泽的书案前跪下，激动的声音有些颤抖，双眼乞求地望着他："陛下，娉婷……有一事请求。"

"请求？有什么话，起来再说！"西门泽冲旁边的近侍使了一个眼色，后者赶紧上前去把楚娉婷扶了起来，但楚娉婷倔强地推开那近侍的手，一双眼睛里面似乎蓄着泪水，眼眶红红的。

"陛下，娉婷想回西阳国皇宫一趟。"

"你想回宫？那是……"西门泽微合上眼睛，似乎在沉吟着，"你来北冥国时间也不短了，既然你想通了，那就……"

"不是！"楚娉婷听出西门泽的话似乎是想让她回国，她赶紧摆手否定，"我刚刚收到消息，说我送去皇宫的蓝雁中毒了。她虽然在我身边的时间不长，但是我真的拿她当我的亲姐妹看待，据说她中的毒很严重，生命垂危，我想回去看一看！"

楚娉婷的声音里听着底气不足，眼睛不敢直视西门泽的眼睛。

其实，她是想回去看看苏心蕊，她已经好几年没有回去了，这期间，她与西门泽一直冷战，几乎没交谈过几句话，而她也怕回去一趟之后，西门泽会借机让她永远不能再回来。

因为这个，她一直不敢回去。

如今，她身边有蓝雁，现在蓝雁出事，她也好有借口回去，到时候她想要再回来也有了理由。

只是因为想念亲人，西门泽一定会利用这个理由甩开她，如今，蓝雁中毒倒给了她很好的借口。

低头沉思的西门泽眼睛的余光瞥了一眼楚娉婷，他的心底里也在打着另一个算盘。

在等待的时间里，谁也没有开口，整个北书房内静谧的空气几乎冻结，连呼出的气体都感觉要凝结住。

楚娉婷的心里越来越紧张，觉得自己这次开口似乎开错了，这几日她的刻意讨好，并没有让西门泽对她改变看法，他还是想要赶她离开的吧？

她一紧张，就害怕，心里想着赶紧弥补，抬头便冲口道："倘若陛下不同意的话，那我便……"她本来已经打算好，再忍一段时间，假如再过一段时间还不能走进他的心里，她就真的准备离开了。

既然西门泽一直不愿意让她走进他的心里，这么多年，她在苏心蕊身前不能承欢膝下，已经是不孝，如今西门泽还是一心想着赶她离开，等到他一脸厌恶地将她逐出王宫的话，那时候就晚了。

正想着间，西门泽却突然意外地开口道："不是，孤王不是这个意思，假如你想回去，也不是不可以，这样吧，两国已经六年没有交好，趁此机会，孤王与你一同回去，拜访西阳国，如何？"

楚娉婷惊喜地抬头，脸上的表情掩不住她的笑容，嘴巴因为太过惊喜，好久合不拢嘴："陛下说的是真的？您不是打算赶我走，而是打算……跟我一起回去？"楚娉婷傻傻地笑着，因为这突然的惊喜，弄得她心里纷乱不已。

现在已经找不到任何形容词来形容她现在的心情，她实在是太高兴了。

若非现在是在西门泽的面前，她早就已经控制不住此刻的心情，兴奋地跳起舞来了，可是……在西门泽的面前，她还需保持她仅有的最后一点形象。

"对！怎么？你不愿意？"西门泽淡淡地扫了她一眼问。

"没有没有，绝对没有！"楚娉婷用力地摇晃双手，差点把手腕给甩断，她的笑容仍然掩不住的狂喜，"我……我只是太开心了，没想到你会跟我一起回去！现在你愿意跟我一起回去，我高兴还来不及呢！"

"既然如此，那你就回去准备一下吧，我们下午就出发。"西门泽挑眉笑道，有趣地望着楚娉婷可爱的模样，她的一张脸早就因为激动而泛着红色，偏偏她又压抑着那股激动，不让它宣泄出来，看起来她忍得很难过。

"好好好，我这就回去准备，我想想我要准备些什么东西，路上晚上可能会有些冷，对了，先要准备毛毯，还有一些干粮，呀……有好多东西要准备的呢！"人还没有走呢，楚娉婷就激动地叽叽喳喳念叨开来了，话未说完，抬头看到西门泽那双眼睛直勾勾地盯着她，笑看着，弄得她一张俏脸一下子红透，她倏地警觉，赶紧垂下了头，不好意思地摸了摸耳朵，来不及与西门泽告别，就逃也似的离开了北书房。

看她逃走的样子，好像身后有人追她似的。

看着她的那副模样，西门泽忍不住发出一声轻笑，眉眼都舒展开来了。

旁边的近侍看到西门泽笑，不由得愣住了盯着西门泽瞧。

"在看什么？"西门泽斜了他一眼。

那近侍被西门泽瞪了一眼，连忙收回视线，干咳了一声，大胆地回答："回陛下，臣……极少看到您笑，刚刚您笑了。"

"没有吗？孤王不是经常笑的吗？"西门泽倒不觉得有什么。

他自己当然不明白，只有他身边的人才明白。

当局者迷，旁观者清。

在过去的六年间，西门泽接手了北冥国，每日醉心于国事，再加上老国王去世，他的脸上就很少挂有笑容，极少的笑容也只是冰冷的冷笑，那股笑容，会让人从心底里发寒，浑身阴森，不像今日里……他的笑容，是发自内心的。

这种笑容，同他以往的那种笑容是不一样的，现在的笑容，好像他已经从阴暗的地方走出来了。

让人感觉不是那么冰冷，有点人味儿了。

以前的他可是只会埋头在奏折中呢。

他刚刚的笑容，是冲着楚娉婷的。

以往的六年，楚娉婷同西门泽两个几乎是水火不容，两人见面便不会给对方好脸色，虽然楚娉婷经常迁就他，西门泽还是不喜欢楚娉婷。

他以为，这样的西门泽，可能永远不会从六年前那次被朱茵洛拒婚羞辱的阴影中走出来了，如今看来，是他多虑了，或许楚娉婷可以帮他走出来。

或许……楚娉婷早就已经埋在了他的心底，可惜他自己还不知道，表面上仍是嘴硬，两人一直在互相折磨着对方，也不知道什么时候是个头儿。

若是他提醒他，西门泽只会觉得是他多虑，说得太多了，反而会被西门泽一顿臭骂。

如今的西门泽，心情已经明显好转，这都是楚娉婷的功劳。

否则……在第一次楚娉婷端了自己做的膳食来到他面前时，西门泽连看都不会看一眼。

明明不好吃，他还是把那些饭菜全部都吃得干干净净。

当时的他就在旁边，他看到了西门泽在看到楚娉婷因为做菜而伤了手指时，眼睛里流露出来的关心和心疼。

楚娉婷的一切，大概早就已经刻在了西门泽的心中，只是他还未发觉。

大概是他根本不想承认。

朱茵洛对他的影响太深了，所以他现在还认识不到自己的心，他爱的人到底是朱茵洛还是楚娉婷？

近侍的眼睛窥了西门泽一眼，忍不住开口问他："陛下，您打算去西阳国，真的只是为了拜访西阳国吗？"

"怎么？你觉得孤王去还有其他的目的？"

"谁知道呢？"近侍小声地嘀咕着，眼睛不敢直瞅西门泽。

他的声音太小，西门泽一时没有听清楚，他皱眉，朝近侍瞪去一眼："你刚刚那么小声地嘀咕着些什么？说来听听。"

近侍连忙呵呵笑着，露出两排整齐的白牙："没，没什么，什么都没说，臣觉得，陛下您的这个决定很对，顺便可以去了解一下西阳国的近况，知己知彼，才能百战百胜！"

"没错！"西门泽大方地回答，这个理由找得好。

他也是找这个理由来说服自己。

他去西阳国只是为了刺探敌情而已，并没有其他的目的。

但是，他骗得了别人却骗不了自己。

楚靖懿一直未立朱茵洛为后，西阳的皇宫内又什么都查不到。

六年了，朱茵洛现在已经变成了什么模样？他很想再看到她，也许别人会说他傻，但是他控制不了自己的心。

或许，这一次他再去，就是为了寻找一个答案。到底是什么答案？他自己也不清楚。

西阳国，皇宫。

下午时分，太阳斜悬在空中，阳光显得有些刺眼。

楚靖懿到了操兵场去检查最近的兵将操练情况，顺便同几名将士切磋了一下，惹得那些将士热血沸腾，兵士们呐喊助威。

楚靖懿脱下了龙袍，众人感觉他亲切了许多，整个操练场变得一片欢腾。

那些被楚靖懿打败的将士对他是心服口服。

西阳国被楚靖懿打理得井井有条，不仅如此，他还是个文武全才，身手好得令人惊叹。

在操练场上待了好一会儿，小四送上来一条毛巾让他擦了擦脸上的汗，然后服侍他穿上衣服，准备回御书房继续批阅奏折。

他才刚刚走出了操练场，一名禁卫匆匆忙忙地走来，向楚靖懿汇报："皇上，有急报！"

楚靖懿蹙眉，脸色略显阴暗："什么事？"

"回皇上，是娉婷公主来信，说明天下午或后天上午将会到达西阳国皇宫，随行的还有……北冥国国王西门泽！"

西门泽居然来了？

听到西门泽三个字，楚靖懿的眉头倏地蹙紧："你刚刚说，随行的还有谁？"他的眼睛危险地眯了起来。

楚靖懿的脸色好可怕。

那名禁卫被他凌厉的气势吓退了好几步，猛吞了好几下口水才勉强站稳了身体，然后战战兢兢地如实回答："回……回皇上，是北冥国国王西门泽！要同婷婷公主一同回宫，北冥国国王打算拜访西阳国！"

楚靖懿的脸色一片阴沉。

这个消息，楚靖懿并不意外。

当他找到朱茵洛，并要带她回国的时候，他就已经想到会有这么一天。这一天也终于要来了。

而且……他同楚婷婷一起回来，说是与她一同回来，这个理由却感觉这般的冠冕堂皇。

这让他十分不悦。

"朕知道了！去唤小乙来，就说朕有事要找他！"

西门泽要来，他的门面功夫还是要做的，他倒要看看西门泽来了之后能耍什么花样。

"是！"

看着禁卫离去，楚靖懿的嘴角勾起一抹意味深长的笑容。

他的女人，他不许任何人偷窥。如果谁敢，那么就别怪他手下无情。

第二天傍晚。

经过了两日的调理，蓝雁的身体好了许多，但是还很虚弱，大多数时间只能在榻上躺着，有宫女和小金服侍着，倒也没有什么大碍。

躺了两日，蓝雁已经待得快要发疯了，整日待在卉正宫里，吃着各处送来的补品，吃得她都快吐了。

这天傍晚，苏心蕊刚来过她的房里看她，嘱咐她要多些休息后，便离开了。

在房间里待得不舒服，她便令小金扶着她下榻，准备出去溜达一会儿。

走在皇宫内平坦的大理石路面上，感受着斜阳下山之前温暖的余晖，照映在她的脸上，把她的身影投在地上，影子在地上拖得好长。

自从楚靖懿与她在太医院里对话之后，他们就再也没有见过面了，已经两天了，她十分想念，想见他想得快要发疯了。

她的身子弱，小金扶着她走得极慢。

远远地听到有太监和宫女聚在一块儿议论，蓝雁蹙着眉头，回头冲身侧的宫女示意扶她过去。

刚走过去，就听到那些太监和宫女议论西门泽和楚婷婷即将回宫的消息。

馨儿刚好经过，看到蓝雁刚要开口冲她打招呼，忽听到蓝雁在那里低头喃喃自语："什么？西门这个时候怎么回来了？还跟娉婷一起？"

那几名议论的宫女和太监，忽地发现在暗处躲着的蓝雁，一个个全慌张地住了口，不敢再继续议论下去，然后匆匆忙忙地对视了一眼转身离开，这一画面被蓝雁看在眼中。

她的心里有些紧张。

关于楚娉婷要来的消息，小金倒是高兴得多，她欢快地拍手叫好："太好了，公主要来了，我已经好几天没有看到公主了，当真想她了呢！蓝姑娘，您有没有办法可以见到公主呀？不对……公主来了，一定会来见太后，到时候就可以看到她了！"

小金在那里暗喜着，回头间发现蓝雁一脸紧张，担心地看着她："蓝姑娘，您怎么了？是不是哪里不舒服？若是不舒服的话，奴婢现在扶您回去休息！"小金说着就要扶她。

蓝雁深吸了口气，坐在身后的石廊上，深深地吐出一口浊气，兀自地自言自语着："不，他们回来没有那么简单！"

"怎么不简单了？陛下陪公主一起回来，这就说明陛下应该是接受公主了，所以打算跟公主一起回来见太后，一定是这样！这么多年了，公主终于得到她的幸福了！"想到这里，小金的心里更开心了。

是吗？真的是这样吗？她也想是这样，但是西门泽同楚娉婷相处的时间才短短几天而已，关系怎么可能这么突飞猛进。六年前西门泽早已经对她和楚靖懿恨之入骨，所以她猜测着，这次西门泽来，不会是表面那么简单。

看小金开心的样子，蓝雁也不忍打破她的幻想，随口应着："大概是这样吧。"

敏锐的蓝雁感觉到身后有人，眼睛的余光打量到馨儿站在那里，看表情，似乎是有什么话想说。

想了一下，蓝雁便先把小金支开："那个小金，我的手帕忘拿了，你回去帮我拿手帕好吗？"

"好，姑娘您先等着！"小金一副雀跃的模样转身走开了。

待她走后，蓝雁静默地坐在原地，下巴稍稍向身后移，轻轻地开口唤道："是馨儿吧，出来吧！"

馨儿幽幽地从蓝雁背后走了出来，她的一双眼睛仍然紧紧盯着蓝雁不放。

身子虚弱，蓝雁的身子软软地倚着柱子，这样才感觉好一些，那张脸因为难过微微泛着白色，身上的那身宝蓝色衣衫，衬得她的皮肤更白了，是那种不健康的苍白。

这样的蓝雁，柔软得让人看了楚楚可怜。

馨儿不禁有些担心了，蓝雁这两日比前些日子更瘦了。

"蓝姑娘身体当真没事吗？不需要回去休息吗？"

"多谢馨儿关心，我还没有那么娇弱，多出来走动走动，身子才好得更快。"

"蓝姑娘是为了皇上而中的毒，据说是蓝姑娘当时豁出性命救了皇上，馨儿替郡主谢谢您！"馨儿诚恳地看着蓝雁。

为了她？蓝雁苦涩一笑，在他们的心目中，她现在就只是陌生的蓝雁而已。

皇宫，御书房。

楚娉婷和西门泽两人半道上遇上大雨，要第二天早上才到。

收到消息的楚靖懿看着手中的信，淡淡地扫了一眼，便丢在一旁。

馨儿端了茶点走了进来。

自从出现了上次的下毒事件之后，楚靖懿的膳食便都由馨儿亲手检查过一遍，才送到楚靖懿的面前。

看到馨儿从门外进来，手中端着膳食的托盘，小四便已经自发地为楚靖懿整理桌子的一角，好让馨儿可以把东西放下来。

待放下东西后，馨儿便准备离开，突然顿住了，还是忍不住转过头来。

"皇上，您有没有感觉，那个蓝姑娘很特别！而且……"馨儿说出心底里的感觉，"感觉很熟悉，很像，很像那……"

"主"字还没有说出口，馨儿就感觉楚靖懿的眸底一道阴鸷的光亮射来，吓得她没敢再继续说下去，生怕被他的目光给杀死。

但是……她只是说实话而已。

馨儿要表达的意思，他也清楚。

但是，蓝雁始终是蓝雁，她并不是朱茵洛。

"馨儿，朕提醒你一句。"

"是，皇上！"

"关于洛儿跟蓝姑娘之间的问题，以后不许再提，不管是在任何人的面前，都不许再提，明白了吗？"楚靖懿威严地一字一顿命令道。

被楚靖懿那强势的压力吓住，馨儿连忙低头答应："是，皇上，奴婢一定守口如瓶，不会再有下次了。"

"好了，你下去吧！"楚靖懿淡淡地挥了挥手。

"是，皇上！"

待馨儿离开，楚靖懿才无力地靠着椅子，整个人的情绪变得烦躁了起来。

小四小心翼翼地望着他的脸色，然后小声地提醒楚靖懿："皇上，您还是先用晚膳吧，再过一会儿，饭菜就要凉了。"

眉头一皱，大手一挥："撤下去，朕现在没有胃口！"

"可是，皇上……"

阴狠的目光凌厉地射来，小四浑身打了一个激灵："是是是，皇上，奴才马上就撤下去！"

小四再也不敢有半分迟疑，赶紧上前去把桌子上的托盘端走，以免让楚靖懿的情绪更加激动。

朱茵洛啊朱茵洛，你到底要什么时候才能好起来，你把楚靖懿折磨得还不够惨吗？唉……

皇宫，卉正宫。

夜有些深了，蓝雁房内的灯还亮着，她在床上翻来覆去睡不着。

一道人影缓缓来到窗外，双眼微眯着望着房内的她。

那人影在窗外站了许久，一双幽暗的眸子死死地盯着蓝雁，他的鞋子移动了一下，踩到了脚下的石子，发出轻微的声响，惊动了屋内的人。

"谁？"

见已无处可躲，屋外的人走到窗边，透过屋内的灯光映出楚靖懿的绝代俊容。

"是朕！"

刚一出声，还没有看清眼前的人脸，就已经猜出了对方的身份。

诧异于他突然地出现，她的手指一下戳到了桌上的木刺，疼痛迅速从她的指尖蔓延到四肢，疼得她捏紧手指，额头上直冒冷汗。

窗外的楚靖懿皱起了眉头，轻轻一跃，轻易地从窗外跃进了窗内，面无表情地向她伸了伸手。

蓝雁看着那只手，眼睛里写着疑惑，似乎用眼神在说："干什么？"

那双幽暗的紫眸盯着她的手指，然后示意地点了点头，让她把手指伸出来。

十指连心，刚刚的那一下，打中了她手指上的神经，疼得她本来苍白的脸显得更加苍白了。

坐在椅子上，她吃力地仰着头，在他强迫逼人的视线下，乖乖地把手指伸了出来。

左手的中指上，白葱似的玉指，竟染上了一大块红色，她白天自己在做一些小东西，不小心伤了手。

紫眸眸底闪过一丝异样的光亮，皱眉问："怎么这么不小心？"

滚烫的目光和楚靖懿温柔的关心，令蓝雁心里浮起一丝感动，在那双关切的目光下，她的心怦怦直跳。

突然想起自己的计划，她脸色微变，赶紧把自己的手指从楚靖懿的掌心中抽了回来，眼睛刻意避闪楚靖懿的视线。

"下次我会小心的！"她轻描淡写地回答了一句。

感觉到她的疏离，楚靖懿方想起自己刚刚的动作有些失礼。

几天前，他亲口对她说，让她认清自己的身份。如今，他却跑来找她，着实是有违自己当初的意思。

他的脑海中不断浮现出朱茵洛往日的笑容和一切，晚上睡不着，出来走走，却不由自主地走到了蓝雁的房间，来到她的窗外，看着那张脸，想着朱茵洛。

此时的他，觉得自己真是疯了。

为什么……他会看着蓝雁想到朱茵洛，他爱的是洛儿，他现在到底是怎么了？

"这么晚了，皇上突然出现，难道是有什么重要的事情吗？"蓝雁赶紧转移了话题问道。

是呀，这么晚了。

他的大脑突然警觉了一下。

今天晚上，他来到这里，实在是太唐突了，心里对他的洛儿升起了一丝愧疚。

"没有！"

窗外，一阵冷风骤起。

起风了，一大块乌云，从天际边飘来，看起来似乎有一场雨要下。

当下蓝雁冷着脸下逐客令："皇上，夜深了，您现在在我的房里，若是被人发现了，恐会有损皇上您的圣誉。"

楚靖懿明白她的意思，看到那张冷漠的脸，他的心一阵揪紧。

还是转身离开。

他才刚刚离开，天际边倏地划过一道闪电，闪电的光亮，骤然划破天际，映得整个房间白昼一般的亮。

要打雷了吗？

蓝雁的眼睛倏地瞪大，身子下意识地瑟缩着，双手紧紧地捂住自己的耳朵，害怕地从椅子上滑了下来，往桌子下躲去。

她呼吸急促，双眼紧紧地闭上。

才刚刚躲到桌子底下，一阵惊天动地的雷声轰隆隆响起，似劈开了一座山般的震撼，整个房间内的窗子上都响起一阵阵惊骇的声音，好像整个大地都在震颤一样。

雷声方起，地上的蓝雁身子突然颤抖得更厉害了，在房间里不断地抽咽着。

那声雷刚刚歇下，一阵风骤然从窗外吹了进来，凉飕飕的，横扫过烛台，烛火瞬间被大风吹熄，屋内陷入了一片黑暗，伸手不见五指。

在这样的房间里，蓝雁像是个迷路的孩子般不知所措。

她准备起身找火石再把烛火点上。

然而她才刚刚起身，又是一道闪电劈下，她吓得连忙又抱住了头，惊惶地躲到了墙角，娇小的身子瑟缩地缩在墙角，不停地颤抖。

她什么都不怕，遇到狮子老虎还敢对峙一番，可是……一遇到打雷天，她就畏惧了。

窗子未关，巨大的风不断地从窗子外面吹进来，窗子被那阵风弄得不断发出骇人的吱呀声。

几声雷声过后，雨点在房间外面噼里啪啦地响了起来。

雷雨交加，窗子被风雨拍打得更厉害，甚至有雨水从窗外飘了进来，让整个房间显得更加恐怖。

蓝雁不断地靠紧墙角，身后冰凉的墙壁，冷得彻骨，但是那墙壁再冰凉，也不如这电闪雷鸣恐怖。

她的脑海中不断浮现出以往，每次雷声起时的情形。

以前，只要打雷了，楚靖懿就会跑到她的房间，整晚搂着她睡觉。即使雷声再响，在他的怀里，她也不害怕。

离开了楚靖懿之后，大哥也会在打雷的时候，坐在她的榻边陪着她说话。

这一次……是她第一次在这里打雷的时候身边无人，让她异常的惊恐害怕。

她紧紧地捂住耳朵，想要躲避那些雷声，然而那些雷声却总是一点点地灌入她的耳朵里，如魔音一般，怎么也挥不去。

在这个漆黑又骇人的夜晚，蓝雁感觉自己似乎掉进了无底的深渊，一次次想要挣扎出来，却只是掉得更深，泪水从指缝中流出。

"懿……懿……"她情不自禁地唤着楚靖懿的名字，一声声细微的声音，在深夜里发着颤。

另一边，楚靖懿正准备回自己的寝宫，一阵闪电从眼前划过，那一道亮光，也似在他的心口划了一下，一颗心揪紧着。

他知道他的洛儿最怕的就是打雷闪电，一想到洛儿在他怀里惊恐颤抖的模样，他的心就非常焦急，脚步突然转了一个方向，向朱茵洛所在的寝宫走去。

他一路走得极快，生怕赶得太慢，他的洛儿会惊恐无助。

当他走到朱茵洛寝宫外的时候，朱茵洛的宫里却是一片安静。

朱茵洛宫内的宫女看到楚靖懿突然出现，吓了一大跳。

楚靖懿沉着脸，做了一个噤声的手势，然后大步流星地向房内走去。

刚走到房间外，就看到朱茵洛对镜梳妆的背影。

在凌乱的大床上，摆着各色各样的衣服，然后朱茵洛站起来，走到全身铜镜前照着。

她似乎……在试衣服，这么晚了……

一阵雷声轰隆隆响起，震得整个房子在震动，楚靖懿心一惊，想要冲进门去，却发现朱茵洛一点儿也无恙，根本就不怕电闪雷鸣！

他的脚刚刚抬了一步，瞅着那个试衣服试得不亦乐乎的朱茵洛出神。

正在试衣服的朱茵洛，从铜镜中瞥见身后突然出现一道人影，吓得她立马扯着嗓子尖叫了起来："啊……"

门外的守夜宫女跌跌撞撞地奔了进来："怎么了，怎么了……"

见到楚靖懿在卧室的门口站着，守夜宫女没敢再继续上前，然后看到楚靖懿的眼角示意了一下，她方放心地又退了出去。

朱茵洛惊魂未定地拍拍胸口，一双害怕的眼睛，在看到楚靖懿之后，愣了好几秒，那笑容在她的嘴角逐渐勾起，有拉大的趋势，惊喜地向楚靖懿奔来。

"皇上，这么晚了，您怎么来了？"

夜深人静，孤男寡女的。

楚靖懿也是一个正常的男人，她就不相信，她这样主动送上门，他楚靖懿还能是那坐怀不乱的柳下惠不成？

多日前楚靖懿那般凶狠呵斥她的事情，她还记着，但是在这个皇宫里，楚靖懿是皇帝，所有的事情都是他说了算，这样的男人，怎样都是有魅力的。

看到她靠近，楚靖懿忽闪了一下身子，避过了朱茵洛献媚的身体。

又是一道闪电劈下，朱茵洛仍是一点儿反应都没有，那双大眼直勾勾地盯着楚靖懿，冲他魅惑一笑。

看到这样的朱茵洛，现在却是一丁点儿想法都没有，相反……还很厌恶。

朱茵洛的手指刚刚将衣领扒过肩头，就被楚靖懿面无表情地把她的衣领扯了回来。

"这么晚了，你怎么还不睡？"

朱茵洛很不高兴，固执地又要故技重施，把衣领再扒开，楚靖懿的目光倏地瞪过来，吓得朱茵洛的手再也不敢去扒衣领，只能乖乖地站在原地，一动也不敢动。

实际，她的心里很紧张，不知道楚靖懿到底是来做什么。

"你不怕打雷吗？"楚靖懿突然问了一句。

"我为什么要怕打雷？"朱茵洛奇怪地说道，"我从小就不怕打雷呢！"

朱茵洛说的时候一阵扬扬得意，以为这样说，会讨得楚靖懿的欢心。

从小就不怕打雷？跟他印象中的朱茵洛可不一样，他的洛儿，天不怕地不怕，最怕打雷，一遇上打雷的天气，她就会不知所措，所有的胆子都消失了。

他眯眼危险地盯着眼前的朱茵洛，目光倏地一紧："你刚刚说，你从小就不怕打雷？"

"是呀，我从小就不怕，打雷有什么好害怕的，不就是声音大了点，当作杀猪的声音不就得了，以前隔壁邻居家的张大叔就是杀猪的，天天都能听到！"

把打雷声比作杀猪？

据他所知，不管是将军府、郡主府，还是金水城的林中小院，隔壁都没有一家是杀猪的。

朱茵洛为什么会说以前的邻居是个杀猪的，她一切的举动，都那么奇怪，这其中有什么事情是他所不知道的。

但是有一点他肯定，眼前的这个朱茵洛，再也不是他以前认识的那个洛儿，她似乎变成了另外一个人，但是……她的身体，确实是他的洛儿。

一想到这里，他就头疼欲裂，心越来越乱了。

"原来如此！"他淡淡地回答了几个字。

"皇上，您这次突然来，是不是……要解除我的禁足了？"朱茵洛带着一丝希望地看着楚靖懿，声音里有些奸诈有些讨好，眼睛里闪过算计的光亮。

"没有，既然你没事，那朕就先走了！"楚靖懿面无表情，毫不犹豫地转身离开，心中却是一片冰冷。

是他的心出了问题吗？为什么眼前的朱茵洛，越来越不像他的洛儿了呢？

他的洛儿，突然不怕打雷了……

突然不怕打雷了。

不怕打雷？

打雷……

打雷两个字在他的脑海中回旋了好几遍，突然他的脑海中警钟大作，想也未想就往卉正宫冲去。

蓝雁的屋子里烛火已熄，一片黑暗。

他紧张的心情在看到那黑暗的房间时，仿若被人泼了一盆冷水。

忽地，他自嘲一笑。

他到底在想些什么呢？

想到这里，他忍不住摇了摇头，准备转身离去。

一阵邪风吹来，吹打在屋内的桌子上，一阵木头落地的声音吸引了楚靖懿的注意力。

她的窗子竟然是开着的。

现在风雨这么大，那些风雨能直接吹到她的房间里去。

她怎么会这么不小心？

突然他像是想到了什么似的，奔到窗边跃进了窗内。

刚进了房间内，一阵颤抖的抽咽声就传进了他的耳朵里，隐隐听到那阵微弱的呢喃。

榻上没人！

他的视线随着那阵声音往墙角望去。

一个闪电突然在天边划过，那闪光照亮了整个房间，也让楚靖懿看到躲在墙角害怕得已经缩成一团、满面泪痕的蓝雁。

那阵闪电令她的身子骤然又害怕地颤抖了起来，他明显能听到她刚刚的抽泣声。

看到如此的蓝雁，楚靖懿的眼前似乎浮现出朱茵洛在雨夜害怕躲在墙角的画面。

这一幕，让人看着甚是心疼。

楚靖懿担心地飞快冲过去，扶着蓝雁的肩膀，刚一摸到她，就被她胡乱地用手掌推开，伴随着她激动又微弱的抗拒声："不要，不要碰我，不要碰我！"

电闪雷鸣中，蓝雁那双泪眼模糊的眼睛，看到眼前突然出现的楚靖懿，黑亮的眼睛瞪大，里面满是惊喜。

"懿……懿……是你吗？是你来了吗？"蓝雁小声地呢喃着，黑暗中，她直勾勾地望着楚靖懿，身子晃了晃，往前栽倒进他的怀中，"幸亏……你来了！"

说完，蓝雁在楚靖懿的怀中昏了过去。

"蓝姑娘，蓝姑娘，你怎么样了？"楚靖懿焦急地把她从地上抱起来，匆忙移到榻上。

外面风雨声很大，楚靖懿又急忙跑去关窗，然后才回到房间，找着蜡烛的位置，点燃了烛火。

漆黑的屋内，这才又重新亮了起来，也映得满室狼藉。

原本桌子上堆的那些蓝雁之前在做的东西，全被风卷落在地上，七零八碎地落了满地。

回到榻边，望着榻上蓝雁那张异常苍白的脸，楚靖懿又迷惑了。

他的脑子里面有许多的为什么。

为什么蓝雁会这么像朱茵洛？为什么朱茵洛现在变得越来越跟以前不一样！

这一切的一切，都像是一个谜团在他的脑子里盘旋不去，让他的心越来越乱，现在他已经分不清他的心到底在哪里。

在想到打雷闪电的时候，他竟然会直接奔到蓝雁这里来。

这个蓝雁，到底是怎样的一个女人？

坐在榻边望着她，楚靖懿首次无奈地叹了口气。

又是一道闪电划过天空，紧接着响彻云霄的雷声再一次响起，吓得榻上的蓝雁突然被惊醒，身子再一次开始颤抖起来。

她半昏未醒，一张脸惊恐地皱起来，小嘴里不停地呢喃着："不要，不要……谁救我，谁救救我！"

她的身子不安地扭动着，眼角豆大的泪珠滚落了下来，嘴里不停地呓语。

理智告诉他，这个时候，他不该对朱茵洛以外的其他女人有怜惜之心。

但是他还是情不自禁地坐到榻边，把榻上的蓝雁小心翼翼地拉起来，让她枕着他，有力的双臂紧紧地环着她。

感觉到她的身体因为畏惧而颤抖，他忍不住把她的身体圈得更紧，大手轻轻拍着她的肩膀，安慰地在她耳边不厌其烦地一遍一遍呢喃："没事了，没事了，有我在，没事了！"

他的安慰，奇异地让她所有的惊恐都消失了。

她似乎找到了安全的港湾，身子下意识地朝他靠得更紧，颤抖的身体渐渐地不再颤抖，鼻尖发出一阵阵均匀的呼吸声。

低头望着怀中蓝雁安静的睡颜，楚靖懿心头被压着的大石也终于被挪开了。

这个蓝雁，是一个谜，不知道是带着什么而来。

在她来到这里的短短时间内，已经快将整个皇宫弄得天翻地覆，到处都是她的消息。

而且她还跟皇宫里那么多人都有着莫名的关系。

比如说楚娉婷。

娉婷是极少相信他人的，竟然也能相信她，太后也对她喜爱有加。

而她居然还为他，喝下整碗参汤，导致中毒。

到现在，他还能回想起当初她毅然喝下参汤时的情景，当时她脸上那视死如归的表情，仍然让他震撼。

这个蓝雁，来到皇宫，究竟有什么目的，她带来的……到底是什么？为什么会让他每每从她的身上移不开视线。

为什么抱着蓝雁，他的心也会变得异常平静。

窗外的风雨声再大，他也听不见，眼前看到的，耳中听到的，只有眼前的这个女人。

自从朱茵洛性情大变开始，他就没有再睡过一次好觉，怀中抱着蓝雁，他渐渐觉得有了倦意。

抱着她靠在床头，望着忽闪的烛火，他的眼皮越来越重，终于重到睁不开，便合上眼睛，和怀中的蓝雁一同陷入了睡梦中。

一夜春雨过后，天气格外的晴朗，天空湛蓝如洗，道路上还有不少积水，在枝头和屋檐上，还不时地可看到一滴水滴悠悠地晃下。

一阵风吹来，树下就像是下了雨似的，雨水骤落，使得从树下经过的宫女们个个惊叫着躲开，以避免被那树梢的雨水打湿。

阳光从窗纸上照进屋内，蓝雁首先醒了过来。

昨天晚上电闪雷鸣，她好害怕，后来看到楚靖懿来了，她就不害怕了。

应该是做梦吧？这种梦……真的好真实，连睡梦中都觉得那个梦好真实，而且她一整夜都感到身体温暖，甚至……到现在她仍感觉自己的身体很温暖，好像仍然在他的怀中一样。

她忍不住自嘲一笑。

楚靖懿现在根本认不得她，怎么可能会突然出现呢？大概是她想多了吧。

她忍不住想要伸开双臂伸个懒腰，谁知道刚想要伸开手臂就感觉自己的双臂被重物紧紧地压着，根本无法动弹。

她刚动了动，自己的脑后，柔软的靠垫动了一下，令她错愕地睁大眼睛。

怎么回事？

她一个激灵，突然清醒了过来，双眼向压住她双臂的重物望去，却看到一只比自己的手臂还要粗壮许多的手臂，从手臂上那明黄色龙纹绣样的衣料来看，这个料子明明就是……楚靖懿的！

门吱呀一声开了，小金打着哈欠从门外走进来，在看到屋内的情景后，正在打哈欠的她，嘴巴张开了，许久都没有合上。

谁能告诉她，眼前发生了什么事？

被惊住的不仅是小金，还有蓝雁。

她更不知道到底发生了什么事情，还有……昨天晚上，楚靖懿……怎么会在她这里？难道……昨天晚上的那一幕不是梦吗？她在最害怕的时候，楚靖懿真的来到了她的身边，他……认出她的身份了吗？

一系列的疑问在她的心底，她却不知道该怎么开口。

小金站在门外好一会儿，才蓦地松了口气叫出了声，手颤抖地指着榻上的两个人："你们……你们怎么会在一个榻上？"

本来还在沉睡中的楚靖懿，听到这阵声音也清醒了过来。

那双幽暗的紫眸不悦地向门外望去，有些不高兴有人打扰他休息。

他这些日子每天晚上都睡不好，好不容易昨天晚上睡得舒服了一次，现在又有人来打扰他，他自然会不高兴。

目光扫见站在门口处嘴巴仍然张得像是能塞下一个鸡蛋似的小金，他的眉头蹙得更紧："你这宫女，是哪个宫里的？"低沉沙哑的独特男性嗓音，从他的口中传入她的耳里，像是一阵阵电流窜进她的身体中。

小金的手指指了指他，再指了指他的怀里。

楚靖懿的眉头蹙得更紧，突然像是想到了什么似的，脸色微变，往怀中看去，对上一双乌黑发亮清澈的大眼，也同样疑惑地盯着他。

她的身子比她的意识更加适应他的怀抱，两个人的身体是那么的契合，他的怀抱很温暖，让她十分眷恋。

这是她熟悉的怀抱，是她打算一辈子依靠的怀抱。

蓝雁的脸上疑惑过后，立马被吓到了，身子飞快地从他的怀中离开，翻身下榻，一双雪白的莲足落在地上，又倒退了好几步。

"皇上怎么会在这里？"蓝雁的心跳得极快，双眼不敢直视楚靖懿的眸子。

楚靖懿的脸色略显尴尬。

昨天晚上的事情，也是他未料到的，没想到昨天晚上竟然直接到了这里，还……跟蓝雁躺在一个榻上。

他背叛了他的洛儿，他的心仿若被狠狠地抽了一鞭。

当即他面无表情地下榻，好在……两个人的衣服都完整无缺，说明……昨天晚上什么事情都没有发生。

"此事……"

楚靖懿才刚刚说出了两个字，蓝雁立马出声打断他的话："昨天晚上的事情，我就当没有发生过，反正我们两个也什么事情都没有发生，还有……小金，你也保证，不会把今天看到的事情说出去。"

突然被唤到名字的小金，恍然回过一些神来，讷讷地望着蓝雁，一脸疑惑的表情问："什么？"

很显然，她刚刚是被吓到了，现在魂儿还没有收回来。

蓝雁没好气地白了她一眼："没什么，这件事儿，等你的魂儿回来我再告诉你。"

蓝雁这般大方，倒让楚靖懿狐疑。

"你说不要让这件事情传出去？"他淡淡地瞟她一眼，慢吞吞地问。

"当然了，我不是说过嘛，我跟茵洛是好朋友，我不希望这件事情被她知道之后，影响我们之间的关系，难道……皇上不希望这样吗？"蓝雁的面色平静，吐出的字眼也是异常的淡漠。

本来，听到这话他是该高兴的，可是不知道为什么，现在看到蓝雁这般平静、淡漠，还有那一脸的无情，他竟然觉得非常生气，一张脸阴鸷得可怕。

他生气，但是又不知道气从哪里来，这让他非常懊恼，不知道自己到底是怎么了，是病了吧！

"这样甚好！"他面无表情地回答，一双眼睛死死地盯着蓝雁，俊美的脸僵硬地微抽着。

"既是如此，那皇上就赶快离开，趁现在大多数人还没有起床，这样就不会有人发现了！"蓝雁焦急地欲赶楚靖懿出去。

这楚靖懿果真是太大胆了，这里是卉正宫，是苏心蕊的地方，他居然就这样闯了进来，还在这里过了夜，若是被苏心蕊知道了，不知道她又要怎样做文章。

不管是从谁的利益出发，昨天晚上的事情，都不能传出去。

虽然她做得很对，但是楚靖懿总觉得蓝雁这般急迫地赶他出去，是对他的嫌弃，这种感觉让他的心里非常不是滋味。

"你真的打算让朕离开？"楚靖懿试探地又问了一句，心里不知道在期待些什么。

"怎么？皇上还有什么话说吗？还是……皇上有什么东西落在这里了？这样吧，皇上说是什么，等一会儿我找到了之后，会让小金给皇上您送过去，这样可以吗？"蓝雁急迫地说着，急欲赶他出去，再迟一会儿人都起来了，楚靖懿再走就要被发现了。

看她的样子，似乎急得快哭了，楚靖懿方收回了视线，自嘲一笑，淡淡地摇了摇头："没什么，既然如此，那朕就先走了。"

"是，皇上慢走！"蓝雁松了口气，他终于要走了。

好景不长，她才松了口气，转身欲离开的楚靖懿突然又转过身来，那双幽暗的眸子深深地停驻在蓝雁的脸上，后者吓得赶紧低头，整颗心都提了起来，眼珠子骨碌碌转，心里担心着，不知道他又想做什么。

"朕还想问一句。"

"是，皇上请问！"问完了就赶紧滚蛋。

"你怕打雷是吗？"

这是什么问题？"对，我从五岁之后就怕打雷了。"

"五岁之后？"

"对，不知皇上还有没有什么其他的问题？"蓝雁焦急地追问，该死的，现在时间一点点过去，他再留下去，时间都要没有了。

看出她急迫地想要赶他出去，生怕被发现，会影响她的名誉吧？这么迫不及待想要跟他撇清关系。

他一定是疯了，这么一直在意蓝雁的想法，他明明已经把她从他的意识里赶了出去，现在却又跟她纠缠不清。

"没有了，昨天晚上打扰蓝姑娘了！"楚靖懿淡淡地说着，说完便匆忙地离开，不一会儿便不见了人影。

蓝雁跑到门外，看到楚靖懿轻易地躲过了所有的巡逻，然后转身不见，她方松了口气。

他总算走了。

待楚靖懿走了，一直在出神中的小金也终于回过神来，待她回过神来，双眼往屋内看出去时，楚靖懿人已经不见了。

蓝雁刚从门外进来，小金一把拉住她的手腕："蓝姑娘，刚刚皇上怎么会在这里？不对……应该说是昨天晚上皇上怎么会在你房里？"

"小金？"蓝雁的眼睛倏地厉瞪她，"我刚刚警告你什么，你都忘了吗？"

她没忘："可是……"

蓝雁不耐烦了，拨开她的手指："我现在有些饿了，你先帮我打水来，我要洗漱，再把我的早膳端来吧！"蓝雁赶紧转移了话题，生怕小金再多问。

这件事情，不是她不告诉小金，而是……她连自己都不相信，又怎能冒险告诉别人？

在这个皇宫里，并不是你多聪明、知道得越多就会越安全。

相反的，你越是聪明，知道得越多，就会丧命得更快。为了保住小金的性命，她也不能告诉她。

小金虽然好奇，但是见蓝雁一副死都不愿意说的表情，她也只得作罢。

若是蓝雁不想说的事情，就是再逼迫她，她也不会说的，现在……还是做好她的本分更重要。

"好，那蓝姑娘你等着，奴婢这就去打水，然后再把你的早膳端进来。"

"去吧！"看着小金离开，蓝雁才彻底地松了口气，目光望着地上那一堆小零件，眸底闪过一丝感动。

在关键时刻，她的懿总是在他身边，知道这个，她就觉得已经足够了。

御书房。

昨天晚上的事情，让楚靖懿耿耿于怀，总觉得有些事情蹊跷得让人捉摸不透，特别是蓝雁这个谜一样的女人。

昨天晚上的事情发生之后，她还能这般平静地让他离开，甚至半天过去了，也没有任何相关的事情传出，看来蓝雁并没有把昨天晚上的事情说出去。

正疑惑间，小甲从门外走了进来，脸上还带着一丝疲惫："皇上，属下回来了。"

楚靖懿眼中一亮。

"很好，朕已经等你很久了！"

"都是臣的错，臣查的时间久了些，让皇上您久等了！"小甲连忙作揖向楚靖懿请罪。

"不必！"楚靖懿摆了摆手，一副急迫的表情，"现在不是说这些的时候，朕让你查的事情怎么样了？有没有结果呢？"现在最重要的是结果。

小甲点了点头："皇上，您让属下查的事情都查好了。"

"好，快说，你到底都查到了什么？"楚靖懿急迫地想要知道结果，心里竟有一丝期待。

"回皇上，是这样的，三天前属下到了金水城的隔壁小城，找到了当时的一些幸存者。"小甲详细描述道。

听到小甲的话，楚靖懿的耐性几乎到达顶点，忍不住打断了他的话，催促："说重点，朕让你查的事情，到底怎么样？"这些家伙，似乎都喜欢卖弄自己到底做了些什么，难道不知道什么叫重点吗？

若不是顾及他自己现在的身份地位，他早就已经拎着小甲的耳朵严刑拷问，何必像现在这样斯文地坐在这里，听他在那里啰唆。

"是是是，说重点……"小甲轻笑着，楚靖懿的性子还是这样急呢，他也不卖关子了，"您让属下查的，那些金水城的幸存者全部都说……"

"说"字才刚刚出口，门外一声尖锐的"报"字，打断了小甲要说的话。

一名禁卫匆匆忙忙奔到御书房门外，跑得满头大汗，说话时人还未到，话落间，人已到了御书房门口。

"皇上！"那名禁卫焦急地唤了一句。

本来想听小甲汇报的楚靖懿，话未说完就被打断，让他非常生气，但见这禁卫的模样紧张，他也只得忍着怒气，冷冷地问：“到底是什么事这么急？”

“回皇上，北冥王和婷婷公主已经到皇宫城门之外了！”那名禁卫气喘吁吁地回答，大概是因为跑得太急了，上气不接下气的。

“已经到了？”楚靖懿皱眉。

“对，皇上，已经到了！”那禁卫汇报完，便尽忠职守地向楚靖懿行了个礼赶紧回去继续当差了。

楚靖懿的眉头皱得更深，看来……短时间内，还是不能听完小甲的汇报了，干脆冲小甲挥了挥手：“你先回去休息，等你休息过后，再来向朕汇报！”

“是！”小甲听话地点了点头，然后退下去。

西门泽……六年不见，今天终于要见面了。

偏殿。

小四先行去迎接了西门泽和楚婷婷两个，把他们带到了偏殿，然后楚靖懿再赶过去。

待他赶过去之时，西门泽和楚婷婷两个已经等待多时，一看到楚靖懿出现，楚婷婷就激动地迎了上来，像小女孩似的扑进了楚靖懿的怀中，紧紧地搂着他的颈子：“四哥，终于看到你了，我好想你呀！”激动的声音里带着些哭腔。

楚靖懿温柔地摸了摸她的发，轻拍拍她的背，才微笑道：“四哥也想你呀，几年不见，比以前更美了。”

本来还激动得稀里哗啦的楚婷婷，被楚靖懿这一戏说，扑哧一声笑了出来，轻轻把楚靖懿推开，揉揉眼睛嗔怪地笑着说：“四哥，你就会取笑人家。”

“怎么？谁敢说你不美？四哥一定会把那人打得满地找牙，直到他说你美为止。”

楚婷婷笑得更厉害了。

“四哥，你这样做，人家才不会真的承认我美。”楚婷婷没好气地白了他一眼。

“好了，你回来一次也不容易，要是像刚才那么一直哭着，可就当真不美了。”

“人家哪里有一直哭。”楚婷婷不好意思地摸摸衣带。

“是哦，你没有，刚刚我一定是眼花了。”

“对对对，您一定是眼花了。”楚婷婷连声附和。

“只有你这丫头，才会诅咒你的四哥我眼花！”

“哎呀，四哥……”

“行了行了，不说你了，再说你又要急了。”楚靖懿微微收敛起笑容，目光旋即投注在坐在椅子上，一直盯着自己看的西门泽身上。

“北冥王，我们好久不见！”楚靖懿说道，一张脸看起来温和，嘴角却是异常的僵硬，吐出的话语，里面更是有几分让人惊悚的冷意，如同一股股冷风，正在吹过，让人毛骨悚然。

楚靖懿的气势还像以前一样，那般盛气凌人。

"是呀，好久不见，西阳国皇上最近可好？"

"托北冥王的福，朕现在吃得好、睡得好。"

"那就好，孤王之前可是担心得很呢！"担心得恨不得自己跑来一剑将他给杀了。

"现在看到朕无事，北冥王可以放心了！"楚靖懿皮笑肉不笑的，空气中有火花在噼里啪啦地响起，那是两人对峙时的激烈火花，即使是站在一旁的楚娉婷也能感觉得到两个人之间的戾气。

她心里焦急。

西门泽和楚靖懿两个人以前为了朱茵洛已经反目过一次，这次可不能再出事了，楚娉婷赶紧上前来笑着圆场："好了好了，你们能不能聊些别的什么？对了……四哥，现在蓝雁在哪里？我这次回来是特地来看她的，她的身体如何了？"楚娉婷担心地问道。

蓝雁？说到蓝雁两个字，楚靖懿的脸色微变，令他一下子想起了今早，心里一下子又乱了起来，对上楚娉婷关切的目光，他有些不耐烦地丢下几个字："还死不了！"

说者无心、听者有意。

楚娉婷比刚刚更担心了："难道……她已经无药可救了吗？"

楚靖懿白了她一眼，又丢下一句："她命硬死不掉的，现在她在卉正宫，如果你想见她的话，就去卉正宫吧！"

卉正宫？听到这三个字，楚娉婷的心里更激动了。

没想到蓝雁竟然会住在卉正宫里。

不过，这样更好，她正希望往卉正宫而去。

她笑得合不拢嘴，当着西门泽的面，她不想太过失礼，抑制着心底里冲动的情绪，冲楚靖懿点了点头，再回头笑对西门泽："陛下先与四哥说着话，我先去卉正宫。"

"去吧！"楚靖懿又挥了挥手。

"好好好。"

楚娉婷一走，整个偏殿内陷入了一片寂静之中，楚靖懿同西门泽两个人谁也没有开口，站在偏殿内随侍的宫女和太监们，看到这一幕，纷纷吓得大气不敢喘一下，生怕触碰这紧张的气氛。

良久，楚靖懿才淡淡地出声，打破了沉寂："北冥王远道而来，想必累了，朕已经吩咐宫里为你准备寝宫，若是北冥王累了，可以先回去休息，等到午膳之时，朕会命人将午膳送到你的殿中。"

"不必了，孤王暂时还不累！"西门泽皮笑肉不笑地答着，"怎么没见茵洛？"

突然提到朱茵洛，楚靖懿的脸色倏变，一双幽暗的紫眸眸底闪过阴鸷的光芒，嘴角微微抽动，室内的怒火一触即发。

那些宫女和太监，感觉到空气中异常的气氛，吓得更加害怕了，个个捂着自己的胸口，生怕随时会因为心脏病发而死亡。

楚靖懿皮笑肉不笑地冷冷道："北冥王刚到就问这个问题，恕朕不想回答。来人，先带北冥王下去休息。"楚靖懿一刻也不想在原地停留。

气氛僵硬得已经像是一颗随时要爆炸的炸弹，所有的宫女和太监双脚朝外，几乎想要立即逃走。

说话间，已有宫女和太监领着西门泽同他随行的侍卫一同离去。

被带到客居殿的西门泽，焦急地在殿内等候。

在来之前，就听说朱茵洛出事了，所以他才会迫不及待地赶来，想要知道出了什么事。

等了许久，他派出去的侍卫才匆匆忙忙地赶回来，看到来人，他立马迎上前去，慌张地问："怎么样了？查得怎么样了？"

"回陛下，整个皇宫里都传出茵洛郡主被禁足的消息，现在茵洛郡主不得踏出殿门半步，外面还有许多侍卫把守。"

"什么？"西门泽一下子气得拍桌而起，额头上青筋竖起，"楚靖懿居然可以这样对她……"当初他还口口声声说爱她。

"陛下！"侍卫有些担心地看着他，西门泽的动作太过疯狂，不禁让他担心西门泽会不会做出什么出格的事来，"这里是西阳国皇宫，不是在北冥国，我们在这里要小心一些，不能太……"

"够了！"西门泽生气地怒斥一声，打断侍卫的劝导，愤怒的他，脑子里根本听不进任何劝说，"去，把茵洛具体关在哪里打听清楚！"

"陛下……"

"就按孤王说的做，马上出去，不打听清楚，不要回来见孤王！"西门泽冷冷地一声喝令，不给那名侍卫留任何余地。

那名侍卫看西门泽执意如此，想要劝些什么，但是又怕他生气，只得叹了口气离开，心里担心地回头看了西门泽一眼。

以前就听说朱茵洛那个女人是妖孽，他们都还半信半疑，现在看来，果真如此。

但是看西门泽这模样，怕是被朱茵洛给迷上了，看来……这个女人是留不得的。

御书房。

楚靖懿坐在书桌之后，小甲已经休息好，神采奕奕地站在楚靖懿桌前，毕恭毕敬地等待楚靖懿的指示，旁边还有另一名机灵的太监，站在书桌之前，回答楚靖懿的一些问题。

"说，到底出了什么事？"楚靖懿冷冷地睨向那名太监。

"回皇上，是北冥国的侍卫，奴才看到他鬼鬼祟祟地在宫里打听些事情，等他走了之后去了解了一下，原来是他们在打听茵洛郡主的事情。"那名太监战战兢兢地回答。

打听洛儿的事情？楚靖懿鼻子哼了一声。

果然是这样，就知道他这次来，绝不会那么简单。

"好了，朕知道了，下去吧！"

"是，皇上！"那名太监答应着，就赶紧退了出去，不敢再在御书房里多待一会儿，生怕被楚靖懿那双眼睛盯得百孔穿身。

待那名太监出去，小甲的视线从那名太监的身上缓缓收回。

"皇上，您打算怎么做？"小甲好奇地回头，意外于楚靖懿异常镇定的脸。

若是以往，听到西门泽对朱茵洛有觊觎之心，他早已气得发狂，难得他还能这般冷静。

"你想让朕怎么做？"楚靖懿抬头扫了他一眼。

小甲全身起鸡皮疙瘩，干笑了两声："属下哪敢为皇上做决定？"只不过好奇而已。

"行了，这件事，暂时不要提了！"楚靖懿捏了捏酸涩发胀的鼻梁，俊美的脸上染上了一丝烦躁。

他自己也很疑惑，现在听到西门泽打探洛儿的消息，他为什么一点儿也不生气？他是该生气的，可是……

揉了揉同样疼痛的太阳穴，感觉头不再那么涨了，他才开口询问小甲："对了，朕让你查的事情，怎么样？查出了什么？"他急迫地想要知道关于蓝雁的事情，蓝雁的事情一直萦绕在他心头，挥之不去，这让他十分痛恨自己。

"回皇上……"说到这件事，小甲的神色也微变，"据属下得到的消息，金水城内幸存的人，没有一个人认识蓝姑娘的！"

"什么？你说……没有一个人认识她？"

"对！"小甲纳闷地继续道，"属下把能找的人全都找遍了，还是没有人认识她，而且他们还说，整个金水城都没有姓蓝的！"

整个金水城都没有姓蓝的？那蓝雁是从哪里冒出来的？楚靖懿心里对蓝雁的疑惑越来越大。

他的脸色倏沉。

"皇上，现在打算怎么办？要不要把蓝姑娘抓起来，只要严刑拷问，一定能问出些什么来！"小甲自告奋勇道，"皇上若是不便出手，属下可以……"

"你可以什么？"

骤然一阵冷风从耳边刮过，令小甲脊背一阵发凉，他分明看到了楚靖懿眸底那几欲杀人的目光，好吓人呀。

看到楚靖懿危险的目光，小甲再也不敢说什么，只能轻咳了一声："那个，没什么没什么，皇上您说了算。"

"如果没什么事，你就出去吧！"楚靖懿的口气不善，心里很烦，吐出的字眼异常的凌厉。

心知楚靖懿性子的小甲，当然明白这个时候不能招惹他，招惹他就等于引火上身，当下他便找了个理由，赶紧逃开了。

待小甲离开，楚靖懿无力地靠在椅子上，唇中吐出一声叹，又十分懊恼。

他刚才分明看到小甲眼底的探视。

这让他很无力，他知道小甲在想什么。

因为他想保护蓝雁，那个来路不明的女人。

心里越来越烦。

小四在旁边悄悄地打量楚靖懿的表情，眼看着楚靖懿烦躁不堪，他忍不住在旁边劝慰："皇上，您是不是不舒服？如果不舒服的话，奴才为您唤太医来……"

怎么着，说他有病吗？

"不需要！"他冷峻着一张脸冷冷地回答。

小四吓得住嘴，不敢再提，生怕被楚靖懿身上的杀气伤到。

卉正宫。

楚娉婷来到卉正宫，就迫不及待地去找苏心蕊，两个人抱着好一会儿，又说了许多想念的话，楚娉婷才想起蓝雁来，便准备去看看蓝雁。

苏心蕊让她悄悄地去，所以楚娉婷就悄悄地来到了蓝雁的门外。

屋内，蓝雁正在认真地敲着些什么东西，楚娉婷站在门外等了好一会儿，屋内的小金首先发现了楚娉婷，高兴地就要冲上来大叫，被楚娉婷举起了一根手指比在唇前，令她噤声，小金才止住了叫声，然后悄悄地向蓝雁靠近，激动地站在蓝雁面前。

没想到楚娉婷会出现，蓝雁吓了一跳。

"公主！"

楚娉婷娇俏一笑，调皮地眨了眨眼："是我。"

"奴婢……"蓝雁失神了一下忙低头欲向楚娉婷行礼。

楚娉婷连忙扶住她手臂："我讨厌这些俗礼，我们两个之间，不需要这些东西。"

蓝雁感动地看着楚娉婷，握紧楚娉婷的手，眼中有晶莹的泪珠颤动："公主，终于又见到您了。"

"怎么了，是不是这里的人欺负你了？"楚娉婷眉尖微蹙，"你告诉我，是什么人欺负了你，我……"

"公主，没有任何人欺负我。"蓝雁好笑地拦住了楚娉婷欲冲出去的身子，"我只是见到公主您太高兴了。"

楚娉婷擦了擦她的眼泪，笑着搂了搂她，轻轻地在她耳边安慰："好了，不哭了，你先下去吧！"

"是！"小金乖乖地点头退了出去。

就在这个当儿，忽地一名太监来到门外，脸上挂着笑容，似乎有什么喜事似的。

蓝雁和楚娉婷一起往门外望去。

"有什么事吗？"蓝雁讶异地问。

"蓝姑娘，皇上有令，从今日起，您被派到未央殿做女官。"

未央殿？皇帝的寝殿？

愣了三秒。

"皇上在御书房吗？"

"在！"

"带路，我要找皇上！"

楚娉婷担心蓝雁一个人去找楚靖懿会有麻烦，所以她想了一下，就决定陪着蓝雁一起去，这样就算蓝雁去了也不会受欺负，让人传了话给苏心蕊，她就匆匆陪蓝雁离开。

路上，楚娉婷还一脸担心地看着蓝雁，一路上边走边劝蓝雁："蓝姑娘，我跟你说，四哥的脾气很差，待会儿你一定要好声好气地说，千万不要激怒他，若是把他给激怒了，到时候恐怕连我也救不了你！"

"我知道了，我有分寸，谢谢公主关心。"表面上说着没事，蓝雁的脸色却是一直很难看。

把她安排在楚靖懿的宫里？这是开玩笑的吧，跟他住在一起，她一定会心脏病发而亡的，她一定要阻止这个荒唐的决定。

越想越气，她忍不住加快了脚步，楚娉婷在她的身后一路小跑地跟着她。

虽然蓝雁嘴上说着不生气，可是同为女人，楚娉婷看得出来蓝雁的怒火很旺，她不会失控才怪。

只希望楚靖懿现在的心情还不错，不至于因为一件小事就惩罚蓝雁。

唉……还是想想到时候怎么救蓝雁吧。

想到这里，她又赶紧加快了脚步，生怕被蓝雁给甩到身后。

两人来到御书房的窗外，还未走到门前，就听到里面有一阵说话声，听那声音有些耳熟，似乎是西门泽的声音。

西门泽也在这里面？

蓝雁下意识地停住了脚步，站在御书房外静静地听着里面的声音。

跟在她身后的楚娉婷见她突然停了下来，她一不小心差点撞到她，好不容易停稳了身子，她嗔怪地欲责备她，却见蓝雁一脸认真地侧耳听着御书房内的声音，她也忍不住学着她的模样，静静地听着里面的对话。

"北冥王突然来到朕的御书房，不单单只是来陪朕喝茶这么简单吧？"楚靖懿低沉好听的嗓音从窗子里面飘了出来。

西门泽脸色十分不好看，他缓缓放下手中的茶杯，嘴角挂着一抹冷意："其实，孤王这次来，是有事情想要问西阳国皇帝你！"

"有什么话，你尽管问！"楚靖懿淡淡地笑问。

"是关于茵洛的事情，听说……你把她禁足了，是吗？"西门泽陡然提高了几分音量，这声音也传出了窗子，飘进了窗外两人的耳中。

蓝雁下意识地往身后的楚娉婷脸上扫了一眼，而楚娉婷的表情似乎没多大变化，便又继续听着里面的声音。

"是这样没错，不过，北冥王为什么要问这个问题？"

"为什么？"

"什么为什么？"

"你为什么要把她禁足？你这样禁她的足，与把她关在大牢里，有什么区别？"西门泽

521

的声音夹杂着几分激动的颤抖。

楚靖懿的眼睛危险地眯起来："北冥王，你要记住，就算朕再做什么，那也是朕的家务事，与你无关，北冥王你该关心的，该是你与朕的皇妹娉婷公主的婚事！"

"婚事？"西门泽嘲弄地笑出了声，"孤王从来没有想过要跟娉婷公主成婚，所以……你的如意算盘打错了，孤王……"

从来没有想过跟她成亲？

窗外的楚娉婷听到这句话，倒抽了一口气，摸着窗子的手，颤抖得厉害。

她受到刺激的身子剧烈地颤抖。

蓝雁担心地扶住她，她却毫不犹豫地把她的手推开，身子跌跌撞撞地闯进御书房内，一双黑眸死死地盯住西门泽错愕的眼。

"你怎么在这里？"从西门泽的表情来看，似乎很惊讶。

"我怎么在这里？如果我不在这里，又怎么会听到你的真心话？呵呵……我现在明白了，原来……你从来都没有想过要与我成亲，过去的那些日子，我真是可笑……"说着说着，楚娉婷苦涩的泪落了下来，她含泪苦笑着，"原来……在你的心里，从来都没有放下过茵洛，难道你不知道她爱的不是你吗？"

看到楚娉婷伤心，西门泽的心被狠狠地撞了一下，但是当着这么多人的面，他的脸上仍然保持平静，冷漠地昂起下巴用淡淡的声音回答："你不是一开始就知道的吗？"

"对，我是一开始就知道，是我笨、是我傻，一直缠着你，以为你总有一天会回心转意，假如你不打算跟我在一起，为什么要跟我一起回国？"楚娉婷泪水决堤，眼看着这么多双眼睛瞅着她，她的身子微微颤着，受到打击的她几乎昏倒。

站在她身侧的西门泽下意识地伸手欲扶她，被她闪开，然后决绝地转身离开。

"公主，公主……"蓝雁焦急地在后面喊着，但是楚娉婷听不进去她的话，越跑越远。

蓝雁担心地看着她的背影，生气地回头看着屋内的西门泽："北冥王，你太过分了。"

"你是什么人，居然敢骂孤王！"西门泽心里正恼火，蓝雁的指责让他心底里的怒火更甚。

"我是什么人？我是公主的朋友，也是茵洛的朋友。"蓝雁的心里也很生气，大声地反驳了回去，"你知道茵洛他为什么不喜欢你吗？"

"为什么？"西门泽的火气一下子降了下来，眼睛直勾勾地盯着蓝雁。

"就因为你太幼稚了，做事不经过大脑，这样的你，你觉得茵洛会喜欢上吗？我告诉你，永远都不可能！"蓝雁越说越激动，"还有，你总是一副觉得自己很爱她的样子，你到底哪里爱茵洛了？你只是嘴上说说，你能为她去死吗？你能为了她放弃一切吗？"

被蓝雁一番指责，西门泽脸色微变，刚要反驳，"我……"又被蓝雁火大地打断。

"不要反驳，你什么都不能为她牺牲，拿什么来爱她？就因为你口口声声的爱，要让她心里内疚，同时，还伤害了娉婷，我想说……现在的你，不是娉婷配不上你，而是你配不上娉婷！"

被蓝雁指责过后，西门泽一句话都反驳不出来。

最后只能面无表情地从蓝雁的身边不发一言地离开，脚步却是很沉重。

他真的……就像眼前这个女人说的那样一无是处，所以茵洛才不会喜欢上他吗？

西门泽走了，蓝雁还是气不过，张了张嘴，在他的背后还想要说什么，却被楚靖懿的话打断："不要再说了，刚刚说得已经够多了。"

"他太气人了，公主对他那么好，他却这么伤害她！"蓝雁只为楚娉婷心疼。

"你现在说什么也于事无补！"

"那我也要骂醒他。"

刚说完，身后传来一声轻笑，让蓝雁的怒火暂时消了些。

转念又想起自己来找楚靖懿的目的，刚刚因为太过生气，差点把自己的正事给忘了。

重新对上楚靖懿的眼，她的心怦然一动，那双熟悉的幽暗紫眸，让她的心一下子就乱了，脑中一片空白。

楚靖懿挑挑眉，眸子微动："你来找朕，是有何事？"

一言惊醒蓝雁，蓝雁急忙收回视线，头垂了一下，想要掩饰方才的尴尬，轻咳了一声，清了清嗓子才继续道："是这样的，是皇上下旨，让……让我成为未央殿的女官？"蓝雁赶紧回到正题上。

楚靖懿低头看着奏折，头也不抬地答了一个字："对。"

他居然有脸回答"对"。蓝雁生气地看着他："皇上，我来宫里，只是因为茵洛她……"

不等她说完，楚靖懿突然抬头："现在茵洛被禁足，你在宫里自是无用武之地，想要给你一个留在宫里的名分，所以朕才会安排，怎么……有问题？"

听起来，似乎是那么回事，但是……事实上，问题大了。

把她放在楚靖懿身边，楚靖懿早晚有一天会看出她的破绽，那她的计划怎么办？

"话是这样说没错，可是……"

"既然没错，那就行了，你去找宫里的总管，他会告诉你到底该做什么！"楚靖懿头稍稍抬起说了一句，继续埋头在奏折中。

就这样敷衍她？绝对不行。

"我不愿意！"蓝雁大胆地一口回绝。

这一次，楚靖懿方从奏折中抬起头来，搁下手中的笔，那双幽深的紫眸危险地向她射来，眸底闪动着异样的光亮，嘴角轻轻勾起："你不愿意？"

对上他的眼，蓝雁立马有些心虚，不敢直视他的眼睛："对，我不愿意！"声音也没底气了。

"为什么不愿意？"

"因为我没有打算留在宫里，再说了，皇上不是觉得蓝雁有问题吗？放在您的身边，您不觉得这是很危险的事情吗？"

听了她的话，楚靖懿煞有其事地点点头："金水城存活下来的人，证实你从来没有在金水城待过，你的身份确实可疑，不过……越是可疑的人，放在身边才更安全，不是吗？"

蓝雁脸色微变，蛾眉倒蹙。

看楚靖懿胸有成竹的表情，难道他派人去查过了吗？

笑话，蓝雁只是她瞎诌的一个名字，有才怪了。

"难道你不怕我杀了你吗？"蓝雁打趣地问了一句。

楚靖懿的回答就更嚣张了："如果你有这个本事，那就尽管来杀朕好了，不过……你要先做好准备，不会被朕所杀！"

好狂妄！不过也只有这样才是真正的楚靖懿。

从他的口气来看，他是打定了主意要让她成为他宫中的女官？该死的……这楚靖懿的脑子里面到底想的是什么？

蓝雁忍不住翻了一个白眼。

"怎么了，你是不敢待在朕的身边，怕被杀？"

"谁怕了，去就去，有什么了不起！"气死她了，最恨楚靖懿那种令人痛恨的眼神，总觉得他是在嘲讽她。

不管是出于哪一方面，她都不喜欢自己被别人看扁。

"好，有骨气，就怕你会逃跑！"

"我不会逃的。"蓝雁气得几乎说不出话来，一双美目圆睁。

"1、2、3、4、5！"

"谁输谁是鼠！"蓝雁顺口接到，生气的她，没有发现楚靖懿眸底的异样，"皇上可以相信我了吗？"

楚靖懿目光灼灼地凝视她，嘴角勾起一抹几不可闻的弧度，淡淡地回答了一句："可以。"

"既然如此，那蓝雁先行告退！"太可气了，蓝雁气冲冲地从御书房里奔了出去。

直到蓝雁从御书房里离开，楚靖懿方望着她离开的方向，勾起一抹意味深长的笑容。

敢这么与他对峙的，除了他的洛儿，还有谁？

第三十一章　确定她是他的洛儿

两天后，蓝雁就要做楚靖懿身边的女官，想到这个她就心烦，整个下午和晚上都在烦这件事情。等到第二天早上起来，看到小金一脸失落地进门，眼睛看起来像是哭过一样，引起了蓝雁的注意。

"小金，你怎么哭了？"蓝雁赶紧拉小金到屋内坐下。

"公主，公主昨天哭了一个晚上，把自己关在房间里，到现在不吃不喝的，太后劝了也没用，现在的公主好可怜！"小金的声音里带着些哭腔，哽咽地抽泣着。

坏了！蓝雁心里大惊。

只因为昨天她跟楚靖懿之间的对话之后，她回来就心烦意乱。

就因为如此，她心里很气，就把楚娉婷的事情给忘了，现在楚娉婷一定很伤心吧？

她自责地拉住小金的手，把她从椅子上拉了起来："来，公主在哪里？你赶紧带我找过去。"

"可是……"

"没有可是了，难道你想让她哭死吗？"蓝雁的口气不耐烦了，那双凌厉的眼中，有女王的强大气场，凌厉的表情，让人不敢违背她的话。

小金愣了一下，不敢再有半分不满，赶紧把蓝雁带到楚娉婷所住的房间。

楚娉婷的房门紧锁，在门外，一名宫女还在不停地敲门劝说："公主，您开开门呀，再这样下去，您的身体可怎么办呀！"

但是里头的门还是一点儿动静都没有，楚娉婷打定了主意不想见到任何人。

待蓝雁到了，那守在门外的宫女认出了她，连忙向她行礼："蓝姑娘。"

"不必多礼，公主到底怎么样了？"

宫女的眼眶红红的："从昨天开始就不吃东西，一直哭也不睡，但是她刚刚没有动静了。"

听到这里，蓝雁更自责了。

"太后来过了？"

"对，太后来过了，可是公主还是不愿意见任何人，连太后也不见！"

看来这次楚婷婷是铁了心的不想见任何人了！

蓝雁转身要往其他地方走去，小金突然拉住她："蓝姑娘，公主最听您的话，您就劝劝她吧，也许……公主能听您的话呢！"

蓝雁没好气地瞪了她一眼："我总得进去才行吧？"在门外怎么劝都不顶用，她现在必须要看看楚婷婷到底伤心成什么样了，才能对症下药。

"公主已经把门反锁了，您怎么进去？"小金纳闷了。

不得不说，古代的人都太单纯了，不能说笨！

蓝雁指了指后窗，那窗子虚掩着。

"当然是从那里进去了。"

"女人不能翻窗！"那名守在门外的宫女被吓了一跳。

蓝雁现在很想找块抹布把那宫女的嘴巴给堵起来，什么叫女人不能翻窗？里面都快出人命了，她还顾得上翻不翻窗？

众目睽睽之下，蓝雁毫不犹豫地走到窗边，推开窗子，掀开裙摆，轻轻一跃便跃了进去。

然而她的脚刚要落地，眼尖地看到地上的瓷瓶碎片，她赶紧晃了一下身子，险险地落在旁边平坦的地上。

惊魂未定的她拍了拍胸口，望着尖锐的白色瓷瓶碎片，尖端直朝上，方才若是她直接跳下来，现在她的脚已经残了。还好她的动作快，她庆幸地拍着胸口。

在不远处的地上，一袭粉色长裙的楚婷婷，坐在榻边的地上，一头乌发随意地披散在身上，遮住了她的容颜，一动不动。

目光再扫向屋内，凌乱的四周，只要是能摔的东西，全被摔了个粉碎，到处凌乱不堪，好像这里有盗贼来过似的。

整个房间内，连下脚的地儿几乎都没有，可见楚婷婷的破坏力有多强大。

楚婷婷坐在那里，好一会儿也没有反应，蓝雁冲她脱口唤道："公主！"

唤了一声，那人还是没有一丝儿动静，蓝雁提高了些音量继续又唤："公主，是我，我是蓝雁！"

自报了名字，那黑色的头颅似乎动了一下，却是始终没有转过脸来，不一会儿又恢复一动不动的状态。

看到这一幕，蓝雁松了口气，总算……楚婷婷还是愿意见她的。

她小心翼翼地踏过一地的凌乱，来到楚婷婷面前，这才看清了她的脸。

那张脸上满是泪痕，一双眼睛红红的，肿得像核桃似的，鼻尖也是红红的，长长的睫毛上挂着几滴晶莹的泪珠，脸颊上还有几根发丝胡乱地沾在她洁白的脸上，此时的她，看起来甚是狼狈，脸色红红的，嘴唇却是苍白一片，看起来甚是让人心疼。

蓝雁心疼地握住楚婷婷搁在膝盖上的手，感觉到她异常滚烫的体温，神色微变，忙抬手摸向她的额头，果然发现楚婷婷的额头更加的滚烫。

她的身子微微瑟缩着，唇瓣也颤抖着，一双眼睛毫无焦距地望向前方。

蓝雁慌忙把她拉起来，扶她坐在榻上，劈头盖脸的责备砸了下来："你怎么这么不顾及

526

自己的身体，发了这么高的烧，居然还坐在这冰冷的地上哭了一整夜！"

"你终于来了！"楚娉婷的声音沙哑得不像话，一双无焦距的双眼往蓝雁的方向瞅来。

"对不起！"蓝雁更加自责了，"昨天我有些事情，一下子就把你的事情给忘了，现在先别想其他的，身体最重要，我先让人去唤太医。"

"我好累！"楚娉婷的声音几近呓语，一双眼睛微眯着，"头……也好疼！全身都疼！"

蓝雁心疼地抚摸她的脸颊："乖，先睡一会儿。"

都是西门泽，原本开朗的楚娉婷，被他伤成了这样。

"好！"

大概是真的太累了，所以楚娉婷乖乖地听了蓝雁的话，缓缓地合上了眼睛，一歪头便昏睡了过去。

看着昏睡过去的楚娉婷，蓝雁心里的怒火就更盛，火大的她，冲向门口，拉开了门闩，看到了门外的小金便立即吩咐："小金，公主发烧了，快去请太医。"

"什么，发烧了？"小金惊得张了张嘴，反应了过来，慌张地转身，"好好，我这就去。"

等小金走了，蓝雁便重新回到房间里。

看着榻上的楚娉婷，她心里越来越气，对西门泽就更加失望，忍不住突然冲出了房间。

正在收拾房间东西的宫女急忙问她："蓝姑娘，您去哪里？"

"找人算账！"

丢下一句，蓝雁就匆匆忙忙地离开。

有人被伤成这样，而有的人却可以像无事人一样生活，她的性格就是这样疾恶如仇，谁也甭想欺负她的朋友。

她才刚冲出了卉正宫不远，路过御花园的时候，突然停了下来，忽地想到自己的身份，现在她就这样跑去教训西门泽，着实不妥，都是她刚刚没有想好，就这样直接冲了出来。

她忍不住叹了口气，心里早将西门泽问候了千八百遍。

一想到现在的身份，她就蔫了，垂头丧气地准备重回卉正宫。

才刚要离开，头顶一个声音唤住了她。

"蓝姑娘，这是要去哪里呢？"是楚靖懿的声音。

她直觉地抬头，突然几片树叶落下，随后一道人影翩翩落下，稳稳地落在她身前，那姿势如同仙鹤般优雅、完美。

蓝雁看得有些痴了，那绝代俊容的脸上惯常挂有的邪魅笑容，是她所熟悉和眷恋的。

蓝雁赶紧拉回了神："这大清早的，您一国之主不在朝堂、也不在御书房，居然在树上！"蓝雁冷嘲热讽道，斜睨了他一眼。

"整天对着一堆奏折，朕不是要被累死就是要被闷死。"

太过分了。

蓝雁咬牙切齿地瞪他："作为一国之主，就该好好地为百姓着想，而不是想着玩儿。"

一名宫女突然紧张地跑过来，楚靖懿淡淡笑着，变戏法似的从掌心中变出了一块手帕递给那名宫女，并淡淡地嘱咐："下次可要小心些了。"

"谢谢皇上为奴婢捡手帕！"那名宫女千恩万谢地离开了。

倒是让蓝雁的脸色一阵红一阵白的。

转眼对上楚靖懿戏谑的眼神，蓝雁转身就想逃开，被楚靖懿一把握住了手腕："先别走，朕还有事找你。"

"找我？什么事？"

"去了就知道了。"

楚靖懿把蓝雁直接带到了御书房，然后他一屁股坐在椅子上，准备要批阅奏章了。

"既然皇上您要忙的话，那我就先走了！"不知道楚娉婷现在身体怎么样，她得回去看看，身边没个人，若是她现在突然醒来，可没有人能治得住她。

"等一下，你不是已经答应要做朕身边的女官了吗？"身后的楚靖懿突然唤住了她。

说到这一点，蓝雁心里就来火，头也不回地扔了一句："皇上不要忘了，从明天开始才是，今天蓝雁还是自由之身。"

明天开始才是？楚靖懿嘴角微勾，幽暗的紫眸眸底闪过阴谋的光亮："你这般在意那张圣旨，既然如此，那现在朕就下旨，让你从今天开始就成为朕的女官，如何？"

今天就开始？蓝雁生气地回头，不期然地对上楚靖懿那双邪魅的眼眸，不禁心中恼火："皇上，您到底要我做什么？"可恶的楚靖懿！

就因为他现在是皇帝，可以随心所欲地下令，所以她现在就不得不从，可恶的浑蛋！

"当然是……收拾朕的御书房！"楚靖懿淡淡地说道。

收拾？

乌溜溜的大眼扫过御书房的四周，到处整洁得很，早上应当是有人刚刚整理清扫过的。

他是故意想要戏弄她的吧？所以才把她叫到了这里？

"皇上？这里好好的，根本不需要整理！"她好心地提醒楚靖懿。

"谁说的？"

抑制住怒火，她指着四周平心静气地解释："皇上不信的话，可以自己瞧瞧，难道您不觉得这里已经被整理得一尘不染，根本不需要再整理吗？"

"哦，原来如此！"楚靖懿头也不抬地哦了一声，好像是在回答她的话。

蓝雁松了口气，眼睛的余光瞥向楚靖懿，低头准备向他告辞："既然如此，那蓝雁就……"

"慢着……"

"皇上，您还想要怎么样？"蓝雁不耐烦了，楚靖懿这浑蛋到底是想怎样？

"当然是……为朕整理御书房了！"

"可是，我刚刚说过……"

书桌后的楚靖懿，缓缓起身，高大的身形走到蓝雁面前，他的突然靠近，那股属于他的男性气息，一点点地搔弄她的鼻尖，心里有个冲动，好想要投进他的怀里，感受他的怀抱。

可惜……她现在的身份不允许，就只能站在这里可惜地看着。

正想着间，身旁传来一阵轰隆隆的声音，吓得她蓦然回神，目光再往旁边看时，惊得她张大了嘴巴，久久不能合上。

楚靖懿已经把旁边的书柜还有书桌上的一系列东西全部都推倒在地，不止是这些，整个御书房全部都……

原本整洁的御书房，瞬间变得像是个垃圾堆，甚至有两个花瓶还被打碎了。

罪魁祸首一脸平静地走到她身侧，一本正经地说："现在不就乱了吗？"

蓝雁惊愕得一时反应不过来，呆呆地望着满地的凌乱，不知道该说什么好。

甚至……她还不知道出了什么事，直到楚靖懿的声音出口，她才想起来到底发生了什么事。

"皇上，请问你现在是在做什么？"蓝雁气结，一双眼睛生气地瞪向楚靖懿质问。

"你刚刚不是说这里太整洁了不用整理吗？现在乱了，还不快去收拾！"楚靖懿毫不羞耻地说着，然后再平静地走回到他的书桌后，坦然地坐在只属于他的龙椅上，那双眼睛带着兴味地打量蓝雁，嘴角浮起一抹戏谑的笑容，下巴努了努，示意要她快去整理。

后者似乎还没有从刚刚的震惊中清醒过来。

待反应过来，她的怒火几乎到达顶点。

她指着那一堆东西："皇上，你这是在耍我吗？"

"有吗？只是东西乱了，叫你来整理而已！"

听到屋内的动静，几名禁卫匆匆忙忙地跑进来，却看到楚靖懿和蓝雁两个人一个笑眯眯地坐在龙椅上，一个气呼呼地站在桌前浑身发抖，嘴里说着他们听不懂的言语。

看着那些禁卫进来，楚靖懿的眉梢挑了挑，不要脸地冷声吩咐："蓝姑娘把朕的御书房弄成这样，你们在外面守着，除非她把这里弄完，朕开口放她出去，否则……你们不许放她出去，听到了没有？"

"什么？我弄乱的？"蓝雁气得声音变了调，火大地指着楚靖懿的鼻子，"明明是你自己弄成这样，你这么无耻地怪到我头上，我……"

"你们几个，去外面守着，没有朕的命令，不许进来！"楚靖懿仍然镇定地直接吩咐门外的禁卫！

"是！"禁卫们答应完，狐疑地对视了一眼，然后走了出去，乖乖地守在门外，只留下仍然生气的蓝雁还在御书房内同楚靖懿互瞪着。

待禁卫们都出去了，蓝雁深呼吸了一口气，不让自己立即丢失形象地咒骂出来，好不容易把怒火压下去，脸上挂着一抹连自己都觉得很假的笑容面向楚靖懿。

"皇上，您这样做，到底是为了什么？"

"不为什么，只是想让你收拾御书房而已。"

"可是，这不是收拾御书房的问题，皇上不是不喜欢看到我的吗？现在我在这里，不是碍了您的眼？不如就……"蓝雁咬牙切齿地吐道，想要让楚靖懿收回命令。

"不，朕突然改变主意了！"楚靖懿淡淡地打断了她的话，悠闲地靠在椅背上欣赏她生气的表情。

"改变主意了？那是什么意思？"蓝雁蹙眉，美丽的杏眼半眯。

绝代俊容上的笑容，足以颠倒众生，连蓝雁也忍不住恍神了一下，随后那张性感的薄唇轻启轻合："就是话中的意思，朕改变主意了！现在茵洛恐怕是好不起来了，比起她，你更像以前的洛儿，所以……"

"所以？"蓝雁的眸底闪过一丝火气，怒火在胸膛间爆发。

可恶的楚靖懿，虽然他的目光是投注到她的身上，可是……从理论上来说，这楚靖懿是想出轨。

可恶的浑蛋，都说男人都不是好东西，果然如此。

"所以……朕想了一下，把你留在朕的身边，也不失为一件好事！"楚靖懿慢吞吞地答。

她双手紧握成拳，指关节因用力泛着一丝丝白色，牙齿咬得咯吱咯吱响，不气不气，平心静气："皇上的意思是，你不打算……继续治疗茵洛了？"

"不，治疗还是会治疗，不过……在治疗她的期间，朕想把你留在身边，难道这样不行吗？"他有趣地打量着蓝雁的表情，把她所有发怒的小动作全部收在眼底。

洛儿呀洛儿，即使你现在换了一张脸，可是……你的那些小脾气还是暴露了你。

只要掌握了她的性格，想要让她露出本来面目，那可是轻而易举的。

你还以为你隐藏得很好吗？

楚靖懿表面上仍然假装冷静，有趣地看着她，也不拆穿。

他居然还有脸问她这句话，她现在最想做的是，给他下毒药，让他肠穿肚烂，嘴巴也缝上，看他还会不会说出这么不堪入耳的话，这太让她生气了。

她皮笑肉不笑地回答了一句："皇上您下的旨，谁敢说不行？蓝雁自是会遵从！"

很好，她原本正想着，到时候该怎么应付楚靖懿，心里千万个不想成为他身边的女官，可是……听了刚刚楚靖懿的那一番话之后，她就改变主意了。

留在楚靖懿身边，那可真是天赐良机，这楚靖懿这么快就变了心。

从来没有人可以在欺负过她之后，可以全身而退。

她这辈子恨的就是那些忘情负义、虚情假意，而且又脚踏两只船的男人。

虽然这里是男人可以三妻四妾的时代，但是，她仍然不愿自己的男人心里装着她之后，再装着另一个女人，虽然这也是她自己。

可恶的楚靖懿，那些话他既然说得出口，他就要为那些话付出代价，她蓝雁可不是吃素的，到时候她会让他知道什么叫生不如死。

以前她自己还说过什么来着：男人靠得住，猪都能上树！

看来现在是报应了。

气死了！气死她了。

看着楚靖懿那张俊美如斯的脸，她现在只觉得那张脸丑陋至极，让她恨不得拿只匕首，在上面狠狠地划一刀，让他再也不能用那张脸去勾引其他的女人。

想到楚靖懿以前在她耳边说的那些甜言蜜语，再对比刚刚他的那副嘴脸，她的心一阵阵冰冷。

"既然如此，那你便开始收拾吧！"楚靖懿淡淡地吩咐道，果真低头开始批阅奏折。

看着满屋的凌乱，蓝雁的心底里怒火越来越盛，还有对楚靖懿的恨。

看着那张完美的侧脸，她一边低头收拾东西，一边在心里暗地诅咒楚靖懿。

不过，楚靖懿批阅奏折的时候，蓝雁在收拾东西，他既然把她留在身边，就要承受留她在身边的后果。她收拾东西的时候，非常不客气地故意弄出很大的声音，让整个房间内到处都响起一阵不和谐的声音，每放一个东西，她都会故意用力拍一下，然后再用眼睛的余光打量楚靖懿的表情。

以为他会因此而生气，可惜……打量了许久，他似乎不受影响般地稳坐如钟，坐在那里认真地在奏折上写下他的意见，顺便再盖上玉玺。

虽然……他认真的时候样子还是很好的，但是……

可恶的男人，贱男！

一想到这一点，她就怒火冲天。

收拾了一半，她累得腰酸背疼。

但是她仍然收拾得很认真，把那些掉在地上的书本依次归类放在一起，这样就算是阅读起来拿也方便。

她最讨厌的就是凌乱。

对楚靖懿的怒，渐渐地转移到了收拾东西上，便无暇再去顾及楚靖懿。

后者在她全副身心投入收拾东西的时候，妖冶的紫眸从奏折上抬起，紧紧地随着她忙碌的身影，看着她时而皱眉、时而开心、时而嘟嘴、时而微笑，她的表情总是很多，每一个都有她独特的表现方式，这些都是别人学不来的。

这些……也只有他的洛儿，才能表现得出来，世界上……他独一无二的洛儿。

看着看着，时间一点点地流逝，与她在一起的时间，显得是这样珍贵。

在他认出她之后，他没有一刻不想让她留在自己身边，就这样在他触手可及的地方，看到她忙碌的身影，就会觉得心情大好。

他昨天晚上大半夜没有睡好，就想到了现在的主意，虽然无赖了点，但是……能把她留在身边，就算被人说，那又如何？

至于说他故意说是因为她像他的洛儿才会把她留在身边，看到她因为愤怒而生气的脸，他就心情大好。

唔……他的洛儿，向来是有仇必报，他……现在要想一想该怎么防她那些损招了才是。

待蓝雁再回到卉正宫，已经快到午膳时分，她心中觉得对楚娉婷歉疚，准备去找她道歉，到了她的房门外，却发现小金还有楚娉婷宫里的那名宫女在门外小心翼翼地守着，两个人悄悄地竖直耳朵，但是又不敢直接到门口去往里面看。

不知道里面发生了什么事？

这也让蓝雁好奇了起来，然后往门外走去。

"你们在做……"

"嘘！"蓝雁才开口说了一个字，被小金赶紧伸出手指打断了她的话，手指了指屋子内，再摇摇手指，不让她继续说下去。

这让蓝雁就更好奇了，这两个人到底在做什么？

这个时候，楚娉婷在生病，两个人不好好地在房间里伺候着，倒是跑到门外躲着。

她人还没有到门前，就已经听到里头有吵闹的声音。

"出去，出去，你马上出去，我不想看到你！"楚娉婷的声音显得非常无力，但是她努力发出声音，沙哑的声音听了令人心疼。

蓝雁下意识地想要冲进去，转念一想……不对呀，听楚娉婷的声音，里头应该是还有人，而且……这个人若是她没有猜错的话……应该是西门泽。

她在门外往屋内探了半颗脑袋，打量了一下，果然看到屋内西门泽笔直地站在那里，再回头，她才发现了西门泽身边的两名侍卫也在门外候着。

难怪……小金和那宫女两个人会在外面守着。

听楚娉婷的语气，似乎很生气的样子，唉……这楚娉婷的气上来了，西门泽恐怕是有得受了。

迟迟地，屋内西门泽也开口了："听说，你一天一夜没有吃东西，现在连药也不吃！"

是不是她听错了，西门泽的声音里，似乎有几分心疼？

"不吃不吃，我说过了，我什么都不吃，反正你们一个个都不想看到我，如今我现在这样，你也该满意了，出去，我不想再看到你！"楚娉婷冷冷地说着，声音还是很倔强。

"谁说要你死了？"

"你是没有说，可是你心里就是这样想的，出去，你要我说多少遍，你才愿意出去？是想现在我就自杀在你面前吗？既然你已经说只喜欢茵洛了，干嘛还来找我，滚出去！"越说楚娉婷的声音就越激动，突然她猛地咳了起来。

门外的蓝雁担心地跑了进去。

西门泽正担心地扶着楚娉婷，又被楚娉婷的双手软软地推开，但是怕楚娉婷的情绪太过激动，西门泽站在旁边不知所措，又不敢再上前。

该死的，就知道会出问题。

蓝雁奔进来，慌忙扶住楚娉婷，温柔的手掌轻抚着她的胸口，让她尽快缓过来一口气。

终于缓过气来，楚娉婷的咳嗽才停止了，整个人颤抖地躺在蓝雁怀中，不住地喘着粗气，整张脸因为发烧而显现出不正常的红色，嘴色却是发白，让人看了十分心疼。

"她怎么样？"西门泽担心地看着楚娉婷。

蓝雁怀中的楚娉婷突然又挣扎了起来，不住地闹着："让他出去，让他出去，我不想再看到他，不想再看到他。"

看着这般倔强的楚娉婷，蓝雁非常心疼，伸出手指，拂开她额际的一缕碎发，眼睛瞥向西门泽时，生出了几分凌厉："北冥王，难道你真的是想让公主死去，你才甘心吗？"

"可是……"

"你放心，我不会让公主有事的，但是……现在……要看北冥王你是不是想让公主有事！"蓝雁冷冷地说道。

言下之意，西门泽也应当明白了，现在楚娉婷在气头上，根本听不进去任何话，西门泽在这里，只会是帮倒忙。

听得蓝雁这样说，西门泽的嘴巴动了动，要出口的话又咽了回去，一双眼睛盯着楚娉婷，脸上满是自责。

既然会自责，当初为什么又会说那些话？这样的西门泽，让蓝雁也十分失望，更别说楚娉婷了。

"好，那孤王先走，娉婷的事情，就交给你了。"

"照顾公主，本来就是蓝雁分内的事，北冥王慢走，不送！"蓝雁冷淡地说着。

西门泽还想要说什么，自嘲一笑，旋即转身离开。

待西门泽转身离开，蓝雁倏地转过头来，从他的背影上可以看得出他似乎有些落寞，两条腿走得极慢，每一步都似乎很沉重。

她迷惑地微眯着眼。

这西门泽对楚娉婷到底是怎样的感情？他的心里究竟有没有楚娉婷，若是有……他为什么会在楚靖懿面前说那些话，如果没有……刚刚他又是在做什么？

现在的西门泽，完全让她捉摸不透了。

但是……倘若西门泽只是利用楚娉婷，再一次欺骗她，惹她伤心，她蓝雁是绝对不会轻易饶过他。

西门泽走了，楚娉婷一双肿成核桃似的双眼死死地盯着西门泽的背影，直到他的身影从门外消失，眼中豆大的泪水滚落下来，伤心地又哭了。

蓝雁心疼地把她搂在怀中，鼻子也忍不住酸涩，轻轻拍着她的背安慰她："你何苦呢，既然这么想他，又为何要对他这样冷淡？"

怀中楚娉婷的小脑袋用力摇了摇："不……他的心里没有我，我不能再这样下去了，既然他觉得我是个累赘、妨碍了他，我为什么还要一直这样下去？我以前所做的一切都变成了笑话，不是吗？他现在……现在可能就在心里笑我。"

"看呀！"楚娉婷轻轻地说着，泪水模糊了她的眼，她抽咽着继续说，"西阳国那般高贵、不可一世的公主，居然拜倒在我西门泽的脚下，他的心里……一定是在这样笑话我的吧？"

说着，楚娉婷又自嘲地笑着。

"公主……"蓝雁试图劝说，"你也不要这样想，身体最重要。你要想想，假如你再这样下去，太后怎么办？她就你这一个女儿，你若是有了事，她一定会很伤心的，还有我……我拿你当好朋友，你总不能就这样丢下我吧？你若是出了事，我以后还能依靠谁？"

听着蓝雁的话，楚娉婷的泪水不停地掉，伤心大哭了起来："可是……我真的痛苦、好难受。"

蓝雁松了口气，轻拍着她的背继续安慰她："没事了，没事了，都会过去的！"

蓝雁劝了许久，楚娉婷终于哭累了，在蓝雁的劝说下，勉强喝下去半碗苦涩的汤药，卧床就昏睡了过去。

屋内已经被收拾干净，可是……蓝雁知道，楚娉婷的心却是怎么也收拾不了了。

只能在屋内深深地叹着气。

都说情字伤人，果真是……

转念又想到楚靖懿，想到他在御书房里说的那番话，她也忍不住烦躁了起来，再想想方才西门泽离开的背影。

这两个男人，一个伤了楚娉婷，一个伤了她，都是因为这两个男人的心里，并不是只有一个女人。

一个人的心……真的就可以分成两份的吗？

这样不完整的爱，是造成所有痛苦的根源。

男人……都不是好东西。

收拾了一下沉重的心情，蓝雁疲惫地从楚娉婷房中走出来，一眼就看到门外苏心蕊站在那里，微笑看着她。

蓝雁愣了一下，忙冲苏心蕊行礼："太后娘娘千岁！"

"嗯，多亏了你，跟哀家过来，不要打扰娉婷休息。"

"是！"

蓝雁乖乖地跟在苏心蕊身后，一双眼睛滴溜溜地转，心里猜测着苏心蕊要她做的事。

到了中厅，苏心蕊坐在椅子上，挥了挥手示意身旁的人退下，不一会儿，屋内就只剩下了苏心蕊和蓝雁两个人。

"听说……你就要在皇上的身边做女官了，是吗？"苏心蕊突然开口。

蓝雁警觉地竖起耳朵，站在旁边恭敬地低头回答："回太后，这是皇上的旨意。"

苏心蕊热情地笑着握住蓝雁的双手："这是好事，你为什么没有告诉哀家呢？"

浑身鸡皮疙瘩掉了一地，蓝雁不着痕迹地把自己的双手从苏心蕊的掌心中挣脱了出来，脸上挂着皮笑肉不笑的笑容："昨天时间晚了，就没有告诉您，本来打算今天告诉您的，没想到太后您的消息这般灵通，已经知道了！"

"原来是这样！"苏心蕊微微一笑，"既然你在皇上身边，那就不能失了身份，你毕竟是我卉正宫的人，这样吧……"

苏心蕊说着，握住蓝雁的手拉过来，然后握住腕间的一只翡翠玉镯，轻轻地往蓝雁的腕间推去，那目的十分明了。

蓝雁一看，立即将手握紧拳头，略显惊慌地道："太后娘娘，不可以！"

"有什么不可以的，你是从我卉正宫去的，可不能丢了我卉正宫的面子，把你的手伸开！"苏心蕊命令式地说道。

蓝雁为难地看着她，想要说些什么，但见苏心蕊异常凌厉的眼眸，她想了一下，还是伸长了手指，让苏心蕊可以把手镯推到她的腕间。

那只翡翠玉镯，一看就是珍品，玉质通透，看起来没有一丝杂质，摸着手感也极佳。

苏心蕊送她这样一只镯子，表面上说只是送给她，其实……只是想拉拢她而已，从第一次苏心蕊见了她，就是这样的。

望着那只玉镯，苏心蕊的嘴角露出一抹笑容，缓缓地说道："这玉镯呀，还是哀家年轻的时候，先皇送给哀家的，转眼已经这么多年了！"

"这镯子是先皇送给您的，那雁儿就更不能要了！"蓝雁表示要推托。

偏偏……苏心蕊打定了主意，不会放过她，便忙握住她的手，不让她乱动："哀家给你了，这就是你的，不要说什么不是你的这种话，这样哀家会生气的。"

"是，太后！"蓝雁默默地点头答应，只觉得这只镯子戴在腕上好重。

"好了，哀家也乏了，你也累了，下去休息吧，这样明天才能好好地服侍皇上！"苏心蕊淡淡地笑着说。

"是，太后，雁儿告退！"蓝雁行了一礼，转身的瞬间，神色凝重地望着腕间的镯子，眼珠子骨碌碌转，稍稍转了一下头，眼睛的余光打量到苏心蕊眸底的精芒。

倘若她苏心蕊没一点儿反应，她倒是真的会失望呢。

苏心蕊绝对不会只救了一名宫女，她一定还有很多动作，那些……到底都是些什么呢？她苏心蕊的真正目的又是什么？

第二天早上，蓝雁刚刚起身，小金就送来了一套衣服，说是大内总管特地送来的，是给她的女官服。

是一套蓝底绣着几朵梅花的裙子，腰间配着同色系的衣带，还有几支珠簪，也是配衣服的，看来……配得挺齐全的。

她气呼呼地穿上衣服。

出门后先去探望了楚娉婷，昨天她已经乖乖地开始吃东西、喝药了，虽然她还睡着未醒，脸色却已经好多了。

旋即她就转身向楚靖懿的宫中走去，心里早就将楚靖懿骂了无数遍。

刚走到楚靖懿的寝宫门外，小四冲她点了点头："蓝姑娘。"

"你怎么在这里？"她疑惑了，辰时三刻，早膳时间早过了，他不该在御书房服侍的吗？

"皇上尚未起床。"

要她吗？

"既然如此，你们为什么不唤他起床？"蓝雁有些不高兴了，这些人都是干什么吃的？当皇帝的，早上睡懒觉，难道没有人提醒他国事为重吗？现在一个个地守在门外，是想怎样？

当皇帝的也是，不好好地料理他的国事，把时间浪费在睡觉上？

她听说，以往皇帝太过短命，都是因为他们把大部分的时间都用在了批阅奏折上，所以……她一直以为皇帝都是忙碌的。

可是……看到现在这么多人守在楚靖懿的门外，她马上就打消了这个想法。

谁说皇帝都太忙的，眼前就有一个闲的。

说到唤他起床，小四苦着一张脸："皇上不起身，我们怎么好唤他？"

"难道他不上早朝，不批阅奏折了不成？难道我们国家就要被他这样给睡没了吗？"蓝雁生气了。

鉴于昨天他的表现，她实在对他客气不了。

"蓝姑娘，您这话说得就有点过了，皇上他也就只有今……"

"不行，再这样下去，西阳国就真的要完了，你们在这里守着吧，我进去喊他！"她这才第一天开始做女官，他楚靖懿就睡懒觉，这是故意不给她面子的吧？

"这……"有两名宫女见状，要拦住她，小四给那两名宫女使了个眼色，那两名宫女旋即为她放行。

小四瞅着蓝雁的背影若有所思。

心里不知道该担心呢还是该开心。

毕竟……楚靖懿开始对其他的女人上心，这也是件好事。朱茵洛那般让人头疼，而现在另一个问题是……将来朱茵洛若是恢复了记忆，发现楚靖懿又喜欢上了其他女人，到时候……这皇宫内恐怕会有另一番"腥风血雨"。

朱茵洛的功力，那可是有目共睹，绝对有本事把整个皇宫都给掀了，就怕到时候楚靖懿会应付不来。

其实，他刚刚还想对蓝雁说，楚靖懿这是第一次起得这样晚，他正纳闷到底是什么事儿呢，看到蓝雁来，他总算是明白了。

也大致猜出了楚靖懿是想要做什么。

主子的心思，底下人不敢胡乱猜测，但是……既然楚靖懿喜欢蓝雁，他也就先成全他，毕竟……暂时讨好楚靖懿才是最重要的，被朱茵洛扒皮，那是后话。

蓝雁也不客气，大大方方地就闯进了楚靖懿的卧室。

他的卧室，她非常熟悉，直接往卧室中走去，才刚进了卧室就看到明黄色的帷帐下，楚靖懿直挺挺地躺在上面，俊美的脸上双眼紧闭，看起来似乎还在沉睡，这般俊美的容颜，若是打扰了他……似乎会遭天谴。

但是，她蓝雁可从来没有想过什么天谴不天谴的，现在该遭天谴的人是他楚靖懿。

她大大方方地走到那人的帷帐前，扫了榻上的人一眼，憎恨他现在可以舒服地躺在那里，而那么多人都为着他忙，绝对不公平。

转眼看到房内的铜镜，她毫不犹豫地把铜镜拿了起来，再找来一根棍子，走到榻边，伸手就要用棍子敲铜镜，这个时候，榻上的楚靖懿突然醒来，一只手还紧握着蓝雁手中棍子的末端。

"你想做什么？想要弑君吗？"原本还躺着的人，竟然也开口了。

蓝雁呆愣了三秒，瞪着楚靖懿那张笑脸，她的嘴角猛烈地抽搐："你没有睡着？"

"倘若我要是真的睡着，你进来的这会儿，早就已经没命了！"他悠闲地说着，嘴角挂着一抹轻笑，幽暗的紫眸直勾勾地盯着她。

"既然你没有睡着，那就赶紧起来，门外这么多人等着你，难道你还想让他们就这么继续等下去吗？"

"那又如何？"他笑着反问。

那又如何？他还有脸问那又如何？

深呼吸一口气，不要跟他生气，跟他生气，她就输了。

好不容易平稳了心绪，她平心静气地跟他解释："皇上，您起不起身，这关系着国家大事，若是有什么重要的事情发生了，你没有来得及处理，到时候会死很多人的。"

"那又如何？"他淡淡一笑，又重复着刚刚的话。

他有毛病吗？一遍遍地问那又如何？

他的语气，似乎对那些百姓并不关心。

听到此，她忍不住脱口为那些百姓鸣不平："你天天在这里养尊处优，但是……你有没有想过，你的这些都是谁给你的？没有百姓，你现在能饭来张口、衣来伸手吗？"

看他的表情似乎没有生气的迹象，她又继续说道："你身为百姓的天子，就应该为百姓做些事情，你现在躺在这里睡觉，你觉得你对得起那些百姓吗？"

越说越顺，她叽叽喳喳着，嘴巴停不住了："你说吧，那些被人推下台的皇帝，都是因为什么？是因为他们不为百姓办事，整天只知道享受，所以才会引起百姓的不满！"

楚靖懿静静地望着她喋喋不休的唇，嘴角的弧度越拉越大。

在她的心里……他已经成为了一个既昏庸又无能的皇帝，竟然还在这里教训她。

这种胆大妄为的事情，也只有她干得出来。

他听得耳朵有些痒了，便伸出一只手来打断她："够了！"

正要继续说的蓝雁，看到他伸手打断，以为他听懂了她的话准备做个好皇帝。

"那皇上是不是要起身了？"

"这个嘛，朕还要再考虑一下！"促狭的紫眸打趣地望着她。

笑容倏变，蓝雁不敢相信地瞪大了眼睛瞪着楚靖懿："你刚刚说什么？你还要再考虑一下？"

"倘若你拉朕起来的话，朕也许会起来！"他笑吟吟地要求。

要她拉他？她半眯起眼睛，打量着楚靖懿的表情，觉得他的表情百分之百有阴谋。

但是，他若是再这样不起来，要是真的有什么急事怎么办？

在焦急的等待中，她的心也越来越焦虑起来。

深呼吸，一咬牙，她决定了般地伸出一只纤纤素手，准备去拉楚靖懿。

不料，她的手才刚要碰到他，就被一只突然伸出的手拦住，握住了她的手腕，用力一扯，她的身子毫无重心地跌倒，一下子趴在了他的胸前，那张完美的俊脸，瞬间贴近她，近得她可以从他的瞳孔中看到自己眼中的慌乱。

该死的楚靖懿。

他的心里不但想着别人，现在还要对别人动手动脚。

她下意识地挣扎，身子却被楚靖懿圈得更紧，无法挣脱，柔软的胸紧贴着他有力的胸膛，感受到他胸前有力的腹肌，一寸寸地贴紧她，暧昧得几乎要起火了。

她的脸上一红，生气地对上那双戏谑的紫眸："皇上，我只是答应你做你的女官，可没有答应过还要做其他的事情。"

"整个皇宫里的女人，都是朕的，只要朕说想要，没有人可以不从，包括——你！"

她神色微变，眉头紧蹙。

整个皇宫都是她的女人？那就是说……在这之后，她也成了皇宫里的女人？

"我从来不是任何人的，麻烦皇上放开我！"蓝雁一字一顿地冷冷道。

"从你接下朕圣旨的那一刻，你就已经不是自己的了，你注定……"楚靖懿笑容邪魅地看着她，抬起一根手指轻轻地摩挲着她的脸颊，惹得她浑身一震，他的笑声更得意了，"是朕的女人。"

他还敢再无耻一点吗？

咬了咬牙。

既然他这么无耻，就别怪她不客气。

她下意识地伸出手，迅速袭击他的致命位置，趁着楚靖懿闪躲的当儿，她趁机打算逃开。

但是楚靖懿似乎很熟悉她的手法，不管她怎样闪躲或是逃离，他的手总能准确无误地捉紧她的手腕，让她无处可逃。

最后，她被迫又被他拉回怀中，望着那双近在咫尺的邪肆紫眸，她的心怦然一跳，下意识地躲避他的视线。

"还想逃是吗？从今天开始……"他的视线灼灼地盯着她，对她霸道地宣布，"你再也不能逃离我的身边，再也不能！"

在窘迫了一番后，楚靖懿终于起了床，待他走后，她才松了一口气。

不过，楚靖懿又说因为她是卉正宫的人，只用辰、午、戌三个时辰待在未央殿即可，其他时间她可以自由支配。

过了辰时，蓝雁就迫不及待离开充斥着楚靖懿味道的未央殿。

未央殿。

既然答应了楚靖懿，会在未央殿做女官，蓝雁也是遵守承诺之人，答应了之后，到了时间就会乖乖地到达未央殿。

中午时分，楚靖懿都会在御书房待着，不会回未央殿，这是她打听过的，以为中午不会看到楚靖懿，谁知道，她从卉正宫看望过楚娉婷没多久，才刚刚回到未央殿，楚靖懿就回来了。

看着楚靖懿从不远处走来，身侧跟着小四，还有几名禁卫，那气势看起来甚是威严，身形高大的楚靖懿，走在那些禁卫的身前，即使是在那么多人中，仍是鹤立鸡群。

他的嘴角挂着一抹笑容，不知道是在笑什么。

看到楚靖懿，蓝雁的心中警钟大作。

他这个时候怎么回来了？他回来做什么？

她的心里嘀咕着，总觉得楚靖懿回到未央殿，不可能只是单纯地回来那么简单，很有可能是……

待楚靖懿到了未央殿门前，未央殿的一众宫女和太监恭敬地向他行礼。

"奴婢见过吾皇万岁！"

"奴才见过吾皇万岁！"

个个恭敬地弯下腰去，只剩下蓝雁一个人独自站立着，风吹着她的发丝，她在风中凌乱。

站在原地愣住的蓝雁，突然感觉四周一丝儿声音都没有，静谧得诡异，令她蓦然回神，这才发现，所有人都在用奇怪的目光盯着她。

而在她的正前方，楚靖懿的眼中露出戏谑的神情看着她，一张脸凌厉地绷紧，那表情看起来似乎是在生气的模样，而其他人依旧保持行礼的姿势，看着她的目光，似乎在责怪她。

终于发现了异状的蓝雁，也终于明白其他人为什么用这种奇怪的目光盯着她，她心下一恼，忙低头向楚靖懿行礼："蓝雁见过皇上！"

众人舒了一口气，下一秒，楚靖懿的脸色也缓和了些，冲众人扬手："起来吧！"

"谢皇上！"众人异口同声地答。

蓝雁心不甘情不愿地随着众人一起，心里早已把楚靖懿问候过千万遍。

该死的，他是故意的，让所有人都以她为公敌，让她在众人的面前抬不起头来。

可恶的楚靖懿，小气的男人，就因为她没有行礼，他就让所有人在那里尴尬地保持原来的姿势，可恶。

心里对楚靖懿的印象差到极点。

楚靖懿一脸的不以为然，目光扫过众人，跨步从蓝雁的身前走过，脸上一丝儿懊悔之意也没有，说明他之前故意刁难她，那是心安理得。

他之前还说喜欢她，现在看来……他的喜欢，只是戏弄而已，根本不是真正的喜欢。

现在他的表现，完全就像那什么滥情的花花公子，那副嘴脸，让人恶心。

楚靖懿回到未央殿内，悠闲地坐下，一名宫女立马送上一杯茶上前，楚靖懿冷眼一瞟，吓得那名宫女倒退了两步，那名宫女的身子在楚靖懿凌厉的目光下瑟瑟发抖，端着茶杯的手也在颤抖着，有一滴茶水溅到杯外。

"让蓝雁来！"楚靖懿下令。

那名宫女迫不及待地把手中的杯子塞到蓝雁手中，解脱似的松了口气。

蓝雁瞪大了眼睛，在心里暗暗地又咒了一句，这才端起茶杯，把茶杯放在楚靖懿面前，咬牙忍着怒火，淡淡地说了句："皇上，请喝茶。"

楚靖懿满意地点了点头，接过茶杯拿在手中就抿了一口，突然他的眉头皱了起来。

他的眉头这一皱，让在场的其他人皆是心中一紧，各个的神经都紧绷着，心惊胆战地等着楚靖懿的下一句。

久久，他来了一句："太凉了！"

太凉了？那意思是让她再端一杯？

楚靖懿扫了蓝雁一眼，蓝雁皮笑肉不笑地答了一句："皇上，现在天热了，喝凉茶更好。"

有得喝就不错了，现在可是有的百姓连这凉茶都喝不上呢。

"太凉了！"楚靖懿面无表情地重复着同样的话。

蓝雁身后立即有太监飞快地捅了捅她的腰际，示意她再去倒一杯。

蓝雁咬紧牙关，忍住心里的怒火，深呼吸，把茶杯再端起来，忍住那股想要把凉茶泼到楚靖懿那张俊美脸上的冲动，转身又去泡了一杯茶才又回到原来的位置上，放下茶杯，动作优雅。

这下，他该没有问题了吧？

谁知，楚靖懿又端起茶杯，这一次没有放在唇边，而是用手指试探了一下杯子的温度，修长的手指刚沾到茶杯，又迅速地缩回，杯子重重地放了回去，那张俊美的脸又阴了："太烫了！"

蓝雁的脸色巨变，一双美目不敢置信地瞪着楚靖懿。

她微笑着用最优雅的姿势冲他弯腰行了一礼，然后温柔地答："皇上，等放凉一点就可以喝了。"

不等她说完，身侧的太监又用力地顶了一下她的腰际，令她恼火地皱起眉头。

偏偏……在整个大殿之内，有太多双眼睛，她的怒火没法发出来。

她咬紧了牙关，忍住屈辱，只得按照那太监的示意，把楚靖懿面前的茶杯端起来，重新倒了一杯回来，这一次她把杯子放得又响又快，以此发泄她的不满，甚至有几滴茶水从杯子里溅出来，溅到了楚靖懿的明黄色龙袍上。

所有的宫女和太监，看到这一幕，忍不住惊讶地叫出声来，纷纷向蓝雁投去同情的目光。

她的胆子也太大了，敢把茶水溅到皇帝的身上，这可是犯了大不敬的罪。

但是，虽然是如此，还是没有人敢站出来为蓝雁求情。

久久，大家并没有等到楚靖懿生气地呵斥，而是淡淡地勾唇一笑，然后冲大家挥了挥手，悠闲地道："除了蓝雁之外，你们所有人都先下去吧！"

"是！"那些宫女和太监狐疑地盯了蓝雁一眼，后者的脸气得鼓鼓的，看起来甚是嚣张，整个大殿之内，那气势毫不输楚靖懿。

小四则是意味深长地看了蓝雁一眼才离开。

不一会儿，整个大殿之内，就只剩下了蓝雁和楚靖懿两个人。

只剩下了两个人，蓝雁便忍不住了，开始向楚靖懿发难。

"皇上，你刚刚是故意刁难我的吗？"

面对那双质问的眼，楚靖懿淡淡一笑："朕只是教你，到底该怎么做一名合格的女官，所谓倒茶，也是一门艺术，冷了不行，热了也不行，只有不冷不热，喝着才舒服。"

说话间，他的目光扫了桌上的茶水一眼，然后端起茶杯，掀起杯盖。

茶水的清香扑鼻而来，他享受似的深嗅了一下，脱口赞叹出声："好茶！"

他还有脸说好茶，她现在快要气疯了。

他突然回来，分明就是故意想要刁难她的。

"皇上怎么会突然回来？据说，皇上您中午是不会回未央殿的！"蓝雁也不客气，反正她也没打算怎样恭敬地对待楚靖懿，特别是在昨天上午御书房的那次事件过后，她就更加无法恭敬地对待他。

搁下茶杯，楚靖懿饶有兴味地扫她一眼，邪魅一笑地问："这么快，你就开始打听朕的生活起居了？"

不要脸。

"既然你茶喝完了，是不是要回去了？"看到那张脸，她就心烦。

"这里是朕的寝宫，朕想来就来，想走就走，怎么，你要赶朕走不成？"

虽然她很想说是，但只能皮笑肉不笑地答一句："蓝雁不敢。"

"不敢就好，一会儿陪朕用午膳！"

"我……陪你？"蓝雁的脸色又僵了，不敢置信地指着自己的鼻子。

"不是你还能有谁？"

说话间，已经有宫女们把午膳送上来。

饭菜的香味扑鼻，远远地便已经能闻到，那些饭菜正是她最喜欢的菜式，一道道，令人看了就食欲大动。

虽然她很不想承认，可是这些饭菜，她真的很喜欢。

她倔强地坐在那里，眼睛瞅着那些饭菜，心里在进行着强烈的思想斗争。一面心里想着，不想同楚靖懿同桌用膳，但是另一方面，却又十分想要吃那些可口的饭菜。

本来她还不是很饿的，可是看这些饭菜，她顿时饥肠辘辘了起来。

她的肚子还很不争气地当着楚靖懿的面咕噜咕噜叫了起来，在空寂的房间内显得异常响亮。

楚靖懿那个家伙更过分，当着她的面，就开始拿起筷子，开始吃那些饭菜。每用筷子夹一下，她的心就在滴血。

吞了一下口水，她用力闭上眼睛，在心里告诫自己，只要不去想，就不会那么饿了。

但是，该死的，那些饭菜的香味，一点点地沁入她的心，让她再也无法忍受。

最后，她决定不再忍，不客气地抓起碗筷，就坐在楚靖懿身侧，筷子开始伸向那些饭菜。

说实话，在她回到皇宫的这些日子，每次御膳房送的都是一些简单的菜式，又不能挑食，她本就挑嘴，所以吃的东西也很少，突然见到她喜欢的菜式，她怎能不被吸引？

就说，这楚靖懿还是十分工于心计的。

她很用心地品尝着那些饭菜，没有注意到她刚刚坐下来时，楚靖懿脸上闪过的那一丝邪坏的表情。

看着蓝雁比刚进宫来时瘦了许多，楚靖懿便十分心疼，把平时她最喜欢吃的菜推到她面前。

蓝雁也不客气，楚靖懿把菜推到她面前，她就下筷子，直接把那些美味扫到自己的碗中。

吃着吃着，蓝雁就忘记了方才对楚靖懿的不满，一门心思地用在了吃上面。

而楚靖懿只是在旁边看着，时不时地夹一些菜放进碗中，看着她吃得很香的样子，就觉得满足了。

他的洛儿啊。

待到蓝雁吃饱了，看到桌子上还剩下好些饭菜，楚靖懿就让人把饭菜撤下去了。

整桌菜，大部都在蓝雁的肚子里，楚靖懿倒没有吃多少，而剩下的菜还有好多，看得蓝雁直心疼。

"皇宫里就是这样浪费，果真是朱门酒肉臭，路有冻死骨。"

听她在那里感叹，楚靖懿忍不住猛翻白眼。

她在吃饱喝足后还能感叹，果真是只她才能干得出来。

"饱了？"楚靖懿宠溺地看着她。

坐在椅子上，捧着圆圆的肚子，蓝雁吐出一声饱嗝："撑了！"

楚靖懿又笑了，拿起一块手帕给她，她也不客气，直接拿了就擦嘴巴。

"皇上让我吃这么多东西，说吧，您又想怎么折磨我？"吃饱喝足，正事就该来了，蓝雁一双眼睛警戒地盯着楚靖懿。

她可没忘楚靖懿是那般无赖又坏到骨子里的人。

"怎么……在你的心里，朕就是那么不堪吗？"

"皇上以为怎样？"

光看她的表情，就知道她的心里是怎么想的。

大概是因为吃得太饱了，蓝雁觉得有些犯困。

人都是这样，吃饱喝足之后，就会容易犯困，她结结实实地打了个哈欠，表情甚是可爱。

楚靖懿笑了笑，温柔地道："如果你困了的话，就暂时在这里休息一下。"

"我不困。"

修长的指，指了指窗边的一只躺椅，上面铺了一张软垫："你先在那边休息一下。"

"你……让我……"蓝雁不敢置信地指着自己的鼻子，"休息？"

"我可不想看到你总在我的面前打哈欠。去休息，等休息完，朕还有事情要你做。"楚靖懿一本正经地说。

从他的眼，看不出一丝破绽，似乎只是单纯地让她休息？

昨天晚上，因为今天要来未央殿，一整晚都没怎么睡着，所以今天她也很困，又打了一个哈欠，眼泪都流了出来。

见楚靖懿这般坚持，她也不再推辞，反正她也想睡，现在是他自己让她睡的。

想到这里，她就乖乖地走到窗边，在窗边的躺椅上躺了下来。

明媚的阳光透过窗棂照了进来，照在身上暖洋洋的，几乎刚躺下来，困倦的她就睡着了，耳边再也听不到任何声音。

不一会儿，楚靖懿也起身，走到窗前，在她的身侧站定。

高大的身躯站在她的身侧，身影投在地上，一动不动。

望着她的睡颜，是那般的安谧。

就这样看着她的睡颜，都感觉是一种享受，真想就这样看着她一辈子。

第三十二章　我的洛儿

未央殿。

一个时辰之后，蓝雁在躺椅上还睡得很沉。

一只蝴蝶从门外飞了进来，悄悄地飞到了她的面前，在她的身边转了好几圈，最终在她的鼻尖停住，几只触角抓住了她鼻尖的皮肤。

感觉到了鼻尖有东西，睡梦中的蓝雁，下意识地伸出手去拂开，那只蝴蝶看到危险，便立马飞开。

而蓝雁下意识的小动作，煞是可爱，惹得楚靖懿情不自禁地笑出声来。

那阵低沉的嗓音，令睡梦中的蓝雁倏地警醒了过来。

首先映入眼中的是刺眼的阳光。

她蹙眉，拿手挡住阳光，然后转过头往旁边望去，果见楚靖懿就站在她的身侧，用戏谑的目光打量着她，嘴角噙着淡淡的笑容，似乎很欣赏的样子。

该死的，刚刚她睡着的模样，都被他看到了不成？

看着窗外太阳的角度，这天色应当是午时过后了。

"皇上你怎么还在这里？"蓝雁脱口就问。

"怎么？你不想看到朕不成？"楚靖懿的嘴角垮了下来，一副可怜兮兮的语气。

蓝雁愤愤地瞪着他，似乎在警告他。

最爱看她生气时腮帮气鼓鼓的可爱模样，看着她这样的表情，他情不自禁地伸出手轻轻捏了一下她的脸颊。

"好了，朕要去处理公务了，你继续睡吧！"他眼中的宠溺是可以看得见的。

一时之间，蓝雁又沉醉在他的温柔中无法自拔，只能讷讷地点了点头。

待她反应过来时，楚靖懿已经不见了踪影，之后愤恨的她直拍躺椅扶手。

老天爷，她刚刚在做什么？又被楚靖懿给迷惑了，心里一阵懊恼。

现在楚靖懿一定很得意吧？得意她这么快就沦陷了。

她又狠狠地敲了一下躺椅的扶手，坚硬的木头，撞在上面，指关节处传来尖锐的疼痛，令她赶紧把手缩了回来。

不行！

两局下来，她都输了，她要好好地想想晚上怎么扳回一局才是。

卉正宫。

楚娉婷刚用过午膳，身体好多了，便准备睡一会儿，却见小金和她房里的宫女在外面不知道在商量些什么，引起了她的注意力。

她皱着眉头，朝门外唤了一声："小金，你们在做什么？"

这一唤，令门外的两个人停止了争论，像做错了事的孩子般站在门外。

看到他们两个这副表情，楚娉婷故意板着脸："快说，你们刚刚在做什么？不说明白，我要生气了。"

"呀，公主，您不要生气，其实没什么。"小金飞快地回答。

"不说清楚就说明还是有什么。快点说，小金，你知道我最讨厌别人欺骗我的！"楚娉婷危险地威胁道。

看她这般坚持，小金也只有乖乖地回答："回公主，是北冥王啦！"

北冥王？

楚娉婷以为自己已经忘了他了，可是……听到这三个字，楚娉婷感觉自己的心猛地又撞了一下，心头一阵阵地刺痛。

那是一根根刺，插在她的心中，拔不掉，强硬拔的话只会连皮带肉的一起拔起来，最后伤痕累累。

这根刺插进去的时候疼，拔除的时候……却更疼。

"到底是什么？"她有些不耐烦了。

"哎呀……"小金不知道该怎么说了，干脆直接把门外的人推了进去，"王爷，您还是自己进去把东西送给公主吧！"

意外的，西门泽一脸窘迫地出现在门口。

看到西门泽，楚娉婷惊讶了一下，突地脸色倏变，转过头去不看他，嘴里吐出冰冷的声音："北冥王这个时候来做什么？是想要看看堂堂西阳国公主被你羞辱成什么样吗？"话中听不出任何感情。

西门泽迟疑着要不要进来，最后还是被小金还有楚娉婷房里的宫女给推了进来。

看楚娉婷冷淡的模样，西门泽的脸色一阵失落，想了一下，还是进来了，手里端着一碗看似汤药的东西靠近楚娉婷。

"你的病还没有好，身子虚，需要好好地补一补，这是我命人弄来的滋补材料熬成的汤，你……"

话还未说完。

"我不喝，端走！"楚娉婷冷冷地说道，一点儿也不给他好脸色。

西门泽把滋补汤放在桌子上，双眼直勾勾地望着楚娉婷，心一路沉下，还想要说些什么，最后只化为一声叹息："那你好好休息，我把这汤放在桌子上，我东西送到了，如果你实在不想喝的话，那就随便倒了吧，生气伤身，我这就走！"

西门泽说完，又叹了口气，整个人无精打采地转身便离开了。

楚娉婷虽然故意别过头，但是她眼睛的余光，仍不停地打量着西门泽。

虽然心里还有气，可是看到他给她送来了汤，她的心底里又重燃了希望，是不是说……她还有希望？

这西门泽，为什么总是在她想要放弃的时候，又给了她新的希望，让她想忘又忘不掉。

这样的自己，让她很是不齿，但是……这么多年她对他的感情，不是想放下就能放下的，除了他之外，她当真不知道自己还能不能爱其他人。

看着西门泽离开，门外的小金急得不得了，西门泽的后脚刚刚踏出房门，小金的前脚便急不可耐地奔进了房间内，焦急抓着楚娉婷的手臂劝道："哎呀，我的好公主呀，陛下亲自给您送滋补汤呢，您怎么就这样赶他走了？如果想他再来的话，可能不知道又要等到什么候，还有可能永远都不会再回来了。"

是呀，再想等到他，有可能永远也等不到了。

但是……经过了上一次，她想通了。

假如她强硬地留在他身边，痛苦的只会是他们两个人，这一次，除非他自己回头，否则她不会再傻傻地一直待在他身边了。

"罢了，所有的一切，都是命中注定，强求不得，小金，你也不要再劝我了，对了……今天是蓝姑娘第一天做四哥的女官，没出什么乱子吧？"楚娉婷笑着转开话题，强颜欢笑的表情，看起来那么让人心疼。

知道再提西门泽只会让楚娉婷不开心，所以小金也自觉地闭上了嘴巴不敢再提，以免让楚娉婷更加伤心。

"蓝姑娘没事儿，据说，其实皇上对她挺好的，现在倒是你的身体更让人担心，对了……北冥王送来的那碗汤……听说是用百种滋补的材料熬制成，它……"小金指了指西门泽送来到汤，下意识地问了一句，刚问出口就觉得自己问错了，马上改口，"奴婢知道公主不想看到它，奴婢现在就去把它倒掉！"

倒掉？

一道人影突然从门外蹿了进来，大咧咧地道："这么好的汤，倒掉多可惜呀，不如让我喝了吧！"

说完，那道人影直奔桌边，就要去端起桌子上的滋补汤。

说时迟那时快，本来还在榻上休息的楚娉婷，一听见来人说要喝了那汤，立马从床上跳起来，把桌子上的汤碗护在怀里，警戒地盯着来人威胁："谁敢动我的汤？"

没有摸到汤，身着宫女装的朱茵洛悻悻地收回了手，可惜地看着被楚娉婷护在怀里的汤碗，舌尖舔了一下下唇，心里啧啧出声。

"不动就不动！"

小金生气地看着朱茵洛："你这宫女，大胆，居然敢抢公主的汤碗，来人，还不把她给拖出去交给太后，让太后好好地处置她。"

在门外守着的宫女，讪讪笑着，迟迟不上前，令小金心里疑惑眼前这名宫女的来历，小金虽然来到这宫里一段时间了，不过，她却没有见过朱茵洛，自然是认不得朱茵洛的。

楚娉婷错愕了一下，眸底闪过一丝不自然，然后微笑着提醒小金："小金，不得无理，这是茵洛郡主！"

"什么，她就是那个恶毒的郡主？"小金口没遮拦地脱口而出。

眼见朱茵洛的眸底闪过一丝阴狠，楚娉婷下意识地拉住小金，随后斥责道："住口，小金，快向郡主道歉，那些是宫里的谣言，你是跟着本宫这么久的人，怎么这么不懂规矩？"

小金自觉失言，连忙向朱茵洛点头道歉："奴婢失言，请郡主饶恕。"

阴狠再一次闪过，朱茵洛挥了挥手："不妨事，这些话我已经听得多了，听说公主你生病了，所以我过来看看，这么迟才到，还望公主你不要见怪才是。"

见着眼前的朱茵洛，楚娉婷感觉是那么的不自然，再加上中间有西门泽这一层关系，她的双手下意识地往后撤了些，淡淡地回答道："无碍，我已经好了。也是，我回来这么久了，还没有去看你呢！"

"只要你没事，那就好了，听到你病了的消息，你不知道我有多担心！"朱茵洛煞是夸张地比画着，手舞足蹈的模样，甚是滑稽。

楚娉婷的嘴角僵硬地勾起，心下有些不耐烦："多谢茵洛你的关心，眼下我身子还有些乏，不如你改日再来吧，我们改日再聊！"话落，楚娉婷就要下逐客令了。

要赶她走？朱茵洛急了，两步上前拦住了楚娉婷的去路，干笑了两声："你先别急着休息，我……"朱茵洛吞吞吐吐地想要说些什么。

楚娉婷苍白的唇微勾："你是有什么事要跟我说吗？倘若你有什么事的话，就直说吧！你我都知道我们都不是喜欢拐弯抹角的人。"

"当然当然！"朱茵洛眼下骨碌碌转，想了一下才说道，"是这样的，在这个宫里，现在所有人都觉得我是一个恶毒的女人，连……连皇上他也……"

说着说着，朱茵洛就抬手捂着脸呜呜哭了起来。

看到她哭，楚娉婷才慌了一些，把朱茵洛重新拉到桌边坐下，耐心地看着她关切询问："怎么了？是不是四哥他欺负你了？"

朱茵洛硬是挤出两滴眼泪来，可怜兮兮地望着楚娉婷："你还记得那个叫蓝雁的女人吗？"

蓝雁？

"她……怎么了？"楚娉婷眉头微蹙。

"公主，你不知道，现在……皇上的心思，只放在那个蓝雁的身上，甚至……甚至今天中午他为了那个蓝雁跟我……跟我……"说着朱茵洛再一次捂着脸呜呜哭了起来，听起来似乎很伤心的样子。

楚娉婷手忙脚乱地劝着她："哎呀，茵洛，你别哭呀，有什么话好好说嘛！"

突然，朱茵洛的双手死死地捉紧楚娉婷的双臂，一脸的诚恳："公主，我求你一件事，好不好？"

"你有什么话直说就是，什么求不求的？"

"公主，你一定要答应我，你不答应我的话，我……我我就……"朱茵洛伤心地抹着眼泪，眼眶红红的，哭得好不伤心。

"你总要说什么事吧？"真是奇怪了，朱茵洛向来是不喜欢哭的，眼前的朱茵洛看起来着实怪怪的，大概是因为就像其他的传言那样，她真的失忆了吧？只因为失忆，所以才会这么怪异，跟以前的感觉完全不一样，让她浑身的鸡皮疙瘩掉一地。

不过，两人相交是事实，她不能因为她失忆了就嫌弃她。

"你先答应我！"朱茵洛固执地要求。

拗不过朱茵洛，楚娉婷只得连连点头："好好好，我答应你，那你说吧，到底是什么事儿？只要你说出来，我都尽力帮你好不好？"

朱茵洛的眼底闪过精芒。

"那你把蓝雁带回北冥国吧！"

"什么？"

楚娉婷嘴角倏地一抽。

朱茵洛以为她没有听清楚，便又重复道："我说……你把蓝雁带回北冥国吧，当初……是我让她去了你那里，那她就是你的人了，只要你一声令下，把她带走就可以了。"朱茵洛一本正经地说道。

这……太荒唐了。

楚娉婷为难地看着："茵洛，这个……恐怕不行！"

"为什么不行？公主呀，在这个皇宫里，我可就只有你一个朋友了，你不帮我，可就没有人帮我了，你不知道……那个蓝雁她有多坏，她推倒了给我送参汤的宫女，我只是骂了她两句，她就跑去跟皇上告状，结果……结果……"

朱茵洛又开始捂着脸呜呜地哭了起来，边哭边抱怨："皇上来说，要我以后让着蓝雁，即使以后蓝雁打我的话，我也不能还手。你说……那个蓝雁，她分明就是个狐狸精，就是想故意勾引皇上的。"朱茵洛阴险地编造谎言，偷偷地从指缝中打量楚娉婷的表情。

看见楚娉婷一副疑惑、不敢置信的表情，她连忙紧追猛打地继续说："公主，我说的都是真的，你要相信我，你要是不相信我的话，在这个皇宫里就没有人能相信我了。公主，我们是好朋友不是吗？"

"可是……"楚娉婷的表情更为难了，"我现在已经回到了皇宫，我能把她带到哪里去？"

"回北冥国呀！"朱茵洛回答道。

北冥国？这三个字就是她的痛。

"茵洛，我……已经回不去了，而且……我也不打算再回北冥国了，所以……对不起，这件事，我帮不了你。"楚娉婷歉疚地看着她。

"为什么？"朱茵洛有些生气了，声音里透着质问的味道。

"这件事……"楚娉婷苦涩一笑，想要解释，却又不知道从哪里解释。

解释了半天，楚娉婷一个字也没有说出口，这更加激怒了朱茵洛。

她生气地一拍桌子站起来，恼怒地指着楚娉婷的鼻子怒喝："你分明是不想帮我，你跟那个蓝雁是一伙的，你们刚开始就是计划好的，让蓝雁去勾引皇上的吧？还说跟我是好朋友呢，好朋友就是这样做的？"

"茵洛，你听我说……"楚娉婷着急地想要解释，一口气上不来，惹得她扶着桌子猛咳了起来。

怕她有什么病传到自己身上，朱茵洛嫌恶地避开，躲得远远的。

屋内的小金见状，连忙扶着楚娉婷，为她拍了拍后背，着急地倒了杯水让楚娉婷喝下。

待楚娉婷喝下半杯水，又递回给小金，她的咳嗽这才好了些，缓过来一口气，那张脸却是苍白得可怕。

望着楚娉婷，朱茵洛的眼睛里闪过疑惑。

小金生气了。朱茵洛这样咄咄逼人，让楚娉婷这般难过。当下也顾不得自己的身份，就冲朱茵洛指责："郡主，您有没有良心？北冥王喜欢的人是你不是我们公主，所以我们公主不能再回去北冥国了。难道您连这件事都不知道？还有……我们公主哪里对不起您？您要这样咄咄逼人？难道不知道我们公主大病初愈吗？"

"小金！"楚娉婷脸色倏变厉声呵斥。

"公主……"小金嗔怪地跺脚，眼睛瞪向朱茵洛，"您看郡主，她把所有的事情都推到您身上了，她太过分了。"

知道了大致的缘由，朱茵洛的嘴角浮起一丝冷意。她讥讽地扫了一眼楚娉婷，看着那副病秧子的表情，戏谑地道："原来如此，原来是北冥王不要你了。"

刻薄的言辞，再一次激怒了小金。

"你！"

楚娉婷的脸色更难看了："小金，不许再失礼。"

"可是她越来越过分了。"小金气得快哭了，楚娉婷还没有受过这样的屈辱。

"你要记住，她是郡主。"训斥完小金，楚娉婷淡淡地向朱茵洛解释，"小金刚刚太过失礼，我一定会对她严加管教，还望茵洛不要怪罪。"

"我当然不会怪罪她，有她这样的宫女在身边，难怪北冥王会不要你！"

说完，朱茵洛傲慢地昂着下巴扬长而去。

"你……"小金气得就要追上去，被楚娉婷一把给抓了回来。看楚娉婷仍是镇定、冷静的模样，小金气得哭了，眼泪扑簌簌地掉下来，"公主，这茵洛郡主太过分了，她分明不是来看望您的，而是故意来奚落您的。"

"好了，我知道了，小金，你下去吧，我想……休息一下！"额头一阵隐隐作痛，像是要炸开了一样。

小金心疼地把她扶起来，不敢再说什么刺激楚娉婷，把她扶到榻上躺好。

"公主，您好好地睡一觉，等睡一觉醒来，就什么事儿都没有了。"

"嗯，你也一宿没休息，也去休息一下吧，你还要去蓝姑娘房里呢。"

小金低着头脸上看不出什么表情来，久久没有回答。

过了好一会儿，小金突然抬头，要求道："公主……奴婢还回您的身边照顾您好不好？"

"胡说，我让你到蓝姑娘那里，你现在已经是她的人了。"

"可是……"

知道小金想说什么，楚婷婷疲惫地闭上眼睛，不想再说话："不要再说了，下去吧，我累了。"

想想脱口的话，只得又咽了回去，小金不舍地望了榻上一眼，然后才转身离开。

听到房门吱呀一声开了又关上，楚婷婷紧闭上的眼睛蓦然又张开。

寂静的房间内响起一声长长的叹息：唉！

果然是家家有本难念的经。

朱茵洛变了性子，蓝雁同楚靖懿暧昧不清，她自己也成了这样，这个皇宫……似乎感觉有些飘摇，住在这里，虽然身边人很多，却让她感觉甚是孤寂，空荡荡的心，再也无法找到可以填满它的东西。

未央殿。

戌时，蓝雁准时到达未央殿，只因为现在她是未央殿的女官。

这会儿，太阳带走了地上最后一丝光亮，天昏暗了下去，一颗颗如宝石般的星星缀在黑色的天幕下，似会说话般一闪一闪地眨着眼睛。

她在这未央殿里睡了整整一个下午，没有人唤她起来，待她出房门时，就接到了众人奇异的目光，才知晓，原来是楚靖懿吩咐他们不许吵醒她。

不管是在任何地方，总是好事不出门、坏事传千里。

而她在未央殿里睡了一下午的消息，也不胫而走，现在宫里所有人都在传她与楚靖懿之间的暧昧关系，这让她甚是恼火，想要解释吧，偏偏又不知道该怎么解释。

那些传言，无外乎说她是个勾引楚靖懿的狐狸精，可惜……他们不知道的是，她才是受害者，受骚扰的人是她。

不过……在这个皇宫里，楚靖懿才是真正的主人。她说什么，那些宫里的太监和宫女可不会信她，只会觉得她是故意勾引了楚靖懿，反而会让她更加解释不清楚。

所以……现在最好的办法就是什么也不解释，任由事情发展。

她估摸着，楚靖懿戌时应当还会回来，她探听过的，楚靖懿习惯在傍晚时分泡个澡。

明着她不能设计他，背后设计他，还是可以的。

今天晚上她就等着瞧好了，不能怪她，只怪他自己，既然想要脚踏两只船，就要承受船不稳时翻船的后果。

她可是提醒过他的。

她刚到未央殿，不一会儿，楚靖懿果然来了，看到她在，他的嘴角挂着淡淡的笑容，她则是没好气地瞪了他一眼。

笑得那么扎眼。

身侧的宫女为楚靖懿脱下外衫，楚靖懿挥了挥手命殿内的众人下去，独留下蓝雁一个。

蓝雁的眼珠子骨碌碌转，就是不看他。

楚靖懿微笑看着她："朕回来了，你这做女官的，不准备给朕倒一杯茶吗？"

"皇上不怕我在茶里下毒，那我便给你倒！"

蓝雁没好气地走到桌边倒了一杯茶，直接递给他。

初进门时，楚靖懿的脸上挂着一丝疲惫。但是进了门后，看到蓝雁，顿时，心头所有的疲惫都消失了。

即使他失去了所有的东西，她还在他身边。

洛儿吾爱。

端起茶杯，抿了一口，茶的温度刚刚好。

"不错，在朕的教导下，你泡茶的技术越来越好了。"

不要脸。

"听说皇上回来的话会先沐浴的，皇上现在要沐浴吗？"蓝雁提议道，眼珠子骨碌碌地转动。

沐浴？

楚靖懿的眼睛邪肆地望了她一眼，眸底闪过一丝光亮，那光亮闪得太快，以致蓝雁抓不住。

"沐浴，当然要，只不过……现在还不急！"楚靖懿不慌不忙地说着。

蓝雁咬牙切齿，恨不得马上把他抓起来丢到浴桶里去。

他是不急，可是她急，她恨不得马上看到他当众丢人的窘迫模样。

"是，皇上！"蓝雁乖巧地待在一旁，只等着他快些决定。

望着蓝雁在原地站定，但是眼睛总是瞟向门外的模样，就知道她表面的乖巧只是装的而已。

这个皇宫里面的礼节太多，他的洛儿，是最讨厌这些东西的。

紫眸微转，他轻咳了一声，待蓝雁转过头来，楚靖懿冲他邪魅一笑，然后勾了勾手指。

"做什么？"她警惕地瞪了他一眼。

眉梢挂着一丝疲惫，大手指了指自己的后背："累了，帮我揉揉肩。"

"如果你想找帮你揉肩捶背的话，我现在让人进……"

"就你了。"楚靖懿危险地提高了些音量，声音里夹杂着几分不耐烦，"快一点。"

"当女官还要做这些事情吗？"蓝雁嘴里嘟囔着，但她的双脚还是不由自主地向楚靖懿身后走去。

柔弱无骨的手指，轻轻地为他捏着肩膀，早先为他这样揉过肩，知道该用怎样的力道，用的力道恰好，令他舒服地靠在椅背上，享受地轻合上眼。

"洛儿……"楚靖懿情不自禁地唤了一声。

蓝雁愣了一下，为他按摩的手也跟着停顿了一下，那一声"洛儿"，像是直唤进她的心底，有那么一瞬间，她几乎要脱口答应，转念一想，才想到她现在是蓝雁，并不是朱茵洛。

"皇上，我是蓝雁。"她淡淡地出声提醒。

楚靖懿哦了一声："是我错了。"

"皇上下次还是弄清楚些为好，如果您真的想她的话，我这就让人去请茵洛过来。"蓝雁淡漠地回答，手指间不由得加重了些力道。

闭上眼睛的楚靖懿豁然张开眼睛，幽暗的紫眸打趣地望着她。

"怎么？你在吃醋？"

"谁说我在吃醋？"醋缸早就打翻了，但她脸上还保持镇定，一点儿也不在乎的样子。

"是是是，你没有吃醋！"楚靖懿眸光流转。

但见他疲惫的模样，本来想要故意捏他颈间穴道让他吃点苦头的，最后还是心软没有下手。

该死的心软。

不一会儿，楚靖懿的鼻尖发出阵阵平稳的呼吸声，竟然……躺在椅子上就睡着了。

听说最近东盈国一些楚惊天的余党在闹事，还有现在是春季，到处干旱，一系列事情同时发生，他应该很头疼吧？

她悄悄地停下为他揉肩的手，想让他好好地休息一会儿，谁知……她的手才刚刚停下，那原本该睡着了的楚靖懿突然开口："怎么停下了？继续！"虽然在说话，但是他的眼睛还没有睁开。

该死的，他没有睡呀，她还以为他睡着了。

她的脸色微变，方才对他所有的好感再一次全消，认命地为他揉肩。

等到她累得双手酸疼了，他才放过了她，准备去洗澡。

听到他准备要去洗澡的消息，她乐呵呵地突然笑出了声，惹得楚靖懿突然转头看她，她警觉地恢复了镇定，以免被他发现一丝端倪来，憋在心里好辛苦。

好不容易等着楚靖懿终于去洗澡了，蓝雁的眼珠子就开始骨碌碌转了起来，谁也不知道她的心里在想些什么。

楚靖懿洗澡的时候，不喜欢有人在身边伺候，所以那些宫女和太监都在屋外等候。

楚靖懿刚进浴室，蓝雁突然拉过了一名宫女神色凝重地在那名宫女的耳边说了些什么，那名宫女脸色微变，连连点头，冲蓝雁嘱咐："那你好好地在这边守着，我现在就去。"

"去吧！"蓝雁笑眯眯地挥了挥手，嘴角的笑意更甚。

哼……楚靖懿，我们走着瞧。

出来混，始终是要还的。

蓝雁趁机偷偷地溜进了浴室，浴室的门敞着。

看到门敞着，她贼笑了一下，悄悄地溜了进去，有偷盗经验的她，身子飞快地闪到安全区域，躲到了衣架的后面。

衣架前面的水池中，响起阵阵水声，一听就知道里面有人，蓝雁笑得更加贼了。

现在楚靖懿在里面洗澡，好一会儿才会出来，抬头瞧了瞧衣架上他的衣裳，她的笑容就更加诡异了，然后悄悄地把衣服一件一件地从衣架上拿了下来。

她的手挡着自己的眼睛，以免看到不该看的东西，怀里抱着楚靖懿的衣裳就准备悄悄地溜走。

她以为她的动作够快了，谁知道她还没有跑到门口，突然一堵人墙拦住了她的去路，她跑得太快，没有来得及刹住身子，就这样直直地撞入了对方的怀中，惊得她"呀"的一声叫了出来。

因为太过紧张，惊讶之下，一松手，怀里的东西全部都掉落在地上，包括衣服和鞋子等物。

轰！血液瞬间从脚底心窜到头顶，脸唰的一下红了，好半天，她才终于憋出了一句话："皇……皇上，你不继续洗澡了吗？"

低低的笑声从她的头顶传来，震动着她的胸膛，好像是一股股电流蹿过她的身体一样。

与此同时，她的心里更加紧张，一双眼睛担心地望着浴室外面，听着外面还没有动静，她就更加紧张了。

希望……刚刚那名宫女走慢一点，给她留多一点时间，让她可以赶紧从这浴室中逃走。

看出了她眸底的紧张，楚靖懿低头俯视她，薄唇勾起性感的弧度，活脱脱的一只妖孽，低哑着嗓音在她耳边呢喃道："我当然要洗了，只是……你这样突然闯进来，让我怎么继续？"

他的手指划过她的脸颊，指尖带着火一样的温度，灼烧着她的皮肤。

"我……我出去……你……你就……就可以继续洗了！"蓝雁好不容易找回了自己的声音，结结巴巴地说道。

"何必那么麻烦？"

"什么？"

突然楚靖懿握住蓝雁的手腕，轻易地将她扯进怀中，再一个旋转，扑通一声，两人同时跌进了浴池中。

瞬间有水灌进了蓝雁的鼻尖和嘴里，猝不及防的她，只来得及喊了一声"啊"，就被拖进了水中，张口的瞬间，有水流进了她的口中，她来不及准备，一口水呛进了她的口鼻中。

慌乱中她紧紧地抓住了楚靖懿的手臂。

好不容易浮出水面，便开始猛咳了起来，吐出了嘴里的水，便开始大口地喘起气来。

而罪魁祸首，双手环胸地站在她面前，那双幽暗的紫眸深深地凝视她，目光扫过她胸前那被水浸湿的衣服，紧贴着她的身躯透露出的美好曲线时，闪过一丝火光，不过一瞬间而已又恢复平静。

楚靖懿的嘴角挂着邪魅的笑容，笑吟吟地看着她。

被水呛过后，蓝雁的理智恢复了，生气地指着楚靖懿的鼻子就骂："你浑蛋，把我拖进来，差点就把我呛死了，喀喀……"她猛地又咳了好几声。

该死的，刚刚的那一呛，她真的以为自己差点就要死在这里了，还好还好，她又捡回了一条小命。

都怪那楚靖懿。

楚靖懿笑看她生气的可爱模样，无辜地摊了摊手："不知道是谁闯进了我的浴室，想要偷走我的衣服，你说……那个小偷该怎么处置呢？"楚靖懿笑吟吟地看着她，欣赏她渐渐窘迫的表情。

"呃，那个……"蓝雁干笑了两声，聪明的小脑袋迅速运转着，飞快地解释，"那个，我是看你的衣服脏了，所以想要帮你拿出去，换一套干净的衣服进来，对，就是这样！"

她庆幸自己的反应够快。

不过，楚靖懿似乎不相信她的说辞，幽暗的紫眸紧紧地盯着她，危险的嗓音吐道："是吗？"声音里带着质疑，还有不相信。

"当然是这样！"她故意挺起胸膛，大了些声音，这样显得自己更有底气。

突然发现楚靖懿不说话了，蓝雁以为他又要做什么，警觉地抬头，却对上他那双火热的视线，像是想要……一口把她吞掉似的。

她的脸更红了，在楚靖懿化身为狼之前，她急急忙忙地爬到了浴池的边上。

楚靖懿本不想再放过她，打算在这里要了她时，听到门外一阵声音，他的脸色怔了一下，旋即起身。

身后的楚靖懿没有追上来，蓝雁趁机赶紧逃走，人刚刚出了浴室，就见数人从门外进来。她不由得愣了一下，心里绝望地叫道：她不会这么惨吧？

门外，小甲带着几名禁卫闯了进来，个个手持一柄雪亮的冷剑，威风凛凛地站在屋内，嘴里还叫着："刺客在哪里？刺客在哪里？"

蓝雁吓得全身惊呆了，一阵风从窗外吹了进来，吹打在她的身上，惹得她浑身一阵发抖，几乎冷到了骨子里。

坏了，她本来是想让楚靖懿今天出洋相的，没想到……她现在是搬石头砸到了自己的脚，天呢！她现在的衣服根本就不能见人，这该怎么办？

她窘迫得不知如何是好。

身前是小甲等人，身后是如狼似虎的楚靖懿，她该怎么办？

正僵持不下时，突然一件衣服披到了她的肩膀上，一只大手霸道地将她搂入怀中，还没等她反应，就听到楚靖懿凌厉而危险的声音："小甲，你带人来朕的寝宫做什么？"

小甲轻咳了一声，掩饰他的尴尬，然后小声地解释道："刚刚……有人来报，说未央殿内有刺客，所以……所以属下就带了人来保护皇上！"小甲赶紧解释道。

在楚靖懿怀中的蓝雁心虚地把头埋进他的怀里，不敢抬头，生怕被楚靖懿看出了她的心思。

楚靖懿轻笑着望向怀中的那颗心虚的小脑袋，淡笑着问："哦？是吗？是谁说的？"

未央殿的一名宫女怯怯地走上前来，小声地汇报着。

"皇上，是奴婢……"然后又指了指楚靖懿怀中的蓝雁，"但是，是蓝姑娘说这里有刺客的，所以……奴婢才会去找禁军来保护皇上。"

所有的苗头指向了蓝雁，蓝雁感觉到了无数目光向她射来，令她心里不安极了，身子在楚靖懿的怀里不安地扭动着。

忽地，楚靖懿笑出了声："原来如此。"

"原来如此？"小甲疑惑地重复。

"好了，你们都下去吧！"楚靖懿一派轻松地解释，"这只是一场误会。"

小甲狐疑地看了看蓝雁，再看了看楚靖懿，心里说不出什么感觉，一双眼睛向蓝雁投来敌视的目光。

然后只得恭手抱拳："是，属下告退。"

说话间，小甲已经领了他手下的人离开。

不一会儿，整个未央殿的人都已经离开，独留下蓝雁和楚靖懿两个人在屋内。

蓝雁在楚靖懿的怀里，紧贴着他的胸膛，可以听到他有力的心跳声，声声拨动她的心弦，让她的心跳同他一样跳动着。

两人站在那里，久久谁也没有动一下。

直到蓝雁恢复了理智，才赶紧把楚靖懿推开。

他的手臂还保持着刚刚搂她时的动作，他缓缓地收回来，双眼有趣地打量着蓝雁微愠的脸："刚刚我救了你，你连声谢都没有吗？"

谢他个头，她的便宜都快被他占光了，他居然还有脸讨谢。

"谢谢皇上。"她皮笑肉不笑地说了四个字。

"这般没有诚意！"楚靖懿似乎根本就不领情，在屋内微弱烛光的映照下，楚靖懿的视线不由自主地向下移，移到……

感觉到了他不怀好意的目光，蓝雁迅速抬起双臂挡住了身前。

她的脸唰的一下红了："看什么看？"

楚靖懿笑得更加邪肆了："女人的身体就是给男人看的，否则……你们白长了这样一副好身材，不就可惜了吗？"

她现在很生气，生气自己当初没有看清楚靖懿这个人，现在才发现……自己当初的选择是错的，楚靖懿根本就是一个卑鄙、无耻、下流的小人。

更让她生气的是，她的心里竟然还爱着他。

"够了，不要再说了！"她生气地打断他，不想要再听下去，只怕后面会更让她生气，"我要回去了。"

现在的她，一身狼狈，只想要赶紧逃离开这里，回到她自己的房间。

楚靖懿拦住了她的去路。

她生气地抬头瞪他一眼："你还想要做什么？"

他的手里变戏法似的变出了一件披风出来，不顾她的反对，硬是披在了她的身上，宽大的披风，将她娇小的身体全部包裹住，那披风上面残留着他的味道，很是温暖。

"回去吧。"声音不再戏谑，里面夹杂着几分温柔，并轻轻地拍了拍她的肩膀。

望着那张俊美的脸，蓝雁的目光下意识地闪躲，双手握紧了披风的边缘，咬紧了下唇，转身匆匆离开。

刚走了两步，她忍不住回头看了一眼身后的楚靖懿，恰好对上楚靖懿深情望着她的目光，看到她突然回头，他嘴角的弧度更加拉大，她的心头如小鹿乱撞般，赶紧转身逃也似的奔离。

这楚靖懿就是一只妖孽，总是能随时随地地摄人心魂，让人为之痴迷。

卉正宫。

她找到一个隐蔽的地方，等身上的衣服全干，又简单地整理了一下头发之后，把楚靖懿的披风搁在了角落里，准备等第二天早上再还给他，然后就匆匆回到卉正宫。

原本她是想直接回来的，可是自己的那身衣服湿成那样，若是被小金他们看到了，估计会担心。

回到她的房间，却发现她的房间里并没有人。

她松了好大一口气，心里想着，若是小金不在这里，那就是在楚娉婷那里了。

她刚准备洗个澡，好好休息一下，小金突然回来了，看到她回来了，眼中没有一丝诧异："蓝姑娘，您终于回来了，公主有请！"

"公主？她找我有事吗？"

"您去了就知道了。"小金的目光忽闪着，眸底闪过一丝异色，让蓝雁觉得事有蹊跷。

"好，你先过去，我洗把脸，马上过去！"蓝雁嘱咐道。

"好。"

楚娉婷这个时候找她能有什么事呢？带着心里的疑惑，她洗了把脸，犹豫了一下，还是往楚娉婷的房间走去，出门恰好碰到苏心蕊，她也刚刚从楚娉婷的房里出来，看到了她，苏心蕊一脸热情："雁儿，你回来啦，是来看娉婷的吗？进去吧。"

"是，太后！"蓝雁毕恭毕敬地答了句。

"嗯……"苏心蕊的嘴角挂着一丝意味深长的笑容。

楚娉婷房中，小金在门外守着，还有楚娉婷房里的另一名宫女也在外面守着，眼中有着一缕耐人寻味的表情，一双眼睛放肆地盯着蓝雁，看得蓝雁感觉自己浑身起鸡皮疙瘩了似的。

蓝雁心里带着疑惑，还是踏进了门槛。

楚娉婷躺在榻上坐着，脸色好了许多，人看起来也精神了。

"公主找我？"蓝雁冲楚娉婷礼貌地点了点头。

指了指榻边的椅子，楚娉婷淡淡地笑着示意："坐吧。"

"谢公主。"

蓝雁也不客气，直接就在椅子上坐了下来。

"你是……从未央殿回来的吧？"楚娉婷突然问了一句。

蓝雁诧异，她在未央殿做女官的事情，楚娉婷不是知道的吗？这个时候，她当然是从未央殿回来的，她注意了一下楚娉婷的表情，很不自然，眼神忽闪的，似乎有什么事儿，连说话也说得这样没头没脑，不像平时的楚娉婷。

"是，公主是有什么话要说吧？"蓝雁一双眼睛直勾勾地盯着楚娉婷。

556

她是一个不喜欢拐弯抹角的人。

聪明！楚娉婷赞赏地看着蓝雁，也就是因为蓝雁聪明，所以她才不知道该如何开口。

眼神忽闪着，楚娉婷犹豫着，紧咬着牙关，一时之间不知该如何开口，毕竟……这件事情，也不是她该管的。

好一会儿，没有听到楚娉婷的回答，蓝雁的眉头蹙得更紧："公主有什么话，可以直说，蓝雁洗耳恭听！"

叹了口气，心里进行着强烈的思想挣扎，楚娉婷还是决定开口："蓝姑娘，你是茵洛派到我身边的，对吧？"既然要说，那就开门见山吧。

"对！"

"那你也应当知晓四哥对茵洛的感情吧？"楚娉婷继续又问。

楚娉婷是想问什么？蓝雁狐疑地又点了点头，但是没有开口。

楚娉婷的一双手在被子上游走着，眼睛左右飘忽不定地继续又道："只是……我最近听到了一些不好的传言，是关于蓝姑娘你的，是关于……你跟四哥之间的！"

终于说到重点了。

蓝雁微眯着眼，嘴角吐出一声轻笑，直勾勾地盯着楚娉婷的眼睛："公主是想说什么？"

"今天……茵洛来过。"楚娉婷若有所指地说。

一句话，便解释了楚娉婷为何会突然多管闲事，原来……是朱茵洛那个女人来过，不过……她胆儿倒挺大，她现在被禁足，居然还敢偷偷地溜出来。

"公主想说什么，蓝雁明白，蓝雁跟皇上并不是……"

楚娉婷突然又出声打断了蓝雁的话："刚刚……我听说，你从四哥的浴室里出来，两个人衣衫不整。"

唰的一下，蓝雁的脸瞬间苍白。

该死的，果然是好事不出门，坏事传千里，这才多大会儿的工夫，这件事就已经传到楚娉婷耳中了，现在可能到处都流传着各种不堪入耳的字眼，怪不得……她回来的时候，似乎看到有几个宫女和太监聚在一块儿对着她指指点点的。

当时她就怀疑，只是没觉得事情会这么快，现在才发现，原来她错了，这种消息，在皇宫里传的速度堪比光速，那些八卦的嘴巴，不知道已经把她传成了什么样。

她微微一笑："公主相信传言是吗？"眼中染上了一丝冷意。

"我相信你，但是……"楚娉婷为难地看着她，"现在传言如此，影响的是蓝姑娘你的声名。"

"我明白公主是什么意思，蓝雁会注意的。"

蓝雁这个人的性格较为倔强，思想也与其他人不同，楚娉婷还想要说些什么，不经意地瞥见蓝雁眸底的忧伤，那话又咽了回去。

长长地嘘了口气，楚娉婷微合上眼："我倦了。"

"那蓝雁不打扰公主休息了。"说话间，蓝雁缓缓起身。

还未走到门口，身后的楚娉婷忽然又补充了一句："蓝姑娘，你……要好自为之！"楚

557

娉婷的话语重心长，似在关心又似在警告。

"谢谢公主。"

蓝雁的脚顿了一下，没有回头，若是仔细看去，能看到她脊背略微僵直。

然后她仅淡淡地回了一句，便头也不回地转身离开。

合上眼皮的楚娉婷忽地又睁开眼睛，望着蓝雁的背影，忍不住长长地叹了口气。

她知道，从今天开始，她跟蓝雁之间的关系……已经不再像往常那般了，刚刚她的话，就像是一道屏障，突然隔在了他们两人之间。

楚娉婷最后的那四个字，始终在蓝雁的心头萦绕着，久久盘旋不去。

好自为之！

坐在窗子下，合上眼睛休息一会儿，因为太过疲惫，不一会儿就睡着了。

她才刚刚睡着，一道身影突然从窗子外面跃了进来，青铜面具下眸子中的紫光妖冶地闪烁。

看到她衣着单薄就坐在椅子上睡着了，青铜面具下透出一声幽幽的叹息，修长的指，摘掉了脸上的青铜面具，露出楚靖懿那张完美的俊脸来，眼睛里满是对蓝雁的心疼。

他悄悄地走到椅子边上，把熟睡的蓝雁抱了起来，轻轻放在榻上，然后又为她盖好了被子，站在榻边，他又瞅了她好一会儿，才悄悄地离去。

睡梦中，蓝雁也遇到了楚靖懿，梦中他们幸福地生活在一起，互相追逐着笑着，嘴角微微弯起好美丽的弧度。

第二天傍晚，楚靖懿的玉玺突然不见了。蓝雁接到消息，玉玺被一个戴面具的盗贼偷走了，而这盗贼名叫"一二"，现在正住在金水小筑。

蓝雁出了皇宫之后，按照小甲给的地址，轻易地就找到了金水小筑。

天已经黑透。

金水小筑是一个倚水所建的庭院，四周围墙很高，看不清院子里有什么，大门外两名守卫在那里守着，倒显得威严许多。

一个盗贼，也用得着守卫吗？蓝雁在心里鄙夷地想着。

一个盗贼，原来也是怕被别人盗呢。

本来打算从正门直接进去的，但是想了一下，还是算了，她是来偷东西的，直接进去，岂不是给了那人准备的机会？

想到此，她还是决定悄悄地溜进去。

按下了腕间的金属手镯按钮，她的身体自然地腾空而起，轻易地跃上了墙头。

站在墙头上，稍稍地往金水小筑对面望了一眼，挑了一个较为平整的地面，轻轻地跃了下来。

刚进来，她的眉头就深深地皱了起来。

奇怪了，这里的房子看起来挺大的，但是……护院和下人等，却几乎没看到，难道这家里没人吗？

或者是……那个叫"一二"的人，是个笨蛋？

带着这个疑惑，她悄悄地在院子里转了一圈，双眼仔细地打量着四周的环境，不放过任何一个可疑的地方。

就在这个时候，她突然找到了一个房间，从窗户外面往里面仔细地打量，果然看到了她一直在找的玉玺。

她曾经特意观察过一下玉玺的特征，确定眼前这个房间里面的，就是她要找的那个玉玺。

这里……似乎一个守卫也没有，她可以进去吗？

她在心里嘀咕着，心想着，这个面具男，必不会轻易把东西摆在这里，这里面……一定有陷阱。

想到这里，她的眉头便深深地皱了起来。

忽地，她灵机一动，悄悄地跃上屋顶，到了屋顶，她小心翼翼地把瓦片一片一片掀开，露出里面的玉玺。

看到玉玺，蓝雁的心里一阵雀跃，心想着就快能拿到了。

就在她认为马上就可以拿到玉玺的时候，突然感觉到四周不大对劲，但是一时又说不上来哪里不对劲，她一心想要拿到玉玺。

就在这个时候，她身后突然出现了一张网，她还没来得及逃走，那网便收了，把她困在其中，再用力一扯，她就被从屋顶上扯了下来，好在网被人紧紧地扯着，她不至于落地摔到，但是却悬在了半空中。

"来人，把她送到浴室里洗干净了。"

什么？

紧接着，蓝雁就被几个人用绳子绑住了手脚，手上的针和枪也被他们巧妙地搜了去，被人扛着，不知道要送到哪里去。但是之前听到说要把她送到浴室里去洗干净，她马上就警觉了起来。

"你们是什么人？放我下去！"她挣扎着，但是身上没有了武器，她根本无法与他们对抗。

可恶。

夜幕下，耳边只是传来一阵又一阵萧索的风声，吹过耳边，凉丝丝的，让人浑身战栗不安。

她是来偷玉玺的，还没有拿到玉玺，就被人抓了起来，那个叫"一二"的面具男人，到底是什么人？居然这么厉害，提前设下了陷阱，就等着她来。

之前因为盗玉玺心切，所以没有注意到陷阱，现在想起来，自己真是太大意了，所以才会掉进了他的陷阱中。

现在被抓了，也不知道对方要干什么。

"喂，你们放开我，让你们家的主子出来，把我绑起来这算什么？"虽然被绑着，但她可不是那种心甘情愿被人抓起来的人。

那些把她扛起来的人，个个似没有表情般扛着她，也不管她的挣扎，更是没有回应她半个字，只是一味地扛着她向前走。

左拐右拐的，不知道拐了多少个地方，而蓝雁的脸朝着天上，只能看到天上的星星随着她而移动，转得她头都快要晕了。在她不耐烦的时候，那些扛着她的人终于停了下来。

她欣慰地想着，应该可以马上见到那个"一二"了，没想到这里是一个宽大的浴室，在浴室里面，燃着几支蜡烛，几名丫鬟打扮的人迎了上来。

然后身后的人开始为她松绑，她的眼睛一亮，想要趁着这个时机逃走，然而她才刚刚起了个念头，就有人点住了她颈间的穴道，她的身子软软的，使不上一点力道，那几名丫鬟扶着她，往雾气缭绕似幻境般的浴池中走去。

身后的人退了下去，门吱呀一声也关上了。

她试图挣扎了一下，双手才刚刚抬起来，就又无力地垂了下去，她无奈地只能眼睁睁看着自己被那几名丫鬟脱去身上的衣裳，把她一点点推入水中。

现在的天有一丝微凉，池水的温度倒是刚刚好，她微凉的脚踏进水中，舒服得身上所有的细胞全舒展开来。

然后她不再反抗，便踏进了水中。

水面上漂着无数玫瑰花瓣，她坐在浴池中，水刚刚没至她的胸线以上，满鼻的玫瑰香气，沁人心脾。

更要命的是，那些丫鬟打扮的人，坐在水池边上热情地为她擦洗身体。

她的皮肤天生敏感，被那些人这样擦洗着，触摸在她的皮肤上，令她忍不住地咯咯笑出了声。

"哎呀，好痒好痒，你们不要碰我，哈哈……不要碰我了啦……"

跟前面那些把她扛进来的人一样，这些丫鬟，也是非常自觉地闭紧着嘴巴，从头到尾，只顾着为她擦拭身体，不管她怎样问，那些丫鬟就像僵尸一样，一个字也不愿意吐出来，而她本就被点住了穴道，说了好些话之后，就感觉全身无力般，只能靠在浴池边上喘息，刚开始的痒，到最后已经变成了习惯，直到那些丫鬟把她洗干抹净了之后。

中间突然有人说了一句："终于好了。"

终于好了？

蓝雁靠在浴池边上，合上眼睛假寐，正昏昏欲睡间，听到这个声音，立马清醒了过来，一双乌溜溜的大眼睛瞅着刚刚说话的丫鬟开口问道："你原来不是哑巴，告诉我，你们家主人在哪里？还有，你们把我绑到这里，到底是想要做什么？"

她现在恨不得见到那个叫"一二"的男人，就把他碎尸万段，戏弄别人也不是这样戏弄的吧？

那名被她瞅着的丫鬟神色微怔，似乎被蓝雁吓到了，不过片刻间，脸色又恢复成了僵尸样，不温不火地回答了她一句："你马上就能见到他了。"

马上就能见到他了？

但是，她现在被点住了穴道，说上几句话就喘气，等见到了那个面具男还得了？

她讨好似的目光溜在眼前几名丫鬟身上："你们之中，有谁会武功吗？"

说话的那名丫鬟面无表情地瞪着她："你想做什么？"

"我知道你们在这里做丫鬟，也挺辛苦的，假如你们谁能把我的穴道解开的话，我可以给你们一百两银子！"蓝雁开口诱惑道。

一百两银子？

眼前的几名丫鬟听到一百两银子，似乎无动于衷，然后刚刚开口说话的丫鬟指挥左边的小丫鬟："你去把准备好的衣服拿过来。"

一百两银子，是嫌少了不成？

蓝雁赶紧又加了价钱："如果你看不上一百两银子的话，那一千两如何？"

那几名丫鬟还是无动于衷，然后又看那头头似的丫鬟指着右边的丫鬟命令："你去那边，把干净的浴巾拿过来。"

一千两也看不上？蓝雁有直觉，正对着她的那名头头似的丫鬟，肯定会点穴。

一百两看不上，一千两看不上，那就……"十万两如何？"蓝雁咬牙说道，十万两这个数字，足够一个中等人家过上一辈子还有结余，这个数字，任谁都会心动了吧？

十万两的数字刚说，所有的丫鬟纷纷转过头来，一脸惊讶地望着蓝雁，其中右边的那名丫鬟头稍稍低垂，看似犹豫，似乎心动了。

蓝雁惊喜地准备说服那名丫鬟："只要你帮我解了穴道，我一定会给你十万两，十万两银子，而且是现银，等我出去了就给你，如何？"

被蓝雁的目光指定的那名丫鬟，见蓝雁望向她的这边，她脸上冷漠的表情渐渐破碎，双脚下意识地往前走，心动地握紧手指。

"够了，你洗得够久了，还不快把浴巾拿来？"头头丫鬟生气地发威了。

那名被蓝雁劝动的丫鬟，一听到那名头头丫鬟的话，吓得赶紧退了回去，脸上恢复了淡漠的神情，匆匆忙忙地把浴巾拿来，就小心翼翼地退后了。

可恶！蓝雁气愤地瞪着眼前的那名头头丫鬟，后者冷漠地回望着她，眼睛里没有一丝感情，然后把她从水里捞出来，动作虽然粗鲁，她却是一点儿也没感觉到疼，可见这名丫鬟不但是会武功，还是一名高手。

要是这名丫鬟愿意出手的话，她完全可以有机会逃脱的。

不过，从刚刚这名头头丫鬟的反应来看，似乎对面具男很忠心的样子，更加可以看得出来，这家的主人是个相当厉害的人物。

正想着间，左边的丫鬟已经捧了一个托盘过来，上面放着一套新的衣裳，是她最喜欢的纯白色，但是……她不管怎么看，那件衣服都不像什么真正的衣裳，倒像是……睡衣？

她心里嘀咕着，头头丫鬟已经把衣服拿起来，比画着一件一件地穿在她的身上。

她心里有气，闭上眼睛，努力想用第六感把这一切看清楚，该死的，她却是什么也看不到，这是怎么回事？难道这家的主人，真的有什么奇特的力量不成？

连她的第六感都看不出来什么？

最诡异的是，她试图想看什么的时候，看到的却是一片让人毛骨悚然的黑暗。

这代表了什么？

心里正发蒙，那名头头丫鬟，已经为她穿好了衣服，另外两名丫鬟扶着她，让她不至于摔倒，然后那名头头丫鬟走在前头，挥了挥手头也不回地命令："好了，可以走了。"

走？去哪里？

蓝雁脸色倏变，低头看了一眼自己的衣服，可恨的就只是一件睡衣外面套着一件中衣而已，这样怎么见人？

而且出去，去哪里？外面不都是人吗？

她生气地想要怒骂，谁知道那些丫鬟只是把她往屏风后面扶去。

屏风的后面……竟然还有一扇纱门，撩开白纱，看到那白纱门外面是一个宽大的房间，布置得相当典雅，宽大的紫檀木榻上，铺着牡丹绣纹的锦被。

那两名丫鬟把她扶到锦被上面躺着。

床很柔软。

一阵冷风从门外刮了进来，她感觉到身边的丫鬟一个个都走了出去，一股强烈的存在感令她不由得蹙起眉头。

是那个人来了！

等了这么久，他终于来了！

从两人刚见面到现在，他一直在放烟幕弹，等的就是她自己踩进陷阱吧？

他就是算准了，她想要拿到玉玺心切，才会把她给骗住，不得不说，这个戴着面具的男人，很会玩心计，但是……她不明白，这个人他到底要做什么？

现在……她来到这金水小筑之后，发生的一切事情，她都感觉不可思议。

特别是她的第六感里看到的，跟她在楚靖懿那里看到的画面一模一样，一样的什么都没有，一样的黑暗。

在他的身上，她也能闻到那股属于楚靖懿的熟悉的气息，只是凭借那双眼睛，她以为对方不是楚靖懿，但是……她现在越来越感觉，有一个答案，呼之欲出。

如果是他，他为什么要做这一切？如果不是他，那又能是谁？

所有的一切，在她的心底里像谜一般，让她猜不透，摸不着。

她躺在榻上一动也不能动，偏过头眼尖地看到那些丫鬟一个个恭敬地冲来人行了一礼，然后就出去了。

随着他越来越近，那股熟悉的味道就越来越浓，但是……

"你到底是谁？"蓝雁生气地问，她躺的位置，只能从白色的床纱处望着对方，依稀可见那张青铜獠牙的面具，烛火下的面具隐隐透着淡黄色的光晕，高大的身躯缓缓靠近，她努力睁开眼睛，也不能把他看清楚。

那股熟悉的感觉太过强烈，强烈到她不敢相信。

"我不是已经说过了吗？这么快你就已经忘了？"破碎的声音，难听地传来。

这个声音，绝对不是楚靖懿的。

"你把我骗到这里，到底是想做什么？"

"骗？"青铜面具下逸出一声嘲讽的冷笑声，"是你自己想要来的，没有人逼你，人总是有了贪欲才会上当。我欺骗你上当，这本来就是一桩你情我愿的交易。"

这人果然是故意的。

"你这个卑鄙小人，点住了我的穴道，还把我弄到这里来，你到底是想要做什么？"蓝雁生气地说完，无力地躺在榻上喘息着。

因为生气，耗去了她不少的气力，太可气了。

"卑鄙小人？是……我是卑鄙小人，可是你半夜翻我家的墙，来我家里偷东西，那你这行为难道就是正人君子？既然我们两个都是卑鄙小人，这就说明我们两个是天生一对？你说对不对？"

对你个头！

"你快放了我。"她有预感，眼前这个男人，把她弄到这里，绝对没安好心。

"如果说，我不放呢？"

一缕妖冶的紫色光芒，从青铜面具下射出，蓝雁愣了一下。

但是，她还是不很确定。

奇怪，她那颗慌乱的心被奇异地安抚了下来，一双水亮的眼眸直勾勾地盯着面具男，眸底闪过一丝亮光，一闪而逝，让人一下子抓不住。

"你把我抓来，是打算怎样？羞辱我吗？"蓝雁淡淡地开口问了一句。

"怎么？害怕了？"

"害怕？"蓝雁轻笑着，"若是我害怕的话，就不会留在这里。"

高大的身形，居高临下地俯视她。

"看来，你是当真不害怕。"

"怎么？看你的样子，难道是迷上我了不成？"蓝雁嘴角勾起轻蔑的笑容。

青铜面具下发出一声轻笑："那又有何不可？比起皇宫里的皇帝，你会更喜欢留在我身边！"

"是吗？或许是这样吧，我也发现你比皇上更好，你也说我们两个是天生一对。这样吧，我还是喜欢你好了。这样想来，其实你这里也不错，我以后就不走了，你觉得……这样如何？"蓝雁笑眯眯地望着那张青铜面具。

她明显看到那面具下的皮肤倏地一僵，那双妖冶的瞳眸眸底闪过森冷的光芒。

"当真？"

"不开心吗？"蓝雁的笑容更灿烂了，"我说我打算留下来，你应当开心才是。"

她微微眯眼，控制着身体里的力量，用力冲击穴道，她惊喜地发现，她就快要冲开穴道了，太好了。

但是她表面上仍然保持平静。

"不是吗？你叫'一二'吗？那我以后就唤你……二郎……"蓝雁故意调侃地戏唤，娇滴滴的声音感觉能腻死人。

不知怎么的，这声音听在楚靖懿的耳中，却是那么的刺耳。

二郎？他可从来没有听过她这么亲切地唤自己的名字，虽然这个假名是他自己取的，但是……

那张恐怖的獠牙面具近在咫尺，说实话，还挺吓人的。

不过，看到这张面具，蓝雁却是一点儿也不害怕，反而觉得好笑，那张青铜面具下的双瞳里是愤怒的火焰。

那迹象看得她很开心。

怎么，生气吗？要生气也该是她。

就在这个时候，突然，蓝雁冲开了颈间的穴道。

唔……她长长地嘘了口气，太好了！

放在身侧的双手因为长时间不动有些僵硬，她试图动了一下有些吃力，手指微微蜷缩，然后再缓缓用力、收紧。

"是吗？"这声音听起来有几分耳熟，已不再像之前那般破碎难听。

他双手撑在她的身体两侧，危险地靠近她，她可以感觉得到他身体里所散发出来的怒气。

看着近在咫尺的面具，蓝雁冲他淡淡一笑，倏地伸手，飞快地打掉那张面具，一张熟悉的俊容顿时映入她的眸底，只是在那张脸上染上狂暴的怒火，那张俊美的容颜，有几分狰狞，似乎很生气的样子。

看到是楚靖懿的瞬间，蓝雁彻底松了口气。

聪明的脑袋迅速运转。

假如……眼前的这个人是楚靖懿的话，那么……就是他早就已经猜测出了她的身份，但是，他却一直隐瞒。

甚至……前些日子他故意反常刁难她的那些事，都是因为他已经发现她的真实身份，所以，他才会做那些事。

可恶的，他认出了她，但是他一直没有认她，而是戏弄她。

这个仇，她一定要报。

刚刚她戏弄他，总算是报了一箭之仇。

说到他的气，她更生气。

"姓楚的，你这个王八蛋。"

在这一刻，她不仅是生气，还有喜悦，他终于……认出她了。

蓝雁突然揭开他的面具，看到她眼角的笑意，点点星光闪耀，他也突然明白了。

这个小女人，刚刚是在耍他。

"你是故意在耍我的吗？"他没好气地捏捏她的脸颊，那力道带着些惩罚却又刚好不至于伤害了她。

她故意咬牙装作很痛的样子："很痛的。"

"我应该好好地打你一顿，这样你就更能觉得痛了。"

"你这般暴力，那我要好好地考虑考虑，到底要不要留在你身边了。"美丽的大眼睛骨碌骨碌转，笑着偏过头去，似乎在思考一般。

他霸道地攥住她的下巴，逼迫她的双眼与他对视，狂妄地宣布："你是我的女人，自然是要留在我身边，再说了……刚刚你不是说我们两个是天生一对，一定要在一起的吗？"

眼珠子骨碌碌又转动着，她耍赖地嘟着嘴巴："这个嘛，是我跟盗贼'一二'之间的事情，跟你这个西阳国皇帝之间没有半毛钱关系。"

"看来，你还有不少精力！"他危险地眯眼。

感觉他不怀好意地瞅着她，喷吐在她脸颊上的气息也越来越热，让蓝雁浑身燥热不安，她用力地吞了一下口水，干笑着准备逃走："那个……我大概是刚刚在水里待得太久，头有些昏，那个……"

"洛儿……"熟悉的嗓音轻轻地在她的耳边呢喃着，吐出危险的字眼，"我说过，你是逃不掉的。"

她下意识地躲闪那双摄人的紫眸，提醒道："我现在叫蓝雁，不是朱茵洛，你喊洛儿的话，就回皇宫找你的洛儿吧！"一缸醋打翻，整个房间里面酸味弥漫。

楚靖懿爽朗地笑着。

"你这是在吃醋吗？"

知道还说。

纤指直直地指着他的胸前，不悦地眯着眼睛质问："我问你，你为什么要设计把我弄到这里？还说什么'一二'，还有，你既然早就已经认出了我，为什么不跟我相认，还故意兜了这么大的圈子，楚靖懿，你欠我的回答很多，我……"

话未说完，她的话被他突然堵住。

"洛儿，我的洛儿。"他在她耳边动情地一遍一遍唤着。

第三十三章　有孕

到了夜晚，苏心蕊准备按原计划行事。只有首先除去了楚靖懿，她的计划才能继续下去，但是想要除去楚靖懿并不是那么容易的事情。

已经是子夜时分，这个时辰楚靖懿应该已经睡了。她买通了御书房的守卫，悄悄地把毒药放在了御书房内的毛笔上。做完了这一切，她意味深长地望了一眼那支笔。

只要楚靖懿敢拿笔写字，那毒自会侵入他的身体。据说毒性剧烈无比，沾上就会中毒。中了毒，他楚靖懿就必死无疑。这还多亏了蓝雁，若非蓝雁住在她的宫里，现在又变成了未央殿的女官，那些御书房的守卫，恐怕还不会买账。

做完了这些她就准备匆匆忙忙地跑出去。然而，她才刚刚出了御书房，门外突然亮起了无数火把，原本静谧的御书房外，响起了火把噼里啪啦的声音，风呼呼吹过，吹得那些火把上的火苗随风摇晃着。

那火把也映出了苏心蕊脸上的错愕。她不敢相信地盯着眼前那些火把，又忍不住揉了揉眼睛，再睁大眼睛看去。这一次，她确定自己并没有看错，御书房外，那些禁卫一个个全部持着雪亮的冷剑对着她，而在他们的背后，一道高大的身形直立着，那张脸……赫然就是楚靖懿。她佯装镇定地站直了身体，指着众人身后的楚靖懿生气地质问："皇上，你这是在做什么？"

"朕还没有问你，你倒反来问朕了！"楚靖懿也是不慌不忙地笑答。

"我只是路过这里，你就让人拿着火把围着我，怎么着？我怎么说也是堂堂的西阳国太后，你现在这样对我，你是什么意思？"真是说谎话不打草稿，眼前这么多双眼睛看着她从御书房里出来，她还能睁眼说瞎话，说自己只是路过。

楚靖懿笑了笑，那笑声从他的喉中低低地传出来，听起来更像是嘲讽。下一秒楚靖懿从自己的衣袖中掏出一张字条来，然后当着她的面打开字条："你果然是不见棺材不掉泪，这上面写着什么东西？太后娘娘，你要朕一个字一个字地全部都读出来吗？"

苏心蕊害怕地全身发抖，双眼直勾勾地望着楚靖懿手中的字条，一双眼睛看得几乎直了！那个字条她明明藏了起来，怎么可能会在楚靖懿的手上？那上面写着她是怎样与敌国勾结，只要将来她苏家得到了皇位，就会让西冀国独立。她还没有惊讶完，一名禁卫又从御书房走了出来，用纸包着刚刚她抹了毒的毛笔出来，恭敬地跪在地上冲楚靖懿举高："皇上，属下把太后抹了毒的笔拿出来，这上面的毒，毒性极大。"

楚靖懿脸上怒火更甚，突然把笔狠狠地摔到苏心蕊面前："太后娘娘，你还有什么话要说？"

竟然……被揭穿了。被揭穿的这一瞬间，苏心蕊竟觉得甚是轻松，可是……为什么这么轻松呢？这么多年心惊胆战地过着每一天，却从来没有像现在这样，心头压着的大石似乎在瞬间被移开了。

"怎么，你是要杀了哀家吗？"苏心蕊冷笑着斜睨楚靖懿。

"不，我不会杀你，我要你这辈子都要在冷宫中度过。至于你苏家，在这个时辰之前，已经全部查封完毕。太后娘娘……你就好好地在冷宫里度过你的残生吧！"冷意一点点地袭入她的心底。怪不得白天风平浪静，原来……一切已经发生了，可是她还不知道。这一切都不重要。

"那娉婷呢？你不会对娉婷怎么样吧？"苏心蕊突然担心地望着楚靖懿。不得不说，这苏心蕊虽然可恨，可是……她仍然是一位好母亲。

想了一下，楚靖懿才望了她一眼淡淡地回答："朕公私分明，娉婷不知道这件事，她自是不会受到牵连。"

不会受到牵连。听到这句话，苏心蕊彻底放心了。想到楚娉婷那双纯真的眼睛，灿烂的面容，苏心蕊只觉这一生再也没有面目见到她。看着地上的笔，突然她低头把那笔抓了起来，狠狠地刺向自己的腹部。

"拦住她！"楚靖懿察觉了，立即喊道。但是，已经迟了。毒性在苏心蕊的身体里迅速蔓延，她的身体在地上挣扎了两下，便再也不动弹，就这样……死了！看着地上的苏心蕊，楚靖懿轻轻地合上眼，心里有一丝不忍。

金水小筑。蓝雁在一片刺眼的阳光里醒来，她的手下意识地往身侧摸了摸，意料之外的，却没有摸到楚靖懿。身边早已不见了楚靖懿，他去哪里了？心里正想着间，馨儿从外面走了进来，她脸上挂着惯有的笑容，手里端着一只水盆："郡主，你终于醒了。"看到蓝雁醒了，馨儿高兴地跑了过来。

蓝雁的脸不由得一红，低头看着自己的身上，衣服已经穿好，脸上的红晕才渐退。幸好她穿上了衣服，否则她肯定会羞得想找个地洞钻进去，虽然用脚趾头想也知道昨天晚上发生了什么事。脸上还挂着淡淡的红晕，蓝雁拉住馨儿的手坐在榻边，脑子里面一片混沌，她可不记得告诉过馨儿自己的身份。

"你怎么会在这里？而且……"她刚刚还喊她"郡主"。

馨儿的眼角挤出激动的泪水，伸出一根手指指着蓝雁："郡主，都是您不好，您明明已经回来了，但是却不认馨儿，让人家好伤心。要不是皇上，我还不知道你就是郡主。郡主……你太坏了！"馨儿开始向蓝雁指控。

心里虽然愧疚，不过……现在好像不是愧疚的时候吧？她轻拍了拍馨儿的肩膀温柔地安慰她："你现在不是知道了嘛！别哭了，再哭下去的话，可就要变丑喽！"

"郡主，你笑话我！"馨儿吸了吸鼻子，抬手擦擦眼泪，脸上的笑容是掩不住的，"对了，你刚刚起来，先洗把脸吧。皇上今天忙，可能就不过来了。"

"忙，他忙什么？"馨儿突然发觉自己说漏嘴了，赶紧闭上嘴巴，不敢再说下去。看着馨儿的表情，蓝雁狐疑地蹙眉，感觉馨儿有什么事情瞒着她，一下子板着脸生气地质问："馨儿，你是不是瞒着我什么事情？如果你不说的话，我可是要生气的。"

"那个，没什么啦，其实……这件事，也不是什么大事。"馨儿别过头，不敢直视蓝雁的眼睛，生怕被她看出了什么。

"馨儿，你再不说的话，我是真的要生气了，难道你还不知道我的脾气吗？"

"哎呀，郡主，您不要问了啦，其实……皇上也是不想让你插手这件事而已，咦……郡主，您要做什么？皇上说让您今天好好休息，您怎么起来了？"馨儿准备拦住起身的蓝雁。蓝雁在前头走着，馨儿紧跟在她身后。

"你觉得你拦得住我吗？懿肯定是有事情瞒着我，是不是皇宫出事了？"刚走了一半的蓝雁突然停了下来，身后的馨儿来不及刹住身体，直直地撞了上去。"好痛！"馨儿捧着疼痛的鼻子。

"告诉我，是不是皇宫出事了？"蓝雁着急地问，"懿出什么事了吗？"

"没有的啦，哎呀……"看来不说出实情，蓝雁是不会善罢甘休的，"其实也没什么，只不过……皇上昨天晚上已经把太后给捉住了。昨天晚上，太后的余党也一同被抓住，而且……"

"而且？"蓝雁的眼睛眯得更细，觉得馨儿还有什么话没说明白。

"而且……"馨儿咬了咬牙，还是把实情说了出来，"太后昨天晚上是想给皇上下毒的，被皇上抓了个正着，她当场就……就……""就"了半天，馨儿没有继续说下去。

聪明的蓝雁，从馨儿的表情里发现了一丝端倪。苏心蕊是一个极其爱面子的人，倘若被楚靖懿发现的话……她不敢再继续想下去，心底里一阵冷意，她睁大了眼睛，颤抖着唇猜测："太后……难道出事了？"

馨儿点了点头，怯怯地望了蓝雁一眼，才继续答道："昨天晚上太后被抓到后，就自尽了，那毒是没有解药的。当场死亡，没得救了！"

"没得救了！"四个字，就宣布了苏心蕊的死亡。虽然……苏心蕊该死，但是听到这个消息，她还是觉得心里像是堵了什么似的。苏心蕊若是死了的话，楚娉婷应当很伤心吧？这个楚靖懿，把什么事情都揽到自己身上，让她做个局外人。这让她很生气。想到这里，她又抬脚准备离开，馨儿又要拦住她："郡主，皇上说你需要休息，等晚上他会来接你回去的。"

"不行，我现在就要回去！"她要回去看看娉婷。

蓝雁不顾馨儿的劝阻，就直接回了皇宫。那些皇宫的守卫拦着她不让她进去，馨儿在旁边狠狠地瞪了他们，警告他们不许碰蓝雁，蓝雁才得以通畅地进入皇宫。

进了皇宫，蓝雁就直接回了卉正宫。奇怪的是，卉正宫内内外外已不见一个人。楚娉婷不见了。这太让人火大了。人呢？不得已，她只得去御书房。才到御书房的拐弯处。就见御书房门前还有一滩血渍，两名太监正在那里用心地清洗。在御书房内，除了楚靖懿之外还有其他的大臣在。蓝雁为了避嫌，就在外面等候。站在窗子外面，她无意间听到御书房内楚靖懿和那些大臣之间的对话。

"皇上，娉婷公主绝对不能留，她是太后的亲生女儿，所谓斩草不除根，将会后患无穷呀！"

"够了，这件事，朕已经决定了，太后的事情，跟她一点儿关系都没有。"楚靖懿生气地反驳。

"皇上现在只是关着她绝对不行，如果不严惩，那西阳国的国威何在？"

关起来了？怪不得她在卉正宫内没有找到她，楚娉婷本身身体就很虚弱，一场大病之后，人去了半条命，现在居然还这样折腾她，太过分了。后面御书房再说什么话，她也没有心思去听，只是焦急地等着里面的谈话结束。那些大臣相继从御书房中离开，路过时，各自向蓝雁这边瞟了一眼，然后才离去。

等那些大臣都离开了，蓝雁才气冲冲地准备冲进御书房中去。"让我进去，你们不要拦着我。"她火大地冲两名拦着她的禁卫道。屋内，愁眉深锁的楚靖懿，听到门外蓝雁的声音，抬头一看，果然看到她出现在门前，好看的剑眉蹙得更紧。

"洛儿，你怎么在这里？你们还不快把她放开？"禁卫放开了蓝雁，蓝雁就迫不及待地冲进了御书房内，身上的怒火未退："懿，你是不是把娉婷给关起来了？"

"是！"

"她被关在哪里？现在马上放了她。"

楚靖懿的脸色不大好看："不行！"

"为什么不行？你刚刚不也说她是你的亲妹妹吗？哪有亲哥哥把自己的亲妹妹给关起来的？"

楚靖懿叹了口气，缓缓移到蓝雁身侧："洛儿，不要胡闹，你不是在金水小筑里休息的吗？怎么突然跑过来了？馨儿呢？"他准备转移话题。

但是，这件事情相当严重，蓝雁的注意力没那么容易被转移："除非你把娉婷给放了，否则……我就不回去。"

"洛儿……"

"你到底放还是不放？"蓝雁生气了。

楚靖懿认真地望着她的眼睛，眼睛里有些许无奈还有强硬："洛儿，朝廷上的事情，你还是不要插手。再说了，国有国法，家有家规。"

"那就是说，你一定要处罚娉婷吗？"蓝雁的心里一凉。

"这也是没办法的事情。"

"什么刑罚？"

"告诉我，到底是什么刑罚？"蓝雁的声音陡然提高了好几个分贝。

"将会被充为官奴……"官奴？蓝雁的双手恼怒地握紧。楚娉婷平时是那么的尊贵，纯洁无瑕，现在……要去充当官奴？她的身体又是那么虚弱，怎么受得了？

"如果你把她充为官奴的话，就连我也一起充为官奴吧！"黑曜石般的眼眸里充斥着红色的怒火。在这一刻之后，她才觉得自己以前想错了，这种宫廷斗争，还是会把无辜的生命牵扯进来。若是被充为官奴，自尊心那么强的楚娉婷，一定会生不如死。

"洛儿……不要胡闹！"

"她在哪里？我要见她！"蓝雁生气的时候，是听不进去任何话的。

楚靖懿担心地看着她："我让人带你去。"楚靖懿派人把蓝雁送到楚娉婷所在的牢房。一路上，蓝雁的心情特别差，楚娉婷才刚刚失去了自己的母亲，无辜的她就被关了起来，而且是被她曾经最喜爱的哥哥关起来的。现在的她，该有多伤心呀！一想到楚娉婷，蓝雁的心就无法淡定了。

禁卫带着她去了刑部，有了楚靖懿的令牌，他们一路畅行无阻地来到了关押楚娉婷的牢房。好在，楚娉婷所在的牢房，并不是很糟糕，很干净，但是……这毕竟是牢房。站在牢门外，看着牢房内蜷缩在石榻上的人儿，单薄的身体让人担心。

在床榻的旁边，放着一张小圆桌，还有一把椅子，桌子上面摆放着些饭菜。但是，看起来那些饭菜纹丝未动。可以看得出，楚娉婷一点儿东西也未吃过。她本来就很虚弱，现在又不吃东西，身体怎么受得了？

她心疼地朝牢内轻声唤道："娉婷……"低低的声音不大，在空旷的牢房内，却可以传到房内的各处，也传到了楚娉婷的耳朵里。她的头原本蜷缩在膝盖中，听到声音，披散在身侧的乌黑长发，首先动了动，然后她缓缓抬头，用那双清澈而迷蒙的眸子向蓝雁的方向望来，眼眶红红的、肿肿的，应该是哭过的。

"娉婷……"蓝雁激动地握住牢门的栅栏，凶巴巴地冲身侧的狱卒看守呵斥，"快，把牢门打开。"

狱卒迟疑地看着她："可是……她是朝廷重犯。"他们还真把楚娉婷当犯人来看守了？

蓝雁生气地命令："把牢门打开，现在、立刻、马上！"

狱卒还想说什么，身侧的禁卫亮了亮手中的令牌，示意地点点头，那狱卒才收回了想要说的话，旋即打开了牢门，放了蓝雁进去，放进去之后还不忘叮嘱："记住，你们进去，要尽快出来。"

蓝雁理也不理他，就直接走了进去，着急地奔到楚娉婷身边，心疼地触摸着她憔悴的脸："娉婷，你怎么把自己弄成这个样子？"看着蓝雁，楚娉婷那原本红红的眼眶，又开始蓄满了泪水，盈盈颤动着欲滴落下来。

"四哥说……你才是茵洛，这是真的吗？"楚娉婷不敢相信地问蓝雁，大概因为哭了一整夜的关系，她的声音还带着一丝沙哑，让人听了更加心疼。

"没错，就是我！"蓝雁点点头，她心疼地抚摸着楚娉婷的脸，"都是我不好，让你受苦了。"昨天晚上如果她在的话，就不会让楚靖懿把楚娉婷关在这个地方。

"这不怪你，你也没有必要自责。"

"昨天晚上如果我在的话，我就不会……"蓝雁咬紧了牙关，生气地没有继续说下去。

"不……"楚娉婷反常的平静，"其实，四哥已经尽了最大的努力，如果不是四哥，现在我已经跟苏家的人一样都被处决了！我能活着，已经是最大的恩赐。"

她活着就是最大的恩赐？什么恩赐？说到这一点，蓝雁就十分火大："明明……明明他是可以救你的，可是……他却没有，还把你关起来。"

"茵洛，我知道你是担心我。"楚娉婷微笑着拉扯蓝雁的衣裳，让蓝雁狂躁的心渐渐地安定了下来，"不要责怪四哥，四哥是皇帝，他肩头上背负了很多东西，有很多事情，他也是不得已而为之。"

"你不要替他说话了，平时他想做什么就……"一直高高在上的他，从来不在意那些繁文缛节，现在突然中规中矩起来。

"茵洛，其实他这样做，只是为了保护他身边的人，他是高高在上的皇上，一举一动都牵动了整个国家，以前他只有一个人，他不在意，但是……现在有你，倘若他还像以前那样，他总有终老的一天，茵洛……我想通了，你也不要再责怪四哥了。"

楚娉婷平静地说完，让蓝雁也陷入沉思。楚娉婷说的或许没错，是她太过冲动。楚靖懿是皇帝，她……总是忘了这一点。他现在已经是高高在上的天子了。

"我知道，但是……我现在只担心你，娉婷！"楚娉婷被关在这里，她的内心非常自责。

她佯装打起精神："好了，茵洛，我知道，你是为了我好，但是……我待在这里也挺好的，虽然很孤独、很寂寞。"说完，她的精神又萎靡了下去，嘴角勾起一抹不自然的笑容："这就当我是在赎罪吧！"

赎罪？一辈子待在这里？或者……沦为官奴？她实在是看不下去了。突然她脑中灵机一动："或者说……你不用待在这里。"

"不用待在这里？"楚娉婷自嘲一笑，"是不是四哥已经决定好要怎么惩罚我了，我……"

蓝雁焦急地站起来，安慰地拍拍蓝雁的肩膀："你放心，我不会让你受委屈的，你在这里等着我的好消息。"

"茵洛，你……"楚娉婷在身后喊着，蓝雁已经匆匆离开。唉……她还是那个毛毛躁躁的性格。当她从楚靖懿的口中得知蓝雁才是真正的朱茵洛时很是震惊，但是现在可以确定，这个蓝雁就是真正的朱茵洛。但是，不管她变成什么样子，楚靖懿的心里一直都爱着她。而她呢？她的幸福又在哪里？

御书房。楚靖懿心里担心蓝雁会做出什么出格的事，在御书房里一直心绪不宁，批阅奏折时，奏折上全是蓝雁的脸，挥散不去。正担心着，蓝雁突然从御书房外闯了进来，大概是因为跑得太急，所以感觉她很喘的样子。

"洛儿……"楚靖懿飞快地站起来，奔到她身边，担心地看着她。望着担心她的楚靖懿，蓝雁的心被狠狠地撞击，咬紧了牙关，决定了似的突然在楚靖懿的面前跪了下来。楚靖懿突然愣住，要把她拉起来，她倔强地推开了他。他生气了。

"洛儿，你这是在做什么？"

"懿，我有件事想求你。"蓝雁的眼睛里透露出祈求的光亮。

"有什么话起来再说。"

"不要！"她坚决地把他要扶她的手推了回去，一脸真挚，"我知道你把娉婷关起来，是因为你是皇帝，我也不乞求你饶恕娉婷。"

他的脸色缓和了些："既然如此，那就快点起来。"

"不要，你先听我说完。"蓝雁再一次拒绝。

"你到底想说什么？"

"既然娉婷一定要处置，不如这样吧，就罚把她逐出咸中，以后永远不许再踏进咸中一步，这样如何？"黑亮的眼闪动着耀目的光芒。

"你是说……要把她……"楚靖懿有些愣住了。

蓝雁用力地点点头。之前她曾经打量过西门泽和楚娉婷之间的那些小互动，发现西门泽其实对楚娉婷并非无情，只是……两个人缺少一个契机。这几年楚娉婷留在北冥国是因为楚靖懿的命令，假如……楚娉婷没有了娉婷公主的身份，或许……西门泽会脱掉那一层层厚厚的防护，真心地接纳楚娉婷，至少……西门泽还是在意楚娉婷的，留在西门泽身边，楚娉婷会更加开心吧？

"对！"蓝雁又点了点头，"把她逐出咸中，永远不能再踏进这生她养她的地方，这样相当于流放，应当是很重的惩罚了。"

"可是……"楚靖懿又担心了，"娉婷还没有独自一个人在外面生活过，这样的话……"

"她现在已经很独立了，我相信不久的将来，她也会找到自己的幸福的。"蓝雁意味深长地说了一句。

楚靖懿盯住她数秒，眉头皱得很紧，大概猜出了她的意思，但是他还是不太确定："你确定要这样做？"

"旨意还是要你来下。"

思虑了良久，楚靖懿才点头，"好，我答应你了。"旁边的小四一直在揉着自己的眼睛，从头到尾一直盯着蓝雁不放，最后待蓝雁和楚靖懿对话结束，蓝雁突然瞪过来一眼，吓得小四紧张的收回目光，做错事似地脸唰的一下红了。

"小四，你刚刚一直在盯着我看什么？"

小四僵硬地笑了笑："只是觉得……郡主……还是很漂亮。"说到自己现在的这张脸，她很奇怪，明明楚靖懿已经认出了她，为什么这张脸还不能恢复她原来的容貌？

"小四，好久不见，你这张嘴巴，是越来越甜了。"蓝雁脸上挂着坏笑。

小四的双臂搓了搓，鸡皮疙瘩掉一地。"郡主，我们好像刚刚才见过。"不过……她现在回来了，楚靖懿以后就不会再没事把东西丢到他脸上了吧？也不必随时担心自己的脑袋会搬家了吧？

真不会说话。危机解除，楚靖懿松了口气，霸道地搂住蓝雁的肩膀，让她贴靠在他胸前，让她听着他的心跳声。心跳这样近，幸福也是那样的近。一道身影站在窗外，久久听着窗内的对话声，然后才离去。

"郡主，您刚刚不是要找皇上的吗？"回到自己的寝宫，她的贴身宫女奇怪地看着朱茵洛。

朱茵洛面无表情地瞪了他一眼，脸上带着怒气，也没有搭理那名宫女。甩掉身上累赘的宫女装，朱茵洛气得猛拍桌子。怪不得楚靖懿对她没兴趣，而且所有人的态度都开始慢慢转变，开始她还以为蓝雁是个狐狸精，现在才发现……原来蓝雁才是那真正的朱茵洛。既然蓝雁才是真正的朱茵洛，那她又要被摆在哪里？不行！所谓一山不能容二虎，现在她才是正牌的茵洛郡主，她蓝雁才是冒牌的。既然如此，那个冒牌的一定要除掉才行！

把楚娉婷逐出咸中。本来那些西阳国的大臣是不同意的，楚靖懿一再坚持，那些大臣才愿意松口，同意将楚娉婷逐出国门。对很多人来说，被逐出自己的国家，是很残忍的事情，可是……对于楚娉婷来说，却也是另一种生活的开始。在送楚娉婷离开的马车上，还坐着蓝雁和楚靖懿两个人。蓝雁一直依依不舍地握紧楚娉婷的手，一边叮嘱她离开国境之后自己要小心之类的，一边又为她高兴。出了咸城，三人下了马车，楚娉婷把楚靖懿和蓝雁的手放在一块儿，紧紧地握住，眼睛里有着感激："谢谢茵洛，谢谢四哥。"

"好了，我们只能把你送到这里，一定要注意安全！"蓝雁还是很担心她。

楚靖懿搂着蓝雁的纤腰，温柔地叮嘱："路上要小心。"

楚娉婷流出了感动的泪水："嗯，我会的。四哥、茵洛，再见！"也许可能此生不会再相见。

"再见！"楚娉婷离开了，在整个皇宫里，蓝雁唯一的好朋友不在了，在楚娉婷走的那几日她的心里空落落的。在苏心蕊死了之后，蓝雁的住处成了一个问题，只因她原本住的卉正宫是属于苏心蕊的，现在苏心蕊死了，她住在那里显得名不正言不顺，再加上她的那张脸并没有恢复成原来的模样，如此一来，更是也不能恢复"朱茵洛"之名。

蓝雁提议暂时先回郡主府，但是刚刚跟她相认的楚靖懿死活不同意，就只有将她暂时安置在皇宫内。原本楚靖懿是打算让蓝雁住进朱雀宫，但是……这一次是慕容清若不同意。慕容清若对于楚靖懿回宫那天，令她带着大臣们在皇宫门外苦等一天的事情，还耿耿于怀，脸上总是下不来台。所以，蓝雁最后还是暂居卉正宫，以慕容清若的说法，除非她蓝雁有一日恢复了从前的容貌，否则她绝对不会接受她，更别说楚靖懿封她为后了，就是纳她为妃，她也不同意。

楚靖懿很生气，但是蓝雁坚信她的容貌一定会恢复，最重要的是两个人已经在一块儿了，而且楚靖懿的心里只有她一个，身份已经不是什么问题。不过，还有另外一个原因。只因楚靖懿在与她相认之前，说了一些调戏她的话，那些话，本来她是不想放在心上的，可是……半夜里思来想去，她还是觉得有隐忧，如果没有了身份，她若是还想离开的话，谁也拦不住她。当然了，这个缘由，她是不会让楚靖懿知道的。所以说，得罪谁都不要得罪女人，女人是最记仇的生物。皇宫里面，蓝雁的身份是个谜，但是世上没有不透风的墙，才过了几日，蓝雁真正的身份便在皇宫里面传了开来，那些原本对蓝雁心里不敬的宫女和太监，个个开始见风使舵地巴结她。

　　楚靖懿与蓝雁相认后，蓝雁一颗不安的心就平静了下来，每日闲闲地在皇宫里逛着。后宫的事情，由慕容清若把持着，楚靖懿的意思是让慕容清若把事情分给蓝雁，不过慕容清若心里有芥蒂，迟迟不愿意移交后宫大权。不过，蓝雁也乐得清闲，她最讨厌那些鸡毛蒜皮的小事，她宁愿躺在家里睡觉。更重要的是，那些事情，会妨碍她做事。是的，做事，她可不是真正的闲哦。她已经好久没有出去偷些东西了。

　　楚靖懿和蓝雁两个人几乎出双入对，北冥王西门泽回到北冥国之后也是迟迟未有动静，西阳国有了鲜有的平静，整个皇宫一片欢快的景象。几家欢喜几家愁。那边到处议论着楚靖懿和蓝雁两个人的事情，另一边，朱茵洛一直遭受白眼，虽然她有着朱茵洛的容貌，但是所有人都知道她并不是真正的朱茵洛。连她身边的那些宫女也开始奚落她，表面上畏惧她，但是……背地里却悄悄地议论她，偷偷地嘲笑她。而且那些人说的话，一句句如针如刺，刺在她的身上，扎得她体无完肤。这口气她咽不下，也不能咽。

　　这蓝雁想以朱茵洛的身份在皇宫里继续待下去，那她现在必定是蓝雁的绊脚石，现在的蓝雁，还处于幸福期，暂时还未来得及对付她，但是她明白，待到蓝雁空闲下来，绝对会对付她。反正她们两个互相觉得对方不顺眼，既然如此，就在蓝雁会对付她之前，先想方设法把蓝雁给处理掉。但是……蓝雁居住在卉正宫，虽然卉正宫内只她一个人，不过楚靖懿为了保护她的安全，在卉正宫内外安置了许多守卫，她的饮食也是经过层层把关，不仅是食物，连餐具等也是经由那个叫馨儿的女人来检查。

　　这个叫馨儿的女人她知道，之前也曾经侍奉过她，只不过……那个馨儿实在是碍眼，她就把馨儿给赶走了。馨儿对原来的朱茵洛倒是忠心得很呢。直接对付蓝雁似乎不大靠谱，倘若想要对付蓝雁，就先要把她身边的那个馨儿给除掉。很好，既然现在有了目标，就不会盲目做事，就先从这个馨儿下手。西阳大陆早晨的太阳冉冉升起，照映出朱茵洛眸底阴险的光芒。

　　馨儿正准备给蓝雁送晚膳去。那些餐具和食物，她皆认认真真地层层把关，然后才准备送去卉正宫。路上，朱茵洛宫里一名陌生的宫女突然拦住了她的去路，看到那人，馨儿突然蹙眉。

　　"有什么事吗？"看对方的表情，好像有事。

　　"是馨儿姑娘吧？"那名宫女微笑地看着馨儿问。

　　"是我，有什么事吗？"馨儿更加疑惑了，她确定眼前的这个人她并不认识。

　　那名宫女脸上的笑容未变："有人要我把这封信交给你。"话落，那名宫女拿了一封信出来交给馨儿。

　　信？给她的？什么人给她写信？一个丫鬟是不会写信的，不过这些年在朱茵洛的教导下，她也能简单地看懂些书信。想了一下，她还是点了点头，正准备要接，看了看手里的托盘，她又警觉地退后了一步。

　　"这样吧，这些膳食，我要先给郡主送去，你先在这里等我，等我回来之后再给我，如何？"馨儿提议。

"没问题，馨儿姑娘尽管去。"对方倒也没有意见。

馨儿眉梢微蹙。是自己想错了吗？对方并没有她想的那种意思？她摇了摇头。算了，还是赶紧把膳食送给蓝雁，其他的事情等她回来再说，在她的心中，蓝雁始终摆在第一位。馨儿出了卉正宫之后，天已经黑了下去，一盏盏宫灯在宫殿的门前挂起。又回到了原地，原本给她送信的宫女还站在那里，看到她来，微笑着把信又递给了她。

"谢谢！"馨儿答了声谢，那名宫女微笑着就转身离开了。周围有两个人悄悄地隐着，手里拿着一个麻袋，眼睛死死地盯着馨儿。拿到信的馨儿，疑惑地把信封打开，从信封里面抽出一张纸，与此同时，一股白烟从信封里面冒了出来，猝不及防的馨儿吸进了两口白烟，突然感觉自己头重脚轻，整个人昏昏沉沉的，然后她感觉身子很软，意识也越来越迷糊。

"小乙大人！"

"有什么事吗？"

"是……我刚刚看到馨儿姑娘被人抓走了，奴婢想去通知皇上或郡主，可是奴婢的身份……"宫女的话还未说完，小乙的眼睛惊得突起，生气地握住宫女的手腕："你说什么？馨儿被抓了？"

宫女吓得眼泪在眼眶里打着转，不敢落下来："奴婢的同伴现在正在跟踪他们，对方抓了馨儿姑娘，肯定会出宫！"看样子，这件事并不是假的。

在这皇宫里，什么人敢抓馨儿？这胆子也太大了。一想到馨儿现在有事，小乙的心就紧张了起来，突然转身就走了。宫女被吓得不轻，一见小乙离开，她惊慌地在他身后唤着："小乙大人，您这是要去哪里？"宫女喊着，小乙已经离开了。

出了皇宫之后，那两名太监扛着馨儿还一直往前走，然后在咸城附近的一个小破屋子停了下来。在小破屋子里面，有一个人早就已经在等候。两名太监把馨儿带进去之后，那人手背在身后直直地伫立着，身着黑色夜行衣，冷冷地问："人，你们带来了吗？"

"带来了，带来了！"其中一名太监匆忙地回答，然后把麻袋放在地上，麻袋打开，馨儿的脸从里面露了出来。看到馨儿，朱茵洛意味深长地笑了。果然是馨儿呢。馨儿双眼紧闭，仍昏迷着。

"要杀了她吗？"里面突然又传出了男声。小乙顺着宫女留下的记号找来，刚找到，便看到这一幕。屋内的人发现了小乙的到来，冷冷一笑。小乙抬头，又发现了屋内的馨儿，心倏地一紧，一双眼睛死死地盯着破屋内那伫立着的黑衣人的脸。竟然是朱茵洛。

"是你让人拐了馨儿的？"小乙眼睛里怒火在燃烧。

"是又怎样？"

他的双手愤怒地握紧，眼睛因怒泛着红色："我现在就杀了她。"

朱茵洛的手里变戏法似的变出了一把匕首，蹲在馨儿的身前，用匕首抵着馨儿的颈子："是吗？不过……你难道不想要她的命了吗？"

小乙走上前的脚步骤然停了下来，看着馨儿的颈子被朱茵洛手中的匕首抵住，虽然很想救她，但又怕丧尽天良的朱茵洛真的会伤了她。看到小乙的脚步停下来，朱茵洛狰狞地笑了。

　　"看来，你是当真在意她呢。"

　　"你把她放了。"小乙生气地指着朱茵洛的脸命令。

　　"放了？我为什么要放了她？如果你不想让她死的话，就马上进来。"朱茵洛冷冷地呵斥道。

　　"你把她放了！"

　　"你先进来！"朱茵洛料准了小乙不敢拿馨儿的性命来打赌，冷笑着将匕首压得更紧，"你不进来的话，我现在就割破她的皮肤，割断她的喉咙。"

　　该死！小乙双手握紧，怒不可遏，想把朱茵洛撕成碎片，但是又实在太担心馨儿。为了馨儿，他只能乖乖地走进去。

　　"把你的剑先丢下！"朱茵洛又命令。

　　握握剑柄，小乙咬紧牙关，毫不犹豫地把剑丢在了门外。朱茵洛满意一笑，然后在小乙进门之后，立即命令屋内的另一个太监上前去把小乙手脚束起来，绑在了柱子上。等到确定小乙再也无法动弹之后，朱茵洛心头的大石终于落地。

　　她嘲讽地看着小乙："没想到啊，你居然会为了一个女人，搭上自己的性命。"

　　"我现在已经进来了，你把馨儿放了。"小乙怒目圆睁，大声咆哮。

　　"我可没有答应过你要放了她，就算答应了你，我也不会放过她。"

　　"馨儿从来没有得罪过你，你为什么要对付她？"

　　"没有得罪过我吗？她这般妨碍我，如果不是她，可能我早就已经成为了皇后，其实……你要怪，只能怪她对原来的朱茵洛太过忠心，是她的忠心害了她自己！"朱茵洛讥诮地一个字一个字地说道。

　　"你想杀掉郡主？"忠心？小乙终于明白了朱茵洛的目的。

　　"没错！"这个时候了，朱茵洛毫不掩饰自己的意图，她笑得相当阴鸷，"我就是想杀掉她，如果没有了她，我就会成为这西阳国的皇后，不过……这一天恐怕你是永远都不能再看到了，因为……今天……我就要送你上西天。"

　　"是吗？"小乙危险地眯眼，嘴角噙着一抹冷笑。话落，他突然挣开了绳子，再顺脚踢掉朱茵洛手中的匕首，并快速握在自己手中，然后转身飞快地杀掉那名太监，最后将匕首指着朱茵洛的颈项。所有的动作，只不过是在瞬间而已，局势突然逆转，然后小乙指着朱茵洛的脖子，逼得朱茵洛后退，他再缓缓地将自己的身体移到馨儿面前，让自己站在朱茵洛与馨儿之间。小乙得意地看着朱茵洛。

　　"恐怕……现在不能如你的意了。"朱茵洛愣了一下，没想到小乙竟然还有这一手。她没有小乙预料中那般露出畏惧害怕的表情，反而笑得更阴险了。

　　"是吗？"她学着小乙的口气，快速闪开了他手中的匕首，手中突然又多了一把匕首，避过小乙的剑锋，竟直直地向馨儿刺去。在这一瞬间，小乙的大脑无法思考，下意识地用自己的身体挡住朱茵洛的匕首。而这个时候，朱茵洛手中的匕首突然转了个弯，改为刺中小乙，准确地将匕首刺中小乙的心脏，一剑穿心！小乙闷哼了一声趴在馨儿身上，鲜血迅速染红了他的后背。

"真是愚蠢的人，我本来要杀的是她，你居然替她挡了这一刀！"朱茵洛阴险地笑着，突然又挥动手中的匕首，小乙这才反应过来，立马握着手中的匕首反击。朱茵洛被小乙拼死保护馨儿的力道震退。这小乙为了馨儿，居然可以发挥这么大的力量，但是……这馨儿的命她要定了。

"我不会让你杀了她的！"小乙捂着汩汩冒血的胸口，吃力地站起来，伸手点住心脏处的几处大穴，可以让血液流得缓慢一点。但是朱茵洛的匕首刺穿了他的心脏，现在他的力量在一点点地流失，他必须要在自己的力量彻底消失前打败眼前的人。

倔强的人！但是这样的人也最可怕。看着小乙握着带血的匕首，血红着眼向她瞪来，朱茵洛被他那血红的眼吓到，不由自主地退后了两步。临死之人，什么事情都做得出来，而且会拼尽全力与她决斗，在保证自己不受伤之前，朱茵洛只能站在旁边静观其变。看朱茵洛不再动作，小乙飞快地转身，把地上的馨儿吃力地抱起来，一边抱着她，一边回头握着匕首抵挡朱茵洛，护着馨儿一点点地走出屋子，身上的衣服早已被鲜血染透，他的力量在一点点流失，只剩下一丝意志来支撑着自己。

"小乙，你不要再逞强了，你带着她，是逃不出我的掌心的！"朱茵洛阴鸷的声音在身后响起。

"即使如此，我也不会把她交给你！"小乙冷冷地说，喉中一阵哽塞，他撑不住地吐出一口鲜血。

朱茵洛被小乙顽强的意志震动着。为了一个女人，他可以这样不顾自己的性命，难道……这个世界上，真的有人可以为了另一个人牺牲自己的生命吗？不是每个人都为了可以让自己生存而不择手段吗？这小乙为什么能做到普通人做不到的事情？这是为什么？

"你为什么要救她？"朱茵洛皱眉指着他怀里的馨儿问。

"因为……"小乙脸上的血色尽失，嘴角挂着惨白的笑容，眼睛里却是满满的爱意，"我爱她！"

"爱？"真是可笑的字眼，朱茵洛的眼睛里尽是嘲讽，"既然如此，你这么爱他的话，我就送你们两个一起下地狱！"

昏迷中的馨儿脸上被滚烫的热血灼烧着，缓缓地恢复了一丝意识，眼睛仍然睁不开。感觉到了馨儿的动作，小乙惊喜地晃着她的身体："馨儿，馨儿，你醒了吗？"只要馨儿醒了，他就有办法拖住朱茵洛让馨儿赶紧逃走。

有人在唤她吗？在馨儿的心里，突然浮起小甲的脸来，她的双手缓缓抬起来，下意识地攥紧小乙的衣襟，无意识地呢喃着："小甲……小甲……"小甲？听到这两个字，小乙滚烫的心仿佛被泼了一盆凉水。

朱茵洛大声嘲笑了起来："哎呀，我还一直以为你跟这个叫馨儿的女人是两情相悦，没想到……你只是一厢情愿，她的心里喜欢的是小甲，根本就不是你，而你……却这么可怜地在这里为她拼命，小乙，我真感觉你就像是一个笑话，给他人做嫁衣，哈哈哈！"

小乙怀抱着馨儿的手缓缓收紧，听到朱茵洛的话，更像是刀子在他的心上狠狠地划过，比那把匕首穿透他心脏的时候更疼。不过片刻而已，小乙微颤的身体又恢复了平静，他狞笑着望向朱茵洛："我喜欢馨儿，那是我自己的事情，关你什么事？总比你这个没有人关心的可怜女人好多了！"

"你说什么？你说我可怜？"朱茵洛气愤地眼睛圆睁。

"对，你很可怜，你可怜极了！"小乙不知死活地继续嘲讽着说。他的话，彻底激怒了朱茵洛。

"是吗？你千不该万不该，就是不该说这句话，我本来是想让你就这样死去的，可是……你不感激我，居然还骂我，我现在就让你知道，我这个可怜的女人，是怎么把你杀掉的！"

朱茵洛握紧手中的剑，无情地向小乙继续攻击过去，每一下都非常狠厉，带着致命的威胁。朱茵洛的体内残留着原来朱茵洛的内力，虽然她对招数不甚了解，动作也比以前慢了许多，但受伤的小乙应起她来，还是相当吃力。匕首在空中相接，发出刺耳的碰撞声。那声音十分刺耳，令昏迷中的馨儿缓缓地醒了过来，她的眼睛还有些睁不开，抬头间，却看到小乙染血的身体，惊得她瞪大眼睛，捂着嘴巴失声尖叫了起来。怎么回事？馨儿无法从震惊中清醒过来。小乙欣慰地看到馨儿清醒过来了。好不容易退了几步，勉强扶住馨儿的身体站起来："馨儿，你怎么样？"醒了？朱茵洛皱眉，迅速把自己的脸遮了起来，只露出一双眼睛危险地看向小乙和馨儿这边。

"小乙，你怎么回事？"馨儿揉了揉眼睛，确定自己刚刚看到的血并不是幻觉，心猛地抽紧，紧张地抚摸着他的胸前，"小乙，你怎么了？怎么会……怎么会这么多血？天哪，怎么办？怎么办？"馨儿紧张地拿手捂住他的胸口，但是血越涌越多，她的手根本就堵不住，急得她哭了。小乙心疼地看着她。

"不要哭，我没事，我没事的！"朱茵洛嘲讽地看着这边，嘴角勾起讥诮的弧度，故意低沉着声音冷冷地道："这个时候，居然还有时间关心别人，我这就送你们两个上西天！"

话落，朱茵洛突然握住匕首再一次向馨儿攻去。馨儿惊恐地瞪大眼睛，一时忘了躲避。可恶！小乙握着手中的匕首，想要抵挡，无奈他的手臂已经使不上力道，嘴里诅咒了一声"该死"，迅速用自己的身体挡在馨儿的面前，也挡住了朱茵洛欲攻击馨儿的匕首，刀尖迅速没进了小乙的心脏，这一次，比之前的那一刀没得更深，小乙听到了自己的生命之弦即将断裂的声音。

"浑蛋，你居然又跑过来，既然如此，我就先结果了你。"朱茵洛生气地看着小乙，准备再补一刀，突然一根银针射来，又有一道身影逼近，朱茵洛心里一惊，可惜地看了一眼焦虑的馨儿，然后赶紧从后窗逃走。小甲到来后，紧追着朱茵洛的身影，但是朱茵洛逃得极快，追了几十米却不见了人影，气得他直跺脚，才又急急地赶了回来。看到躺在血泊中奄奄一息的小乙后，小甲心里一阵酸涩，慢慢地把他扶了起来，旁边馨儿被吓住了，六神无主的她，抓到了小甲的衣服，像是在浮沉的大海中抓到了救命的浮木："小甲，你有办法的，有办法救他的，对不对？"

面对那样一双乞求的眼睛，小甲很想肯定地回答她，但是……他不忍地咬着牙，鼻子也酸涩了起来，悲伤地摇了摇头："没有办法了！"

"没有办法？"馨儿的心似乎被一点点撕碎，泪水决堤而出，"什么叫没有办法了？一定会有办法的，一定会有办法的，他是为了我而死的，我不能就这样看着他死去，一定还有办法的！"看着馨儿为他流泪、为他着急，小乙满足地露出了一丝微笑，他吃力地抓紧馨儿和小甲的手，然后将他们的手紧紧地握在一块儿。

"小乙……"小甲疑惑地看着他。小乙微微一笑，脸上有一点痛苦："终于好了，其实……我离去也是好的，这样馨儿也不会因为不知道选谁而痛苦了！"他还记得馨儿刚才昏迷中唤的名字，是小甲。馨儿选的……是小甲。

"小乙！"馨儿大颗大颗的泪珠扑簌簌地向下掉。

"你们一定要幸福，还有……杀了我的人是……是……"小乙的表情突然痛苦了起来，话未说完，胸口一阵难受，又吐出一口鲜血，突然两眼圆睁，身体瞬间僵住，一动不动，小甲臂弯中小乙的头缓缓地歪了下去。

馨儿扑倒在小乙的身上失声大哭了起来："小乙，小乙……"蓝雁随后赶到，看到这一幕，鼻子一阵酸涩，双手暗暗握紧，眼睛犀利的望着黑衣人逃走的方向。想要杀了她身边的人，她一个都不会放过。刚回到宫中的朱茵洛，突然浑身抽搐，而她感觉到自己的灵魂正在被抽走。蓝雁恰好来到她的身侧。朱茵洛惊恐地捧着自己的脖子。

"放开我，放开我，你们不要抓我，我要留下来，我要留在这里做皇后，我不要走，你们放开我！"

是阎罗要把朱茵洛的魂魄抓走了吗？一道光圈突然将朱茵洛和蓝雁两个人包围在其中。楚靖懿赶来，远远地看着蓝雁，而她身侧的朱茵洛已经倒下。楚靖懿担心地看着她，想要进来，但是他被拦在阵外，一时之间无法进去。而在这个时候，蓝雁的身体也突然出现了异状，她感觉自己的身体忽地飘飘然了起来。她不敢相信地睁大眼睛。楚靖懿终于摸索出了进阵的方法，飞快地冲上前来，只是接住了她缓缓倒下的身体。她不要走，她不要走，放她下来！耳边一个声音陡然响起。

"一切都结束了！"然后是一声幽幽的叹息。是那个声音，在不久前，就是这个声音，把她从现代带到了这里。这个声音曾经说过，只要楚靖懿能认出她，就会还她容貌，会让她永远待在楚靖懿身边，可是……这个人，既没有还她容貌，现在……还把她的灵魂抽走。

"你是什么人？你为什么要捉弄我？"蓝雁生气地问。

"哎呀，你的脾气可真是不好，这样……可让我怎么让你回去？"那个声音里透着几分揶揄。

"什么……回去？"蓝雁愣了一下，似乎一时没有反应过来。

"怎么？你不愿意回去了不成？假如你不愿意回去了，我倒是不介意你在这里陪着我！"那声音里带着些欢快的音调。

"我才不要！"蓝雁脸一下子黑了下来，"你到底是什么人？做这些又是为了什么？"

"我？哈哈……你们世人不需要知道我的名字，我只是喜欢看到有情人终成眷属！"那声音柔柔的。蓝雁觉得这人的声音是越来越好听了。

"不过……现在……"蓝雁盯着身下不远处的两具身体。

"一个世界只能有一个朱茵洛，你之前的容貌之所以没有恢复，也是因为这个原因。"

"那现在呢？"蓝雁觉得一定还有下文。

"现在……反正你现在有一个已经回不去了，所以……"

"所以……"

"很简单的事情嘛，你可以回去了。"那声音似乎不耐烦了。

什么意思？她还不明白呢，就说要送她回去了？她的意识渐渐模糊，那个声音如魔音般蹿进她的耳朵里："从今天开始，朱茵洛就是蓝雁，蓝雁就是朱茵洛！"

楚靖懿闯进阵中的那一刻，只来得及扶住蓝雁的身体，但是……她已经没有了心跳。失去她的恐惧，瞬间笼罩着他，让他的心如撕碎了般地痛："洛儿，洛儿……你怎么了？洛儿……回答我，你睁开眼睛，看看我，我是懿，我是你的懿！"捧着蓝雁的脸，声音里带着心痛的嘶哑，焦灼的双眼一刻也不敢从蓝雁的身上移开。

她的脸好苍白，而且已经没有了——心跳！楚靖懿双手紧紧地抱着蓝雁，额头上青筋暴突，搂着她身体的双手紧握成拳，指甲深陷入掌心的皮肉中，指关节因用力泛着一丝白色，俊美的脸上一丝表情也没有，眼眶中眼泪在打着转，久久没有掉下来。他的洛儿……不会有事的，绝对不会有事的。深情地望着怀中的蓝雁，幽暗的紫眸眸底闪动着宠溺之色。

"洛儿，如果你想睡，就继续睡一会儿，但是……你可不要贪睡哦，睡一会儿……就要记得睁开眼睛，知道吗？"楚靖懿温柔地抚摸着她的脸颊，低头拂过她额头上的碎发，露出饱满的额头，在她的额头上轻轻落下一吻。

一滴泪珠从他的眼眶中滑落，滴在她的眼皮上，楚靖懿的双手将她抱得更紧。即使他这样呼唤，合上眼睛的蓝雁也始终没有再醒过来。他紧紧地搂着她，听见了自己心碎的声音。如果你不在了，谁还能再带给我快乐？洛儿……洛儿……又是一滴泪珠掉落在她的脸上。男儿有泪不轻弹，只是未到伤心处。忽地，耳边传来他人的惊讶声："啊，那个茵洛郡主不见了！"

楚靖懿无动于衷，仍旧紧紧地搂着蓝雁不放。忽地，他发现怀里那张面如死灰的脸，渐渐恢复了些血色，靠着他胸膛的心脏也渐渐恢复了跳动。他的洛儿……活过来了？楚靖懿瞪大了一双不敢置信的眼睛。他的洛儿……低沉沙哑的声音，害怕地轻唤着："洛儿，是你吗？"声音里带着些害怕，生怕这一切只是虚幻。蓝雁……不对……她现在的脸已经恢复，恢复成了朱茵洛。朱茵洛缓缓睁开疲惫的眼皮，一双乌亮的眼珠子如黑曜石般黑亮，直勾勾地望着那双令她牵梦萦的紫眸。

"懿……"她低低地唤了一声。听到她的唤声，激动的楚靖懿再一次情不自禁地收紧双臂，将她紧紧地搂在怀中，感受着她的呼吸、她的体温、她的心跳，以及她所有的一切，这样才能确定，他的洛儿确实已经回来了，回到了他的身边。

"洛儿……"楚靖懿的声音激动得有些沙哑，双臂紧紧地搂住她，一字一顿地在她耳边命令，"你再也不许这样吓我，再也不许离开我了！"看起来，他刚刚是真的被吓坏了。朱茵洛缓缓伸出双臂回搂住他，感觉到他仍旧颤抖的身体，她心疼地在他的后背轻轻地拍着。

"不会了，再也不会有下一次了。"她的热泪流了出来。不是因为伤心，而是因为开心，她太开心了。她终于回到了他的身边，再也不是以其他人的身份，而是以她本来的面目。

楚靖懿抱着朱茵洛回宫，刚回宫，与馨儿撞个正着，但见楚靖懿抱着朱茵洛，馨儿迟疑着，不知道该不该上前。楚靖懿霸道地抱着朱茵洛，只因刚刚与她相逢，舍不得放手。当着其他人的面呢，朱茵洛的脸皮儿薄，踢了踢脚，脸红地要楚靖懿放下她，她才得以落地。

"馨儿，有什么话就直说吧！"

馨儿愣了一下，迟疑着，身后的楚靖懿为馨儿提供了答案："放心，她是洛儿，不再是以前的那个洛儿了。"

朱茵洛冲馨儿眨了眨眼："馨儿，我回来了，难道你不替我高兴吗？"回来了？意思就是说……眼前的朱茵洛就是她真正的主子了？

馨儿高兴地扑进朱茵洛怀中，流下了激动的泪水，抽咽着喊道："郡主，您终于回来了。"

朱茵洛温柔地拍了拍她的背："嗯，别哭了，再哭就难看了哦。"

"讨厌啦，郡主！"馨儿红着脸推开朱茵洛，脑中的思绪回归，她终于想起来自己要说什么，焦急地向朱茵洛汇报，"郡主，不好了，出事了。"

"你家郡主我好好的呢！"看到馨儿的脸色甚是凝重，朱茵洛的表情也跟着严肃了起来，"怎么了？出什么事了？"

"刚刚……有说传皇上您的圣旨，要处决北冥国那个要给郡主下毒的罪犯，因为奴婢有听小甲说过，皇上是打算将他给放了的，但是在皇上和郡主您出去的期间，突然有圣旨说要斩立决，所以……"

"懿，是你下的圣旨吗？"朱茵洛急忙问，这下事情要严重了。

楚靖懿脸色一片阴鸷："你先回去，我先去刑场看看是怎么回事。"

"我跟你一起去！"朱茵洛立马附和道。

"这……"楚靖懿要说些什么，见朱茵洛一脸坚持，心软了下来，"好，我们一起去！"但是，楚靖懿和朱茵洛两个还是去晚了一步，当他们到达刑场的时候，行刑官刚刚落下令牌，那名给朱茵洛下毒的北冥侍卫已经人头落地。楚靖懿的到来，令在场的其他人皆是一惊，行刑官急忙上前来给楚靖懿问安："皇上万岁万岁万万岁！"

其他围观的百姓和在场的守卫一起跪了下去："皇上万岁万岁万万岁！"

"平身！"

"谢皇上！"众人起身。朱茵洛迫不及待地到了行刑台，抓起桌子上的圣旨，上面清清楚楚地写着斩立决，还盖上了楚靖懿的玉玺。那字迹，看起来虽然是楚靖懿的字迹，不过……只有决字的那一捺比楚靖懿落笔轻一些，还是被朱茵洛看出了端倪。一场战争，一触即发，朱茵洛忧心地望着断头台上的血迹，心里有了不好的预感。

西阳国皇宫。朱茵洛恢复了自己的身份，不过，慕容清若总觉得有芥蒂，一直压着，不让朱茵洛那么快就跟楚靖懿在一起，说什么要等吉日，什么时候是吉日，她也不说。在楚靖懿的强烈要求下，朱茵洛还是从卉正宫搬进了未央殿。在皇宫里，她已经相当于皇后，没有人敢对她不敬，地位比慕容清若还高。有些处理不了的事情，纷纷去找朱茵洛，朱茵洛也很快就解决，甚至发明了许多皇宫里没有的东西，包括一些被称为"化妆品"的东西。朱茵洛也会孝敬一些给慕容清若，表面上她冷着一张脸不接受，背地里却偷偷地试，还很宝贝地把那些化妆品收起来，谁都不让碰。

整整两个月的时间，北冥国都没有动静，据说北冥国出了什么大事，但是具体是什么大事，也没有人知道。两个月过去了，也由春天进入炎热的夏季。朱茵洛最怕的就是夏季，夏季很热，在这个没有空调没有冷气机的世界里，呼出一口气都会燥热难耐。

一日早晨刚刚醒来，她就觉得头有些晕眩，吃东西也没有胃口，楚靖懿见状担心她的身体，非得传太医来诊治，结果……竟然被诊出已经怀孕一个月了。得知自己要做父亲的楚靖懿，欣喜若狂，平日里对朱茵洛冷眼的慕容清若也派人送来了补品，还叮嘱了人好好地服侍她，毕竟……朱茵洛肚子里的孩子是他的亲孙子，再加上楚靖懿铁了心不会再纳妃。正因为如此，楚靖懿颁布了诏书，封朱茵洛为后，慕容清若再没有异议。再加上朱茵洛有了身孕不宜大动干戈，只是让她盛装同他一起出现在早朝，之后就被所有人拥去御花园里做"闲"妻"凉"母。

她这个皇后……有点闲，闲得快要发霉了。日子虽然很平静，但是……也很幸福。北冥国虽然一直没有动静，但是朱茵洛还是很担心，北冥国始终是一个隐患。在此，她就好好地享受这宁静的时刻吧。可惜……好景不长。夏季也是楚靖懿繁忙的季节，夏季雨水多，临江江堤决堤、河水泛滥、瘟疫横行。

最近几日，朱茵洛总觉得楚靖懿的脸上多了些愁容，不知是不是因为太忙了。六月伊始，朱茵洛端着一杯茶，准备送去御书房，刚走到御书房门外，就听到里面传来楚靖懿同大臣们的议论声："北冥国的势力很强，边疆已经丢了好几个城池了！"

北冥国跟西阳国已经打起来了？她的手一时握不紧，手中的托盘落地，茶杯也掉了下来。

楚靖懿的声音带着几分沙哑和危险地从屋内传出："什么人？敢在御书房外偷听！"

她就说北冥国不可能这样一直安静下去的，原来……朱茵洛面无表情地从门外走了进来。

屋内一干大臣一见是朱茵洛，恭敬地向朱茵洛行礼："皇后娘娘！"

"免礼！"

"谢娘娘，微臣先行告退！"大臣见气氛不大对，赶紧悄悄地溜了。等到大臣出去了，朱茵洛方生气地转身面对楚靖懿，一双眼睛里满是怒火："西阳国跟北冥国已经开战了？"这么重要的事情，他居然没有告诉她。

"你怎么来了？"楚靖懿皱眉，"馨儿呢？她不是一直在你身边照顾你的吗？"说着他就开始责备了起来。朱茵洛不理会他的絮叨，想转移话题？门儿都没有。

"是不是跟北冥国开战了？"她面无表情地重复刚才的问题。想要糊弄她，门儿都没有。

见她这般坚持，楚靖懿叹了口气："唉……"想瞒她是瞒不住了，"是。"简单的一个字，打碎了朱茵洛心底里最后一丝希冀。果然……还是开战了。

她最不希望的就是北冥国同西阳国开战，哪一方受到伤害，她都会难过。最重要的是，两方开战，就会引起一系列的后遗症，虽然古代不像现代那样有着先进的武器，开一战会令经济倒退五十年，但是……在古代会有多少人像她一样变成孤儿？那种痛苦……她不想让其他人也体会到。瞥见朱茵洛沉默不语，楚靖懿心里有些慌了："洛儿，你现在有着身孕，不宜多操劳，其他的事情都交给我吧！"

"跟北冥国打仗，胜算有多少？"朱茵洛突然抬头问了一句。

"这个……"感觉到楚靖懿话中的犹豫，朱茵洛的心沉入谷底："八成？"楚靖懿还是没有开口。

"那五成？"楚靖懿的眼睛瞥向别处。朱茵洛眉头蹙紧："不会是连三成都没有吧？"

觉察到朱茵洛心中的不安，楚靖懿严肃地把当前情况告诉她："作战方面，西阳国没有问题，但是……"

"但是？"说到但是两个字，朱茵洛觉得其中一定另有文章。

"北冥国拿无辜百姓放在阵前，我军的炮火无法攻击。"这样说，朱茵洛就大致明白了。就是说北冥国拿无辜百姓来做箭靶。想要打赢，必须要先杀掉无辜百姓，若是这样做，即使西阳国赢了，也会失掉民心，北冥国居然这样做！太过分了！

朱茵洛低头不语，楚靖懿温柔地搂着她的肩头："洛儿，这些事情交给我就好。"

半响，朱茵洛突然抬头："懿，我想去战场看看！"她最近研究过许多兵书，再加上她的阵法，或许可以……

"不行！"说到要去阵前，楚靖懿的脸一下子就黑了，完全没有商量的余地。

"懿……"

"绝对不行！洛儿，战场不是儿戏，而且你现在有着身孕，万一出了什么事怎么办？"楚靖懿担心地看着她，她现在可不是一个人，肚子里有着孩子，要是出了什么事，可能就会一尸两命，他不能拿她的命来做赌注。

"放心吧，我自己会保护自己的！"朱茵洛柔柔地撒娇道，"懿……你就让我去吧。"

她只要对他撒娇，他就会没有办法，但是……这件事非同小可，他一副没商量的口吻："这件事我已经决定了，从今天开始，你就待在未央殿中，没有我的允许，不许踏出未央殿半步。"

"什么？"朱茵洛不敢置信地瞪大眼睛，生气地道，"你要把我禁足？"

虽然心里不忍，但是楚靖懿还是狠下心来："这是没有办法的办法，来人！"楚靖懿这就往门外喊道。

小甲刚好路过，听到楚靖懿的声音，立即进来，恭敬地冲楚靖懿行礼："皇上有何吩咐？"

"把皇后送回未央殿，派五十名禁卫在未央殿外把守，没有朕的命令，不许皇后踏出未央殿半步！"末了楚靖懿又补充了一句，"每个人都穿上盔甲，戴上防毒面罩！"

"防毒面罩？"小甲瞪目结舌地来回看着楚靖懿和朱茵洛，丈二和尚摸不着头脑，"皇上……您是开玩笑的吗？"夫妻吵架床头吵床尾和，用得着这样大动干戈吗？

"楚靖懿,你要是敢把我关起来,从今天开始,你就不要再来见我!"朱茵洛生气了。

"只要你打消去战场的念头!"要去战场? 小甲瞪大了眼睛,不敢置信地盯着朱茵洛,天晓得她有着身孕,整个皇宫都紧张死了,她居然还要去战场?

"我如果说非去不可呢?"

"小甲,还不快把皇后带下去?"楚靖懿无动于衷地冷冷喝令。

吓! 被夹在中央的小甲进退两难,但见楚靖懿幽暗的紫眸射过来两道冷飕飕的目光,他浑身打了个寒噤,双腿倏地夹紧:"是! 属下遵命!"说完,他为难地看着朱茵洛:"皇后娘娘,您还是不要为难属下了吧?"

"我自己会走!"朱茵洛生气地在前头走着,小甲一脸无奈地跟在她身后,再回头看了一眼楚靖懿,楚靖懿的眼睛里也满是心疼。遇上朱茵洛,楚靖懿注定要头疼的。

回未央殿的路上,朱茵洛一个劲地在那里抱怨:"跟北冥国开战了,这么大的事情都不告诉我,还说以后什么事情都不瞒着对方!"

小甲跟在她身后,忍不住为楚靖懿辩驳:"皇后娘娘,其实皇上是为了您好,不想让您涉险!"

"让我整天闷在未央殿就是为了我好吗? 他这样做,比杀了我还难受!"确实! 自从从馨儿那里听说过朱茵洛的事迹之后,深刻体会到眼前的女子是个闲不住的女人,把她禁足,那等于是要了她的命。

"皇后娘娘说的是,不过皇后娘娘,我们现在离未央殿还有点距离,能不能麻烦娘娘走快些?"

"走快些做什么?"

"这样属下可以在天黑之前安排人把守……不……守护皇后娘娘您!"小甲一本正经地解释,朱茵洛站在原地半天也不动一步,着实令人心焦。说得好听! 守护! 哼!

"守护? 很好,只要你们能守护得住我才行!"朱茵洛阴柔地笑了,然后转身向未央殿的方向走去。小甲跟在她的身后,不由得捏了一把冷汗。刚刚朱茵洛的那个表情,看起来真的很吓人。说什么,他们能守护得住她才行? 不过,朱茵洛的能力可不是吹的,她若是想逃,谁拦得住她? 不行! 看守未央殿的禁卫他要亲自去挑选,要挑选能力最强的来把守……不对……是守护他们的皇后娘娘!

第三十四章　与北冥开战

没错，朱茵洛确实想要直接逃去战前，假如让她待在房间里，就像是给她的双手双脚拴了两条锁链似的，那会要了她的命。她知道她现在有了身孕，是她外出的最大障碍。说到整个皇宫对她身体的担心，全是扯出来的。自从她灵魂重归之后，原来朱茵洛身体里所具有的一切特质也全部归为了。她的身体里有万年冰玉，身体好得很，再加上她自己再小心些，完全不会出什么问题。偏偏一个个都神经大条，一传十十传百，她便成了一个玻璃娃娃，好像随时会碎似的。

楚靖懿如约没有再回未央殿，这样朱茵洛再没有说服他的机会了。说得好听，是为了不让她孤单寂寞，其实就是想看守她以免她偷偷溜走。很好，楚靖懿不出现，这让她更生气，以为这样把她关起来，她就真的不会走了吗？那他可就真的太小看她了。不管如何，她想要离开是一定了，谁也阻止不了她。

大概是楚靖懿太了解她了，所以晚上的守卫特别的森严，就怕她趁着别人休息的时候悄悄溜走，相反地，白天在众目睽睽之下，她逃走的机会就会少很多，所以……到了白天守卫会相对松懈些。门外的守卫们严密地把守着。午膳时间刚过，馨儿端了杯参茶送来未央殿，才刚进门，就看到躺在地上的送膳宫女，但是……该在房间里面的朱茵洛却……不见了。

她慌忙冲门外大喊：“皇后娘娘不见了！”

皇后娘娘不见了！这几个字刚刚传出，立即引起了混乱，那些禁卫个个慌乱地开始四处找寻。看着那些禁卫一个个慌乱地到处去找朱茵洛，馨儿忍不住猛翻白眼。朱茵洛既然逃了，就不会让人这样轻易地找到，她会乖乖地待在皇宫里面吗？

“快，马上去通知皇上，就说皇后娘娘不见了，她很有可能已经去咸中和北冥国的边境了！”馨儿着急地吩咐着。

“是！”有人反应过来了，待馨儿话落，赶紧答应着匆匆忙忙向御书房奔去。朱茵洛失踪了，这是多大的罪呀！不过，如今之计，就是要快些把朱茵洛给追回来。

得知朱茵洛逃走的楚靖懿，气急败坏地拍桌而起：“备马，朕一定要把她给带回来！”

旁边的小四害怕地望着楚靖懿震怒的模样，生怕他会控制不住自己的情绪伤了朱茵洛：“皇上……皇后娘娘怀有身孕，不能受刺激。”

"备马！"这两个字咆哮了出来，打断了小四担心朱茵洛的话，后者缩了缩脖子，赶紧奔了出去，只能在心里为朱茵洛祈祷。楚靖懿很生气，后果是很严重的。

楚靖懿会生气，这完全在朱茵洛的预料之中，倘若不生气的话，那可就不是楚靖懿了，不过……想她乖乖回去，那是不可能的。既然溜出来了，就不可能再回去，除非她是傻子。心里担忧着战事近况，出了皇宫之后，联系到了咸中城内的小湘，然后找来了一辆比较快的马车，她坐在马车上马不停蹄地赶往咸中和北冥国的边境。她心里只有一个念头，她一定要阻止这场战争的发生，不计任何代价。

咸城的守卫并不知道皇宫里发生的事情，看到朱茵洛的手里拿着皇后的令牌，自是不敢怠慢，非常轻易地就放朱茵洛离开了。待楚靖懿来时，自是免不了被楚靖懿一番狠狠地训斥。不过，楚靖懿追来时，离朱茵洛离开已经过了一个时辰。一路上，朱茵洛马不停蹄地赶路，终于在日落之前赶到了咸中和北冥国战场附近的城镇。

因为战事的问题，路上，她看到许多拖家带口逃难的百姓，看到那么多人背井离乡时的满面愁容和恐惧，朱茵洛的心便一阵阵地揪紧。她并没有刻意隐瞒自己的逃跑路线，所以……当她找到一家客栈住下没多久，楚靖懿便找到了她。她刚刚坐下来休息，就听到客房的门被人重重地敲着，听着那一道，还有敲门的速度，似乎非常急迫的样子。朱茵洛微笑站起来，不慌不忙地去开门，毫不意外地望见门外一张熟悉的俊容，无视那张脸上风尘仆仆的痕迹，也无视它因怒变得漆黑异常。

她微笑着，稍稍侧身，为他让出了一条路："原来是皇上驾到，有失远迎，皇上请进！"

本来楚靖懿的心里是有气的。她居然这般大胆，真的一个人跑来了战场，难道她不知道这样很危险吗？一路上，他一刻也不敢停，生怕她会遇到什么意外。路上，他总是怕找不到她，好在总能发现她的一些蛛丝马迹，赶在天黑之前终于找到了她的落脚处。然后他又以极快的速度寻到她。从客栈掌柜的口中得知了她的房间号码，站在门外先做深呼吸，好一会儿之后，他才开始敲门。门打开了，看到那张熟悉的笑靥，他就更加生气了，但是他的怒火没有持续多久就通通消失不见。

只要看到她没事，他就放心了，这个让人操心的小女人。他进门，把房门关上，转身用力把她拉入怀中，紧紧地搂着："我真该好好地打你一顿，你就不会这么胡来了！"言辞带着怒，声音里却有着不舍。

朱茵洛微笑着回搂住他："你舍得吗？"是哦，他不舍得，她就是吃定了他不舍得，所以才会这般无法无天。

"我们马上就回去！"楚靖懿推开她，握住她手腕转身欲去开门。

"我不回去！"朱茵洛倔强地说着，甩开他的手，然后折身回到榻边坐着。

楚靖懿面无表情居高临下地俯视那张美丽而又倔强的容颜，声音里充满了无奈："你到底要怎样才愿意跟我回去？"

"等战事结束了，我自然就会回去！"她一副理所应当的口气，慧黠地眨了眨眼。

"不行！这里太危险了！我们在这里休息一晚上，明天一早就出发回去！"楚靖懿没商量地一口拒绝。

"我说过了，我不回去！"这男人耳朵有问题吗？需要她一再重复说过的话。

"我也说过了，你非回去不可。"

"除非你把我的手筋脚筋全部挑断，否则……你就算把我弄回去了，我还是会再溜出来！"楚靖懿脸色又阴沉了下来，看起来十分吓人。不过，他的脸色再难看，朱茵洛也不怕。

"怎样？皇帝大人，你是打算把我的手筋脚筋全部弄断了把我扛回去呢，还是乖乖地在这里陪着我呢？"朱茵洛戏谑地眨了眨眼，眸底闪过精明的光芒。她一副胸有成竹的模样，令楚靖懿一阵头痛。把她的手筋和脚筋全部挑断，他舍得吗？不……他当然不舍得。朱茵洛就是摸准了他的性子，所以才会这般无法无天。

"你是吃定我了，对不对？"楚靖懿无奈地叹了口气！杀人时眼睛从不眨一下的他，遇到了朱茵洛，他就没辙了，只能任由她牵着他走，无怨无悔。这都是因为爱。

"你是当真不愿意回去吗？"他低头吻了一下她饱满的额头。

怀中的她点了点头："懿……在关键的时刻，不要赶我离开，西阳国不仅是你的，也是我的家，我也想守护它！"朱茵洛深深地说道。

"可是，这里很危险。"

她嘿嘿笑着，一脸奸诈："我有你在身边呀，还是说……你的能力不足以保护我？"

"当然……"他突然发现自己掉进了她的圈套，"但是……"

"没有但是，只要你会保护我，那就好了，其他都不是问题。懿……不管什么时候，我都会在你身边，你一定要记住这一点，所以……我现在也不跟你计较你不向我坦白的这件事了！"

她好大方啊！听起来，好像错都在他楚靖懿身上，真是一个狡猾的小女人，但是，他最爱的也是她的那些狡猾，因为，那才是她。

"唉，我该拿你怎么办！"声音是无奈的，却也是幸福的。

"就让我一直待在你身边就好了。"朱茵洛笑着回答。

"你要保证，一定不要把自己陷入危险的境地！"他最担心的还是她冲动之下会做出危险的事情来。

"我会的，为了你，也为了孩子，我会的！"她定定地望着他，一字一顿地保证。不过，她的保证并没有持续多久。

战场上钟鼓点点，浮沙扬尘，厮杀声成片，到处可见血腥的场面，各自为了胜利，不惜把自己的生命献出去，以致战场上尸体横陈，血流满地。一场战斗刚刚结束。

楚靖懿怀里搂着朱茵洛，眺望远处，远远地可见无辜的百姓挡在阵前，个个脸上充满了惊恐的表情。看到这一幕，朱茵洛的脸色巨变。果然没错，西门泽当真把无辜的百姓放在阵前，这么卑鄙的做法令人不耻。他是想炫耀什么？炫耀自己比楚靖懿心狠手辣？利用别人的善心，成就自己的胜利，她朱茵洛不屑这样的人。而在刚刚结束的战斗中，朱茵洛发现，对方使用着一种怪异的阵法，轻易就摧垮了西阳国的主力，以致西阳国的将士们节节后退，最后只有以失败告终。一阵风沙袭来，迷人眼。

楚靖懿为她披上披肩："好了，这里风大，日头也毒，我们先回去吧！"

朱茵洛温顺地点了点头。在回去的途中，朱茵洛突然听到一个消息。

"你们有没有听说呀？"

"听说什么？"

"北冥国的王后，就是原来的娉婷公主。"

"娉婷公主？她不是被逐出西阳国了吗？居然能遇到这种好事。"

"娉婷公主在北冥国好几年了，北冥王一直没有封她为后，没想到这才短短两个月，娉婷公主就摇身一变成了北冥王后！"

北冥王后？娉婷已经成为王后了？她当真等到这一天了。既然楚娉婷现在已经是北冥国的王后，是不是说这件事情还有转机呢？朱茵洛低头思索着。她出神着，突然站在原地不走了，令搂着她往前走的楚靖懿疑惑地也停了下来。

"洛儿，你怎么了？怎么不走了？"楚靖懿关切地问，看她的脸色很不好，眼中的担心更浓了，"是不是你身体哪里不舒服？哪里不舒服的话马上告诉我，我去叫军医来……"

"没有！"朱茵洛冲他甜笑着，掩饰她的心虚，"我刚刚只是在想北冥国的作战方式，太残忍了，所以心里很压抑！"她扯了个谎。倘若楚靖懿知道她要做什么，他是不可能同意的。

楚靖懿信了她的说辞："是吗？那我们先回去好好休息，早知道就不带你过来了！"楚靖懿没有任何怀疑，心心念念的都是她的身体，懊恼昨天晚上没有把她直接弄昏了带回去。到了战场上，他的心时刻都在担心着她的安全。

"好！"朱茵洛依偎在他的胸前乖乖地回答了一个字。当下楚靖懿就匆匆把朱茵洛送回了附近的驿站，让她好好休息休息。等安置好朱茵洛，扶她躺在榻上，朱茵洛突然反握住楚靖懿的手。

楚靖懿眼睛微动，与她的手紧紧相握，笑问道："洛儿，怎么了？哪里不舒服吗？"

朱茵洛摇了摇头，乖乖地任由他为她盖好被子，然后才说："现在两国正在开战，你去了解一下情况吧！"

"不行，我怎么能丢下你一个人在这里！"楚靖懿立即反驳。

"哎呀，我就在这里休息，能有什么事儿，你去吧！"朱茵洛催促着，"你是一国之君，如果一直留在这里，要是传了出去，我就成了祸国殃民的祸水了！"

"洛儿……"楚靖懿蹙眉。

"我累了，我要是睡了，你也无事，就当我放你假了。"朱茵洛说着就打了个哈欠，当真闭上了眼睛。

他也是很想去了解一下最新的战况，不过因为朱茵洛在身边，他无暇去顾及。想了一下，他叹了口气，摸摸她的脸颊，心疼她疲惫的睡颜："那你好好睡一觉，等你醒来，我就回来了。"

"嗯，你去吧！"眼睛没有睁开，声音几乎在呓语中。看来她是真的困了！楚靖懿温柔地抚摸着她乌黑的发，握着她薄被上的纤纤素手，拿在唇前轻轻地吻了一下，然后又把她的手放回了被子中，轻轻地拍了一下，心里暖暖的。看她这样睡着，他安慰了许多，轻轻地起身，走到门前又深深地回头看了她一眼，才又转身离去，连关门的声音也很小，生怕会惊动了睡着的她。不料，楚靖懿才刚刚离开，榻上的朱茵洛突然睁开了眼睛。头稍稍抬起，耳尖地听到楚靖懿的脚步声越来越远，她才松了口气，然后悄悄地起身穿上衣服，再回到桌边，写了一张字条，上面写着懿收。傍晚时分，楚靖懿回到驿站。驿站的守卫们早已慌乱得不知如何是好，看到楚靖懿回来了，一个个战战兢兢地不敢靠近他。

"怎么回事？"楚靖懿面色不悦地问其中一个人。

"那……是那个……"其中一名守卫身体不停地颤抖着，不知道该怎么开口。

楚靖懿的脸色更难看了，声音陡然加了几分贝的音量："说，到底出什么事了？"

"是……皇后娘娘……突然不见了！我们……我们已经在这里附近找了许多遍，也不见皇后娘娘，所以……"所以他们才会这么害怕。说完，身旁的那些守卫一个个不约而同地往后退，谁也没有胆子去直视楚靖懿那足以将他们全部杀死的骇人目光。

"洛儿不在了？"楚靖懿的声音不大，却让眼前的人都听得清楚。

"是！"身体又抖了抖。他的心里突然有了不好的预感，脑子里想到上午时分朱茵洛的异样，她是听到楚娉婷成为北冥王后之后，就一直心神不宁，好像有什么心事，但是他问她有什么事，她也不说。他想也未想，就直接转身往房间走去，房间早已空无一人，只是还残留着一丝属于她的气息，但是也已经淡得几乎闻不见。他眼尖地瞄到桌子上放着一张字条，眉头一拧，他走到桌边，把桌子上的那张字条拿了起来，上面写着"懿"收。他的眉头蹙得更紧，一张脸铁青，额头上青筋暴突，隐忍着怒火把字条拿起来看。

上面只有一句："我出去了，今晚子时前一定归来！"子时前一定归来？也不说明原因！这个傻女人。聪明一世、糊涂一时，这么关键的时刻，她怎么就犯糊涂了，一个人跑去冒险？扔下字条，高大的身躯骤然冲向门外，门外早已跪了一地守卫，个个心惊胆战地望着发怒的楚靖懿。个个等待着楚靖懿的处罚，谁知道楚靖懿连看也懒得看他们一眼，直接从他们的身侧离开，只是中间有人挡了他的路，他不耐烦地把人推开，此外就没有其他的惩罚。咦？个个面面相觑地望着楚靖懿离开的背影，久久才嘘出一口气。这样看来，楚靖懿是不打算处罚他们了？太好了！

另一边，朱茵洛乔装混进了北冥国军营，经过了几番周折才发现，前方指挥作战的并不是西门泽本人，而是一名刘将军。而西门泽还在两个城以外的地方。朱茵洛赶在傍晚之前，终于到达了西门泽所在的官邸。到了官府的门前，朱茵洛终于松了口气，冲守卫淡淡地吩咐："我要见北冥王！"

朱茵洛的身上穿着一件普通的百姓服装，那些守卫并不理会她，心烦地驱赶她："赶紧走，这里不是你该来的地方。再说了，我们陛下岂是你想见就能见的？马上离开！"朱茵洛眉头蹙得很紧。

"王后是不是也在这里？"朱茵洛面色一沉冷冷地问。她身上那股天生的威严，令门前的守卫心里一惊。

好一个特别的女子，竟然如此气场，让人心中生畏，情不自禁地吐出真言："王后是在这里没错。"听说王后在这里，朱茵洛的脸上浮出一抹笑意。太好了，只要楚娉婷在这里就好。她拿出一块玉佩，又掏了一锭金子推到那守卫的手中："麻烦你把这块玉佩交到王后的手中，只要你把这块玉佩传到她的手里，王后就知道我是谁了。"

守卫狐疑地盯着她，但见朱茵洛的身上散发着一股贵气，并不像是普通的百姓，贪婪地握着金子，缩回了手，把金子塞到自己的衣袖中："好吧，我把这玉佩交给王后娘娘，若是王后娘娘不认得你，有什么后果的话，那就要你一个人承担。"

朱茵洛勾唇淡笑："没问题！"接下来，朱茵洛就焦急地在门外等候，抬头望了望天色，她出来已经大半天了，才刚刚找到西门泽他们。她跟楚靖懿说过，子时之前会赶回去的，可是……现在子时已经快到了，倘若子时她还没有回去，指不定楚靖懿会怎么做。想到这里，她不免心急了起来。才等了没一会儿，那名守卫就匆匆地赶了回来，态度转了一百八十度："这位姑娘，我们王后娘娘说请您进去。"

话落，楚娉婷一身华丽宫装，正往大门的这边赶来，人还没有到，声已热络地先到："茵洛，是你吗？你怎么来了？"看到楚娉婷，朱茵洛松了口气，迎了几步上前与楚娉婷的双手紧紧交握。

"才两个月不见，你已经成了王后。"

"你当真是茵洛吗？"楚娉婷还不敢相信地看着她。

朱茵洛戏谑地眨了眨眼："是呀，当然是我，如假包换！"

"不过……这个时候，你怎么会在这里？"楚娉婷一脸疑惑。

"这就说来话长了。"朱茵洛淡淡地说着，目光往身后瞟了一眼，嘴角的笑容有些僵硬。

楚娉婷立即会意，做了一个邀请的手势："有什么话，我们进去说吧。"

朱茵洛没有异议，随着楚娉婷来到了一个宽敞的房间，眼尖的朱茵洛瞥到不远处像是一间书房的地方，西门泽正与两名将军模样的人在那里说些什么。她的眉梢微挑，继续跟随着楚娉婷。房间很宽敞，摆设也很讲究，清一色的红木家具，红色的轻纱随风摇曳着，屋内弥漫着清新的花香气息，闻着沁人心脾。

楚娉婷拉着朱茵洛在屋内的圆桌边坐下。在屋内，除了楚娉婷的东西之外，她还发现多了些生硬的男性用品，以及一些宝剑还有盔甲等物。楚娉婷也与两个月前大不同，看起来气色好了很多，而且眼角眉梢都流露出愉悦的神情，她看起来……似乎很幸福。

"恭喜你呀娉婷，这么多年的期盼，现在终于梦想成真了！"朱茵洛真心地祝福着。楚娉婷紧握着朱茵洛的手，腾的一下放开，嘴巴一直合不拢。

"哎呀，茵洛，你就别笑话我了。"脸娇羞得一片通红，"其实，这也是托了你的福，倘若不是你，我也不会有今天！"

"怎么能说是托了我的福呢？幸福都是自己争取的，你现在幸福就好，我也真的很替你高兴！"

"对了，你现在怎么样？四哥对你还好吧？我听说……你现在也是皇后了呢！"楚娉婷笑道，"现在皇太后也接受了你，你也一样很幸福吧？"

"你四哥敢对我不好吗？"朱茵洛挑眉傲慢地说。

"是哦，四哥他不敢的！"楚娉婷捂嘴笑着，"看起来，你是真的过得很好，这样我也放心了。"

"其实我们都一样，幸福就好，但是……如果世界能更平静一点儿的话，那就更好了！"朱茵洛若有所指地说道，眸底闪过一丝精光。客套的话说完，下面该谈正事了。

楚娉婷一脸的认真，乌亮的眼睛直勾勾地盯着朱茵洛："茵洛，你这次来，并不只是为了见我的吧？"虽然说这句话让她受伤，不过，她楚娉婷一点也不笨。

朱茵洛笑了笑："果然什么事情都瞒不过你，没错，我这次来……其实是有其他的事情想找……北冥王！"朱茵洛也不拐弯抹角，直接开门见山地说。

"你要找陛下？"楚娉婷皱眉。

"没错！"朱茵洛点点头。

"你这次来……应该是为了两国交战的事情吧？"楚娉婷一针见血地指道，"不过……两国之战在所难免，即使茵洛你来了，恐怕也不可以阻止。"

"难道两国就不可以和平相处吗？"

楚娉婷脸上现出为难之色："这个……"

"你帮我吧，如果你在旁边帮我说一说的话，我估计是可行的。"

"唉……其实，我也不想两国打仗，西阳国毕竟是我的家，皇上又是我四哥，可是……我现在已经是北冥王后，是北冥国的人，泽是我的丈夫！"说到这里，楚娉婷的脸娇羞地又红了一下，"所以……我现在也是两难，实在是不好开口。"

"只要你安排我跟他见面，到时候你跟我在一起的话，我想……我会有办法让他答应的！"朱茵洛胸有成竹地说。

"真的吗？"楚娉婷面露喜色，"只要你说，需要我怎么配合，我会竭尽全力。"

"在这里，我先替西阳国的百姓谢谢你了。"

"我们之间，还需要谢吗？"

西门泽与两名将领商谈过作战方略之后，直接便回了房间。房里饭菜纹丝未动，以为楚娉婷正在房间里等他，他进门歉然地开口："娉婷，你等得急了吧？我……"话才刚刚说完，西门泽这才发现房间里还有其他人在场，剑眉倏地蹙紧。

朱茵洛巧笑嫣然地冲西门泽微笑："北冥王，好久不见，还认得我吗？"

"茵洛，你怎么在这里？"西门泽脱口唤道，一双眼睛瞪得老大，一脸掩不住的惊喜，是见到朱茵洛时的惊喜。他也是前一段时间才听说，原来蓝雁才是真正的朱茵洛，所以才想到那时会觉得蓝雁那般让他熟悉。而蓝雁曾经就待在他的身边，可是……最后却让她从自己的身边溜走，再一次与她擦肩而过。也许……上天注定如此，他与她有缘无分。楚娉婷站在一旁，眼见着西门泽眼中的惊喜，脸色黯然了一些。

"好了，你们两个都别站着了，都坐吧！"楚娉婷热络地招呼着二人，为西门泽脱下外衣，又亲自动手为西门泽摆放碗筷，并把西门泽爱吃的菜都放在他的面前。房间里的气氛显得有些怪异，西门泽觉察到自己目光的放肆，还有楚娉婷眼中那一闪而过的受伤，连忙收回了视线。

西门泽轻握着她的手："娉婷，你也辛苦了，坐下吧。"楚娉婷淡淡一笑，在他的身边坐下，朱茵洛则坐在了西门泽的对面。刚坐下，西门泽夹了菜放入楚娉婷的碗中："这是你爱吃的菜，多吃些！"

楚娉婷冲他甜甜一笑，乖乖地把西门泽夹进她碗中的菜吃了下去，然后她也夹了菜放进西门泽的碗中，两人你来我往，然后相视一笑，看起来甚是甜蜜。看到这一幕，朱茵洛放心了许多。她原本还担心楚娉婷和西门泽两个人是不是因为什么事情突然在一起，现在两人看起来似新婚燕尔般，这光景大概就是他们的幸福了。看来，她也不用担心了，西门泽终于放下了与她的前缘往事，而楚娉婷也终于等来了她的幸福。只要大家都幸福了，这便好了。而西门泽除了刚进门时惊讶于她的到来之外，后来他的视线再也没有停留在她的脸上。虽然被人忽视的感觉很不好受，但看到他们两个幸福，也很好。朱茵洛满意地拿起筷子。一餐将要用毕，西门泽这才把注意力放回朱茵洛的身上，好像突然想起了什么似的。

"不过，茵洛……你这个时候怎么突然到这里来了，你不是该在他的身边吗？"西门泽突然发问，若有所指，那个"他"，很显然所指是什么人。

朱茵洛戏谑地笑了笑："难得北冥王终于想起来这里还有一个我了。"

西门泽尴尬地摸了摸下巴，楚娉婷面色一红，娇嗔地冲朱茵洛道："茵洛……"

"好了，我不说了，北冥王既然这样问，想必……北冥王大概已经明白我的来意了吧？"朱茵洛眨了眨眼，嘴角勾起一抹意味深长的弧度。

西门泽的眼皮微敛："你来……是代表他，还是只代表你自己？"

"我来他并不知道！"她也如实回答。

"那我也明确地回答你，假如你说想让我停战，那是不可能的！"西门泽也是一本正经地回答，"而且……如今我们两国还在开战，你在这里也是极为不合适的，等用完晚膳，我会派人护送你回去！"

"你为什么一定要开战？"

西门泽笑了笑："两国交战，只是早晚的事情，他楚靖懿也想着总有一天统治整个西阳大陆，既然如此，既然不可避免，那我也不会逃避！"

"非打不可？"

"非打不可！"西门泽的眸底闪过一丝精光，"而且……你现在来此也是极为不妥的，倘若有其他人知道，必会留下你作为人质，逼着楚靖懿退兵。为了你的安全，你还是赶紧回去的好！"听起来，他西门泽似乎是个好人。

"既然我来到这里，自然是不会怕的！"朱茵洛无畏地昂起下巴，"不过……说到人质的问题，难道北冥王以无辜百姓作为人质，来攻打西阳国，这是光明磊落的做法吗？"

"此话何意？"

"北冥王是真不知道还是装不知道？北冥国以无辜百姓作为人质，一步步紧逼！即使你军的阵法再厉害，我想……你是见过我发明的火炮，你的那些阵法，在大炮的面前根本不堪一击，即使是再坚固的城墙，也可以顷刻化为废墟！"朱茵洛不卑不亢，一字一顿地继续说，"北冥王你不光明正大地开战，却用一些卑劣的手段，即使你赢了西阳国，你觉得那些百姓会真正觉得你是凭真本事赢的吗？"朱茵洛的每一句话都狠狠地敲打在西门泽的心头。

"你说的这些话，都是真的？"

"当然，倘若北冥王不相信的话，可以自己去前线看，看看那些无辜的百姓被吊在城墙之上，被挡在盾牌之前，难道你不觉得羞愧吗？"朱茵洛的每句话都带着浓浓的质问，噎得西门泽说不出话来，他们的脸色也越来越难看。说到最后，西门泽的脸色已经一片铁青，而朱茵洛的表情依然很镇定。

"我没有做过！"西门泽强调。

朱茵洛又笑了："倘若北冥王不信的话，可以招来刘将军，我听说……前线的指挥，都是由刘将军来做的，只要北冥王查问那些前线的兵将，自可知晓茵洛话里的真假。"

西门泽的脸色越来越难看了。倏地，他转身离开。朱茵洛紧跟其后，楚婥婷见状，担心地也紧跟在两人的身后。那个叫刘将军的人被西门泽叫到府衙中，这是一个大约四十岁的中年将军，高大魁梧，看起来也是相当有男子气概的一个人，但是……他的眸底让人感觉到有一股邪气，朱茵洛看着十分不舒服，总觉得这个人并不像表面上那么老实。刘将军进了书房后，一双眼睛便直勾勾地盯着朱茵洛瞧。

"陛下！"刘将军向西门泽恭敬地行礼。

"起来吧。"

"谢陛下！"紧接着刘将军向楚婥婷行礼，"王后娘娘……还有……西阳国皇后！"最后是向朱茵洛行礼。

朱茵洛奇怪地眯着眼睛："刘将军怎么会认识我？"

"回皇后娘娘，我曾经见过皇后娘娘的画像，对皇后娘娘的美貌惊为天人，自是记住了。如今一看，皇后娘娘竟比画上还要美几分。"刘将军脱口说道，那股流气的话语，让朱茵洛怎么听都感觉不舒服。而且这刘将军投注在她身上的目光，明显的不怀好意，让朱茵洛更觉得浑身直起鸡皮疙瘩。

"刘将军，孤王有话要问你！"刘将军的一双眼睛直勾勾地盯着朱茵洛瞧，似乎没有听到西门泽的话，半晌没有回应。

西门泽蹙眉，有些生气了："刘将军！"他一字一顿地唤，声音加重了几分。

"陛下！"刘将军这才回神，眼睛的余光仍停留在朱茵洛的身上，久久移不开。

"孤王有话要问你。"

"陛下尽管问，微臣洗耳恭听，微臣必会知无不言、言无不尽！"

"如此甚好。孤王问你，你在前线是否将无辜百姓之命挂在城墙之上或是盾牌之前？"

刘将军听到这话，也无一丝惊慌之色，也没有否认，而是非常爽快地应了声："没错！"

朱茵洛眉头蹙起，脸色微变。这个刘将军，居然……就这样回答："没错！"一点儿懊悔之意也没有。

楚婥婷生气了，冷冷地冲刘将军斥责："你刚刚说，你拿无辜百姓来威胁西阳国？"

刘将军一本正经地解释："那些百姓，都是西阳国兵将们的家属，只要有他们在手，就不怕西阳国的那些兵将会擅自动手。而且，只要在那些百姓们的身上划一刀，他们发出惨叫声的话，那些将士就更不敢动手了！"

朱茵洛张了张嘴，不敢置信地望着这名刘将军。他……居然把那种残忍的话，说得这样理直气壮，一丁点儿同情之心都没有，最后的那些话连她听了都不忍，他居然做得出来。西门泽也生气了，狠狠地一掌拍在桌子上："够了，不要再说了！"

"陛下是不是也觉得微臣做得不错？"做得不错？他居然还有脸说？西门泽气结。

"是谁让你这么做的？孤王有说让你用这种卑鄙的手段了吗？"西门泽生气地指着刘将军的鼻子骂道。

"皇上，小不忍则乱大谋，您说要攻打西阳国，臣想尽一切办法都要取胜。现在陛下您却指责臣，臣做的一切都是为了北冥国，难道臣有错吗？"这个时候了，他还不觉得自己有错。没错！站在刘将军的立场，他或许没有错，但是……

"即使要赢，孤王也要光明正大地赢，绝对不会用这么卑鄙的手段，你……马上去把那些无辜的百姓给好好地安顿起来，不许再利用他们的生命！"西门泽低吼着说道。

"恕微臣不能答应！"刘将军义正词严地回答。

西门泽一怒之下倏地拍桌站了起来："你刚刚说什么？你把刚刚说过的话，再给孤王说一遍！"

"陛下，您再问微臣一百遍，微臣也只有这个答案，恕微臣不能答应，就算是您的父亲，他也不会答应！"

西门泽气得浑身颤抖，指着刘将军的手指也在颤抖："你……你这是在威胁孤王吗？"

"微臣不敢，微臣只是想要提醒陛下，做大事者，必须要不拘小节！陛下现在这么做，是成大事者的大忌！"好一个嚣张的家伙，现在他居然敢教训起西门泽来了。

"来人！"西门泽突然朝门外吼了一声。

两名禁卫飞快地进来，恭敬地冲西门泽拱手："陛下！"

"把刘将军拉下去关起来！没有孤王的命令，谁也不许把他放出来。"西门泽冷冷地吩咐道。

"什么……"那两名禁卫听到西门泽的命令，吃惊得不知如何是好。看出了那两名禁卫的犹豫，西门泽更加生气，狠狠地拍着桌子，一掌拍碎了桌子的一角，那声音惊骇得整个房间里的人皆为之一惊："怎么？连你们也想违抗孤王的命令吗？"西门泽气得浑身发抖。

"你们这是想要篡权夺位吗？"

"不……这不是篡权夺位！微臣将来成为北冥王那是名正言顺，何来篡位之说？"

"你们！"

"你不是想要得到西阳国的婴儿小王妃吗？现在她人就在你的面前，还不把她带走？"

"你敢！"西门泽冲他冷冷地咆哮。

"我有什么不敢的？"说着，刘将军就准备向朱茵洛攻去。西门泽拔起手中的剑就要刺向刘将军，而刘将军闪身准备回刺西门泽，楚娉婷见状，惊叫了一声，身子直直地冲了过去，挡在了西门泽的身前。

"娉婷！"西门泽回过神来，惊恐地看着剑尖直直地插进楚娉婷的心脏处。看到这一幕的他浑身一凉，陡然抱着楚娉婷尖叫了起来，"娉婷！"西门泽疯了一般地挥剑欲砍向刘将军。

西门泽只来得及抱住渐渐倒下去的楚娉婷，眼睛里满是怒意和心疼，他的手紧捂着楚娉婷汩汩流血的心脏："娉婷，没事的，一定会没事的！"刘将军转身欲攻向朱茵洛。

朱茵洛因身体不适，眼看就无法闪过，而刘将军的剑在朱茵洛身前一尺处突然停住，朱茵洛讶异地抬头，却看到刘将军睁着一双不敢置信的眼睛，盯着他心脏前露出的一截剑尖，而在他身后站着一个如同地狱撒旦般的楚靖懿。楚靖懿冷冷地看着他，倏地把剑拔出，刘将军的身体轰然倒了下去。

跑了整整一天的朱茵洛，捂着有些疼痛的腹部，眼前一黑，身子软软地倒下，楚靖懿适时地伸手搂住她。昏迷之前，她笑了："还好，你来了！"

他温柔地抚摸着她的脸颊："我一直……都在你身边！"

西阳国和北冥国之战瞬间结束。楚娉婷虽然被救活，却成为了植物人，不知何时才能醒来。一个月后，北冥国国王西门泽，突然上书楚靖懿，将北冥国转交给楚靖懿。楚靖懿接收了北冥国，但是却保留了西门泽的北冥王之位。西阳大陆自此统一，咸中、东盈、南陵、西冀和北冥，统称为"西阳帝国"，在位皇帝楚靖懿，皇后朱茵洛。北冥王西门泽一直痴痴地守在楚娉婷身边，期盼着昏迷不醒的她有朝一日能够醒来。

尾声

　　西阳帝国二年。半年前，朱茵洛设计的海舰船第一次下海远航，带回了许多西阳大陆以外的东西。这让朱茵洛明白，在这个星球上，除了西阳大陆外还有其他大陆存在。而那国的语言，竟是朱茵洛曾经学过的一种语言。

　　本来楚靖懿并不知晓朱茵洛亲自远航的，朱茵洛只说要去哪里转一圈，不许他跟着。等到海舰船归来，他才知晓朱茵洛竟然大胆地亲自带着海舰船远航，他想生气也已经来不及了。只庆幸她还好好的，颤抖着把一脸开心的朱茵洛从海舰船上抱下来。

　　当时的朱茵洛，一袭蓝色长裙站在甲板上，裙摆和乌黑的秀发迎风吹拂着，举手投足间宛如海上的仙子来到了西阳大陆。所见之人，将这一幕描述得神乎其神，将朱茵洛当成了海之仙女，还特地塑了一尊朱茵洛的雕像在海边。那迎风而立的姿态，端庄娴静，美丽优雅，有不少百姓为睹朱茵洛之容，特地赶到海边参观她的塑像。所以，在西阳大陆百姓的心中，朱茵洛就是那塑像的样子：美丽、大方、优雅、端庄。

　　朱茵洛带回了不少西阳大陆没有的东西，开通了与其他大陆的商贸来往。不过，因为只有朱茵洛才懂那边的语言，对方只与朱茵洛相商。后来，朱茵洛又设计了一些草图，按照现代的训练方式，训练了一批优秀的海军，用于海上巡航，保护沿海地区的海上安全。朱茵洛的这一系列举动，使得西阳帝国稳定地步入繁荣盛世，家家户户安居乐业。这也更加奠定了她西阳国皇后的地位，成为了人人称颂的好皇后。不过，这个好皇后却有着不为人知的一面。西阳帝国内，在八年前曾经失踪的盗贼牡丹仙子，却在最近两年又突然出现，但是……牡丹仙子身边却总有一名小孩子跟从。

　　郡主府，哦……不！现在已经不是郡主府，早在两年前，郡主府已经改为了公主府。公主府和金水小筑一起成为皇家御用避暑和出游场所。在公主府内，一年前扩建了花园的规模，主要是建造荷花池，只因当今的皇后朱茵洛甚爱荷花。

　　如今，正值七月盛夏之季，刺眼的阳光炙烤着大地，所有的绿叶植物纷纷抵抗不住阳光的威力，叶子渐渐地蔫了几分。唯独公主府荷花池中的荷花仍娇艳地绽放，一只青蛙躲藏在层层的荷叶中休憩着，听到耳边传来了脚步声，飞快地跃进了荷塘中，激起无数浪花，浪花落在荷叶上，在阳光下水珠晶莹剔透，如同一颗颗明珠般美丽。朱茵洛身后拖着长长的明黄色凤纹刺绣的华丽裙摆，走在荷花池上的长廊之上，往池中的凉亭走去。一边走，她一边就要把身上的凤纹外袍脱掉，身后立即传来馨儿的喝止声。

"皇后娘娘，您是皇后，怎么可以这么不端庄？"端庄？朱茵洛嗤笑了一声，这两个字听起来怎么这么讽刺？"端庄"两个字从来不会用在她朱茵洛的身上。

"我说馨儿，你念这么多年，也念够了吧？今天这么热，还是给我端一碗冰镇莲子粥喝吧！"朱茵洛随便把凤袍放在凉亭内的石桌上，舒服地发出一声叹息，靠在石栏边上，享受那一阵阵的荷风带给她的清凉。

与百姓口中的传言相反，朱茵洛没有一点儿高贵端庄的样子，整个人懒洋洋地靠在石栏边，像极了偷懒的猫儿。看到这一幕的馨儿，一脸平静，对朱茵洛的姿态早已司空见惯。什么高贵优雅，跟她所认识的朱茵洛根本不沾边儿，有人问到她朱茵洛到底是何形象时，她只是笑了笑，并不回答。

回答实话的话，会伤了人心；但是倘若随意点头，那她是在撒谎。朱茵洛的真实形象嘛，除非她身边的人，否则……其他人恐怕是永远无法知晓的。而且……那些百姓是怎么也不会把他们那高贵优雅的女神皇后跟一介盗贼牡丹仙子联系在一起的。知道真实情况的话，那些向往女神的百姓，梦碎了会很难过的。

馨儿站在那里许久也不回话，朱茵洛蓦然回头皱眉瞅着她又道："馨儿，你怎么了？在想什么？"

馨儿赶紧回神，笑了笑："我只是想到了海洋女神的传说！"

朱茵洛的脸一下子垮了下来，再翻了一个白眼："馨儿，连你也笑话我！"

"我可不敢！"说话间，馨儿冲身后的一名小丫鬟吩咐了一声，小丫鬟答应着就下去了。

"没有你不敢的，总管大人！"朱茵洛愤愤地说着。其实，那个"海洋女神"的名号，她也不知道是怎么叫起来的，好像不知不觉就降到了她头上似的，她甚至来不及消化。

"区区馨儿只是公主府的总管，哪来的胆子敢议论皇后娘娘！"跟着她这么久，馨儿也变得伶牙俐齿会耍赖起来了。

"哼！"嘴上是这么说，但是实际上，哼！远远地看到小甲一身藏蓝色长衫，比两年前越发成熟稳重了，正往这边走来，朱茵洛又哼了一声，"小甲这个皇宫禁卫总管也是，自从你们一年前成亲之后，他就三天两头往公主府跑！"

馨儿的脸上一红："皇后娘娘……"

"好了，不说你了，等到小甲来了，他一定要责备我这个皇后又欺负他的爱妻！"朱茵洛戏弄地说着。

"哎呀，皇后娘娘，您还说！"馨儿脸皮薄，被朱茵洛这样说脸就更红了。

"好好好，不说你了，赶紧去见他吧，省得他跟我抱怨我这么多年一直霸着你不放！"最后朱茵洛还是忍不住戏弄一番。越说就越不像话了，馨儿红着脸，迫不及待地逃开，以免被朱茵洛继续说下去，她就没脸再见人了。馨儿和小甲两个人相携离去。看着馨儿和小甲的幸福背影，朱茵洛心里一阵感叹，有情人终成眷属了。

耳边一阵风刮过，带着阵阵凉意，让她舒服得发出一声呻吟，忍不住合上眼睛，享受这片刻的宁静。细碎的阳光洒在她的脸上，映出她晶莹剔透的雪白美肌，长长的睫毛在眼睑上留下了两排浓密的阴影。长长的睫毛在阳光下颤了颤，就像是蜻蜓的翅膀一般，乌亮如黑曜石般的眸子睁开，朱唇微微勾起，露出两排洁白的牙齿。正想着，一名面容酷酷的小男孩，身后跟着一名宫女装扮的中年妇女进来了，那小男孩白白净净的，长得与朱茵洛有几分神似。

朱茵洛热情地蹲下身，把男孩抓在怀里，左亲亲右亲亲：“我的小宇儿，让娘好好亲亲！”

小男孩面无表情地把她的嘴巴推开，酷酷地站在她面前，奶声奶气地拒绝：“不要亲我。”

朱茵洛眉毛高挑：“喂，我是你娘亲，你不让我亲，让谁亲？”

“谁都不准碰我！”仍是酷酷的语气。

好家伙，这冷酷的表情同楚靖懿心情不好的时候有得一比，不过，楚靖懿顶多只是心情不好的时候才这样，但是……这个小家伙，不管什么时候，都是那副酷酷的表情，好像别人欠他似的。

“不让我碰？我偏碰！”朱茵洛哪里那么容易打发，赌气地把楚小宇抱了起来，在他的脸上亲个够。

楚靖懿进了房间，恰好看到这一幕，小宇不耐烦的声音不停地反抗：“放开我，放开我！”这种画面，在最近这段时间不知道上演了多少遍了！楚靖懿见惯不怪地从朱茵洛手里把楚小宇抱了过来。

“好了，你知道他不爱别人碰他，你偏要碰！”楚靖懿把孩子推到奶娘的身边，沉声命令，“把太子带下去。”

“是，皇上！”奶娘答应一声就下去了。

朱茵洛气呼呼地望着楚小宇同奶娘两人一起离开的背影：“那孩子真不知道是从哪里蹦出来的。”

楚靖懿变戏法似的端出了一碗冰镇莲子粥放在她面前，笑看着她说道：“还不是你生的？”顺手接过勺子，愤愤地舀了一勺吃下：“要是知道当初我肚子里是这个坏蛋，当初在北冥国的时候，我就不该留下他，害得我损伤了元气，又躺了大半个月才保住他。”当初在北冥国为了阻止两国的战争，她因多番奔波而动了胎气，为了这个孩子她可是吃尽了苦头。

听着朱茵洛的抱怨，楚靖懿在旁边轻笑着安慰她：“你现在抱怨也无用。”

朱茵洛眼中一亮，突然有了斗志：“我最近正闲着无事，这小子居然敢对自己的娘亲这般无理。走着瞧，我就跟他比比看，到底是道高一尺，还是魔高一丈！”看着朱茵洛的表情，楚靖懿的心里有了不好的预感。

“你不会是要对他做什么吧？他还不到一岁半！”

朱茵洛贼笑着露出两排洁白的牙齿：“虎毒不食子，我还没有那么狠毒，我只是……想要教教他，让他知道什么叫尊重长辈！”尊重长辈？是只尊重母亲吧？那小子对别人怎样，她怕是一点儿也不在意，甚至幸灾乐祸，但是……这要是换到她自己身上，那可就不行了。

"你很闲？母后不是说要把后宫的大权都交给你吗？"楚靖懿危险地眯眼，某人似乎忘记了自己的职责。慕容清若自从有了这个孙儿的陪伴之后，享受到了天伦之乐，才知晓以前总是紧绷着精神把所有的大权揽在怀里，是怎样的劳累。现在也想享享福了，于是，她开始打算放开手中的皇宫大权，让朱茵洛接手。不过……说到后宫的大权，朱茵洛的脸一下子垮了下来。

"我说我亲爱的皇帝大人，咱们这么温馨的时刻，能不能不提煞风景的事？"朱茵洛没好气地责怪道，刚刚她才有了空闲时间休息一下，楚靖懿就提这事，真是哪壶不开提哪壶。

"母后年纪也大了，你也该帮忙处理一下皇宫内的事务了！"楚靖懿温柔地握着她的手，拿在唇边轻轻吻了一下，"再说了，早晚有一天这些事情都要落在你的头上！"早晚有一天？那就等到那一天再说，起码现在她不用做那些事。

"哎呀，你很啰唆！"

"你们皇后娘娘在不在？"门外突然响起了慕容清若那清亮的嗓音，声音很是洪亮。一听到那声音，本来还会在原位的朱茵洛，像是被人踩了毛似的突然站了起来，急急地冲楚靖懿嘱咐："那个，我有点事儿，要出去一下。母后来了，你先挡一下！"

朱茵洛跑到了窗户边，在门外那道身影进来之前，飞快地跃出窗子离开，只留下一阵香风。慕容清若进了门看到大殿之内只有楚靖懿一人，便开始在房间里寻找着。找了一圈儿没看到人影，她有些气愤地冲楚靖懿道："朱茵洛呢？"

楚靖懿的眼睛瞟了瞟窗子，淡淡地笑道："洛儿不在！"不在？慕容清若的眼睛犀利地望着桌子上那仅吃了半碗的莲子粥。楚靖懿向来不喜欢这些甜食，吃这莲子粥的人，一定是另有其人。既然才刚刚离开，那就好办，她立即转身往门外走去，冲门外的人吩咐："你们几个，不管如何，一定要把皇后娘娘给哀家找到。"

"是！"门外的人忙乱地向周围散开去。坐在屋内的楚靖懿，有趣地盯着门外的画面，不由得勾唇一笑。然后又听到慕容清若几近气急败坏的声音："朱茵洛，让你跑，我看你能跑到哪里去。"听着这话，似乎跟对方有深仇大恨，想要把对方拉出来千刀万剐似的，下一句突然转变了语气。

"哀家辛辛苦苦了一辈子，好不容易想放手把大权交出去，你居然给哀家逃，我看你能逃到哪里去，我今天一定要找到你，非把大权交给你不可，这样哀家才能好好地休息，陪孙儿一起出去游玩一番！朱茵洛，你若是在附近就马上出来，你要是不出来的话，哀家今天就把整个皇宫给翻一遍！"

会出来吗？楚靖懿无奈地摇了摇头。若是朱茵洛想要接手这些皇宫琐事的话，她早就出来了，又何必等到现在？唉，这个让人操心的小女人呢。另一边，朱茵洛偷偷地躲在树杈上躺着休息，斜眼睨着树下那些慌乱寻找她的人，不时地还可见慕容清若在其中游晃着，嘴里还叫着她的名字，让她一定要出来。她想休息？没门！皇宫的那些琐事，她光听都头疼，若是让她监督制造一些武器或战舰之类的东西还可以，但是……一看到哪个地方缺了瓦，哪个地方少了一斤米等鸡毛蒜皮的小事，她就头疼。

"朱茵洛，你给哀家赶快出来，你要是再不出来，哀家就让皇帝废了你这个皇后！"朱茵洛还是不出来，慕容清若气呼呼地威胁着。

废了她？朱茵洛的眼睛睁开了，又缓缓合上。那就让楚靖懿废了她好了，她这样才可以光明正大地逃脱那些后宫琐事，还可以到处玩耍，更不会被禁锢在这皇宫里，腿都伸不开。身下的声音还在继续，朱茵洛躺在树杈上舒服地眯着眼睛。阳光从树叶的缝隙里细碎地洒在她的脸上，一阵阵清凉的风吹拂过她的脸颊，带着阵阵凉意。这个夏季，很凉爽。

底下的人渐渐远去，她躺在树上，眯着眼睛似乎要睡着了。突然一个声音灌进她的耳中，吓得她浑身一个激灵，还夸张地差点掉下树去。

"你很悠闲嘛！"那个声音，不是从地底下传来的，而是在她的耳边，那声音……虽然她只听过两次，但是……却让她记忆犹新，甚至让她浑身毛骨悚然。自从两年前她重新回到楚靖懿身边后，就再也没有听到过这个声音，而且……她也不想再一次听到这个声音，因为这个声音总是在她最绝望的时候才出现。

"你……你……是谁？"朱茵洛一双眼睛机灵地转动着。

"别害怕，我又不会吃了你。"

"可是，你所到之处，绝对没好事。"朱茵洛愤愤地说。

"你可别忘了，没有我，你现在可不会过得如此悠闲，你应当好好地感谢我才是！"那女人的声音里透着笑意。可惜，朱茵洛还是不知道对方到底是谁。

"感谢你？总得有名字吧？"

"名字？我没有名字！我只是看不惯世上的悲欢离合，所以才会出手帮忙。你也不用太感谢我！"感谢她？两年前她在回到楚靖懿身边之前，硬是把她的灵魂抽走，然后才告诉她，马上送她回去，这就是感谢？

朱茵洛面无表情地说了句："我也没有打算感谢你。"

"哎呀，你真是太没有礼貌了，哟……我看到又有人'过来'了，这次'过来'的人，居然是比你还要嚣张的家伙，我要好好地挫挫他的锐气。好了，不说了，我们下次再见吧！"

"希望永远也不见！"朱茵洛没好气地说道。真是一个无良之人。她才刚刚回过神来，一股强烈的存在感，那熟悉的味道，令她忍不住深嗅了一下。是楚靖懿的味道，一回头果见楚靖懿正坐在她的身旁担心地看着她。

"洛儿，你刚刚是在跟谁说话？"他听到她在跟人说话，但是……他却没有看到对方是谁，这让他很担心。

朱茵洛一脸幸福地窝在他怀里，满足地发出一声猫儿般轻叹声："我是在跟幸福说话，因为……我现在很幸福！"

楚靖懿温柔地揽着她，修长的指拂过她额际被风吹乱的发丝，露出她饱满的额头，在上面轻吻了一下，将她搂得更紧，声音里带着几分不确定："洛儿，你真的幸福吗？在我的身边，真的让你感到很幸福？"

"当然了！"

"我保证，你会一直幸福下去，我不会让你受到任何伤害。"

"我知道！"她又笑了，这个答案她早就知道了，否则……她也不会一直留在他身边。两人深情相依，耳边是树叶沙沙的声响，有人声、鸟叫声、风声还有心跳的声音。

突然她神经大条地坐直了身体："啊……对了，我突然想起一件事来。"

"什么事？"楚靖懿不悦地蹙眉，很不满她突然打破眼前的温馨。

"我突然想到我当时去研究医书的时候，发现过该怎么治疗娉婷那种病的配方。"突然想到？朱茵洛记忆力超强，很难忘记什么事，除非她故意忘记，他看她是故意想要折磨西门泽的。望着那双慧黠的美眸，他的眼睛满是无奈和宠溺。

修长的指轻点她额头："你哦！"

她皱了皱眉头，窝在他怀里娇嗔地道："人家真的是刚刚才想到的嘛，我告诉你哦，那个配方是真的很难记住，里面有很多配料，有……"朱茵洛开始说了起来。

以后的日子还很长。

（全书完）